Si le soleil se dérobe

Collection *Regards croisés*

Ouvrage édité par Manon Viard

L'éditeur remercie le Centre national du livre
pour son soutien à cette publication

Titre original : *Patsy*

www.editionsdelaube.com

ISBN 978-2-8159-4679-7

Nicole Dennis-Benn

Si le soleil se dérobe

roman traduit de l'anglais (Jamaïque)
par Benoîte Dauvergne

éditions de l'aube

En mémoire des histoires méconnues des sans-papiers
en quête d'un arbre avec des branches pour se poser.

« Peut-être serai-je chez moi
dans cet endroit où je me rends
pour la première fois. »
Warsan Shire

Livre I

Birdie (1998)

1

Bien qu'à deux ans seulement de la trentaine, Patsy n'a rien de convaincant à présenter, hormis la fine enveloppe marron qu'elle utilise pour s'abriter du soleil chauffé à blanc. Celle-ci contient tous ses papiers, de son acte de naissance à son carnet de vaccination. Mais surtout, elle renferme son rêve, le rêve que partagent tous les Jamaïcains d'un certain rang social : monter à bord d'un avion pour l'Amérique, tant ils sont séduits par la destination et la possibilité de voler.

Lorsque s'est présentée l'occasion de repasser un entretien à l'ambassade américaine, Patsy l'a saisie sans hésiter. Sans en parler aux membres de sa famille, ni prendre la peine de réfléchir à ce qu'ils en penseraient, elle a quitté la maison en douce de bon matin – avant que le coq de monsieur Belnavis ne se mette à chanter, avant que l'odeur du pain chaud de mademoiselle Hyacinth ne remplace le parfum humide de l'aube, avant que Ras Norbert ne commence à scander : « Croyez-le ou pas ! » au sujet de l'or enterré dans son jardin. Dans leur modeste maison de trois pièces de Pennyfield – un quartier populaire coincé entre une colline et un ravin –, un mot rédigé de sa plus belle écriture attendait sa fille sur la table à côté de la machine à coudre Singer de manman G. Passe une bonne journée à l'école. Souviens-toi de regarder des deux côtés de la rue avant de traverser et de ne pas parler aux inconnus. Dis également à mademoiselle Gains que je paierai à la fin du mois. Il ne faisait pas encore chaud et humide quand elle est partie ; le blazer en tweed brun clair et la jupe en polyester vert olive que sa meilleure amie, Cicely, lui a envoyés d'Amérique il y a des années semblaient alors un choix raisonnable. Autrefois, cet ensemble était trop grand quand elle l'essayait, mais il lui va aujourd'hui comme un gant. Ne l'ayant jamais porté, Patsy a dû le laisser suspendu plusieurs jours à l'extérieur de sa garde-robe pour débarrasser le tissu de son odeur d'antimites. Elle avait choisi cette tenue dans le but de paraître sûre d'elle, mais à peine était-elle descendue du bus sur Half-Way Tree Road qu'elle a commencé à transpirer. Patsy s'est immobilisée un instant, puis a contemplé la longue portion de route qu'elle venait de parcourir en s'étonnant qu'à son départ, sa fille se soit retournée dans le grand lit grinçant qu'elles partagent sans lui poser de questions. Alors qu'elle s'habillait dans l'obscurité, la petite semblait l'observer de ses yeux vigilants comme si elle était au courant de son plan. Mais peut-être son imagination lui jouait-elle un tour. Patsy enfile toujours ses vêtements dans le noir, car elle évite de se regarder dans les miroirs, généralement mécontente de ce qu'elle y aperçoit : un visage rond et plat ordinaire, un nez large, des lèvres pleines et boudeuses qui lui donnent l'air d'un enfant déçu d'avoir perdu son jouet préféré, malgré les fossettes qui creusent en permanence ses joues. Ses yeux lui valent les compliments des hommes, mais sa poitrine généreuse leur vole la vedette. Sa peau brun foncé fait ressortir la blancheur de ses dents parfaitement alignées. Quant à sa chevelure, Patsy se contente de la lisser au fer tous les dimanches soir après le dîner, et l'attache en chignon serré qu'elle fixe avec une bonne dose de gel. En sentant son regard posé sur elle ce matin dans l'obscurité, elle a voulu poser l'index sur les lèvres de sa fille, prête à s'expliquer, mais c'était inutile.

Ces derniers temps, Tru se tortille et soupire souvent dans son sommeil, à croire qu'elle a déjà découvert la trahison de sa mère. Depuis qu'elle cache les lettres envoyées de Brooklyn dans une mallette fermée à clé qu'elle range sur la garde-robe, jamais Patsy ne s'est sentie aussi incertaine et coupable à la fois.

Dans la file devant l'ambassade, elle triture le petit pendentif en œil de tigre – autre cadeau de Cicely – qui pend à son cou, dans l'espoir qu'il lui porte chance. « *Je l'ai acheté à Chinatown. Eh oui, ma chère! Y a un quartier qui s'appelle comme ça ici! On y fait de bonnes affaires. On ira ensemble quand tu seras là.* » Sous sa veste en tweed, Patsy sent presque l'adrénaline jaillir dans ses veines. Bien qu'elle soit arrivée en avance à son entretien, une longue file s'étire déjà jusqu'au Knutsford Boulevard et longe le Jamaica Pegasus Hotel. Cette belle matinée de juin est un festival de bleus, de verts et de jaunes. À sept heures, la chaleur a déjà presque atteint son pic et l'air est empli de l'odeur des mangues Julie et des vers de terre écrasés – victimes de l'averse de la veille au soir. Une nuée d'oiseaux blancs triangulaires se dirige vers le sud, fuyant probablement le froid nord-américain.

Mais Patsy ne prête pas vraiment attention à ce qui l'entoure. Elle coince la grande enveloppe brune sous son aisselle, où la sueur dessine de grandes auréoles jusqu'à son flanc. C'est Cicely qui lui a conseillé de porter un tailleur. « *Y te prendront plus au sérieux cette fois.* » Cependant, attendre dans cette tenue sous le soleil brûlant ne fait que rendre la chaleur encore plus insupportable. Il lui est toutefois impossible d'enlever son blazer, car son chemisier trempé colle autant à ses formes qu'un T-shirt mouillé, ce qui scandalisera à coup sûr les Américains de l'ambassade.

Hormis quelques femmes aussi pomponnées que si elles se rendaient à la messe un dimanche de Pâques, coiffées de chapeaux et vêtues de robes aux tons pastel couvertes de taches de sueur dans le dos, beaucoup de gens portent comme elle un costume de ville – certains empruntés, d'autres achetés pour l'occasion, la plupart trop foncés et trop épais pour cette chaleur insolente. Patsy fait signe de s'approcher à un jeune vendeur de sachets de jus de fruits congelés, dans l'espoir de se rafraîchir un peu et de se détendre, car elle ne cesse de réfléchir aux questions qu'on lui posera à l'entretien.

« Vingt dollars, mam'zelle », annonce le garçon, avec un cheveu sur la langue.

Il propose également des sifflets suspendus à une ficelle passée autour de son pouce aux nombreuses personnes qui, bien qu'elles fassent la queue pour quitter l'île, voudront sûrement se joindre à la fête du soir en l'honneur des Reggae Boyz, qui ont été sélectionnés pour participer à la Coupe du monde organisée en France. Tous les Jamaïcains se préparent pour le match de ce soir contre l'Argentine. Rien ne les soude aussi solidement qu'un événement sportif international où ils sont représentés. À Half-Way Tree, des inconnus se tombent dans les bras. Les malfrats déposent les armes, empoignent les piliers de bar par le col, embrassent leurs bouches rieuses et fières et les font tourner comme des toupies dans la rue. En guise de tambourins, les jeunes sortent des marmites et des cuillères des placards de cuisine. Les hommes de Pennyfield, fouillant longuement leurs poches plates, ont commencé à parier dès le mois dernier au Pete's Bar, qui est équipé d'une grande télévision. Mademoiselle Maxine, connue pour être le cordon bleu de la communauté, s'apprête à tordre le cou à la volaille la plus grasse de son poulailler afin de préparer du poulet à la sauce brune et du riz blanc, qu'elle vendra avec son breuvage spécial à la liqueur de malt – recommandé aux femmes désirant tomber enceintes et aux hommes qui ont besoin de faire le plein d'énergie, en particulier un soir de victoire assurée.

Patsy observe le jeune vendeur avec ses sachets de jus et ses sifflets suspendus au pouce. Ce gamin rachitique aux jambes couvertes de cicatrices, vêtu d'un débardeur en filet et d'un bermuda, ne porte pas plus de seize ans.

« Vingt dollars pou un sachet de jus ?

— Oui, mam'zelle.

— C'est pas pasque ces gens font la queue devant l'ambassade qu'y sont pleins aux as. »

Le garçon, qui connaît son marché, ne répond pas. Alors qu'il s'apprête à passer au client suivant, Patsy cède.

« Bon d'accord, donne-moi un jus d'orange. »

Le jeune vendeur lui tend un sachet, prend son argent, puis le compte rapidement à l'aide de son pouce libre. Impressionnée, Patsy l'observe tandis que des chiffres tourbillonnent dans sa propre tête. La langue entre les lèvres, elle compte les billets silencieusement en même temps que lui. Les maths étaient sa matière préférée à l'école – la seule dans laquelle elle excellait. Car il n'y a rien de plus sûr que les nombres. Lorsque le garçon lui rend la monnaie, elle lui dit de la garder. Il est si facile de se convaincre qu'il économisera chacun de ces pennies pour son avenir, de se convaincre qu'il en a un – qu'il ne passera pas sa vie à vendre des jus et des sifflets, mais occupera un jour le poste de chef comptable dans une banque. Ou qu'il en sera le patron. Mais cette bouffée d'optimisme diminue au même rythme que la file de ses concitoyens qui ont fini par se faire une raison : il y a certaines graines que la terre ne fera jamais pousser.

« Merci mam'zelle », dit le garçon, la tête légèrement inclinée, comme par résignation.

Patsy songe à tout l'argent qu'elle a gaspillé en investissant dans un passeport et une demande de visa américain. On le lui a déjà refusé deux ans plus tôt, sans explication. D'après ses amis, si sa demande n'a pas abouti, c'est parce qu'elle ne détenait aucune propriété en Jamaïque. À part le capital de départ que lui a remis Vincent, l'homme d'affaires marié avec qui elle a une liaison, Patsy ne possède aucun actif réel dont elle pourrait parler aux Américains. « *En général, y te donnent le visa quand y savent que t'as des biens qui t'attendent ici. À leurs yeux, c'est la garantie que tu pars pas pou de bon* », lui a expliqué Ramona, la secrétaire qui occupe le box voisin du sien, et la seule avec qui elle déjeune. « *Et pis ils ont tendance à se montrer indulgents quand on est propriétaire d'un commerce* », a ajouté Sandria, l'autre secrétaire, celle qui aime bien fourrer le nez dans les affaires des autres et tout rapporter à leur patronne, mademoiselle Clark – une vraie sorcière qui regarde de travers chacun de ses subordonnés.

Tracassée par sa situation désespérée, Patsy réfléchit à son histoire – celle-ci manque d'éléments dramatiques comme en comporte, par exemple, une demande d'asile. Il paraît que c'est la garantie d'être accueilli dans n'importe quel pays. Il y a quelques mois, Patsy a lu dans le *Jamaica Observer* l'histoire d'un homme que quatre autres avaient attaqué, armés de machettes, après l'avoir découvert dans une « *situation compromettante* » derrière un buisson avec une personne du même sexe. Au lieu de se traîner jusqu'à l'hôpital ou au commissariat, la victime avait rampé jusqu'à l'ambassade du Canada qui lui avait délivré un visa sur-le-champ. « *Y sont capables de tout, ces sodomites. Même de séparer la mer en deux et de marcher sur l'eau. Tout ce qu'ils ont à faire pou obtenir ce qu'y veulent, c'est crier au loup* », a conclu Ramona en repliant le journal, le nez froncé.

Patsy a néanmoins répété son discours dans son petit box du ministère, assise bien droite sur sa chaise pivotante, les chevilles croisées, face à la cloison en bois nue. Et elle a recommencé la nuit dernière dans son lit, allongée sur le dos, le regard plongé dans l'abîme d'obscurité, tandis que sa fille ronflait doucement à côté d'elle. « *Je vais rendre visite à une amie.* » Ce qu'elle a à dire n'est pas plus compliqué que ça, mais elle manque encore d'assurance en prononçant ces mots. Patsy compte enchaîner avec l'histoire qu'elle a maintes fois répétée – un récit assez crédible pour convaincre les Américains qu'elle n'a aucune envie de s'enfuir car « *Ce serait de la folie !* » Elle leur racontera qu'elle possède un terrain dans la paroisse de Trelawny sur lequel elle a prévu de faire bâtir une maison. (En réalité, ce terrain appartenait à papa Joe, le père de manman G et grand-père de Patsy, un planteur de canne à sucre. Il a été obligé de le vendre à des promoteurs qui l'ont acheté pour une bouchée de pain et transformé en stade. Papa Joe est mort peu après, le cœur brisé.) Les fonctionnaires de l'ambassade n'auront aucun moyen de savoir que son histoire est fausse.

La plupart du temps, Patsy s'arrête à mi-discours, inquiète d'être frappée par la foudre à cause de ses mensonges, un sort contre lequel manman G ne cesse de la mettre en garde. Enfin, ce ne sera pas la première fois qu'elle ignore ses avertissements. Patsy a passé toute son enfance auprès de sa mère, à l'église ou aux coins des rues, à distribuer des prospectus intitulés JÉSUS SAUVE ! et à prier pour les « pécheurs » qui les refusaient sous prétexte qu'ils étaient en retard au travail ou à l'école. Presque toute sa vie, elle s'est sentie obligée de se repentir pour les péchés qu'elle avait commis. *Mais mentir pour obtenir un visa américain n'est pas si grave*, se raisonne-t-elle, car Dieu peut comprendre qu'elle le fait pour le bien de sa famille. Une fois en Amérique, elle enverra de l'argent chez elle dès qu'elle aura trouvé un travail. Cette partie de l'histoire au moins est vraie – *true*, un mot qui lui rappelle naturellement le diminutif de sa fille, un petit nom qui lui est resté après s'être échappé de la bouche de Patsy, de façon désinvolte et spontanée, un jour où elle était trop épuisée pour prononcer son prénom en entier. Ou était-ce une semaine ? Un mois ? Une année ? Patsy a tendance à perdre la notion du temps, trop affaiblie par ce mal sombre, lourd et invisible, dont elle sait qu'il est toujours là, silencieux, à l'attendre. Manman G l'appelle *le froid du diable*, car il s'introduit souvent dans son cœur tel un voleur au milieu de la nuit. Combien de fois Patsy ne l'a-t-elle senti peser de tout son poids sur sa poitrine ? Certaines nuits, elle parvient à peine à respirer, et encore moins à soulever le drap et à sortir de son lit. Ce fut pendant une de ces crises qu'elle s'efforça de prononcer le nom de sa fille, Trudy-Ann, et qu'il ne sortit de sa bouche qu'un bref « Tru » dans un souffle précipité.

Ne se donnant pas la peine de se reprendre, Patsy laissa ce diminutif se substituer à son vrai prénom puisque sa fille y répondait volontiers. Ce jour-là, elle observa longuement son enfant aux grands yeux marron. Sur son visage plat, rond et ouvert, semblable au sien, il n'y avait aucune trace de la gravité d'un bambin curieux. Lorsque son mal disparut enfin et que Patsy retrouva sa capacité à respirer, elle répéta le diminutif de sa fille et vit quelque chose prendre forme dans son regard. Étonnamment, manman G, qui a toujours la tête dans les nuages, prit elle aussi l'habitude de l'appeler ainsi, car ce petit nom sonnait à ses oreilles comme un mot capable de laver l'enfant du péché de sa conception. Quand la fillette commença à écrire son prénom, elle l'orthographia « TRU » – c'était celui que ses camarades et sa maîtresse utilisaient, celui par lequel le pasteur Kirby la désignait quand il demandait à Patsy si elle l'enverrait au catéchisme avec le reste des enfants. « *Elle pourrait y apprendre à se comporter comme une fille* », insistait-il. Seul le père de Tru refuse d'employer ce diminutif – ou de reconnaître son existence.

Voilà à quoi Patsy réfléchit en suçant le sachet de jus glacé, soulagée par son effet à la fois rafraîchissant et anesthésiant. La file devant l'ambassade avance régulièrement. À l'ombre des palmiers, Patsy prête davantage attention aux personnes qui l'entourent et s'interroge sur leurs mensonges

– sur leur degré de créativité. L'homme en costume foncé, par exemple, qui semble se rendre à son propre enterrement. Lui aussi étreint l'enveloppe qui contient ses documents ; il rajuste sans arrêt sa cravate bleue de ses doigts noirs et calleux de travailleur manuel, de fermier peut-être. Qu'est-ce qu'un homme comme lui va bien pouvoir raconter aux agents de l'ambassade ? Qu'il possède de nombreux hectares de terres ? Qu'il y fait pousser des végétaux ? Que, contrairement à d'autres, ses produits frais et parfaitement mûrs ne restent pas à pourrir sur son étal de Coronation Market, le seul marché où il peut les écouler puisque son pays ne peut pas les exporter ? Ou peut-être compte-t-il partir quelques mois, voire une année, cultiver une terre étrangère, ainsi que le font la plupart des agriculteurs jamaïcains qui n'ont plus la possibilité d'exploiter leur propre sol. Et puis il y a la famille de quatre derrière lui – une mère et ses trois jeunes enfants. L'aînée surveille les deux autres, tandis que sa mère se précipite vers un stand de nourriture fait de bambous peints aux couleurs du drapeau jamaïcain. Des sachets en plastique remplis de mangues Julie et de prunes de Cythère épluchées sont suspendus à son auvent. *Ces marmailles devraient être au lékol*, songe Patsy. Que va bien pouvoir raconter cette mère à l'agent de l'ambassade ? Elle l'imagine soulevant ses deux plus jeunes enfants pour les présenter à un fonctionnaire suffisant – peut-être même les lui tendra-t-elle, tel un sachet de prunes, afin qu'il évalue leur valeur. « *Vous voyez ? Vous voyez ?*, dira-t-elle. *C'est tout ça, mon capital.* »

Enfin entrée dans l'ambassade, Patsy s'assied et attend son tour, incapable de savourer la sensation de l'air frais diffusé par le climatiseur. En réalité, elle a encore plus chaud qu'à l'extérieur. D'autres personnes patientent à côté d'elle sur leurs chaises en plastique. À chaque fois qu'un agent lance : « Personne suivante ! », celle qui se trouve au bout du premier rang se lève puis se dirige vers le guichet libre. Les autres passent sur le siège voisin, un peu comme au jeu des chaises musicales. Patsy prie pour que derrière le guichet auquel on l'enverra se trouve une personne aimable et de bonne humeur. Certains agents semblent distraits au lieu d'écouter la personne devant eux ; peut-être ne comprennent-ils rien au patois des hommes et des femmes des paroisses rurales – des habitants de la campagne qui ont quitté leurs villages avant l'aube, coincés entre des marchandes transportant leurs produits pour les vendre sur les marchés de la ville. Les Américains sont peut-être également frustrés parce que personne ne les comprend à cause de leurs « *T* » qui sonnent comme des « *D* » et des voyelles qu'ils coupent en deux. On dirait qu'ils ne peuvent pas s'empêcher de compliquer les mots simples ou de les avaler entièrement. « *How many rums do ya have in the house yur building ?* » « *Mais misyé, je suis chrétien, moi. Je bois pas de rhum* », pourrait bien répondre un candidat confus.

Arrivée au premier siège du premier rang, Patsy écoute malgré elle l'entretien d'un homme d'âge mûr qui, dans son costume blanc impeccable et sa chemise bleu pastel, semble se rendre à un banquet.

« Répétez don ce que vous venez de dire, misyé. J'entends pas clair. »

L'homme presse le côté gauche de son visage contre la paroi de verre et la souille avec sa joue.

« C'est celle-ci, ma bonne oreille. Vous voulez bien répéter ? »

Patsy n'entend pas la question de l'agent, mais à en juger par l'expression du candidat – la mine aussi froissée que le mouchoir qu'il sort de sa poche pour essuyer son visage couvert de sueur malgré l'air frais –, ceui-ci ne le comprend toujours pas.

« Personne suivante ! »

Patsy bondit presque de sa chaise et se précipite vers le guichet en ajustant d'une main son blazer, l'autre plaquée sur l'enveloppe brune pour l'empêcher de trembler. Le claquement de ses talons compensés sonne trop fort à ses oreilles sur les carreaux de béton. Comme elle, l'agent qui l'attend est du genre bien en chair, une coïncidence qui ne diminue nullement son stress. Patsy a simplement tendance à se chercher des points communs avec les autres. Elle n'observe pas les traits du visage du fonctionnaire. Tout ce qu'elle voit, c'est que sa peau est rosie par la chaleur et le soleil, dont on ne manque jamais en Jamaïque. Même la couleur de ses yeux lui échappe lorsqu'ils se saluent, car elle n'ose pas rencontrer son regard. Elle se remémore les conseils de Cicely et décide de fixer un point au milieu de son front. « *Les Américains aiment les contacts visuels directs, alors débrouille-toi pou avoir l'air de les regarder dans les yeux.* »

Patsy remarque sa chemise à rayures et son pantalon beige, de la couleur de l'uniforme des écoliers. Elle est sûre que cet homme sent le café et la cigarette – les Américains à la télévision en raffolent, surtout les détectives. Elle peut presque humer ce mélange d'odeur à travers la vitre qui les sépare. Patsy ne voit toujours pas pourquoi ces cloisons sont nécessaires à l'ambassade. Ce n'est pas comme s'il s'agissait d'une banque aux coffres remplis d'argent. D'ailleurs, même dans les banques, il suffit d'entrer et de s'asseoir pour s'entretenir avec un membre du personnel. Mais sait-on jamais, le désespoir que trahissent ces sourires crispés, ces fermoirs métalliques et ces cravates trop serrées, pourrait violemment pousser des candidats aux abois à sauter par-dessus les tables et à s'agripper aux jambes des agents américains. « *Je vous en prie, misyé. S'il vous plaît, madame. Je vous en supplie, donnez-moi un visa. Faut bien que je nourrisse mes marmailles. On a rien ici. Le gouvernement, il aime pas les pauvres.* »

« Quelle est votre profession ? » demande le fonctionnaire à Patsy, réduisant au silence les cris de désespoir terrifiants qui résonnent dans sa tête.

L'homme examine en même temps ses documents. Ou peut-être lit-il un script, c'est difficile à dire. Dans d'autres circonstances, Patsy trouverait impolie cette façon de la saluer sans lever la tête. Elle se racle la gorge.

« Je suis fonctionnaire, misyé. Secrétaire au ministère. »

L'homme griffonne quelques mots sur une feuille de papier.

« C'est plutôt un bon travail. »

Pas quand on vous paye le salaire minimum, qu'on doit régler les frais du lékol de son enfant et qu'on loge gratuitement sa mère retraitée parce qu'elle donne toute sa pension à l'église, aimerait lui répondre Patsy. Mais elle choisit de se taire au cas où ces précisions compromettraient ses chances. Et puis, si elle a décroché ce boulot, c'est parce que le pasteur Kirby connaissait quelqu'un qui connaissait quelqu'un dont la cousine au second degré travaillait aux ressources humaines. Car, à l'époque, personne ne voulait d'une employée qui n'avait même pas terminé le lycée.

« Quel est le but de votre voyage aux États-Unis ? »

L'homme lève la tête et la fixe du regard. À part l'intention de profiter davantage de la vie et de gagner plus d'argent pour s'occuper de sa fille ? L'envie de retrouver Cicely en Amérique occupe une place si importante dans le cœur de Patsy qu'elle en tremble presque et doit s'efforcer de retrouver son calme avant de répondre. Bien qu'elle ait conservé toutes ses lettres, elle transporte seulement sa préférée dans son sac à main, écrite des mois après que son amie a disparu de Pennyfield. Personne n'a jamais su où elle était partie jusqu'à l'arrivée de ce courrier. Patsy l'a lu tant de fois qu'elle le connaît par cœur.

Chère Patsy,

Je t'écris de Brooklyn, à New York. Je voulais te contacter avant, mais il fallait d'abord que je m'installe. Je t'en prie, ne dis à personne que tu as eu de mes nouvelles. Ni à Roy, ni à manman G, ni à tante Zelma, et surtout pas à Pope. L'Amérique est exactement comme on l'avait rêvée. Il y a tellement de possibilités ici. Il fait froid et il neige beaucoup en hiver. Si on se revoit un jour, tu me trouveras tellement plus claire ! Je suis plus à l'aise ici maintenant. Mais la mer me manque. Les collines qui nous entouraient aussi. Observer le ciel la nuit et voir des étoiles si proches qu'on pourrait les attraper. L'odeur du fruit à pain qui rôtit et de la morue qui mijote. Maintenant, je dois aller au restaurant pour en acheter. Mais ce n'est pas si terrible. Je m'imagine tout le temps que tu es là aussi. J'aime rêver de nous, libres sans ta mère, ma tante, Pope, Roy et tous les autres à Pennyfield. J'insiste : ne dis à personne que tu as eu de mes nouvelles. Maintenant que je suis ici, mes souvenirs de toi et de notre amitié si spéciale ne s'effaceront jamais. Tu as toujours été ma seule famille dans ce monde.

Bien à toi,

Cicely

« J'y vais en vacances », lâche Patsy, oubliant de préciser qu'elle rendra visite à une amie.

Le mot « vacances » sous-entend une certaine oisiveté – une inactivité réservée aux Blancs, comme ceux qu'elle voit se la couler douce sur les plages de l'île, couverts de coups de soleil. Mais avant que Patsy puisse se reprendre et expliquer son projet élaboré – bâtir une maison sur le terrain qu'elle a oublié de mentionner –, l'homme déclare :

« Je ne comprendrai jamais les Jamaïcains qui partent en vacances en Amérique, alors que ce pays est paradisiaque. »

Il rit dans sa barbe et secoue la tête.

« En fait, je vais à un mariage », s'empresse d'ajouter Patsy, puisque la maladie et la mort sont deux sujets sur lesquels on ne peut pas mentir sans s'attirer le malheur.

Ce n'est pas le texte qu'elle a répété, mais elle s'en tiendra à ce scénario. Elle est stupéfaite par la facilité avec laquelle ce mensonge est sorti de sa bouche. Cicely s'est mariée il y a des années dans l'unique but de régulariser sa situation. « *C'était sans plus* », lui raconta-t-elle ensuite au téléphone. D'habitude, elles évitaient prudemment le sujet de leurs vies sentimentales – Cicely ne l'interrogeait jamais sur Roy, et Patsy ne se renseignait pas non plus sur l'objet de son affection. Le combiné coincé entre l'oreille et l'épaule, elle écouta le récit de son amie, gênée par le tambourinement de son cœur et les caquètements de la volaille qui se promenait dans le jardin derrière la maison. « *On a fait ça au tribunal. C'était fini en un clin d'œil. Le plus difficile, ça a été de convaincre le fonctionnaire de l'immigration. Y voulait des preuves. Mais grâce aux cours de théâtre qu'on suivait à l'école, je me suis montrée persuasive. On aurait vraiment cru que notre relation était authentique.* » Cicely lâcha un petit rire et Patsy, réconfortée par son récit comique, l'imagina en train d'embrasser son mari fictif avec la langue, sous le regard blasé d'un homme blanc triturant son stylo.

Non, il est impossible que ce fonctionnaire fasse des recherches là-dessus.

« Magnifique, répond-il. Et qui est-ce qui se marie ?

— M-ma meilleure amie.

— Quand aura lieu la cérémonie ?

— En octobre.

— Puis-je voir l'invitation ?

— Pardon ?

— L'invitation. J'ai besoin d'une preuve.

— Ah ! Oui, oui, l'invitation. »

Patsy se sent mal tout à coup. Elle plonge la tête dans son sac à main et fait semblant de chercher le carton imaginaire. L'idée de tout le temps, l'argent et l'énergie qu'elle a dépensés pour préparer cet entretien lui donne le tournis. Elle est sur le point de tout perdre à cause d'un stupide mensonge. Patsy plaque une main sur la bouche.

« Je vous prie de m'excuser, mais je l'ai oubliée, dit-elle dans son meilleur anglais.

— C'est qu'on me raconte sans arrêt des histoires », se justifie l'homme.

Il examine la paperasse sur son bureau pour éviter son regard suppliant et tapote la table avec son stylo. Patsy regarde ses gros doigts se resserrer et retient sa respiration tandis que la pointe plane au-dessus du papier. Il peut la priver de ce visa d'un seul coup de crayon. Tamponner un Refusé sur ses documents. Lui expliquer tranquillement qu'elle n'aura qu'à retenter sa chance l'année prochaine – mais une fois inscrite sur la liste d'attente, il lui faudra sûrement attendre encore deux ans pour repasser un entretien. Patsy se concentre sur le stylo qui s'apprête à sceller son destin.

« Pourquoi devrais-je vous croire ?, demande l'homme, qui a levé les yeux de ses documents pour la regarder.

— L'amie qui va se marier est… »

Patsy s'interrompt, le temps de trouver les bons mots. Les souvenirs de leurs moments ensemble la font sourire. D'habitude, elle conserve ces pensées pour la nuit, le moment où sa mère et sa fille sont endormies. Elle baisse les paupières et tamponne sa lèvre humide de sueur en espérant que l'homme derrière la vitre ne peut pas lire ses pensées et visualiser Cicely allongée nue au soleil dans la maison de Jackson Lane, aussi tendre et pulpeuse qu'un fruit à pain mûr et rôti. Le pasteur Kirby prêche contre ce mal ; la bouche aussi écumante que celle d'un chien enragé, il promet enfer et damnation aux âmes perdues qui ressentent de tels désirs. Mas' Jacobs – un homme mince et amical qui l'appelait « *Passy* » à cause de son cheveu sur la langue – a été chassé de la maison de sa mère, le jour où mademoiselle Roberta, la crieuse publique, a prétendu l'avoir vu prendre un petit garçon sur ses genoux.

Mais Patsy ne peut pas changer. Et grâce à ce visa, elle ne sera plus obligée de compter seulement sur ses souvenirs.

Elle laisse échapper un soupir qui embue la vitre devant elle.

« C'est comme une sœur pou moi, misyé. C'est la marraine de ma fi et je ne l'ai pas vue depuis des années. »

Elle déglutit et sent tous les mensonges qu'elle conserve descendre avec la rigidité d'un os de poulet dans sa gorge.

« Vous avez une fille, dites-vous ? » lui demande l'homme, alors qu'elle manque de s'étrangler.

Confuse, Patsy hésite à nouveau à répondre lorsqu'elle remarque le sourire sur son visage. Le tout premier.

Cette information n'avait pas satisfait l'agent qu'elle a rencontré deux ans plus tôt. Le fait qu'elle ait une fille ne signifiait rien pour lui. De toute évidence, l'ambassade commençait à comprendre à l'époque que les gens étaient prêts à abandonner parents malades, époux et nouveau-nés si l'occasion se présentait de partir travailler en Amérique, un exode qui rappelle à Patsy l'enlèvement de l'Église. Manman G le répète sans arrêt : *Un jour, Jésus reviendra chercher les bons chrétiens, les élus, et leurs proches abandonnés à leur sort seront exterminés par des boules de feu.* En Jamaïque, les élus sont les personnes à la peau claire qui vivent dans d'immenses demeures sur les collines. Blotties là-haut tout près du paradis – loin de la ville chaude, poussiéreuse, et des visages noirs luisants de sueur et ridés par les fardeaux quotidiens –, elles n'ont aucun besoin de s'échapper.

« Oui, répond Patsy. J'en ai une. »

Elle ouvre son portefeuille et lui montre une photo de Tru, souriante dans un uniforme en tissu écossais rouge, prise le jour de son entrée à l'école maternelle.

« Elle est magnifique. Quel âge ?

— Elle aura six ans en octobre. »

Patsy referme son portefeuille. Aussitôt que la photo est cachée, le péché du mensonge, et le péché d'envie, n'existent plus.

« Ma femme vient de donner naissance à une petite fille. Notre première !, se confie l'homme à voix basse. Et imaginez-vous qu'elle a embauché une nounou jamaïcaine ! Une gentille femme. »

C'est au tour de Patsy de sourire. S'apercevant qu'elle le faisait déjà, elle étire davantage les lèvres et sent cette fois son sourire atteindre ses yeux. Elle se penche vers la paroi de verre afin de voir la photo que lui montre l'homme, celle d'un bébé endormi entièrement chauve.

« Elle est adorable, misyé. »

Le visage souriant du fonctionnaire brille autant qu'une pièce de monnaie au soleil.

« Merci », répond-il en rosissant.

Patsy réalise que ce qu'elle lit sur son visage est de la fierté – une fierté qui l'attriste sans la moindre raison, du moins pour aucune raison exprimable ni compréhensible.

Patsy se concentre sur la couleur de l'homme, stupéfaite que les personnes blanches soient capables d'en changer en un clin d'œil. Cicely possède aussi ce don, qui faisait autrefois d'elle la fillette la plus vénérée de l'école. Les professeurs la choyaient. Ils faisaient comprendre à leurs élèves que les jolies filles comme Cicely étaient les plus méritantes. Elle était si calme qu'on aurait dit un ange tombé du ciel, l'air sonné, le visage rougi par sa chute étourdissante. Tout ce qu'elle disait en classe ou dans la cour de récréation était parole d'évangile. Peu importait que la communauté tout entière sache que sa mère, mademoiselle Mabley – une coolie à la peau arachide dont la chevelure était si longue qu'elle effleurait le haut relief de son postérieur ondulant – couchait avec des hommes contre rémunération, et que Cicely n'ait jamais connu celui qui lui avait donné du sang blanc.

Les fillettes avaient dix ans lorsque celle-ci choisit Patsy, qui accepta volontiers le rôle convoité de « meilleure amie de Cicely ». Cette mission s'accompagnait de certains privilèges, tels que le droit de jouer avec sa très longue chevelure soyeuse qui frémissait à chaque mouvement, et l'expérience merveilleuse d'une amitié propice aux confidences, pleine de moments d'intimité et de bavardages. Patsy faisait en outre les devoirs de Cicely, et l'aidait lors des évaluations de maths en lui faisant passer des réponses griffonnées sur des emballages de chewing-gums Wrigley's. Quelques années plus tard, elle la protégea des petites brutes jalouses qui se servaient de la mort honteuse de sa mère pour la blesser. Comme le globule qui passe son existence à fournir de l'oxygène aux cellules d'un tissu, Patsy volait au secours de Cicely sans se poser de question.

TU AS TOUJOURS ÉTÉ MA SEULE FAMILLE DANS CE MONDE. Patsy imagine Cicely, aussi blanche que le père qu'elle n'a jamais rencontré, aussi blanche que les princesses de ces livres de contes de fées qu'elle envoie à Tru après avoir inscrit à l'intérieur ses initiales, CM, en caractères parfaits, sa beauté préservée telle celle d'une sculpture de glace par le froid américain.

« Cette enfant est tout pour moi, lui confie l'agent de l'ambassade en songeant encore au bébé de la photo.

— La mienne aussi. »

Patsy file chercher Tru à l'école en faisant de son mieux pour ne pas trébucher sur ses chaussures compensées. Elle est d'autant plus prudente que son sac à main contient une promesse de taille – son passeport tamponné. Comme si elle venait d'échapper de justesse à un danger, Patsy respire à pleins poumons et ne peut s'empêcher de jeter des coups d'œil par-dessus l'épaule, presque certaine que l'agent de l'ambassade lui court après pour lui reprendre son visa. Voyant que personne ne la poursuit, elle ralentit le pas.

À son arrivée, la cour de l'école est calme. L'herbe ondule comme des vagues dans le vaste champ qui sert aux activités sportives et aux kermesses. La Saints Basic School que fréquente Tru se trouve de ce côté ; quant à la Saints Primary School, où Patsy espère l'inscrire en cours préparatoire, elle est située de l'autre côté de la rue. Des marchandes ont déjà installé leurs tables, couvertes de friandises qu'elles s'apprêtent à vendre à la cohue d'élèves qui déferlera dès la dernière sonnerie. Quelques voitures sont garées sur le parking poussiéreux ; en attendant leurs enfants, certains parents adossés à leurs sièges écoutent le match de football opposant l'Italie et le Cameroun, ou le dernier tube de Barry G à la radio. L'hymne de la coupe du monde, *Rise Up*, passe en boucle dans une voiture ; différents chanteurs jamaïcains lancent au reste de leurs compatriotes : « *Il y a un vainqueur en chacun de vous… Donnez le meilleur de vous-mêmes.* » Car c'est exactement ce que font les Reggae Boyz. Patsy sourit ; cette chanson un brin trop optimiste résonne finalement en elle après ce qu'elle vient d'accomplir. Elle se met à chanter. L'homme qui écoute la chanson dans son véhicule doit penser qu'elle lui sourit, car il lui lance un clin d'œil. Patsy le salue d'un hochement de tête poli en signe de solidarité, puis lui tourne le dos. Le soleil de l'après-midi fait scintiller le toit arrondi du kiosque en forme de coquillage, sous lequel tous les élèves de l'école se rassemblent pour la prière du matin, avant de se diriger vers le bâtiment à étage peint en bleu et blanc où se trouvent leurs classes.

Il est treize heures passées. Lorsqu'elle atteint celle de Tru, Patsy aperçoit mademoiselle Gains devant le tableau, occupée à surveiller les enfants qui récitent la prière de l'après-midi. Tru, qui a dû sentir sa présence, repère Patsy et entonne, les yeux grands ouverts : « *Notre Père, qui es aux cieux, que ton nom soit sanctifié…* »

Elle sourit à sa mère et gigote sur sa chaise, incapable de se concentrer. Patsy lui fait signe de fermer les yeux. Mais Tru, surexcitée, oublie qu'elle doit obéir à mademoiselle Gains. Levant les yeux, l'enseignante aperçoit Patsy et lui adresse un sourire crispé, mécontente de la voir ici aussi tôt.

« *Pardonne-nous nos offenses, comme nous pardonnons aussi à ceux qui nous ont offensés…* »

Patsy fait un pas de côté et attend patiemment près de la porte que toute la classe ait fini de prier.

« N'oubliez pas de faire vos devoirs ! » lance mademoiselle Gains par-dessus les bavardages et les raclements de chaises, interrompant les rêveries de Patsy.

Lorsque sa fille lui fait coucou, elle lui sourit. Mademoiselle Gains l'invite à entrer d'un signe de la main.

« Tru, tu veux bien sortir un instant ?, demande-t-elle à la fillette avec la diction affectée des professeurs d'écoles catholiques. Je dois parler à ta maman. »

Tru sort en emportant son cartable et sa boîte à déjeuner. Mademoiselle Gains attend qu'elle soit hors de portée de voix pour dire à Patsy d'un ton moins guindé :

« Franchement, ça peut plus durer.

— Je sais. J'étais en avance.

— C'est pas ça le problème.

— Qu'est-ce qu'il y a alors ?

— C'est plus qu'une question de temps avant que la direction vérifie la liste et découvre…

— Écoutez, dit Patsy, avant de laisser échapper un soupir. J'ai demandé à Tru de vous prévenir que j'aurai les sous d'ici mardi.

— Vous avez déjà dit ça le mois dernier.

— Y a eu un gel des paiements au ministère. Vous le savez bien. Je fais de mon mieux.

— Ça suffit pas en ce qui concerne son instruction. C'est pas moi qui dicte les règles ici.

— Vous croyez que je le sais pas ? On vient du même endroit, vous et moi. Vous savez comment ça se passe. »

Mademoiselle Gains croise les bras sur la poitrine. C'est une belle femme, plus belle que toutes celles que Patsy a jamais rencontrées, aux hautes pommettes et à la large mâchoire carrée. Elle garde sa chevelure naturelle et la coiffe en deux tresses, hautes et soignées, de chaque côté de la tête. Sa peau brun foncé – vision peu commune dans une école de nonnes – est sans imperfection, ce qui rend son âge plus difficile à deviner. D'aussi loin que s'en souvienne Patsy, elle a toujours habité dans Newcastle Lane à Pennyfield. Autrefois, elle vivait avec sa mère adoptive, mademoiselle Myrtle (*paix à son âme*), et sa petite sœur, Bernice. Mademoiselle Gains va à l'église de l'Assemblée de Dieu pour les vertueux que manman G fréquente depuis des années. Bien qu'elle ne soit pas catholique, elle mène une vraie vie de nonne. Elle n'a ni mari ni enfants, mais on suppose que Bernice est en réalité la fille que lui aurait donnée son propre père, car la petite est attardée. Patsy se moque totalement de ces rumeurs, contrairement aux autres femmes de Pennyfield qui donnent fièrement naissance à une tripotée de gringalets qu'elles sont incapables de nourrir. À leurs yeux, il est suspect qu'une femme de plus de vingt-cinq ans n'ait pas d'enfants. Soit elle est malheureusement stérile, soit, dans la mesure où leurs compatriotes sont les hommes les plus désirables de la terre, c'est une dépravée

– ce qui est impossible dans un endroit comme Pennyfield, où tout le monde est au courant de vos moindres faits et gestes, peut voir tout ce qui se passe d'un bout à l'autre de votre maison à travers la varangue, surveiller par une fenêtre les activités se déroulant dans votre chambre ou votre cuisine, ou vous regarder vous laver, nu comme un ver, dans votre salle de bains extérieure par-dessus la palissade en zinc. Il n'y a pas la moindre cachette dans un quartier pareil. Et s'ils sont prêts à excuser la conduite des criminels, des ivrognes et des hommes qui copulent avec des chèvres, des vaches, des chiens ou des enfants, les gens se méfient, presque avec terreur, d'une femme sans famille ni religion. Jésus est la seule excuse valable pour qu'une jeune femme refuse de laisser un pénis l'approcher.

« Je vous donne jusqu'à mardi, déclare mademoiselle Gains, que les personnes âgées de Pennyfield appellent toujours "*la fi adoptive de mam'zelle Myrtle*". Après, je pourrai plus la garder dans ma classe. Je risquerais d'avoir des problèmes avec la direction du lékol. Si je fais ça, c'est uniquement pasque c'est une bonne élève et qu'on est voisines…

— Je vais régler le problème. »

Mademoiselle Gains hoche la tête.

« Très bien. Transmettez mes salutations à votre mère. »

Se tournant pour partir, Patsy laisse la dernière demande de l'institutrice choir sans bruit entre elles sur le carrelage en béton de la classe.

« Manman a une bonne nouvelle ! » annonce Patsy à Tru au restaurant Tastee de Cross Roads, où elle l'a emmenée après l'école.

Assis sur des bancs près d'elles, quelques employés des entreprises du coin dévorent des pâtés à la viande et du pain coco. Tru et Patsy sont installées à une des tables en plastique qui font face à la route. La fillette regarde sa mère, en clignant des yeux à cause de la poussière soulevée par le chantier de la station-service. D'un brun plus clair que sa peau, ils sont aussi vifs que si deux soleils remplaçaient ses pupilles. Ces temps-ci, Tru dévisage Patsy avec l'attention sérieuse d'une femme d'expérience. Mademoiselle Gains a proposé de lui faire sauter une classe quand elle commencera l'école primaire en septembre. Patsy y a bien réfléchi, car elle craint que sa fille ne soit trop petite pour trouver sa place au milieu d'enfants plus âgés, bien que son intelligence vaille la leur, voire la dépasse. Mais c'est vraiment là son unique peur. En son for intérieur, elle se réjouit que Tru saute une classe. Cela ne la fera mûrir que plus vite et brûler des étapes, ce qui soulagera Patsy du fardeau de son éducation. Un sentiment de culpabilité la submerge aussitôt. Il y a une telle conviction dans l'expression de sa fille – une noirceur et un mystère qui effraient Patsy et l'obligent parfois à détourner le regard, ou réarranger ce qui n'a pas besoin de l'être. Elle tend ainsi la main au-dessus de la table afin d'essuyer des miettes de pâté autour de la bouche de sa fille. Pour faire bonne mesure, elle lisse ensuite ses sourcils broussailleux avec l'index et tire sur le bout de ses nattes, attachées par un élastique à boules blanches et des barrettes en forme de petits nœuds. Une fois qu'elle n'a plus rien à retoucher, Patsy ralentit ses gestes.

« Qu'est-ce que tu voulais me dire, manman ? » demande Tru en mâchant la bouche ouverte.

Patsy aperçoit sa gencive nue à l'endroit où elle a perdu deux incisives.

« C'est une surprise.

— Tu m'as acheté un ballon de foot pou que je puisse jouer comme les Reggae Boyz ?, demande la fillette, les yeux écarquillés.

— Non. C'est une surprise encore plus épatante.

— Ricky l'albinos dit qu'y a rien de plus épatant que les Reggae Boyz.

— Ce n'est que son avis. Et combien de fois je t'ai dit de plus appeler ce garçon comme ça ? C'est pas gentil. J'espère que tu le fais pas devant lui.

— Non, manman.

— Et j'espère que tu laisses personne te dicter quoi penser.

— Non, manman.

— Je veux que tu abandonnes tes manières de garçon manqué. Les petites fi sages font en sorte de rester soignées et propres. Comme les élèves du lycée Wilhampton. Elles jouent pas avec les garçons et salissent pas leurs beaux uniformes blancs. Elles sont sages et obéissantes. Tu veux bien me le promettre ? Promets-moi que tu… »

Patsy s'interrompt en remarquant le regard lointain de sa fille. Elle prend une profonde inspiration et change de sujet. « D'accord. Si je te révèle mon secret, promets-moi que tu diras rien à grand-mère.

— Je te le promets !, s'exclame Tru en se trémoussant sur son siège, à nouveau pleine de vie.

— Tu es sûre ? » demande Patsy avec un petit sourire.

Tru hoche la tête avec une telle vigueur que ses tresses s'agitent.

« Je crois pas que tu es assez grande pou garder un secret. »

Patsy s'adosse à sa chaise et croise les bras sur sa poitrine d'un air taquin.

« Seules les grandes fi savent les garder, déclare-t-elle, une phrase que son oncle Curtis répétait souvent quand elle avait l'âge de Tru.

— Mais je suis une grande fi ! »

Patsy rit malgré le nœud désagréable qui se forme dans son ventre.

« Bon, voilà. Je pars en Amérique, lui annonce-t-elle enfin, sa serviette serrée dans son poing. J'ai eu mon visa aujourd'hui. »

Tru écarquille les yeux. Elle bondit de sa chaise puis fait le tour de la table pour serrer sa mère dans ses bras.

« On part en Amérique ! » s'écrie-t-elle.

Quelques clients tournent mollement la tête, haussent les épaules puis se mettent à discuter à voix basse ; d'autres haussent les sourcils et sourient avec admiration. Patsy s'autorise à savourer ce câlin avec sa fille – qui ne connaît de l'Amérique que ce qu'on raconte dans les contes de fées de Walt Disney qu'elle regarde à la télévision, quand Manman G n'est pas là pour lui rappeler que ces dessins animés sont l'œuvre du diable, ou dans les livres que lui envoie Cicely. Elle repense à cette boule à neige qu'elle avait achetée un jour à Woolworth dans le centre-ville – un trésor inhabituel au milieu des vierges Marie et des statuettes de Jésus ornant l'étagère du salon. Tru prenait autant plaisir que sa mère à secouer l'objet pour voir les flocons emplir la boule et se poser sur la belle maison et les sapins qui l'entouraient. « *Y neige!* » gloussait-elle, la tête renversée, en battant des paupières comme si elle les sentait tomber sur son visage.

Mais un jour, la boule disparut. Tru admit l'avoir emportée à l'école pour la montrer à ses amies et l'avoir égarée. Patsy en tomba presque à genoux en écoutant les aveux de sa fille. Elle l'attrapa et lui donna deux bonnes fessées. « *Je t'ai demandé de l'emporter à ton lékol ?* » Curieusement, ce furent les yeux de Patsy qui se mouillèrent. « *Combien de fois je t'ai dit d'y faire attention ?* »

Pour elle, ce globe contenait la promesse secrète d'une vie sans problèmes ni besoins. Le jour où Tru la perdit, Patsy eut l'impression de devoir faire une croix sur *son* conte de fées – chose que sa fille ne comprit pas. Ses joues restèrent sèches, tandis que les siennes ruisselaient de larmes.

Patsy ferme les yeux – le soleil sur ses paupières crée aussitôt une sorte de néant jaune dans son esprit – et regrette de l'avoir frappée. Elle serre fort Tru contre elle et s'en veut de ne pouvoir se satisfaire du plaisir simple de la sensation du soleil sur ses paupières et de l'étreinte de sa fille. Mais alors qu'elle inspire le parfum de l'huile Blue Magic appliquée sur les cheveux de Tru, qui se mêle à l'odeur des pâtés au bœuf et des gaz d'échappement de la circulation bruyante de l'heure de pointe sur Half-Way Tree Road, Patsy sent seulement monter son désir secret de vivre plus intensément.

En vérité, elle n'a jamais aimé sa fille autant qu'une mère est censée le faire, ni autant que sa fille ne l'aime. L'amour qu'éprouve Tru pour elle – un amour sans réserve, que Patsy n'a pas eu à gagner ni à mériter – paraît injuste. La fillette accepte tout ce que dit et fait sa mère avec une parfaite candeur. Parfois, Patsy se surprend à vouloir réduire à néant cette image d'elle qu'elle voit se refléter dans ses yeux. Le jour où Patsy l'a frappée violemment parce qu'elle avait égaré la boule à neige, la colère de sa fille lui a procuré un certain soulagement. Avec un peu de chance, cette image figée que Tru avait d'elle finirait noyée par ses larmes. Mais la fillette n'a pas pleuré. Elle est revenue voir Patsy quelques instants plus tard, ses grands yeux marron lui mangeant presque le visage – deux puits sans fond dans lesquels sa mère prend soin de ne pas plonger trop longtemps le regard.

Après l'incident de la boule à neige, Patsy a commencé à faire des projets et des rêves dont Tru était exclue ; elle a écrit à Cicely qu'elle aimerait bien loger chez elle à Brooklyn, elle a fait une demande de passeport, puis de visa. Quant au reste, elle y réfléchira une fois arrivée en Amérique – il paraît que là-bas, les possibilités et les offres d'emploi abondent. D'après Cicely, il existe même des agences pour aider les gens à trouver un travail. « *Et un bon en plus ! Tu pourras te faire le triple de ce que tu gagnes au ministère en une semaine !* » Patsy s'imagine toujours marchant main dans la main avec elle en Amérique, essayant des vêtements dans les boutiques, l'une remontant la fermeture de la robe de l'autre comme elles le faisaient enfants, ou achetant des articles ménagers, à la manière d'un vrai couple, pour leur maison – une demeure à étage en briques. Patsy n'en a parlé ni à manman G ni à Roy, car elle voulait d'abord voir si elle décrocherait un visa. Ce coup de tampon qui concrétiserait la possibilité d'une vie avec Cicely ; d'une récompense après toutes ces années de malheur ; d'une logique à toutes les erreurs de son existence. À présent, Patsy doit trouver comment annoncer à Tru qu'elle part en Amérique sans elle. La fillette le sent peut-être car elle s'agrippe plus fort à son corps. Une boule monte lentement dans la gorge de Patsy. « *Dyé, il a pas de place dans son armée pou les lâches* », dit toujours manman G.

Patsy déglutit.

2

Pennyfield était jadis un quartier bourgeois, jusqu'à ce que les propriétaires locaux, ceux qui en avaient les moyens, fuient la Jamaïque dans les années soixante-dix, persuadés qu'elle s'apprêtait à devenir un pays communiste, à l'instar de sa voisine Cuba. Affolés, ils filèrent se réfugier dans les bras de leur mère patrie, l'Angleterre, laissant derrière eux des maisons coloniales décolorées, décapées et déchues de leur grandeur. Ils abandonnèrent leurs manguiers, leurs poiriers, leurs *akées*[1] et leurs goyaviers aux jets de pierres des enfants affamés. Chacune de ces maisons est aujourd'hui ravagée par la pauvreté et les caprices de dame Nature. Pennyfield, qui se niche au pied des collines et s'étend jusqu'à un ravin sablonneux, tient son nom, d'après Ras Norbert, le vieux rasta qui habite dans une case de Rose Lane, des pièces de monnaie que des Anglais enterrèrent un jour dans la zone pour se porter chance. Toujours selon lui, ce seraient même de généreuses quantités de pièces d'or que ces hommes auraient enfouies dans le sol. « Croyez-le ou pas ! » braille le vieil homme avant de commencer son récit, tandis que son œil intact se promène sur les visages autour de lui, jusqu'à ce qu'il

1. Fruit « national » de la Jamaïque. C'est également le nom de l'arbre qui le produit.

repère le regard fixe d'une personne prête à l'écouter. Cette histoire se serait déroulée avant que les Jamaïcains aisés ne s'envolent tels des oiseaux exotiques en quête d'un refuge, et bien longtemps, évidemment, avant que manman G ne reçoive un appel céleste. Et que de jeunes garçons à la gâchette facile ne tracent une ligne invisible en travers du ravin, marquant leur territoire à l'aide de bombes de peinture sanguine et d'énigmatiques graffitis à peine lisibles sur les murs des bâtiments : PNP[1] vs JLP[2] ; LE ORANGE C'EST POU LES PÉDALES ; POU QUE LA JAMAÏQUE RESTE PROPRE, VOTEZ VERT ; ON VEUT LA LIBÈTÉ.

En période électorale, des politiciens traversent Pennyfield dans leurs BMW aux vitres teintées. Ils apportent des caisses de Guinness pour les distribuer aux habitants, leur façon bien à eux d'arranger les choses. Aux jeunes de la communauté – des garçons qui ne vont pas à l'école, des jeunes que Patsy connaît depuis l'époque où ils étaient tout gamins –, ces politiciens offrent des armes à feu.

Patsy et Tru dépassent Ras Norbert assis sur une caisse de bouteilles de soda vide près du Pete's Bar, à l'ombre du grand gaïac qui pousse au coin de Walker Lane et qui attire tant de papillons jaunes au mois de mai qu'il semble couvert de feuilles dorées frémissantes. Ras Norbert est occupé à raconter son histoire aux enfants morveux et ébouriffés de mademoiselle Foster, dont aucun ne semble jamais porter de chaussures ni aller à l'école. Bien qu'ils n'aient pas le même âge, tous font la même taille et se ressemblent à s'y méprendre. Même les filles, avec leur coupe afro et leurs épaules osseuses cachées sous de simples robes de coton, sont à peine différenciables des garçons vêtus de shorts beiges et de T-shirts déchirés aux couleurs de pays qu'ils ne

1. *People's National Party.* (*Toutes les notes sont de la Traductrice.*)
2. *Jamaica Labour Party.*

verront jamais – la France, le Brésil, l'Italie… Les enfants écoutent Ras Norbert en suçant leur pouce. Les balais que le rasta fabrique et vend sont appuyés contre le tronc de l'arbre, tandis qu'il leur parle du jour où quelques hommes en pantalons et chaussettes longues s'accroupirent au pied de la colline, malgré la chaleur écrasante, pour creuser des trous et y semer des pièces d'or. Personne ne demande jamais à Ras Norbert d'où il tient cette histoire, pas plus qu'on ne lui demande comment ses dreadlocks poivre et sel emmêlées, semblables à l'écorce ridée d'un grand arbre, sont devenues aussi longues. Afin qu'elles ne balayent pas le sol, il est obligé de porter leur masse sur une épaule, de la même manière que s'il promenait l'anaconda du Hope Zoo.

« Mais s'ils ont planté de l'or, pourquoi ils ont appelé cet endroit Pennyfield ? » demande un enfant qui n'appartient pas à mademoiselle Foster.

Ras Norbert interrompt son histoire pour localiser la source de cette voix fluette. C'est celle du petit-fils albinos de mademoiselle Ida, qu'il est difficile de ne pas remarquer, car il est aussi pâle qu'un fantôme et ses cheveux ont la couleur des algues séchées. Il est caché dans les plis de la jupe de sa grand-mère, dont le motif à fleurs ne fait qu'accentuer sa blancheur. Seule la langue rose vif qu'il tire à Tru n'est pas dépourvue de couleur. La fillette riposte en lui tirant la langue à son tour. Les enfants ressemblent à deux geckos qui se provoquent dans un jardin. Patsy pince l'avant-bras de Tru.

« Je t'ai déjà dit de pas tirer la langue ! C'est pas digne d'une jeune fi. »

Tru croise les bras sur la poitrine d'un air boudeur et foudroie le garçon albinos du regard. Mademoiselle Ida, qui est cuisinière à l'école maternelle de Molynes Road, ne semble pas remarquer les grimaces de son petit-fils. Comme Patsy, elle s'est arrêtée pour écouter Ras Norbert.

« Y a que les idiots qui pensent qu'un penny est juste un penny, répond celui-ci au garçon. L'homme sage, y connaît la valeur d'une pièce. Le problème, c'est qu'on est trop paresseux et opprimés pou dénicher une aubaine dans notre propre jardin. »

Mademoiselle Ida et mademoiselle Foster secouent la tête en riant, attrapent la main de leurs enfants qui regardent Ras Norbert les yeux ronds, et les entraînent dans des directions différentes.

« C'est quoi une aubaine ?

— Venez, les enfants ! C'est l'heure de partir ! Y faut que je prépare le dîner avant le début du match ! Y a que les Reggae Boyz qui peuvent nous rapporter de l'or !

— Parfaitement ! Ce vieux-là raconte que des bêtises !

— Si y avait vraiment de l'or dans notre jardin, Nelson l'aurait trouvé depuis longtemps. Cette brute de propriétaire laisserait jamais un trésor lui filer sous le nez. »

Patsy est la dernière à partir. Les gloussements des autres femmes s'éloignent. Toute l'euphorie qu'elle ressentait plus tôt est brusquement retombée, aussitôt remplacée par une certaine tristesse – un sentiment qu'elle a toujours éprouvé sans jamais parvenir à cerner sa cause.

« Viens », dit-elle à Tru d'une voix morne en détournant le regard de Ras Norbert qui poursuit ses remontrances.

Les plantes de manman G envahissent le jardin de devant jusqu'à la varangue. La maison à deux chambres qu'elle loue avec Patsy est une basse construction bleu clair pourvue d'un toit de bardeaux, de fenêtres à persiennes protégées par des barreaux, d'une véranda et d'une antenne télé fixée sur le côté. La plupart des habitations de Pennyfield lui ressemblent. Leurs jardins sont séparés par des fils barbelés ou des palissades en zinc dans lesquelles sont percés des trous offrant aux voisins un accès immédiat aux informations qui ne les concernent pas : « *Cette Peggy s'est encore trouvé un boug. J'espère qu'elle va le garder, celui-là !* » Les jours précédant le versement de la paye, quand on n'arrive plus à joindre les deux bouts, ces trous servent à s'échanger des ingrédients de cuisine : « *Je peux te demander une pincée de sel, Jerry ? Je vous emprunterais bien deux morceaux de gingembre, mam'zelle Berta. Viens me goûter ce jus de corossol et dis-moi s'il est bon. Y lui faut plus de sucre, pas vrai ? Je peux t'en emprunter un peu ?* » Les enfants espionnent ceux qui prennent leur bain dehors. Ils rient et pointent du doigt leurs nombrils proéminents ou leurs taches de naissance situées à des endroits étranges. Les victimes crient en frottant leurs yeux pleins de savon : « *Laissez-moi tranquille ! Je vais le dire à votre mère ! Si je vous attrape, vous allez voir ce que vous allez voir ! Fichez-moi la paix !* »

Mais lorsque cessent le bruit et les bavardages, on ne perçoit plus que des soupirs. Ou parfois, l'air qui vibre au son des coups de feu pendant les guerres de clans. La nuit, Patsy les entend de sa chambre. Dans un endroit comme Pennyfield, où ces bruits sont fréquents, les habitants n'ont pas peur, mais ils se tiennent sur leurs gardes ; ils dorment la porte fermée et derrière des fenêtres à barreaux. Dans ce calme relatif, ils peuvent vivre tranquilles grâce à Pope. Patsy l'a connu à l'époque où il s'appelait encore Peter Permell et où ils étaient camarades d'école à Pennyfield Primary – c'est l'aîné des trois fils que mademoiselle Babsy a élevés à Melrose Lane. Cicely est sortie avec lui au collège. Bien que la mère de Peter lui ait donné de la nourriture et l'ait invitée à leur table quand manman G a cessé de subvenir à ses besoins, Patsy a toujours considéré ce garçon comme un voyou. C'est après avoir été expulsé d'Amérique qu'il est devenu Pope. Actuellement, il règne tel Dieu lui-même sur Pennyfield, plus puissant que n'importe quel policier ou politicien véreux. Ses petits frères, Keith et Leroy, qui se font maintenant appeler Bishop et Cardinal, sont ses bras droits.

« Un jour, je t'achèterai une grande maison », dit Patsy à Tru qui la tient par la main.

De ses doigts libres, Patsy ouvre le portail. L'odeur douceâtre qui monte d'une des plantes lui évoque un souvenir douloureux. Elle soulève le loquet de la grille de la varangue.

« Avec un étage ?, demande Tru.

— Oui.

— Et un balcon ?

— Tout à fait.

— Et un grand jardin où je pourrai jouer au foot et m'entraîner pou devenir aussi forte que les Reggae Boyz ? »

Patsy marque une pause avant de répondre.

« Oui, avec un grand jardin où tu pourras taper dans le ballon et devenir notre première star féminine du football.

— Mais où tu trouveras la place pou la faire construire ?

— Je la ferai bâtir sur la colline. À côté de celles-là. »

Du regard, Tru suit le doigt que pointe sa mère vers l'*akée* de mademoiselle Ponchie, jusqu'à sa plus haute branche, au-dessus de laquelle elle aperçoit les grandes demeures, semblables à de majestueux châteaux, qui dominent Kingston du sommet de la colline.

« C'est là-haut que je la ferai bâtir, s'entend répondre Patsy, presque dans un murmure. C'est pou ça que je pars en Amérique. Pou améliorer ta situation. Notre situation à toutes. »

Afin que t'aies jamais à compter sur Pope pou quoi que ce soit, s'apprête-t-elle à ajouter, avant de se raviser.

Patsy et Tru entrent dans la maison où ne flotte jamais la moindre odeur de cuisine ni de produits d'entretien, juste le parfum écœurant de l'essence de romarin. Les longs rideaux roses à fleurs rouges masquent les fenêtres dont les persiennes sont toujours fermées. Patsy les ouvre pour aérer la pièce. Des grains de poussière dansent dans les rayons du soleil puis se posent sur les statuettes de Jésus qui encombrent l'étagère et la vieille chaîne stéréo sur laquelle manman G passait autrefois des disques de la Motown, avant de cesser d'écouter « *cette musique du diable* ». Patsy détourne les yeux des visages en cire des figurines. Elle a grandi sous ces regards figés interrogateurs, si effrayants qu'elle en perdait ses moyens. Leur jugement silencieux semblait se répandre partout comme la poussière qui les recouvrait, assombrir la pièce et l'asphyxier, ainsi que tout le reste de la maison.

« Bonsoir, grand-mère ! » crie Tru dès qu'elle laisse tomber son cartable sur le canapé couvert de plastique, avant de partir à la recherche de manman G.

Épuisée, Patsy la suit lentement puis vérifie le courrier posé sur la table de la salle à manger – surtout des factures qui s'accumulent. Elle les jette une à une comme si elle distribuait un jeu de cartes en murmurant : « Ça peut attendre. Ça peut attendre. Mais qu'est-ce que je leur dois encore à eux ? Bande de voleurs ! »

Arrivée à la fin du paquet, elle secoue la tête. Madame Tyson ne va pas tarder à venir frapper au portail pour récupérer l'argent du loyer. Patsy jurerait que cette vieille femme ne quitte son quartier résidentiel dans son véhicule avec chauffeur que pour les harceler jusqu'à ce qu'elles payent. C'est une des rares propriétaires qui refusent de céder leurs propriétés à Pope. La plupart ont cessé de venir dans le quartier. Ils ont fini par abandonner leurs biens pour de bon, craignant des représailles sous une forme ou une autre, ou le racket d'autres propriétés et commerces qui leur appartiennent. Le père de madame Tyson était un des membres de la haute société qui habitaient à Pennyfield à l'époque où c'était un quartier aisé. Il mourut à la fin des années soixante et légua sa maison à sa fille. Au lieu de la vendre, madame Tyson loua un côté du bâtiment à manman G – alors une jeune domestique, enceinte de Patsy – et fit condamner l'autre, où se trouvent toujours les affaires de son père, couvertes de poussières et de toiles d'araignée. Le corps de madame Tyson s'est tassé avec les années, et son visage pâle est en permanence renfrogné. À chacune de ses visites, elle balaye le jardin du regard, traverse la maison appuyée sur sa canne puis jette un coup d'œil dans les placards et les marmites posées sur la cuisinière d'un air dégoûté. « *C'est Satan, cette fanm* », répétait manman G quand Patsy était enfant. Et la fillette la croyait. Sa mère lui demandait de répondre à la propriétaire qu'elle était sortie – c'est le seul mensonge qu'elle a continué à commettre après avoir été sauvée par Dieu. Mais un jour, Patsy, à peine âgée d'onze ans, désobéit et laissa entrer la femme dans la maison. Madame Tyson retira un billet de vingt dollars d'une liasse issue de plusieurs paiements de loyers et le pressa discrètement dans la paume ouverte de la fillette. « *Va don t'acheter des provisions avec ça.* » Le regard de la femme venait de glisser vers les placards vides que manman G avait oublié de remplir pendant une de ses nombreuses périodes de jeûne qui pouvaient durer des jours, voire des semaines. Un rare geste de gentillesse de la part de leur propriétaire, qui ne s'est jamais occupée des réparations de la maison.

« Je peux pas payer tout ça maintenant », se lamente Patsy, dont le regard se pose finalement sur les statuettes.

Elle rêve de les briser une par une et d'écraser leurs morceaux sous ses talons.

Manman G, âgée seulement de cinquante ans, a depuis longtemps renoncé à la vie et attend patiemment le jour du jugement dernier, trop absorbée par les Écritures et sa fichue collection de figurines pour se préoccuper des factures. « *Le Seigneur pourvoira. T'as oublié la multiplication des pains ?* » répète-t-elle. Mais c'est en réalité Patsy qui pourvoit aux besoins de sa famille, qui multiplie et divise – et le peu qu'elle gagne se réduit rapidement comme peau de chagrin. C'est sa punition, pense-t-elle, parce qu'elle est tombée enceinte d'un homme qui avait déjà une famille. Une faute que manman G ne lui a jamais pardonnée. Patsy tente constamment d'expier ce péché, en faisant des heures supplémentaires afin de nourrir non seulement Tru, mais aussi sa mère qui ne ramène aucun salaire depuis que Jésus l'a appelée pour lui rendre témoignage à plein temps.

Manman G est assise sous la petite varangue que tonton Curtis a construite derrière la maison avant de partir. Cet homme que manman G demandait à Patsy d'appeler « tonton » était en fait son beau-père. Mais l'idée que la fillette l'appelle « papa » déplaisait à sa mère, et « monsieur Willoughby » paraissait trop solennel. Tonton Curtis était un homme trop jaloux pour supporter l'idée que le cœur de manman G batte pour deux hommes à la fois, même si son rival n'était autre que le Créateur. Malgré les protestations de sa compagne, il continuait à boire du rhum et fumer des cigarettes. Le soir, il aimait s'asseoir dans son fauteuil du salon, poser ses grands pieds sur un tabouret et écouter de vieux tubes sur la chaîne hi-fi. Attirée par la musique, Patsy quittait son lit pour le rejoindre. « *On dansait là-dessus dans le temps* », disait-il en sentant sa présence. Ses yeux tristes et flétris se posaient sur le visage de la fillette, presque invisible dans la pénombre. « *Tu te rappelles, Gloria ?* » Pareilles à un voile de fumée de cigarette, les années qui les séparaient se dissipaient quand il regardait Patsy, curieux de comprendre ce qui avait mal tourné entre sa compagne et lui. Perplexe, il ne voyait pas son jeune visage, mais celui de manman G.

Un beau jour, tonton Curtis les quitta, incapable de supporter plus longtemps la nouvelle piété de manman G.

« *Je suis un adulte! Personne me dit quoi faire! C'est pas une fanm qui va me donner des ordres!* » Manman G ne cilla pas. « *Eh ben, va-t'en alors!* » Elle l'aida même à empiler ses affaires au milieu du jardin.

Si elle n'était pas occupée par cette chasse théâtrale aux péchés, Patsy pense que sa mère ne saurait pas quoi faire de sa vie. Seul l'anime son mépris du monde laïque. Et dire qu'elle ne porte plus que cette robe d'intérieur, une espèce de toile de tente orange vif qui dissimule ses jambes bien en chair, ses mollets sensuels qui obligeaient jadis les hommes à s'arrêter pour lui lancer un bonjour sans qu'elle ait prononcé un seul mot, et la rondeur fluide d'un corps que Patsy apercevait plus jeune sous ses fines chemises de nuit! Il paraissait si sûr de lui, ce corps, quand il avançait pour faire signe au chauffeur d'un bus de s'arrêter, quand il sautait par-dessus une flaque ou cherchait de la nourriture dans un placard. Aujourd'hui, il est couvert, fermé à la passion et aux rituels amoureux. Le frêle espoir qui animait son regard est mort il y a longtemps, juste avant qu'elle ne remise sa jeunesse aux oubliettes et que la trappe ne se referme devant ses pieds. Sans sa bible, manman G n'est plus qu'un être brisé, un être aussi vide que les pièces aux murs jaune sable qu'elle dégarnit un jour sur un coup de tête, telle une purge, pour les remplir de statuettes de Jésus. Patsy se tient en retrait dans la cuisine sombre et regarde sa mère tapoter la tête de Tru avec douceur.

« C'était comment au lékol?, demande-t-elle en refermant sa bible.

— Pas mal », répond Tru, ses grands yeux levés vers elle.

La scène est presque parfaite: grand-mère et petite-fille échangeant tendrement les anecdotes de leur journée. Le rire de manman G est aussi léger que le murmure de l'eau. Un son qui tranche avec ses cris réprobateurs, si perçants et râpeux qu'on pourrait s'en servir pour racler la chair d'une noix de coco.

« C'est tout ? Qu'est-ce que tu as appris ?

— Les additions et les soustractions !

— Ah oui ? Alors tu vas pouvoir m'apprendre. »

Tru hoche la tête.

« Tu sais, ta mère était très bonne en maths.

— C'est vrai ?

— C'était même la première de sa classe. Ses maîtresses avaient jamais vu une fi aussi douée. Elles disaient qu'elle avait beaucoup de potentiel.

— De quoi ?

— De potentiel.

— Qu'est-ce que ça veut dire, grand-mère ?

— C'est quand on peut devenir quelqu'un. »

Patsy baisse les yeux vers ses mains. Ses doigts joints douloureusement immobiles sont incapables de retenir cette chose qui leur échappe et qui s'écoule dans la vaste obscurité de la pièce.

Tru se penche davantage vers manman G et chuchote :

« Manman m'a révélé un secret.

— Quel genre de secret ?

— Elle va nous emmener vivre plus près de Dyé sur la colline.

— Comment ça ? »

La voix amusée de manman G est descendue d'une octave.

« Elle a eu un visa ! »

L'espace d'un instant, la grand-mère ne semble pas comprendre. Lorsque manman G lève les yeux et découvre sa fille derrière la porte grillagée, Tru lit dans le froncement de ses sourcils des questions qu'elle n'a aucune envie d'entendre.

« Va chercher tes devoirs, je vais t'aider », dit rapidement Patsy.

Manman G ne baisse pas le regard. Patsy décroise les bras et les laisse tomber le long des flancs, tandis que Tru file chercher ses cahiers dans le salon.

« Sans courir !, lui crie sa mère. J'arrive dans une seconde. »

Manman G retire du tabouret sa jambe gauche, celle qu'elle ménage. Elle ressent une gêne depuis quelque temps, mais refuse de la faire examiner. Un miracle de plus qu'elle confie à Jésus. Patsy aperçoit un reflet argenté sous le foulard noir de sa mère et sent aussitôt son dos se détendre, quoique très légèrement.

« Manman, y faut que je te parle de quelque chose », dit-elle tout en se demandant s'il n'aurait pas été plus simple de tout quitter sans un mot.

Patsy aimerait bien éviter ce qui va venir et aller se coucher ; dormir plus profondément que le soir où, à dix ans, elle a bu sa première gorgée de rhum avec tonton Curtis ; sombrer dans un sommeil plus épais que la chair d'une mangue, plus régulier que le vol d'un urubu, et plus paisible que la floraison des boutons de l'hibiscus qui pousse dans le jardin. Jusqu'à ce qu'il soit l'heure de monter dans l'avion.

Ce mal, qui survient souvent et passe, traverse l'air comme une lourde brise, déplace les objets, fait claquer les portes sur son passage, puis s'arrête tout près d'elle, observe et écoute. Il se sert de l'air de ses poumons pour respirer, se dilater, remplir la pièce ; il enfle dans l'entrée, les deux chambres de la maison, jusqu'à la varangue, la rue, puis jette sa noirceur à la face du soleil. Le froid du diable est aussi brutal que lourd. Bien souvent, Patsy se sent s'affaisser sous son poids, disparaître dans son ombre, devenir invisible.

Elle regarde sa mère en face, prête à lui révéler le seul secret qui la rend heureuse et la maintient en vie depuis des années.

« Je pars vivre en Amérique. »

Lorsque Manman G pose sa bible, son visage est austère.

« Il t'a fallu des heures pou mettre ce bébé au monde », dit-elle.

Patsy plisse les yeux.

« Je vois pas le rapport. »

Très lentement, manman G enlève ses lunettes et les pose sur sa bible.

« Ton bébé a eu la chance de vivre. La Bible dit que nos marmailles sont un héritage du Seigneur. Le fruit de nos entrailles. Tru est ta récompense ! J'espère que t'as pas l'intention d'abandonner l'enfant que le Seigneur t'a offert. »

Patsy garde le silence le temps de se ressaisir, de réprimer le torrent de colère qui l'inonde. Elle sait qu'il est impossible de remporter la bataille une fois que sa mère évoque Dieu ou la Bible.

« Je peux plus me contenter de cette vie-là, manman.

— Patricia, arrête de tourner autour du pot. Qu'est-ce que tu veux dire ?

— Je veux dire que si je pars, je pourrai pétèt… »

La voix de Patsy faiblit à mesure qu'elle perd courage.

« Dis don, c'est qui qu'a écarté les jambes devant ce boug ?, demande manman G, la tête inclinée sur le côté, les dents acérées. C'est la faute à qui, hein ? T'es pas au courant que les actes en disent plus long que les mots ? Qu'est-ce que tu croyais qu'il allait se passer quand tu t'es couchée à côté de ce chien pouilleux, hein ?

— Arrête, manman.

— Quoi ?

— Je suis fatiguée.

— Non, mais tu t'entends un peu ? »

Manman G se soulève du fauteuil à bascule avec une grimace.

« Combien de fanm t'entends dire qu'elles peuvent plus se contenter de cette vie-là et qu'elles sont prêtes à abandonner leurs marmailles ? On les porte dans notre ventre pendant neuf mois. Imagine que je t'aie abandonnée en disant que je voulais plus de cette vie ? »

Patsy laisse échapper un rire franc.

« Qu'est-ce qu'il y a de si drôle ?

— Si tonton Curtis avait pas été là, je serais morte de faim. »

Les traits de manman G semblent s'affaisser.

« Je te conseille d'éviter de parler de ce vieux soûlard. »

Après un silence tendu, elle poursuit :

« Tu vas don me laisser Tru sur les bras ?

— Je suis pas assez stupide pou ça.

— À qui d'autre tu veux la confier ? Ce boug cruel qui se prend pou quelqu'un pasqu'y possède une arme ?

— C'est son père.

— Ah, tu peux pas lui réclamer des sous, mais tu peux lui demander d'élever la petite ? Qu'est-ce qu'y faut pas entendre ! Où as-tu don la tête, Patricia ? »

Patsy, qui n'a pas encore annoncé la nouvelle à Roy, se sent brusquement nauséeuse. Elle s'assied sur le bord du mur bleu écaillé qui entoure la varangue ; sa décision de ne pas le consulter plus tôt lui apparaît dans toute sa réalité, l'assaillant telle une nuée de corbeaux prêts à dévorer jusqu'à la dernière miette la joie qu'elle éprouvait en arrivant chez elle. De fortes odeurs de plats mijotés envahissent le jardin ; à croire que tous les voisins ont brusquement ouvert leurs portes pour aérer leurs cuisines. Patsy pose les mains sur ses cuisses. Elle laisse les sons emplir l'espace silencieux qui la sépare de sa mère – les aboiements des chiens, et le bavardage lointain des voisins qui s'apprêtent à regarder le match de la coupe du monde au Pete's Bar ou à la télévision. Il ne se passe rien d'aussi joyeux ou bruyant au 5 Rose Lane.

« Tu comptes rester les bras ballants ? On dirait que tu viens de découvrir que Jésus a quitté son tombeau, s'agace manman G.

— Pou l'amour de Dyé, manman ! Arrête avec ces bêtises !

— T'avise plus jamais d'invoquer le bon Dyé pou rien !

— Y a don vraiment rien qui compte à part ta stupide religion ? » s'agace Patsy, avant de réaliser qu'elle a prononcé ces mots à voix haute.

Manman G écarquille les yeux. On croirait qu'elle vient de voir l'ombre de Satan passer sur le visage de sa fille. Elle pose rapidement les mains sur sa tête couverte et se met à prier en marmonnant une demande de pardon pour son unique enfant possédée par le diable. Patsy entend un bruit à l'intérieur de la vieille maison. Tru doit s'impatienter. Manman G cesse brusquement de prier.

« C'est un vrai petit ange que Dyé t'a envoyé », murmure-t-elle.

Son visage se contracte, le noir de sa peau si net, si tranché qu'il sidère Patsy. Des larmes dures voilent les yeux de sa mère.

« Dis-moi que t'oseras jamais abandonner cette petite. Ce serait aussi bête que de maudire le bon Dyé quand on veut qu'y nous bénisse.

— Manman…

— Au nom de Dyé !

— Manman… »

Patsy est incapable de reconnaître la voix qu'elle entend appeler : est-ce la sienne ou bien celle de Tru ? Soudain, la vieille odeur revient. Dans cette maison dont chaque pièce renferme des bibles ouvertes et des crucifix, où des statuettes de la vierge et de Jésus la condamnent du haut de leur étagère, les anciens fardeaux remplacent rapidement celui qui l'accable ce soir. Écœurée par l'odeur de sang rance et de romarin, Patsy ne peut plus se retenir. Elle se précipite vers la salle de bains et bouscule sa mère au passage.

« Manman ? » l'appelle Tru.

Patsy claque la porte au nez de la fillette et se penche au-dessus de la cuvette des toilettes tachée de traînées de rouille, au fond de laquelle elle aperçoit son reflet.

Sa mère lui interdit de subir un avortement, sinon elle la ferait jeter en prison, car c'était illégal en Jamaïque et considéré comme une abomination par l'Église. On n'avait encore jamais entendu une femme déclarer qu'elle voulait mettre un terme à sa grossesse – même si c'était l'enfant de son violeur qui grandissait dans son ventre ; même si, comme Patsy, elle n'était rien de plus que la maîtresse d'un homme auquel il était impossible d'annoncer qu'elle était enceinte. Il était plus commun d'enfermer une femme dans une salle du Bellevue Hospital de Winward Road parce qu'elle avait, dans un accès de folie, fourré son nouveau-né dans un sac en plastique ou l'avait enterré sous un tas de sable. On y croisait aussi des jeunes filles d'à peine quatorze ans dont le ventre saillant embarrassait leurs familles, qui finissaient par les envoyer accoucher à la campagne ; il y avait également celles qui buvaient en secret des décoctions, convaincues qu'il n'y avait pas meilleure planche de salut. Mais c'étaient celles aussi qui donnaient naissance à des bébés sans bras ni jambes, ou avec une tête énorme, et les abandonnaient sur les marches d'une église, sur le seuil d'une porte de service ou d'un foyer d'accueil. Les bien portants étaient confiés à mademoiselle Foster qui les habillait et les nourrissait jusqu'à ce que des visiteurs, le plus souvent des hommes dans des voitures aux vitres teintées, viennent les chercher. Patsy a vu des tas de fois ces véhicules s'arrêter devant la maison jaune de madame Foster, puis repartir, aussi silencieux que la nuit avant l'aube, sur le chemin caillouteux de Rose Lane, après l'avoir délestée d'une bouche à nourrir et lui avoir offert une poignée de billets qu'elle a aussitôt fourrée dans son soutien-gorge.

Une fureur extrême s'empara de Patsy, née non seulement de sa propre impuissance, mais aussi des rancœurs accumulées qu'elle éprouvait contre sa mère – sa loyauté et son affection pour Jésus lui étaient insupportables. Un jour, les fidèles de l'église qui étaient venues prier pour Patsy durent l'immobiliser de force. Leurs mains se cramponnèrent à ses épaules et à son ventre – des mains endurcies, rendues calleuses par les lessives et le récurage des sols, des mains qui servaient à consoler les mères des pécheresses accablées de chagrin et à retenir celles qui se débattaient, habitées par le Saint-Esprit, les yeux roulant dans leurs orbites. Ce furent ces mains qui empêchèrent Patsy de se faire du mal. Son esprit était si embrouillé qu'elle oublia que ces femmes à l'haleine mentholée, coiffées de beaux chapeaux et vêtues de robes amidonnées qu'elles portaient fièrement à la messe dominicale, n'étaient autres que celles qu'on lui avait appris à respecter et à craindre, ces aînées qui réagissaient à toute manifestation de jeunesse avec une expression sévère, qui évoquaient la fin du monde à la simple vue d'une jeune fille trop légèrement vêtue ou d'un garçon fumant une cigarette, ces femmes dont manman G redoutait par-dessus tout le jugement.

Patsy avait oublié qui elles étaient quand elle leur hurla d'aller au diable, tant son envie de se jeter en bas des marches de la varangue construite par tonton Curtis, avant qu'il ne parte pour de bon, était plus forte que la nécessité de porter cet enfant. Mais elles étaient trop robustes, trop déterminées. Elles la forcèrent à se coucher sur le canapé couleur moutarde du salon, la plaquèrent contre le siège et prièrent. Manman G joignit sa voix aux leurs sans véritable émotion, les yeux désormais immobiles dans leurs orbites, fixés sur Jésus. Une fois que le bébé fut né, Patsy n'essaya pas de le tuer. Il était trop tard. Il arrivait que la fillette pleurât pendant des heures, mais elle ne réagissait pas ; pas même un picotement ne parcourait ses doigts ni ses mamelons. Elle restait assise dans la lumière froide de la pièce, appuyée contre les oreillers de son lit, semblable à une poupée de chiffon au tissu fin et pourri par le temps, tandis que son regard se promenait dans la pièce, s'attardant sur chacune des vierges et statuettes de Jésus que manman G avait posées sur la commode, dans le vain espoir de l'aider.

Un jour, on la laissa seule avec le bébé. Toutes les dames de l'église qui allaient et venaient habituellement dans la maison avec des chiffons humides et un seau pour nettoyer et essuyer le lait tourné qui s'était écoulé de ses seins étaient parties. Et la petite se mit à pleurer. Mais Patsy refusa, se sentit incapable de se lever pour la calmer. Puis, brusquement, les pleurs cessèrent. Patsy se rappelle le soulagement qu'elle ressentit aussitôt. Il lui sembla qu'une bouffée d'air frais emplissait ses poumons comprimés par cette lourdeur qui pesait sur elle depuis des mois. Mais son soulagement fut de courte durée. Le silence devint effrayant. La panique s'empara d'elle, comme si, incapable de ralentir sa course, elle filait tout droit vers le bord d'un gouffre. Un soudain sursaut d'énergie mit ses jambes en mouvement et les fit avancer jusqu'au berceau du bébé. Là, elle aperçut son petit visage foncé entouré d'un halo d'épaisses boucles noires. Cette enfant n'avait rien à voir avec les poupées avec lesquelles Patsy jouait quand elle était petite – celles qui avaient la belle peau claire de Cicely. Tru suçait silencieusement son pouce, les yeux levés vers sa mère qui éprouva soudain une pointe de remords. On aurait dit que l'enfant savait, avant même d'avoir commencé à vivre, qu'elle devrait se consoler elle-même.

3

Roy s'installe confortablement dans le fauteuil pivotant en cuir de ce que Patsy considère comme son bureau au commissariat – c'est en tout cas le seul endroit où elle accepte de le rencontrer pour parler de leur fille. Il passe une main sur ses cheveux récemment coupés – un simple dégradé, coupe adaptée à son métier, avec deux raies sur le côté gauche de sa tête. Un calendrier du *National Housing Trust* est accroché au mur beige nu, seulement marqué par quelques traces ternes d'adhésif et des trous laissés par des clous. S'il s'agit du vrai bureau de Roy, l'absence de décorations n'a rien de surprenant. C'est un homme qui se contente du strict minimum. Jamais il ne dépenserait un sou pour ce qu'il considère comme un luxe, quelque chose de superflu. Il achète chacun de ses vêtements par trois, en marron, en bleu marine et en noir, convaincu qu'un homme n'a pas besoin de plus. Plusieurs dates sont entourées sur le calendrier, seul objet personnalisé de son bureau – peut-être des dates de comparution, d'anniversaires, de jours de congé. Patsy est soulagée par l'anonymat de cette pièce, par l'absence de ces portraits de famille que les secrétaires punaisent généralement sur les murs de leur lieu de travail, dans le but probable de se rappeler pourquoi elles triment huit heures par jour dans un bureau glacial, jamais à l'abri d'une coupure causée par une feuille de papier, de crampes aux jambes à cause de leurs box trop petits, ni de la condescendance de leurs supérieurs.

De l'endroit où elle l'observe, Roy ressemble à un jeune garçon ; il lève la tête en ajustant le col de son uniforme trop grand, l'air de chercher à atteindre la taille de son ego. Il n'a pas changé depuis le jour où elle l'a rencontré à la fête du lycée : grand, la peau foncée, il est d'une beauté juvénile. Patsy savait qui était Roy : la star adorée de l'athlétisme du lycée Roman Phillips. Il avait dix-sept ans et elle, quinze. Son jean délavé, sa chemise à patchs colorés et sa chaîne en or le rendaient plus séduisant que les autres garçons. Il portait une coupe dégradée dont le dessus haut et carré avait la forme d'une gomme. Lorsqu'il l'aborda, Patsy remarqua qu'il répandait autour de lui un parfum citronné. Avec l'âge – et l'entraînement rigoureux qu'il suit avant l'aube chaque matin depuis l'époque où il courait –, son corps efflanqué s'est transformé. La fossette profonde de son menton, ses lèvres pleines et la précision de son regard brun clair, capable de faire voler en éclats le moindre doute sur sa personne, sont tout ce qui reste du corps qu'a connu Patsy. Leur fille a hérité de ses yeux. Ces yeux qui la regardent sans la voir, tandis que Patsy attend sa réponse. Le silence de Roy lui paraît interminable ; il semble avoir oublié qu'elle vient de lui parler ou même qu'elle se trouve dans son bureau. Sans cesser de se retourner sur son matelas à ressorts déjà mal en point, Patsy s'est demandé toute la nuit s'il fallait aller lui parler.

« Je refuse que tu me culpabilises avec ça, dit-elle d'une voix basse. Ça marchera pas cette fois.

— Comment ça ? C'est déjà arrivé ?

— T'étais pas particulièrement content quand je t'ai annoncé que j'étais enceinte.

— T'as attendu des mois pou me le dire.

— C'est pasque j'avais peur que t'assumes pas la situation. Et tu me prouves depuis le début que j'avais raison. »

Elle se doute que les collègues de Roy – surtout Johnny, celui qui ressemble à un rat roux, et Raymond, son acolyte aux paupières tombantes qui se prétend inspecteur – écoutent leur conversation, l'oreille collée à la porte. Ces clowns qui se prennent pour des durs à cuire patrouillent dans les zones comme Pennyfield dans leur voiture de police pour reluquer les femmes ou enfoncer le canon de leurs fusils dans la poitrine des jeunes, histoire de voir s'ils mouilleront leur pantalon.

« Trudy-Ann a besoin de sa mère, déclare enfin Roy en joignant les mains sur son bureau. Et si c'est une question de sous, personne t'oblige à l'envoyer dans ce lékol catholique.

— C'est le seul moyen pou qu'elle apprenne. Tu veux qu'elle échoue ?

— Pas du tout. Ce que je dis, c'est que tu devrais être plus pragmatique et envoyer ton enfant à Pennyfield Primary comme tout le monde. C'est moins cher.

— Tu peux parler, je suis quasiment sûre que t'as parié sur les Reggae Boyz hier soir ! Écoute, Roy, d'habitude je te demande rien. Je m'occupe de notre fi depuis qu'elle est née. J'ai juste besoin que tu me rendes ce service…

— Toi qui me reproches de parier, dis-moi don la vérité, Birdie, la coupe Roy en l'appelant par le surnom affectueux qu'il lui donne depuis leur rencontre. Pasque je suis pas sûr de comprendre. »

Il se penche en avant, les sourcils froncés.

« Comment tu comptes t'installer en Amérique et survivre là-bas tout en subvenant à ses besoins ?

— Une amie va me donner un coup de main.

— Ah oui, et laquelle ?

— Cicely.

— Cicely ?

— Oui. »

Patsy regarde Roy dans les yeux. Le visage tout entier de l'homme se plisse.

« La Cicely qui…

— Je suis venue te parler de Tru », le coupe-t-elle.

Roy laisse échapper un petit rire en secouant la tête et se caresse le menton de la main droite, dont le dos est balafré d'une longue et vilaine cicatrice qui brille dans la lumière du néon. Patsy détourne les yeux puis les baisse vers ses mains posées sur ses cuisses.

« Dis plutôt que tu es venue parler de toi, Birdie. Pasqu'y s'agit que de ça. Pas de notre fi. Allez, dis-le.

— Roy, ne cherche pas la dispute.

— C'est que j'ai trois garçons à élever maintenant. Où va vivre Trudy-Ann pendant que sa mère sera en train de jouer à panpan-cucul en Amérique ? Hein ?

— Arrête de m'embêter avec ça, Roy. T'as déjà essayé de l'élever ?

— Une petite fi a besoin de sa mère. Comment veux-tu qu'elle apprenne à être une fanm sans elle ?

— Commence pas avec ces bêtises. Elle a tout autant besoin de son père.

— Et manman G alors ? Pourquoi t'as pas eu cette conversation avec elle ? Pourquoi tu laisses pas Trudy-Ann chez ta mère ? »

Patsy bat en retraite. Son dos heurte le dossier de sa chaise aussi fort que si la suggestion de Roy l'avait physiquement bousculée. Elle cligne des yeux plusieurs fois, l'esprit traversé par une rapide succession de pensées, des plus optimistes aux plus sombres. Elle comptait sur Roy. Et dire qu'elle a fait ces projets et rempli toute cette paperasse en pensant qu'il assumerait enfin son rôle de père. Car elle sait que, même s'il s'efforce de jouer les durs, cet homme qui est en désaccord sur tout avec elle n'a au fond pas changé depuis le jour où il s'est mis à lui chuchoter « *Birdie* » à l'oreille.

La question de Roy reste en suspens entre eux. À travers cet espace trouble, tous deux se fusillent du regard, incapables de s'entendre sur l'avenir de leur enfant.

« J'aimerais encore mieux demander à Pope d'élever Tru, réplique Patsy, la poitrine douloureuse après avoir expulsé ces mots avec le peu de souffle qui lui restait.

— Comment oses-tu parler de ce criminel quand y s'agit de notre fi ?

— Tu me laisses pas le choix. Tout ce que je te demande, c'est de m'aider. Si t'avais la moitié du cran du boug que t'étais quand je t'ai connu, j'aurais pas à te supplier comme ça.

— Tu te fichais bien de savoir qui j'étais à l'époque. J'aurais dû te laisser toute seule à traîner dans les rues. Reconnais-le, Birdie. Ta place a jamais été dans une cage. »

Patsy sait qu'il la méprise autant qu'il l'admire pour la facilité avec laquelle elle s'est donnée à lui la première fois. Elle se rappelle surtout avec embarras la panique qui l'envahit à la vue du sperme sur sa robe rouge à sequins, non parce que cela ne lui était encore jamais arrivé, mais parce que cette robe appartenait à manman G – Patsy l'avait trouvée dans un tas de vêtements que sa mère avait cessé de porter après avoir rencontré Jésus. Tel un gentleman, Roy lui tendit un mouchoir trouvé dans sa poche arrière. Sa voix était aussi douce que les ailes des papillons de nuit qui se jetaient contre l'ampoule de l'unique lampadaire derrière l'école. « *T'étais pas obligé de faire ça.* » Comme Patsy eut honte alors qu'elle s'essuyait, le dos tourné ! Mais elle se détendit en entendant le sourire dans sa voix. « *Je m'attendais à rien de spécial, je te jure. T'es une fi adorable.* » De la même façon que la cicatrice sur sa main droite, ces mots firent vibrer en elle une corde sensible. Et dire que tout avait commencé par un murmure par-dessus la musique diffusée par le gros radiocassette : « *Birdie, je crois que je suis amoureux.* » Les joues de Patsy étaient aussi brûlantes que s'il avait pressé deux pierres chauffées par le soleil sur la peau de son visage.

Levant la tête pour regarder Roy, elle voit à présent une lueur affectueuse percer dans son regard – un élan de passion semblable à celui qui a donné la vie à Tru bien après leur rupture, bien après qu'il eut tourné la page et fondé sa propre famille. Mais tout aussi vite, la rancœur de Roy masque ses sentiments mêlés. Patsy voit son regard se durcir et son visage se fermer comme une porte qui claque.

« Je vais parler à Marva, dit-il. On verra si elle est d'accord pou assumer tes responsabilités. »

Patsy se ressaisit et renonce à ses regrets. Ses responsabilités ? Et celles du père alors ? Comment peut-il laisser Marva décider s'il accueillera ou non sa fille ? De peur de prononcer des mots qui risquent de ruiner ses chances de le convaincre, Patsy se dirige vers la porte du petit bureau aseptisé en parvenant à articuler un faible au revoir. Mais Roy l'arrête :

« Tu sais, Birdie, c'est pas à moi que tu devras rendre des comptes à la fin. »

Patsy s'arrête devant la porte, de l'autre côté de laquelle les écoutent probablement Johnny le rougeaud et Raymond l'inspecteur aux paupières tombantes. Elle n'ose pas regarder Roy. Pas question qu'il ait la satisfaction de voir la douleur déformer ses traits. Sans un mot, elle ouvre la porte et la referme doucement derrière elle.

La fine bretelle de son sac à main passée sur l'épaule, Patsy sort du commissariat et contemple les marquises du Carib Cinema qui se trouve juste en face. Elle envisage de prendre un robot-taxi[1] pour se rendre de Cross Roads au travail, mais décide qu'elle n'est pas d'humeur à se retrouver

1. Nom donné aux taxis sans licence en Jamaïque.

entassée avec dix autres passagers dans la vieille Toyota Corolla puante d'un chauffeur prêt à tout pour gagner un peu plus d'argent. De toute façon, elle a besoin de se changer les idées. Patsy marche vers l'est sur la portion fréquentée de Slipe Road puis traverse Tivoli Gully en direction de Heroes Circle. Le soleil de l'après-midi, calé dans le ciel au-dessus de sa tête, accentue les odeurs, la chaleur et l'humidité. Sourde aux klaxons, elle ralentit brusquement à proximité du rond-point de Heroes Circle – un vaste champ sec dans lequel se promènent des chiens errants et des chèvres qui fouillent l'herbe brune et le chiendent autour des monuments à la gloire des héros nationaux. De grosses mouches noires s'acharnent sur la carcasse en décomposition d'un corniaud. Sur le trottoir, les piétons plaquent cols et mouchoirs sur leur nez pour échapper à son odeur nauséabonde.

Au bureau, Patsy regarde fixement la cloison vierge qui sépare son box de celui de Ramona, incapable de se concentrer. Elle sort l'enveloppe contenant la dernière lettre de Cicely puis passe les doigts le long du pli et de chaque ligne. Cicely, qui lui écrit souvent, l'interroge sur ses journées de travail au ministère. Dans ses réponses, Patsy lui parle de ses collègues ; de sa responsable, mademoiselle Clark ; de l'affaire des déjeuners disparus de la cuisine du bureau – le chapardeur vorace ne s'est jamais fait prendre. Patsy soupçonne Aubrey, la plus mince de ses collègues, qui a une voix de petite souris. Ce sont ces personnes-là qu'il faut surveiller : les plus discrètes. Les anecdotes s'écoulent de sa plume comme d'un robinet. Patsy éclate de rire en écrivant – cela peut paraître pitoyable, mais elle a tout simplement l'impression de parler à Cicely en personne. Celle-ci répond toujours avec éloquence. On dirait qu'elle prend le temps de reformuler chaque phrase, de se demander si Patsy trouvera telle ou telle expérience amusante. Cicely lui raconte des anecdotes distrayantes qui la font rire encore plus fort lorsqu'elle les lit dans son box ou à la table de la salle à manger à la faible lumière d'une lampe, pendant que dorment manman G et Tru. Comme l'histoire de cette vieille femme blanche pour qui elle travaillait et qui insistait pour l'appeler Eunice, même si Cicely n'arrêtait pas de la reprendre. Ou ce cours du soir de biologie où Cicely s'endormait bercée par la voix monotone du vieux professeur qui finissait par s'assoupir lui-même. Patsy conserve soigneusement chaque lettre dans une mallette posée sur sa garde-robe qui contient toutes sortes de documents, tels que l'acte de naissance de Tru et les quittances de loyer. Les lettres de son amie s'achèvent toujours ainsi : Il y a tant de nouvelles choses ici que j'aimerais faire avec toi. Tu me manques tellement. Bien à toi, Cicely.

Patsy repose la lettre puis passe en revue la pile de dossiers budgétaires qui menace de s'écrouler sur son bureau. Bien que chaque responsable dispose d'un ordinateur Microsoft, les documents dont elle est chargée de s'occuper sous prétexte qu'elle est douée en calcul sont des copies papier. Patsy estime qu'elle devrait avoir le droit d'utiliser l'ordinateur de mademoiselle Clark puisqu'elle fait tout le travail à sa place. Sa supérieure lui promet régulièrement de l'inscrire à un cours d'informatique, mais à chaque fois que Patsy lui en parle, elle lui répond que ce n'est pas compris dans le budget du service. Peut-être la croit-elle assez stupide pour gober un tel mensonge parce qu'elle accepte sans rechigner de faire tous ces calculs. Monsieur Crawford, directeur du département financier et chef de mademoiselle Clark, ne cesse de louer sa perspicacité et lui a même offert une augmentation (comme l'a indiqué Patsy dans le dernier projet de budget). Et pourtant, son salaire à elle n'a jamais évolué depuis qu'elle a été embauchée, et on lui répond sans arrêt que son cours d'informatique devra attendre.

Tandis qu'elle replie la lettre de Cicely et la range dans son sac à main, Patsy entend Ramona roucouler derrière la paroi de son box. Voilà trois quarts d'heure qu'elle est au téléphone. La porte de mademoiselle Clark est fermée car elle est absente depuis quelques jours à cause d'une grippe, pour la plus grande joie de Patsy.

« Quand est-ce que je peux passer ? » chuchote Ramona, persuadée que personne ne l'entend.

Pas besoin de jeter un œil par-dessus la cloison pour deviner que sa collègue a enlevé ses chaussures et agite les orteils dans ses collants tout en sirotant un thé Tetley dans sa tasse rouge vif. Patsy souhaiterait être aussi heureuse et à l'aise dans son petit bureau. Elle aimerait bien le décorer sans arrêt à la manière de Ramona, accepter qu'elle est à sa place dans ce box où elle va passer la plus grande partie de sa vie active, rassérénée par des autocollants Employée du mois, jusqu'à ce que vienne l'heure de demander sa retraite. Patsy jette un coup d'œil à la pile de dossiers sur son bureau et sent les parois de son box se refermer sur elle. Elle se lève, attrape son sac à main et part.

Une heure plus tard, Patsy, allongée sur un lit, écoute le bruissement des vêtements de Vincent qui tombent sur le sol à mesure qu'il se déshabille. Cet homme d'affaires jamaïcain qui possède une compagnie d'assurances dans le centre-ville n'a pas besoin de cacher son alliance quand il est avec elle. Passé le stade des formalités puis de la séduction, tous deux ont commencé à partager une forme d'intimité confortable, malgré le fait que Vincent soit plus âgé que la mère de Patsy. Il a soixante-trois ans – trente-cinq de plus qu'elle –, mais c'est un homme en bonne forme physique, si ce n'est que sa peau se relâche un peu sur ses membres vieillissants. Quelle mère célibataire de Kingston rechignerait à prendre un amant aussi généreux que Vincent ? C'est lui qui a fourni à Patsy les fonds dont elle avait besoin pour convaincre l'ambassade américaine qu'avec un tel capital en Jamaïque, elle ne risquait pas de disparaître aux États-Unis. Cela la surprit un peu et l'attrista beaucoup le jour où elle se retrouva dans sa voiture sur la route de l'hôtel de Backroad à Portmore, de l'autre côté du Causeway Bridge.

À présent, Patsy retourne voir Vincent par habitude. Pour les bruits qu'ils font lorsqu'il la prend par-derrière et empoigne ses cheveux détachés comme s'il chevauchait un cheval de course. Ces sons lui évoquent une prière – les cris des hommes et femmes extatiques à l'église, prisonniers des mâchoires enragées du jugement divin, leurs appels perçants qui flagellent l'air, qui implorent quelqu'un, quelque chose, de les sauver de la destruction. Pour Patsy, faire l'amour, c'est rejouer un fantasme, réitérer un acte de rébellion contre cette peur d'une catastrophe imminente qui a façonné son caractère. Elle ne peut s'empêcher de reproduire ces cris, impétueux et débridés, prête à laisser éclater son plaisir, lorsqu'une main compatissante traverse l'air chargé d'une odeur de sexe et la libère.

Quand ils ont terminé, le lourd silence qui planait dans la Lexus de Vincent sur la route de l'hôtel se réinstalle. Patsy se lève du grand lit pour aller soulager sa vessie et se couvre, surtout le ventre à cause de la cicatrice qui le balafre depuis des années. Elle tâte cette boursouflure épaisse, foncée, vivante, en forme de branche stérile. Jusqu'à maintenant, Patsy est toujours parvenue à éviter que la lumière tombe sur son ventre, ou à garder celui-ci couvert, quand elle fait l'amour avec des hommes. La plupart du temps, elle leur demande de la prendre par-derrière sans explication. Plus jeune, elle trouvait ces relations sexuelles affreuses, intimidantes et un peu dégradantes, sans chaleur, intimité, ni plaisir, mais elle s'y est habituée. Ce qui lui plaisait, c'était l'attention qu'elle recevait, et qui n'avait rien à voir avec

Cicely. Cicely, que tous les garçons cherchaient à atteindre en se servant d'elle ; Cicely, qui n'était jamais obligée de se donner à eux pour leur plaire davantage ; Cicely, qui se leva la première lorsque Roy s'approcha et dit : « *Tu m'accordes cette danse, Birdie ?* » Les pires, c'étaient les garçons du lycée qui raillaient la bizarrerie de Patsy et l'attendaient après les cours ou la messe, afin qu'elle leur apporte la preuve de ce que racontaient leurs copains. Elle ne rejetait pas leur intérêt, ni l'étiquette qu'ils lui collaient ; c'était moins dangereux que la vérité.

Après être passée aux toilettes, Patsy s'assied sur le bord du lit et contemple le mur jaune canari. À part la photo encadrée d'une feuille verte de bananier, il n'y a rien sur les murs, toiles laissées vierges pour que s'y peignent chaque jour les fresques de silhouettes amoureuses, à l'heure où le ciel s'empourpre et où le soleil prend la couleur d'une orange sanguine. Situé à la périphérie de Portmore, à vingt minutes du centre-ville de Kingston, le petit hôtel en forme de pièce montée ne s'appelle pas Le Paradis des amoureux pour rien. Patsy hésite à demander à Vincent de l'aider à payer l'école de Tru comme par le passé. Aujourd'hui, les mots ne sortent pas. Elle sent son regard posé sur son dos zébré par la lumière du soleil qui passe à travers les persiennes. Son ombre légère projetée sur le mur hausse les épaules à chaque inspiration. Patsy évite de respirer profondément, de crainte que le chagrin ne s'écoule entre ses côtes.

« Pourrais-tu me dire ce qui te tracasse ? » lui demande Vincent du ton affecté d'un homme instruit.

Il lui arrive de s'exprimer ainsi puis de passer subitement au patois, comme si son âme se dédoublait. Après avoir obtenu son diplôme d'économie à l'université des West Indies, Vincent a étudié le commerce à Harvard (la seule université américaine dont Patsy a retenu le nom) grâce à une bourse.

« *Haaarvard*, répéta-t-elle en imitant son accentuation nasale, la première fois qu'il lui en parla. *Et ça t'a plu ?*

— *Tu plaisantes ? J'ai adoré !*

— *C'était comment ?*

— *Quoi ? Tu serais intéressée ?* »

Devant son timide hochement de tête, Vincent fut pris d'un tel fou rire qu'il faillit s'étrangler avec sa salive. Devenu un modèle de réussite, il venait de faire un retour triomphal en Jamaïque – le gamin de la campagne s'était transformé en magnat des affaires. Vincent rit à chaque fois qu'il raconte cette histoire à Patsy, une lueur de nostalgie, ainsi qu'un voile de tristesse, dans le regard. Patsy l'a rencontré il y a quatre ans, à l'époque où sa compagnie d'assurances prospérait, bien après le battage provoqué par son retour. Elle l'avait repéré à la banque et avait été séduite par ses regards insistants. Contrairement aux autres hommes importants qui ne draguent les jeunes filles que pour les impressionner, Vincent lui avoua plus tard qu'en couchant avec elle, il se sentait moins déconnecté des personnes avec qui il avait grandi. Quand elle lui demanda à quel type de personnes il faisait allusion, il lui raconta qu'enfant, il dînait de maquereau en boîte, étudiait à la lueur d'une lampe à pétrole et se rendait pieds nus à l'école, car il ne possédait pas de chaussures. « *Tu me rappelles le bon vieux temps. L'époque où j'appréciais les choses à leur juste valeur.* »

Quoiqu'un peu froissée, Patsy continua à se nourrir de la dépendance de Vincent. Et repensa à ses paroles dès qu'elle en éprouvait le besoin, avec la même ferveur que manman G quand elle méditait son chapitre préféré de la Bible et caressait chaque mot de son index crochu.

Jamais elle n'interroge Vincent sur ses deux grands enfants, ni sur son élégante épouse – une femme sûrement beaucoup plus claire que lui, que Patsy imagine pareille à un bel oiseau niché dans leur grande maison sur la colline.

Vincent semble cependant craindre son silence et ne peut s'empêcher de lui demander à quoi elle pense.

« J'ai décroché un visa hier », lâche Patsy.

Bien qu'elle ne pense qu'à se rhabiller et partir, elle reste assise sans bouger et jette des coups d'œil à leurs vêtements froissés, abandonnés sur la moquette.

« Félicitations », dit doucement Vincent.

Patsy sent qu'il se rapproche d'elle sur le lit, mais ne réagit pas quand il embrasse son épaule droite.

« Tu en rêvais depuis toujours. »

Quand il enfouit le visage dans son cou, elle se tend.

« Combien de temps ils t'ont donné ?

— Six mois.

— Ça n'a pas l'air de t'enchanter. »

Il tourne avec douceur le visage de Patsy vers le sien.

Mais il semble la regarder sans la voir. Elle l'entend faire craquer ses orteils sous le drap – une habitude qui la hérisse, mais elle ne passe pas assez de temps avec lui pour s'en plaindre. Pour se donner une contenance, elle remonte le drap sur sa poitrine.

« J'envisage de partir à la fin de l'été.

— Et tu rentres quand ? »

Vincent la dévisage, les sourcils froncés.

« Je pars pour de bon.

— Quoi ? »

Il se redresse et s'écarte légèrement d'elle.

Patsy avait oublié combien il semble petit et âgé quand il ne porte plus son costume sur mesure.

« Tu ne risques pas d'avoir des problèmes avec l'immigration ? Et qu'est-ce que tu vas faire de ta fille ? »

Vincent n'appelle jamais Tru par son prénom, ce qui laisse à penser que la vie de Patsy n'est qu'une peinture abstraite pour lui – insaisissable, mais séduisante tant qu'il la regarde de loin. Elle contemple son visage – son large nez, ses épais sourcils parsemés de poils gris comme les frisottis sur sa tête, la forme d'un os anguleux sous sa peau d'un brun aussi profond que celui des grains de café. Patsy se dit que malgré sa peau noire, le statut qu'il s'est soigneusement forgé a créé un fossé entre lui et le passé qu'il décrit si affectueusement. Un passé devenu un monde étranger, inaccessible, qu'il s'efforce vainement de reconquérir entre ses cuisses. Combien de nuits a-t-elle passées allongée sur son lit, le regard rivé aux collines, aux belles demeures semblables à de petites bougies dans l'océan noir du ciel, à penser à lui endormi à côté de sa femme dans sa grande maison ?

« Vincent, je suis pas venue ici pou réfléchir à ça », dit Patsy qui a soudain froid, bien que le climatiseur ne fonctionne pas.

Il y a un bon moment que l'appareil s'est arrêté. Sans doute une coupure d'électricité. JPS[1] a tendance à interrompre le courant plusieurs fois par jour ces temps-ci.

« Si je suis venue ici, c'est pou me changer les idées, poursuit-elle en tirant sur le drap afin de se couvrir davantage.

— Très bien, répond Vincent, les mains levées. Je veux juste que tu sois prudente. On refuse le visa à un tas de Jamaïcains à cause des gens comme toi. Tu sais combien de types je n'arrive pas à envoyer en formation parce que l'ambassade refuse de leur délivrer un simple visa de travail ? Et tu imagines combien d'étudiants ne parviennent pas à décrocher une bourse comme la mienne sous prétexte que la moitié d'entre eux ne reviendront jamais sur l'île ?

— C'est pas mon problème. »

Patsy est un peu vexée que Vincent s'inquiète surtout des problèmes que risquent de lui poser les services d'immigration américains. Il pourrait la supplier de revenir sur sa décision, prétendre qu'elle va terriblement lui manquer.

1. *Jamaica Public Service*, fournisseur d'électricité jamaïcain.

Ne comprend-il pas qu'elle part là-bas dans l'espoir d'élargir ses perspectives d'avenir ? Que si elle ne quitte pas le pays maintenant, elle a de grandes chances de finir comme sa mère – désespérément accrochée à l'idée d'un salut illusoire ?

Patsy songe qu'elle devrait prendre sa douche et partir. Il est bientôt l'heure d'aller chercher sa fille à l'école de toute façon. On ne peut pas dire qu'elle ait hâte de revoir mademoiselle Gains, mais que faire ? Dans quelques mois, tout s'arrangera. Pour la première fois de sa vie, Patsy se sent plutôt confiante – tout le charme et la beauté de la vie sont enfin à portée de main. Vincent l'attire contre lui et la berce dans ses bras.

« Je me suis mal exprimé. Je suis très content pour toi. Si je peux faire quoi que ce soit pour t'aider… »

Lorsqu'il ôte le drap de son corps, Patsy ne proteste pas. Séduite par cette proposition pleine de promesses, elle renverse la tête.

4

Une coupure d'électricité survient le soir où Patsy annonce à Tru qu'elle ne l'emmènera pas en Amérique. Manman G étant partie à la messe, elles sont seules. Patsy prend l'avion dans une semaine, ce qui lui laisse peu de temps pour se justifier auprès de sa fille. Assise à la table de la salle à manger, elle s'accroche fermement à son rêve, tandis que Tru la dévisage dans la lueur de la lampe à pétrole. Patsy ne distingue que vaguement son expression.

« Ce sera juste pou quelques mois, déclare-t-elle, incapable de la regarder en face.

— Mais pourquoi ? Pourquoi tu pars sans moi ? »

Patsy soupire et remercie intérieurement JPS de lui laisser le temps de trouver les bons mots dans la pénombre. Que peut répondre une jeune femme en déroute aux questions qu'elle lit dans les yeux de sa fille de cinq ans ? Qu'y aurait-il d'honorable à apprendre à son enfant qu'elle ne possède rien ? Ni ses rêves. Ni sa vie. Qu'elle ne s'appartient pas elle-même. Qu'a-t-elle à lui donner ? À quoi pourrait bien aboutir le refoulement de ses désirs, qui dure déjà depuis si longtemps, si ce n'est à un ressentiment risquant de détruire Tru ?

Les mots restent bloqués au fond de sa gorge.

La nuit est calme. Même le son des coups de feu au loin ne parvient pas à troubler le silence. Un papillon de nuit heurte l'abat-jour et tombe sur la table. Patsy le regarde avancer en s'agitant sur la surface en bois. Tru, qui attend une réponse, observe sa mère sans un mot. Leur journée a commencé de façon ordinaire : achat de fournitures scolaires à Woolworth, puis de fruits et légumes au marché du centre-ville. « *C'est bien, ma grande !* » l'a félicitée Patsy en lui caressant l'épaule, lorsque Tru a recompté la monnaie rendue par la vendeuse sans se tromper.

« Je t'enverrai des trucs super. Tu auras ce ballon de foot que tu as toujours voulu, et plus encore, lui explique-t-elle d'une voix mal assurée. Tu aimes les belles choses, non ? Toutes les fi aiment ça. Je t'en enverrai tant que tu sauras plus quoi en faire. »

Les yeux de Patsy se mouillent lorsqu'elle voit la confiance docile de sa fille faiblir dans son regard. Mais c'est peut-être la flamme de la lampe qui lui joue des tours : une seconde plus tard, il lui semble que cette confiance n'a jamais existé. Tremblant de la tête aux pieds, Tru se met à pleurer.

« Je veux pas de belles choses ! Tu m'as menti ! Tu m'avais dit que je pourrais venir ! »

Patsy se penche pour la consoler, mais la petite se lève d'un bond et file dans leur chambre. En un instant, le désir de Patsy est réduit en cendres. Elle pose la tête sur ses bras et sanglote.

C'est une belle journée, chaude et animée – exactement celle dont Patsy a toujours rêvé pour son départ pour l'Amérique. Le type de journée où la vie s'épanouit et où chaque sensation mérite d'être ressentie. Vécue. Patsy caresse ce rêve secret depuis l'époque où elle n'était pas encore mère. Mais voilà qu'en ce dernier samedi d'août – un mois qui s'est écoulé en un clin d'œil –, le jour où Patsy a enfin l'occasion de le réaliser, le ciel radieux semble se moquer du chagrin qui l'entoure. Manman G tire sur les petites mains de Tru qui refuse de lâcher la jupe à fleurs de sa mère.

« Ne pars pas, manman !

— J'ai pas le choix, ma puce. Je vais être en retard pou mon vol. »

Patsy repousse doucement sa fille qui ressemble à une fleur fanée à côté des pétales colorés de sa jupe. Mais Tru est plus forte qu'elle ne le pensait, son chagrin lui donne une force irrésistible.

« Elle reviendra bientôt ! » crie manman G à la fillette par-dessus le bruit des annonces d'embarquement.

Patsy se demande si sa mère le croit vraiment.

« Mais quand ?, gémit Tru.

— Ça passera vite, lui promet-elle. Sois surtout bien sage. Tu te rappelles ce que je t'ai dit à ce propos ? »

Tru hoche la tête.

« Les petites fi sages prennent soin de leur personne. »

Patsy sourit.

« Et elles obéissent. Tu peux me promettre de le faire ? Sois une petite fi sage et obéissante, et je te jure que je reviendrai. »

À ces mots magiques, Tru lâche sa jupe. La sensation de cette délivrance trouble et surprend Patsy autant que la brise qui souffle sur l'aéroport, soulève la poussière et les feuilles mortes dans une mini-tornade et force les gens à se couvrir les yeux et la bouche. Le bout de sa jupe que serrait le petit poing de Tru est maintenant froissé et taché de morve. Mais Patsy s'en moque. Elle se penche encore une fois vers sa fille, vêtue de la robe rose qu'elle l'a forcée à porter avec un nœud – « *Fais ça pou moi. Juste cette fois* » – et des rubans assortis au bout de ses deux tresses. Un mystérieux espoir fait briller le visage ouvert de l'enfant – ou peut-être est-ce la fine couche de vaseline que Patsy lui a appliqué ce matin.

« Je te le jure… » répète-t-elle.

Lorsque le vent se lève de nouveau et plaque ses cheveux sur son visage, Patsy peste.

« Seigneur, regardez-moi ça ! C'est bien la peine d'aller chez le coiffeur avec un vent pareil ! »

Elle prend le temps de remettre en place ses mèches rebelles, tandis que Tru l'observe, indifférente à sa gaîté forcée. Patsy se penche une dernière fois pour la serrer dans ses bras et l'embrasser sur le front.

« Ton père s'occupera bien de toi. »

Les yeux à nouveau embués de larmes, elle essuie du pouce une trace de rouge à lèvres couleur mûre sauvage – acheté pour l'occasion – sur le front de Tru. Mais la tache ne s'efface pas totalement. Maintenant que Tru va habiter chez Roy, qui a finalement accepté de l'accueillir, déclarant que, de toute façon, sa femme a toujours voulu une fille, Patsy n'a plus besoin de craindre que manman G ne traîne son enfant à chacune de ses messes. Elle sort un mouchoir de son sac à main, le mouille avec de la salive et frotte la trace sur son front.

« Voilà. Comme ça, tu ressembles un peu plus à ma petite fi, dit-elle avec un rire nerveux, tremblant de larmes, puis elle pince les joues de Tru avant de se relever. Je reviendrai, répète-t-elle, cette fois davantage pour elle-même. C'est promis. »

Le visage de Tru se ferme. La fillette semble avoir déjà compris que les promesses ne sont que de pieux mensonges.

S'empressant de détourner les yeux, Patsy rencontre le regard de sa mère. À voir ses lèvres trembler, on dirait qu'elle ne sait pas très bien s'il vaut mieux sourire ou parler.

« T'es une fanm adulte maintenant. Tu dois savoir faire la différence entre le bien et le mal. On pourra pas dire que je t'ai pas…

— Manman, s'il te plaît. Pas maintenant.

— D'accord, d'accord. J'arrête de prêcher. Laisse simplement le bon Dyé te guider sur ton chemin. N'oublie pas qui commande. Et n'oublie jamais ta famille. »

Patsy acquiesce d'un signe de tête.

Mère et fille ne s'étreignent pas. Ce n'est pas dans la nature de Manman G. Elle presse une petite bible dans les mains de Patsy, sa façon d'exprimer son amour.

« Elle te soutiendra dans les épreuves. »

Patsy la prend sans protester, bien qu'elle sache qu'elle ne l'ouvrira jamais. Elle la range dans son sac à main puis soulève l'unique valise qu'elle a emportée. Ses collègues lui ont assuré qu'elle pouvait voyager léger puisqu'elle se rend dans un pays où tout est de meilleure qualité. Une grande fête d'adieux a eu lieu à son bureau du ministère, entièrement organisée par Ramona. Ce jour-là, des personnes avec qui Patsy n'avait jamais eu la moindre interaction lui ont pris la main en lui disant : « *Tâche de pas nous oublier.* » À croire qu'elle avait toujours considéré Patsy comme son égale, mademoiselle Clark l'a serrée très fort dans ses bras et s'est exclamée : « *Maintenant, je saurai où loger quand je me rendrai à New York !* »

Ce départ ne lui semble plus aussi grave maintenant. Patsy regarde Tru prendre la main de manman G, et cette scène lui paraît aussi naturelle que si elles avaient toujours vécu ainsi ensemble, juste toutes les deux. Les rayons du soleil nimbent leurs silhouettes d'un halo orange bleuâtre. Patsy cligne des yeux. Elle a du mal à voir le visage de Tru à travers le fin rideau doré. Elle se dit qu'une bonne mère aurait pris une photo de sa petite fille bientôt âgée de six ans, dont la moue rappelle celle de son père et dont les yeux semblent chargés de nuages sombres qui menacent d'éclipser le soleil. Une bonne mère aurait pris le temps d'inspirer jusqu'à la dernière minute l'odeur de ses cheveux, les parfums mêlés de l'huile capillaire Blue Magic et du talc. Mais elle est en retard pour l'embarquement. À mesure que Patsy s'éloigne, Tru disparaît. Au bout d'un moment, la fillette s'évapore totalement dans la lumière du soleil.

Livre II

L'Amérique

5

Lorsque les portes automatiques s'ouvrent sur la rue et que Patsy sort de l'aéroport international John F. Kennedy, la première chose qu'elle remarque, ce ne sont pas les gratte-ciel qu'elle a aperçus de l'avion avant l'atterrissage, mais les pigeons. Rassemblé près d'un chariot à bagages abandonné, un petit groupe picore des miettes de pain. Les fientes blanches des oiseaux recouvrent les trottoirs qui, suppose Patsy, étaient immaculés avant leur prolifération. Ces pigeons ne paraissent ni agités ni effrayés, mais plutôt téméraires ; ils se promènent en se dandinant parmi les gens qui attendent à la queue leu leu les taxis jaunes conduits par des hommes noirs et indiens. Le tourbillon frénétique des paroles criées en différentes langues par-dessus les klaxons ébranle Patsy, car l'Amérique qu'elle connaît – celle des émissions télévisées qu'elle regardait au pays, celle des employés de l'ambassade, des touristes de l'île – est principalement blanche et anglophone. Seule au milieu du chaos et de la joie des retrouvailles familiales, elle regarde les Jamaïcains qui voyageaient dans son avion saluer leurs proches.

« Mon Dyé, je suis content de te voir ! »

Plantée à côté de sa valise, Patsy se sent plus seule que jamais.

« Un taxi ? » lui lance un homme au fort accent africain.

Deux cicatrices barrent chaque côté de son visage foncé. Patsy secoue la tête. Tout ce qu'elle a dans son sac à main, ce sont deux billets tout neufs de cent dollars américains. Elle espère que cette somme lui suffira jusqu'à ce qu'elle trouve du travail. Cicely lui avait demandé de rester à l'intérieur de l'aéroport, mais elle l'y a attendue pendant deux heures, se rendant régulièrement aux toilettes pour dames afin de retoucher ceci ou de rajuster cela. Peut-être que Cicely s'est perdue dans l'aéroport à force de la chercher. Peut-être qu'elle ne sait plus à quoi ressemble son amie. Ou peut-être Patsy l'a-t-elle croisée plusieurs fois sans la reconnaître. Autrefois, il leur arrivait de s'envoyer des photos, mais elles ne l'ont pas fait depuis des années. La valise que transporte Patsy contient surtout des cadeaux pour Cicely. Par chance, l'agent des services de l'immigration ne l'a pas ouverte, sans quoi il serait tombé sur les nombreuses boîtes de Horlicks, de Milo, sur les pâtés au bœuf congelés de chez Tastee, les chips de banane, le poisson frit à l'escabèche accompagné d'une généreuse dose d'oignons marinés au vinaigre, des *akées* congelés soigneusement enveloppés dans du papier journal et du film plastique pour qu'ils restent frais, les biscuits Shirley, les caïmites (le fruit préféré de Cicely) et le rhum Appleton. Bien sûr, Patsy n'était pas obligée de transporter autant de nourriture, mais comme elle sera logée par son amie, elle a pensé que toutes ces bonnes choses feraient un joli cadeau de remerciement.

« Patsy ? »

En entendant son nom, elle se retourne. La femme qui s'est arrêtée derrière elle porte une vraie tenue de nantie, comme Patsy n'en avait encore jamais vu en vrai – un chapeau de paille noir couvrant un côté de son visage, une robe noire à pois blancs qui s'évase au niveau des hanches, des chaussures rouges et un sac à main assorti suspendu à son avant-bras gauche. Elle attire les regards de tous les hommes et femmes qui les entourent – jeunes et vieux, noirs, blancs et entre les deux. Lorsque la femme enlève ses lunettes de soleil, Patsy reconnaît immédiatement ses yeux bleu-vert. Cicely ! Elle n'a pas changé depuis l'époque où elles allaient ensemble à l'école, à la différence que ses longs cheveux sont cachés sous un chapeau. Patsy se jette dans ses bras. Ces retrouvailles avec son amie lui rappellent les jours de chaleur écrasante dans la cour de récréation quand, agenouillées dans l'herbe haute, elles se racontaient des secrets en gloussant. Patsy enfouit le visage dans le cou de Cicely, submergée par l'euphorie et la féérie de ce rendez-vous tant attendu.

« Tu m'as tellement manqué », murmure-t-elle contre sa peau.

Son parfum lui emplit les narines et lui chatouille le fond de la gorge, une sensation à la fois douloureuse et agréable. Cicely se dégage puis la tient à bout de bras et la regarde de la tête aux pieds.

« Toi, tu vas vite avoir besoin d'un blouson ! Mais c'est que j'ai pas l'habitude de fréquenter les magasins grande taille ! »

Le franc-parler de son amie ne surprend pas Patsy. Cicely n'a pas été longue à lui rappeler qu'elle pouvait être agressive. Mais comme c'est la seule personne capable de la faire rire, et la seule à qui elle confie ses secrets, Patsy lui a toujours pardonné ce défaut. Elle suit son amie qui se dirige vers une voiture noire étincelante et manque de s'arrêter net en voyant un homme assis au volant, aussi sûr de lui que s'il en était le propriétaire. Patsy suppose qu'il s'agit du mari fictif dont lui a parlé Cicely, et qui continue à lui faire des cadeaux – le Yankee qui a rendu sa vie aussi aisée que l'ouverture des portes automatiques de l'aéroport que Patsy vient de franchir. Au lieu de sortir de sa voiture pour les aider à soulever sa valise, il laisse les deux femmes la hisser elles-mêmes dans le coffre.

« Mais qu'est-ce que t'as mis là-dedans ? » demande Cicely en remarquant que Patsy observe l'homme à la silhouette râblée assis au volant.

Elle glisse la valise à côté d'un pied-de-biche et d'une boîte à outils.

« Des friandises pou toi. J'ai apporté des *bulla*[1], des biscuits Shirley, des pâtés au bœuf de chez Tastee, du pain coco. Tu te rappelles combien tu ador…

— Je fais attention à mon poids, tu sais. T'as apporté assez de mangé pou toute une armée. Mais en Amérique, c'est la minceur qui est tendance, tu vois. »

Patsy tente de dissimuler sa déception tandis que Cicely lui tient la portière en attendant qu'elle s'installe sur la banquette brun clair au parfum de cuir neuf. Le conducteur semble tout droit sorti des catalogues de Sears que Patsy feuilletait jadis chez la couturière – il porte une moustache soigneusement taillée, sa peau brune est lisse et ses cheveux luisent autant que s'ils étaient enduits de cirage. Plus âgé que Cicely, il doit approcher de la quarantaine. Cet homme plutôt austère sourit à peine lorsque Patsy monte dans la voiture, et ses yeux verts (elle n'en avait encore jamais vu chez un homme aussi foncé) la regardent sans la voir.

« Tu dois être Marcus !, dit-elle dans l'espoir de rompre la glace. Ravie de faire enfin ta connaissance.

— Pareillement », répond-il en jetant tout juste un coup d'œil dans le rétroviseur.

La voiture s'éloigne du trottoir puis s'engage brutalement dans une voie, ce qui déclenche un tintamarre de klaxons et de crissements de pneus. Marcus se contente de dresser le majeur puis appuie fort sur son klaxon sans ralentir.

1. Petits gâteaux ronds à base de farine, de levure et de mélasse, parfumés à la banane ou au gingembre.

« Foutus immigrés qui ne savent pas conduire. »

D'un air possessif, il pose le bras sur le dossier de Cicely tout en maniant le volant d'une main. Cicely se charge de faire la conversation.

« Qu'est-ce que ça te fait d'être enfin en Amérique ? Le vol s'est bien passé ? Ils vous ont donné à manger ? Il faut vraiment que nous allions t'acheter un blouson pour l'automne. D'habitude, il ne fait pas aussi frais la dernière semaine d'août ! »

Patsy observe prudemment le conducteur qui détourne rapidement le regard lorsque leurs yeux se croisent dans le rétroviseur. Cicely n'arrête pas de parler, ce qu'elle trouve étrangement repoussant. C'est une telle avalanche de paroles qu'elle n'a même pas le temps d'analyser ses propres pensées, de songer avec nostalgie à sa fille, ni d'observer tranquillement les boucles et les ponts sur la nationale, ni les panneaux de sortie verts indiquant les noms de quartiers qu'elle espère explorer seule un jour. Mais le plus perturbant, c'est l'étrangeté de l'accent de son amie. Sa façon d'enrouler la langue quand elle parle. Comme une Américaine. Un accent que Patsy n'a jamais remarqué pendant leurs conversations au téléphone, ni avant de monter dans cette voiture. Cicely sourit beaucoup aussi, tout en jetant des regards en coin à son mari dont le silence semble la rendre plus bavarde que d'habitude. On dirait qu'il surveille sa performance dans l'intention de la récompenser ou de la critiquer plus tard.

« Alors, comment s'est passé ton vol ? » redemande-t-elle avec cet étrange accent.

Le timbre particulier de sa voix fait naître un goût de rance dans la bouche de Patsy. Ne pouvant s'empêcher de tempérer l'entrain typiquement américain de son amie, elle lui fournit une réponse mitigée, superficielle.

« Pas mal. »

Patsy a davantage l'impression de s'adresser à une inconnue qu'à sa meilleure amie. « C'est difficile à dire puisque j'ai dormi pendant tout le vol », préférerait-elle lui répondre. La dernière chose qu'elle a vue, c'est l'œil bleu humide de l'océan au moment du décollage, qu'elle a fixé jusqu'à ce qu'il disparaisse. À présent, Patsy contemple le ciel gris tourterelle où le soleil n'est qu'une lointaine sphère blanche. Elle commence à avoir le mal du pays et se demande si elle a pris la bonne décision en abandonnant Tru. Lorsque la voiture s'arrête à une intersection, le tic-tac du clignotant se met à résonner au même rythme que les battements de son cœur. C'est le bruit mécanique qui remporte finalement la course. La progression du véhicule le long d'un sombre tunnel d'incertitude met fin à son envie irrésistible de fuir dans la direction opposée.

La voiture tourne dans une rue bordée d'arbres qui donne sur un parc.

« Nous sommes arrivés !, annonce Cicely, visiblement soulagée de rompre le silence qui s'était installé entre elles.

— C'est ici que vous habitez ? » demande Patsy en contemplant les belles maisons mitoyennes en grès rouge.

Elles font à peu près deux étages de hauteur et chacune est pourvue d'un large perron orné de rampes noires ouvragées parfaitement alignées tout le long de la rue. Les motifs et les sculptures semblables à des gargouilles qui décorent les toits verts lui rappellent les demeures des vieux films de vampire. Manman G ferait sans aucun doute le rapprochement avec le diable. « *Tu vois ? Satan est partout. C'est qu'elle est forte, son armée !* » Une nuée d'oiseaux noirs s'envole des toits puis descend sur la rue comme une pluie de confettis. Marcus gare la voiture, en sort, toujours muet, et marche vers la maison en faisant tinter ses clés. Les ondes de rancœur qui se propagent vers Patsy sont partiellement bloquées par

Cicely qui s'empresse de l'aider à sortir sa valise du coffre.

« Attention où vous mettez les pieds, leur lance-t-il avant de faire un petit bond par-dessus une crotte de chien et ce qui ressemble à une seringue. Cette foutue populace noire est incapable de dresser ses cabots ou de laisser tomber la drogue !, marmonne-t-il.

— Y se donne beaucoup de mal pou entretenir cette maison, Marcus. Y l'a fait rénover juste l'an dernier », chuchote Cicely d'une manière enfin plus naturelle en soulevant la valise.

Marcus, qui les a attendues au portail, prend le bagage des mains de sa femme lorsqu'elle s'approche de lui, puis tous trois montent lentement les marches du perron. En regardant autour d'elle, Patsy aperçoit des drapeaux caribéens aux fenêtres des rez-de-chaussée, plantés dans les jardins ou accrochés aux antennes des voitures garées. Une affiche proclamant JUSTICE POUR ABNER LOUIMA[1] est collée à une vitre.

« Comment ça se fait qu'il y a tous ces drapeaux ?, demande Patsy.

— Le carnaval caribéen de la Fête du travail a lieu la semaine prochaine. Les gens aiment bien montrer d'où y viennent.

— Il existe vraiment un défilé comme celui-ci ?

— Bien sûr ! Il est organisé chaque année. »

Patsy est surprise que les Caribéens aient droit à leur défilé ainsi qu'à leur propre quartier à New York – une ville qu'elle s'est toujours imaginée prétentieuse en raison de son obsession pour la mode, et des endroits tels que Central Park ou Times Square. Pendant le trajet, elle a remarqué plusieurs restaurants aux auvents ornés de

1. Cet immigré haïtien fut victime de graves violences policières à New York en 1997, ce qui déclencha de vastes manifestations.

drapeaux jamaïcains ; des personnes de sa couleur aux gestes lents et aux regards persistants, signe de leur arrivée encore récente dans le pays. En tout cas, si elles étaient là depuis un moment, ce n'était pas flagrant. Sans ces chaussées goudronnées, ces larges trottoirs et ces bâtiments en briques brunes, elle pourrait tout aussi bien se trouver à Half-Way Tree ou dans le centre-ville de Kingston, un endroit peuplé de visages larges et foncés aux expressions difficiles à déchiffrer. Patsy ne se rappelle pas avoir vu un tel quartier dans *Diamants sur canapé*.

« Mais où sont les Blancs ?, demande-t-elle.

— T'en verras tanzantan, répond Cicely en patois dès que Marcus a le dos tourné. Y faut aller à Manhattan pou ça. Ils ont tendance à rester éloignés des endroits comme Crown Heights.

— Mais ça changera bientôt », intervient Marcus.

C'est la première fois qu'il s'adresse directement à Patsy, qui ne savait même pas qu'il les écoutait.

« Croyez-moi, dès le nouveau millénaire, c'est à Crown Heights, et Brooklyn dans son ensemble, que les gens voudront investir. »

Cicely ne dit rien. Elle paraît grimacer, mais Patsy ne sait plus très bien interpréter ses expressions. Son amie a trop changé pour qu'elle soit encore sûre de deviner ses pensées. Depuis le seuil de la maison, Patsy découvre un haut plafond et un spacieux vestibule qui conduit à un salon avec cheminée, exactement comme dans les films. Brusquement, elle a presque peur d'y pénétrer, pressentant que sa présence ici est gênante, incongrue. Marcus s'excuse de devoir les laisser puis disparaît dans une des pièces. Cette maison ressemble à un musée – chaque meuble est parfaitement à sa place, à croire que jamais personne ne s'est assis dessus ni ne l'a touché. Le parquet lustré semble tourner en ridicule ses ballerines flambant neuves qui paraissent miteuses en comparaison. Le lustre scintillant au-dessus de sa tête renvoie son reflet en mille petits morceaux. Finalement, son amie a bien réussi en Amérique. Entraînant Patsy à travers son château, Cicely lui montre tout le chemin parcouru par la petite fille pauvre qu'elle était jadis. De nombreuses photos sont exposées, mais aucune ne date de l'époque où elle vivait à Pennyfield. Sur la cheminée, il n'y a que des portraits d'elle, de Marcus et de…

« C'est qui ce petit garçon ?, demande Patsy.

— Notre fils, Shamar, répond Cicely aussi nonchalamment que si elle lui donnait l'heure.

— Oh. »

Les cristaux étincelants du lustre se plantent profondément dans le cœur de Patsy qui ne songe plus qu'à ce *notre* – un mot aussi dur qu'une pierre lancée entre ses deux yeux. Elle bat rapidement des paupières dans l'espoir de calmer la légère migraine que lui donnent toutes ses interrogations.

« Où est-il ?, demande-t-elle en scrutant le visage du garçon maigrichon à l'abondante chevelure.

— Shamar est à son cours de violon à la BAM[1], répond Cicely comme si elle était censée connaître cet endroit. J'irai le chercher avant le dîner. J'ai hâte de te le présenter ! »

Le cœur lourd, Patsy suit son amie le long d'un grand couloir aux murs décorés d'immenses tableaux. Dans une des pièces qu'elles dépassent, celle-ci remplie de livres, elle aperçoit Marcus au téléphone. Il est assis face à la rue bordée d'arbres et leur tourne son large dos, le combiné coincé entre l'épaule et l'oreille.

« D'accord, d'accord, Max, je note. 132 St Johns Place. Entendu ! Le bâtiment au croisement de Dean Street et Bedford Avenue ferait une jolie vente aussi. Comment ça, le quartier n'est pas encore assez convenable ? »

1. *Brooklyn Academy of Music.*

« Ces bâtiments datent des années 1800, ils sont anciens, explique Cicely à Patsy à voix basse. Marcus dit même qu'ils sont historiques à ses clients quand il leur fait visiter le quartier. D'après lui, ces maisons en pierre se vendront bientôt plusieurs millions de dollars. Il propose de l'argent aux propriétaires pour qu'ils les lui cèdent.

— Et qu'est-ce qui arrivera aux gens qui y habitent ?, demande Patsy en pensant aux visages qui l'observaient avec sa valise à son arrivée, tandis que des drapeaux barbadiens, haïtiens, trinidadiens et saint-luciens flottaient dans leurs jardins, tel un signe de paix.

— Marcus prévoit de racheter leurs logements. »

Cicely baisse toujours le ton quand elle prononce le nom de son mari – à croire qu'il est sacré et ne doit pas être prononcé à voix haute. Elle descend l'escalier sur la pointe des pieds afin de montrer à Patsy le spacieux sous-sol meublé à la manière d'un appartement, où elle dormira dans un lit une place. Cicely baisse davantage encore la voix pour lui expliquer que Marcus déteste être dérangé.

« Mais tu sais bien que j'ai pas l'intention de gêner qui que ce soit », réplique celle-ci, vexée que son amie lui demande de se faire toute petite.

Cicely ajoute qu'au lieu d'accéder au reste de la maison par l'escalier, il serait préférable qu'elle entre et sorte par la porte sur le côté de la maison – comme une domestique, en somme.

« Mais seulement quand il sera là. En son absence, tu feras comme tu voudras. Je te tiendrai informée. »

Le poids de la déception oppresse le cœur de Patsy. Elle aurait préféré voir son amie en couple avec ce stupide criminel de Pope plutôt qu'avec cet homme. Voilà donc celui à qui Cicely se donne tout entière, pour qui elle devient une autre – une personne dont, Patsy en est absolument certaine, elle n'aurait jamais pu devenir proche quand elles étaient enfants. Et même si elle finit par apprécier la nouvelle Cicely, elle devra accepter le fait que sa meilleure amie a changé. La jalousie qui menace de s'emparer d'elle pousse Patsy à lui tourner le dos.

« Je vois que t'as fait du chemin depuis la mort de Mabley », lance-t-elle aux murs gris et nus du sous-sol – qui abrite, en plus du reste, une machine à laver et un sèche-linge.

Avec un peu de chance, son ton était suffisamment sarcastique pour que Cicely retrouve ses esprits. Les bracelets de son amie cessent de tinter lorsqu'elle s'immobilise.

« En effet, chuchote-t-elle presque, avant de répéter plus fort : En effet. »

Patsy se retourne pour la regarder. Cicely se tient droite, grandie par ses chaussures rouge vif, le côté du visage toujours dissimulé sous son large chapeau. Patsy se rappelle quand, adolescentes, elles se dévisageaient ainsi. Dans une élégante boutique en ville, elles jouaient aux adultes et essayaient des vêtements inabordables. Chaussées d'escarpins imaginaires, elles marchaient sur la pointe des pieds, leurs corps pubères enveloppés dans des robes. Tout le magasin était à leur disposition car le propriétaire – un des Libanais qui possédaient des commerces sur l'île – avait jugé d'un seul coup d'œil que Cicely pourrait devenir mannequin. Son mannequin. Après avoir retourné l'écriteau qui indiquait DE RETOUR DANS 5 MINUTES sur sa porte, il lui assura un jour qu'elle pouvait essayer tout ce qui lui plaisait. Il prenait grand plaisir à ajuster le tissu autour de ses épaules étroites, un sourire très tendre, presque lascif aux lèvres, dès qu'apparaissait un mamelon. Patsy enviait l'attention, les remarques suggestives sur sa beauté dont son amie était l'objet, la façon dont cet homme la caressait comme un animal de compagnie quand elle s'asseyait sur ses genoux. Cicely était toujours calme, aussi douce qu'une chatte ronronnant de satisfaction, apparemment consciente de ce que sa docilité pouvait lui rapporter.

« T'es pas obligée de faire ton petit numéro avec moi, lui dit Patsy en fixant son seul œil visible.

— Je te demande pardon ?

— C'est de ça que je veux parler. C'est pas ta façon normale de t'exprimer. »

Cicley semble prise de court – elle fait la moue, le sourcil levé, les narines légèrement dilatées. Encore une mimique apprise, exécutée avec succès par celle qui rêvait jadis d'afficher en permanence une expression impénétrable. Ce qu'elle fit, peu après le décès de sa mère.

« Comment tu vas, Cicely ?

— Ça ne se voit pas ?

— Je vois surtout que tu mènes la grande vie. J'ai gardé toutes les lettres que tu m'as envoyées, et les photos. Et tu m'as jamais parlé de ton fils, ni de ton mari… »

Cicely ne répond pas tout de suite. On croirait qu'elle hésite à divulguer des informations à une parfaite inconnue. Elle lève les yeux vers ceux de Patsy et semble prête à parler, mais se ravise. Les sourcils froncés, elle fixe sur son amie un regard accusateur. Finalement, elle déglutit et se lance.

« Je voulais juste éviter de parler de tout ça.

— Tout ça, c'est ta vie, Cicely. »

Patsy repense à ce qui était écrit dans ces lettres qu'elle a relues cent fois. Elle ne se rappelle pas une seule allusion, pas même un lapsus au sujet d'un enfant. Au bout de deux ans, Cicely s'est mise à lui écrire moins souvent, mais Patsy pensait qu'elle était simplement trop occupée à cause de ses cours du soir. Cicely voulait vraiment devenir infirmière. Et quand elle apprit que Patsy était enceinte, elle réagit aussitôt en lui envoyant des vêtements neufs, des livres, des couches – des choses que Patsy ne lui avait même pas demandées, bien qu'elle en ait besoin – sans jamais lui révéler qu'elle s'était trouvée dans la même situation. D'après le portrait le plus récent exposé sur la cheminée, Shamar doit avoir quelques années de plus que Tru. Pourquoi n'avoir jamais parlé de sa grossesse, de son accouchement, de son nouveau rôle de mère ? Cicely a-t-elle aussi tressailli la première fois qu'elle a senti les dents du bébé sur son mamelon et dû utiliser de la vaseline ? Lui est-il arrivé d'avoir du mal à changer sa couche et d'oublier d'acheter des lingettes ? D'essuyer ses régurgitations avec le coin d'un chemisier neuf parce qu'elle ne trouvait pas de bavoir ? Et toutes ces choses intangibles ? Cicely a-t-elle eu parfois l'impression que ses membres étaient ligotés à une chaise ou à son lit, totalement engourdis, comme si elle se trouvait dans un songe très éloigné de ses rêves d'avenir ? Lui est-il arrivé de penser que le bébé absorbait peu à peu toute la lumière en elle, ne lui laissant que l'obscurité ? Et dire que Cicely a conservé ce secret aussi longtemps… Patsy se demande quelles autres informations elle a bien pu lui cacher.

« T'aurais pu me le dire.

— J'ai essayé, Patsy…

— Je comprends pas. C'est pas rien d'avoir un enfant, mais tu me l'as caché !

— Je… J'étais pas prête. J'avais peur que tu me poses trop de questions.

— Pourquoi ? Qu'est-ce qui cloche avec la vérité ? »

Cicely hausse les épaules.

« Je t'ai dit que j'avais épousé Marcus juste pou les papiers. Que c'était un faux mari. Si je t'avais parlé du bébé, ça aurait tout embrouillé. J'étais censée terminer mes cours du soir. J'étais censée commencer l'école d'infirmières dans la foulée. Tout ce que je racontais dans ces lettres, c'est ce que j'étais *censée* faire… Ce que je voulais faire. C'était tellement agréable d'écrire ces mots-là.

— Pasque tu m'as menti là-dessus aussi ?

— Non. C'est juste que je pouvais pas me résoudre à te raconter tous ces changements.

— C'est pas comme si ta situation s'était dégradée, Cicely.

— J'avais peur de te décevoir.

— Je suis ni ton pasteur ni ta mère.

— Je sais. Mais ton avis a toujours eu de l'importance pou moi.

— Enlève ton chapeau. J'ai envie de te voir. »

Cicely obéit. Désarmée, Patsy voit apparaître de longs cheveux fins teints en blond, lissés sur son crâne.

« C'est Marcus qui m'a convaincue de le faire », dit-elle avec un gloussement de petite fille qui rappelle à Patsy l'époque où elles s'amusaient à se chatouiller les oreilles avec des plumes de poulet – un jeu qui créait des sensations particulières dans son bas-ventre.

Elle se demandait souvent si Cicely les ressentait aussi, mais préférait garder cette découverte pour elle. Des années plus tard, avant que Patsy, devenue adulte, ne découvre la masturbation, le temps s'arrêtait encore lorsqu'elle faisait tourner seule des plumes dans ses oreilles, les orteils frétillant de plaisir.

« Je sais pas encore très bien si ça me plaît, dit Cicely en se touchant à nouveau les cheveux, l'air mécontente d'y trouver quelques fourches.

— Si t'aimes pas, t'as qu'à reprendre ta couleur naturelle.

— Qu'est-ce que t'en penses ? »

Cicely regarde Patsy dans les yeux, les sourcils levés.

« C'est sans importance, tu sais.

— Sois pas comme ça.

— Mais comment tu veux que je sois ?

— Tu n'aurais pas compris.

— Tu m'as pas laissé une chance.

— J'avais pas l'intention de rester… »

La voix de Cicely faiblit et son visage s'assombrit.

« Mais Shamar est arrivé peu après.

— Alors, tu l'aimes vraiment ? »

Dans la faible lumière et le silence fragile, cette question semble négligeable. Cicely prend son temps pour y répondre. Lentement, elle relève la tête et, lorsque son regard se pose sur celui de Patsy, ce qu'il exprime est difficile à déchiffrer. Patsy détourne les yeux, trop fatiguée pour essayer de comprendre, et regrette de ne pas pouvoir retirer sa question.

« C'est tes cheveux, après tout, lâche-t-elle finalement dans un soupir. T'en fais ce que tu veux. »

Si leurs anciennes maîtresses d'école voyaient Cicely aujourd'hui, elles se féliciteraient d'avoir prédit son destin sans se tromper. En fin de compte, son amie est devenue la précieuse épouse d'un homme. Avec une pointe de rancœur, Patsy regarde Cicely faire bouffer ses cheveux décolorés de sa main libre. Rien n'a changé sur ce visage qu'elle connaît mieux que le sien – ni ce nez fin qui saille tel le nombril proéminent d'un bambin, ni ces yeux qui semblent se focaliser sur vous avec intérêt et vous donnent désespérément envie de vous voir à travers eux. C'est peut-être parce qu'ils brillent comme des billes bleu-vert au soleil que le regard de Cicely rend tout le monde magnifique. Enfin, il y a cette cicatrice sur son front, juste au-dessus du sourcil gauche, que Patsy aperçoit malgré les efforts de son amie pour la dissimuler avec du maquillage. Cette balafre la force à détourner les yeux, car elle revoit aussitôt les débris de verre sanglants qui, par centaines, reflétaient des fragments de leur jeunesse dans la vieille maison réduite en cendres de Jackson Lane, cette jeunesse qui venait de voler en éclats quand le miroir était tombé sur elles.

Cicely s'approche et prend dans sa paume le pendentif en œil de tigre suspendu à son cou.

« Tu le portes toujours », constate-t-elle avec un sourire.

Sa beauté, qui autrefois stupéfiait Patsy, est ternie par le fond de teint soigneusement appliqué qui donne un aspect cendreux à sa magnifique peau dorée.

« T'as pas besoin de maquillage, dit Patsy d'une voix trahissant sa souffrance. Y te l'a jamais dit ? »

Cicely laisse glisser le pendentif de sa main.

« Je te sers un thé, un chocolat chaud ? » demande-t-elle sans la regarder.

Puis elle commence à s'affairer dans la kitchenette : elle ouvre et referme les placards, triture maladroitement le robinet, entrechoque les tasses et chamboule les couverts dans le tiroir.

« Un thé, merci », répond Patsy par-dessus le bruit.

Cicely soulève une bouilloire rouge étincelante, la remplit d'eau au robinet puis la pose sur une plaque de cuisson installée entre un réfrigérateur miniature et un micro-ondes. Patsy balaye la kitchenette du regard. Tout y est si petit. Ou peut-être se sent-elle simplement encombrante et envahissante dans cette maison.

« J'ai fait les courses, déclare Cicely en pointant du doigt les placards beiges au-dessus de leurs têtes. Comme ça, t'auras pas besoin de monter sans arrêt chercher ce qu'y te faut dans la cuisine.

— C'était pas la peine », dit Patsy, le cœur serré à l'idée que son amie fait de son mieux pour la garder enfermée dans le sous-sol.

Avec précaution, Cicely pose deux tasses sur le plan de travail sans se tourner vers elle, comme si elle lisait dans ses pensées et s'en voulait de la traiter ainsi.

« Tu m'as manqué aussi, lâche-t-elle, l'air de parler toute seule. Simplement, j'étais obligée de fuir tout le reste. De me réinventer. Tu sais bien. »

Elle croise les bras sur la poitrine et se met à regarder autour d'elle. On dirait qu'elle se sent perdue dans son propre sous-sol.

« Oui, je sais, répond Patsy en observant son profil.

— Comment va cette sorcière de Zelma ?

— C'est pas une fanm facile à vivre, ta tante. Je l'ai croisée quelquefois à l'épicerie. Elle adresse toujours pas la parole aux personnes plus noires qu'elle.

— Je suis pas surprise. Elle m'aurait aimée si j'avais pas été l'enfant de Mabley. Elle me détestait tellement qu'elle m'obligeait à m'agenouiller sur le gravier en plein soleil. Et pis elle m'appelait Jézabel en répétant que j'étais pareille que ma mère – sa propre sœur ! Je crois qu'elle était toujours jalouse de la beauté de Mabley. Cette fanm était convaincue que les manières de ma mère avaient déteint sur moi et elle me punissait tous les jours pou ça.

— Je m'en souviens. »

Patsy se remémore l'époque où elle devait appliquer de l'aloe vera sur la peau de Cicely brûlée par le soleil. Elle se servait d'un couteau pour extraire le gel de la plante. Puis, lentement, elle le frottait entre ses mains et, avec précaution, l'étalait partout sur son dos et ses épaules. Elles étaient en cinquième le jour où Cicely osa laisser tomber sa robe d'intérieur décolorée sur le sol, s'avança audacieusement dans la lumière du soleil qui traversait faiblement les rideaux en dentelle de mademoiselle Zelma et montra à Patsy sa peau gravement brûlée. Celle-ci se rappelle l'attention timide mais curieuse avec laquelle elle observa le corps de son amie, voyant pour la première fois l'ombre légère de ses seins sur son ventre lisse, les gouttes de sueur qui s'étaient accumulées dans le creux de ses clavicules et de son nombril, les coupures à vif qui balafraient ses genoux depuis qu'elle était restée agenouillée sur le gravier en plein soleil. Tandis qu'elle la massait avec son baume à la senteur amère, Patsy ressentit l'envie puissante de soigner et de protéger son amie.

« Quand t'as disparu, j'ai cru qu'elle avait fini par t'empoisonner. »

Patsy lâche un petit rire. Cicely glousse à son tour.

« Je l'aurais tuée avant qu'elle le fasse. Dyé sait que j'en étais capable.

— Comment tu peux mentionner Dyé et un meurtre dans la même phrase ? »

Cicely tchipe[1].

« Oh, je t'en prie. Tu te souviens du vieux Basil qui disait qu'il portait toujours deux objets sur lui, sa bible et son canif ?

— Oh, mon Dyé, oui !, s'esclaffe Patsy. Et tu te rappelles qu'il tabassait sa fanm, Bertha, sa bible à la main ? Seigneur, j'arrivais pas à comprendre comment un nabot pareil, que même la brise pouvait emporter, était capable de battre une fanm aussi violemment. »

Cicely esquisse un petit sourire.

« Parfois, les gens ont ça en eux. »

Un silence troublant s'installe après cette phrase, un aveu implicite qui fend le cœur de Patsy. Cicely lève les mains, l'air de vouloir essayer d'expliquer, de mimer, de déclarer ce qui ne l'a pas été. Mais ces mots ne sont-ils pas parfaitement clairs ? Finalement, Cicely recroise les bras sur la poitrine, le coude droit calé dans le creux du gauche, et semble s'étreindre elle-même.

Lorsque la bouilloire se met à siffler, elle pivote sur les talons, vraisemblablement soulagée d'avoir quelque chose à faire. Elle prend une boîte de sachets de thé à la menthe poivrée, tandis que Patsy regarde fixement son dos. Celui-ci

1. Son produit avec les lèvres pour exprimer son mépris ou sa désapprobation.

forme un mur de séparation entre le passé et le présent, un mur protecteur autour d'elle qui semble bien mince, fragile. Patsy baisse le regard.

« Je suis contente qu'on soit réunies. Comme au bon vieux temps », dit-elle.

La cuillère cesse peu à peu de tinter contre la faïence de la tasse. Avant que Cicely ait le temps de réagir, la voix de Marcus retentit à l'étage.

« Cicely ! »

Elle sursaute, se précipite vers la table et pose la tasse devant Patsy, l'air troublé.

« Mon Dyé, et dire que je papote avec toi alors que c'est l'heure d'aller chercher Shamar ! »

Patsy se lève, regarde son amie prendre son chapeau sur le lit et la suit jusqu'au pied de l'escalier. Cicely s'arrête brusquement, l'air d'avoir oublié quelque chose. Puis elle se retourne pour serrer Patsy dans ses bras. Leur reflet s'encastre parfaitement dans le cadre du miroir de la petite coiffeuse – un miroir qui semble remplacer celui qui s'est brisé il y a des années, ce terrible jour à Jackson Lane. Patsy s'accroche à elle, cette fois déterminée à ne pas la lâcher.

« Cicely ! »

Mais l'aboiement effrayant de Marcus les oblige à se séparer.

« Y faut que j'y aille. »

Cicely lui effleure le visage – un geste intime qui manquait à Patsy depuis une éternité –, puis elle se tourne et monte l'escalier quatre à quatre malgré ses talons hauts.

« J'arrive, chéri ! »

Elle referme la porte derrière elle, empêchant tous les sons de l'étage de parvenir jusqu'à Patsy qui n'entend plus que le bruit étouffé de leurs pas – de leur monde qui l'exclut.

6

Tru n'avait encore jamais vu personne se servir de la minuscule valise posée sur la garde-robe. Elle regarde manman G faire ses bagages et plier ses affaires avec les mêmes gestes délicats que sa mère lorsqu'elle a déposé sa belle robe rose sur le lit avant son départ – une robe que Tru n'aurait jamais imaginé reporter jusqu'à ce que celle-ci l'amadoue pour qu'elle l'enfile ce matin. Ses pieds sont emprisonnés dans des chaussures qui lui serrent les orteils et ses mains écrasées sous ses cuisses sont engourdies. Son objectif étant d'être la plus sage possible, elle reste assise sans bouger, même si elle risque de s'évanouir à cause de la douleur dans ses orteils. Peu bavarde, Manman G fredonne tout bas un cantique. Puis, alors qu'elle plie les vêtements de Tru, elle s'interrompt, calme, presque pensive. Encadré par les murs bleu clair, son reflet tient tout entier dans le long miroir. Lorsque la lumière du soleil quitte la pièce et que son miroitement dans le haut de la glace disparaît, le rose de la robe de Tru et de la jupe de manman G paraît terne. La fillette pose les mains sur les cuisses et croise les chevilles. Si elle reste sage, elle parviendra peut-être à convaincre sa grand-mère qu'elle ne la dérangera pas vraiment. Tru a le dos douloureusement crispé à force de rester assise bien droite sur son tabouret dans l'espoir que manman G se souvienne de sa présence. Qu'elle déclare qu'elle a changé d'avis. Que Tru est une bonne petite après tout, qu'elle n'est pas obligée d'aller vivre chez son père.

Peut-être s'agit-il d'une punition en fin de compte. Il lui est arrivé si souvent de voler des tartelettes et des rochers à la noix de coco tout juste sortis du four ; de plonger les mains dans le bocal de sucre brun pour le lécher sur ses paumes ; de couper la queue des lézards du jardin afin de les regarder se tortiller dans la poussière ; de cueillir les mangues de mademoiselle Grant qui pendent au-dessus du jardin de manman G ; de jeter des pierres à Marlon le boiteux, ce garçon morveux aux bras et aux jambes couverts de plaies. Et comment oublier la fois où elle a essayé de faire pipi debout contre un arbre comme les garçons ? Elle s'est aussitôt fâchée contre Dieu parce qu'il lui manquait cette chose que Ricky l'albinos venait de sortir de son pantalon pour la lui montrer et se moquer d'elle.

« Bon, tout est là », dit enfin manman G.

Ses yeux foncés balayent la pièce sans se poser sur Tru. La fillette éprouve la même sensation que lorsqu'elle se trouve sur des montagnes russes ou sur la grande roue juste avant qu'elle ne redescende du sommet. Pourquoi sa grand-mère ne la regarde-t-elle plus ?

« Ton père sera bientôt là », dit manman G comme si elle parlait toute seule.

D'habitude, c'est à Dieu qu'elle s'adresse quand elle marmonne ainsi. Elle conserve des images de lui partout, même sous son lit à côté de son pot de chambre. « *Au cas où je ferais une bêtise et que j'attirerais le diable.* » Tru a fini par croire que le diable se cachait sous son lit. Depuis, au lieu de s'accroupir pour tirer le pot les nuits où elle a envie de faire pipi, elle mouille souvent les draps, ce qui agaçait sa mère quand elle partageait son lit. Avec qui va-t-elle dormir maintenant qu'elle est partie ?

« Je peux rester chez toi, grand-mère ?, demande Tru. Je te promets que je ferai plus pipi au lit. »

Quelque chose d'invisible semble affliger manman G. Comme si, quelque part dans l'ombre de la chambre, le diable attendait de lui transpercer le cœur avec un arc et une flèche.

« Non.

— Mais qu'est-ce que j'ai fait de mal ? »

Les yeux de Tru se mouillent à nouveau. Manman G s'arrête, la valise contre le flanc. Elle porte un foulard violet autour de la tête. Sa robe d'intérieur pend sur son corps, car elle n'a plus que la peau sur les os à cause de ses nombreux jeûnes. Pour la première fois depuis leur retour de l'aéroport, elle regarde Tru dans les yeux.

« Rien, petite. C'est pas toi qui as fait du tort.

— Alors pourquoi manman m'a abandonnée ? Pourquoi tu m'envoies habiter ailleurs ? »

La grand-mère rejoint sa petite-fille, l'air toujours peiné.

« Tu vois, le sel de ces larmes vaut pas grand-chose à côté des sous que ta mère va gagner en Amérique, dit-elle d'une voix où monte la colère. Tu dois comprendre que désormais, elle fait seulement ce qu'y a de mieux pou toi. Je sais bien que les sous, c'est la cause de tous les maux. Mais parfois, y rendent les choses plus faciles. Et ce que tu ressens maintenant ? Sache que Jésus éprouve la même chose chaque fois qu'on l'oublie. Alors continue simplement à te comporter comme une enfant de Dyé, tu m'entends ? »

Comme Tru hoche la tête, manman G poursuit.

« Ton père va bien s'occuper de toi.

— Mais pourquoi je dois partir ? Pourquoi je peux pas rester chez toi ?

— La Bible dit d'honorer son père et sa mère. C'est la seule voie qui mène au paradis. Allez, viens ici que je sèche ces larmes. »

Tru ferme les yeux tandis que sa grand-mère lui essuie le visage avec un mouchoir et l'oblige à se moucher. Au même moment, toutes deux entendent les pneus d'une voiture faire crisser le gravier, puis un coup de klaxon. Tru commence à descendre de son tabouret, mais manman G l'arrête.

« Ne bouge pas. Si c'est un vrai homme, y doit sortir de sa voiture, ouvrir le portail et venir me saluer. Ce boug a aucune manière, ajoute-t-elle à mi-voix, mais y va les apprendre avec moi. »

En silence, Tru, qui n'ose plus bouger, écoute son père (comment devra-t-elle l'appeler : *fichu boug* ? *brute épaisse* ? *monsieur le policier* ? – les mots qu'emploie sa grand-mère pour le décrire) donner des coups de klaxon qui réveillent en sursaut les chiens endormis le long de la ruelle. Tous se mettent à aboyer. À travers les rideaux à fleurs jaunes, Tru voit le grand homme à la peau foncée qu'elle n'a rencontré que trois ou quatre fois depuis qu'elle est née sortir de sa voiture et claquer la portière. Ras Norbert, qui passe par hasard avec ses balais en scandant : « Croyez-le ou pas ! », s'immobilise brusquement à la vue du policier. Tru observe sa façon curieuse de redresser les épaules et le cou avec raideur. Les coins de sa bouche tombent tandis qu'il regarde fixement son uniforme – une chemise bleue à rayures ornée de trois V dorés sur les manches et un long pantalon bleu marine avec une large bande rouge le long de la jambe. Tru ne voit toujours pas à quoi il ressemble car son visage est caché sous la visière de son képi noir. La rigidité de son maintien la fait trembler de peur. Johnson, Errol, Desmond et Bo, les hommes qui attendent leur repas devant le portail de mademoiselle Maxine, interrompent leur partie de Ludi pour dévisager le policier du même regard noir qu'ils adressent aux voleurs de poules et aux visiteurs qui verrouillent prudemment les portières de leurs voitures en arrivant dans le quartier. Celui-ci ne prend pas la peine de saluer les quatre hommes, ni mademoiselle Maxine qui sort de sa maison avec une cuillère dégoulinante et le regarde elle aussi, bouche bée. Son attitude et son uniforme semblent assiéger Rose Lane, s'immiscer dans les salons aux rideaux tirés, aveugler les yeux écarquillés qui observent la scène depuis les fenêtres à guillotine ouvertes ; prendre les jardins d'assaut, égailler la volaille et renverser les seaux d'eau. Le soleil lui-même se dérobe et disparaît derrière les nuages orageux. Comme si elle les insultait, la présence de cet homme assombrit les visages des voisins de Tru. Ras Norbert est le seul à s'exprimer à voix haute. Il lève la main et pointe un long doigt crochu sur le policier.

« Brûle, Babylone, brûle ! »

Mais l'emportement de Ras Norbert ne le perturbe nullement. Il marche comme s'il défilait avec ses collègues : une, deux, une, deux ! Un instant plus tard, Tru entend frapper à la grille de la varangue avec une sorte d'objet métallique. Est-il possible que ce soit son arme ? La fillette lève les yeux vers sa grand-mère qui serre les mâchoires, l'air indifférente à ce bruit. Lorsqu'elle s'exprime enfin, sa voix est mesurée.

« Allons-y. On l'a fait attendre assez longtemps. »

Dès qu'il les voit apparaître sur la varangue, le « fichu boug » cesse de frapper et change d'attitude.

« Bonjour, dit la vieille femme.

— Bonjour, manman G. »

Le policier paraît désarmé par son ton calme. L'échange silencieux qui suit entre les deux adultes semble ouvrir un chemin devant les pieds de Tru – elle avance, un pas après l'autre, jusqu'à ce qu'elle ait rejoint l'homme que manman G appelle son père.

« Elle est à toi », déclare celle-ci, donnant au fichu boug/à la brute épaisse/à monsieur le policier la permission d'emmener Tru sur-le-champ.

La facilité avec laquelle tout s'enchaîne frappe la fillette plus violemment que les pierres avec lesquelles Ricky l'albinos et elle bombardent Marlon le boiteux à l'aide de leurs frondes. *Elle est à toi.* Jusqu'à maintenant, Tru ne savait pas très bien ce qu'elle ressentait. Une vague froide de déception enfle dans sa poitrine. L'homme la prend doucement par l'épaule de sa main scarifiée. Du coin de l'œil, Tru voit ses voisins observer la scène. Un par un, ils baissent les épaules tandis qu'elle redresse les siennes, espérant se protéger de leurs regards, de leur jugement, de leur pitié.

À peine arrivée dans sa nouvelle maison, Tru vomit son petit déjeuner – les deux œufs et les petites galettes qu'elle a avalés avant que son père vienne la chercher dans sa Suzuki rouge. Sa maison se trouve juste de l'autre côté du ravin qui divise Pennyfield, dans un quartier nommé Rochester. Comment se fait-il que cet homme soit pour elle un quasi inconnu alors qu'il habitait si près de chez elle ? Avant même d'avoir franchi la porte, Tru se penche en avant et rend son petit déjeuner d'un jet qui éclabousse les marches, le paillasson marron, les murs verts, ainsi que le pantalon et les chaussures de son père qui se met aussitôt à grommeler. Il grimace comme s'il venait d'avaler quelque chose d'amer.

« Marva ! » crie-t-il.

Sa voix résonne dans la maison propre et soignée qui sent l'encaustique. Trois garçons de taille différente apparaissent. Leurs têtes plates alignées ressemblent aux marches d'un escalier. Le visage plissé comme une feuille de chou, ils contemplent le désastre.

« Elle est passée où, votre mère ?, aboie le fichu boug/la brute épaisse/monsieur le policier. Pourquoi vous restez plantés là comme des bons à rien ? Allez chercher votre mère ! Elle est sourde ou quoi ?

— Elle est derrière en train de faire la lessive, papa.

— Appelez-la tout de suite ! »

Les garçons détalent aussi vite que des chiens errants évitant un jet de pierres. La télévision est allumée dans une pièce de la maison. Tru entend les voix de personnages de dessins animés, rapidement couvertes par le claquement des mules d'une femme sur les carreaux de béton.

« Seigneur, Roy !, s'exclame-t-elle, essoufflée. Mais pourquoi tu cries comme si Dyé était descendu sur terre ? »

Dans cette maison, le père de Tru s'appelle donc Roy, ou papa. La façon dont cette femme prononce son prénom donne envie à la fillette de l'articuler. Car « *papa* » sonnerait faux à ses oreilles. Marva s'immobilise quand elle découvre les dégâts.

« Oh là là !

— Viens don m'aider à nettoyer ce bazar. J'ai pas arrêté de t'appeler ! Pourquoi tu répondais pas ?

— J'étais occupée derrière, Roy. »

Le père de Tru tchipe.

« Regarde ce qu'elle a fait à mon pantalon neuf et mes Clarks. »

Il lève une jambe et montre sa chaussure à Marva.

« C'est pas grave, dit-elle. Je nettoierai ça un peu plus tard.

— Mais qu'est-ce que j'ai fait au bon Dyé ? »

Roy laisse sévèrement échapper un grognement de frustration qui transperce le cœur de Tru.

« Du calme, Roy. C'est rien qu'une enfant, dit Marva. Ton pantalon et tes chaussures peuvent bien attendre un peu. »

Elle se retourne et crie :

« Jermaine, apporte-moi la serpillière, un seau d'eau et aide-moi à nettoyer les marches ! Daval, viens chercher les chaussures de ton père pou les nettoyer. Kenny, trouve-lui un pantalon propre. Quand c'est fait, mets le paillasson au soleil et aide Jermaine à essuyer les murs.

— Oui, manman ! » répondent en chœur les garçons.

Tru contemple toujours les dégâts, ses joues brûlantes ruisselantes de larmes. Elle voudrait voir sa maman. Depuis qu'elle est partie, Tru ne parvient pas à savoir si elle rêve ou si elle est bien réveillée. Quand manman G et elle sont rentrées de l'aéroport, elle s'est mise à chercher sa mère dans toute la maison, en se disant que peut-être, avec un petit peu de chance, elle n'était pas vraiment partie. Qu'elle avait seulement rêvé. Tru sent encore le parfum que portait sa mère avant de monter dans l'avion. Elle sent même la caresse de son pouce sur son front pour effacer la trace de son baiser.

« Viens, trésor, dit Marva en la prenant par la main. Je vais te nettoyer. »

Tandis qu'elle la suit le long d'un interminable couloir, la fillette se demande si elle va l'enfermer dans un donjon. Elles dépassent le salon qui est séparé du couloir par un rideau de perles. Lorsque quelqu'un baisse le son de la télévision, les oreilles de Tru se mettent à siffler – ce silence est assourdissant. En chemin, elle découvre des chambres aux lits soigneusement faits, aux rideaux brodés et aux meubles gigantesques. Tru jette un coup d'œil derrière elle en se demandant s'il est encore temps de fuir. Roy enlève ses chaussures sans cesser de jurer, mais Marva réagit à peine.

« Fais pas attention à ton père, dit-elle. C'est trop de pression pou lui. Il a pas trop l'habitude des marmailles comme toi. »

Dès qu'elles sont dans la salle de bains, Marva la déshabille, remplit la baignoire et referme la porte derrière elle.

« J'espère que tu nous couves pas quelque chose », dit-elle d'une voix aussi douce que le jet d'eau arrosant le dos de Tru.

Chez elles, sa mère se lave dans une cuvette jaune, car elles n'ont pas de baignoire, et la laisse souvent faire des bulles avec la mousse. Tru préfère l'ancienne bassine à cette vaste baignoire d'un blanc aussi éclatant que les murs. Elle n'avait encore jamais vu une pièce aussi lumineuse. Marva a de grosses mains et des seins encore plus volumineux qui ressortent du décolleté de son chemisier quand elle se penche pour nettoyer le vomi sec autour de sa bouche. C'est une femme ronde, à la peau foncée et au large visage. Son menton pointu, sa petite bouche et ses grands yeux expressifs rappellent à Tru les poupées avec lesquelles les filles jouent à l'école.

« Tu vas pas nous causer de problèmes, hein ? » demande Marva en l'enveloppant dans une serviette au parfum fleuri, avant de l'emmener dans une chambre où se trouve un lit superposé.

Elle caresse le duvet du haut de son front.

« T'es une grande fi. Ta manman veut qu'on s'occupe de toi à partir de maintenant. »

Tru lève les yeux vers Marva. Elle connaît donc sa mère ? Et que veut-elle dire par « *à partir de maintenant* » ? Est-ce que ça signifie que Marva sera sa mère à présent ? Tru aimerait lui poser la question, mais elle est submergée par la peur et la confusion.

« Vous allez partager cette chambre, ton frère Kenny et toi. Tu dormiras en haut, lui en bas. »

Tru cesse de la dévisager et balaye la chambre du regard, tandis que Marva fouille dans la valise préparée par sa grand-mère. La pièce est si petite qu'elle a pour seuls meubles le lit superposé en bambou équipé d'une échelle qui semble toucher le plafond, et une haute commode dont Tru n'est pas sûre de pouvoir atteindre le sommet. On dirait que quelqu'un a cassé la porte et n'a pas pris la peine de la réparer, car il ne reste que ses gonds nus sur le chambranle.

De loin, Tru entend les éclats de voix de la télévision du salon, le rire de ses frères occupés à nettoyer les marches et son père qui parle à quelqu'un au téléphone.

Le lit du bas est jonché de soldats en plastique, de petites voitures et de vêtements froissés appartenant à Kenny. Comme la fenêtre est ouverte, la brise gonfle le fin rideau blanc que retient une chaise en bois sur laquelle sont pliés d'autres vêtements. Tru se demande quelle distance sépare son ancienne maison de celle-ci. Par la fenêtre, elle aperçoit la colline sur laquelle sa mère a promis de leur faire construire une maison un jour.

« En voilà un joli vêtement, dit Marva qui sort une tunique rouge de la valise. Enfile don ça. »

Un frisson de terreur envahit Tru et son cœur se met à battre très vite. Elle s'éloigne de Marva en secouant la tête.

« Qu'est-ce qui se passe ? » demande celle-ci.

Marva tend à nouveau la main vers elle, mais la fillette lui échappe. Elle file en courant toute nue dans le couloir, dépasse les bruits de la télévision, son père qui braille au téléphone, ses frères hilares et sort dans le grand jardin chauffé par le soleil. Le décor tourne autour d'elle comme dans un rêve – les rosiers, la palissade surmontée de fils barbelés, les grandes plantes de l'allée, les arbres penchés, les deux chiens endormis. Elle entend quelqu'un l'appeler.

« Trudy-Ann ! »

La voix de Marva est trop proche. Trop semblable à celle de Patsy. Tru la trouve effrayante. À l'entendre, Marva semble tout à fait capable de la convaincre qu'elle est sa nouvelle mère.

« Trudy-Ann, viens ici ! Trudy-Ann, arrête ! »

Marva la pourchasse à grandes enjambées.

« Je veux ma manman ! T'es pas ma manman ! » s'écrie Tru, affolée.

La voix puissante de Roy retentit.

« Rentre immédiatement, Trudy-Ann ! Elle reviendra pas, ta mère ! »

Tru court autour de la maison en piétinant les hibiscus et en évitant les pièges tendus par les longues tiges d'herbe à femme et les branches épineuses des *macka*. Elle finit par grimper à l'arbre le plus proche – un cerisier qui semble assez haut pour y trouver refuge. Il n'y a aucun fruit sur ses branches. Non loin d'elle se trouve le nid d'un oiseau. Depuis le pied de l'arbre, son père, Marva et ses trois frères hideux l'observent. Tru redoute davantage de se faire attraper que de tomber. Va-t-elle vraiment devoir vivre dans cet endroit aux sons et aux odeurs inconnus au milieu d'étrangers ? Si sa mère a pu l'abandonner aussi facilement, à quoi s'attendre de la part de son père, cet homme qu'elle connaît à peine ? Et comment savoir si Marva, avec ses grandes mains et son visage rond, n'est pas en réalité une sorcière ?

« Manman ! » s'écrie Tru, dévorée par la peur.

Elle lève les yeux vers la vaste étendue du ciel bleu dans lequel s'est envolée Patsy. Au même moment, un petit oiseau plonge droit sur le nid. Deux oisillons tendent aussitôt le cou, le bec grand ouvert. Tru cesse de pleurer et les observe en reniflant. La femelle oiseau semble jeter des coups d'œil farouches dans sa direction. Tru retient son souffle, terrifiée.

« Ne bouge pas, Trudy-Ann ! » crie son père du pied de l'arbre.

Il enlève sa chemise et la jette au sol, prêt à grimper au cerisier. De son côté, Tru est fascinée par l'oiseau. Elle éprouve la soudaine envie de le caresser. Au moment où elle tend la main vers son petit corps, une forte bourrasque secoue les branches souples du cerisier. Craignant de blesser les oisillons dans leur nid, Tru s'élance vers une branche éloignée dans l'espoir d'amortir sa chute, comme elle le fait sur la cage à écureuil de l'école. Mais en plongeant, elle ne sent que l'air filer entre ses doigts et atterrit pile dans les bras tendus de son père.

7

De l'autre côté de l'océan, Patsy est assise sur le lit du studio, les fesses enfoncées dans le matelas. Elle ne prend pas la peine de défaire sa valise, toujours incapable de croire qu'elle est vraiment là. En Amérique. Elle approche le visage du lit afin de renifler les draps et remarque leur odeur parfumée : de la lavande ? De la rose ? Elle ne saurait le dire. Les oreillers bien rembourrés sont posés sur un édredon matelassé qui semble doublé d'éponge. Patsy palpe le tissu et passe les doigts le long des coutures, puis sur les draps doux, de meilleure qualité que ceux auxquels elle est habituée. Cicely a préparé cette chambre avec soin. *Tout ça juste pou moi*, pense-t-elle, pleine d'affection. C'est ainsi qu'elle a toujours imaginé la sensation et le parfum de la liberté. Allongée sur le lit, Patsy s'étire, bras et jambes écartés. Se laissant pénétrer par toutes ces nouvelles impressions, elle caresse la surface des draps et hume leur parfum sucré jusqu'à ce que son nez picote.

Patsy tourne la tête et regarde le bureau en bois ancien installé près du lit. Sur la table, à côté de la lampe, est posée une plume d'oie sans encrier. Un objet de décoration, sans doute. Elle balaye la pièce du regard et songe avec excitation qu'à l'extérieur de ce sous-sol sans fenêtre s'étend une ville entière à explorer. Patsy se redresse à la pensée de cette nouvelle aventure. Soudain pressée de prendre une douche, de se laver avec un savon étranger, elle se lève puis se dirige vers la salle de bains sur la pointe de ses pieds nus. Cicely lui a laissé des serviettes, un gant et une corbeille pleine de produits de toilette. La salle de bains est exiguë et, au lieu d'un rideau, c'est une porte coulissante qui ferme la douche. Les toilettes ressemblent à un minuscule pot de chambre ; Patsy espère qu'il est assez grand pour son postérieur. Quant au lavabo, il a la forme d'un petit saladier. Après s'être déshabillée, elle se glisse derrière la porte coulissante, soudain consciente de sa nudité comme jamais auparavant. Il est si étrange de se sentir nue dans une chambre qui n'est pas la sienne, sans sortir des bras d'un amant, de se trouver dévêtue ici, dans le sous-sol au parfum de lavande et de rose de sa meilleure amie à Brooklyn !

La douche s'avère un vrai casse-tête avec son robinet pourvu d'une flèche entourée des couleurs rouge et bleu. En Jamaïque, il n'y a qu'un sens pour faire sortir l'eau d'un tuyau ou d'une pomme de douche. Autrefois, quand elle rentrait le soir dans son uniforme de domestique, manman G ne cessait de s'émerveiller de l'équipement étranger des salles de bains de ses patrons – jacuzzis, vasques en marbre et tuyaux qu'on pouvait tordre dans tous les sens –, mais en général, les robinets jamaïcains ne sont pas aussi sophistiqués que celui-ci.

Les mamelons dressés à cause de l'air frais qui tombe sur sa poitrine, Patsy regarde fixement le dispositif. La cicatrice en forme de branche sous son nombril la démange. Le froid et l'agacement lui donnent des crampes d'estomac. Elle tend la main et tourne finalement le robinet en direction du bleu, convaincue qu'elle ne peut pas se tromper avec cette couleur. Elle recule, mais de l'eau glaciale jaillit du robinet du bas au lieu de la pomme de douche. Patsy laisse échapper un cri perçant.

« Oh, pitié ! »

Elle s'empresse de tourner le robinet vers le rouge jusqu'à ce que l'eau devienne tiède. Mais l'eau s'écoule toujours du robinet du bas. Trop fatiguée pour essayer de comprendre comment fonctionne cette installation, Patsy s'accroupit, le genou droit pressé contre la porte en verre, car son corps remplit maintenant tout l'espace. Elle accomplit ensuite le rituel de toilette qu'elle pratiquait chez elle au-dessus d'un seau d'eau quand la pression du robinet était trop faible. Si manman G la voyait ainsi accroupie pour se laver, elle la regarderait de haut, telle la pomme de douche étincelante au-dessus de sa tête, avec un mélange de mépris et de satisfaction. « *Quelle honte ! Te voilà dans un grand pays comme l'Amérique et tu te comportes comme une campagnarde.* »

Patsy ferme le robinet et se lève si brusquement que son genou craque. Elle se sèche puis sort de la cabine en verre, enveloppée dans sa serviette. Elle se dirige vers le lit sur la pointe des pieds, mais s'arrête net en trouvant Marcus planté devant la machine à laver et le sèche-linge, élégamment vêtu d'un pantalon bleu foncé et d'une chemise blanche. Les ondulations cirées de ses cheveux brillent sous le plafonnier. Elle laisse échapper un cri perçant qui le fait sursauter. Chacun dévisage l'autre – Patsy s'étonne que Marcus l'observe avec agacement au lieu d'avoir l'air désolé de la surprendre à moitié nue. Elle se sent soudain trop grosse dans cette serviette. Il ne reste plus qu'à espérer que sa poitrine comprimée n'aille pas lui jaillir à la figure et que ses cuisses bien en chair restent cachées. Il ne faudrait pas lui donner de fausses idées. Enfin, il n'était pas obligé d'entrer sans prévenir dans sa chambre. Patsy se sent rougir de la tête aux pieds. Elle se racle la gorge et cherche le meilleur moyen de s'adresser à l'homme de la maison

« Je peux t'aider ? » demande-t-elle en resserrant la serviette autour d'elle.

Cicely a bien insisté pour qu'elle ne le dérange sous aucun prétexte. En voyant son regard suppliant, Patsy a aussitôt pensé à celui de Tru, sa petite fille si peu autonome, quand elle lui demandait la permission de jouer dans le jardin de ses copains ou de la dispenser de manger ses légumes. Maintenant que sa femme est partie chercher leur fils à son cours de violon – elle est sûrement en train de se dépêcher de rentrer pour finir de préparer le dîner –, cet homme n'en fait qu'à sa tête.

« Comme le panier à linge est ici, je… » répond-il comme s'il lisait dans ses pensées.

Mais Patsy ne l'écoute qu'à moitié.

« Tu aurais pu frapper, lui rappelle-t-elle en faisant de son mieux pour garder un ton calme.

— Mais je suis chez moi ici ! » réplique Marcus, le front plissé.

Patsy commence à se sentir fautive malgré elle. Lorsque la serviette manque de tomber, elle la remonte, affolée. Marcus ne se retourne pas immédiatement. Son embarras semble lui procurer une espèce d'assurance abjecte.

« Je terminerai après le dîner », dit-il finalement avec un sourire suffisant, avant de remonter l'escalier d'un pas léger.

Patsy se laisse tomber sur le lit, stupéfaite. Et si Marcus racontait à Cicely qu'il l'a vue nue ? La main posée sur la bouche, elle reste assise un long moment.

Un peu plus tard, Patsy gravit à son tour l'escalier. Cicely va et vient en courant entre la cuisine étincelante, équipée d'un îlot en granit et d'ustensiles en inox, et la table qui brille dans la lumière du lustre.

« Tu veux un coup de main ?, lui demande-t-elle.

— Non, non. Assieds-toi. »

Cicely la chasse d'un geste qui fait tinter ses bracelets en argent. Le visage rouge, la voix essoufflée comme si elle venait de courir un marathon, elle paraît troublée.

Marcus et le petit garçon, Shamar, sont déjà attablés. Depuis sa place de maître de maison au bout de la table, Marcus adresse un sourire narquois à Patsy au moment où elle s'assied. Elle évite de le regarder et se concentre sur Shamar. Son cœur se serre à nouveau quand elle se rappelle que Cicely lui a caché la naissance de cet enfant qui la dévisage avec curiosité. Patsy a beau lui sourire, il reste silencieux et vigilant. Dans ses yeux clairs, elle devine un océan qu'elle ne pourra jamais franchir, même avec son visa américain.

Sur la table, une salade de chou cru, des tranches de jambon fumé, un plat de macaronis au fromage, une salade de pommes de terre et un poulet rôti sont disposés comme les mets d'un festin. Patsy est vexée que Cicely n'ait pas utilisé les épices qu'elle lui a apportées de Jamaïque. Elle lui en veut également d'avoir refusé son aide pour préparer le repas.

Mais Cicely est trop occupée dans la cuisine pour remarquer le lourd silence qui règne à table. Elle coupe des tranches de concombre en s'excusant d'avance d'avoir trop salé le poulet. La tristesse qui se lit sur le petit visage de Shamar, un sentiment que Patsy ressentait au même âge, la pousse à parler.

« Dis-moi, tu aimes bien ton lékol ? »

Shamar la regarde avec étonnement, comme s'il avait l'habitude d'être ignoré.

« Oui », répond-il d'une petite voix.

Il a hérité de la peau claire de Cicely, ainsi que de ses yeux bleu-vert. Sa tête est quant à elle couverte d'une masse de cheveux bouclés.

« T'es en quelle classe déjà ?

— En CM1, répond-il d'un ton hésitant.

— Ah ! C'est que t'es un grand garçon maintenant ! »

Shamar sourit.

Mais sa gaîté disparaît dès qu'il regarde son père. Cicely les rejoint enfin à table.

« À présent, prions », dit Marcus.

Sentant Cicely et Shamar se figer, Patsy ne peut s'empêcher de retenir son souffle pendant qu'il dit les grâces. Quand il a terminé, chacun prononce un sombre « *Amen* », puis commence à manger en silence. La tension est si forte que Patsy se gave de nourriture sans la savourer.

« C'est délicieux, Cicely ! » dit-elle trop fort.

Marcus lève les yeux de son assiette.

« Ce n'est pas la cuisinière la plus inventive, loin de là. Tout ce que nous mangeons dans cette maison, c'est de la viande crue mal assaisonnée.

— Le poulet est excellent », proteste Patsy afin de défendre son amie.

Elle sent à nouveau des ondes de rancœur se propager vers elle depuis le bout de la table. Mais elles ne font pas le poids face au sourire énigmatique qui se dessine sur les lèvres de Cicely. Patsy a déjà vu cette expression sur son visage – dans la cour de l'école, lorsqu'elle tenait tête aux petites brutes qui embêtaient Cicely après la mort de sa mère, sous prétexte qu'elle avait le feu aux fesses. Une expression dont Patsy ignorait alors le sens. Quand elle se décida à interroger manman G, celle-ci tordit la bouche et répondit : *« C'est une maladie qu'ont les métisses indiennes. Elles ont tout le temps envie des hommes. Comme cette fi que je t'ai déconseillé de fréquenter et pis sa mère – paix à son âme. »*

Patsy se sent légitimée par ce sourire – il est en quelque sorte la seule raison de sa venue en Amérique ; la seule expression familière qui rend sa jalousie inoffensive. Il est soudain plus facile d'ignorer Marcus, de ne pas tenir compte du petit garçon qui se recroqueville sur sa chaise sous le regard glacial de son père, incapable de toucher à son assiette. Il est plus facile de pardonner à Cicely d'avoir omis de lui parler de sa famille. Rassurée, Patsy ne voit pas son amie trébucher en retournant dans la cuisine, ni lâcher le couvercle de la casserole par maladresse. À peine l'entend-elle pousser un petit cri surpris qui rompt le silence méprisant de son mari.

8

Affalée sur sa chaise, Tru est attablée avec ses frères et Marva. Maintenant que sa terreur est dissipée, elle se sent épuisée. Après avoir pleuré toutes les larmes de son corps, elle est incapable de boire ou manger. Le riz et le poulet au curry préparés par Marva refroidissent dans son assiette. Même si elle avait faim, Tru ne goûterait à aucun plat cuisiné par cette femme. De temps en temps, Marva s'arrête de manger pour s'essuyer le front en la regardant.

« Je me lèverai pas de cette table tant que t'auras rien avalé », déclare-t-elle.

Mais Tru repousse son assiette. Dans la lumière du soir, l'ombre de Marva se dresse au-dessus d'elle, énorme et menaçante. Elle remplit toute la maison et bouche l'entrée, où Tru s'attend à voir sa mère apparaître à tout instant. La fillette tente de regarder derrière Marva, mais le dévouement silencieux de cette femme finit par lui donner un torticolis. Une bataille interminable fait rage en elle. Si c'était sa mère qui l'encourageait à manger, elle s'empresserait de lui faire plaisir – de la même façon qu'elle cherche à plaire à ses maîtresses d'école en connaissant les réponses à toutes leurs questions. Mais l'idée de donner une telle satisfaction à Marva lui donne des frissons d'horreur. Il est particulièrement agréable de voir l'inquiétude se peindre sur le visage luisant de cette femme qui lui fait les gros yeux, les mains sur les hanches. À chaque fois que sa poitrine se gonfle, elle semble inspirer de l'air pour deux. Sous son regard, l'estomac de Tru se noue et ses épaules se voûtent un peu plus. Lorsque Marva prend sa fourchette pour la faire manger, la fillette secoue la tête avec une profonde satisfaction.

« Manman, je peux avoir son poulet si elle en veut pas ?, demande le garçon du milieu.

— Non ! Elle finira son assiette, même si je dois la forcer.

— Mais elle laisse son mangé s'abîmer, manman, murmure l'aîné. Elle gaspille tout ce qu'on lui donne. »

Tru ne réagit pas. Ses frères terminent leur repas, débarrassent la table puis la laissent seule avec Marva. Celle-ci lève la fourchette devant sa bouche en lui tenant cette fois le menton.

« Allez, ouvre-la don. »

La douceur de sa voix, aussi légère que le contact de sa main, donne finalement envie à Tru d'obéir. Elle cède à ses doigts tendres et écarte les lèvres, tandis que les yeux fixes de Marva la regardent mâcher et avaler. La vue délicieuse du lent sourire qui se dessine sur son visage subjugue Tru peu à peu. Brusquement, sa faim revient. Inattendue. Plus violente que jamais. Cette main qui la nourrit lui apporte une sorte de calme. Elle apaise la douleur qui irradie cet endroit sensible qu'elle ne peut ni voir ni toucher dans la cavité sans fond de sa poitrine.

« Buuuut ! »

Dans le salon, Roy regarde le match des Reggae Boyz à la télévision, son assiette posée devant lui. Tru l'entend aspirer bruyamment la moelle des os de poulet.

« Marva, tu m'apportes un verre d'eau ? » demande-t-il sans quitter l'écran des yeux.

Sa femme cesse de faire manger Tru. Elle repose la fourchette, se précipite vers le réfrigérateur et remplit un verre d'eau. La fillette la regarde entrer dans le salon, prendre l'assiette de Roy et lui tendre le verre. Bien qu'il ne la remercie pas, Roy est à présent l'objet du dévouement silencieux que Marva témoignait à Tru quelques instants plus tôt. Furieuse, la fillette prend une poignée de riz dans son assiette et la jette par terre. Marva se retourne brusquement et s'écrie :

« Roy ! »

Le père de Tru pose les pieds sur le sol puis bondit du canapé en jetant un dernier coup d'œil à la danse triomphale des Reggae Boyz sur le terrain vert vif. Il se dirige vers la table et tchipe bruyamment, comme s'il tentait de déloger un morceau de viande coincé entre ses dents.

« Qu'est-ce qu'il y a encore ? »

Tru lève les yeux vers lui, persuadée qu'il va la frapper de sa large main marquée d'une effrayante cicatrice sinueuse. Il se contente cependant de la poser sur son épaule.

« Qu'est-ce qui t'arrive ?, demande-t-il d'une voix étonnamment calme et tendre. Tu crois que t'as le droit de gaspiller la nourriture comme ça pasque ta mère est en Amérique ? Tu sais combien de marmailles meurent de faim en ce moment en Afrique ? Si tu continues à te comporter aussi bêtement, tu finiras à la rue.

— Je veux rentrer chez moi.

— C'est ici chez toi, maintenant. Va falloir t'y faire. Si tu continues à gaspiller notre mangé, tu devras demander des sous à ta mère pou me rembourser. Ça me coûte cher de t'héberger.

— Roy, on dit pas des choses pareilles à une enfant, intervient Marva.

— Comment veux-tu qu'elle comprenne autrement que nous lui faisons une faveur ? »

Marva et Roy continuent à se chamailler en se dirigeant vers l'autre pièce où Tru ne peut bientôt plus les entendre. Les Reggae Boyz qui manifestent leur joie sans retenue à la télévision semblent se moquer de la fillette seule à table, les yeux baissés vers son assiette vide.

9

Trop effrayée pour s'aventurer à l'extérieur sans Cicely, Patsy vient de passer deux semaines entières sans sortir de la maison. Ce matin, elle sent une main la secouer doucement.

« Réveille-toi, marmotte, dit Cicely lorsqu'elle ouvre les yeux. J'ai quelque chose à te donner. »

Elle lui tend un journal et une liste de contacts qu'elle a dressée pour elle.

« Ces emplois n'exigent pas d'avoir des papiers.

— Des papiers ?, demande Patsy en se frottant les yeux.

— Un visa de travail. »

Elle jette un œil au réveil à affichage numérique sur la table de chevet. Il n'est même pas cinq heures du matin, mais Cicely, assise dans le fauteuil à côté du lit, est déjà habillée, un thermos d'eau chaude à la main – elle en boit un entier au saut du lit pour stimuler son métabolisme – et un sac de sport suspendu à l'épaule. Ses cheveux sont rassemblés en un haut chignon qui tire sur la peau de ses tempes ; à part un léger fard à joues et du brillant à lèvres, elle ne porte aucun maquillage. *Combien de temps m'a-t-elle regardée dormir ?*, se demande Patsy. L'haleine de Cicely sent le bain de bouche. Cette odeur, si forte que Patsy a presque son goût sur sa langue, fait naître en elle un agaçant sentiment de trahison – le fait est que son amie, fin prête pour le cours d'aérobic qu'elle suit tous les matins dans une salle de sport du quartier avant de vaquer à ses nombreuses occupations, n'a pas une minute à lui consacrer. Patsy vient de passer deux semaines enfermée à avaler des bouteilles entières de Coca-Cola, de jus d'orange, de Hawaiian Punch et à se goinfrer de chips, de M&M's, d'Oreo, de nounours gélifiés, de Hershey's Kisses, de popcorn et de Pringles – ces produits typiquement américains qui sont hors de prix dans les supermarchés jamaïcains et que seuls les riches peuvent s'offrir. Elle a également ingurgité tous les plats étrangers préparés et emballés dans du papier alu par Cicely : lasagnes, tourte au poulet, jambon glacé au miel, dinde rôtie et sandwichs au provolone. (Jusque-là, Patsy ne connaissait que le fromage vendu dans une boîte de conserves rouge vif.)

« Y faut que tu jettes un œil à ces annonces, dit Cicely. Les gens ne font pas que manger et dormir dans ce pays. »

Patsy sort de son lit et glisse les pieds dans une paire de chaussons en fourrure synthétique.

« Attends-moi une minute. »

Elle sent Cicely la suivre du regard tandis qu'elle se dirige vers la salle de bains. Mal à l'aise, elle lui tourne légèrement le dos pour faire sa toilette, car la pièce n'a pas de porte – chose qui ne l'aurait jamais gênée autrefois. Quand elle a fini de se brosser les dents, Patsy se lave les mains et s'asperge le visage pour se réveiller.

« C'est qu'il y en a un paquet, constate-t-elle en déchiffrant, les yeux plissés, la liste de contacts que lui a donnée Cicely.

— À New York, y faut ratisser large. Je te demande pas de contacter tous ces gens aujourd'hui. »

Patsy étudie les petites annonces de recrutement que Cicely a entourées au dos du journal. La vue de tous ces cercles rouges lui donne le tournis. *Il est trop tôt*, pense-t-elle. Et au fait, qu'en est-il des agences de travail dont lui parlait Cicely dans ses lettres, qui peuvent soi-disant l'aider à décrocher l'emploi idéal ? La plupart des annonces du journal proposent des boulots ingrats – femme de ménage, chef de partie, plongeur, aide-serveur, agent d'entretien des espaces verts, concierge, gardien de nuit dans une école, journalier, aide à domicile, promeneur de chiens…

« Promeneur de chiens ? »

Les sourcils froncés, Patsy lève la tête vers Cicely.

« Mais qui paye pou ça ? En Jamaïque, un chien est rien qu'un chien. »

Celle-ci la fait taire d'un regard.

« Les gens d'ici traitent leur animal domestique comme un membre de leur famille. Va falloir t'y faire si tu veux gagner des sous rapidement.

— T'as rien d'autre à me proposer ?, demande Patsy en se redressant sur le lit.

— Hmm. Modèle ? C'est quarante de l'heure. Femme pulpeuse, flexible et en pleine forme », répond Cicely avec un gloussement.

Patsy fait semblant de la frapper avec un oreiller.

« N'importe quoi. Tu me crois vraiment capable de me déshabiller devant des inconnus ?

— Depuis quand tu fais la difficile ? » demande Cicely en riant.

Patsy la fusille du regard.

« Bon, voici une annonce à laquelle tu devrais répondre, à mon avis. »

Cicely pointe du doigt un court texte marqué de deux astérisques.

Vous aimez les enfants ? lit Patsy. Vous cherchez un moyen simple et rapide de gagner plus d'argent ? Devenez nounou ! Envoyez CV et lettre de motivation par e-mail à Candace.

Elle lève les yeux vers Cicely qui lui sourit. Au lieu de lui répondre, Patsy réfléchit au mot « *nounou* ». La seule fois où elle l'a entendu, c'était le jour de son entretien à l'ambassade. Lorsque le fonctionnaire lui a raconté que sa femme en avait embauché une. Jamaïcaine.

« C'est comme ça que beaucoup de fanm gagnent leur vie ici. »

Cicely lui explique en long et en large en quoi consiste ce travail.

« Je connais deux ou trois personnes qui… »

Patsy l'écoute sans rien dire. L'emploi qu'elle occupait au ministère à Kingston était largement plus honorable qu'un travail consistant à faire le ménage chez des gens, nettoyer les fesses de leurs enfants, promener leur chien et ramasser ses crottes. En admettant qu'elle décide d'envoyer sa candidature et décroche ce poste, il lui faudra du temps pour s'habituer ne serait-ce qu'à son intitulé. Si elle suit le conseil de Cicely et contacte cette agence, voilà ce qu'elle deviendra en Amérique : une nounou. Mais plus que le poste lui-même, c'est l'ironie de la situation qui la trouble – être enfin parvenue à s'installer dans le pays de la liberté pour s'occuper d'un autre enfant que le sien ?

Cicely sourit toujours, visiblement pleine d'espoir – d'un espoir secret et égoïste, comme celui avec lequel vous regardent les marchands de tapis, les hommes en érection et les usuriers. Quelle que soient les motivations de Cicely, Patsy s'y raccroche, s'en nourrit. Car ce sourire pourrait rapidement se transformer en moue. Patsy se sent obligée de feindre un intérêt pour ses recherches – de la convaincre qu'elle a commencé à songer à son indépendance ; que l'envie de s'occuper d'enfants (même si elle a abandonné la sienne) est plus forte que son désir de s'immerger dans le monde qui s'étend au-delà de Pennyfield, au-delà de ce sous-sol, un monde où tout paraît plus grand. Où tous ces accents étrangers vous chatouillent les oreilles encore plus agréablement que le bout d'une plume de poulet. Où le plaisir ne se vit pas seulement en secret, loin des regards scrutateurs de statuettes en cire. Où vous n'êtes jamais seul assez longtemps pour sentir le mal vous submerger, l'obscurité vous suivre comme une ombre encombrante. Où une femme peut marcher librement, sans même un sac à main à l'épaule.

Le samedi suivant, Cicely propose à Patsy de lui faire visiter la ville et de l'emmener dans une agence de travail. La journée est belle et les feuilles commencent à changer de couleur. Patsy songe au gaïac de Pennyfield dans lequel tous les papillons jaunes se rassemblent au mois de mai. En compagnie de Cicely, tout lui donne envie de sourire – la beauté des couleurs chaudes, le visage des gens, le nom des rues étrangères. Elle suit son amie, presque obligée de courir et de sautiller pour ne pas se laisser distancer. Cicely marche devant à grandes enjambées sur les trottoirs de la ville bourdonnante de voitures et de trains souterrains. Elle énumère les noms des rues qu'elle doit connaître à Brooklyn : Nostrand, Atlantic, Flatbush. Des noms que Patsy est sûre d'oublier car elle n'a rien emporté pour les noter. Dans le bus, Cicely lui montre du doigt quelques points de repère.

« Ça, c'est le marché où je fais mes courses. Et voici Prospect Park. Là, c'est la bibliothèque. »

Patsy enregistre toutes ces informations en silence. Elle est surtout contente de pouvoir profiter de la compagnie de son amie. Leurs épaules s'effleurent à chaque cahot du bus. Peu à peu, Brooklyn s'efface et Kingston apparaît, plate et coriace. Deux écolières vêtues de tuniques bleues explorent le centre-ville, main dans la main. Deux adolescentes qui pensaient que la vie serait une partie de rigolade, un long bain de soleil, une infinité de choix n'impliquant aucun sacrifice.

Lorsque Cicely appuie sur un bouton jaune près de leur siège, un signal sonore retentit. Le bus ralentit.

« C'est notre arrêt », dit-elle à Patsy qui s'émerveille du fait qu'elle n'ait pas besoin de crier « La porte ! » au chauffeur, comme au pays.

Tout semble si facile en Amérique. Il suffit d'appuyer sur un bouton pour réchauffer son dîner, ouvrir une porte ou arrêter un bus.

« On va où ?

— À Manhattan.

— Times Square ?, demande Patsy, déjà éblouie par les lumières scintillantes et les immenses marquises de la célèbre place.

— Quand on t'aura trouvé un travail. »

Cicely l'emmène comme une enfant à l'intérieur d'une station de métro. Dans le train, elle pointe du doigt le panneau qui s'illumine à chaque arrêt.

« Ce métro mène de Brooklyn au Bronx. Tu vois ? On est montées ici, à Atlantic Avenue. On va faire tout le chemin jusqu'à Grand Central – 42e Rue. Tu peux pas te perdre tant que tu sais dans quelle direction tu vas. »

Patsy hoche la tête en mémorisant le nom de leur station de départ, Atlantic Avenue. Des passagers montent et descendent du métro à chaque arrêt, chacun plus intéressant, plus intrigant que le précédent – un homme blanc, qui porte un T-shirt sur lequel est inscrit DEMOCRACY TODAY et des tatouages semblables à des manches sur les bras, tient une lampe sans doute achetée sur un coup de tête dans la rue ; une jeune femme aux cheveux rouge vif – *Est-ce une perruque ?*, se demande Patsy – porte une robe rose aussi fine qu'une combinaison, et ses mamelons ressemblent à deux yeux foncés fixés sur elle ; un homme noir coiffé d'une casquette de base-ball des Mets gratte énergiquement un ticket de loterie avec une pièce et lâche un grognement à chaque mauvais numéro. Beaucoup de passagers ont le nez plongé dans un livre ou un journal. D'autres regardent dans le vague. La plupart affichent un air impassible. Lorsqu'elle se lasse de les dévisager (ou se rend compte qu'ils lui rendent ses regards), elle observe Cicely à la dérobée. Patsy est fascinée par son amie – par sa maturité et sa beauté ; son habileté dans ce pays étranger où elle-même avance à pas timorés ; sa capacité à s'adresser aux commerçants, à marchander, à demander un ticket de correspondance pour le bus, à s'asseoir à côté d'une personne blanche dans le métro sans s'excuser – les Blancs étant les habitants de ce pays, non des touristes comme en Jamaïque, ils considèrent sans doute Cicely comme une des leurs. Et que dire de ses compétences de mère ! Elle semble tellement douée pour élever des enfants ; c'est une vraie femme. Elle est tout ce que n'est pas Patsy.

« Qu'est-ce qu'il y a ? » demande Cicely.

Patsy baisse les yeux.

« Rien. Je repensais juste à notre jeunesse. »

Cicely sourit.

« À quoi en particulier ?

— Je me souviens que tu avais toujours l'air tellement sûre de toi. Même quand ta situation a changé à la mort de Mabley…

— C'est pasque t'étais à mes côtés. »

Le visage de Patsy se réchauffe malgré le souffle d'air conditionné. Elle lève les yeux vers une affiche sur laquelle est écrit un poème près de la porte. L'ESPOIR PORTE UN COSTUME DE PLUMES, SE PERCHE DANS L'ÂME ET INLASSABLEMENT CHANTE UN AIR SANS PAROLES… Sous le poème, Patsy lit le nom d'Emily Dickinson. Elle s'efforce de le mémoriser, ainsi que le texte.

Quand elles descendent à Grand Central, Patsy est immédiatement submergée par la marée humaine qui déferle sur le quai. De peur d'être renversée, elle est tentée de s'accroupir au milieu des passagers qui zigzaguent autour d'elle.

« Viens par ici. »

Cicely passe le bras sous le sien et l'entraîne vers la sortie. Patsy admire l'ambiance cosmopolite de la ville. Malgré leurs talons hauts, les New-Yorkaises marchent avec grâce, même sur les trottoirs irréguliers ; d'autres hèlent un taxi en tendant leur bras pâle comme au début d'une chorégraphie ; les mains enfoncées dans les poches, les hommes regardent droit devant eux, l'air de défiler sur un podium. Cicely avait raison. C'est ici que vivent les Blancs. Selon ses conseils, il faut se déplacer rapidement dans cette partie de la ville, ne jamais regarder les gens dans les yeux, serrer son sac contre soi en permanence, jeter régulièrement un coup d'œil par-dessus l'épaule et être gentille avec les enfants des autres, car on n'est pas en Jamaïque, ici : celui qui gronde un enfant qui ne lui appartient pas a toutes les chances de se faire incendier par ses parents. Cicely lui recommande aussi de ne pas faire attention aux personnes blanches qui accélèrent en la voyant, jettent un coup d'œil derrière elles puis traversent la rue ; ni à celles qui se lèveront peut-être au moment où elle s'assied ou la fileront dès qu'elle entrera dans un magasin.

« Reste simplement à ta place, sois polie, travaille dur et gagne de l'argent pou subvenir aux besoins de ta famille. C'est tout ce qui compte. Sois aussi invisible que possible. »

Au coin d'une rue, un groupe d'adolescents noirs danse à l'intérieur d'un cercle. Les passants qui s'attroupent autour d'eux tendent des billets au plus petit qui porte un seau. À une autre intersection, un groupe d'hommes noirs vêtus de T-shirts violet et doré porte une banderole sur laquelle est écrit en caractères gras : BLACK HEBREW ISRAELITES. L'un d'eux tend une brochure à Patsy.

« C'est la maladie de l'homme blanc ! » dit-il en la voyant bras dessus, bras dessous avec Cicely.

Au milieu du chaos, Patsy se sent en sécurité au contact de son amie. Cicely l'entraîne avant que l'homme puisse ajouter quoi que ce soit.

« Connard ! » crache-t-elle, rouge de fureur, tellement américaine quand elle pousse des jurons que Patsy ne l'a encore jamais entendue utiliser.

Cicely accélère le pas. Lorsqu'elle prend conscience de son agacement, la bulle dans laquelle flottait Patsy éclate et la ville cesse de ressembler à un rêve.

« On s'en moque de ce qu'a dit ce boug. On est en Amérique, qu'est-ce qu'y peut bien nous faire ? »

La cicatrice située juste au-dessus du sourcil gauche de Cicely paraît plus visible quand elle plisse le front.

« On est trop vieilles pou ça », lâche-t-elle.

Patsy lâche son bras et brave en titubant le flot de visages fermés qui s'écoule sur le trottoir.

« Comment ça ? » demande-t-elle.

Manhattan apparaît plus nettement autour d'elle, avec ses immenses gratte-ciel aux sinistres façades géométriques ; ses larges chaussées sur lesquelles les taxis filent vers une ligne d'arrivée invisible ; ses échafaudages et ses grues semblables à des ailes de chauves-souris tendues vers un morceau de ciel bleu ; ses odeurs d'égouts et d'urine chaude répandues par la vapeur jaillissant du sous-sol, pareille au souffle d'un dragon ; sa cacophonie de langues étrangères, digne de la tour de Babel, exaspérante quand elle s'unit au hurlement des klaxons, au crissement des pneus, au son aigu des sirènes. Et par-dessus tout ce bruit, retentissent les mots de Cicely : « *On est trop vieilles pou ça.* » C'en est trop pour Patsy. Elle trébuche, aveuglée par la lumière du soleil et les corps qui affluent vers elle. Elle voit le trottoir se rapprocher de son visage à toute vitesse puis sent l'odeur de sang chaud du goudron fondu que des ouvriers étalent sur la chaussée.

« Est-ce que ça va ? » demande une voix masculine.

Quand elle reprend connaissance, Patsy découvre qu'elle appartient à un homme aux joues mal rasées vêtu d'un tablier blanc. Penchés sur elle, son visage et celui de Cicely s'éclipsent tour à tour.

« Ne vous en faites pas, je connais les gestes de premiers secours », dit son amie.

Quelques personnes ralentissent, curieuses de savoir ce qui se passe.

« Ça va ?, lui demande Cicely en scrutant son visage, comme elle l'aurait probablement fait avec ses patients si elle s'était inscrite à l'école d'infirmière comme prévu.

— Oui », répond Patsy dès qu'elle a repris son souffle.

Cicely approche le visage du sien et pose les mains sur ses tempes.

« Respire en même temps que moi », dit-elle avant de former un « *O* » avec la bouche.

Elle pose ensuite une main sur la poitrine de Patsy qui obéit et sent bientôt leurs respirations se synchroniser. La sensation oppressante dans sa poitrine disparaît à mesure que ses battements de cœur ralentissent.

« Voilà, dit Cicely d'une voix douce, apaisante. Comme ça. Ne me refais plus jamais une peur pareille.

— Je me sens mieux, maintenant.

— C'était pétèt trop pou toi aujourd'hui.

— Je suis pas prête à affronter ça toute seule.

— T'inquiète pas. T'es pas seule. Je suis là. »

Cicely enlève son châle fuchsia et le pose sur ses épaules. Patsy se retient de protester lorsqu'elle sent sa chaleur, soudain incapable de comprendre comment elle a pu vivre sans ce bout d'étoffe. Cicely se lève puis tend les mains vers elle. Au moment où Patsy pose les paumes sur les siennes, Manhattan et son agitation se figent, et les années s'effacent comme la buée d'un miroir.

L'agence de travail où Cicely l'emmène se trouve sur la Neuvième Avenue. Le local minuscule de cette entreprise nommée Ray of Hope est coincé entre une pizzeria et un immeuble de bureaux. Encore ce mot, « *espoir* ». *C'est sûrement bon signe de le voir deux fois dans la même journée*, songe Patsy en entrant dans l'agence. Ses murs violet vif sont décorés d'affiches où figurent des personnes d'origines diverses en uniforme : une femme noire en blouse rose ; un Sud-Américain portant bottes de travail, salopette et casque ; une Indienne poussant une poussette sur un trottoir d'une propreté immaculée bordé d'arbres ; un Africain en smoking tenant la portière d'une voiture ouverte pour un homme blanc ; une Chinoise souriante, un sifflet dans la bouche et vêtue d'un gilet vert vif, régulant la circulation et le passage des piétons au beau milieu d'une intersection très fréquentée. Au-dessus de ces portraits, on peut lire la phrase : NOUS SOMMES LES PILIERS DE L'AMÉRIQUE. Assise à son bureau, la réceptionniste est trop occupée à arranger sa crinière pour décrocher le téléphone ou s'apercevoir que Cicely et Patsy attendent d'être reçues.

« Je peux vous aider ? » demande-t-elle avec un léger accent caribéen.

Patsy ne parvient pas à deviner de quelle île elle vient. De toute évidence, elle vit aux États-Unis depuis longtemps.

Cicely se racle la gorge.

« Euh, oui. Nous avons rendez-vous. »

La réceptionniste ouvre un gros livre à contrecœur et le feuillette.

« Votre nom ?

— C'est pour Patricia Reynolds. »

À en juger par son soupir, la jeune femme doit fournir un énorme effort pour cocher le nom de Patsy et lui tendre un formulaire à remplir sur une écritoire à pince.

« Répondez à toutes les questions et rapportez-moi les formulaires. On vous appellera bientôt. Vous pouvez vous asseoir. »

Elle agite la main en direction de la salle d'attente bondée d'étrangers. Patsy et Cicely s'installent sur les chaises rembourrées. Une télévision fixée au mur diffuse les informations sans le son. Le président Bill Clinton s'adresse à un journaliste qui semble le presser de s'expliquer. Le portrait d'une femme aux cheveux foncés ne cesse d'apparaître et les mots Procédure de destitution défilent sur un bandeau en bas de l'écran.

Sur le formulaire, Patsy écrit son nom, sa date de naissance, son pays d'origine, sa langue maternelle et son adresse actuelle – celle de Cicely, ainsi que son numéro de téléphone. Elle remplit également un questionnaire sur son expérience professionnelle et ses études. (Cicely l'a toutefois prévenue que les deux formations qu'elle a suivies à l'Excelsior Community College n'intéresseraient personne. D'après elle, il est tout aussi inutile d'indiquer que, première de sa classe au lycée Roman Phillips, elle était capable de résoudre cent calculs de maths en un temps record, avant que sa vie ne prenne une mauvaise tournure.) Patsy s'arrête à la question sur ses compétences. Elle ne sait pas très bien quoi écrire. *En quoi suis-je douée ?* Elle laisse finalement un blanc, puis signe un formulaire certifiant que tous les renseignements fournis sont exacts. Elle se dirige ensuite vers la réceptionniste qui prend les documents, les parcourt et lui remet un numéro.

« Asseyez-vous en attendant qu'on vous appelle. »

Cicely et Patsy patientent en silence. À croire qu'elles n'ont plus grand-chose à se dire. Peut-être Cicely repense-t-elle à ce qui s'est passé avec l'homme dans la rue. Patsy éprouve presque du soulagement lorsqu'une femme sort de la pièce voisine et l'appelle. Comme sa collègue, elle n'a pas plus de vingt-cinq ans, et porte des dreadlocks – jamais Patsy n'avait encore vu une femme active avec cette coiffure, la plupart des rastas qu'elle connaît au pays étant des hommes ; et les femmes à dreadlocks qu'on aperçoit de temps en temps à Kingston se trouvent souvent accroupies à côté d'un stand d'objets fabriqués à la main dans la rue ou sur un marché artisanal, leurs longues jupes balayant le sol. Cette jeune rasta-là porte les siennes soigneusement enroulées en turban autour de la tête. Vêtue d'un gilet lilas et d'une jupe crayon verte, elle tient l'écritoire de Patsy contre sa poitrine.

« Désolée de vous avoir fait attendre, mesdames. Suivez-moi. »

Patsy et Cicely pénètrent dans un petit couloir puis dans une deuxième salle remplie de rangées de box où des candidats sont installés avec leurs conseillères – la plupart très jeunes. Toutes trois passent à côté d'un écran blanc devant lequel un homme s'entraîne à passer un entretien filmé. Sa conseillère lui suggère de parler moins vite et d'articuler chaque mot afin d'atténuer son fort accent africain. L'homme s'exécute, mais Patsy trouve sa diction encore pire qu'avant – on dirait que quelqu'un lui a coupé la langue. Pourtant, la jeune femme lève les pouces.

« Bravo, Kweku ! »

« Par ici », dit la conseillère de Patsy.

Elle attend que Cicely et elle s'installent dans le box exigu pour s'asseoir devant son ordinateur.

« Je suis vraiment ravie que vous ayez choisi Ray of Hope pour commencer vos recherches de travail, dit-elle comme si elle lisait son texte sur un prompteur. Allons-y. »

La jeune femme fait apparaître une page blanche sur son ordinateur puis commence à taper les informations que Patsy a notées sur le formulaire. Lorsque ses longs doigts pianotent sur le clavier, on dirait qu'elle joue de l'orgue à l'église. Patsy est fascinée par sa dextérité sur la machine.

« Où vous avez appris à utiliser un ordinateur ?, lui demande-t-elle.

— À l'école », répond la jeune femme sans s'arrêter.

Ses épaules et son dos droits lui donnent l'allure d'un robot. Tandis que ses doigts agiles se promènent sur le clavier, l'écran illumine son visage brun inexpressif. Elle ne s'arrête pas plus d'une seconde pour manipuler le petit objet noir branché au clavier à sa droite et appuie sans arrêt sur ses boutons. Patsy la regarde faire avec émerveillement.

« J'ai suivi des cours au Medgar Evers College y a pas très longtemps, dit Cicely. D'après Marcus, on pourra plus se passer de la technologie pendant le prochain millénaire. »

Patsy frémit en entendant le nom de son mari. Mais elle se retient de lever les yeux au ciel et continue à regarder attentivement les doigts de la jeune femme et les mots qui s'inscrivent à l'écran. De son côté, Cicely décrit en long et en large les compétences de Shamar qui est si doué en informatique qu'il lui a appris comment sauvegarder un document ou insérer des puces.

La conseillère s'arrête lorsqu'elle atteint la deuxième page du formulaire de Patsy.

« Je remarque que vous n'avez indiqué aucune compétence. Les employeurs ont besoin de connaître vos aptitudes pour décider de vous embaucher. Je vois ici que vous seriez prête à vous présenter à un poste de nourrice. Qu'est-ce qui ferait de vous une bonne nounou ?

— Ce serait possible de postuler à un emploi de bureau ? J'étais secrétaire à mon ancien travail.

— Les entreprises ne veulent pas de travailleurs sans papiers au sein de leur personnel administratif. Elles préfèrent éviter de s'attirer des problèmes, on ne plaisante pas avec la loi américaine. L'emploi d'une personne sans papiers est considéré comme un crime. Aucune entreprise ne veut prendre un tel risque. »

La voyant se mordre la lèvre d'un air confus, Patsy se rappelle combien sa conseillère est jeune.

« Je suis désolée. Mais vous pourriez postuler à un emploi de femme de ménage. Vous n'auriez pas à vous adresser aux ressources humaines. C'est l'entreprise de nettoyage qui s'occupe des formalités administratives. Malheureusement, les postes sont déjà pourvus pour le moment.

— Et si je retournais à l'université ? »

Du coin de l'œil, Patsy voit Cicely remuer sur sa chaise. Elle a conscience de s'éloigner de leur plan en posant cette question. Patsy devine ce qui traverse l'esprit de son amie à son froncement de sourcils. *Non, mais pou qui se prend-elle ? Elle vient de débarquer chez les Blancs et elle croit qu'elle peut prétendre aux mêmes boulots qu'eux sans galérer comme nous autres ?* La jeune conseillère ne semble pas particulièrement indignée.

« C'est facile, répond-elle avec un haussement d'épaules. Il faudra juste payer vos frais de scolarité d'avance. Les universités n'offrent pas d'aide aux élèves sans papiers. D'après votre formulaire, vous n'êtes pas venue ici grâce à un visa étudiant, alors vous n'aurez sans doute pas le droit non plus de vous inscrire au programme travail-études. Le mieux est que vous preniez ce qu'on vous propose et que vous économisiez au maximum pour pouvoir payer vos frais de scolarité. »

La réalité, aussi glaciale que l'air du bureau, frappe Patsy, qui déglutit péniblement. Elle ne parviendra jamais à économiser pour ses cours tout en envoyant de l'argent chez elle. Elle n'a d'autre choix que de prendre ce qu'on lui propose, comme le dit cette jeune femme.

« C'est donc parti pour un poste de nourrice ? » lui demande celle-ci.

Patsy jette un coup d'œil au visage de Cicely. Il est difficile de déchiffrer l'expression de son amie.

« Oui », répond-elle finalement en se demandant ce qu'elle va bien pouvoir ajouter sur son CV pour rendre sa candidature crédible.

Enfin, c'est pas comme si j'allais opérer des patients, pense-t-elle. Tout ce qu'elle aura à faire, c'est de s'assurer que le petit est nourri, propre et en bonne santé ; bref, qu'il reste en vie. Et au moins, elle gagnera un salaire. La jeune femme lui demande si elle a des enfants.

« Oui. Un.

— Formidable ! Je vais le préciser dans votre lettre de motivation. J'ADORE LA COMPAGNIE DES ENFANTS. J'AIMERAIS SI POSSIBLE FAIRE CE MÉTIER TOUTE MA VIE. »

Patsy lit la lettre à voix haute, les sourcils froncés.

« Mais qu'est-ce que ça veut dire ?

— J'ai mis l'accent sur les éléments qui font de vous la candidate parfaite pour ce poste. »

Cicely, qui les écoutait en silence, prend la parole.

« Tu veux ce travail, oui ou non ? Tu es manman. C'est pas rien quand même ! »

Comme Patsy ne répond pas immédiatement, elle lui repose la question plus calmement. Les yeux plissés, elle l'interroge du regard avec une vague méfiance.

« C'est juste que je voudrais être un peu plus qu'une… Je voudrais reprendre mes études, lâche-t-elle finalement, enhardie par la frustration. J'ai envie d'apprendre à utiliser un ordinateur. D'apprendre ce qui se trouve à l'intérieur. Comment on peut contacter le monde entier en cliquant sur un simple bouton. Comment on peut se connecter aux autres. Je veux apprendre tout ce qu'y faut savoir. Pou aller partout où je veux. Devenir quelqu'un. Une autre personne… »

À l'évidence, elle va trop loin – les plis du front de Cicely se creusent et son visage se ferme.

« Qu'est-ce que tu veux dire exactement ? » demande-t-elle.

La jeune conseillère attend patiemment devant son ordinateur, les doigts immobiles sur ses cuisses.

« Je vais vous laisser un instant, dit-elle doucement. J'ai besoin d'un petit café. »

Elle se lève puis laisse Patsy et Cicely seules dans le box.

Tout autour d'elles, résonnent des bavardages et des cliquetis de clavier. Patsy tente de répondre à Cicely, mais aucun son ne sort de sa bouche. Il est clair que son incapacité à se comporter comme une femme normale menace quelque chose que Cicely considère comme sacré. Sa propre mère, mademoiselle Mabley, était l'objet d'un mépris incessant à Pennyfield, où les femmes lui reprochaient son dévergondage. « *Cette fanm se comporte comme si elle avait pas de marmaille.* » Cicely, en ayant un enfant à son tour, est devenue le contraire de Mabley. L'incrédulité et le dédain qui se lisent sur son visage rappellent à Patsy les regards réprobateurs qui se posaient sur sa mère.

Connaissant son passé, elle n'a aucun mal à lui pardonner son attitude. Ce qui la met en colère, c'est ce que son amie a oublié certaines choses. Les sacrifices qu'elle a faits pour que Cicely réussisse dans la vie, par exemple – Cicely, qui pensait qu'elle ne caressait aucun rêve, qu'elle n'avait pas plus d'avenir que de bouillie de maïs à manger, qu'elle n'avait pas le moindre désir.

Ayant déjà redoublé, Cicely devait à tout prix réussir aux examens du CXC[1]. Comme Patsy avait passé celui de maths un jour avant elle, elle lui fournit toutes les réponses aux problèmes. Cicely cacha la feuille dans l'épais chignon qu'elle portait et personne ne pensa à y jeter un coup d'œil avant l'examen. Comment imaginer qu'une chevelure aussi fine et lisse dissimule une antisèche ?

1. Caribbean Examinations Council, équivalent du baccalauréat.

Plus tard, pendant l'été, Patsy apprit qu'elle avait obtenu la mention très bien au CXC – et la meilleure note en maths de tout le pays. Des universités prestigieuses s'empressèrent de l'inviter à s'inscrire dans leur établissement. Mais l'excitation fut de courte durée, car on découvrit des calculs étonnamment semblables aux siens sur la copie rendue par Cicely. Le jour où les filles se présentèrent à l'interrogatoire, la principale braqua son regard sur Patsy et lui demanda pourquoi elle avait copié sur Cicely sans imaginer un seul instant qu'elle se ferait prendre. Au lieu de nier, Patsy avoua sa culpabilité, ce qui la disqualifia des examens et la fit renvoyer du lycée. Lorsque Cicely voulut retourner révéler toute la vérité à la principale, Patsy l'en dissuada. « *Cette bonne note te servira plus qu'à moi.* » Il lui paraissait simplement plus juste d'écouter son cœur plutôt que sa tête. Car elle n'avait aucun droit de penser qu'elle pouvait devenir autre chose que secrétaire. Sa place dans la société était déjà établie par sa couleur de peau et son adresse. Si elle décidait d'entrer à l'université, on lui tendrait négligemment un formulaire en lui promettant une aide financière, puis on la harcèlerait jusqu'à ce qu'elle rembourse ce prêt. Et si elle s'avérait incapable de le faire, on publierait sa photo dans le *Jamaica Gleaner* comme cela arrivait toutes les semaines à de pauvres étudiants de la classe populaire tombés dans le piège. Après sa première année d'études, Cicely disparut sans laisser de trace, et Patsy n'eut de ses nouvelles que deux ou trois ans plus tard, quand elle reçut sa première lettre.

Patsy regarde son amie, si habituée à son luxe bourgeois qu'elle n'a plus ni ambition ni envies. C'est aujourd'hui une femme qui sacrifie sa vie pour son mari.

« Et toi, t'es une personne capable de penser toute seule, dit-elle. C'est pas rien non plus quand même ! »

Cicely se renfrogne davantage.

« C'est toi qui cherches du travail, pas moi.

— Tu as toujours été assez jolie, assez charmante pour obtenir tout ce que tu voulais. Mais dès que tu t'es trouvé un mari plein aux as, tu as laissé tomber les cours du soir et tu as fait une croix sur tes études d'infirmière, tout ça pou rester à la maison et faire de l'aérobic. Ne critique pas mes ambitions alors que t'en as aucune. »

Stupéfaite, Cicely ouvre grand la bouche et les yeux.

« Comment oses-tu…

— Tu sais que c'est la vérité, Cicely. Tout à l'heure, quand je me suis évanouie dans la rue, je t'ai vue reprendre vie, faire ce dont tu as toujours rêvé. Tu m'as ranimée. Tu ferais vraiment une bonne infirmière. T'es réellement en paix avec toi-même en étant mariée à ce boug et en dépensant des sous qui t'appartiennent pas ? Un boug qui réalise ses rêves sans aucune considération pou les tiens ? Mabley faisait pétèt pas le travail le plus respectable au monde, mais au moins, elle mettait du cœur à l'ouvrage.

— Ne mêle pas ma défunte mère à cette conversation. Elle a dû littéralement supplier mon père à genoux pou qu'y lui donne une chambre dans la grande maison dont sa fanm avait la clé. Alors que moi, *je suis* la fanm. La reine du château. Je suis même plus que ça. Je suis son trophée. Y m'emmène aux dîners et aux réceptions pasqu'y sait qu'on le respectera davantage en le voyant avec une belle fanm. Même ses amis blancs pleins de préjugés me prennent pou une des leurs. Tant que j'ouvre pas la bouche, ça passe. Ma mère disait que j'irais loin avec ce physique – que ce serait un laissez-passer. Un visa pou la belle vie. Mabley serait fière de moi.

— C'est don ta seule réussite, être une fanm trophée ?

— Dans la vie, on doit parfois faire des choses qui nous déplaisent pou obtenir ce qu'on veut. En plus, j'ai un fils magnifique grâce à ce mariage. C'est lui maintenant, mon ambition. »

Avant que Patsy puisse ajouter quoi que ce soit, la conseillère revient avec un café et s'assied.

« Bon, avez-vous fait votre choix ?, demande-t-elle à Patsy.

— J'étais douée en maths autrefois, répond celle-ci en regardant Cicely, qui détourne les yeux et redresse les épaules.

— Pardon ? »

Lorsque la jeune femme fait pivoter son fauteuil, elle manque de heurter les genoux de Patsy avec ses longues jambes.

« Vous m'avez demandé mes compétences tout à l'heure. Eh bien, j'étais douée en maths. On disait même que j'étais un prodige à l'époque – quand j'allais à l'école. »

Patsy rit, mais l'amertume lui noue le ventre.

« C'est super, dit la conseillère sans grande conviction, les mains serrées autour de sa tasse de café fumante. Mais comme je le disais tout à l'heure, quel que soit votre parcours, on recherche beaucoup de femmes comme vous pour les travaux domestiques en ce moment. Ce poste de nourrice semble fait pour vous.

— Très bien. »

La jeune femme se contente de sourire et poursuit la procédure de candidature.

Quand elle a terminé, elle offre du papier à lettres à entête à Patsy et Cicely.

« Parlez de Ray of Hope à vos amis ! » dit-elle en leur faisant au revoir.

Cicely la remercie. Devant la porte de la salle, Patsy est surprise de sentir sa main se poser dans le creux de son dos, l'invitant à sortir la première. Ce geste calme un peu son agacement. Lorsqu'elles recommencent à parler, leur bavardage est toutefois moins décontracté qu'avant.

Au lieu de la soupe aux haricots rouges, aux pattes de poulet ou au pied de bœuf que toute matriarche jamaïcaine prépare chaque samedi soir, Cicely décide de faire de la soupe à la citrouille.

« C'est la préférée de Marcus. »

La maison tout entière sent la cannelle. Shamar s'entraîne au violon à l'étage. Patsy entend l'arrêt brutal d'un morceau, suivi du lent début d'une nouvelle mélodie.

« Maintenant que tu sais t'orienter à Brooklyn, tu vas pouvoir te rendre à des entretiens, dit Cicely d'un ton enjoué. Tu n'auras plus besoin de mettre les pieds à Manhattan.

— J'ai hâte, répond Patsy qui pense toujours à leur conversation à l'agence. Je pourrais utiliser ton téléphone ? »

Cicely cesse de s'affairer et baisse lentement son torchon.

« J'avais envie d'appeler Tru », explique Patsy.

Cicely hoche la tête, mais une ombre voile son visage, comme si quelqu'un venait de tirer les rideaux sur le coucher de soleil qui embrase le ciel au-dessus des arbres.

« Je sais, dit-elle d'une voix calme, avant de lui faire signe d'y aller. Tu peux utiliser celui du bureau puisque Marcus est sorti. Et ferme la porte. »

Dans la pièce, Patsy soulève le combiné et commence à composer le numéro inscrit sur la carte que Cicely lui a achetée à son arrivée, suivi de l'indicatif 1-876. Mais au lieu d'appuyer sur les derniers chiffres, elle raccroche. Les coudes posés sur le bureau en acajou qui sent le bois fraîchement coupé, Patsy enfouit le visage dans ses mains. Elle ne se sent pas prête. Elle lève les yeux vers la lumière qui entre par les grandes fenêtres donnant sur la rue arborée. Les livres de Marcus sur l'immobilier sont soigneusement alignés sur une petite étagère. Bien que Patsy soit mal à l'aise dans cette pièce – dans ce fauteuil en cuir où il s'installe sûrement les pieds posés sur son bureau, afin d'admirer ses richelieus ou de fumer ces cigares cubains dont, d'après Cicely, il raffole –, elle trouve encore plus pénible de ressasser les paroles de son amie : « Tu es manman. C'est pas rien quand même ! »

Patsy prend une profonde inspiration et soulève à nouveau le combiné. Méthodiquement, elle appuie sur les touches en retenant son souffle. Il lui semble ensuite attendre une éternité. Une éternité pendant laquelle elle se demande si elle raccrochera à la cinquième ou à la sixième sonnerie.

« Allô ? » dit finalement quelqu'un.

Il doit s'agir d'un enfant – un des fils de Roy.

« Allô, bonsoir. J'aurais voulu parler à Tru. Est-ce qu'elle est là ?

— Pourrais-je savoir qui la demande ? » demande le garçon bien élevé.

Patsy s'aperçoit qu'elle n'a jamais appris à Tru à répondre aussi poliment. Elle n'en a jamais eu besoin en fait, car elles ne recevaient pas beaucoup d'appels à la maison.

« C'est… C'est la manman de Tru. »

Un long silence suit sa réponse. À croire que ce garçon attendait lui-même son appel et qu'il en reste sans voix. Peut-être Marva lui a-t-elle parlé d'elle. Les fils ont tendance à protéger leurs mères.

« A-allô ? Tu es toujours là ?, demande Patsy, la gorge serrée par la culpabilité.

— Oui, mam'zelle. Tru est derrière en train de faire la lessive avec manman.

— Va lui dire que sa mère aimerait lui parler.

— D'accord, ne quittez pas », dit le garçon sur le ton d'un secrétaire.

Patsy ne peut s'empêcher de sourire.

« Merci », dit-elle, soulagée.

« *Je vais essayer* », aurait-elle plutôt envie de lui répondre. Car, dès que le garçon part chercher sa fille, elle se sent perdre courage. *Le son de la voix de Tru risque de rendre les choses encore plus difficiles*, pense-t-elle. « *Quand est-ce que tu rentres ?* » va-t-elle sûrement lui demander, une question que Patsy redoute. Paralysée par le chagrin et la peur de prononcer un mensonge supplémentaire, elle se rend compte que c'est cette phrase qui l'a empêchée d'appeler Tru jusqu'à maintenant. « *Bientôt. Je rentre bientôt.* » Voilà tout ce qu'elle a à dire. Mais elle ne se le pardonnera jamais.

Les yeux rivés au haut plafond du bureau, Patsy se sent impuissante et toute petite. Dehors, les feuilles frémissent sur les branches d'arbres. On dirait qu'elles se démènent pour faire durer une saison déjà passée. La main qui tient le combiné tremble. Soudain, des bruits retentissent à l'autre bout du fil. Un cri de joie jaillit au loin et se rapproche. Au moment où elle perçoit un souffle haletant et un bruit de pas, Patsy raccroche doucement le combiné.

« Je suis désolée », dit-elle à voix haute, dans l'espoir que ses excuses survolent le paysage agonisant et traversent le sombre océan jusqu'à sa fille.

Lorsque Patsy sort du bureau, ses réflexions sont interrompues par l'arrêt brutal de la musique de Shamar.

« Encore une fausse note !, crie Cicely qui se précipite vers l'escalier, une assiette vide à la main, le cou tendu vers l'étage. Que t'a conseillé monsieur Ferguson pour tenir chaque note ? Recommence ! »

Cicely parle en anglais standard à son fils et ne s'autorise jamais à revenir à leur dialecte en sa présence. Dans le bref silence qui suit sa réprimande, monte une magnifique mélodie. Il semble que toutes les émotions de Shamar quittent son corps et s'expriment dans sa façon de jouer.

« *Tu es manman. C'est pas rien quand même !* » La réflexion de Cicely qui continue à tourmenter Patsy a dressé un mur entre elles. Jamais elle n'avait imaginé qu'elles vivraient séparément une fois qu'elle serait en Amérique. Lui revient soudain le souvenir net d'une belle journée où Cicely et elle s'étaient installées loin des autres sous le flamboyant de la cour du lycée pour déjeuner. Cicely partageait souvent son repas avec elle, car elle n'avait pas d'argent pour s'acheter à manger. À l'époque, manman G avait quitté son travail et n'avait aucune intention d'en chercher un autre. Ce jour-là, Cicely coupa son sandwich au corned-beef en deux moitiés parfaites et dit : « *J'aimerais qu'on reste toujours ensemble. Quoi qu'il arrive. On aura qu'à s'enfuir après la remise des diplômes et trouver un endroit où habiter. Juste toi et moi.* »

Cicely était la seule personne qui acceptait tout en elle. Mais à présent, Patsy sent qu'elle se replie sur elle-même, qu'elle la juge en silence. Cicely ne lui avait jamais parlé de Shamar, alors qu'elle se dévoue chaque jour corps et âme à son fils. Que pense-t-elle du fait qu'elle vient d'abandonner son propre enfant de l'autre côté de l'océan ?

Depuis l'entrée de la cuisine, Patsy observe son amie devant l'évier, un pied posé sur l'intérieur de l'autre jambe, son chausson abandonné sur le sol. Dans cette position, Cicely redevient la jeune fille ordinaire de Pennyfield qui rêvassait en permanence et dont les yeux turquoise brillaient de mélancolie sous ses paupières tombantes. Elle fait rouler ses épaules étroites, se cambre et renverse la tête, si bien que ses cheveux détachés caressent le milieu de son dos. Mais tout aussi vite, elle se voûte à nouveau, telle une fleur incapable d'éclore. Patsy s'adoucit en contemplant ce corps harmonieux que Cicely qualifie de « *gras* » pour plaisanter et que met en valeur sa robe d'intérieur bleue. Combien sa peau semble douce et fraîche malgré la chaleur du four ! Le désir de la toucher s'empare d'elle. Patsy repense aux plumes de poulet et sent aussitôt l'excitation monter dans son bas-ventre. La politesse dont fait preuve Cicely avec elle devient insupportable. Elle voudrait la déshabiller, masser son corps rigide jusqu'à ce qu'il se détende, réveiller la passion dévorante qu'elles éprouvaient autrefois et lui rappeler qu'elles sont libres à présent.

Lorsque Cicely surprend son regard, elle s'immobilise et rosit en lisant ses intentions dans ses yeux. Son attitude change, sa sérénité reflue comme une vague sur la plage. Patsy sent que son amie lutte pour l'ignorer, pour garder son sang-froid.

« Je vais avoir besoin de renfort », dit-elle d'une voix aussi douce que la musique de Shamar.

Patsy se lave les mains puis l'aide à soulever et à enfourner la lourde cocotte en fonte. Cicely ne lui pose aucune question sur son coup de téléphone. On dirait qu'elle sait déjà ce qui s'est passé. Elle lui donne des instructions en lui montrant où trouver certains ingrédients et ustensiles. Puis chacune s'affaire à sa tâche en fredonnant – Cicely sort une citrouille rôtie du four afin de la vider, tandis que Patsy écrase ail, oignons, poivre et diverses épices au mortier, le seul objet que son amie a conservé de sa culture caribéenne.

Patsy est immédiatement absorbée par les coups rythmés du pilon en bois sur le fond lisse du bol. Elle se sent utile, sûre d'elle, car elle se sait douée pour ces choses-là. Des parfums se dégagent sous la voûte de ses doigts humides. Ces odeurs alléchantes montent à ses narines et lui mouillent les yeux. Patsy pilonne avec acharnement, écrasant le lit d'épices et de plantes comme si elle creusait le fond du bol avec l'extrémité dure et arrondie de son instrument. Elle s'appuie de tout son poids contre le bord du plan de travail, tandis que les arômes, la mélodie du violon et ses souvenirs la font osciller telles les branches d'un saule. Ce simple mouvement la porte, la libère, à mesure que les ingrédients et ses sentiments s'amalgament. Une main effleure son épaule. L'attire contre des rondeurs féminines. Cicely la serre contre elle, puis ses mains se ferment sur son bas-ventre, juste sous sa cicatrice cachée. Avec le profond gémissement guttural d'une femme qui expulse la vie de son utérus, Patsy se retourne, étreint son amie et enfouit son visage humide dans la nuit chaude de son cou.

Ce soir, Cicely, Patsy et Shamar dînent sans Marcus qui a prévenu qu'il rentrerait tard. Son absence à table ne semble pas perturber son épouse. Patsy, bien qu'elle n'en ait aucune preuve, se doute pourtant qu'un homme comme lui emmène régulièrement dîner d'autres femmes. Elle se demande s'il arrive aussi à Cicely de se poser des questions. Shamar s'exprime beaucoup plus en l'absence de son père. Il parle à Patsy de son école, de la musique qu'il adore, et lui apprend qu'il veut devenir musicien quand il sera grand.

« Comme Miles Davis !, s'exclame-t-il.

— Qui ça ?

— Miles Davis. C'est un célèbre musicien de jazz. Il joue de la trompette.

— Ah, je vois !

— Shamar aimerait en jouer aussi, explique Cicely. Mais son père trouve que le violon fait plus distingué. Il estime qu'il est important pour Shamar de savoir lire et jouer la musique classique.

— Je déteste le violon. On ne nous fait jamais interpréter des morceaux populaires.

— Ça n'a pas l'air marrant du tout », confirme Patsy.

Le garçon esquisse un sourire, l'air soulagé qu'une adulte soit enfin de son côté. Quand il sourit, il ressemble trait pour trait à Cicely. Tout en lançant des regards à son amie, Patsy raconte au petit garçon des histoires sur sa mère, sur leur enfance. Shamar rit et regarde Cicely avec étonnement quand elle s'esclaffe aussi, la tête renversée, la gorge exposée, le visage rose. Comme le langage de Patsy doit paraître bizarre à cet enfant ! Tous ces mots qui sortent de sa bouche, bruyants et libres, résonnent dans la vieille maison et se heurtent contre les hauts plafonds ornés de lustres, les murs des pièces silencieuses et les rideaux couleur champagne.

« J'y crois pas ! Mais qu'est-ce que j'ai fait pou mériter ça ! Mon Dyé ! » répète le petit garçon comme lorsqu'il mémorise les mots espagnols et mandarins qu'il apprend dans son école privée.

Les souvenirs de son ancienne vie ont miraculeusement rendu sa jeunesse à Cicely. Et la voilà maintenant qui tchipe audacieusement.

« Bouche-toi don les oreilles, Shamar, écoute pas ce qu'elle raconte ! »

Pour le plus grand plaisir de Patsy, son rire vulgaire enfonce les portes en chêne foncé et balaye chaque pièce, tapageur et rebelle. Cicely est redevenue une vraie femme de Pennyfield, mais en plus exotique. Elle bondit de sa chaise pour frapper malicieusement le bras de Patsy.

« Mais tu vas arrêter de raconter des menteries ! »

Il n'en faut pas plus pour encourager Patsy à la faire rire davantage, à la chatouiller avec ses anecdotes, à la façon dont elle le faisait jadis avec une plume de poulet. Pliée de rire, Cicely se lève de table pour se servir un verre d'eau, titube joyeusement jusqu'à la cuisine, mais s'arrête sur le seuil le temps de reprendre son souffle. Sa longue robe bleue satinée qui moule son corps frémissant souligne sa belle poitrine et ses formes harmonieuses. Le garçon suit sa mère du regard d'un air épris, un sourire rayonnant aux lèvres. Les boucles d'oreilles en diamant de Cicely scintillent à ses lobes, tandis que son visage rieur se grave dans la mémoire de son fils.

Une porte s'ouvre et se referme doucement.

Une ombre passe sur le visage de Cicely. Ses mains retombent mollement le long de ses flancs et ses bracelets tintent tels des carillons dans une douce brise. Quand

Marcus émerge de la pénombre, le sourire de Patsy faiblit, mais celui de Cicely s'est déjà éteint. Disparue, la femme pleine de vie et d'assurance – cette femme qui, quelques secondes plus tôt, courbait son long cou gracieux en riant à gorge déployée. Son image de tous les jours se recompose dans le long miroir. Cicely baisse les yeux vers les pieds de son mari. Shamar sort discrètement de table – si discrètement que Patsy ne remarque son départ qu'en entendant la porte de sa chambre se refermer doucement. Toujours assise à table, elle prend de lentes inspirations dans l'espoir de calmer la fureur qui monte dans sa gorge et l'obstrue comme des glaires. Lorsque Cicely tire sur son lobe droit, on dirait une enfant qui se prépare à se faire gronder.

10

Tru attend à côté du téléphone au cas où sa mère la rappellerait. Elle reste assise sans bouger, bien que toutes les cellules de son corps soient en ébullition. *Sois surtout bien sage.* Marva approche un fauteuil en rotin du téléphone du couloir et empile dessus trois gros annuaires pour que la fillette s'y installe et puisse atteindre le combiné. Elle lui rappelle d'aller aux toilettes si elle a envie de faire pipi, mais Tru est déterminée à se retenir de toutes ses forces. Marva l'informe qu'elle aura droit à une boule de glace après le dîner, car ses frères risquent de dévorer tout le pot. Elle insiste pour qu'elle aille se coucher tôt parce qu'il y a école le lendemain. Marva dit beaucoup de choses, mais tout ce qui compte pour Tru, c'est la sonnerie qui lui rendra la voix de sa mère. Elle écoute ses frères et son père qui regardent un film de kung-fu dans le salon.

Marva sort la tête par la porte de la cuisine.

« Est-ce que ça va, trésor ?

— Oui, mam'zelle.

— Tu veux un verre d'eau ? »

Tru a soif, mais sa vessie risque d'éclater si elle boit davantage. Et si elle ratait l'appel de sa mère en allant aux toilettes ? Il est hors de question que quelqu'un d'autre lui parle en premier.

« Non, merci. »

Marva s'avance dans la lumière de la cuisine qui se déverse dans le couloir. Tru se concentre sur un bouton de moustique sur sa jambe afin d'éviter son regard inquisiteur.

« Si tu as besoin de quoi que ce soit, appelle-moi, dit la femme après ce qui semble une éternité. C'est bientôt l'heure d'aller au lit. »

11

Cicely s'arrête sur le palier et tend l'oreille.

« Patsy ?, chuchote-t-elle, de peur de réveiller Marcus et Shamar.

— Oui ? »

La voix de Patsy monte l'escalier dans l'obscurité, tels deux bras tendus, les doigts écartés, qui cherchent à attraper Cicely pour l'étreindre.

« C'est moi. Je peux descendre ?, demande celle-ci, avant de murmurer d'une voix presque suppliante : J'ai besoin de toi. »

Patsy brosse doucement la longue chevelure légère de son amie qui serre les genoux contre sa poitrine, les yeux fermés. À les voir assises ainsi – Patsy, les jambes écartées sur le lit, la chemise de nuit ramenée entre les cuisses, Cicely lui tournant le dos –, on pourrait croire qu'elles sont de retour à Pennyfield, entourées de cases au toit en zinc, de cocotiers susurrants qui se balancent dans la brise et de collines ondulantes qui accouchent du soleil à l'aube et l'absorbent le soir. Ce sont à nouveau deux jeunes filles. Deux jeunes filles protégées par les murs d'une ancienne maison de Jackson Lane réduite en cendres. Cicely habite juste à côté. Au milieu des débris, loin de leur vie infernale, elles se sont trouvé une cachette secrète. Les mauvaises herbes qui poussent à l'intérieur des ruines grimpent le long des murs noircis vers la lumière. Des fleurs jaillissent d'une chaussure abandonnée par sa propriétaire. Le passé s'infiltre dans le sous-sol de la maison de grès rouge de Brooklyn. À la lumière tamisée d'une lampe décorée de glycines, Patsy voit le désir de Cicely mûrir. Prenant une pose plus langoureuse, elle décroise les jambes et les tend sur le lit. Tandis que Patsy lui brosse les cheveux, elle promène distraitement les mains sur l'intérieur de ses cuisses pour les réchauffer.

« Je me demande comment j'ai pu me passer de ça aussi longtemps », murmure Cicely, presque inaudible à cause du sifflement de la plomberie du sous-sol.

Elle se penche en arrière jusqu'à ce que Patsy voie son visage – l'inclinaison de son nez, le relief gracieux de sa bouche. Le présent s'engouffre dans le sous-sol, aussi rapide que l'obscurité qui tombe chaque soir sur la terre, et se tapit dans l'ombre. Patsy dévisage Cicely. Comme elle paraît vulnérable ! Patsy l'a toujours connue ainsi – on dirait qu'elle n'a jamais été vraiment adaptée à la dureté de la vie. Voilà peut-être ce que représente Marcus pour elle : un protecteur. Une source de réconfort. La rancœur de Patsy jaillit dans ses doigts serrés autour de la brosse et pénètre la longue chevelure de Cicely jusqu'aux racines.

« Hé, vas-y doucement, grogne celle-ci en ouvrant les yeux. À moins que tu veuilles m'arracher les cheveux ? »

Patsy continue à la dévisager. Ses mains huileuses sont retombées sur ses genoux, où traînent quelques cheveux. Elle les rassemble en silence dans sa paume et ferme le poing.

« Tu devrais reprendre ta couleur naturelle.

— Quoi ?, demande Cicely en regardant par-dessus l'épaule gauche.

— Tes cheveux. Je les préfère noirs. »

Cicely hausse les sourcils.

« Cette couleur te va pas. Marcus a pas toujours raison, tu sais. »

Cicely rit.

« C'est don de ça qu'y s'agit ? Marcus ?

— Y en a que pou lui. Je peux plus supporter ça. »

Patsy allonge les jambes et tire sa chemise de nuit en mousseline sur ses genoux.

« Quoi don ?, demande Cicely en se poussant un peu pour lui faire de la place.

— Je suis de trop dans votre vie de famille.

— Qu'est-ce qui te fait croire ça ?

— Marcus est pas très doué pou cacher ses sentiments.

— Il n'a pas son mot à dire. Tu es mon amie.

— Cicely, dis pas ça pou me faire plaisir.

— Je suis sincère. »

Après un bref silence, elle ajoute :

« Simplement, il pas l'habitude de recevoir des invités.

— Mais qu'est-ce que tu lui trouves au juste ? »

Cicely ouvre la bouche puis la referme, les yeux écarquillés, comme si Patsy venait de la gifler.

« C'est mon mari. Enfin… Je l'ai épousé pou les papiers, c'est vrai, mais tu imagines pas combien la vie est dure ici.

— On pourrait vivre ensemble. Toi et moi. Exactement comme tu le disais dans cette lettre…

— C'était y a longtemps.

— Je sais que t'es pas heureuse.

— Une fanm peut survivre nulle part sans mari, Patsy. Même en Amérique. J'aurais jamais eu cette vie sans Marcus. »

D'un geste, Cicely embrasse l'espace autour d'elles.

« C'est tout ? C'est la seule chose qu'il a à t'offrir ?

— Qu'est-ce que tu veux dire ? Dans ce pays, on peut pas faire la difficile, tu comprends ? Si on veut des papiers, faut se marier. On peut pas y échapper.

— Ça revient un peu à se prostituer, je trouve. »

Cicely retient brusquement son souffle, puis un silence s'installe entre elles.

« Tu comprends pas, dit-elle au bout d'un moment.

— Qu'est-ce qu'il y a à comprendre ? Un boug t'offre des papiers plutôt que de l'argent. C'est pareil. Me dis pas qu'y avait aucune condition à ce mariage.

— Cette conversation est terminée, dit Cicely en essayant de se relever.

— Pourquoi c'est si dur ?, demande Patsy avec douceur pour la retenir. Pourquoi t'es incapable d'imaginer une autre vie ?

— On est trop vieilles pou rêver de ça. Quoi ? Tu croyais qu'y suffisait de venir ici pou qu'on retrouve notre jeunesse ?

— C'est pas une question d'âge. »

Cicely se masse les tempes en silence.

« On dirait que tu vis dans un monde imaginaire. Comme aujourd'hui à l'agence de travail, quand t'as dit à cette fanm que tu voulais reprendre tes études. Tu viens de débarquer dans ce pays ! Les gens comme nous doivent travailler dur pou se faire une situation, avant de penser à ça. Les choses sont pas si simples. On a des enfants, toi et moi. Ça veut dire qu'on a des responsabilités, que ça te plaise ou non. Il est temps que tu deviennes raisonnable. Fais-le au moins pou ta fi. »

Cicely continue à piétiner les rêves de Patsy, qui ne l'écoute plus que d'une oreille distraite parler de sacrifice. Du parcours exemplaire de Marcus.

« Il est parti de rien après avoir passé toute son enfance dans une famille d'accueil. Si tu savais comment c'est, tu comprendrais. Y veut juste ce qu'il y a de mieux pou sa famille, surtout pou son fils. Marcus et moi, on lui offre la meilleure éducation pou qu'y puisse lui aussi trouver sa place dans ce monde de Blancs. Et non, ça veut pas dire l'élever comme un enfant blanc. C'est le seul moyen pou lui de survivre. Marcus est bien placé pou te dire que si tu joues pas sur le même terrain que les Blancs, t'auras jamais ta place à leur table. Aujourd'hui, il a sa propre affaire. Et c'est l'entrepreneur qui réussit le mieux à Brooklyn. Il envisage même de se présenter à l'élection du prochain conseil municipal. Grâce à lui, Crown Heights va devenir le quartier rêvé des investisseurs du nouveau millénaire. Pou ça, y doit faire des heures supplémentaires certains soirs. Et ça fait pas de lui un mauvais mari.

— Vaut pétèt mieux que je commence à chercher un logement », dit Patsy une fois que son amie a fini de s'expliquer.

Cicely fronce les sourcils.

« Mais t'as même pas encore de travail. Je te dois bien ça…

— Tu me dois rien du tout. »

À l'autre bout de la pièce, un martèlement bruyant retentit dans les tuyaux rouillés qui oblige Patsy à se taire un instant, soulagée. Elle ne s'était pas rendu compte qu'elle serrait les poings. Lorsqu'elle les ouvre, elle aperçoit les marques en demi-lunes laissées par ses ongles au milieu de ses paumes.

« Foutue bicoque, marmonne inconsciemment Cicely. Tout ce que je dis, c'est qu'y faut parfois faire des sacrifices, poursuit-elle dès que le bruit s'affaiblit.

— Dis-moi, à quel point t'es-tu sacrifiée, Cicely ?

— Tu me trouves pathétique, hein ? »

Patsy ne répond pas immédiatement. Sa fureur se calme dès que lui revient le souvenir des moments qu'elles passaient seules chez mademoiselle Zelma – de la curiosité timide avec laquelle elle observait Cicely en se jurant secrètement de toujours la protéger. Patsy réalise que, si elle éprouve autant de rancœur contre son amie, c'est parce qu'elle sait ce qu'elle vaut et s'est toujours attendue à ce qu'on s'occupe d'elle. À ce qu'on l'aime. C'est peut-être pour cette raison que Cicely ne veut pas la voir partir – sinon, qui lui brossera les cheveux, la massera et l'apaisera par ses paroles ? Dans la pénombre du sous-sol, Patsy ne peut finalement s'empêcher de répondre :

« Tu es loin d'être pathétique. »

Sa bouche s'assèche brusquement.

« Je t'en prie, pardonne-moi, dit Cicely.

— Qu'est-ce que je devrais te pardonner ?

— Tout. »

Les yeux de Cicely se mouillent.

Patsy sait très bien de quoi elle parle. Ce mot est un baume au parfum plus amer que celui de la gelée d'aloe vera qu'elle appliquait sur ses épaules, et son pouvoir est bien faible, quand on pense à ce qu'elle a perdu – *tout*. Mais elle ne veut plus aborder ce sujet et risquer de rouvrir des plaies refermées depuis longtemps.

« Rien n'arrive sans raison, dit-elle sur le même ton insupportable que manman G, qui s'est un jour réfugiée dans les bras de Dieu pour se laisser porter.

— Ça veut dire que tu me pardonnes ?, demande Cicely.

— On n'en veut pas à l'oignon de nous faire pleurer, répond Patsy en songeant à la liberté que lui a offerte son amie. C'est absurde. C'est pas ta faute. Sans toi, je m'en serais jamais aussi bien sortie. »

Dans le bref silence qui suit, Cicely laisse échapper un petit rire, les joues humides.

« Je suis contente qu'on soit là l'une pou l'autre. Mais t'avise plus jamais de me comparer à un oignon. »

Patsy relève le menton de son amie avec un doigt huileux.

« Tu n'es pas pathétique », dit-elle avec un petit sourire.

Le lent grondement du chauffage qui repart assèche à nouveau la bouche de Patsy. Cicely lui prend la main, la pose sur son visage et ferme les yeux. Ses longs cils dessinent des ombres sur ses pommettes dans la lueur de la lampe à glycine. Patsy contemple son visage. Puis elle se penche pour embrasser ses joues humides de larmes avec une douceur presque révérencieuse, suit du doigt le contour de son visage et lisse ses cheveux fourchus. Ses gestes ont beau être tendres, elle éprouve un sentiment de possessivité effrayant envers Cicely. Patsy se rappelle avoir eu très envie, enfant, d'être dans la peau de son amie. Car sous son enveloppe dorée mûrissait une vie riche de promesses – tout ce que Patsy avait toujours désiré. Chacune de ses caresses déclare ce que ses lèvres n'ont pas encore appris à nommer, ce mal inconnu qui coule dans son sang. Patsy observe avec émerveillement la silhouette devant elle et finit par embrasser la cicatrice sur son front, au-dessus du sourcil. Les yeux de Cicely s'ouvrent brusquement, emplis d'un trouble que Patsy ne parvient pas à interpréter et qui l'oblige à s'écarter. Son visage est aussi brûlant que si le regard de son amie l'avait fouetté.

« Je-je dois y aller », dit Cicely.

Elle se lève en prenant soin de lisser son ample robe, puis se dirige vers l'escalier et remonte à l'étage.

Patsy baisse la tête et tâte les marques que ses ongles ont laissées sur ses paumes. Elle reste assise un long moment à bercer son deuil dans la lumière tamisée, consciente de l'ombre familière qui flotte juste à gauche de son épaule – la seule chose qui lui appartienne vraiment.

À onze ans, Patsy trouvait que tout était communicatif chez Cicely. Elle lui faisait penser à une jolie maison de poupées aux pièces bien rangées, sans figurines, bibles ouvertes, essence de romarin, ni vieille chaîne hi-fi poussiéreuse passant des disques rayés capables de réveiller les fantômes de deux danseurs enlacés. Il lui était impossible de croire qu'une fille aussi belle et insouciante que Cicely pouvait avoir des raisons d'être triste.

Lorsque celle-ci l'invita pour la première fois chez elle, ce fut pour Patsy tout un événement. Elle suivit son amie jusque chez elle après l'école, surexcitée. En chemin, les fillettes ramassèrent des bâtons avec lesquels elles raclèrent les palissades, ravies de voir les chèvres dresser la tête et de provoquer les aboiements des chiens. Patsy avait l'impression que c'était le prélude d'un moment important – elle allait pouvoir jouer avec une poupée grandeur nature et l'avoir pour elle toute seule. Cicely habitait juste de l'autre côté du ravin, un monde tout nouveau pour Patsy à l'époque. La population des deux bords fréquentait les mêmes écoles, églises et commerces, mais des hommes politiques avaient divisé le terrain : un côté orange pour le PNP, l'autre vert pour le JLP. Les habitants de la zone de Cicely, qui était orange, supportaient mal que des sympathisants du JLP – des « travaillistes » – s'aventurent sur leur territoire. Lorsque le PNP remporta l'élection cette année-là, ses partisans saisirent leurs balais et balayèrent la poussière devant leurs portes en direction de la rue en signe de victoire. « *Fouté likan ! À nous le pouvoir maintenant !* » Et pourtant, Patsy ne remarqua rien d'étrange chez Cicely ni ses voisins malgré leur affiliation politique. Ils saluèrent les filles exactement comme on le faisait dans son quartier. Les femmes leur firent remarquer que leurs combinaisons dépassaient, qu'elles avaient oublié de rabattre leurs chaussettes et, à Patsy, que sa tunique était trop serrée. Les hommes évaluèrent leurs formes en silence et leur adressèrent gentillesses et sourires exagérés avec un désir mal dissimulé. Leurs regards insistants en disaient long sur leurs arrière-pensées. « *Pas de bêtises, d'accord, les chéries ?* »

La maison de Cicely sentait bon. Cette odeur, aussi alléchante que pénétrante, embaumait le petit salon meublé d'une table protégée d'un napperon et d'une étagère qu'on avait décorée avec des fleurs en plastique. Il y avait aussi une petite télévision équipée de plusieurs antennes et un canapé recouvert de plastique. Le plancher ciré brillait. Cet endroit ne ressemblait en rien à la maison d'une prostituée. En réalité, Patsy n'avait aucune idée de ce qu'elle s'attendait à trouver. Manman G parlait de mademoiselle Mabley comme si c'était l'épouse de Satan en personne. Les autres femmes de la communauté la traitaient encore plus mal qu'un chien errant. Il faut dire que leurs maris suivaient ses formes plantureuses du regard avec le même appétit qu'une puce poursuivant un animal docile.

La mère de Cicely était une femme active. Pas le genre de femme active comme on en trouvait beaucoup à Pennyfield, qui se levaient au point du jour pour aller vendre leurs produits au marché de la ville, un panier sur la tête, ou les vêtements de mauvaise qualité qu'elles recevaient de Curaçao dans des barils sur des stands de fortune. La mère de Cicely n'était pas non plus du genre à suivre la mode en allant travailler dans la zone franche, comme la plupart des femmes de sa communauté en quête d'un salaire décent – des femmes qui se ruinaient la vue et s'usaient les mains, penchées des journées entières sur des machines à coudre industrielles, à fabriquer des vêtements de marque pour de grandes entreprises américaines qui les payaient une misère. La mère de Cicely n'était pas non plus de celles qui, comme manman G, prenaient un taxi pour se rendre à Upper St Andrew au pied des collines et marchaient ensuite plusieurs kilomètres pour finir à genoux à récurer le sol en marbre des villas. Non. Tout bien considéré, la mère de Cicely était une femme d'affaires pragmatique, orgueilleuse, qui exploitait son meilleur atout – son sexe. Bien qu'elle fût très demandée, elle prenait toujours le temps de fabriquer les uniformes et les robes de Cicely, puis décousait et recousait avec application leurs ourlets à mesure que sa fille grandissait. Elle s'occupait beaucoup d'elle et satisfaisait le moindre de ses besoins. Cicely et sa mère dormaient dans le lit où celle-ci menait ses activités, c'est pourquoi aucun client ne venait la nuit.

« *Sa chouchoune est aussi fraîche que celle d'une gamine !* » brailla un soir Mas' Jerry complètement ivre en oubliant la présence de sa femme, mademoiselle Bernadette, qui lui brisa aussitôt une bouteille de rhum sur la tête lors d'un bal au Pete's Bar. On raconte que mademoiselle Mabley s'empressa de se déculotter pour prouver à la mégère que son mari disait vrai – elle écarta les jambes aussi largement que si elle enjambait la rivière Martha Brae et montra son sexe à tous les clients. « *Vise-moi ça !*, lança-t-elle à mademoiselle Bernadette en tapotant son entrejambe dénudé. *C'est ma chouchoune qu'y veut ton boug. Toi, tu peux aller te rhabiller. C'était si bon qu'il en a redemandé !* » Patsy n'était pas là pour voir ça, mais la rumeur de la chouchoune dorée de mademoiselle Mabley courut plus vite qu'un cheval lancé sur la piste de course de Caymanas Park. Le temps passant, les gens en parlèrent plus rarement (surtout en présence de mademoiselle Bernadette), et certains effacèrent sans doute même volontiers cette histoire de leur mémoire, mais il était impossible d'oublier la jolie mulâtresse aux yeux bleu-vert qui continuait à se montrer d'une légèreté impardonnable. Car c'était une chose de montrer ses parties intimes lors d'un bal, mais c'en était une autre de jeter ses exploits à la figure des autres femmes – de se vanter d'avoir non seulement séduit un homme blanc, mais aussi donné naissance à une petite fille bien plus belle que leurs enfants à elles (ou que n'importe quel bébé jamais né à Pennyfield).

La première fois que Patsy entra chez elle, Cicely se retourna et lui dit : « *Chut. Ma mère dort. Faut pas la réveiller. Elle aime pas qu'on la dérange pendant la sieste.* »

Patsy tourna la tête en direction de la chambre fermée par un fin rideau rouge dont s'échappaient de légers ronflements.

Une paire de chaussures d'homme étaient rangées près de l'entrée. Entre le rideau et le châssis de la porte, elle aperçut les fines chevilles séduisantes d'une femme qui pendaient du bord du lit. Cicely la prit par la main et l'emmena. Elles sortirent par l'arrière de la maison afin d'enfermer les derniers papillons de mai dans deux bocaux de confiture vides que Cicely avait trouvés dans le placard de la cuisine. Quand elles en eurent attrapé un chacune, elles les sortirent des bocaux et examinèrent leurs ailes jaunes veloutées qui couvraient leurs doigts d'une fine poussière, leurs corps semblables à des vers, leurs petites pattes, leurs yeux jaunes et vifs. La tiédeur de leurs ailes soyeuses donnait des frissons à Patsy.

« *On devrait les libérer*, dit-elle. *T'as vu leurs ailes ? Elles sont faites pou voler.*

— *Jouons un peu d'abord.*

— *À quoi ?*

— *On dirait qu'on vivrait ensemble et que ce serait nos bébés.* »

Patsy regarda les deux papillons prisonniers voleter dans les bocaux.

« *Y faut qu'on les relâche.*

— *Mais non, idiote. On serait leurs mères.*

— *Et si j'ai pas envie ?*

— *Tu préfères être le père ?*

— *J'ai pas dit ça non plus.*

— *Mais tu veux jouer, oui ou non ?*

— *Y nous ressemblent pas du tout*, répondit Patsy, de peur de décevoir Cicely.

— *On les aurait adoptés.*

— *Hein ?*

— *J'aimerais bien être adoptée.*

— *Mais t'as une vraie mère.*

— *Elle est pas comme celles des élèves du lékol. Des fois, j'aimerais bien qu'elle soit différente.*

— *Comment ça ?* »

Un silence s'écoula.

« *T'as jamais voulu être adoptée ?*, demanda finalement Cicely.

— *Non.*

— *Menteuse.*

— *Qui me choisirait ? Je suis pas aussi jolie que toi.* »

Rapidement, Patsy et Cicely prirent l'habitude de jouer à cache-cache dans le jardin derrière la maison après l'école et de capturer des papillons dans des bocaux pour les « adopter » et les élever ensemble. Chaque après-midi, elles fouillaient les buissons jusqu'à ce qu'elles aperçoivent leurs ailes battantes, sans prêter attention aux mouches et autres insectes. Parfois, elles couraient le long du ravin et attrapaient des sauterelles en éclatant de rire. Dès qu'elles se lassaient de leurs jeux, Cicely s'asseyait sur les genoux ou entre les jambes de Patsy qui dénouait sa longue tresse noire. Sa chevelure s'étalait comme une longue cape soyeuse sur son dos. Patsy la brossait, heureuse de pouvoir jouer à la poupée. La douce peau de Cicely qui avait la couleur du lait concentré en avait aussi l'odeur.

Il n'y avait personne pour les déranger – du moins aucun gêneur visible.

« J'ai bien cru que tu ne remonterais jamais. »

La voix de Marcus dans le salon fait sursauter Cicely. Elle se retourne et le trouve assis sur le canapé blanc, les bras posés sur le dossier, une cheville posée sur le genou de l'autre jambe. Son long peignoir bordeaux ouvert laisse apparaître son ventre mou. Dans ses yeux se reflète la lumière du lustre qui fait également briller les portraits de famille sur la cheminée. Lorsqu'ils se sont rencontrés, ce sont eux qui l'ont attirée, ces yeux qui lui rappelaient un homme qu'on ne lui avait jamais présenté ; un inconnu que sa mère tenait éloigné d'elle et dont elle lui disait seulement qu'elle avait hérité de son regard. Cicely les avait entendus parler, tous les deux. « *C'est ta fi. T'as qu'à la réveiller pou vérifier. Ses yeux sont turquoise, comme les tiens.* » Mais l'inconnu n'était pas curieux. Il resta dans la chambre de sa mère, après avoir laissé ses grandes chaussures sur le seuil. C'était des chaussures basses en cuir, cirées et lustrées. Cicely le savait car elle s'était discrètement levée du canapé du salon où sa mère l'avait bordée (ce qui n'arrivait que les soirs de visite de cet homme), en avait ramassé une et caressé sa surface du doigt. Elle n'était pas poussiéreuse et sa semelle semblait n'avoir jamais touché le sol, bien qu'il n'y ait aucune route goudronnée à Pennyfield. Il arrivait toujours dans sa belle voiture de fonctionnaire du gouvernement. Son blazer, suspendu à une chaise de leur petite table, avait des boutons dorés, des coutures soignées et un « *J* » brodé sur le col. Sa largeur laissait supposer que c'était un homme de forte carrure. « *Arrête avec ces bêtises, Mabley,* grogna-t-il derrière le rideau rouge de la chambre. *J'ai une réputation à préserver, moi. Et une famille.* » La mère de Cicely était inconsolable. « *Je peux pas continuer comme ça. Pas avec un autre en chemin. Je peux plus garder ce secret. Mes marmailles méritent une vie correcte.* » Une semaine plus tard, on retrouva le corps nu de Mabley en décomposition sous une plaque de zinc dans la décharge de Pennyfield, juste à côté du collège de Cicely, qui n'avait alors que douze ans.

Quelques années plus tard, Cicely se rendait au travail lorsqu'elle fit la connaissance de son futur mari dans la rue par un après-midi venteux. À l'époque, elle travaillait comme auxiliaire médicale à domicile à Sunset Park pour payer ses cours du soir. Quand son parapluie s'envola brusquement vers la chaussée de la Quatrième Avenue, il le rattrapa pour elle. Bien qu'elle ne se sentît pas à son avantage dans sa blouse rose, ses sabots et la tête couverte de tresses africaines, que les coiffeuses de Fulton Street séparaient en petits carrés bien nets, Cicely ne fut pas surprise qu'il commence aussitôt à la draguer lourdement. Et elle en fut ravie. D'un seul coup d'œil à ses chaussures – des richelieus dans lesquelles elle aurait sans doute vu son reflet si elle les avait regardées de plus près –, elle comprit que c'était un homme qui aimait les belles choses.

« Après tout le ménage que tu viens de faire, je vais pouvoir manger mon prochain repas sur chaque foutu meuble de cette maison », dit Marcus.

Il se lève, enfonce les mains dans les poches de son pyjama en flanelle et se promène dans la pièce en examinant le mobilier d'un œil critique, son peignoir bordeaux posé sur les épaules comme une cape. Finalement, il prend un papillon en verre sur la table basse.

« Mais qu'est-ce qu'il y a, Marcus ? » demande Cicely, le cœur battant.

Sa question le fait grimacer.

« Je n'ai pas le droit de venir voir ce que fabrique ma femme au milieu de la nuit ?

— Eh bien, me voici. J'étais descendue remplir le sèche-linge et dire bonne nuit à mon amie. C'est tout ce que je fabriquais. »

Cicely ne sait où poser le regard. Paralysée par la culpabilité, elle cherche ses mots dans les ombres tapies dans les coins du salon.

Marcus la dévisage d'un air méfiant pendant quelques secondes interminables.

« Ton amie, hein ?

— Oui. »

Cicely lève les yeux vers les siens.

« Eh bien, ton *amie* doit partir. »

Il regarde le papillon en verre dans sa main, le caresse du pouce puis le tient dans sa paume comme s'il essayait de deviner son poids.

« Où ça ?, demande Cicely en l'observant.

— Elle doit se trouver un logement.

— Mais elle vient d'arriver, Marcus. Elle n'a même pas encore passé d'entretien d'embauche.

— Il n'est pas question qu'elle continue à vivre à nos crochets. Tu sais comment sont parfois les Jamaïcains.

— Qu'est-ce que tu sous-entends au juste ? Tu es toi-même jamaïcain, je te rappelle.

— Non, mes parents l'étaient. Et ils sont morts. C'est une famille juive qui m'a élevé », grommelle Marcus.

Ses mains se resserrent autour du papillon en verre et sa mâchoire se contracte comme le ventre de Cicely qui se retient de hurler.

« Ça ne fait pas de toi un des leurs.

— Qu'est-ce que tu en sais ? Tout ce que je possède, je l'ai obtenu en travaillant, contrairement à certaines personnes.

— Je te demande pardon ? »

C'est au tour de Cicely de grimacer.

« Non, mais tu t'entends ? Cette façon de rabaisser les nôtres ! À croire que tu es…

— Je lui donne vingt-quatre heures.

— Tu as bu ou quoi ? Vingt-quatre heures ? Qu'est-ce qu'elle pourra trouver en si peu de temps ? Tu sais combien il est difficile d'obtenir un logement quand on n'a pas de papiers ? »

Marcus la regarde dans les yeux.

« Non. Je l'ignore, et je m'en moque. Tu devrais me remercier d'être aussi généreux, car n'importe qui l'aurait mise à la porte sur-le-champ à ma place.

— Mais quel est le problème ?

— Elle l'a dit elle-même, non ? Elle veut déménager. Elle craint d'être de trop dans ta famille. J'ai donc la bonté de lui donner l'occasion de le faire.

— Tu nous écoutais !

— Et comment ça, je n'ai pas mon mot à dire dans *ma* maison ?

— Je n'y crois pas ! »

Les jambes flageolantes, Cicely lève les mains et les pose lentement sur sa bouche. Qu'a-t-il entendu d'autre ?

« Je suis ici chez moi ! »

Marcus repose bruyamment le papillon en verre sur la table basse, qui se serait probablement fissurée si elle n'avait été en bois massif.

« Tu nous écoutais !, murmure Cicely en s'asseyant sur le canapé.

— Et tu sais ce qui me fait le plus mal ? »

Tel Dieu le Père, Marcus regarde sa femme de haut, ses yeux verts aussi durs que des billes. Il s'approche et pose la main sur sa gorge.

« C'est que tu la préfères à moi.

— Tu n'as aucun droit… murmure Cicely, le souffle court.

— Elle t'a menti, chérie, poursuit Marcus sans retirer la main de sa gorge. Exactement comme tu m'as menti. Et comme tu lui as menti. Parce que tu es pitoyable. Aussi pitoyable qu'un chien errant qui mange dans la première main venue.

— Parce que ce n'est pas pitoyable d'espionner les personnes qui vivent sous ton toit ?, siffle Cicely qui fait de son mieux pour garder son calme. Si tu étais l'homme que tu prétends être, tu ne… »

Cicely n'a pas le temps de terminer sa phrase. Stupéfaite, elle passe rapidement la langue sur ses dents. Elle a à peine senti le coup de poing ; on dirait presque qu'il ne s'est rien passé. C'est aussi ce qu'elle a ressenti la première fois que Marcus l'a frappée. Cicely a eu l'impression que cela arrivait à quelqu'un d'autre. Elle a vécu toute la scène hors de son corps. Il a fallu qu'elle se regarde dans le miroir le lendemain pour réaliser qu'il l'avait défigurée. Elle s'est mise à pleurer et à tourner la tête de chaque côté en tremblant comme une feuille. Pour cette femme qui avait toujours tiré gloire de sa beauté, la laideur était quelque chose de nouveau ; une chose à laquelle elle allait devoir s'habituer.

Recroquevillée sous les cristaux scintillants du lustre en attendant le prochain coup, Cicely entend les railleries. Les voix lointaines, très lointaines, des écoliers dans la cour. De ces enfants qui la harcelaient sans relâche à la mort de Mabley, après avoir appris quel métier elle faisait et de quoi elle était morte. « *Y'a une brune dans la ronde, tra la la la ! Y'a une brune dans la ronde, tra la la la…* » Le coup de poing de Marcus était si violent que Cicely a la tête qui tourne. Les doigts des enfants pointés sur elle l'empêchent de sortir de la ronde. « *Taureau, taureau, reste dans ton enclos ! Taureau, taureau, reste dans ton enclos !* »

Par prudence, Cicely n'essaie pas de se relever. Elle a perdu l'envie de se battre. Elle sait que son mari a raison. Elle sait que s'il n'est plus là à son réveil demain matin, elle n'aura nulle part où aller. Que peut lui offrir Patsy de plus que lui aujourd'hui, à part des souvenirs et un sentiment de culpabilité ? Cicely n'est pas prête à assumer les innombrables responsabilités qui lui reviendront si elle quitte Marcus. Il a beau la maltraiter, elle refuse de faire une croix sur son rêve américain. Il est vrai qu'elle est obligée de faire certaines choses pour mériter son argent de poche hebdomadaire – préparer le dîner tous les soirs, coucher avec lui même quand elle n'est pas d'humeur –, mais il y a tout de même un semblant de stabilité dans leur vie. Lorsque Patsy surgit en chemise de nuit et martèle la poitrine de Marcus de ses poings – « T'avise plus jamais de lever la main sur elle, sinon je te tue ! » –, Cicely se lève d'un bond et bouscule violemment son amie. Patsy tombe à la renverse et heurte le sol. Trop surprise pour se relever, elle la fixe de ses grands yeux sombres enfoncés dans leurs orbites.

« Comment oses-tu manquer de respect à mon mari sous son propre toit ? » murmure Cicely tout en lui adressant un regard désespéré.

Tout à l'heure, dans le sous-sol, elle aurait voulu lui dire combien elle souffrait. Mais il est trop tard. Patsy se relève précipitamment et disparaît de sa vue. Cicely n'entend plus que ses pas qui descendent l'escalier du sous-sol. Elle songe un instant à la rejoindre, mais la voix de Marcus l'oblige à retrouver la raison.

« J'exige qu'elle quitte cette maison. »

Il passe devant Cicely, qui essuie son nez en sang d'un revers de main, plantée au milieu du salon.

« Je vais me coucher. Ne me fais pas trop attendre. »

À tâtons, Cicely cherche un endroit où s'appuyer et pose la main sur le dossier du canapé blanc. Elle souffre tant qu'elle songe à peine aux taches de sang et à la somme qu'il faudra dépenser pour le nettoyer. Elle poursuit son chemin en titubant puis, secouée par des sanglots incontrôlables, elle grimpe l'escalier jusqu'à sa chambre, la main serrée sur la rampe, empêtrée dans sa robe ample qui semble soudain faite de papier de verre. La douleur qu'exprimait le regard de Patsy quelques instants plus tôt l'ébranle plus violemment que le coup de Marcus. Cicely se sent presque étouffée par le remords quand elle repense à ce qu'a fait son amie pour elle, à ce qu'elle a sacrifié, à la décision qu'elle a secrètement prise de souffrir à sa place. Ce soir, en voulant à tout prix défendre la prison qu'elle s'est construite, Cicely a réduit à néant des années d'amour et d'amitié.

12

Six jours. D'après ce qu'a compté Tru, six jours se sont écoulés depuis qu'elle a raté le coup de téléphone de sa mère, qui ne l'a toujours pas rappelée. La sonnerie de l'école signale la fin de la journée. Lorsque la maîtresse demande aux élèves de joindre les mains et de fermer les paupières pour la prière, Tru garde un œil ouvert.

« *Bénis-nous, notre Père, notre souverain, notre sauveur et notre pourvoyeur. Daigne nous accorder ta miséricorde et rends-nous dignes de ton attention…* »

Elle articule cette prière qu'elle connaît mal en guettant discrètement la porte, au cas où sa mère l'attendrait dehors, comme autrefois. Mais il n'y a personne. Tru n'aperçoit que le ciel bleu dégagé. Pas un nuage en forme de roi ou de reine voguant sur un navire.

« Trudy-Ann, tu es sourde ? J'ai dit : tout le monde ferme les yeux ! »

La voix de sa maîtresse l'oblige à revenir à l'intérieur de la classe. Comme son père, cette femme appelle Tru par son prénom entier. Un prénom auquel elle n'est pas habituée. Un prénom qui lui est aussi étranger que ceux de ses nouveaux camarades. Sans la moindre pitié pour elle, on l'a inscrite dans cette classe de CE1 où il n'y a que des enfants plus âgés qu'elle. Tru sait qu'elle sera une grande fille quand elle aura six ans, dans quelques semaines, mais Roy, qui connaît la principale de sa nouvelle école car c'est l'épouse d'un de ses collègues au commissariat, ne lui a jamais demandé si elle était d'accord pour changer d'établissement, ou pour sauter une classe. Pire encore, Tru a dû regarder Marva plier sa vieille tunique bleue de la Saints Basic School, que sa mère avait spécialement commandée à la couturière de leur quartier, et la ranger dans une malle pleine de vêtements qui sentaient le moisi. Le nouvel uniforme de Tru est trop grand pour elle – il lui a été donné par Agnus, sa voisine plus âgée qui suce encore son pouce quand Marva lui tresse les cheveux le dimanche. Tru a l'impression de ressembler à un légume dans sa tunique verte, elle la déteste.

Lorsque la classe a fini de réciter la prière, les rangées de chaises reculent en crissant et des voix s'élèvent tandis que retentit la dernière sonnerie. On est vendredi – un jour que Tru redoute depuis son arrivée dans le quartier. Sa mère avait l'habitude de l'emmener manger au KFC le vendredi après l'école. Maintenant, elle sait qu'elle va devoir passer tout un week-end à participer aux corvées chez son père. Le vendredi, c'est aussi le jour où elle risque de se voir infliger une raclée par madame Powell parce qu'elle a encore échoué à l'interrogation de fin de semaine – ce que Tru trouve injuste car ces tests sont basés sur des connaissances acquises en CP, classe qu'on l'a obligée à sauter. Elle ne parvient pas à trouver la volonté de plaire à cette maîtresse comme elle cherchait à satisfaire mademoiselle Gains. Depuis le départ de sa mère, l'école ne l'intéresse plus vraiment, et il est évident que cette nouvelle enseignante n'a aucune envie de lui apprendre des choses. Madame Powell note les interrogations dès qu'elles sont terminées, attribuant un zéro noir aux mauvaises réponses et un un rouge aux bonnes. Tru regarde attentivement sa copie, certaine qu'elle récoltera plus de zéros que de uns, et donc plusieurs coups de la robuste règle en bois de l'institutrice.

Au lieu de bondir de sa chaise comme ses camarades, elle prend tout son temps pour fermer son cartable – le vieux sac à dos que son père n'acceptera de remplacer que lorsque sa mère lui aura envoyé de l'argent. Les mains moites, la tête baissée, elle se lève. Du coin de l'œil, elle voit diminuer la file qui s'est formée devant le bureau de madame Powell. Joseph – dont Tru connaît le prénom car il fait lui aussi partie des cancres de la classe – reçoit sa raclée en ce moment même – dix coups bruyants pour chacune de ses mauvaises réponses. Madame Powell se montre rarement tendre, même les jours où elle est de bonne humeur. C'est une grande femme à la peau presque blanche, aux yeux gris perçants et à la bouche figée dans un rictus. L'institutrice le frappe jusqu'à ce qu'une des bretelles effilochées de son soutien-gorge tombe de la courte manche bouffante de son chemisier. À ce stade, son visage est encore plus rose que le lait à la fraise dégoûtant que Tru est obligée de boire au déjeuner à la cantine et qui sent l'eau de Javel.

« Suivante ! » crie madame Powell en braquant ses yeux de lynx sur Tru, la dernière élève de la file.

Celle-ci avance à pas prudents vers son bureau puis lui tend son cahier d'exercices fermé sur lequel sont écrits son nom et sa classe.

« Sur ma liste d'élèves, tu t'appelles Trudy-Ann. Pourquoi persistes-tu à écrire Tru ? Tu es si paresseuse que ça ? Dans ma classe, j'exige que tu répondes à ton véritable nom, c'est compris ?

— Mais ma mère m'appelle Tru, répond la fillette d'une petite voix, certaine que la raclée qui l'attend va être encore plus sévère que prévu.

— Je te demande pardon ?

— Ma mère m'appelle Tru.

— Et elle est où maintenant, ta mère ? Est-ce que tu la vois, dis-moi ? Qu'elle vienne don me le dire elle-même.

En attendant, tu t'appelles Trudy-Ann. Comme c'est écrit dans ton dossier scolaire. »

Vaincue, Tru hoche la tête. Elle observe le stylo de madame Powell et la courbe de sa bouche, tandis qu'elle calcule de tête. Les gros doigts de sa main gauche ne portent aucune bague. *L'institutrice n'est pas mariée et pourtant, elle se fait appeler madame*, s'étonne Tru qui a appris à appeler mademoiselle les femmes vivant en concubinage, telle Marva. La fillette observe l'index qui suit les chiffres écrits dans son cahier de la même manière que les doigts de monsieur Lewin, l'aveugle de Roundtree Road, quand il lit sa bible spéciale à l'église. Lorsque madame Powell a terminé, elle lève les yeux vers Tru et déclare :

« Huit mauvaises réponses sur dix. »

Puis elle se tait comme si elle attendait une réaction de sa part. Mais la fillette, qui se retient de toutes ses forces de pleurer, reste muette.

« Eh bien quoi ? Tu n'étudies don pas ? On m'a dit que tu étais l'élève la plus brillante de Saints, alors comment se fait-il que tu n'aies pas plus de cervelle qu'un moineau depuis que tu es dans ma classe ? »

Madame Powell saisit sa règle en bois puis fait signe à Tru de se retourner et de se pencher. Lentement, la fillette obéit et s'agrippe aux bords du bureau, les yeux déjà remplis de larmes. Le son du premier coup sur ses fesses résonne dans la salle vide. Se préparant pour les sept coups à venir, Tru contracte fort ses muscles, se retient de crier et se demande comment Marva peut aimer ça. Elle les entend la nuit, son père et elle, dans la chambre voisine de la sienne. Quand le silence règne la nuit, elle finit toujours par percevoir un bas cahotement, un souffle bruyant, et un claquement comme celui d'une paume sur la peau. Tru essaye d'identifier chaque son. À la fin, elle imagine son père et Marva prenant l'apparence d'animaux qui hurlent à la lune. Un soir, elle n'a pas pu s'empêcher de sortir de son lit et de s'approcher de la porte de leur chambre, d'où elle a aperçu leurs deux silhouettes ramassées – Marva nue et suante, à quatre pattes, Roy agenouillé derrière elle. Marva criait aussi fort que si elle souffrait, et pourtant, elle disait à Roy de continuer. Et puis elle s'est calmée, tous deux sont tombés en avant, et le père de Tru a hurlé : « *Fous-moi le camp d'ici !* »

Des picotements brûlants se propagent à présent dans le reste de son corps à chaque nouveau coup. Un rayon de soleil se faufile à travers les persiennes de la classe et se répand sur la table. Tru le fixe du regard. À chaque coup cinglant de règle, elle se rappelle les paroles de son père. « *Elle reviendra pas.* » Tru se rappelle aussi sa colère le soir où il l'a aperçue, paralysée sur le seuil de la chambre. « *Fous-moi le camp d'ici !* » Et la sombre tonalité sur la ligne téléphonique six jours plus tôt. Tru a barré ces jours d'une croix sur son calendrier, d'un trait aussi épais que les zéros de madame Powell indiquant ses mauvaises réponses. Elle ne s'aperçoit que les coups ont cessé que lorsque l'institutrice lui lance :

« Tu comptes rester penchée longtemps comme ça ? On croirait que tu en redemandes. » Sans répondre, Tru contemple les articulations de ses doigts blanchies qui agrippent encore la table, engourdies.

Livre III

L'ombre de l'urubu

13

Tandis que Cicely la conduit au logement qu'elle lui a trouvé, Patsy remarque la forme particulière des arbres, dont certains ont commencé à perdre leurs feuilles. Au petit matin, ils ont un air chagrin et une triste couleur charbon qui rappelle celle des oiseaux perchés sur leurs longues branches. Patsy a perdu toute capacité à percevoir les couleurs. Il faut dire que la pluie ne fait rien pour égayer cette journée. Plus vraiment sûre de pouvoir se fier à ses souvenirs, elle a de plus en plus de mal à se rappeler les journées ensoleillées de leur enfance. Cicely gare sa voiture devant une maison dans une rue calme de Brooklyn. Ici, les habitations ne sont pas en grès rouge ; ce sont des bâtiments trapus à façade en brique, au toit en pente et aux petites fenêtres rectangulaires. Leurs carrés de pelouse sèche sont entourés de grillage.

Cicely coupe le moteur.

« C'est ici, dit-elle sans regarder Patsy. J'ai entendu parler de cette location par l'amie d'une amie. La propriétaire m'a semblé gentille. »

Patsy garde le silence. Elle ne remercie même pas Cicely d'avoir convaincu Marcus de l'autoriser à rester chez eux six jours de plus, en attendant qu'elle ait trouvé un logement. Alors qu'elle s'apprête à ouvrir sa portière, Cicely pose la main sur la sienne, les cils humides de larmes. Bien qu'elle ait essayé de les cacher avec du maquillage, les contusions du côté droit de son visage sont toujours visibles.

« Je suis désolée », lâche-t-elle dans un soupir.

Patsy ne peut s'empêcher d'éviter le regard implorant de son amie. L'idée qu'elle a traversé l'océan pour rejoindre une femme qui ne partage pas ses sentiments lui donne envie de pleurer. Patsy était certaine de ce qu'elle lisait dans ses lettres, de l'existence de sentiments certes inexplicables, mais réciproques. La première fois que Cicely l'a embrassée, elles étaient cachées dans la vieille maison de Jackson Lane. Elles avaient alors quatorze ans et bavardaient au sujet des garçons – en particulier de ceux qui aimaient bien Cicely mais qui ne lui plaisaient pas ; des garçons aux longs cheveux bouclés qui se faisaient passer pour des Casanova. Patsy avait couché avec chacun d'eux. C'était sa période d'exploration, l'époque où elle se sentait obligée de faire plaisir aux garçons pour leur plaire, elle aussi.

L'année où manman G commença à entendre la voix de Dieu, Patsy, alors âgée de neuf ans seulement, se mit à bourrer sa petite culotte de papier toilette tous les mois, persuadée qu'elle se vidait de son sang. Lorsque sa mère découvrit ce qui lui arrivait, elle l'enferma à la maison et l'obligea à prier avec elle tout en l'enduisant d'essence de romarin. « *Fais que personne ne profane son temple, Seigneur Jésus.* » Effrayée, Patsy serrait contre elle ses draps souillés. Une odeur subtile mais puissante montait de son entrejambe qui lui rappelait l'odeur du zinc chauffé par le soleil sur lequel elle étalait le linge pour le faire sécher le dimanche. Manman G lui expliqua que son corps était un temple, et pendant longtemps, Patsy ne comprit pas ce que ça voulait dire. À l'époque, elle n'avait que vaguement conscience de son existence terrestre, comme si elle flottait à l'extérieur de son corps, et se sentait par conséquent invincible.

Mais « sentir » n'est peut-être pas le bon mot, puisqu'elle ne ressentait rien. Cet état prit fin l'après-midi où Cicely, qui vivait par procuration les aventures sexuelles de Patsy, les joues rosies par l'indécence de leurs bavardages, posa la main sur le genou de son amie.

Son geste était si délicat que Patsy baissa les yeux pour vérifier si sa main était bien là. Ensuite, sans un soupçon d'appréhension ni de prudence, Cicely se pencha vers elle et l'embrassa. Patsy n'eut pas le temps de reculer ni de comprendre ce qui se passait. Tout ce qu'elle parvint à penser, ce fut qu'elle adorait la sensation des lèvres de Cicely sur les siennes. Elle ferma les yeux et respira calmement tandis que la bouche de son amie s'approchait de son oreille. « *Montre-moi* », chuchota-t-elle. Alors, allongées dans leurs uniformes sur l'herbe qui poussait au milieu des débris, à travers les fissures du béton de la vieille maison, Patsy enlaça Cicely sans hésiter. Il lui sembla que leurs corps s'assemblaient parfaitement à mesure que leurs visages se rapprochaient, que leurs bouches s'ouvraient, que leurs peaux entraient en contact. Patsy, qui avait toujours eu l'impression de tourner autour du monde, portée par le vent, jouit et son âme pénétra celle de Cicely. Elle n'avait jamais ressenti une telle explosion de vie en elle. Patsy était tout à coup pleinement consciente de la présence du soleil, de la terre, de l'herbe sous elles ; de son corps extatique blotti entre les jambes de Cicely.

Par la suite, leur amitié prit une forme nouvelle, ambiguë. Cicely et Patsy continuèrent raisonnablement à sortir avec des garçons, car l'une comme l'autre savait que ce qui s'était passé dans la vieille maison était inadmissible. Patsy observait les relations de son amie avec les lycéens de Roman Phillips qui la poursuivaient avec acharnement, riaient avec elle et faisaient les pitres pour attirer son attention. Patsy les ignorait. Son regard était irrésistiblement attiré par Cicely, mais elle s'abstenait d'exprimer le moindre désir. Car son désir n'avait pas le droit d'exister en dehors de la vieille maison abandonnée, cachée derrière la haute palissade de mahot bleu, de palmiers et de mauvaises herbes qui l'encerclait. Une fois dissimulées, protégées par la luxuriance de la végétation et les ruines autour d'elles, les filles atteignaient chaque après-midi la plus totale liberté sur une serviette de plage étalée sur le sol.

Puis un soir – juste quelques mois après la rentrée universitaire de Cicely qui allait et venait désormais entre Pennyfield et le campus –, ce qui devait arriver arriva. Les bras autour de sa taille, Patsy serrait Cicely contre elle quand elle entendit bruisser les buissons et pensa qu'il s'agissait de mangoustes ou de lézards. Soudain, un bruit de pas se rapprocha puis, sans leur laisser le temps de réagir, un homme se faufila à travers le feuillage et se dressa devant elles. Cette apparition fit l'effet d'une explosion à Patsy qui regarda avec impuissance les yeux de l'homme se poser sur Cicely. Comme au ralenti, elle le vit se pencher en avant, les bras écartés, puis se jeter sur elle pour l'attraper. Patsy revoit ses lèvres remuer. Un bruit blanc semblait couvrir les sons – le fracassement du miroir piqué qui était posé à proximité, le hurlement de Cicely dont la tête fut rapidement couverte de sang, ainsi que la chute de l'homme sur les éclats de verre.

Assise dans la voiture stationnée devant une maison inconnue, Patsy aimerait pouvoir être seule et cacher son visage dans ses mains pour rire ou pleurer – peu importe, tant que cela fait disparaître l'amertume dans sa bouche. Rien de tout cela n'aurait jamais dû arriver.

« Je tiens toujours à toi… dit Cicely.

— Arrête, la coupe Patsy d'une voix étranglée. Ne joue pas à ça avec moi. Je sais pourquoi c'est difficile pou toi. On a saigné toutes les deux ce jour-là, Cicely. Y a plus jamais eu de soleil dans ma vie après ça. Roy et moi, on s'est jamais aimés comme toi et moi. Y le savait. Mais Tru est arrivée et j'ai cru… »

Sa voix s'affaiblit encore.

« J'ai réalisé que c'était pas ma vie. Que ma vraie vie était auprès de toi. Quand tu m'as dit que je pouvais venir en Amérique, j'ai tout quitté.

— Tu as abandonné ta vie. Ta famille. Ta fi. Juste pou moi ?

— Oui.

— Dis-moi la vérité.

— C'est ce que je viens de faire. Je voulais tout recommencer avec toi, Cicely.

— Patsy… Y m'est impossible de retourner à cette vie-là.

— Tu es en sécurité maintenant. Plus personne peut nous faire du mal.

— Je mène une autre existence maintenant, Patsy. Je me suis construit une vie avec Marcus. Si je le quittais, y me laisserait jamais emmener notre fils. Y se battrait pou obtenir la garde exclusive si jamais la nouvelle s'ébruitait. Je peux pas prendre le risque de perdre tout ce que j'ai. J'ai jamais eu l'intention de te faire souffrir. Malgré ce que tu as vu l'autre soir, on est heureux, Marcus et moi. Et Shamar aussi…

— Ça crève pas les yeux. Bon, quand est-ce qu'on sort de cette voiture ? Pasque pou moi, le sujet est clos. »

Toutes deux grimpent le perron de la maison puis s'arrêtent devant la porte, le visage humide à cause de la bruine. Patsy pose sa valise à ses pieds et fait de son mieux pour ne pas regarder son amie dans ses vêtements à la mode, un sac à main suspendu à l'épaule. Cicely, dont la silhouette semble s'affaisser sous le poids du regret, appuie une deuxième fois sur la sonnette d'un geste qui paraît trop lent. Quelqu'un jette un coup d'œil à travers un rideau blanc à la fenêtre du rez-de-chaussée. Puis on entend un mouvement rapide derrière la porte, avant qu'elle ne s'ouvre sur une femme noire, probablement âgée de la quarantaine, coiffée de tresses bleu et noir. Un long et épais peignoir rose dissimule son corps menu. Au début, Patsy se demande si elle porte un masque : cette femme a le visage grimaçant d'une personne fâchée contre le monde entier – c'est une Jamaïcaine, sans le moindre doute, qui réserve ses élans de gaîté aux personnes qu'elle connaît bien et en qui elle a confiance. Patsy a toutefois du mal à l'imaginer rire ou sourire avec ces yeux inexpressifs.

« J'attends personne de grand bonne heure », dit-elle sans les saluer.

Patsy se demande de quelle partie de l'île elle vient, avec un accent aussi fort. Elle réalise que la décoloration de son visage est due à des crèmes blanchissantes. Lorsqu'une odeur de poisson monte à ses narines, Patsy commence à penser que ce serait une erreur de se livrer à la merci d'une femme qui se blanchit la peau et cuisine de si bon matin.

Cicely paraît hésitante. Craint-elle que cette odeur imprègne ses vêtements et qu'elle l'accompagne toute la journée ? Mal à l'aise, ses mains claires effleurant à peine le chambranle, elle déclare :

« Hum… Il faut que je file, je dois emmener mon fils à l'école. Mon amie a besoin de cette chambre dès que possible. Vous ne voyez pas d'inconvénient à la lui faire visiter ? Je vous paierai la caution et le premier mois de loyer immédiatement. »

Au son de la voix autoritaire de Cicely, l'expression du large visage de la propriétaire change subtilement. Patsy ne saurait dire si elle éprouve de la satisfaction ou de la rancœur. La femme jauge Cicely en promenant lentement ses yeux foncés sur sa peau pâle, ses iris clairs, son gilet vert orné d'une broche en or, son chemisier blanc, son jean foncé moulant, ses mocassins marron, son alliance sertie de diamants et ses bracelets qui tintent autour de son fin poignet, tandis qu'elle agite une enveloppe blanche remplie de billets. Patsy voit son amie à travers les yeux de cette Jamaïcaine qui vient probablement d'une région comme Bull Bay ou Old Harbor ; une Jamaïcaine qui, autrefois, faisait sans doute ses besoins dans des toilettes extérieures et se lavait à un robinet au-dessus d'un seau avec ses nombreux frères et sœurs ; une Jamaïcaine qui est allée au lycée comme Patsy et Cicely, ou qui n'a peut-être jamais été scolarisée parce qu'elle devait aider sa mère au marché, une vendeuse obligée de baisser ses prix de moitié par des personnes méprisantes qui se moquaient de son patois.

Cette femme doit éprouver un grand plaisir et une certaine fierté en percevant une pointe de désespoir dans la voix de Cicely. Elle redresse les épaules comme pour se préparer à lui lancer une remarque teintée d'ironie, tandis qu'un rictus creuse davantage les profondes rides autour de sa bouche. Mais tout aussi vite, ses épaules retombent et le rictus se transforme en un sourire qui bouleverse ses traits lorsque Cicely la regarde dans les yeux, glisse l'enveloppe dans sa main d'un geste assuré et l'appelle madame.

« Je suis désolée, madame. Je sais qu'il est tôt, mais elle n'a nulle part où aller. »

Les traces de rancœur que Patsy croyait voir sur le visage de la femme disparaissent instantanément.

« Eh bien, je m'apprêtais à ranger un peu avant de recevoir votre visite, répond-elle dans son meilleur anglais. Ma mère se retournerait dans sa tombe si elle savait que j'accueille des invitées dans ce désordre. »

Bien qu'elle soit maintenant propriétaire d'une maison en Amérique, avec façade en brique et plomberie intérieure, il est évident que cette femme n'a pas oublié d'où elle vient. En raison de son éducation, elle s'estimera toujours inférieure aux personnes telles que Cicely, même si elle vit désormais dans un grand pays comme les États-Unis. Aussi, c'est avec l'excitation d'une élève recevant son diplôme qu'elle prend l'argent, le fourre dans la poche de son peignoir, puis se confond en excuses pour l'odeur de poisson et pour ne pas avoir eu le temps de faire le ménage. Après s'être enfin présentée, la propriétaire qui se nomme Beverly fait entrer Patsy dans sa maison.

Avant de quitter son amie, celle-ci retire son pendentif en œil de tigre et le pose dans sa paume. Cicely le regarde, bouche bée ; puis elle plisse le front, mais garde le silence. Les yeux brûlants de larmes, Patsy sent monter en elle un profond sentiment de perte. Elle soulève sa valise et suit Beverly dans la maison. La porte d'entrée se referme doucement derrière elles.

Contemplant son nouvel environnement, Patsy remarque le désordre qui règne dans la salle de séjour – des magazines dont certaines pages ont été arrachées jonchent la table basse, un carton de Domino's Pizza traîne sur le sol, des vêtements pliés sont empilés sur le canapé marron, à côté d'un plateau en plastique que recouvrent des boules de coton, une lime à ongles et un flacon de vernis rose ouvert. Quant à la corbeille, elle est remplie de boules de papier. À première vue, cette femme vit avec une bande d'adolescents fainéants et chahuteurs.

La politesse affectée de Beverly disparaît aussitôt que les deux femmes se retrouvent seules. Sa voix se durcit lorsqu'elle commence à énumérer les règles à suivre sous son toit.

« Pas d'animaux domestiques, pas d'invités, pas de coucheries. C'est pas un hôtel ici. Vous avez seulement accès à la salle de bains de l'étage. La salle de séjour est réservée à la famille. Accès interdit aux locataires. Tout comme la cuisine. Si vous avez faim, y a un tas d'endroits où manger sur Sutter Avenue, à quelques pâtés de maisons d'ici. Merci de penser à nettoyer derrière vous. Dans cette maison, vous payez ce que vous cassez. Si vous vous servez dans mon mangé, faudra payer. Sinon, c'est la porte. Je tiens un inventaire précis. Vous devrez payer le loyer tous les vendredis sans faute. Et seulement en espèces. De préférence en petites coupures. Mettez l'argent dans une enveloppe et glissez-la sous la porte de ma chambre qui se trouve à droite dans le couloir. »

Quand elle a fini, Beverly se tourne vers Patsy. Les mains posées sur ses hanches étroites, elle paraît soudain beaucoup plus vieille et méchante.

« Des questions ?, demande-t-elle, avant de conclure rapidement : Parfait. La chambre est à l'étage. »

Patsy grimpe derrière elle un escalier branlant pas plus épais qu'une échelle jusqu'au grenier. Arrivée là-haut, elle balaye du regard le petit espace poussiéreux que Beverly compte lui louer cent cinquante dollars la semaine. Quelques vieilleries sont entassées dans un coin. Et il n'y a aucun placard où ranger ses vêtements. Un lit une place occupe le centre de la pièce qui n'est éclairée que par une petite fenêtre à barreaux donnant sur la rue. Patsy respire à peine, de peur qu'un mouvement brusque ne fragilise davantage le plancher instable. Beverly la regarde depuis le seuil, la main sur la poignée de la porte.

« Mon fils Tyriq pourra vous monter votre valise quand y rentrera du travail. Si vous avez besoin de quelque chose, je suis généralement en bas pendant la journée. Je travaille de nuit, alors j'ai besoin de dormir le jour. Je réponds qu'en cas d'urgence. »

Patsy passe le reste de la journée à somnoler, recroquevillée sur son nouveau lit. Dans la soirée, elle s'assied puis regarde fixement le ciel gris et les arbres. Elle n'a aucune envie de redescendre l'escalier, même si la maison semble se réveiller au rez-de-chaussée. Lorsque le soleil apparaît enfin entre les gros nuages gris pour tirer sa révérence, elle cherche par habitude son pendentif en œil de tigre autour de son cou mais n'y trouve rien. Une ombre tombe peu à peu sur la pièce, et, bientôt, l'obscurité l'envahit. Patsy ne prend pas la peine de chercher un interrupteur. Un dégoût amer s'empare d'elle. Elle constate avec stupéfaction combien sa vie est injuste ; une femme vient de lui briser le cœur plus violemment qu'aucun homme avant elle – une femme à qui elle a tout donné sans rien attendre en retour. C'est ce *rien* qui la bouleverse – l'idée qu'elle ait pu s'en satisfaire. Le dégoût viscéral que Patsy se sait capable d'éprouver pour elle-même la remplit de détermination, lui donne la volonté de recoller les morceaux de sa vie et de prendre un nouveau départ.

14

C'est la dernière semaine de septembre. En automne, la nuit tombe trop tôt et semble ne jamais vouloir s'achever. Patsy, qui pensait bien connaître la solitude, est surprise de découvrir qu'on en souffre aussi dans un pays comme les États-Unis. Dans les comédies télévisées américaines, il y a toujours un ami ou un membre de la famille pour passer sans prévenir et piocher dans le réfrigérateur. Ou bien un voisin sympathique pour vous parler par-dessus la palissade ou vous saluer en ramassant le journal sur sa pelouse bien verte. Les Américains sont toujours très entourés dans les séries, tandis que des rires enregistrés ponctuent leurs vies dépourvues de stress. C'est cette Amérique-là que Patsy désire au-delà de tout.

Chaque matin, au réveil, sa première pensée est pour Tru. *S'en souviendra-t-elle ?* Sa fille l'a forcément entendue raccrocher. Patsy n'a d'autre choix que d'assumer les conséquences de son acte. C'était déjà cruel de l'abandonner, mais que penser du fait qu'elle lui a raccroché au nez et ne l'a jamais rappelée ? Elle a commis un péché envers sa fille. Un péché que Tru aura sûrement beaucoup de mal à lui pardonner. La noirceur de cette faute rappelle celle de l'aube dehors. Et celle du mal qui patiente à sa gauche.

Cela fait une semaine – une semaine qu'elle est allongée sur son lit, le regard rivé au plafond, à peine capable de fermer les yeux. Patsy écoute le silence. Certains matins, elle entend Beverly aller et venir dans la maison en marmonnant ou bien bavarder avec son fils ; elle entend le tintement des casseroles et des marmites, des voix à la radio. Patsy s'efforce de sortir de son lit, envahie par une tristesse familière – cet abattement qui la paralysait déjà quand elle était plus jeune, qui l'engloutissait dans sa vaste obscurité. Avant, elle avait peur de cette tristesse, mais c'est aujourd'hui une compagne, silencieuse et omniprésente. Patsy lutte contre la tentation de capituler et de s'y abandonner. Par la seule force de sa volonté, elle ravive de la main droite la flamme de son désir et savoure l'un des plaisirs les plus simples de la vie sous son épaisse couette. Car il est terrifiant de ne rien ressentir du tout. Grâce à quelques caresses, Patsy éprouve au moins l'envie agréable d'atteindre un but ; il ne s'agit plus seulement de se maintenir en vie. D'habitude, elle choisit soigneusement les images à visualiser quand elle se masturbe – le galbe d'un mollet, le mouvement d'une gorge qui déglutit, le bout rose d'une langue. Mais qui donc parvient aujourd'hui à traverser le filtre de son esprit et à s'élancer dans le tunnel menant à ce temps suspendu ? Cicely. Et comme à chaque fois que Patsy pense à elle, le chagrin l'assaille ; deux mains gigantesques se referment si violemment autour de son cou qu'elle ne peut émettre qu'un gémissement. Résignée, Patsy laisse ses pensées et ses sentiments errer, bousculer les choses, se débattre de désir puis de colère. Elle ne supporte plus de souffrir de la perte de Cicely sans avoir le moyen de s'en libérer. Le corps raide de désir, elle imagine ce que ça ferait de se laisser dépérir dans ce grenier trop petit pour contenir tout son chagrin, où elle balance sans cesse entre plaisir et remords, puis cède à ses envies, incapable de se retenir, jusqu'à ce qu'elle s'assoupisse, gémissante et épuisée.

Patsy ne descend du grenier que pour aller aux toilettes et se doucher dans la salle de bains, dont les murs sont aussi roses qu'un médicament contre les maux de ventre. Des rideaux blancs à volants masquent la fenêtre qui donne sur le jardin voisin. Elle est incapable de manger les provisions que Cicely a remises à Beverly un soir. La propriétaire est montée l'avertir que son amie lui avait apporté quelque chose. « *Un sac de courses. Je l'ai informée que vous aviez pas le droit d'utiliser la cuisine. Elle m'a donné deux cents dollars de plus pou que je vous y autorise. C'est d'accord, mais juste pou cette fois.* » Mais Patsy n'a pas bougé depuis. Les provisions sont restées toute une semaine sur le plan de travail dans leur sac en papier. Lorsqu'il devient évident que sa vie sera dorénavant ainsi faite – qu'ayant pris seule la décision de venir en Amérique, elle ne peut pas se permettre de rester au lit toute la journée –, Patsy fournit enfin un gros effort et se met à chercher du travail.

Elle se décide également à appeler Cicely avec le téléphone de Beverly et lui laisse un message l'informant qu'elle ne doit plus rien lui envoyer, car elle s'en sort très bien toute seule. Cet acte d'affirmation de soi met en mouvement des amas métalliques qui s'agglomèrent autour de son cœur et forment un puissant bouclier. Son cœur enlaidi devient une machine capable de repousser les émotions – son grondement défensif est effrayant, et ses battements mécaniques semblent contrôlés par une main automatique appuyant sur des boutons. « *J'ai pas besoin de toi* », répète Patsy d'une voix ferme dans le combiné. Au moment de raccrocher, l'émotion qui bouillait au cœur de la machine entre en éruption, puis un jet de vapeur sifflante jaillit dans le réseau de ses veines. L'espace d'un instant, Patsy prend conscience que l'audace qui l'a amenée en Amérique s'est envolée et se sent impuissante tant elle ignore les réalités de son nouveau pays. Mais il n'est pas question pour elle d'imiter sa mère.

Après avoir quitté son emploi de domestique, sous prétexte que Dieu pourvoirait à leurs besoins, manman G perdit littéralement la tête. Patsy fut prise de panique quand sa mère cessa de gérer le quotidien – de faire la cuisine, le ménage, de lui peigner les cheveux, de faire les courses et de payer le loyer. Des tâches simples dont jamais la fillette n'aurait cru devoir se charger un jour. Il s'écoula un mois entier avant que Patsy, affamée, ne marche plusieurs kilomètres jusqu'à la cimenterie où travaillait tonton Curtis. À l'entrée, le garde se leva dans sa petite cabine puis baissa les yeux vers cette visiteuse qui faisait la moitié de sa taille ; un mélange de confusion et de panique figea ses traits lorsqu'il découvrit l'enfant de neuf ans dans son uniforme bleu et blanc trop petit, ses cheveux tressés n'importe comment et ses chaussettes bleu marine tirebouchonnées sur des chaussures noires en simili usées.

« *Mais qu'est-ce que tu fais ici ?*

— *Je suis venue voir misyé Curtis Willoughby, misyé.*

— *Tu devrais être au lékol.*

— *C'est une urgence, misyé.* »

L'homme balaya les environs du regard et se gratta la tête sous son képi d'un air confus. Finalement, il sortit son talkie-walkie de sa ceinture.

« *Misyé Federick ! Ou-oui, c'est Tony à l'accueil. Où c'est qu'y travaille Willoughby, déjà ? Une ti fi le demande à l'accueil. Elle dit que c'est urgent.* »

Tout en parlant, il regardait Patsy avec incrédulité. La fillette finit par baisser les yeux et se balança d'un pied sur l'autre. Par chance, le vrombissement des machines de l'usine était assez bruyant pour couvrir les gargouillis de son ventre. Timidement, elle risqua un regard vers les grandes colonnes de métal et les tuyaux en acier se dressant devant une colline qu'on voyait à peine derrière les énormes machines qui produisaient du ciment pour tout le pays. La main légère qui se posa sur son épaule la tira de sa rêverie. Patsy se retourna, leva les yeux et découvrit le visage aimable de tonton Curtis. Son attitude à la fois chaleureuse et assurée lui donna envie de se jeter dans ses bras en pleurant.

« *Manman va pas bien* », lui dit-elle quand il enleva son casque jaune.

La couleur charbon de son visage poussiéreux rendait ses dents d'un blanc éclatant. Tonton Curtis posa un genou à terre et la dévisagea à la façon d'un médecin soucieux.

« *Qu'est-ce qui s'est passé ?*

— *Y a plus rien à manger à la maison.* »

Tonton Curtis secoua la tête, puis un juron mourut sur ses lèvres.

« *Depuis combien de temps vous avez rien avalé ?*

— *Depuis que tu nous as quittées.* »

Tonton Curtis allait et venait dans leurs vies. La première fois, il était parti de son plein gré. Manman G et lui se querellaient au sujet des femmes qu'il rencontrait dans les bars, des femmes qui venaient parfois frapper au portail pour le voir, des femmes que manman G injuriait dans la rue, à l'époque où elle n'avait pas encore été sauvée par Dieu. Tonton Curtis finit par retourner vivre chez sa mère à Denham Town. Au même moment, manman G amenait un autre homme dans leur vie – un homme devant qui elle tombait à genoux et priait tous les jours pour qu'il lui donne de la force, un homme dont elle prononçait le nom doucement en caressant sa croix, les yeux fixés sur le monde sans vraiment le voir.

« *Jésus* », chuchotait-elle, telle une femme amoureuse.

« *Promets-moi que tu vas revenir*, dit Patsy à tonton Curtis. *Elle a besoin de toi, manman. Et moi aussi.* »

Tonton Curtis ne répondit pas. La demande de Patsy avait dressé un mur entre eux. Il se raidit et ferma les yeux. Son silence était plus assourdissant que le vacarme des machines. Lorsqu'il ouvrit la bouche pour répondre, le ventre de Patsy recommença à gargouiller, plus bruyamment cette fois que la brise qui s'était levée et leur soufflait du ciment dans les yeux. Les épaules de tonton Curtis retombèrent. Il se releva, le regard plein de tendresse et d'un sentiment que Patsy ne parvint pas à identifier. Il la prit par la main puis demanda au garde d'informer le patron qu'il prenait sa journée – que sa femme (même si manman G et lui n'étaient pas mariés) était gravement malade et que sa fille avait besoin de lui. Le fait qu'il la désigne ainsi émut Patsy. La douceur de ce mot fit trembler ses lèvres. Sur le moment, la fillette éprouva beaucoup d'amour pour lui.

Le temps est glacial lorsque Patsy quitte enfin la maison. Une épaisse écharpe verte enroulée autour du cou, elle remonte jusqu'au menton la fermeture du manteau noir que Cicely lui a acheté et se rappelle le désespoir qu'elle ressentait en voyant sa mère assise à ne rien faire, détachée de tout, sa bible serrée contre elle. Une sensation lui revient ; celle de la faim qui lui fit parcourir des kilomètres pour retrouver tonton Curtis. Patsy fait un pas dans la lumière sans chaleur du soleil automnal et tourne le dos à la honte.

En passant, elle jette un coup d'œil aux autres maisons de la rue dont les vérandas sont désertes. Quelques carillons tintent dans la brise. Des citrouilles sont posées sur certains perrons. L'une des maisons est déjà entièrement prête pour Halloween : dans son jardin, Patsy aperçoit une énorme araignée noire gonflable, des morceaux de toile et un fantôme blanc. Elle se rappelle ce que lui a raconté Cicely au sujet de cette fête : le temps d'une soirée, les enfants se promènent vêtus de déguisements effrayants et réclament des bonbons aux gens. Quand elle lui a demandé quel était le déguisement préféré de son fils, Cicely lui a répondu sombrement qu'ils ne fêtaient pas Halloween. Marcus détestait que les enfants sonnent à leur porte et prétendait qu'en Amérique, un garçon noir n'avait pas besoin de costume pour effrayer les gens. Mais Halloween n'est pas la fête la plus importante du mois d'octobre pour Patsy.

Car c'est surtout le mois de l'anniversaire de sa fille. Le 18, Tru fêtera ses six ans. Stupéfaite, Patsy s'arrête net devant la dernière maison de la rue. Mais dès qu'elle repense à la lâcheté dont elle a fait preuve au moment de lui parler au téléphone, elle recommence à avancer, consternée par son péché.

Tandis qu'elle foule le tapis de feuilles dorées, Patsy éprouve la sensation de marcher dans les chaussures d'une autre, de porter des vêtements qui ne lui appartiennent pas par-dessus les siens ; son blouson et son écharpe lui sont aussi étrangers que les rues de ce quartier. Elle s'arrête à un carrefour très fréquenté et regarde passer les voitures. Ce monde semble constamment en mouvement. Patsy aperçoit deux arrêts de bus de chaque côté de la rue. Elle jette un coup d'œil à gauche puis à droite. Hier, Beverly lui a appris qu'on pouvait se rendre en bus dans le centre de Brooklyn, où se trouvent les magasins et les entreprises. N'ayant que cent dollars en poche, Patsy doit trouver un travail le plus vite possible. Ray of Hope l'a recontactée par l'intermédiaire de Cicely. D'après le message qu'elle a laissé à Beverly, le poste de nounou n'est plus disponible – le couple cherchait une nourrice qui soit au moins titulaire d'une licence. *Les Américains plaisantent vraiment pas quand y s'agit de s'occuper de leurs marmailles*, pense Patsy. Un rire lui chatouille la gorge quand elle songe au niveau d'études demandé à une simple baby-sitter.

Patsy repère une femme blanche qui attend à l'arrêt de bus, coiffée d'un épais bonnet jaune à pompon, et emmitouflée dans un long manteau violet. Elle ne semble pas vraiment du quartier, mais à la voir se balancer en sifflant sur les talons de ses bottes à lacets, les mains dans les poches, elle se sent visiblement à l'aise. Bien que ce soit la seule personne à qui elle peut demander son chemin, Patsy hésite et retourne la question dans sa bouche soudain pâteuse. En Jamaïque, elle ne s'adressait jamais aux personnes blanches qui s'aventuraient en ville, toujours polies, les joues en feu. Doit-elle prendre le même accent que Cicely quand elle parle aux Blancs ou à son fils et Marcus ? Comment réagira cette femme à sa présence sur son territoire ? D'après Cicely, certains Blancs sont racistes. Mais comment le deviner d'un regard ? Faut-il partir du principe qu'ils le sont tous ? Cicely lui a expliqué qu'on peut le lire dans leurs yeux et leur sourire – qu'il suffit d'observer leur langage corporel pour savoir s'ils sourient comme un mannequin ou une vraie personne. Mais qu'est-ce qu'elle en sait après tout ? Cicely est elle-même quasiment blanche. Patsy décide finalement de tenter sa chance et aborde l'inconnue.

« Bon… bonjour », dit-elle sur le ton qu'elle prenait avec mademoiselle Clark et ses autres supérieurs hiérarchiques du ministère.

Il est plus sûr de commencer par la saluer ; c'est la preuve qu'elle est bien élevée. Mais la femme continue à siffler, la tête tournée vers la rue dans l'espoir d'apercevoir son bus. Au loin, des voitures se traînent derrière un gros camion qui balaye la chaussée à l'aide d'une énorme brosse. Tandis qu'un train file bruyamment au-dessus de leurs têtes, Patsy inspire à fond et reformule mentalement sa phrase. Puis elle se racle la gorge afin de parler plus fort, car Cicely lui a également appris qu'elle s'attirerait des ennuis si elle touchait les gens dans ce pays. En Jamaïque, on le fait sans arrêt. Si vous n'entendez pas le guichetier vous appeler alors que vous faites la queue à la banque, la personne de derrière vous tapote l'épaule. Si vous ne vous sentez pas bien au travail, votre collègue la plus proche vous frotte gentiment le dos. Il arrive même qu'au beau milieu d'une conversation, votre interlocutrice marque une pause pour replier votre col ou couper le fil qui pend à votre chemisier. Et s'il n'y a plus de place dans le bus ou le taxi, quelqu'un peut très bien finir sur vos genoux ou vous sur les siens. Patsy élève la voix sans trop s'approcher.

« Mademoiselle, excusez-moi ? »

La femme se retourne.

« Oh, bonjour ! Je peux vous aider ? »

Elle écarquille ses grands yeux bleu cobalt et son visage est tout rose. Patsy aperçoit des cheveux décolorés sous son bonnet jaune.

« Ce bus va-t-il en ville ?, dit-elle dans son meilleur anglais, surprise par la politesse spontanée de cette inconnue.

— Absolument ! » répond celle-ci, les yeux toujours écarquillés.

Patsy se demande si elle a toujours l'air aussi étonné. Son attitude a quelque chose de si libre, de si pétillant. En Jamaïque, une femme adulte préférerait mourir plutôt que d'être surprise en train de siffler dans la rue et de se balancer sur les talons à la façon d'une enfant remuante. Les fillettes jamaïcaines commencent à se comporter comme des femmes à onze ans, douze au plus tard. Il suffit d'un regard glacial de leurs aînées pour que disparaisse leur esprit enfantin. Leur jeunesse s'évanouit rapidement sous leur combinaison et leur uniforme amidonnés. Leur joyeuse curiosité se trouve étouffée par le poids des responsabilités – savoir caraméliser la viande jusqu'à ce qu'elle soit convenablement dorée, faire le ménage, éliminer les taches des vêtements blancs, élever leurs jeunes frères et sœurs, se dérober au désir envahissant des hommes plus âgés. À vingt-cinq ans, il ne reste plus une trace de vitalité sur leurs traits crispés. Leur moue pleine de méchanceté semble condamner toute forme de gaîté et leurs yeux las expriment un réel mépris à l'égard de celles qui ne parviennent pas à rentrer dans le moule.

« Merci, répond calmement Patsy.

— Enfin, j'espère que vous n'êtes pas trop pressée, poursuit la femme de sa voix forte. Ça fait déjà un moment que je poireaute ! »

Elle regarde Patsy en coin, réfléchit une seconde et se reprend :

« Que j'attends, je veux dire.

— J'avais compris, répond Patsy qui se demande pourquoi cette Américaine sous-estime sa maîtrise de la langue.

— Au fait, d'où venez-vous ?

— De Jamaïque.

— Super ! »

Patsy serait curieuse de savoir si elle finit toujours ses phrases par un point d'exclamation. Cela expliquerait pourquoi elle a l'air constamment surpris.

« Le soleil doit vous manquer avec un temps pareil.

— J'ai toujours rêvé de voir de la neige en vrai. C'est tellement joli dans les livres d'histoires et dans les films. »

La femme éclate de rire.

« Attendez un peu que janvier arrive. C'est un tel cauchemar quand elle s'accumule ! Je ne suis jamais allée en Jamaïque, mais je connais beaucoup de Jamaïcains.

— C'est vrai ?

— Enfin, pas personnellement !, s'empresse-t-elle de préciser, comme si Patsy lui avait demandé si elle était amie avec Diana Ross. C'est juste qu'ils sont nombreux ici – à Brooklyn.

— Hmm. »

Cette femme a raison. À Crown Heights, Patsy ne pouvait pas faire un kilomètre sans voir flotter un drapeau de son pays. Mais ces Jamaïcains-là n'ont pas grand-chose à voir avec elle : ils appartiennent à une sphère distincte et suivent sans mal le rythme effréné de la vie américaine. Patsy se décide enfin à observer son nouvel environnement. Suivie de ses quatre enfants, une mère de famille obèse se dirige tranquillement vers le restaurant Crown Fried Chicken ; quelques hommes boivent des bouteilles emballées dans des sacs en papier devant un magasin de spiritueux. Les yeux de Patsy se posent ensuite sur les murs couverts de graffitis d'un vieux bâtiment en briques, sur l'escalier du métro envahi de pigeons au-dessus de sa tête, sur le petit groupe de lycéens noirs qui traverse la rue en riant avec insouciance. Lorsqu'un ivrogne commence à uriner sur les voitures garées devant lui, le propriétaire de la boucherie qui saupoudre du sel sur le trottoir se met à hurler : « Hé ! Hé là ! Tu veux que j'appelle les flics ? »

« On est dans quel quartier exactement ? » demande-t-elle, sincèrement intriguée.

Ici non plus, la vie des Américains n'a rien à voir avec ce qu'elle voyait à la télévision. Pas même dans le *Cosby Show* ou *The Jeffersons*. C'était pourtant des Noirs qui jouaient dans ces séries-là.

« East New York. »

La femme rit toute seule et se demande en marmonnant comment elle a pu atterrir dans cet endroit miteux. Patsy fait semblant de ne pas l'avoir entendue et regarde deux hommes noirs en veste en cuir sortir de l'épicerie devant laquelle est recroquevillé un mendiant qui secoue un gobelet contenant quelques pièces. Lorsque chacun y laisse tomber un peu de monnaie, l'homme les remercie d'un signe de tête. Les deux Noirs s'éloignent en sirotant leurs cafés fumants, puis l'un d'eux mord dans le sandwich enveloppé de papier aluminium qu'il s'est acheté pour le petit déjeuner. Leurs voix parviennent à Patsy quand ils se rapprochent.

« C'est quoi ce bordel ? Ce con part en vacances alors qu'il me doit de la thune ? »

Comme la femme avec qui elle parle, ce sont des Américains. Des Noirs américains. Cicely l'a mise en garde contre eux, disant qu'ils sont paresseux et vivent des aides sociales. « *Au lieu de travailler dur comme nous, ils attendent que ça leur tombe tout cuit dans le bec.* » Déconcertée par cette réflexion, Patsy s'est doutée qu'elle répétait simplement les paroles de Marcus. Car Cicely vient de Pennyfield – un endroit considéré par le gouvernement et le reste des Jamaïcains comme un cloaque infesté de parasites humains. À l'entendre, elle avait totalement oublié ce que ça fait d'être rejeté par ses propres compatriotes.

Du coin de l'œil, Patsy perçoit un mouvement rapide. La femme blanche vient de ramener subtilement devant elle son vieux sac à main en cuir, dont pourtant personne ne voudrait. Elle lance ensuite un regard en coin aux deux Noirs. Lorsqu'ils s'aperçoivent que Patsy les dévisage, chacun d'eux lui adresse un signe de tête. Patsy esquisse un faible sourire, incapable d'étirer les lèvres jusqu'au bout, car ses muscles faciaux sont raides de froid et de stupéfaction. Elle ne parvient pas non plus à baisser les yeux en même temps qu'eux.

Les deux hommes poursuivent leur chemin.

« Il paraît que c'est chouette, la Jamaïque. Un vrai paradis », dit la femme à côté d'elle, un peu trop fort.

Mais Patsy l'écoute à peine. Elle continue à suivre les deux hommes noirs du regard. Sont-ils contrariés qu'elle n'ait pas répondu à leur signe de tête ? Est-ce la façon dont ils communiquent entre eux ?

« Vous devriez y aller un jour, répond-elle à la femme qui cesse enfin de cramponner son sac. Ça vous plairait. »

Patsy ne sait pas très bien pourquoi elle a prononcé ces mots et le regrette aussitôt. Après tout, comment cette jeune Blanche qui semble avoir peur des hommes noirs s'en tirerait-elle dans un pays qui en est peuplé ?

Le bus arrive enfin. Repensant aux deux hommes qu'elle a croisés, Patsy adresse un signe de tête à la conductrice noire. Mais ses yeux tombants paraissent regarder ailleurs. La femme lisse les ondulations de sa coiffure en attendant que Patsy sorte de la monnaie de sa poche, la compte lentement et la glisse dans la machine. Elle demande ensuite un ticket de correspondance, comme elle a entendu Cicely le faire, à la conductrice visiblement impatiente, puis s'installe sur un siège près de la porte pour être sûre de ne pas rater son arrêt. La femme blanche se laisse tomber sur le siège voisin.

« Au fait, moi, c'est DJ !, lui hurle-t-elle quasiment à l'oreille, avant de tirer sur ses mitaines avec les dents et de fouiller dans son sac à dos, où se trouve un thermos.

— Comme les deux lettres ?, demande Patsy, consciente que les autres passagers lèvent la tête pour les regarder.

— Oui, ce sont les initiales de Deborah Jacob. »

Patsy, qui ne voit pas l'utilité de lui donner son nom entier, se contente de se présenter par son prénom.

« Vous n'avez pas froid dans ce blouson ?, s'écrie DJ. Il vous faut un manteau ! »

Patsy baisse les yeux vers la veste noire à grands rabats et fermeture que Cicely lui a dénichée dans une solderie appelée Filene's Basement. « *Te voilà cent pou cent américaine !* » lui a-t-elle fait remarquer quand elle l'a essayée. Elle aurait pu préciser que ce vêtement n'était pas adapté à toutes les saisons. Mais n'est-ce pas encore l'automne ?

« Cette veste ne vous protégera pas des coups de vent, lui explique DJ.

— Je n'ai pas les moyens de m'acheter un manteau pour le moment. Je dois d'abord trouver un travail.

— Vous cherchez dans quel secteur ? »

Patsy n'en a aucune idée. Elle a l'intention de proposer sa candidature un peu partout, à commencer par les magasins de Fulton Mall. Ensuite, elle tentera sa chance dans les restaurants. Patsy a conservé le CV que la jeune employée de Ray of Hope lui a remis il y a quelques semaines. Cependant, les deux cours d'économie qu'elle a suivis à l'Excelsior Community College n'y sont pas mentionnés. Elle commence à regretter de ne pas lui avoir demandé de les ajouter. Selon Cicely, cette formation était insuffisante en Amérique. Mais peut-être aurait-elle obtenu ce poste de nourrice si elle ne l'avait pas écoutée.

« Vous avez décroché des entretiens ?

— Pas encore.

— Essayez donc chez Macy's ! Ils ont toujours besoin de personnel à cette époque de l'année. D'après mon amie Rosita, ils n'arrêtent pas d'embaucher. Imaginez un peu, cette fille est bulgare, elle pourrait défiler pour Victoria's Secret, mais elle passe ses journées à plier des serviettes au rayon accessoires de salle de bains. Elle travaille chez Macy's depuis si longtemps qu'elle est même chargée de former les nouveaux employés. Franchement, ça ne doit pas être bien compliqué. C'est comme ça qu'elle a rencontré son petit ami, Lenny. Il venait à peine d'être embauché qu'ils ont commencé à se donner rendez-vous dans la réserve. Vous imaginez ? La réserve ! Depuis que je le sais, je lave toujours mes serviettes neuves. On ne sait jamais. »

Le regard dans le vague, DJ secoue la tête, comme si elle visualisait leurs parties de jambes en l'air sur un tas de serviettes moelleuses. Puis elle tourne la tête vers Patsy et lui lance un clin d'œil.

« À mon avis, vous maîtriseriez le pliage des serviettes en un rien de temps. C'est du tout cuit pour vous ! Je ne connais pas vraiment la Jamaïque, mais c'est sûrement le genre de trucs que les filles de chez vous apprennent toutes petites. »

DJ se lance ensuite dans un long monologue sur les meilleures lessives, mais Patsy ne l'écoute plus. La perspective d'un emploi chez Macy's l'enchante. Elle passe le reste du trajet à contempler les rues ensoleillées de Brooklyn et leurs nuances de rouge, de jaune et de brun chatoyantes. La ville s'anime différemment maintenant que Cicely n'est plus là pour lui dire quoi regarder toutes les deux secondes. L'arrivée de l'hiver modifie le décor dans lequel évoluent les passants noirs emmitouflés dans leurs manteaux, une écharpe sur le nez. Les immeubles en grès rouge s'alignent à perte de vue. Les vitrines des magasins couvertes de givre scintillent sous le ciel bleu. Patsy commence à sentir chez elle dans cette ville – les rues deviennent plus familières à mesure qu'elle mémorise leurs noms, et les gens paraissent moins intimidants. Elle observe deux femmes âgées qui montent dans le bus puis les écoute discuter de la météo. Les Américains, comme DJ et ces deux passagères, aiment parler de tout et de rien. Les choses du quotidien telles que le temps ou le retard d'un bus leur fournissent des sujets de conversation, les rapprochent. Ces deux femmes parlent fort, elles aussi. DJ tend la main au-dessus de la tête de Patsy et appuie sur un bouton jaune.

« Je descends au prochain arrêt ! Bonne chance pour vos recherches. C'était sympa de discuter avec vous.

— Merci », répond Patsy en lui faisant au revoir, soulagée de la voir partir.

Bien que le bavardage de DJ lui ait donné le tournis, elle se félicite de l'exploit qu'elle vient d'accomplir : c'était sa toute première conversation informelle avec une Américaine – une blanche, en plus. Patsy songe qu'il s'agit peut-être bien de son unique succès depuis son arrivée.

Comme sur Flatbush Avenue, Patsy a l'impression de se promener dans le centre-ville de Kingston lorsqu'elle arrive à Fulton Mall. Des hommes avec une espèce de torchon sur la tête récitent des versets de la Bible aux passants ; des femmes indiennes aux longues jupes lui tendent des publicités pour des salons de beauté ; des marchands africains lui proposent de jeter un œil à leurs dernières copies pirates ; un vendeur musulman d'encens et d'huiles lui assure qu'elle sentirait bien meilleur si elle essayait les parfums de sa confection ; des Noirs américains qui l'appellent *sister* lui tendent quelques livres de bibliothèque sur l'Égypte, l'Afrique, ainsi que l'autobiographie d'un bel homme noir à lunettes qui la regarde dans les yeux d'un air sévère, une main sur le menton et un doigt près de la paupière. Sur la couverture, il est écrit MALCOLM X en caractères gras. Les passants chaudement couverts se penchent sur les étals de bonnets de laine et d'écharpes, de lunettes de soleil, de bijoux et de montres.

Depuis qu'elle est dehors, Patsy prend cruellement conscience de la légèreté de son blouson. Elle enfonce les mains dans les poches dans l'espoir de se réchauffer. Tous les magasins de la rue semblent s'être donné pour mission de l'aider à faire des économies : AFFAIRE EN OR ! DERNIER JOUR DES SOLDES ! PLUS DE CHOIX À L'INTÉRIEUR ! TOUT À 5 $! POURQUOI ATTENDRE LE *BLACK FRIDAY* ? Des Africains en manteaux épais invitent les piétons à entrer dans leurs boutiques puis leur font signe d'examiner leurs collections hivernales de chemises, de robes, de chaussures, de chapeaux et de bijoux. Des mannequins sans tête installés dans une vitrine sont enveloppés dans des manteaux de fourrure et des blousons en cuir. Le mot NEUF est inscrit en gros caractères rouges sur des étiquettes orange vif collées aux vestes les plus chères. Patsy réalise qu'elle va continuer à se geler jusqu'à ce qu'elle obtienne son premier salaire.

« Venez essayer ! » lui lance un homme aux longues dreadlocks enroulées en forme de toque sur sa tête.

Patsy s'immobilise. L'espace d'un instant, elle croit voir Ras Norbert affublé d'un blouson et d'une écharpe, les lèvres gercées par le froid. Une soudaine chaleur l'enveloppe quand elle reconnaît ce visage familier. Elle retient un rire surpris, tandis que ses yeux se voilent de larmes.

« J'ai le manteau de fourrure qu'il vous faut », dit le vendeur.

Patsy cligne des yeux. Le brouillard s'estompe. Cet homme n'est pas Ras Norbert.

Le magasin Macy's paraît très calme par rapport aux rues bondées. Il y a beaucoup de monde à l'intérieur, mais pas autant que dehors – il faut dire que les prix sont bien plus élevés ici qu'ailleurs. Un air de musique classique accompagne les clients dans les allées du grand magasin bien éclairé. Bien qu'on ne soit qu'en octobre, un sapin de Noël est déjà installé, et des flocons de neige saupoudrés de paillettes dorées et argentées pendent au plafond. Les rayons sentent bon le neuf. Patsy observe l'élégant maintien du personnel, qui ne lui adresse pas un regard, tandis qu'elle se promène dans le magasin. Dans leurs costumes noirs ornés d'un badge doré, les employés semblent dépasser tous les clients d'au moins une tête. Patsy inspire à fond et se dirige vers un vendeur au style impeccable qui tient la caisse près d'une vitrine de bijoux. À en juger par son costume sur-mesure, cet homme au teint caramel brûlé est probablement le chef du rayon.

« Excusez-moi », murmure-t-elle, de peur de troubler la musique d'ambiance.

Voyant sa tête chauve se redresser, elle poursuit :

« Je cherche du travail. »

Le vendeur la dévisage en battant de ses longs cils.

« Je vous demande pardon ?

— Je cherche du travail.

— Il faut vous présenter au bureau des RH, madame. C'est en bas. »

Tel un agent de la circulation, il lève un bras et lance : « Ascenseur de droite ! »

Patsy a bien envie de lui répondre qu'elle n'est ni sourde ni stupide. Mais ça ne servirait à rien. Elle le remercie puis se dirige vers l'ascenseur. Devant la porte, une femme noire d'âge mûr qui ressemble à s'y méprendre aux placeuses de l'église de manman G la salue, lui tend un formulaire et lui demande de le remplir intégralement. Mais arrivée à la case du numéro de sécurité sociale, Patsy sent des gouttes de sueur perler sur sa peau. Elle rend le formulaire à la femme sans la regarder, sort dans le froid malveillant et sent presque ses paumes glacées pousser sur son dos, déterminées à la chasser du pays.

15

Les jours passent et personne ne l'appelle. Patsy a pourtant fait le tour des magasins et restaurants de Brooklyn susceptibles d'embaucher, dont cinq appartiennent à la chaîne Golden Krust, ces fast-foods où des femmes jamaïcaines au visage fermé et au regard timide prennent les commandes derrière des comptoirs vitrés et remplissent les assiettes de grosses louches de riz aux haricots rouges, d'émincé de chou aux carottes, de ragoût de queue de bœuf, de cari de chèvre ou de poulet, de ragoût de poulet brun et de soupe du jour. Elles doivent être des millions comme Patsy à chercher ce genre d'emploi dans les environs, car les gérants de Golden Krust lui répondent sans arrêt de repasser la semaine suivante, et quand elle revient, les postes sont déjà pourvus.

« Je peux faire la plonge, misyé, a-t-elle assuré à un responsable qui la regardait en mâchant un cure-dents. Je peux même faire le ménage… Tout ce que vous voudrez.

— L'équipe est au complet ! » a-t-il fini par vociférer.

Arrivée à une intersection très fréquentée, Patsy repère une mère et sa fille qui attendent que le feu passe au rouge. Visiblement, la mère fait des recommandations à la fillette habillée en rose qui la tient par la main. Il lui est difficile de ne pas les regarder. L'air se raréfie et le temps s'arrête – Patsy flotte dans une bulle imperméable aux bruits extérieurs. *Tru.*

Elle expire. Le froid glacial transforme son souffle en un nuage blanc qui s'éloigne de ses lèvres puis disparaît. Depuis un moment déjà, la mère et sa fille ont traversé la rue et se dirigent vers une rangée de maisons, mais Patsy reste plantée sur le trottoir, perdue.

Il ne lui reste à présent que vingt dollars qu'elle s'efforce de dépenser au compte-gouttes. Il lui arrive de sortir sans manger afin de pouvoir s'acheter un ticket de bus. Quand elle n'y tient plus, Patsy attend que Beverly et son fils s'absentent pour grappiller dans le réfrigérateur – des tranches de fromage, quelques grains de raisin, une orange, un fond de lait pour accompagner une poignée de Cheerios. Elle doit maintenant payer son loyer, mais n'a décroché aucune promesse d'embauche. À chaque fois qu'elle est tentée d'appeler Cicely, sa fierté reprend le dessus et l'envie lui passe. Patsy pense aussi à Ducky. Jadis, elle s'extasiait devant les photos qu'il envoyait à sa mère, mademoiselle Henrietta, lorsqu'elle les faisait circuler à l'église. La vieille femme montrait à tout le monde – même au pasteur Kirby – la photo de son fils en costume devant un immeuble de la Bank of America, le visage grassouillet et souriant, les bras croisés sur son ventre bien nourri ; sur une autre, il posait devant une Mercedes-Benz ; sur une autre encore, il se trouvait sur une belle pelouse verte devant une maison à étage. « *Cette Henrietta, elle se croit meilleure que tout le monde*, râlait manman G. *Pourquoi elle remplit pas la corbeille de la quête avec les sous qu'elle prétend recevoir de cet affreux garçon noir comme du charbon ?* » Voyant la jalousie creuser les plis de son front, Patsy était impatiente de prouver à sa mère qu'elle aussi serait un jour capable d'accomplir des tas de choses en Amérique – de terminer ses études, de trouver du travail dans une banque où elle serait chargée de remplir des feuilles de calcul sur ordinateur. Mais si elle avait su tout ce qu'elle sait maintenant sur les États-Unis et sur les obstacles qu'y rencontrent les étrangers sans visa de travail, elle ne serait pas partie. Ou peut-être que si. Il doit bien exister un moyen de sortir de cette ornière.

Patsy enfile tous les pulls qu'elle possède, puis son léger blouson, et ressort, plus déterminée que jamais à trouver un emploi.

« Je cherche du travail », dit-elle au propriétaire enveloppé d'un magasin de meubles qui la regarde en fronçant ses gros sourcils.

C'est un de ces Indiens à la peau noire comme Patsy en apercevait à Kingston, accroupis derrière des montagnes de fruits et de légumes au marché. À l'époque, la vue de ces visages noirs encadrés de beaux cheveux de coolie lui inspirait un vrai sentiment de gâchis. Bien qu'il se trouve dans une avenue passagère, son magasin est désert.

« Du travail ? » répète-t-il.

Patsy remarque son regard posé sur sa poitrine et commence à regretter de s'être adressée à lui. Seulement, c'est peut-être la personne qui va enfin lui offrir un emploi.

« Oui, misyé. N'importe lequel.

— Qu'est-ce que vous savez faire ? »

Patsy réfléchit un instant.

« Vendre des meubles. »

L'homme rit de toutes ses dents jaunes.

« D'accord, d'accord. Mais quelles sont vos compétences ? »

Il hausse ses gros sourcils d'un air suggestif.

« Laissez-moi vous prouver que j'en suis capable », répond Patsy en ignorant son regard.

L'homme hésite une seconde.

« Très bien, faisons un essai. Vous allez vous placer devant le magasin et convaincre les passants d'acheter des meubles. Je vous paye dix dollars pour chaque client qui entre. Marché conclu ? »

À en juger par son rictus, il ne croit pas une seconde que Patsy a ses chances. Mais elle est si heureuse qu'elle accepte son offre. Et la voilà bientôt qui fait les cent pas dans le froid, munie d'un écriteau annonçant : Magasin de meubles Roman : les meilleures affaires sur terre. Contrainte de mettre sa fierté de côté, Patsy lève le panneau assez haut pour que les passants le voient. S'ils savaient qu'elle a besoin de leur aide pour manger ce soir !

« Par ici les bonnes affaires, messieurs-dames ! » lance-t-elle à chaque passant.

Si ses anciennes collègues du ministère ou n'importe laquelle de ses connaissances la voyaient maintenant en train de défiler avec un écriteau pour gagner sa vie, elles rigoleraient bien. Un mélange de honte, de colère et de chagrin s'empare de Patsy, mais elle le réprime avec détermination.

« Bonnes affaires ! Venez faire de bonnes affaires ! » crie-t-elle par-dessus le bruit de la rue.

Une femme latino-américaine qui se promène avec ses trois enfants lui sourit poliment et s'éloigne. Un homme noir appuyé sur une canne ralentit puis passe son chemin. À l'intérieur du magasin, le propriétaire l'observe, accoudé au comptoir.

« Bonnes affaires ! Venez faire de bonnes affaires ! »

À chaque fois qu'une personne passe devant elle sans s'arrêter, Patsy sent des larmes de désespoir lui picoter les yeux. Elle bat des paupières pour se débarrasser de ce voile humide et prend presque un ton suppliant quand elle interpelle un jeune couple qui se tient par la main.

« Vous trouverez tout ce qu'il vous faut pour votre nouvelle maison. »

Un immense soulagement l'envahit lorsqu'ils se regardent, haussent les épaules puis entrent dans le magasin. Vingt dollars, calcule Patsy. Ce couple semble avoir fait sauter une barrière invisible, car deux autres personnes pénètrent bientôt dans le magasin. Quarante dollars. Le froid lui donne envie de faire pipi, mais elle s'efforce de ne pas y penser. Si elle s'offre une pause, des clients potentiels risquent de lui passer sous le nez. Une femme promenant un bébé dans une poussette passe à côté d'elle.

« Bonnes affaires ! Nous avons même du mobilier pour enfant ! »

La femme s'arrête.

« Vous vendez des lits à barreaux ? »

Lorsque Patsy lui répond par l'affirmative, elle entre dans le magasin. Cinquante dollars. Voyant approcher un homme en costume-cravate, Patsy lance :

« Pas cher, pas cher le mobilier de bureau ! »

Le passant franchit la porte de la boutique, et la voici à soixante dollars.

Quatre heures plus tard, Patsy atteint les cent dollars.

« Vous êtes une vraie pro », constate le propriétaire en lui remettant une liasse de billets à la fin de la journée.

Remarquant qu'il y manque quarante dollars, Patsy fronce les sourcils.

« Vous aviez dit dix dollars par client. J'ai gagné plus que ça. »

Le sourire aux dents jaunes reparaît.

« Petite futée, va. Tu devrais t'estimer heureuse que je tienne parole. »

À nouveau, l'homme lui lance un sourire rusé. Puis il pose un billet de vingt dollars sur le comptoir et plaque la main sur la sienne au moment où elle le prend.

« Tu en veux plus ? Si tu travailles encore un peu pour moi, je te donne les vingt restants et une prime », dit-il en lui lançant un clin d'œil.

Patsy empoche le billet et s'éloigne, bien décidée à ne plus jamais mettre les pieds dans ce magasin.

Quelques jours plus tard, à court d'argent et sans la moindre perspective d'emploi, elle commence à regretter d'avoir refusé l'offre de l'homme. Alors qu'elle se brosse les dents avant d'aller se coucher, Patsy se surprend à se demander à combien s'élevait cette prime. Elle repense à ses sourcils qui se rejoignent, à son gros ventre rond, et frissonne en s'imaginant coucher avec lui ou lui faire une fellation. Elle crache dans le lavabo puis se rince la bouche. Recroquevillée dans son lit, le cœur serré, elle voit sa petite culotte tomber sur ses chevilles dans l'arrière-boutique et deux mains crasseuses cramponner ses hanches. Contre toute attente, le désir surgit en elle, se répand dans son bas-ventre et détend ses muscles. *Pourquoi pas ?*, se dit-elle. *Ça ne mange pas de pain, après tout.*

Ses pensées sont brusquement interrompues lorsqu'on frappe à la porte. Patsy se lève pour ouvrir et trouve Beverly sur le palier, le visage encore plus pâle que la veille, la tête couverte de bigoudis.

« Quelqu'un a laissé ce message pou vous aujourd'hui. »

Elle tend une main quatre tons plus foncés que son visage couleur saumon et lui remet un morceau de papier plié. Tandis que lui apparaît le visage de Cicely, Patsy sent son cœur battre plus vite et son corps se réchauffer. Au lieu de redescendre l'escalier, Beverly la regarde fixement, les bras croisés sur la poitrine.

« Je vous ai déjà dit que vous étiez pas à l'hôtel ici. Je suis ni votre secrétaire ni la concierge. Je fais le ménage chez des personnes âgées à Coney Island pou gagner ma vie. Ça paye au moins mon hypothèque. Je m'attendais pas à tomber sur une locataire qui profiterait de ma gentillesse en distribuant mon numéro à tout le monde et qui aurait le culot de pas payer son loyer. »

Beverly décroise les bras et pose les mains sur les hanches.

« Où est mon argent ?

— Je vous promets que je vous paierai d'ici la fin de la semaine, répond Patsy en faisant de son mieux pour prendre un air navré.

— Je veux de l'argent, pas des promesses.

— Je comprends. Je vous le remettrai en fin de semaine. S'il vous plaît… Faites-moi confiance. »

Beverly regarde Patsy de la tête aux pieds puis lui lance un regard furieux, avant de tourner les talons sans refermer la porte. Patsy la pousse doucement et s'y appuie un instant en inspirant profondément. Puis elle expire et se dirige à pas lents vers le lit. Elle y reste assise un moment à triturer le papier entre ses doigts. Patsy espère de tout son cœur que c'est un message de Cicely, l'informant qu'elle lui a pardonné, qu'elle souhaite la rencontrer pour qu'elles puissent parler. Lentement, elle déplie le bout de papier. Le nom de Peta-Gaye est griffonné au-dessus d'un numéro de téléphone. Patsy fronce les sourcils. *Peta-Gaye ?* Mais qui est-ce ? Elle repense alors à l'annonce qu'elle avait repérée à son arrivée chez Beverly dans le journal laissé sur la véranda il y a plusieurs semaines. Le propriétaire du restaurant jamaïcain Peta-Gaye qui se trouvait dans un quartier appelé Tribeca cherchait une préposée aux toilettes. Son regard s'était arrêté sur le mot *jamaïcain* – celui-ci avait instantanément fait réapparaître les montagnes bleues et les collines verdoyantes ; l'haleine parfumée au rhum des joueurs de dominos devant le Pete's Bar ; leurs rires et bavardages aussi imprévisibles que les gémissements d'extase de la mer au crépuscule, les soirs de pleine lune, et aussi bruyants que le chant du coq de monsieur Belnavis à l'aube ou que les « Croyez-le ou pas ! » de Ras Norbert au sujet de l'or qui dormait sous leur nez.

16

Le restaurant, apprend-elle rapidement, appartient à un Blanc venu du Québec, Bernie, qui a eu un jour « *l'idée géniale* » d'ouvrir un restaurant jamaïcain après son seul et unique voyage sur l'île. Voilà ce qu'il lui raconte, les bras croisés derrière la tête, une cheville posée sur un genou. Assise de l'autre côté de la table, Patsy aperçoit ses tennis blanches en piteux état. Bernie lui révèle ensuite que le restaurant porte le nom de la cuisinière de la villa où il logeait sur la côte nord. Il est difficile de lui donner un âge. Cet homme, dont la tête est couverte de dreadlocks blondes emmêlées, ressemble moins au patron d'un restaurant qu'à un sans-abri. Dans son jean délavé et son T-shirt noir décoloré sur lequel les lettres ACDC sont séparées par un éclair, Patsy le verrait mieux grattant une guitare sur un trottoir.

C'est l'heure du déjeuner, mais les clients ne sont pas nombreux. Sur les tables en bambou éclairées d'une bougie, sont disposés des sets bordeaux, des verres en cristal et des couverts bien alignés. Quelques chaises assorties sont rangées le long du bar censé ressembler à une paillote. Un morceau de reggae fait office de musique d'ambiance. Trois serveurs – de jeunes étudiants, tous américains – répondent aux besoins des clients avec un enthousiasme forcé. Patsy devine leur manque de naturel à la cadence faussement décontractée de leurs paroles. Le barman, seul employé à avoir l'air jamaïcain, est occupé à essuyer des verres et à ranger ses bouteilles d'alcool. Les deux hôtesses pourraient facilement passer pour des top-modèles africaines. L'une d'elles adresse un clin d'œil et un signe de la main à Bernie. Les deux jeunes femmes accueillent avec le sourire les clients majoritairement blancs qui ont sans doute lu en passant la critique du restaurant, l'œil attiré par son titre : LA CUISINE JAMAÏCAINE PEUT DIRE MERCI AU CHEF BERNARD NEWTON. Le texte est illustré d'un portrait de Bernie en toque et veste blanche qui croise les bras comme s'il se prenait pour Mister T. L'article a été encadré puis fixé sur la porte d'entrée à côté d'une photo de Bob Marley.

« Vous ne le trouvez pas génial ? »

Bernie a dû croire qu'elle contemplait le portrait du chanteur aux longues dreadlocks qui n'ont assurément rien à voir avec les queues de chat mouillées qu'il a sur la tête.

« Mon but est de rendre la cuisine jamaïcaine aussi populaire qu'il a rendu le reggae », explique-t-il.

Patsy ne réagit pas immédiatement. Elle n'a pas le courage de l'interroger sur ce qu'il sait de la cuisine de son pays, et encore moins sur la façon dont il compte la populariser. Elle ne tient pas non plus à le décevoir en lui révélant qu'elle n'est pas fan de Bob Marley ; que sa musique était interdite chez elle ; qu'elle préfère écouter Peter Tosh puisque, d'après tonton Curtis, c'est lui qui a écrit la majeure partie des paroles des chansons de Bob. Patsy trouve injuste que Peter soit le moins connu des deux. Ainsi va la vie – certaines personnes reçoivent toute la lumière des projecteurs, tandis que les autres sont condamnées à rester dans l'ombre.

Patsy s'efforce de sourire et hoche la tête. De l'endroit où elle est assise, elle peut observer le travail du personnel. Quelle idée d'embaucher des Mexicains pour recréer les recettes de Peta-Gaye... Patsy se doute bien qu'il n'en existe aucune trace écrite, puisque la plupart des Jamaïcains ne mesurent jamais les ingrédients. Pourquoi prendre cette peine quand on peut goûter une sauce au creux de sa paume pour vérifier s'il faut y ajouter du sel, du poivre ou de la farine ?

Elle écoute ensuite Bernie lui décrire le poste de préposée aux toilettes.

« Votre travail consistera à vous occuper des clients comme Peta-Gaye s'occupait de ma famille et moi quand nous logions à la villa – avec soin, attention et bonne humeur. Vous veillerez à ce que les toilettes restent propres et accueillantes. On dit souvent qu'on reconnaît un bon restaurant à la qualité de sa cuisine et de son service, mais d'après moi, ce sont les toilettes qui font pencher la balance – les clients sont sensibles à leur propreté. Si le sol brille au point qu'on pourrait le lécher, ils n'auront aucun doute sur l'hygiène de la cuisine. »

Patsy hoche la tête à la fin de chaque phrase, mais grimace intérieurement en s'imaginant lécher le sol des toilettes – qu'il soit propre ou non.

« Peta-Gaye est un des meilleurs restaurants jamaïcains du Grand New York », déclare Bernie avant de lui adresser un sourire éclatant de blancheur.

Lorsqu'il glisse une de ses queues de chat mouillé derrière son oreille, ses deux bracelets en platine réfléchissent la lumière naturelle filtrée par les bambous en pots.

« Nous avons ouvert il y a deux ans. Le maire et sa femme viennent très souvent, ajoute-t-il, ses yeux noisette brillants de fierté. Quand on a de tels clients, on fait en sorte de leur fournir un service irréprochable. »

Bernie dévisage Patsy, l'air d'attendre une réaction de sa part.

« Le confort des gens, c'est une priorité pou moi, misyé. »

Un sourire éclaire le visage du chef.

« Vous me rappelez tellement Peta-Gaye. Votre accent, votre physique, vos manières. À mon avis, vous ferez parfaitement l'affaire. Bienvenue dans la famille, Patsy. »

Lorsque Bernie lui tend la main au-dessus de la table, Patsy la regarde fixement avant de la lui serrer. C'est la première fois qu'elle donne une poignée de main à quelqu'un. Qui aurait pu imaginer que cela arriverait avec un homme blanc qui prétend mieux connaître la cuisine jamaïcaine que les Jamaïcains eux-mêmes ? Patsy regrette de ne pas pouvoir raconter cette anecdote à Cicely. Ni lui parler de la nourriture que Bernie lui fait généreusement goûter – un cari de saumon (depuis quand est-ce un plat jamaïcain ?) et de la queue de bœuf nageant dans un ragoût sans haricots blancs (du jamais vu). Elle finit par recracher la viande caoutchouteuse dans une serviette, et le cari de saumon lui donne plus tard une sévère diarrhée. *Si seulement ses clients savaient qu'y se font avoir*, songe-t-elle. Et cette pauvre Peta-Gaye qui ignore qu'on se sert de son nom de l'autre côté de l'océan pour vendre de la nourriture médiocre – si la nouvelle se répandait, sa grand-mère se retournerait sûrement dans sa tombe.

17

Il faut un certain temps à Patsy pour s'habituer à son nouveau travail. Le premier soir où on la laisse nettoyer seule les toilettes, elle regarde fixement le carrelage puis les cuvettes souillées, tandis qu'un robinet goutte au-dessus du lavabo, et peine à croire que c'est à ça que ressemble maintenant sa vie. Le pire, c'est que les cabines n'ont pas de poubelle. Et bien qu'un écriteau demande à la clientèle de ne jeter ni papier essuie-main ni protections hygiéniques dans les toilettes, celles-ci sont sans arrêt bouchées. Patsy se retient de pleurer la première fois qu'elle aperçoit le sang des serviettes et tampons qu'elle doit retirer. Elle pense aux belles femmes qui retouchent leur rouge à lèvres et se poudrent le nez devant le miroir chaque soir, incapable de croire qu'elles sont capables de se montrer aussi négligentes. Elle doit plonger plusieurs fois la main dans la cuvette pour en extraire des serviettes presque désintégrées, chacune plus répugnante que la précédente.

En Jamaïque, ce métier est le plus bas qu'on puisse trouver. Patsy se demande pourquoi nombre de ses compatriotes viennent dans ce pays si c'est tout le travail qu'on leur propose. Jamais elle n'a entendu dire qu'un ancien habitant de Pennyfield avait été embauché pour nettoyer des toilettes et distribuer des feuilles d'essuie-main.

Mais elle sait qu'elle n'a pas le choix : si elle quitte cet emploi, elle n'aura plus qu'à coucher avec le patron du magasin de meubles. Alan, le gérant du restaurant, est un homme noir. C'est sans doute un Afro-Américain, car il n'a aucun accent. Il est très copain avec Bernie et ne parle qu'aux hôtesses, serveurs et barmen, jamais au petit personnel – plongeurs, aides-serveurs et femmes de ménage – à moins qu'il ait des ordres à lui donner. C'est ce qu'il a fait savoir à Patsy dès son premier jour quand elle l'a salué d'un jovial « *Bonsoir !* » et qu'il l'a ostensiblement ignorée. Patsy en a aussitôt conclu qu'elle n'avait nullement besoin d'être amie avec cet Alan au gros derrière. Quand il est debout, on ne voit que ses fesses rebondies, moulées dans un pantalon de couleur vive, qui l'obligent à marcher en canard. Il faut le voir balancer du popotin quand il se déplace ! Mais le plus problématique, ce n'est pas le postérieur féminin d'Alan, c'est la paye qu'il lui remet chaque semaine. La première fois qu'il lui tend son enveloppe, Patsy remarque qu'elle est considérablement plus mince qu'elle ne l'avait prévu.

« Je crois qu'y a une erreur, dit-elle, persuadée qu'Alan est mieux placé que quiconque pour comprendre son inquiétude.

— Je te demande pardon ? »

Le gérant fronce ses sourcils méticuleusement épilés, une tâche qu'il confie sans doute à l'une des femmes indiennes distribuant des brochures à Fulton Mall, et prend l'air d'une personne qui n'a jamais connu la galère. Son étonnement paraît presque sincère quand il la dévisage de ses yeux d'onyx qui brillent d'une curiosité puérile. Après tout, que peut-on attendre de la part d'un homme aux longs doigts efféminés dont la chair rose paraît aussi délicate et dont les ongles soigneusement limés n'ont jamais été salis ?

« Y manque deux dollars cinquante-huit par rapport à ce que Bernie m'avait promis. »

Alan semble un peu surpris par ses rapides calculs. Patsy revoit aussitôt la principale du lycée qui n'arrivait pas à croire qu'elle avait réalisé un sans-faute à l'examen de maths du CXC. Il se penche très légèrement pour regarder les quelques billets de vingt dollars dans sa main, puis hausse les épaules.

« Il faut voir ça avec Bernie. Je suis toutefois certain que ce n'est pas une erreur. Le montant est plus élevé quand on est payé au noir. Mais c'est mieux que rien. »

Patsy réalise qu'elle devra se contenter de cette paye. Et bien qu'elle en veuille à Alan pour son indifférence, elle sait qu'il a raison – c'est toujours ça de pris. Il lui paraît soudain évident qu'elle va devoir trouver un deuxième travail ; et plus évident encore qu'elle aura besoin de papiers si elle veut survivre en Amérique.

Patsy maîtrise rapidement l'art de se rendre invisible. Elle observe discrètement les clientes tandis qu'elles s'examinent dans le miroir en se lavant les mains et écoute leurs bavardages et leurs rires qui se répandent dans l'air comme l'odeur de l'eau de Javel. Elle apprend les détails des vies intimes de ces femmes blanches bien habillées qui se parlent d'une cabine à l'autre sans prendre la peine de chuchoter. La plupart, découvre-t-elle, se trouvent trop grosses. Ce qui explique sans doute pourquoi le wrap kale-akée – autre entrée dont Patsy ignorait l'existence et que la vraie Peta-Gaye n'a sûrement jamais préparée – est le plat le plus populaire du menu. Même les femmes maigrelettes à qui elle aurait bien envie de servir une pleine assiette de queue de bœuf s'enfoncent les doigts dans la gorge au-dessus des toilettes en pensant qu'elle ne les entend pas ; ou peut-être qu'elles s'en moquent. Après tout, Patsy ne sait pas si elles se font vomir pour rester minces ou parce qu'elles trouvent la cuisine dégoûtante.

Certaines ne semblent bien dans leur peau qu'après s'être poudré maintes fois le nez. Quelques-unes finissent par briser la glace et lui demandent de l'aide pour remonter une fermeture, rentrer un pan de chemisier, boutonner une veste ou éliminer une tache sur un vêtement. D'autres lui confient des choses qui, juge-t-elle, ne la regardent nullement – telle cette femme aux longs cheveux foncés coiffée comme Cher invitée à dîner par un inconnu avec qui voulait la caser sa cousine. « *J'espère qu'il ne me trouve pas trop vieille ou moins jolie que prévu.* »

Un autre soir, une cliente éclata en sanglots et lui révéla que son mari venait de lui annoncer qu'il voulait divorcer. « *Chuuut*, dit Patsy par-dessus ses reniflements en lui tendant une feuille d'essuie-main. *Ça va aller. Tout va bien se passer.* » Plus tard, tandis que le dîner se poursuivait sur un air de Bob Marley, elle se demanda si elle avait prononcé ces mots machinalement ou si elle pensait vraiment que cette femme allait s'en remettre. Elle aurait bien aimé qu'on la console ainsi, elle aussi.

Chaque soir, Patsy observe ces femmes du coin de l'œil, à la fois respectueuse, fascinée par leurs manières de se pomponner et étrangement envieuse. Car, en un sens, même si elle doit nettoyer derrière elles et leur prodiguer savon, crème pour les mains et flatteries, il est incontestable que ces Américaines sont de vraies femmes. Il suffit de les voir rejeter leurs longs cheveux sur leur dos et défiler dans les robes les plus élégantes, courtes et décolletées. Leur couleur de peau à elles n'est jamais considérée comme un handicap ; elle leur garantit une place partout dans le monde. Devant elles, les portes s'ouvrent et les sièges se libèrent. Les cheveux de ces femmes rappellent à Patsy les poupées que manman G ne pouvait pas lui offrir à Noël, celles que possédaient les enfants des quartiers résidentiels dont elle s'occupait avec affection. Quand les fillettes devenaient trop grandes pour jouer avec, il arrivait que ces poupées reviennent à Patsy. Comme elle les chérissait ! Comme elle les aimait et prenait soin d'elle ! Mais c'était avant qu'elle ne rencontre Cicely.

Fionna, l'autre préposée aux toilettes qui travaille le week-end, est la seule de ses collègues avec qui parle Patsy. C'est une Trinidadienne menue aux cheveux courts qui, comme elle, approche de la trentaine. Cette femme à la peau arachide est si polie qu'elle remercie même les clientes qui ne lui laissent aucun pourboire.

« Toutes les fanm de ce pays rêvent d'être maigres », songe Patsy à voix haute, tout en empilant les rouleaux blancs de serviettes chaudes sur le comptoir en marbre, à côté du pot en céramique doré où pousse un eucalyptus.

Sous les deux miroirs oblongs, des bougies parfumées brillent le long du large lavabo équipé de deux élégants robinets tubulaires en cuivre. Patsy et Fionna sont chargées d'actionner le levier du mitigeur lorsque les clientes se lavent les mains, puis de leur proposer une serviette chaude.

Fionna rit de son côté du lavabo.

« Elles sont comme ça, les Américaines, ma chère. Obsédées par leur poids. À force de maigrir, elles vont finir par disparaître.

— Avec tout ce mangé à leur portée ? »

Patsy secoue la tête, incapable de comprendre qu'on puisse se permettre un tel gâchis.

« Pourquoi s'affamer quand on a de quoi se remplir le ventre ? »

Voilà ce qu'elle adore en Amérique : n'importe qui peut se gaver de pizzas, de hamburgers, s'empiffrer aux buffets à volonté et s'offrir, pour un dollar quatre-vingt-dix-neuf, des plats qui seraient considérés comme des mets exotiques au pays, de la cuisine réservée aux gens des collines. À présent, Patsy ne peut plus s'en passer.

« C'est pasque les boug d'ici aiment les fanm maigres, explique Fionna en allumant les bougies parfumées sous le miroir, avant de baisser légèrement la lumière du plafonnier, ce qui intensifie le vert émeraude des bambous du papier peint. Y a que les grandes perches qui plaisent aux Américains. Ils aiment pas du tout la viande. Juste les os.

— Mais quel boug a envie d'une fanm qui risque de se casser en deux ? »

Fionna pose les mains sur les hanches.

« Désolée, mais moi, je suis mince et ça m'empêche pas d'être souple. Y peut me faire tout ce qu'y veut. »

Fionna se couvre la bouche, légèrement embarrassée par son indécence. La soudaine pudeur de sa collègue fait rire Patsy, qui l'aime encore plus lorsqu'elle joue les effrontées.

« Enfin, les gens sont vraiment gentils dans ce pays.

— Tu devrais te méfier. Ceux qui te sourient sont tout à fait capables de te planter un couteau dans le dos. Avant je travaillais dans les toilettes d'un autre restaurant. Et tu veux savoir ce qui s'est passé ? J'ai été virée du jour au lendemain. Un soir, mon gérant m'a prise à part pou me dire qu'une cliente s'était plainte de mon travail. J'ai fini par apprendre que c'était une des fanm que je trouvais les plus gentilles. Elle me donnait de bons pourboires, me complimentait sur ma coiffure, tout ça. Eh bien, elle a même pas été capable de me dire en face ce qui lui déplaisait. Il a fallu qu'elle aille me dénoncer au gérant. C'est pou ça que je suis pas tellement à l'aise avec les Américains. Je dis pas qu'on peut pas discuter avec eux, mais y sont bizarres. Garde tes pensées pou toi, ne cherche pas à alimenter la conversation.

— Et Alan alors, c'est quoi son problème ?

— Alana, tu veux dire ? » ricane Fionna.

Patsy pouffe de rire.

« Pourquoi il est aussi coincé ?

— Voilà ce qui arrive aux gens qui oublient d'où y viennent, ma fi.

— Comment ça ?

— T'as pas remarqué ?

— Quoi don ?

— Il est jamaïcain.

— Jamaïcain ? Alan ? Arrête !

— Va lui demander si tu me crois pas.

— On est pas assez proches pou ça.

— Complimente-la sur sa tenue et Alana t'adorera. »

Incapables de se contenir, Fionna et Patsy éclatent de rire. Elles ne tardent cependant pas à se ressaisir, car une femme d'âge mûr aux cheveux roux vient d'entrer dans les toilettes.

Patsy et Fionna se lient rapidement d'amitié. Une fois partagés les pourboires du bocal à la fin de la soirée, il leur arrive de se servir de cet argent pour aller dîner dans un petit restaurant bon marché qui se trouve dans la même rue que Peta-Gaye, bien que ses tables sentent le torchon humide, qu'il reste souvent des traces de rouge à lèvres sur les verres et les tasses, que ses couverts soient oxydés et que sa nourriture dégouline d'huile. Patsy et Fionna commencent par commander du thé pour soulager leurs ballonnements après des heures à travailler le ventre vide. Il est difficile de faire une pause quand le restaurant est bondé. Patsy remarque que Fionna rajoute elle aussi du sucre dans son thé afin de remplacer le lait concentré. Assise en face de sa nouvelle amie, elle se sent peu à peu redevenir elle-même grâce à tous ces points communs qui renforcent leur lien. Tout en dînant, elles se racontent leurs anciennes vies. Patsy omet cependant de mentionner Tru et le crime qu'elle a commis en l'abandonnant. Elle se convainc que toute vérité n'est pas bonne à dire, même si ce souvenir continue à la hanter

– certains jours plus que d'autres. Depuis qu'elle a commencé à travailler au restaurant, Patsy s'aperçoit que la majeure partie de son salaire sert à payer son hébergement. Même si elle avait l'intention d'envoyer de l'argent à Tru, ce serait impossible puisque Beverly a décidé d'augmenter le loyer.

Fionna aime lui raconter sa jeunesse dans une ville de Trinidad appelée Laventille où elle a grandi en regardant sa tante coudre des costumes de carnaval et ses oncles répéter pour le concours d'orchestres. Elle les revoit danser avec leurs voisins sur les pentes de la colline le jour du carnaval, puis pénétrer dans le parc de Savannah. À chaque fois que Fionna évoque ses souvenirs, son regard se voile. Elle promène sa fourchette huileuse dans son assiette et finit par la reposer.

« Y faut juste que je travaille plus dur, dit-elle. J'aimerais envoyer plein de jolies choses à ma famille. Je voudrais payer la scolarité de mes sœurs, envoyer des sous à ma mère pou qu'elle se fasse construire une nouvelle maison à Cascade, un des plus beaux endroits de Trinidad, et offrir à mon oncle une opération des yeux. Je ferai tout ça quand je gagnerai assez d'argent. Une fois, j'ai travaillé jour et nuit pendant une semaine pou payer les factures de ma mère et de mes sœurs. Je pouvais pas leur avouer que je gagnais une misère. C'était juste pou qu'elles puissent se dire que j'avais réussi.

— Et ça t'avance à quoi au juste ?, demande Patsy en mélangeant son thé avec une cuillère sale.

— À rien, répond Fionna, avant de poser sur elle ses yeux brun clair fatigués. À rien du tout. »

Ses derniers mots se perdent dans le bruit des bavardages autour d'elles.

18

Un soir, le plancher du grenier de Beverly finit par s'enfoncer et céder. Par chance, Patsy est absente quand cela arrive. En rentrant à la maison après sa journée de travail, elle remarque l'adhésif rouge qui barre le passage dans le couloir, ainsi que sa valise posée dans l'entrée. Beverly accepte de la laisser passer la nuit sur le canapé, mais ne lui donne que vingt-quatre heures pour trouver un nouveau logement.

Fionna propose à Patsy de l'héberger et de partager avec elle le lit de son minuscule studio à Brownsville. L'espace y est si limité qu'on ne peut y caser aucun meuble supplémentaire. Cette pièce servait probablement de dressing avant que le propriétaire ne la transforme en studio en fermant l'accès à la chambre avec laquelle elle communiquait et en perçant le mur opposé pour y ajouter une porte. Le premier soir, Patsy, qui n'avait encore jamais dormi dans le même lit qu'une femme, ne parvient pas à trouver le sommeil. Fionna et elle sont couchées côte à côte sans se toucher. Bien que cet arrangement ne soit pas le plus commode – Fionna ronfle et donne des petits coups de genoux à Patsy dans son sommeil –, toutes deux continuent à partager le lit les nuits suivantes.

Au bout d'un mois de vie commune, Patsy remarque que cette cohabitation commence à lui sembler naturelle.

Au Western Beef Supermarket où Fionna fait ses courses, elles guettent ensemble les promotions, veillent à choisir les boîtes familiales de Cornflakes et de biscuits, ainsi que les plus grands sachets de viande et de légumes congelés – les légumes frais sont plus chers et s'abîment trop vite. Patsy découvre que les supermarchés américains sont parfois traîtres : il est tentant d'acheter tous les articles portant l'étiquette PROMOTION, mais à la caisse, la note s'avère salée. Et comme elles sont toutes deux sans papiers, elles n'ont pas droit aux bons alimentaires ni à la moindre aide de l'État. Patsy et Fionna limitent donc au maximum leurs dépenses en achetant le strict nécessaire. Elles se servent à présent d'un pot de confiture vide pour conserver la petite monnaie dont elles ont besoin pour faire leur lessive à la laverie de l'autre côté de la rue – elles la faisaient séparément jusqu'à ce qu'un matin, Patsy trouve des vêtements de Fionna parmi les siens et décide de les laver quand même. L'avantage de partager le loyer, c'est que cela leur permet de s'offrir un petit plaisir de temps en temps, tel qu'aller voir un film ensemble, commander un cappuccino au café à côté de leur travail ou passer les rayons de Goodwill au peigne fin dans l'espoir d'y trouver des vêtements d'occasion dans leurs prix – encore une chose que Patsy n'aurait jamais imaginé faire un jour. En Jamaïque, même les pauvres préféreraient mourir plutôt que de porter des vêtements d'occasion. Ils sont parfois prêts à se priver de nourriture ou à reporter le paiement de leur loyer, voire, dans les cas extrêmes, de la scolarité de leurs enfants, pour s'acheter une jolie robe ou un costume qu'ils porteront à l'église ou au bal. Les femmes qui habitent de l'autre côté du ravin, dans les quartiers pauvres de Garrick's Lane et de Cooper Lane, font toujours leur possible pour se rendre aux bals dans de magnifiques tenues, alors que leurs gamins morveux et échevelés se promènent partout à moitié nus. Au magasin Goodwill, Patsy s'étonne souvent du bon état des vêtements : pas un bouton ne manque aux chemisiers, certaines jupes en polyester ne montrent aucune trace d'usure et les chaussures ont encore leurs semelles.

« Comment ça se fait que les Américains jettent toutes ces belles choses ? » murmure-t-elle.

Un jour, Fionna rentre au studio avec une petite table ronde en Formica.

« Regarde ce que j'ai trouvé ! Les gens d'ici ont vraiment pas peur de gaspiller ! »

Elle raconte à Patsy qu'elle a également trouvé leur matelas dans la rue, appuyé contre un arbre, en parfait état.

Fionna a un petit ami, Alrick, qui a grandi avec elle à Laventille. Ne pouvant supporter de vivre séparément, l'un a rejoint l'autre aux États-Unis. Comme Fionna est catholique, ils s'abstiendront d'habiter ensemble tant qu'ils ne seront pas mariés – c'est du moins ce qu'elle affirme. Alrick exerce le métier de mécanicien et habite avec quatre autres hommes dans un sous-sol à Sunset Park. Il refuse toujours d'emmener Fionna chez lui à cause de ses colocataires – une femme au milieu de tous ces hommes entassés dans un si petit espace ? Un soir où elle écoutait la radio au lit, Fionna est rentrée de son travail accompagnée d'Alrick et Patsy a finalement pu faire sa connaissance. Depuis, il passe fréquemment les voir. Patsy ne dit rien, mais elle trouve que cet homme au corps d'haltérophile a le sourire d'un méchant de dessin animé.

Sa présence presque constante ne semble pas déranger Fionna. Parfois, tous trois commandent des plats chinois et regardent les films qu'Alrick achète aux vendeurs à la sauvette de la 125e Rue près de son travail à Harlem : *Fight Club*, *Sleepy Hollow*, *Sixième Sens* – des films qui effraient tant Fionna qu'elle se blottit contre lui sur le lit et presse le visage contre sa poitrine. Lorsque Patsy lève les yeux, il lui arrive de croiser le regard d'Alrick alors qu'il enlace son amie. De temps en temps, le couple partage un joint que Patsy refuse quand ils le lui tendent. Dans ces cas-là, elle préfère partir se promener en essayant d'ignorer les pipes à crack et les seringues qui traînent sur les trottoirs. Ou bien elle arpente les rayons de l'épicerie du bas où les chats frottent leur queue contre ses jambes. Il faut bien respecter un peu l'intimité de ce jeune couple. Quand elle remonte au studio, Alrick est généralement tout sourire et une odeur de sexe emplit la pièce. Bien qu'elle doive se lever tôt pour chercher du travail avant de filer au restaurant, Patsy préfère attendre qu'il parte pour se mettre au lit.

Mais ce soir, Alrick ne part pas. Fionna lui donne une couverture et il s'allonge sur le sol, la moitié du corps sous le lit. Lorsqu'elle se réveille plus tard dans la nuit, Patsy le trouve planté au-dessus d'elle, haletant, le corps dégageant une odeur musquée. Elle retient brusquement son souffle, aussi immobile que si la chose qu'il tenait dans la main était un pistolet braqué sur elle. Au début, Patsy pense qu'il est somnambule ; c'est moins inquiétant. Alrick continue à se masturber en soupirant. Patsy, qui n'ose pas lever le bras pour se couvrir avec la couette de crainte de réveiller Fionna en lui donnant un coup de coude, fait semblant de dormir. Elle retient son souffle jusqu'à ce que les respirations rapides d'Alrick et le liquide chaud qui jaillit sur sa cuisse droite lui donnent envie de hurler. Elle reste cependant immobile, tandis qu'un goût amer lui emplit la bouche, mélange de rage et de salive. Au lieu de se redresser et de pousser un hurlement stupéfait ou indigné, elle attend. Elle se dit qu'elle devrait avoir le réflexe d'agir, de réagir, mais rien ne se passe. Lui revient alors le souvenir d'un autre soir où elle s'est sentie paralysée de la même façon. Elle avait dix ans lorsqu'elle sentit pour la première fois un poids étrange l'écraser dans l'obscurité, puis quelque chose se glisser brutalement en elle, provoquant une douleur viscérale dans son bas-ventre. Mais impossible de crier. Quelque chose l'en empêchait, la bâillonnait ; et elle ne savait pas très bien si c'était réel. Patsy avait déjà fait connaissance avec l'ombre menaçante qui rôdait dans son champ de vision et que personne d'autre ne voyait ; patiente, elle ne la quittait jamais. Le seul détail de ce soir-là dont elle se souvient nettement, c'était que Diana Ross roucoulait « *Do you know where you're going to ?* » sur la vieille chaîne hi-fi du salon sur laquelle la poussière avait commencé à s'accumuler. Manman G n'écoutait plus jamais les disques que tonton Curtis et elle adoraient. Patsy laissa passer l'incident – cela pouvait très bien n'être qu'un cauchemar après tout –, mais un mauvais goût lui resta longtemps dans la bouche. On aurait dit le goût de la mort. Un profond désespoir engourdit son corps quand elle découvrit plus tard une tache rouge vif sur le drap de son lit. Elle fut incapable d'identifier ce sentiment de perte qui rendit ensuite toutes les déceptions supportables, et les agressions, bienvenues.

Patsy attend avec impatience que le petit ami de Fionna remonte sa braguette et se recouche sous sa couverture sur le sol. Un léger dégoût monte du fond de sa gorge, tandis que le vestige humide de la jouissance d'Alrick sèche sur sa jambe. Patsy finit par se blottir contre Fionna et passer un bras autour de sa taille, le visage enfoui dans son cou. Cependant, son amie change de position et s'éloigne d'elle. Dans l'obscurité, Patsy ne sait plus très bien à qui appartient ce dos tourné. Sa colocataire ou bien sa mère ?

19

Ce soir, tandis que Patsy nettoie le miroir des toilettes, Fionna évoque la possibilité de rendre enfin visite à ses proches à Trinidad si tout se passe comme prévu. C'est une soirée calme, le bocal à pourboires est presque vide. Fionna révèle à Patsy qu'elle aura bientôt suffisamment économisé pour s'offrir un mariage avec un Américain, ce qui lui permettra d'obtenir des papiers. Patsy, qui essuie l'eau autour du lavabo, pose son chiffon. C'est la première fois que son amie lui parle de son plan.

« T'es sérieuse ? »

Fionna écarquille les yeux en s'apercevant qu'elle a été trop bavarde. Elle jette un coup d'œil par-dessus l'épaule afin de s'assurer que personne n'entre dans les toilettes, puis répond : « Je voulais pas t'en parler avant d'être sûre que ce soit possible. Cet homme me demande seulement trois mille dollars.

— Trois mille dollars ?, s'écrie Patsy.

— Certaines personnes payent plus que ça. Je réglerai par mensualités. Comme ça, j'aurai des papiers en un rien de temps. »

Patsy fronce les sourcils.

« C'est une grosse somme. Et Alrick dans tout ça ? »

Fionna hausse les épaules.

« Si je me marie, c'est juste pou les papiers. Ça lui pose aucun problème. Y me soutient totalement. Y sait que si j'ai une carte de séjour, il en obtiendra une aussi. Au bout d'un moment. Y faudra pétèt attendre quelques années pou que j'aie la citoyenneté, mais quand ce sera fait, je l'épouserai et il pourra demander sa carte verte. »

Devant le miroir, Fionna réapplique une couche de rouge à lèvre rouge vif sur sa bouche puis se lisse les cheveux de la main. Elle a prévu d'aller danser avec Alrick après le travail. Son petit ami ne passe plus beaucoup au studio depuis l'incident. Peut-être se sent-il trop coupable pour leur rendre visite. C'est un véritable soulagement pour Patsy, car sans argent, elle n'a nulle part où aller. L'incident l'a toutefois encouragée à chercher plus efficacement un deuxième travail. C'est la seule solution si elle veut se payer son propre logement.

« Dès que mes papiers seront en règle, je demanderai le divorce, poursuit Fionna. On a tout planifié.

— Et ça te pose aucun problème de conscience ?

— Si je veux rester ici, y a pas trente-six solutions. D'ailleurs, tu devrais pétèt commencer aussi à te chercher un Américain.

— Et si j'en ai pas envie ?

— Alors tu resteras sans papier toute ta vie, idiote. »

Patsy déteste ce mot. Elle n'est plus une personne, mais une « sans-papier ». Une clandestine. Enfin, pourquoi considère-t-on qu'il est criminel d'attendre davantage de la vie, de vouloir vivre dans un pays où on peut réaliser ses rêves – même s'il faut du temps pour y parvenir ?

« Tu ferais mieux de ravaler ta fierté, lui dit Fionna.

— C'est pas de la fierté, mais de la prudence. Imagine que ce boug en profite pou te demander plus de sous ? Ou pire, pou coucher avec toi ? Qu'est-ce que tu diras à Alrick ? On se marie don plus par amour de nos jours ? »

Fionna éclate si fort de rire que des postillons atterrissent sur le miroir des toilettes. Elle les fait aussitôt disparaître d'un coup de spray à l'ammoniaque.

« Par amour ? »

Fionna continue un moment à glousser.

« On peut pas se permettre d'aimer dans ce pays, dit-elle, une fois calmée. Tant qu'on est sans-papiers, on a pas la possibilité de choisir l'amour. C'est comme pou tout le reste : on prend ce qu'on nous donne – on s'accroche à la première bouée qu'on nous tend, sinon c'est la noyade assurée. C'est pas l'amour qui va nous donner une carte de séjour.

— Tu veux dire que t'aimes pas Alrick ?

— Tu m'as pas comprise, dit Fionna en posant son flacon d'ammoniaque. Y a des gens qui sont prêts à mourir pou entrer dans ce pays. Tu crois qu'on peut se payer le luxe de choisir comment y rester ? Qu'est-ce que ça peut faire si un faux mariage exige de coucher ? Un peu de sexe, c'est rien à côté de la honte de se faire expulser avec trois sous en poche. Alrick sait très bien tout ça. Y sait qu'on doit se protéger, et s'aimer sans se faire d'illusions. Pasque si on se persuade qu'on a le choix, on se retrouve le bec dans l'eau. Le cœur brisé, et avec une famille affamée sur les bras. On est pas indispensables dans ce pays. Une erreur et c'est fini. L'Amérique est pas notre patrie, et les services d'immigration feront toujours tout ce qu'ils peuvent pou nous le rappeler. Y nous est pas permis de savourer les petits plaisirs de la vie comme les vrais Américains – les vacances, le repos, les promenades dans les parcs, les couchers de soleil. Au nom de quoi on y aurait droit puisque, d'après eux, on les envahit, on profite de l'argent de leur pays, on les asphyxie ? Ces gens ont le pouvoir de nous accuser de les voler – de nous punir pou avoir osé croire en nos rêves. Alors croire en l'amour ? Ha ! »

Bien que les toilettes brillent de propreté, Patsy continue à frotter. Elle repense aux moments passés au lit avec Vincent pendant toutes ces années d'incertitude où elle n'avait que l'Amérique en tête. Elle n'avait aucun mal à coucher avec lui, parce qu'elle savait que cela pouvait lui rapporter gros. Mais elle n'est certainement pas venue aux États-Unis – le pays où elle s'attendait à être enfin libre – pour s'abaisser aux compromissions du passé. De l'autre côté du lavabo, Fionna commence à fredonner, ce qu'elle fait souvent quand elle est triste. Patsy réfléchit à ses dernières paroles. Elle enterre silencieusement cette graine qui avait germé en elle et poussait avec vigueur, attirée par la lumière du soleil. Une graine qu'elle cultivait toute seule, la tête penchée sur les lettres de Cicely comme si elle humait un bouquet de roses. Mais le sol jamaïcain était mauvais pour elle. Certaines plantes ne poussent pas sur l'île, elles n'y ont pas leur place. *La terre américaine,* pensait Patsy, *serait meilleure.* Mais il vaut mieux dire adieu à cette jolie plante maintenant. En fin de compte, Cicely avait raison quand elle disait avoir besoin de Marcus, tout en étant incapable d'affirmer qu'elle l'aimait. Patsy baisse les yeux vers ses mains fripées, asséchées par les puissantes substances chimiques des produits d'entretien. Si elle épousait un Américain pour avoir des papiers, elle ne serait pas obligée de rester longtemps avec lui. Manman G avait raison : pour pouvoir vivre en terre promise – que ce soit le paradis ou l'Amérique –, il faut s'adapter. Ou selon ses termes : « *Celui qui veut réussir dans la vie est obligé de manger de la vache enragée.* » Cependant, Patsy ne se voit pas emprunter cette voie-là. Elle risquerait de perdre à tout jamais sa liberté.

Un soir, Patsy entend Fionna pleurer dans son oreiller. Comme elle s'était couchée tôt, elle n'a pas remarqué que son amie était rentrée de son dîner avec l'Américain. Fionna veille toujours à ne pas la réveiller quand elle soulève la couette et se couche à côté d'elle. L'horloge du micro-ondes indique 23 heures 45.

« Qu'est-ce qui ne va pas ? » lui demande Patsy en se frottant les yeux.

Fionna sent le parfum – non l'odeur musquée envahissante d'Alrick, mais une fragrance subtile qui rappelle à Patsy celle du tabac aromatisé. Fionna ne répond pas à sa question et continue à lui tourner le dos. Au lieu d'insister, Patsy se presse contre elle et la serre fort jusqu'à ce que son amie cesse de renifler ; jusqu'à ce que les étoiles disparaissent et que les rayons du soleil traversent les fins rideaux blancs.

20

Patsy passe son premier Noël en Amérique à travailler au restaurant. Alan lui a expliqué que ses heures de travail seraient majorées de moitié ce jour que la plupart des salariés préfèrent passer en famille. Patsy est secrètement soulagée que tout le monde ne fête pas Noël dans ce pays : elle peut ainsi faire un saut à l'épicerie pour acheter du lait, regarder les émissions habituelles à la télévision et prendre le bus pour aller travailler. Et pour couronner le tout, elle sera mieux payée. Patsy a beau partager le loyer avec Fionna, elle est toujours incapable de mettre de l'argent de côté pour l'envoyer à Tru. Elle aurait tellement voulu lui donner une petite somme afin qu'elle s'offre un cadeau de Noël ! Patsy se demande s'il ne vaudrait pas mieux lui faire parvenir le peu qui lui reste, histoire de donner l'impression à Tru qu'elle s'en sort bien, même si c'est totalement faux. Toute cette comédie la fatigue tant qu'elle n'a envie de voir personne.

Alors que Patsy se rend au travail, il se met à neiger. Surprise par l'apparition des flocons, elle s'arrête, lève le visage vers le ciel et les laisse fondre sur sa peau. On dirait une pluie de confettis. Mais cette chute de neige n'est pas aussi féérique que celle que Tru et elle ont passé des heures à regarder tourbillonner dans leur boule de verre. Aucune des émotions qu'elle s'attendait à ressentir en voyant de la neige ne l'envahit. Encore une de ces premières fois qu'elle avait espéré vivre avec Cicely.

Plus tard, malgré ses protestations, Fionna décore le studio avec un petit sapin de Noël en plastique qu'elle pose sur une chaise pliante près de la fenêtre.

« Arrête de jouer les rabat-joie ! »

La radio posée sur le micro-ondes diffuse des chants de Noël. Une grande bouteille de Sprite à moitié vide et deux cartons de pizzas Domino's dans lesquels il ne reste que des croûtes traînent sur la petite table ronde en formica que Fionna a trouvée dans la rue.

« Santé ! » dit-elle à Patsy en levant un verre de lait de poule acheté à l'épicerie.

La boisson sent le rhum à plein nez.

« Un lait de poule sans rhum, c'est pas un lait de poule », réplique-t-elle quand elle voit Patsy grimacer.

Assise en tailleur sur le sol, Fionna est vêtue d'un chemisier dos nu rouge à paillettes et d'un jean noir moulant. Patsy, qui porte toujours son caleçon long, se lève du lit grinçant pour trinquer avec elle.

Fionna se lève d'un bond puis attrape son sac à main dont elle sort un petit paquet cadeau.

« J'ai quelque chose pou toi. Comme ça, tu pourras plus dire que les Trinidadiens détestent les Jamaïcains, plaisante-t-elle.

— Tout dépend du cadeau.

— Allez, ouvre-le. »

Le fard à joues de Fionna est du même ton que son rouge à lèvres, et sa frange est effilée exactement comme celle de Halle Berry dans le magazine *Essence* qu'elle a acheté quelques semaines plus tôt.

« C'était pas la peine », dit Patsy qui s'en veut de ne rien lui avoir acheté.

Elle finit par se laisser amadouer et déchire le papier cadeau. À l'intérieur de la boîte, se trouve une boule à neige dans laquelle se dresse la statue de la Liberté.

« Je l'ai repérée à Times Square en rentrant du travail et j'ai pensé à toi. J'ai remarqué que tu avais un faible pour ces trucs-là.

— Comment…

— Je t'ai vue admirer des boules à neige au Dollar Tree où on a acheté les rideaux. Comme on est à New York, j'ai pensé que ce serait une bonne idée de t'offrir une statue de la Liberté. »

Patsy contemple le bibelot, le retourne dans ses mains et regarde les flocons tomber sur la statue verte munie d'une torche. Le visage de Tru apparaît dans le miroitement du verre.

« Est-ce que ça va ? » lui demande Fionna au bout d'un moment.

Patsy se force à sourire et agite la main.

« Oui, oui ! Merci. J'apprécie vraiment ton geste.

— Ça crève pas les yeux.

— Je t'assure. Tu pouvais pas me faire de plus beau cadeau. »

Patsy se sent cependant très seule tandis qu'elle lutte pour retrouver une forme d'équilibre et maîtriser ses émotions – ou du moins pour maintenir son passé à distance. Elle commence à s'habituer à l'idée d'un avenir sans Tru. Le silence est une lame de ciseaux qui glisse sur le ruban du passé. Patsy est déterminée à devenir une nouvelle femme en Amérique. C'est le cadeau qu'elle a décidé de s'offrir. Pour y parvenir, elle doit s'efforcer de séparer le présent du passé. Certains jours sont plus faciles à vivre que d'autres. Dans le silence de ses réflexions, elle se demande comment Tru s'en sort sans elle. Est-elle en colère ? *Je fais ça pou son bien*, se répète Patsy. Cette phrase lui fait l'effet d'un baume appliqué sur une plaie. *Une fois que je pourrai lui envoyer des sous, elle saura que je te tiens toujours à elle.* Ce soir-là, Patsy se couche à côté de Fionna dans le calme de la nuit, tourmentée par des voix d'enfants, imaginaires ou réelles, qui réclament leur mère en pleurant.

Le lendemain de Noël, attablée seule dans un restaurant caribéen de Rockaway Avenue qui propose un buffet à volonté, Patsy écoute les rires et les bavardages des clients autour d'elle. Fionna l'avait invitée à une fête organisée par une de ses collègues, hôtesse chez Applebee's, avec qui elle a sympathisé, mais elle a préféré décliner. Aujourd'hui, elle a besoin d'être seule. Les yeux baissés vers l'assiette blanche, les couverts argentés et la carte de vœux qu'elle vient d'acheter pour Tru, elle mâche de grosses bouchées de jambon, de gratin de macaronis au fromage et de haricots verts trop cuits qu'elle fait descendre avec un verre de jus d'hibiscus insipide. Elle pourrait commencer par lui souhaiter un joyeux Noël, mais le temps que la carte arrive, les fêtes de fin d'année seront largement passées. De toute façon, il faut qu'elle lui transmette bien davantage que des vœux. Patsy s'essuie les mains sur une serviette puis écrit : Il neige beaucoup à New York. Les rues et les trottoirs sont tout blancs. Je sais que tu aurais aimé voir toute cette neige. J'espère que tu es bien sage. Je pense souvent à toi, je t'enverrai un cadeau dès que possible.

Elle envisage d'ajouter des excuses du genre : « *Parfois, quand on aime profondément une personne, on doit faire beaucoup de sacrifices. Il est plus égoïste de ne pas agir pour le bien des gens qu'on aime. Un jour, tu comprendras.* » Mais elle se ravise et signe : Avec toute mon affection, ta maman, Patsy.

Trois jours après le nouvel an, Patsy se sent toujours agitée malgré l'envoi de la carte. Quelque chose s'est ouvert en elle qu'elle n'arrive pas à refermer. Elle est obsédée par l'idée de se rendre chez Cicely. Un soir, elle prend la ligne 3 de Rockaway Avenue à Crown Heights, enhardie par la nuit. Jamais elle ne serait capable de se promener dans le quartier en plein jour. Patsy tourne dans la rue calme de Cicely. C'est une nuit sans étoile ni lune. Il n'y a aucun lampadaire sur son chemin ; juste la voûte des arbres nus dont les ombres ressemblent à de longs doigts humains cassés et déformés. Les fenêtres éclairées des bâtiments austères luisent comme les braises d'un foyer où la vie crépite. C'est l'heure où les familles se retrouvent pour le dîner. Sous couvert de l'obscurité, Patsy s'arrête en face de la maison de Cicely, du côté de Brower Park. Dans sa salle à manger, le lustre scintille au-dessus de la table. Bien que le nouvel an soit passé, le sapin de Noël est toujours installé dans un coin près de la fenêtre, somptueusement décoré de jolis nœuds et de boules en verre. Patsy imagine que toute la maison sent la cannelle et que des paquets cadeaux ouverts sont toujours empilés autour du sapin.

Hier, elle s'est arrêtée devant une boutique de vêtements, le regard attiré par une collection de bijoux suspendus à de fausses branches d'arbre – de grosses boucles d'oreilles voyantes en strass, certaines en forme de lustre, des bracelets assortis et des pendentifs en pierres précieuses scintillantes. La vitrine était décorée de gelée blanche artificielle et d'un dessin bâclé de bonhomme de neige. Un faux père Noël se tortillait à côté de la porte en chantant : « *Ho ! Ho ! Ho !* » Patsy a repéré une jolie paire de boucles d'oreilles en rubis dans un coffret. Tout en les admirant, elle n'a pu s'empêcher de penser à Cicely, bien que ces bijoux n'aient l'air de rien à côté de ceux que Marcus lui achète. Puis, brusquement, elle en a eu assez ; pourquoi fallait-il qu'elle pense encore à

Cicely ? Elle n'était tout de même pas la seule de ses proches à mériter un cadeau.

Quand elles étaient plus jeunes, Patsy lui achetait de petits présents à Woolworth dans le centre de Kingston – de la poudre parfumée accompagnée d'une houppe, une palette de fards à paupières, un galet de rivière peint en bleu, une tasse ornée d'une rose.

« Pourquoi tu fais ça ?, lui demanda Cicely le dernier Noël avant son départ.

— Quoi don ? »

Avec un sourire en coin, elle secoua la boîte qui contenait la tasse.

Patsy haussa les épaules.

« Pasque je trouve ça sympa.

— Je te rappelle que tu détestes Noël. Et pourtant, tu m'offres un cadeau tous les ans. C'est pas très logique.

— Considère ça comme une façon de te remercier pou ton amitié. »

Cicely laissa échapper un rire doux et grave de petite fille.

Le vent qui se lève brusquement ramène Patsy à l'instant présent. Alors qu'elle resserre son écharpe et s'apprête à se détourner de la fenêtre, Cicely apparaît. C'est comme si Patsy l'avait appelée par la pensée, ou comme si Cicely savait qu'elle se trouvait là, dans l'obscurité. Patsy admire la beauté naturelle de sa vieille amie dans son long peignoir de soie, les cheveux rassemblés en un chignon négligé qui met en valeur son profil harmonieux dans la lueur de la lampe posée près de la cheminée. Tandis qu'elle l'espionne, un mélange de culpabilité et de honte l'envahit. Comme tous les Blancs aisés de la ville, Cicely et Marcus semblent laisser leurs rideaux ouverts exprès pour exposer les preuves de leur réussite – Patsy a toutefois l'impression que, contrairement à Cicely et son mari, si les Blancs font étalage de leurs richesses, c'est qu'il ne leur est jamais venu à l'esprit de les cacher. Dans leur monde d'opulence, les démunis n'existent pas. Il est par conséquent inimaginable qu'ils se matérialisent pour les cambrioler.

Des notes de musique s'échappent de la fenêtre de l'étage. Shamar interprète une magnifique mélodie au violon. En bas, Cicely se dirige lentement vers la cheminée. Patsy regarde son amie soulever chaque portrait, l'épousseter puis le reposer. Au bout d'un moment, Marcus fait son entrée, tel un acteur sur scène. Patsy ne l'avait pas vu patienter en coulisse. Par-dessus son pyjama, il porte lui aussi un peignoir, mais beaucoup plus épais que celui de Cicely. Il pose les mains sur sa taille et l'attire contre lui. Puis il se penche et l'embrasse dans le cou. Sans quitter la cheminée des yeux, Cicely s'écarte un peu de lui en lui effleurant les bras du bout des doigts. Marcus la retourne doucement vers lui et l'embrasse, non comme un homme qui a l'habitude de battre sa femme, mais comme un homme certain que sa femme n'appartient qu'à lui. De loin, Cicely semble lui rendre son baiser avec passion, mais elle plie exagérément le cou. Marcus s'arrête pour la dévisager, puis d'un doigt, il essuie quelque chose sur ses lèvres, peut-être quelques miettes ou une trace du vin qu'elle a bu au dîner. Marcus et Cicely ne bougent plus. Ils se regardent simplement dans les yeux.

Patsy s'effondre intérieurement. *En fin de compte, Cicely l'aime vraiment.* Elle détourne les yeux de la scène, retourne à la station de métro et monte dans le train. Dans le reflet de la vitre sombre, son visage hébété ressemble à un masque. Patsy ne s'était encore jamais sentie aussi seule. Elle remarque que les autres passagers du métro sont eux aussi Jamaïcains. La plupart ont l'air de rentrer chez eux du travail, épuisés ; deux femmes se racontent leurs journées avec animation en patois : « *Mon Dyé, je suis tellement fatiguée ! Imagine un peu, ces marmailles sont pourries gâtées. Jézikri, j'avais encore jamais vu des petits aussi têtus et désobéissants ! Les marmailles des Américains ont aucune discipline, et on a même pas le droit de leur donner une fessée !* »

Assis sur le siège d'en face, un Jamaïcain en salopette de travail la dévisage et lui adresse un sourire gentil. On dirait qu'il a pitié d'elle. Patsy repense à Vincent et à sa façon de l'observer à la banque. Les moments passés avec lui étaient une bonne distraction, un moyen agréable de retarder ce qui l'attendait à la fin de chaque journée – cette lente obscurité capable de la démolir, d'insinuer une profonde tristesse dans son âme. Un brusque désir sexuel s'empare d'elle. Quand elle arrive au studio, Patsy trouve Alrick appuyé contre la porte, les bras croisés sur la poitrine, son sac de sport suspendu à l'épaule. Ce soir, Fionna travaille chez Applebee's où elle fait le ménage et ne rentrera pas avant minuit.

« Je crois bien qu'elle m'évite, dit Alrick. Elle répond plus à mes appels.

— Tu n'as qu'à l'attendre à l'intérieur », murmure Patsy en ravalant sa rancœur.

Elle sent qu'il la reluque comme il le fait toujours en l'absence de Fionna. Ses yeux se promènent librement sur son corps dont les formes ne cessent de s'arrondir depuis qu'elle se nourrit régulièrement de frites, de hamburgers et de nuggets de poulet achetés au McDonald's. Une fois qu'ils sont entrés dans le studio, Patsy lui propose un verre d'eau. Alrick l'accepte puis la regarde en buvant. Patsy sent le désir monter à nouveau en elle. Cette fois, elle n'éprouve pas l'envie habituelle de mordiller les lobes pâles de Cicely, de goûter la douceur de sa chair et de laisser des traces écarlates sur la peau de son cou, mais un besoin primaire, animal – un besoin qu'elle n'a pas satisfait depuis son arrivée en Amérique et qui se manifeste brusquement, tandis qu'elle observe le mouvement de la pomme d'Adam d'Alrick et sa langue qui lèche ses lèvres pleines. Patsy a envie de baiser.

Sans se trouver la moindre excuse, ni lui demander la permission, elle se laisse tomber à genoux et commence à défaire sa ceinture. Un petit rire semblable à un cri de surprise s'échappe de la gorge d'Alrick. L'agressivité de Patsy l'excite. Il ne proteste pas quand elle le prend dans sa bouche.

Prête à tout pour ressentir autre chose que du chagrin, Patsy se laisse faire quand il la prend par-derrière en l'empoignant par les hanches. Haletante, elle regarde apathiquement sa tristesse s'éloigner à mesure que les coups de reins d'Alrick soulagent son corps. Lorsqu'elle sent un frisson parcourir ses hanches, elle glisse une main entre ses jambes et tente frénétiquement de se libérer de l'emprise de Cicely avec les doigts – de la vie qu'elle imaginait avec elle, de l'existence qu'elle mène aujourd'hui. Consciente que cette lutte acharnée est sans espoir, Patsy hurle :

« Plus fort ! »

Une puissante poussée d'Alrick lui arrache un cri assourdissant. Patsy se laisse traverser par l'ouragan de plaisir qui, pendant quelques secondes de frissons, anéantit tout son univers. Sa solitude recommence toutefois à lui peser dès qu'Alrick se retire ; son désir retombe, peu à peu remplacé par un sentiment de culpabilité. Patsy prend conscience de leur nudité, du mélange de leurs odeurs humides, puis son regard se pose sur la boule à neige au centre de la table. Elle détourne aussitôt les yeux, impatiente qu'Alrick enlève son préservatif, se rhabille et reparte. Une fois seule, elle éclate en sanglots.

21

Aux yeux de Tru, l'envoi de cette carte décorée d'un flocon de neige argenté sur un fond rouge vif confirme que sa mère pense toujours à elle. Quand l'enveloppe est arrivée, les restes de jambon de Noël avaient déjà fini dans un plat de sauté de morue aux *akées* et dans un calalou ; le deuxième litre de jus d'hibiscus que Marva avait préparé pour les fêtes était terminé ; il ne restait plus une miette de cake au rhum ; la poupée que Marva et Roy avaient offerte à Tru traînait dans un coin ; et les petites lumières que son père avait suspendues le long de la grille de la varangue et dans le manguier du jardin étaient rangées dans leur carton. Et pourtant, c'est comme si Noël était enfin là. Le samedi suivant, Tru s'assied sur la plus haute branche de l'*akée* dans lequel elle aime grimper pour être seule et presse la carte contre son nez. Elle hume le carton dans l'espoir de reconnaître l'odeur de sa mère – le parfum fleuri qu'elle portait autrefois. Mais tout ce qu'elle sent, c'est une odeur fade de papier imprimé. Depuis qu'elle a reçu cette carte, elle la conserve soigneusement dans son tiroir et ne la sort qu'une fois par jour pour la regarder.

Tru observe les mots tracés par sa mère, les laisse construire des châteaux de sable dans son esprit – des châteaux que ni la mer ni le passage du temps ne peuvent détruire. AVEC TOUTE MON AFFECTION, TA MAMAN, PATSY.

C'est la fin de la matinée, mais Roy dort encore. De son côté, Marva déplace les meubles avant de passer la serpillère sur le sol. Au lieu de sentir l'huile capillaire et la chaleur sèche, toute la maison sent le produit nettoyant et la cire. Tru et ses frères n'ont pas le droit de rentrer tant qu'elle n'a pas terminé, mais Marva tient surtout à ce qu'ils ne réveillent pas leur père. Tru et les garçons recevront chacun une gifle s'ils le dérangent. C'est l'homme de la maison, ils doivent le traiter comme tel – avec respect et attention. Toute la famille se range à son opinion et Marva répond à ses besoins sans le faire attendre, même si cela l'oblige à interrompre une de ses tâches. Elle lui sert ses repas elle-même matin et soir et lui masse les épaules avec une des huiles de sa fabrication. Il lui arrive également de lui masser les pieds. Roy adore quand elle plie et tire sur ses gros orteils. Ses grognements de plaisir résonnent dans toute la maison.

La blanchisseuse que Marva a récemment embauchée frotte le linge en silence entre ses poings dans le jardin de derrière. Elle s'appelle Iris et ne parle pas beaucoup. Cette campagnarde âgée de dix-sept ou dix-huit ans vient d'arriver en ville et loge chez sa tante, mademoiselle Burgess, une femme qui vend des fruits près de la station de taxis sur l'artère principale. D'après ce qu'a compris Tru, cette fille a un passé tourmenté et elle est venue à Kingston pour reprendre sa vie en main (qui sait ce que ça peut bien vouloir dire !). Bien que mademoiselle Burgess soit responsable d'Iris, elle n'a pas les moyens de la nourrir. C'est pourquoi Marva l'a prise sous son aile, lui offrant un lit dans la cabane du jardin et de quoi manger. En échange, Iris fait la lessive de la famille, ainsi que quelques travaux ménagers dans la maison afin d'aider Marva qui est enceinte. Iris est en outre chargée de surveiller Tru. Lorsque Marva est fatiguée de lui courir après à cause de son gros ventre, c'est Iris qui se lance à sa poursuite à la vitesse d'une sprinteuse. En général,

Tru tente de s'enfuir quand vient l'heure pour Marva de lui peigner les cheveux – cette masse de boucles crépues qui casse toutes les dents des peignes. Mais aujourd'hui, tout est calme. Même les deux corniauds font la sieste sans se soucier des coqs qui se promènent autour d'eux. La carte de Noël envoyée par sa mère dans les mains, Tru lève les yeux vers le ciel où la chaleur et la lumière du soleil forment une sorte de brume. Elle aime imaginer que sa mère tend un bras vers elle tout là-haut et que ses doigts transpercent les nuages pour la toucher. Au cas où elle finirait par l'apercevoir pour de vrai, Tru se tient prête à attraper sa main, à tirer dessus comme sur la ficelle d'un cerf-volant et à arracher sa mère aux nuages. La fillette examine souvent le ciel en quête d'un signe et redoute de la manquer à chaque fois qu'elle est obligée de poser la tête sur son bureau à l'école ou de se concentrer sur son travail. L'inquiétude lui donne la bougeotte, ce qui distrait les autres élèves et lui vaut une grande tape de mademoiselle Powell – « *Les yeux sur le tableau !* » Tru a pourtant retrouvé sa place de première de la classe en dépassant même Dwight Evans, le plus intelligent de ses camarades.

Du haut de son perchoir, la carte de vœux toujours à la main, Tru contemple le jardin et se répète que le monde d'en bas n'est que le décor d'un arrangement temporaire. Sa mère finira bien par revenir la chercher. La carte ne le dit pas, mais son geste le confirme. Tru sait lire entre les lignes. Elle sent sa venue imminente dans la brise qui fait bruisser les feuilles.

La fillette redescend de l'arbre jusqu'à la branche la plus basse, saute intrépidement sur le sol poussiéreux et atterrit sur la plante des pieds. Un pansement est toujours collé sur son genou droit, à l'endroit elle s'est blessée la fois où elle a raté son saut. Bondir du haut des branches est devenu son passe-temps préféré. Elle est capable de grimper au cocotier le plus élancé jusqu'à sa cime avec une aisance qui lui vaut le respect des garçons de l'école et du quartier. Il n'y a rien de plus palpitant que de sauter d'une branche et survoler le monde quelques instants, brièvement suspendue dans les airs. Là-haut, échappant à la surveillance de Marva, à la sévérité de Roy, au regard triste d'Iris et à l'odeur répugnante de ses frères qui leur colle à la peau même après le bain, elle se sent libre.

Au lieu de tourner la tête en entendant Tru atterrir, Iris continue à frotter le linge sale. Assoiffée, la fillette court vers la maison puis s'arrête sur le seuil et se gratte une cheville avec les orteils. Les ronflements bruyants de son père s'échappent de la chambre. Tru promène les mains sur les murs et le chambranle de la porte. Elle perçoit à peine le claquement des mules de Marva. *Personne s'apercevra que je suis entrée*, pense-t-elle. L'espace d'un instant, toute la maison semble retenir sa respiration. Dehors, on n'entend plus que les feuilles de palmier agitées par la brise. Entre les ronflements de son père, le silence règne. Dès que Tru pose un pied dans la maison, elle sent une main tirer violemment sur son chemisier. Lorsqu'elle se retourne, elle tombe nez à nez avec Kenny qui la regarde avec sévérité.

« Qu'est-ce qu'il y a ?

— Manman veut pas qu'on rentre pendant que papa dort. »

Kenny n'a pas été gâté par la nature. Il a le corps très mince, de grandes oreilles et une grosse tête en forme d'œuf. Il passe son temps enfermé à dessiner ou à fabriquer des trains, des voitures et des bus avec des cartons et des boîtes de conserves vides. Jermaine et Daval le traitent avec indifférence. Respectivement âgés de treize et quinze ans, les deux garçons se comportent comme des hommes. Ils boivent de grands verres d'eau d'une traite, s'essuient la bouche du revers de la main, mâchonnent des cure-dents, jouent avec une lame de taille-crayon cachée sous leur langue et crient sur la télévision pendant les matchs de foot ou de cricket. Le samedi, quand ils ne sont pas au stand de tir avec Roy, ils aident Marva à porter ses lourds sacs de courses depuis le marché, tandis que le dimanche, ils arrachent à mains nues les mauvaises herbes au pied des palissades puis coupent l'herbe et les branches d'arbre trop longues à grands coups de machette. Chaque matin, Jermaine rase fièrement les deux poils qui poussent sur son menton devant le miroir de la salle de bains et Daval vaporise ses aisselles avec du déodorant avant de partir à l'école. Kenny fait vraiment figure d'extraterrestre dans cette famille de durs à cuire.

Tru pose les mains sur ses hanches étroites.

« Laisse-moi tranquille.

— Tu désobéis à manman. T'as entendu ce qu'elle a dit. Papa a besoin de se reposer.

— Et moi, j'ai soif.

— T'as qu'à boire dehors au robinet. »

Tru fusille son frère du regard. Bien qu'ils aient le même âge, Kenny est plus petit qu'elle. Si elle décidait de se battre contre lui, il n'aurait aucune chance. Kenny n'est pas un garçon comme les autres. C'est Roy lui-même qui le dit. Il accuse Marva de le surprotéger, ce qui provoque sans arrêt des disputes entre eux. Consciente que les critiques de leur père blessent profondément Kenny, Tru retrousse les lèvres et prononce le mot qui lui clouera le bec à coup sûr :

« Chochotte ! »

Une ombre passe sur le visage de son frère ; l'insulte fait trembler ses lèvres boudeuses. Un instant plus tard, les deux enfants se jettent l'un sur l'autre et roulent sur le chemin de dalles poussiéreuses qui mène à la porte arrière de la maison. Au passage, ils renversent des pots de fleurs et réveillent les chiens qui se mettent à aboyer. Le corps chauffé par la colère, Kenny cloue Tru au sol.

« Qui c'est que tu traites de chochotte, mocheté ? »

Tru le repousse et s'assied à cheval sur lui. Le visage sale et le regard noir de méchanceté, Kenny crache :

« Oui, t'es moche, c'est pou ça que ta mère veut plus de toi. C'est pou ça qu'elle raccroche quand elle appelle. C'est ce qu'elle m'a dit quand j'ai décroché le téléphone : t'étais affreuse quand t'étais bébé ! Tu ressemblais à un fantôme ! T'étais un vrai vampire ! »

Tru est muette de fureur. Car Kenny aura toujours cet avantage sur elle – c'est lui qui a répondu à l'appel de sa mère. Mais jamais il n'aurait su combien cet appel était important pour elle si elle ne l'avait ensuite harcelé de questions, pendant des semaines. Le soir, allongée dans l'obscurité de leur chambre, Tru lui demandait : « *Comment elle parlait ? Elle avait l'accent américain ? Tu entendais des bruits dans le fond ? Est-ce qu'elle a dit qu'y neigeait ? Est-ce qu'elle a parlé du froid ? Est-ce qu'elle... Est-ce qu'elle... Est-ce qu'elle... ?* » Kenny, qui a enfin compris quel était son point faible, s'est mis à faire semblant de lui cacher des choses ou à lui raconter des histoires pour l'embêter. Mine de rien, il lâchait :

« Je crois bien qu'elle a dit qu'elle était clown à Disney World. »

Au lieu d'écraser la tête de Kenny sur le sol ou de lui donner des coups de genou dans les flancs pour se venger, Tru se racle la gorge et lui crache à la figure. Le garçon laisse échapper un gémissement lorsque le crachat atterrit entre ses yeux. Son corps se raidit tandis que la salive coule sur sa joue.

« Dégage ! » hurle-t-il.

Dégoûtée, Tru observe sa mine effarée et rit.

« Bien fait pou toi, fallait pas me traiter de mocheté. »

Mais la défaite de Kenny ne lui apporte aucun réconfort. Tru repense à la carte de sa mère et à ses mots d'adieu – Sois une petite fi sage et obéissante, et je te jure que je reviendrai. – puis s'empresse de la ramasser.

Au même moment, Marva sort de la maison et découvre Kenny étendu sur le sol poussiéreux, le visage mouillé. Tour à tour, elle regarde les deux enfants crasseux.

« Mais qu'est-ce que vous faites encore comme bêtises ?

— Y m'a traitée de mocheté !

— C'est elle qu'a commencé ! Elle a dit que j'étais une chochotte ! »

Lorsque Marva jette les mains en l'air, sa généreuse poitrine se soulève en même temps que son ventre arrondi. Comme elle n'est pas naturellement mince, sa grossesse n'a d'abord sauté aux yeux de personne. Puis elle a commencé à perdre des clientes. Autrefois, les femmes du quartier venaient se faire coiffer chez elle le samedi. Du matin au soir, il y avait toujours une voisine penchée au-dessus de l'évier ou assise sous un sèche-cheveux. Des voix de sopranos emplissaient la maison et leurs joyeux bavardages faisaient du bien à Tru. Mais ces clientes ont cessé de venir du jour au lendemain. Beaucoup pensent que se faire coiffer par une femme enceinte porte malheur. « *Dis aux autres de partir !* » ordonna Marva à Iris un matin, après que mademoiselle Paula, une des femmes qu'elle coiffe depuis des années, eut appelé pour annuler son rendez-vous à la dernière minute. Cachée dans l'arbre, Tru épia la suite de leur conversation. « *Mais quelle bande d'arriérées !*, s'écria Marva. *Tu sais ce que m'a dit cette fanm ? Que ça la gênait que je la coiffe dans mon état actuel. Elle croyait que ses ondulations allaient retomber ! T'imagines ? Elle ferait mieux de se taire, celle-là, elle a pas un poil sur le caillou. On dirait un urubu ! Et l'autre, là, mam'zelle Yasmine, qui raconte partout que je ruine sa belle chevelure. C'est pas des cheveux qu'elle a, mais une vraie tignasse ! Qu'est-ce que je ruine au juste ? Elle devrait me remercier d'avoir la patience de démêler ces broussailles !* »

À présent, Marva se défoule sur Kenny et Tru.

« Écoutez, vous deux ! Vous avez intérêt à être sages, compris ? Pasque votre père dort paisiblement à l'intérieur. Vous allez le réveiller si vous continuez ce raffut. Qu'est-ce qui vous arrive au juste ? »

Kenny se met à pleurer. S'il y a bien une chose qu'il déteste encore plus que les critiques de son père, ce sont les réprimandes de sa mère.

« Elle m'a fait tomber par terre, et pis elle a commencé à me frapper. Après, elle m'a craché à la figure.

— Ça te donne pas le droit de répliquer ! Tru est une fi. Et y faut jamais frapper les fi.

— Pourquoi tu la défends toujours ? On dirait qu'elle fait jamais de bêtises ! »

Roy, que le vacarme a fini par réveiller, sort de la chambre. Son grand corps apparaît dans l'entrée. Il paraît moins fatigué que la veille au soir, quand il est rentré et a filé s'allonger sans enlever son uniforme. Il s'approche juste au moment où Kenny explique que Tru l'a fait tomber. La fillette est certaine qu'elle va avoir des ennuis, mais quand elle lève les yeux vers lui, son père lui sourit d'un air énigmatique.

« C'est ta mère qui a raison, dit-il à Kenny. Y faut jamais frapper les fi, et encore moins ta sœur, même quand tu la supportes plus. »

Tru devine au sourire et au clin d'œil de son père que son comportement lui a plu. Le regard de Marva s'est cependant assombri et la fillette se sent étrangement mal à l'aise. Marva pivote sur les talons sans un mot et rentre en faisant claquer ses mules. Roy la suit, pris d'un fou rire. Il ne se calme que pour reprendre son souffle.

« Je te le dis, moi. Il est pas comme les autres, ce garçon. Mais où tu l'as trouvé ? T'aurais aussi bien fait de me donner une fi. »

Toujours mal à l'aise, Tru se sent obligée de regarder

Kenny qui ne dit pas un mot, les yeux posés sur l'ombre autour de ses pieds.

« T'es pas une chochotte, tu sais. Si j'ai dit ça, c'est pasque j'étais fâchée. »

Un éclair de colère meurtrière enflamme le regard de son frère.

« Si seulement t'étais jamais venue chez nous. Tout ce que je veux, c'est que tu disparaisses », dit-il en cachant son visage dans ses mains.

22

Il existe deux types de froids du diable : le premier vous cloue au lit, vous empêche de sortir prendre l'air et d'effectuer les gestes les plus simples ; le second vous fait agir machinalement en vous maintenant dans un état de stupeur. Patsy est couchée, le dos tourné à l'épaisse masse sombre qui est revenue la tourmenter et obscurcit la pièce. Elle cache la tête sous la couette et ferme les yeux pour éviter de la voir. Elle n'a pas mangé depuis une éternité. Patsy sait que si elle continue ainsi, elle risque de mourir. Mais la mort ne l'effraie plus tellement, maintenant. Pas autant que ce mal sombre. Ici, aux États-Unis, il n'existe aucune tisane contre ce type de maladie. Pas d'infusion amère de turnère, de romarin, de citronnelle et de noix de cola. Ni de pasteur pouvant lui apporter un flacon d'huile d'olive bénite. Ni de voisin prêt à tordre le cou d'une chèvre et à l'égorger avec une machette pour lui préparer un bain de sang. Si seulement elle pouvait rester couchée le temps que le mal passe... Elle ne peut rien faire contre lui.

« Le vrai piège, c'est de se laisser bouffer par ce pays », lui dit Fionna quand elle s'aperçoit qu'elle est restée au lit toute la journée.

Combien de rotations le soleil a-t-il effectuées depuis que Patsy s'est couchée après avoir vu Cicely ? À chaque fois qu'elle ouvre un œil, elle se rendort aussitôt. Fionna se décide à la secouer.

« Patsy. Patsy ? Patsy ! »

Patsy croit entendre Tru quand elle essayait de l'arracher aux bras d'un profond sommeil. La voilà à nouveau embourbée dans cette torpeur détestable, terrifiante, et la seule personne à qui elle pense à présent est sa fille. Pendant des années, c'est la hâte de rejoindre Cicely en Amérique qui l'a maintenue en vie. Mais qu'est-ce qui va la faire vivre à présent ? Où trouvera-t-elle la force de se protéger contre son mal ? Comment vivre en sachant que Cicely préfère poursuivre son rêve américain sans elle ? Peu à peu, la théorie de Fionna sur l'impossibilité de donner la priorité à l'amour prend tout son sens. C'est donc à ça que se résume la vie : à une série de choix. Mais quand Patsy a-t-elle eu le droit de choisir ? Jamais. On ne lui a pas demandé son avis la première fois qu'on lui a écarté les jambes ; on ne l'a pas autorisée à se débarrasser du poids qu'elle a ensuite dû porter pendant neuf mois ; elle n'a jamais eu le droit de regarder une femme, ni de se laisser porter par ses sentiments, sans que cette histoire se termine dans un bain de sang rouge vif et que des éclats de verre restent à jamais fichés dans son cœur. Et aujourd'hui ? Aujourd'hui, elle ne restera en vie que si elle accepte de renoncer définitivement à choisir.

« Allez, viens... On y va, dit Fionna. J'ai promis à Alan que tu viendrais ce soir... Je lui ai raconté que tu avais eu une forte fièvre, mais que ça allait mieux. Tu veux vraiment te faire virer ?

— Je peux pas.

— Comment ça, tu peux pas ? »

Le matelas s'enfonce lorsque Fionna s'assied sur le lit. Elle passe les bras autour de Patsy.

« Ça fait une semaine que tu es dans cet état. Dans ce pays, on a pas le temps de pleurer sur son sort, d'accord ?

— Je peux plus supporter tout ça...

— Quoi don ? Allez, viens. Y faut que tu surmontes cette crise. On est dans la même galère, toi et moi. Je suis sûre que t'es pas venue dans ce pays pou mourir. »

Il y a une différence entre vouloir mourir et refuser de vivre, mais Patsy doute d'être capable de l'expliquer à Fionna. Elle est fatiguée de vivre avec cette ombre qui se moque de son existence anonyme sur cette terre étrangère. Autrefois, elle se moquait de sa vie de secrétaire coincée dans un box, de mère récalcitrante, incapable de s'évader autrement qu'en rêvant. Patsy ne peut pas non plus se permettre de retourner à cet enfer. Si seulement elle pouvait se confier à Fionna ! Mais il est préférable de la convaincre de partir et de se retrouver seule.

« J'ai couché avec Alrick », lâche-t-elle quand son amie tire sur le drap.

Fionna fait un pas en arrière tandis qu'un silence tombe dans le studio. Lorsque Patsy lève les yeux vers elle, elle perçoit une grande vulnérabilité dans son regard. La veine de son cou palpite. Patsy voudrait lui raconter qu'Alrick l'a prise contre le mur, celui qui se trouve juste derrière elle, et l'a baisée sauvagement, mais l'expression de pitié qu'elle lit sur le visage de son amie l'empêche de remuer la langue dans sa plaie. Fionna devrait se jeter sur elle, la frapper, lui ordonner de partir, mais elle n'en fait rien. Alors, honteusement, du bout des lèvres, Patsy murmure :

« Je suis désolée. »

Mais Fionna s'esclaffe et plaque les mains sur sa bouche. Ce rire sincère est celui d'une femme qui connaît tous les secrets du monde et plaint ceux qui la croient naïve. Patsy la dévisage sans comprendre la gratitude émue que paraît éprouver son amie après cet aveu. Au bord de la panique, elle ne s'aperçoit même pas que l'ombre autour d'elle se fissure et s'effondre.

« Oh, je t'en prie !, dit Fionna. C'est pou ça que t'es aussi déprimée ? Ce boug est prêt à sauter tout ce qui porte une robe. Y sont comme ça les hommes, surtout les Caribéens. Et ceux de chez toi encore plus. T'étais pas au courant ? Non, mais arrête, je t'en prie.

— Tu savais ce qui s'est passé ?

— Non. Mais je connais bien son pénis et je sais de quoi il est capable.

— Et ça te pose aucun problème ?

— Écoute-moi bien… Y faut simplement séparer l'homme de sa verge. À quoi bon détester un boug pour ses défauts ? Une fanm doit apprendre à faire la différence entre qui il aime et qui il saute. Alrick et moi, on était amis bien avant de tomber amoureux l'un de l'autre. C'est ce qui nous soude. Le confort. Je suis contente que tu me l'aies dit. Moi aussi, je te considère comme une amie. Ça peut paraître idiot, mais sa faiblesse fait pas de lui une mauvaise personne. La tienne non plus, d'ailleurs. Quand on tombe amoureuse de son meilleur ami, c'est différent. On accepte tout chez lui. Le bon comme le mauvais, et même le plus dégueulasse. »

Fionna se rassoit sur le lit et caresse le bras de Patsy.

« Tu devrais pétèt parler à quelqu'un.

— Qui ça ? »

Fionna hausse les épaules.

« Une personne à qui tu peux te confier. Et qui saura t'aider. Un professionnel. Pasque je préfère encore te tuer de mes propres mains que te regarder mourir comme ça à petit feu !

— J'ai juste…

— Qui n'a jamais eu envie de baisser les bras ? Ce pays nous facilite pas les choses. Ici, on marche tout le temps sur des charbons ardents. L'avantage quand on dort, c'est qu'on peut rêver. Mais le plus bizarre dans la vie, c'est qu'on comprend toujours les choses après coup. On peut jamais savoir ce qui se trouve au bout du tunnel, ma belle. Allez, habille-toi. On a une vie à vivre et un loyer à payer. »

Patsy se présente en avance au restaurant, juste après le départ des derniers clients du déjeuner. Elle tenait à arriver avant l'*happy hour* et l'entrée des premiers dîneurs afin de pouvoir s'excuser auprès de Bernie de s'être absentée aussi longtemps. Le restaurant est aussi animé que d'habitude. Une voix forte retentit dans la cuisine au moment où Patsy se dirige vers le bureau de Bernie.

« Mais qu'est-ce qui vous prend ? C'est une marmite pétèt ? Et ça se prétend cuisinier ! Allez, fouté likan ! »

Cet homme vocifère en patois comme s'il ne lui était jamais venu à l'esprit d'en avoir honte devant ses clients blancs. Ce doit être Serge, le nouveau chef dont lui a parlé Fionna. Depuis qu'il est arrivé, tout le monde crie et se bagarre en cuisine. Bernie a embauché son premier chef jamaïcain après le commentaire cinglant d'un critique originaire de l'île dans le *New York Post* sur le manque d'authenticité de Peta-Gaye. Il a dû prendre le premier vol pour Kingston et faire la tournée des gargotes de Delacree Road, de Denham Town et même de Pennyfield pour dénicher ce cuisinier.

Alan sursaute lorsqu'apparaît Serge, un grand costaud à la peau foncée vêtu d'un tablier blanc.

« Des épices ! Y me faut de vraies épices !

— Mais quel emmerdeur, lâche le gérant à mi-voix, tandis que Serge s'approche de lui. Bernie souhaite des plats adaptés aux goûts de ses clients sur le menu, répond-il au chef.

— Et il appelle ça un restaurant jamaïcain ? Qu'il aille se faire foutre. »

Alan secoue la tête.

Serge se débrouille pour le contourner, file vers le bureau de Bernie, le gérant sur les talons, mais ralentit en remarquant Patsy.

« Comment allez-vous, belle demoiselle ? Je vous prie d'excuser mon comportement. »

Il n'y a plus un soupçon de colère dans sa voix. Patsy sourit, touchée par sa gentillesse, puis le salue et rougit en voyant son sourire s'élargir. Elle en oublierait presque la raison de sa visite au patron.

« Bonjour.

— Tiens, tiens, une compatriote ! »

Patsy serre la main que lui tend Serge. *Cet homme est un vrai gentleman*, pense-t-elle. Rien à voir avec la description que lui en a faite Fionna la semaine passée. « *Et si on faisait des bébés ensemble, ma douce ?* » l'a-t-elle imité, avant de lui assurer que s'il n'avait pas été chef, elle l'aurait giflé. Patsy n'a rien dit, mais elle connaît bien le genre d'homme jamaïcain auquel appartient ce Serge – des types prêts à flirter avec n'importe quelle femme, de la reine d'Angleterre à la plus édentée des mendiantes, et qui s'attendent à ce qu'elle les vénère en retour. Fionna lui a également raconté que son arrogance poussait Serge à sortir de sa cuisine pour aller saluer les clients attablés. Il fallait l'entendre rire avec dédain, tandis qu'ils le complimentaient pour son curry de chèvre, son riz aux haricots rouges, son ragoût de queue de bœuf ou son sauté de morue aux akées. « *Attendez un peu que j'ouvre mon restaurant. Vous n'avez encore rien vu* », lançait-il ensuite avec une malice perfide.

Et pourtant, l'homme salue Patsy aussi poliment que s'il avait grandi à Buckingham Palace.

« Après vous, belle dame au doux sourire. Puis-je vous surnommer Fossette ?

— Je m'appelle Patsy.

— Ça me plaît aussi. Dans ce cas, après vous, Patsy Fossette. »

Patsy ne peut s'empêcher de sourire en passant devant lui, tandis qu'il lui tient la porte.

« Attends, attends ! Mais où va-t-elle comme ça ?, s'écrie Alan. Il faut qu'on règle ça une bonne fois pour…

— Ferme don ta grande gueule ! Où sont tes manières ? Priorité aux dames ! Et quand je dis "dames", je parle pas de toi ! »

La main sur la poignée, Serge se penche à l'intérieur du bureau et dit à Bernie :

« Nous discuterons quand vous aurez fini. »

Patsy remercie Serge qui referme la porte derrière elle. Le bureau du patron est une petite pièce carrée aux murs couverts d'affiches de groupes de reggae et de rock. Patsy a l'impression d'entrer dans la chambre d'un adolescent d'une série américaine, car il a même accroché le poster XXL d'une jolie fille. Il s'agit de la célèbre publicité du Comité jamaïcain du tourisme, celle d'une mannequin coolie ressemblant à Cicely qui sort d'une rivière, les cheveux plaqués sur le crâne, le corps moulé dans un T-shirt mouillé translucide. Le mot Jamaica est inscrit pile sur sa poitrine. Patsy détourne les yeux de l'affiche et se concentre sur Bernie, calé dans son fauteuil, les pieds posés sur le bureau.

« Je suis surpris que ces deux abrutis ne vous aient pas piétinée pour arriver avant vous », dit-il d'un ton agacé.

Comme il n'y a aucun autre siège dans la pièce, Patsy reste debout.

« Bon, je vois qu'on a enfin décidé de se pointer au travail !

— J'étais malade.

— Je sais, Fionna m'a prévenu. Vous avez un certificat médical ?

— Non, misyé, répond doucement Patsy. C'était pas une maladie que les docteurs peuvent guérir. »

Bernie soupire et pose les pieds sur le sol.

« Qu'est-ce qui vous est arrivé, Patsy ?

— J'é… j'étais tourmentée.

— Quoi ? »

En quelques instants, l'inquiétude de Bernie disparaît. L'homme paraît gêné puis méfiant. Peut-être regrette-t-il finalement d'avoir embauché d'authentiques Jamaïcains. *Ces gens sont dingues !*, l'entend-elle quasiment penser.

« Tourmentée ? Mais par quoi ? »

Patsy n'est pas stupide au point de vouloir se confier à lui, mais le trajet jusqu'au restaurant l'a vidée de son énergie. Elle n'a plus la force de mentir.

« Le froid du diable, répète-t-il lorsqu'elle a fini de s'expliquer. Et c'est contagieux ?

— Non.

— Et quels sont les symptômes de ce… euh… froid du diable ? »

Patsy lui raconte les crises provoquées par ce mal qui la hante. Les moments où elle sent son souffle froid dans son cou. En réalité, c'est comme un ballonnement abdominal, un mal de gorge ou une crise d'arthrite : il faut juste attendre que ça passe.

« Dites donc, c'est pas rien. Et comment éviter que ça vous arrive à nouveau ? » demande Bernie en croisant les bras sur la poitrine.

Patsy doute qu'il compatisse réellement à son malheur, car il se mord le coin de la bouche comme s'il se retenait de rire.

« Je peux pas. C'est dans mon sang.

— Ah, d'accord. Alors ça peut se reproduire n'importe quand ?

— Oui. »

Bernie plisse les yeux, visiblement contrarié.

« Dans ce cas, vous êtes virée. Vous irez demander votre dernière paye à Alan. Maintenant, si vous voulez bien m'excuser, dit-il en se dirigeant vers la porte, j'ai une entreprise à faire tourner. Une vraie. »

Patsy chancelle sur ses jambes, une épée plantée dans la poitrine. Elle suit Alan en titubant dans l'espoir de réussir à se faire comprendre, mais se ravise en réalisant qu'elle n'a plus rien à dire. C'est trop tard, elle a échoué.

Patsy file dans l'étroit couloir qui longe la cuisine et bouscule Serge et Alan au passage. Le chef est occupé à traiter son collègue de tapette, tandis que l'autre lui crie qu'il ferait mieux de retourner dans sa jungle. Pris en sandwich entre les deux, Bernie tente de les empêcher de s'entre-tuer.

« Vous n'êtes que des animaux ! » finit-il par hurler, le visage écarlate.

Aucun d'eux ne voit passer Patsy. Aucun d'eux ne la voit disparaître.

23

Un soir, en rentrant de l'école, Tru trouve Marva assise dans le salon, ses yeux obliques perdus dans le vide. Le visage blême, l'air pétrifié, elle plaque les mains sur son ventre, tandis que Roy, installé à côté d'elle, lui masse les épaules. Des ombres envahissent la pièce, grimpent le long du corps flasque de Marva et voilent le regard de Roy quand il murmure :

« C'est pétèt mieux comme ça. Dyé sait qu'on a pas les moyens de nourrir une bouche de plus. »

Ses paroles doivent toucher une corde sensible, car elles déclenchent l'hystérie de Marva.

« C'était pas juste une bouche de plus. C'était notre fi ! » sanglote-t-elle.

Quelques semaines plus tard, trois femmes frappent à la porte de la maison. Ce sont les sœurs de Marva. Toutes trois portent des foulards sur la tête, de longues jupes, et sentent les herbes et les fruits mûrs. Peu après leur arrivée, elles s'accroupissent dans le jardin pour y creuser un trou et murmurer des paroles à la terre. Elles sont venues en car depuis la paroisse de Saint Mary. Leur présence dissipe l'inquiétude qui règne dans la maison. La plus âgée, celle qui a les yeux perçants, la peau cendreuse et que les frères de Tru appellent tante Cherry, fait particulièrement peur à Tru. Les rares fois où Marva sort de sa chambre, elle paraît perdue. Hébétée, elle erre en chemise de nuit. Ses sœurs se parlent tout bas comme si elles craignaient de briser son corps fragile avec leurs voix métalliques. Tru approche l'oreille de la porte de la chambre pour les écouter.

« Chut. Pleure pas, Marva.

— Il… Il a dit qu'il en voulait pas d'autre.

— Non. Non. C'est à toi de lui dire ce que tu veux.

— Y refuse…

— C'est des paroles en l'air. Y changera d'avis.

— Y s'en fiche qu'on ait perdu ce bébé…

— Bien sûr que non. C'est juste un boug. Les boug montrent pas leurs sentiments comme nous.

— Mais notre bébé…

— Ça veut pas dire que vous pouvez pas réessayer. »

La voix de Marva est si faible que Tru presse l'oreille contre la porte pour entendre la suite.

« Évidemment que tu pourras en avoir d'autres ! Arrête de parler comme ça, Marva. C'est pas la fin du monde. Tu devrais te réjouir d'avoir déjà trois garçons.

— Mais une fi…

— Tu réessaieras.

— Je sais pas. Lui, il a déjà une fi. Ça lui suffit.

— Tais-toi, arrête de parler comme ça. Y devrait s'estimer heureux de t'avoir.

— Je peux pas comprendre pourquoi il…

— Je t'écoute, ma chérie. Francine, va chercher un autre mouchoir. »

Marva se mouche et poursuit, la voix tremblante de colère.

« Je peux pas comprendre pourquoi il a fait une chose pareille. L'amener ici sans mon accord pou me dire ensuite qu'on a assez de marmailles !

— Ma foi, qu'est-ce que tu veux ? Cette fanm savait ce qu'elle faisait en t'imposant ce fardeau. Pou quelle autre raison elle aurait abandonné son enfant du jour au lendemain ?

— J'ai rien contre elle. C'est une petite fi adorable. Mais c'est pas… »

Marva recommence à pleurer.

« Chut, ma chérie.

— Bien sûr que cette petite est adorable. Mais le diable aussi, jusqu'à ce qu'on découvre son vrai visage. Sa mère l'a pas laissée chez vous pou rien. Ce que je veux, c'est que tu te protèges.

— De qui ?

— De la mère de cette petite. »

La terreur se répand dans le sang de Tru. Ce doit être la sœur aînée aux yeux perçants qui parle, plantée au chevet de Marva dans ses vêtements noirs, tel un urubu flairant la mort depuis la branche d'un cocotier.

« Tiens, ça t'aidera à guérir du mal que la mère de cette fi t'a infligé.

— Raconte pas n'importe quoi, Cherry, grommelle Marva.

— Tu te rappelles ce que disait manman ? Y faut écraser la fourmi pou savoir ce qu'elle a dans le ventre. Avale ça – cette mixture te débarrassera de n'importe quel sort *obeah*[1]. Applique-la partout sur ton corps matin, midi et soir. Et prie en même temps. Ajoutes-en un peu dans ton thé du matin. Et dans celui de ton mari aussi. Ne t'en sépare jamais. Ce remède doit rester en contact avec ton corps en permanence. Porte-le seulement autour de la taille.

1. Ensemble de pratiques occultes héritées des esclaves ouest-africains, l'*obeah* est aujourd'hui considéré comme une religion dans plusieurs pays des Caraïbes.

Ne l'approche surtout pas de ton cœur, sinon ça risque de se retourner contre toi et de porter malheur à ton enfant. De mon côté, je prierai pou toi. »

Les sœurs récitent alors une prière destinée à repousser le diable et à chasser les esprits comme le fait manman G.

« Bondyé, que le précieux sang de Jésus enveloppe cette maison. Que le précieux sang de Jésus enveloppe notre sœur Marva. Que Satan et son armée soient terrassés. Seigneur Jésus, envoie tes anges sur ce champ de bataille. Chasse le mal de cette maison. Rappelle à notre sœur Marva que le diable ne nous vaincra jamais, même s'il se présente déguisé en agneau. »

Les mots prononcés par ces femmes prennent vie dans l'esprit de Tru. Ils emplissent l'air d'une force indestructible qui semble dirigée contre elle. Terrifiée par cette charge virulente, Tru s'enfuit dans le jardin et dérange au passage les chiens endormis ainsi que la volaille. Poursuivie par leurs paroles, elle grimpe à l'*akée*, mais les mots tranchants continuent à claquer autour d'elle, de plus en plus bruyants. Alors qu'elle est assise sur sa branche, muette de terreur, le jour s'éteint. Derrière le feuillage, le soleil se couche dans un ciel rouge sang.

24

Patsy arrive à l'adresse de Magic Maid. Après avoir repéré l'offre d'emploi de l'entreprise dans le *Village Voice*, elle a griffonné les coordonnées sur un bout de papier et filé vers Bushwick Avenue, malgré le froncement de sourcils sceptique de Fionna.

« On raconte des trucs pas terribles sur cette boîte, lui a-t-elle fait remarquer, tout en se limant les ongles sur le lit.

— C'est-à-dire ?

— Elle paye une misère et n'embauche que des Latino-Américaines. Une des serveuses d'Applebee's travaillait pour Magic Maid avant. Elle a démissionné au bout d'une semaine. »

Patsy a toutefois décidé de tenter sa chance. En s'arrêtant devant le vieux bâtiment en briques, elle remarque une vitre brisée au rez-de-chaussée à travers laquelle claque un fin rideau rouge, ainsi qu'une paire de vieilles baskets suspendue à l'escalier de secours rouillé. Des cris perçants semblables aux aboiements d'un petit chien ou au braillement d'un nouveau-né s'élèvent. Les habitants de l'immeuble se parlent en espagnol par-dessus le bruit. Sur le sol, la neige s'est transformée en gadoue grise. Patsy enjambe les restes d'une congère et entre dans le bâtiment. Elle monte quatre à quatre les marches d'un escalier plongé dans la pénombre puis longe un étroit couloir jusqu'à une porte grisâtre percée d'un judas sur laquelle est affiché le numéro 5A. La lettre se décolle légèrement du bois. Au moment de lever la main pour frapper, Patsy remarque que la porte est entrouverte. Une voix féminine lui parvient de l'intérieur ; la rapidité des paroles qui heurtent la porte, se déversent dans le couloir et glissent le long des murs orange la cloue sur place.

« Je suis désolée, madame. Madame, vous voulez bien m'écouter ? Ana possède une solide expérience – elle s'est occupée toute son enfance de ses frères et sœurs en République dominicaine. Je vous jure que ma nièce n'avait jamais fait ça avant. Je comprends que vous soyez contrariée, madame, mais je vous promets qu'elle a toujours été une employée irréprochable. Je vais faire tout mon possible pour régler le problème. Je suis sincèrement navrée, mais Magic Maid ne procède à aucun remboursement. Je vous enverrai volontiers quelqu'un d'autre dès que… Allô ? Madame ? Vous êtes toujours là ? Putain ! »

Patsy s'apprête de nouveau à frapper à la porte, mais se ravise. *Dans quelle galère je suis en train de me fourrer ?* Elle baisse la main et tourne les talons avant de réaliser que c'est sa seule chance de retrouver du travail. Nerveuse, elle prend une longue inspiration puis pousse la porte. Une femme bien charpentée aux cheveux teints en noir et à la peau mate est assise derrière un comptoir dans un studio aménagé en bureau. Sous la fenêtre sans rideau protégée par une barrière de sécurité, un chauffage bruyant enfermé dans une cage métallique souffle de l'air chaud dans la pièce. Patsy enlève son blouson pour se sentir plus à l'aise. Des portraits de femmes, la plupart latino-américaines, vêtues de tabliers et équipées de plumeaux, décorent les murs crème. Le logo de Magic Maid – une domestique à cheval sur un balai qui rit, la tête penchée en arrière, et sème une pluie d'étoiles sur son passage – est imprimé dans le coin de chaque photo.

Le téléphone se met à sonner. La femme pose ses gros doigts couverts de bagues sur le combiné et attend comme si elle prenait son pouls, au lieu de décrocher. L'espace d'un instant, Patsy pense qu'elle est paralysée. Elle observe son corps bien droit sur le fauteuil, ses joues creusées par l'inquiétude, ses tempes grisonnantes.

« Je deviens trop vieille pour ce boulot, dit-elle finalement. Je suis assez sympa pour embaucher des membres de ma famille, et voilà ce que je récolte. Je leur donne une chance de s'en sortir, et ils la fichent en l'air sans penser à ce que ça va me coûter.

— Euh… Bonjour, dit Patsy. Minerva ?

— Vous êtes ?

— Je m'appelle Patsy. Je viens pou le travail de fanm de ménage. »

Minerva redresse la tête comme si elle prenait brusquement conscience de sa présence. Bien que naturellement vifs, ses yeux sont fatigués et cernés. Sans sa légère moustache et ses sourcils tracés au crayon, elle serait magnifique. Minerva la dévisage, la main toujours sur le combiné.

« Quand pouvez-vous commencer ?

— Je suis disponible immédiatement, madame. »

Patsy cherche dans son sac le CV que l'agence lui a rédigé il y a quelques mois. Il est froissé sur les bords, mais elle n'a pas eu le temps de retourner en demander un nouveau aux employées de Ray of Hope.

Minerva l'arrête d'un geste.

« C'est bon, vous êtes prise.

— Je vous demande pardon ?

— Je vous embauche. »

Patsy la regarde bouche bée, tandis qu'une dose d'adrénaline jaillit dans ses veines. Elle regarde Minerva essuyer la sueur au-dessus de sa lèvre avec le coin d'un mouchoir.

Puis, d'un signe de ses gros doigts bagués, elle lui fait signe de s'asseoir sur la chaise en face d'elle.

« Vous m'avez l'air d'une fille bien. Laissez-moi deviner. Vingt-cinq ans ?

— Vingt-huit.

— Un peu jeune. Mais je vais vous donner votre chance. Tout ce que vous devez retenir, c'est que dans chaque maison où vous entrerez, vous représenterez Magic Maid. Nous avons travaillé dur pour créer cette entreprise, mon mari et moi. Nous faisons en sorte d'employer des personnes convenables et travailleuses. Je n'aurais jamais dû faire confiance à mon imbécile de nièce. Je ne veux pas entendre parler d'un seul vol ni de la moindre négligence de votre part. Si cela arrivait, non seulement je vous renverrais, mais je signalerais également l'incident aux autorités. Vous connaissez les risques aussi bien que moi. Vous avez donc intérêt à filer droit, c'est clair ? »

Patsy ouvre la bouche et la referme, avant de répondre :

« Absolument.

— Parfait. Nos employées sont payées cinq dollars quinze de l'heure. C'est le salaire minimum légal. »

Patsy laisse planer ces mots un instant dans l'air. *Cinq dollars quinze de l'heure ? Mais comment je vais m'en sortir avec ça ?* Son salaire sera à peine plus élevé que celui qu'elle gagnait au restaurant. La déception doit se lire sur son visage, car Minerva ajoute :

« Plus vous travaillerez, plus vous gagnerez. C'est simple. Nous vous fournirons le matériel d'entretien. Vous avez une voiture ?

— Non.

— Vous risquez d'en avoir besoin.

— Mais je ne – je ne peux pas – je n'ai pas…

— Pas de papiers ? Aucun problème. Un tas de conducteurs dans cette ville n'en ont pas non plus. Il sera plus facile de vous rendre au travail en voiture, surtout avec le matériel que vous transporterez.

— Je me débrouillerai. »

Minerva lève un sourcil dessiné, avant de hausser les épaules.

« Comme vous voudrez. Quelle taille faites-vous, mon petit ?

— Euh… »

Patsy porte désormais des vêtements qui font deux tailles de plus que les anciens. Préférant ne prendre aucun risque, elle répond qu'il lui faudrait un XL. Minerva cherche dans le carton posé à ses pieds puis lui tend un T-shirt noir. Patsy le lève vers la lumière. Le logo de Magic Maid est imprimé en jaune à gauche sur la poitrine.

« Vous devrez porter ce T-shirt en permanence, dit Minerva. Comme ça, les clients sauront que vous êtes de chez nous. Les gens de cette ville n'ouvrent pas la porte aux personnes noires, à moins qu'il s'agisse d'un livreur ou d'une employée de maison. Ah, et choisissez des chaussures confortables, ainsi que des vêtements que vous ne craignez pas de salir. »

Son premier travail l'envoie à Brooklyn Heights. La rue de son employeur lui rappelle celle de Cicely avec son enfilade interminable de belles maisons en grès rouge. Patsy soulève le lourd seau à poignée dans lequel elle a rangé ses produits d'entretien et monte les larges marches en béton du bâtiment en se tenant à la rampe en fer forgé. Arrivée devant la porte rouge vif à poignée en cuivre, elle fait une pause, le temps de reprendre son souffle. Patsy se demande s'il vaut mieux frapper ou appuyer sur la sonnette fixée au-dessus de la petite plaque indiquant le nom BRADFORD. Quand elle se décide finalement à sonner, personne ne vient lui ouvrir. Patsy se sent de plus en plus bête, plantée là devant cette porte. Elle essaye de jeter un œil dans la maison où elle aperçoit le portrait à l'huile d'une femme dénudée allongée, des étagères couvertes de livres, une sculpture en marbre sur la cheminée, ainsi que le plancher nu. Car il n'y a aucun rideau aux fenêtres, comme dans toutes les autres maisons de la rue. En chemin, Patsy a remarqué un grand nombre d'œuvres d'art sur les murs de leurs salons, des lustres suspendus à de hauts plafonds, de splendides portes cintrées menant d'une pièce à une autre, des escaliers en colimaçon pour accéder aux étages et de beaux vases exotiques sur le bord des cheminées. *Si ces gens se font cambrioler, ils l'auront bien cherché*, se dit-elle en repensant à Cicely et Marcus. Elle ne peut pas s'empêcher d'en vouloir à son amie d'être devenue une de ces femmes qui exhibent fièrement leurs richesses.

L'optimisme que Patsy ressentait plus tôt à l'idée de gagner à nouveau sa vie laisse place au scepticisme lorsque personne ne réagit à sa deuxième tentative. Peut-être que son employeur a annulé le rendez-vous et que l'agence a oublié de la prévenir. Au moment où elle s'apprête à repartir, Patsy voit une femme se diriger vers elle, chargée de sacs de courses.

« Bonjour !, lui lance celle-ci d'un ton enjoué. Vous devez être la nouvelle femme de ménage ! »

Madame Bradford mesure environ un mètre soixante-dix et ressemble à une de ces mannequins scandinaves des magazines *Vogue* que Fionna aime feuilleter (elle le fait à la lumière d'une lampe torche la nuit, quand Patsy lui demande d'éteindre le plafonnier pour pouvoir dormir). « *C'est ça, une vraie fanm américaine. Regarde comme celle-ci est maigre ! Et pâle ! Ses cheveux et sa peau ont l'air tellement doux ! Qu'est-ce qu'y faut faire pou être comme elle ? Tu crois qu'on nettoierait des toilettes si on lui ressemblait ?* »

« Oui, je m'appelle Patsy », répond-elle à cette femme qu'elle ne peut s'empêcher d'admirer, bien qu'elle ait presque l'air d'une clocharde dans son large pantalon cargo, son manteau orange trop grand qu'elle semble avoir fabriqué elle-même avec des chutes de tissu et cette casquette des New York Yankees qu'elle porte à l'envers.

C'est exactement le type de femme que les magazines américains considèrent comme branchée. À la différence que celle-ci a les cheveux châtains au lieu de l'habituelle chevelure blonde. Il n'y a que ces femmes blanches pour paraître classe dans des vêtements aussi miteux. Madame Bradford est toutefois différente de la jeune fille que Patsy a rencontrée à l'arrêt de bus, et dont elle a oublié le nom. Cette femme-là respire une élégance subtile – on voit bien qu'elle a l'habitude d'obtenir tout ce qu'elle veut et qu'elle n'a pas besoin de fournir de gros efforts pour impressionner les gens qu'elle rencontre. Ses hautes pommettes, son visage anguleux, son nez saupoudré de délicates taches de rousseur et sa large bouche lui donnent une présence qu'il est impossible d'ignorer. Par réflexe, Patsy fait un pas de côté pour la laisser passer et ouvrir la porte. Elle la regarde chercher ses clés dans les poches de son pantalon, gênée de rester les bras ballants, le seau à ses pieds.

« Euh… vous avez besoin d'aide ?

— Oh, non, c'est bon. Je vais m'en sortir. »

Patsy la regarde soulever ses deux gros sacs d'une main et tenter d'introduire la clé dans la serrure de l'autre. Lorsque la porte s'ouvre, un chien bondit vers elle et commence à lui lécher le visage tandis qu'elle pose ses courses sur le plancher.

« Ça va, mon Chi-Chi ? Tu as été sage ? Maman est revenue, et elle a de la compagnie ! Une nouvelle femme de ménage ! »

Patsy se demande si madame Bradford a déjà oublié son prénom.

Le chien, qui ressemble davantage à un jouet qu'à un véritable animal, pose ses pattes sur ses cuisses. Patsy pousse un cri, immédiatement embarrassée par sa réaction. Avec un peu de chance, sa maîtresse ne s'est pas aperçue qu'elle a failli chasser le chien d'un coup de pied.

« Je vous présente Chi-Chi, dit la femme en prenant l'animal dans ses bras comme un bébé. Ne vous en faites pas, elle est un peu envahissante, mais pas méchante. Ça veut seulement dire qu'elle vous aime bien. »

Patsy, qui parvient enfin à se détendre maintenant que la chienne se trouve à bonne distance d'elle, constate avec agacement qu'elle est en train de tomber sous le charme de sa nouvelle patronne. Apercevant son reflet dans le miroir du vestibule, elle lisse ses cheveux et son T-shirt Magic Maid après avoir enlevé son blouson, mais juge aussitôt idiot de se refaire une beauté alors qu'elle est là pour faire le ménage et que plaire à un chien n'a rien de flatteur.

Madame Bradford, qui ne s'est toujours pas présentée, conduit Patsy à la cuisine où des poêles en cuivre et des casseroles de différentes couleurs s'alignent au-dessus de l'îlot. Des assiettes en céramique sont soigneusement empilées dans un vaisselier en bois, à côté de livres sur le végétarisme, les meilleures cures détox et les bons réflexes pour garder un corps sain. La femme prend une pomme dans un sac de courses et mord dedans sans la laver. Elle laisse ensuite la chienne lécher le fruit avant de le poser. Patsy regarde fixement l'animal agiter la queue, incapable de croire que sa maîtresse compte croquer dans le même fruit. Madame Bradford – Esther – se présente enfin, d'un ton qui suggère qu'elle n'accorde pas plus d'importance aux civilités qu'au lissage de sa queue-de-cheval. Patsy regrette que Cicely et elle ne se parlent plus. Elle aurait pu lui dire qu'elle avait raison : les Américains traitent leurs chiens comme des membres de leur famille, et certains les présentent même avant de se présenter eux-mêmes. Qu'est-ce qu'elles auraient ri !

Esther commence à lui faire visiter sa maison qui est construite sur deux étages – au premier, des fenêtres occupent carrément tout un mur. Chi-Chi court derrière elles en reniflant les pieds de Patsy qui tente de l'ignorer.

La chambre à elle seule est plus grande que le studio qu'elle partage avec Fionna. Près du lit, la table de chevet est couverte d'objets en tout genre, et des vêtements traînent partout sur le sol. Le salon bien éclairé aux murs couleur pêche est la copie exacte de ceux qu'on voit dans les magazines : canapé bleu sarcelle, table basse rustique sur laquelle est posé un vase ivoire et bibliothèque remplie de livres sur le yoga, de magazines de voyage dont la couverture montre des personnes méditant dans des lieux exotiques, d'un bouddha en bronze et de romans reliés. Au-dessus de la cheminée est accroché le portrait à l'huile de la femme nue – probablement Esther – que Patsy a aperçu de l'extérieur. Son sourire aguicheur est aussi troublant que superflu. Patsy imagine des invités contemplant l'entrejambe ou les mamelons roses de leur hôtesse tandis qu'elle leur sert des canapés et discourt sur l'art ou la politique. Esther, qui vit seule, lui explique combien elle tient à sa liberté, raison pour laquelle elle ne cherche pas de colocataire.

« C'est typiquement new-yorkais, vous voyez, dit-elle avant de croquer à pleines dents dans sa pomme. Comme je suis jeune et célibataire, les gens partent du principe que j'ai des colocataires. Mais je ne vois vraiment pas comment on peut vivre avec d'autres personnes. L'été, pendant mes retraites de yoga en Europe, je loge chez les amis de mes parents qui sont partis en vacances. Même là-bas, je vis toujours seule. J'ai besoin de mon indépendance. Vous voyez ce que je veux dire ? »

Patsy hoche la tête et sourit comme si elle la comprenait parfaitement et partageait son point de vue. L'avertissement de Fionna résonne dans sa tête : « *Les Américains sont bizarres.*

Garde tes pensées pou toi, ne cherche pas à alimenter la conversation. » Patsy, qui s'en veut d'avoir de telles pensées, cesse de regarder Esther et contemple le somptueux désordre qui l'entoure. Des vêtements traînent dans chaque pièce – des T-shirts et leggings pendent aux portes, une combinaison est roulée en boule sur le plancher, et le panier à linge sale déborde. Patsy aperçoit quelques sous-vêtements et s'étonne qu'Esther ne lave pas sa petite culotte dès qu'elle l'enlève, comme elle a appris à le faire enfant. Dans la salle de bains, une traînée de dentifrice macule le miroir, la poubelle est pleine et le meuble du lavabo disparaît sous les accessoires de toilette. Malgré ce désordre, la maison d'Esther conserve un charme pittoresque. On dirait que les vêtements, les chaussures et les sacs à main qui traînent sont stratégiquement disposés de façon à donner du caractère, un charme négligé à son intérieur.

« Mon ancienne femme de ménage m'a laissée tomber », explique Esther en levant les yeux au ciel.

Elle montre ensuite à Patsy une serpillière usée dans un placard sans lui donner plus d'instructions. Il faut croire qu'elle est censée deviner là où l'autre s'est arrêtée.

À présent seule, Patsy balaye la maison du regard et se demande si elle n'a pas fait une erreur en demandant à l'agence un poste de femme de ménage. Qu'y connaît-elle après tout ? C'est le métier qu'exerçait Manman G pour gagner sa vie, à l'époque où elle travaillait. Patsy la revoit appliquer des crèmes éclaircissantes sur la peau de ses genoux et de ses coudes noircie par le récurage des sols des villas sur les collines, ou prendre un bain de pieds bien chaud tout en se plaignant de sa journée de travail et du comportement des riches – des personnes qui passaient à côté d'elle sans lui dire bonjour ni au revoir ; qui, après avoir renversé leur café ou leur thé, se contentaient d'appuyer sur une sonnette pour qu'elle vienne nettoyer ; qui se faisaient servir leurs repas sans jamais lui proposer à manger ; qui exigeaient qu'elle lave la vaisselle et essuie la table avant de rentrer chez elle… Et cette femme qui la suivait comme un petit chien et aboyait dès qu'elle ne faisait pas les choses correctement ! Un jour où Patsy l'accompagnait au marché du centre-ville, manman G repéra une de ses patronnes et lui adressa un grand bonjour. Mais la femme poursuivit son chemin comme si elle ne la reconnaissait pas sans sa tenue de domestique. « *Si t'es pas aussi riche qu'eux, y te traitent comme un chien* », dit manman G à la petite Patsy en la tirant par la main. Surprise, celle-ci trébucha et tomba, ce qui déclencha la fureur de sa mère : « *Mais comment tu peux être aussi maladroite, ma fi ? T'as deux pieds gauches ou quoi ? Quelle empotée ! Tu me fais honte ! Relève-toi et m'oblige pas à te traîner jusqu'à l'autre bout du marché !* »

La scène s'efface dans la lumière vive de la salle de bains lilas d'Esther. Après avoir enfilé ses gants en caoutchouc, Patsy s'agenouille à côté de son seau de produits d'entretien. Le soulagement que lui apporte ce nouveau gagne-pain balaye ses doutes et la gêne qu'elle ressent à l'idée de faire le ménage chez quelqu'un. Pendant plusieurs heures, Patsy époussette les étagères, passe la serpillière, frotte les carreaux de la salle de bains, passe l'aspirateur sur les paillassons de la cuisine et du vestibule puis change les draps du grand lit. Au moment d'essuyer le bord de la cheminée, elle évite soigneusement de lever les yeux vers le tableau. Elle ramasse le linge sale, y compris les strings qu'elle tient comme la queue d'une souris morte et dont les ficelles sont si fines qu'elles pourraient servir de fil dentaire, puis l'entasse dans le panier. Pendant que Patsy travaille, Esther lit un livre sur le canapé bleu sarcelle, les jambes passées par-dessus l'accoudoir. Chi-Chi dort à côté d'elle.

« C'est parfait ! » dit-elle trois heures plus tard, quand le ménage est terminé.

Patsy sourit. Ce compliment exalte étrangement sa fierté. Puis elle se rappelle ce que Fionna lui a raconté sur cette femme qui lui souriait, lui donnait de bons pourboires, la complimentait, pour finir par la faire renvoyer.

« Votre linge sale, s'empresse-t-elle de dire.

— Oui ?, demande Esther en caressant la tête de Chi-Chi.

— Je peux faire la lessive aussi, si vous voulez. »

C'est ainsi que Patsy passe du métier de femme de ménage à celui de blanchisseuse. Il lui faut deux heures et demie pour venir à bout du linge sale d'Esther – heureusement qu'elle a appris à se servir d'une machine à laver ! Quelques mois plus tôt, Patsy n'aurait jamais imaginé qu'on puisse faire une lessive sans bassine ni savon. Mais elle s'est rapidement aperçue que les Américains ne lavent leurs vêtements qu'à la machine ; aux États-Unis, il existe même des établissements qui louent des lave-linge.

Un dimanche après-midi, à la laverie la plus proche de chez Beverly à East New York, Patsy passa vingt bonnes minutes à apprendre à faire fonctionner une machine à laver. L'employée – une Afro-Américaine obèse qui fumait cigarette sur cigarette dans les toilettes et toussait dans son mouchoir – se montra très patiente avec elle. Elle lui indiqua le compartiment où verser la lessive, ainsi que celui réservé au produit appelé « adoucissant ». Elle lui fournit même les quelques pièces qui lui manquaient. Après avoir fait considérablement rétrécir quelques pulls et chemisiers, Patsy prit l'habitude de vérifier l'étiquette de chaque vêtement, afin de savoir quelle température et quel programme choisir. Aujourd'hui, elle continue tout de même à laver ses sous-vêtements sous la douche et à les mettre à sécher sur la barre du rideau.

Une fois que les vêtements d'Esther sont secs, Patsy plie ceux qui se rangent dans la commode puis suspend le reste dans l'armoire. Suivant les instructions de sa patronne, elle emporte enfin les vêtements les plus chers au pressing du coin de la rue. Le petit employé chauve d'origine chinoise lui rappelle le monsieur Chin de l'épicerie de Princess Street où elle faisait ses courses dans le centre de Kingston. Patsy se sent immédiatement à l'aise avec lui. Grand nombre de monsieur Chin sont propriétaires de supérettes en Jamaïque, mais c'était celui de Princess Street qui proposait les meilleures promotions. Patsy se revoit faire la queue dans la chaleur d'un samedi après-midi puis énumérer les articles de sa liste de courses à travers le guichet grillagé du magasin et attendre que le vieux monsieur Chin aille lentement les chercher. « *Je suis pas sourd, vous savez !*, criait-il. *Un article à la fois, sinon je vais devoir mettre la clé sous la porte ! Et qu'est-ce que vous deviendrez sans moi, hein ?* » En semaine, les trois enfants adolescents de monsieur Chin – les deux garçons en short beige et chemise ornée du blason de l'école de garçons St George, la fille dans sa tunique blanche du lycée de l'Immaculée Conception – lui donnaient parfois un coup de main, courant à droite et à gauche pour satisfaire aux exigences de leurs clients. Le reste du temps, il était secondé par son épouse, une femme austère au double menton. Cette femme ne souriait qu'à Joe-Joe, le vendeur à la sauvette d'Orange Street qui lui apportait des quenettes et des fleurs d'hibiscus volées dans les jardins. Fatigués d'être appelés « Chin » comme tous les Chinois de Jamaïque, leurs enfants et elle n'étaient jamais très amicaux. « *Je pourrais avoir une livre de farine, misyé Chin ! Y me faudrait deux livres de semoule de maïs, misyé Chin ! Misyé Chin, donnez-moi don un sac de riz, un paquet de biscuits Shirley, deux savons et quatre boîtes de maquereaux !* »

Tout est calme à l'intérieur du pressing. On n'entend que la voix du présentateur d'une station de radio annonçant les dernières informations. Le monsieur Chin de cette blanchisserie est un homme décontracté au visage rond et souriant.

Il se lève de son fauteuil et replie son journal pour accueillir Patsy, puis il ajuste ses lunettes sur son nez et prend les vêtements sans lui poser de question. Il n'y a pas de guichet grillagé entre eux, ni de vitre pare-balles comme elle en a vu dans les restaurants chinois de son quartier à Brownsville. Le pressing est simplement équipé d'un comptoir en bois sur lequel est posé un chat en porcelaine. Derrière l'homme, de nombreux vêtements sont suspendus dans des housses en plastique sur des portants. Patsy est surprise par son attitude avenante.

« Comment allez-vous ?, demande-t-il.

— Bien, merci », répond-elle en le regardant trier les vêtements de ses doigts courts et boudinés, dont l'un porte un pansement.

Le blanchisseur note les coordonnées d'Esther puis tend à Patsy un morceau de papier sur lequel il a noté le prix à payer et le jour où sa patronne pourra venir chercher ses vêtements.

« Bonne journée ! » lui lance-t-il.

Stupéfaite que, dans ce quartier, un homme chinois la considère comme une personne, non comme une énième mendiante, elle manque de se cogner dans la porte en partant.

Patsy accepte chaque nouveau poste de femme de ménage qu'on lui propose. Elle s'aperçoit qu'elle apprend à connaître les Américains plus rapidement en pénétrant dans leur intimité. Lorsqu'ils lui ouvrent leur porte, certains sont d'abord méfiants. Mais dès qu'ils entendent son accent, leurs épaules semblent se détendre, et un sourire éclaire leur visage. « *Ah oui, bien sûr ! Entrez.* » Patsy lit dans leur regard que son intonation réveille des souvenirs de palmiers, de soleil et de plages de sable blanc. Ils finissent généralement par lui demander si elle connaît tel hôtel ou telle plage à

Negril, Ocho Rios ou Montego Bay, où ils ont fêté leurs noces d'argent, un anniversaire, passé une lune de miel ou des vacances.

L'une de ses patronnes est si à l'aise avec elle qu'elle lui avoue préférer employer des immigrés car ils sont plus travailleurs que les autres. Elle ajoute que ses parents ont longtemps eu des employés de maison afro-américains en Géorgie, mais qu'ils sont peu à peu devenus trop « gourmands ». Patsy ne lui demande pas de préciser ce qu'elle entend par là, mais ce mot qui s'ancre dans son esprit la pousse à travailler encore plus dur. Un soir, après sa journée de travail, elle passe plusieurs heures à frotter des traces de crayon sur le mur de l'appartement d'une grand-mère, mais celle-ci ne lui donne aucun pourboire. Et Patsy a suffisamment de jugeote pour ne pas lui en demander un.

En général, elle préfère que ses employeurs la laissent seule pour aller courir, faire des courses ou bruncher. À vrai dire, Patsy se moque de savoir ce qu'ils font, du moment qu'ils la laissent tranquille. Elle en profite pour jeter un coup d'œil à leur bibliothèque, caresser le bois de leur mobilier luxueux, observer les portraits de famille, passer en revue le contenu des placards, appuyer sur les touches des pianos, examiner les étiquettes des bouteilles de vin, des parfums, des savons, des shampoings et des crèmes. De pièce en pièce, elle nettoie, époussette, nettoie, époussette. Parfois, elle trie le contenu de la corbeille à papier d'un bureau. Patsy n'y cherche rien de particulier, mais elle aime bien tomber sur des mots griffonnés ou des listes de choses à faire. Ces bouts de papier ont quelque chose d'humain, d'intime. Il lui arrive même de s'asseoir à un bureau ou au bout d'une table de salle à manger et de s'imaginer chez elle.

25

Tru apprend à reconnaître les silences. Il y a d'abord le calme feutré de la maison qui lui donne l'impression que le monde entier a cessé de respirer – un silence qui enveloppe Marva et force Roy à s'isoler. Tous deux ne sont toujours pas réconciliés. L'atmosphère est fébrile et morose. Roy passe tout son temps au travail et rentre de plus en plus tard, mais la nuit, Tru est souvent réveillée par le tremblement du lit de la chambre parentale. Elle reconnaît sans mal les bruits que font Marva et Roy au lieu de se parler.

Le dimanche, quand il est à la maison, Roy monte le son de la télévision au maximum ou se plonge dans la lecture du *Sunday Gleaner* et s'écrie avec désespoir : « Aucune marmaille mérite de naître dans ce monde maudit. Tous ces meurtres insensés, cette corruption ! Notre pays court à la catastrophe. »

À chaque fois que Roy prononce le mot « marmaille », Marva, qui empeste l'ail depuis qu'elle en porte dans une poche autour de la taille, lève les yeux de sa casserole, se retourne et le foudroie du regard, les narines dilatées, la peau tendue et luisante sur les os de son visage. Roy se contente de feuilleter bruyamment le journal pour éviter d'entendre les coups de cuillère rageurs de sa femme dans la casserole.

Ce silence suit Tru partout. Ou peut-être se fait-elle des idées, mais quand elle rend visite à manman G à Pennyfield et salue ses anciens voisins, ceux-ci changent d'attitude et promènent le regard sur ses robes décolorées aux cols effilochés et aux ourlets décousus. On dirait qu'ils cherchent quelque chose – le signe, peut-être, que sa mère est vraiment partie en Amérique ; que ce n'est pas un mensonge colporté pour cacher le fait qu'elle se cloître quelque part à la campagne, comme le père de Ricky l'albinos. Tout le monde raconte qu'il vit à Clarendon, sans le sou et pieds nus, au milieu des vaches et des cochons, qu'il considère comme ses semblables. Les enfants de l'école en rigolent, car tout le monde sait que cet homme est fou, même si Ricky jure qu'il est parti vivre en Angleterre.

Ce climat de non-dit s'alourdit encore lorsque, le dimanche de Pâques, Roy autorise Tru à accompagner manman G à l'église de l'Assemblée de Dieu pour les vertueux. Tous les paroissiens portent leurs plus beaux vêtements, à l'exception de Tru, qui a dû enfiler sa robe rose avec un nœud dans le dos, devenue trop petite. Ses gros orteils sont également trop serrés dans ses chaussures.

« Tu grandis comme de le dire », constate manman G en tapotant les cheveux de sa petite-fille qu'elle a soigneusement bouclés.

Tru perçoit une pointe de rancœur dans sa voix ; à croire qu'elle ne s'attendait pas à ce qu'elle grandisse après le départ de sa mère, et que la vue de ses genoux noueux lui rappelle cruellement que Patsy ne s'est même pas donné la peine de leur écrire, encore moins de leur envoyer quelque chose.

« Ton bon à rien de père a don pas les moyens de t'acheter une nouvelle robe pou la messe ? » demande manman G, bien qu'à sa façon d'éviter son regard, Tru devine qu'elle parle plutôt de sa mère.

La fillette baisse la tête, incapable de lui avouer que Roy et Marva ne vont jamais à l'église. Elle entend presque les questions s'entrechoquer dans la tête des fidèles qui la dévisagent. La situation empire quand le pasteur Kirby, qui ressemble à une chayotte ratatinée dans sa robe verte longue jusqu'au sol, prend manman G pour exemple en déclarant que c'est une servante de Dieu exceptionnelle.

« Si vous donnez la priorité à Dyé dans votre vie, sa bénédiction descendra sur vous. Regardez notre sœur Gloria. Elle aurait pu choisir de garder pou elle l'argent de sa retraite comme certaines âmes pingres ici présentes, et s'offrir des robes, des chapeaux et des chaussures pou Pâques, sans rien donner à l'église. Elle aurait même pu abandonner tout espoir après que sa fi a disparu à l'étranger sans donner une seule nouvelle… »

Tru sent la brûlure des regards braqués sur elle. Une veine palpite fiévreusement sur le côté de son cou et ses pieds semblent s'enfoncer dans des sables mouvants.

« Notre sœur Gloria pourrait demander de l'aide à Pope comme tous ces paresseux, ces impies de notre communauté qui font la queue pou manger dans sa main sale. Sans parler de ces politiciens véreux ! Notre sœur Gloria aurait pu choisir de rester au lit, de se cloîtrer chez elle, tant elle est découragée après tout ce qu'elle a fait pou cette fi. »

Tru se retient de regarder autour d'elle. *Quelle fi ?* Le pasteur Kirby ne peut tout de même pas parler d'elle. Elle se trouve juste devant ses yeux. *Est-ce qu'y me voit pas ? Y voit pas que je suis assise ici ?*

« Mais non, notre sœur Gloria vient fidèlement à l'église chaque jour de la semaine, car elle sait qu'il existe quelque chose de plus important que les biens matériels et les déconvenues de la vie. Dyé ! Combien d'entre vous ont choisi Dyé pou âme sœur ? Combien d'entre vous, hypocrites, aiment leur mari, leur femme, l'argent ou même Pope davantage que Dyé qui nous a donné son unique fils ? »

« Amen ! Alléluia ! » crie l'assemblée.

Manman G garde le silence, le menton levé, les mains jointes sur les genoux, la bouche entrouverte. Dans ses yeux brille l'or noir du soleil – ils sont illuminés de fierté et de joie. Soudain, elle se lève de son siège, renverse la tête, tend les bras en l'air et remue les lèvres. Elle parle dans une langue que Tru ne comprend pas.

Lorsque le pasteur Kirby demande à ses fidèles d'incliner la tête et de prier pour se défaire de leurs habitudes immorales et égoïstes, mademoiselle Belnavis ne ferme pas les yeux. Elle continue à observer Tru avec un regard tendre. Et lorsque la fillette marche malencontreusement sur les pieds de mademoiselle Richardson en filant se réfugier aux toilettes, celle-ci la rassure au lieu de la maudire comme les écoliers qui volent les mangues de son jardin.

« Ça va, trésor, ça va. »

Manman G serre tant les paupières qu'elle ne remarque pas le retour de Tru qui se rassoit en espérant échapper aux regards indiscrets. Les maîtresses de l'école observaient Olivia Moore de la même façon quand sa mère est morte d'un cancer. Elles inclinaient légèrement la tête en sa présence et leurs bavardages se calmaient. Ici, dans le silence temporaire de l'église, et malgré les sacrifices héroïques de sa grand-mère, Tru prend peu à peu conscience de son sort affligeant d'orpheline.

Ce silence persiste. La semaine passée, Marva a emmené Tru et ses frères au supermarché où elle a croisé une vieille amie. « *T'as l'air en forme, Marva ! Et dire qu'on s'est pas vues depuis la remise des diplômes de Heart College ! Comment ça va ?* » Les garçons avaient déjà filé au rayon des biscuits. La femme, dont le sourire trop large dissimulait mal sa curiosité, regarda Marva et Tru tour à tour. « *Elle est adorable.*

Je savais pas que t'avais une fi. Elle te ressemble trait pour trait ! » Mais avant que Marva puisse répondre, Tru répliqua : « *C'est pas ma mère. Ma vraie manman est en Amérique.* » Un silence gêné s'installa entre les deux femmes. Marva n'adressa pas un mot à Tru dans le taxi, ni même quand elles arrivèrent à la maison. Elle sortit un sac d'oignons pour assaisonner la viande qu'elle venait d'acheter et en éminça tant ce soir-là, martelant la planche sans relâche avec la lame de son couteau, que ses larmes noyèrent la nourriture.

Mais, la plupart du temps, c'est au silence interminable de sa mère que Tru doit faire face. Un silence semblable au grésillement nocturne des fils électriques.

C'est au cours d'un de ces moments de silence assourdissant que les bruits des voisins montent un soir jusqu'à Tru, assise sur sa branche d'*akée*. Elle entend les rires et les cris de quelques garçons un peu plus âgés qu'elle qui jouent au foot sur le terrain vague d'à côté. Cachée par le feuillage, elle les regarde jouer avec un ballon qu'ils ont fabriqué. Ils le font rebondir sur leurs genoux et le bout de leurs orteils, puis l'envoient entre les deux longues cannes de bambou qui leur servent de poteaux de but. Leurs pieds sont sales à force de soulever la poussière et le soleil brûle leurs visages couverts de sueur. Quand ils s'accordent une pause, les garçons se vident une bouteille d'eau sur la tête et enlèvent leurs T-shirts pour s'essuyer le visage. Ils jouent pendant des heures. À chaque but, ils se tapent dans la main et sautent sur le dos les uns des autres avec une complicité que leur envie Tru. Tandis qu'elle les épie dans la lumière grisâtre de la tombée de la nuit, un sentiment de jalousie plus épais que le mucus lui emplit la bouche. Elle voudrait tant jouer avec eux. Non, en vérité, le désir qui l'emporte sur tous les autres, c'est celui d'*être* eux.

Un jour, alors qu'elle est installée sur son perchoir secret, Tru repère le ballon des garçons coincé entre la palissade en zinc rouillé et le tronc d'un arbre couvert de mousse. Comme il a plu à verse toute la semaine, les branches des arbres ploient sous le poids de l'eau. Les hibiscus baissent tristement la tête sans s'apercevoir qu'un soleil brillant apparaît enfin derrière les nuages, prêt à présenter des excuses radieuses aux habitants des maisons détruites par les inondations dans le quartier proche de Windfield, ainsi qu'à la campagne. Les mauvaises herbes qui ont poussé colorent le jardin d'une teinte vert foncé, et l'herbe à femme s'enroule autour des troncs d'arbre et envahit les parterres de fleurs. Les chiens errants lapent l'eau des nouveaux nids-de-poule que la pluie a creusés dans la rue. Et là, niché dans l'herbe épaisse du terrain vague, se trouve le ballon des voisins.

Tru saute agilement de la branche d'*akée* la plus basse par-dessus la palissade et atterrit dans la boue. Elle se relève puis frotte rapidement son short et son T-shirt, trop excitée pour se préoccuper des éclaboussures. Personne n'accourt pour récupérer le ballon. La maison la plus proche se trouve de l'autre côté du terrain vague, et ses fenêtres sont fermées, tandis que sa porte est condamnée par des planches. Des ouvriers ont construit une cabane pour stocker le matériel et les outils à proximité d'un nouveau chantier. D'après ce que Tru a entendu Marva raconter à mademoiselle Ellis, leur voisine, la future maison appartient à un vieux Jamaïcain qui rentrera bientôt de Londres. Sa femme vient de mourir et il compte se réinstaller au pays. Mais apparemment, la cabane est déserte aussi. Dans l'épaisse herbe verte, les criquets stridulent et les oiseaux gazouillent. Tru déchire une toile d'araignée scintillante sur son passage et écrase des branchettes sous ses mules tandis qu'elle se rapproche du ballon. Plongeant la tête dans les buissons, elle tend les bras et le soulève.

De près, cette balle n'a rien de spectaculaire. Elle est faite d'une brique de jus de fruits boueuse remplie de bouts de papier, de tissu et de sable. Mais en la tenant dans ses mains, Tru sent toute sa puissance. Elle palpe son pouls avec les paumes et perçoit à chaque caresse un léger battement. La fillette manipule le ballon avec autant de précautions que s'il s'agissait d'un cadeau, d'un petit corps inanimé. Mais plus elle le regarde, plus elle ressent l'envie irrésistible de le frapper du pied de toutes ses forces. Sa première tentative est timide : le ballon dépasse tout juste les deux poteaux en bambou que les garçons ont laissé en place. Son deuxième tir, beaucoup plus puissant, l'envoie à travers les airs. Le ballon redescend en décrivant un arc brun et atterrit brutalement dans un jardin en friche. D'un bond, une grenouille-taureau sort des buissons et quelques lézards détalent à travers le champ jonché de feuilles jusqu'à l'arbre le plus proche. Tru continue à taper dans le ballon en imitant les gestes des Reggae Boyz qu'elle a vus à la télévision : elle contrôle la balle sans la laisser toucher le sol et exécute la petite danse des footballeurs à chaque fois qu'elle marque un but. À la fin de la journée, alors qu'elle s'apprête à tirer une fois de plus, une voix lui lance :

« Tu as de la force. Mais y te faut une cible. »

Tru se raidit en reconnaissant celle de son père qui va sûrement la réprimander car elle n'est pas rentrée à l'heure pour le dîner. Le dimanche, Marva aime le servir tôt et souhaite que toute la famille soit réunie à table.

Cependant, Roy ne paraît pas fâché. Son visage n'a même jamais été aussi détendu depuis que Tru vit sous son toit. Au lieu de la gronder parce qu'elle est couverte de boue et qu'elle joue sur le terrain vague avec un ballon qui ne lui appartient pas, il esquisse un sourire et la regarde d'un air doux. Tru remarque qu'il porte la même tenue que lorsqu'il part courir à l'aube : un T-shirt, un pantalon de jogging gris et une paire de baskets. Peu à peu, sa peur s'estompe.

« Donne », dit-il gentiment.

La cicatrice de sa main droite apparaît lorsqu'il tend les bras. Tru lui lance le ballon.

« Maintenant, regarde. »

Roy jongle avec la balle du bout des pieds puis l'envoie tout droit entre les poteaux en bambou. À le voir, cela semble facile.

« Vas-y, essaye », dit-il doucement.

La tentative de Tru se solde par un échec.

« Concentre-toi sur l'endroit où tu veux que le ballon atterrisse. »

Roy pose les mains sur ses épaules.

« Tu vois ça là-bas ? »

Il pointe la zone de but du doigt.

« Imagine que c'est une chose que tu désires plus que tout. Imagine que ta vie entière en dépend. Que le seul moyen de l'obtenir, c'est d'envoyer le ballon de toutes tes forces entre ces poteaux. Donne le meilleur de toi-même. »

Cette fois, Tru prend le temps d'évaluer la distance entre le ballon posé à ses pieds et les deux bambous. Elle pense à son souhait le plus cher – un désir plus fort encore que celui qui a pris forme dans son cœur, tandis qu'elle observait les garçons du haut de l'arbre. La fillette sent le regard de son père sur elle, chaud comme le soleil sorti des nuages, qui se couche en déroulant de jolis rubans fuchsia et violet dans le ciel. Pour la première fois de sa vie, elle se sent observée, considérée avec intérêt. Sa peur se dissipe pour de bon et son cœur s'emplit d'une fragile assurance. Au moment où elle frappe, Tru se sent comme éjectée de son corps par l'intensité du tir. Le ballon file entre les deux poteaux avec la rapidité d'une cartouche de fusil et heurte la palissade en zinc avant d'atterrir. La fillette l'observe d'un air presque effrayé. Mais un sentiment de fierté s'empare d'elle lorsque Roy se met à l'applaudir.

« Bravo, championne ! »

Tru se retourne vers son père dont la silhouette semble s'étirer à l'infini dans la lumière du soir, la tête entourée d'un halo sépia.

Elle aimerait lui raconter ce que les sœurs de Marva ont dit de sa mère, mais son sourire est si radieux ! Il ne faudrait pas que ses révélations anéantissent la fragile complicité qui vient de naître entre eux. Aussi préfère-t-elle dire :

« Tu sais quel vœu j'ai fait ?

— Je t'écoute.

— Que manman revienne. Elle rentrera bientôt, pas vrai ? »

Le sourire de Roy pâlit. Après un long silence, il déclare :

« Y faut rentrer. Le dîner sera bientôt prêt. Laisse ce ballon et va te laver les mains. »

La mâchoire à nouveau crispée, il lui tourne le dos puis se dirige à grandes enjambées vers la maison. Confuse, Tru le suit, les yeux baissés vers ses talons boueux, et se demande ce qui a bien pu éteindre la lumière dans son regard.

26

Patsy ne s'habitue pas à son travail de femme de ménage. Mais comme le froid, elle est bien obligée de l'endurer. Cette situation est temporaire après tout. Elle cherchera un nouvel emploi dès qu'elle aura économisé assez d'argent pour en envoyer à Tru et louer son propre logement. Patsy est devenue si douée pour le ménage que ses employeurs attendent sa venue avec impatience. Tous apprécient ses efforts pour retenir où et comment placer leurs chaussons préférés, passer l'aspirateur dans les plis des rideaux où la poussière s'accumule, et frotter les meubles jusqu'à ce qu'ils paraissent flambant neufs. Ils n'hésitent pas à la laisser seule dans leur bureau où traînent des relevés bancaires et dans leur chambre où sont exposés leurs bijoux de valeur.

À ce stade, Patsy s'est acquittée de toutes les tâches possibles et imaginables : cuisine, lavage, rangement, remplissage de mangeoire à oiseaux du haut d'un escabeau branlant, promenade canine, nettoyage d'un bac à litière, accueil de parents âgés en visite – elle a tout fait, à part nourrir et changer un bébé. Mais voilà qu'un beau jour, Esther accouche dans sa salle de bains d'une petite fille de trois kilos six qu'elle prénomme Sky. Patsy avait récuré la baignoire juste avant l'événement. La sage-femme s'est occupée du reste. Le père du bébé était également présent. Patsy ne l'avait rencontré qu'une fois avant. Ce jour-là, elle tomba sur un homme étalé nu comme un ver sur le lit d'Esther, qui déclara s'appeler Christof. Il était mince, aussi souple que sa compagne et attachait ses cheveux en chignon sur le sommet de sa tête. Quand il les détachait, il ressemblait à Jésus, ce qui explique peut-être la haine instantanée que Patsy éprouva pour lui. Christof est le propriétaire du studio de yoga où Esther donne des cours. Le couple ne s'est pas marié, contrairement à ce que font souvent les Blancs lorsqu'un bébé arrive à l'improviste. Ils ont plutôt décidé de « *cohabiter* » – c'est le mot qu'Esther utilise à chaque fois que des proches lui demandent s'ils sont fiancés. « *Nous ne croyons pas au mariage* », ajoute-t-elle généralement. Christof habite donc désormais dans la belle maison de ville achetée par les parents d'Esther.

Un jour où il s'était absenté, la laissant se débrouiller avec le bébé en pleurs, Patsy trouva la jeune mère totalement désemparée. Toujours en robe de chambre, elle sanglotait sur le canapé. Ses cheveux étaient sales et emmêlés, et le teint rayonnant qu'elle avait pendant sa grossesse avait disparu.

« Elle ne veut pas de mon lait », lui confia Esther en reniflant, ses grands yeux marron écarquillés et injectés de sang à cause du manque de sommeil.

Patsy ne comprit pas ce qu'elle attendait d'elle. À la fin de sa journée de travail, elle espéra qu'Esther avait trouvé comment s'y prendre, mais la petite n'arrêtait toujours pas de pleurer. Exaspérée, Esther la posa dans ses bras en sanglotant.

« Je suis incapable de m'occuper d'elle. »

Patsy regarda avec incrédulité le bébé qui poussait des cris perçants.

« S'il vous plaît… dit Esther, effondrée. Il faut que vous m'aidiez. Je vous en prie. »

Tour à tour, Patsy dévisagea la petite fille et sa mère en larmes, puis arrêta son regard sur l'enfant. Comment en était-elle arrivée à se trouver soudain responsable d'une autre vie que la sienne ? Le bébé commença à gigoter dans ses bras. À l'évidence, Sky perdait patience.

« Que faisiez-vous quand le vôtre pleurait comme ça ?, demanda Esther qui devait s'étonner de son immobilité.

— Pardon ?

— Vous avez des enfants, n'est-ce pas ?

— Pourquoi ?

— Parce que – je ne sais pas… »

Esther essuya ses joues rouges du revers de la main.

« Je… C'était une simple supposition. Vous avez un côté maternel, comme la plupart des femmes caribéennes que je rencontre… »

Patsy secoua la tête et lui rendit rapidement son bébé.

« Je ne suis pas comme la plupart des femmes caribéennes.

— Excusez-moi… Ce n'est pas ce que je voulais dire. Je… Je ne sais pas ce qui m'a pris. Mais je vous en prie, ne me laissez pas seule avec elle ! »

Sans savoir pourquoi, Patsy se mit à réfléchir. Peut-être était-elle touchée par l'air abattu d'Esther, ses épaules tombantes, ses cernes sous les yeux et sa tête échevelée – où était donc passée la femme glamour et sûre d'elle ? Ou peut-être était-ce la terreur qu'elle lisait dans ses yeux, une terreur qu'elle avait elle-même ressentie en devenant mère. Quoi qu'il en soit, une occasion se présenta ce jour-là à Patsy dont elle comprit à peine le sens sur le coup ; elle détenait brusquement le pouvoir qui lui avait manqué toute sa vie et qui pourrait lui permettre de se racheter. Elle reprit donc le bébé dans ses bras et se dirigea calmement vers la cuisine où se trouvait un placard plein de boîtes de lait maternisé. Tout en berçant l'enfant rouge de colère contre une épaule, elle mélangea le lait de sa main libre, puis s'installa dans un fauteuil et lui présenta la tétine du biberon. Après des heures de pleurs, la fillette se calma dans ses bras et la regarda avec des yeux pétillants, enfin satisfaite. Dès lors, ce fut Patsy qui s'occupa de Sky. Elle la nourrit, la baigna et lui donna, bien qu'elle refusât de l'admettre au début, beaucoup d'amour.

Lorsqu'Esther lui propose de la payer pour s'installer chez elle et s'occuper du bébé en plus des tâches ménagères, Patsy accepte volontiers en se répétant qu'après tout, c'était un travail comme un autre. Les premières semaines, l'idée qu'elle devra un jour s'en expliquer à Tru l'empêche toutefois de dormir. Mais elle gagne beaucoup mieux sa vie qu'avant. Et sans carte de séjour, elle n'a pas vraiment le choix. En outre, Patsy dispose maintenant d'une chambre et d'un lit à elle. Parfois, quand la maison est trop silencieuse, le bavardage et le rire contagieux de Fionna lui manquent. Mais la plupart des soirs, elle se glisse dans son lit avec le sourire en songeant à la transformation qu'a subie sa vie en quelques mois.

Suivant les instructions que lui a données Esther, Patsy nourrit le bébé toutes les deux heures. La jeune mère paraît plus sereine en sa présence. Patsy se lève également la nuit pour donner le biberon à Sky, mais cela lui est égal, car elle a de plus en plus d'insomnies. Le matin, elle est la première à se lever pour aller vérifier comment va le bébé dans sa petite chambre, une pièce qui servait autrefois de dressing à Esther. Dans la journée, Patsy se promène dans la maison en chantant des chants populaires jamaïcains, le bébé contre la poitrine. Sky se met souvent à gazouiller quand elle entend sa voix. Parfois, Patsy accompagne Esther au studio de yoga et s'approche de la vitre, le bébé dans les bras, afin que Sky puisse observer les contorsions de sa mère, tandis que son père s'affaire à afficher le planning des nouveaux cours.

Chaque jour, Patsy lui donne un bain, la sèche avec une épaisse serviette, puis saupoudre sa peau de talc. Plus tard, elles vont se promener sur la Brooklyn Promenade, aussi ravies l'une que l'autre de marcher au bord de l'eau et d'admirer le coucher de soleil entre les gratte-ciel. Les Twin Towers resplendissent dans la lumière du soir.

Lorsque Sky commence à parler, elle l'appelle « maman », mais Patsy ne fait pas l'effort de la reprendre.

Le jour où naît son frère Blue, un an et quelques mois plus tard, au printemps, Patsy est aux anges. Esther est moins effrayée par son fils qu'elle ne l'était par Sky au début. C'est un garçon plus calme, qui tète facilement. Les rares fois où il pleure, c'est qu'il réclame sa mère. Patsy ayant beaucoup de mal à l'apprivoiser, elle est souvent obligée de le porter lors de leurs balades quotidiennes sur la Brooklyn Promenade quand il refuse de rester tranquillement dans sa poussette. Ce bébé semble aimer les couchers de soleil. C'est peut-être parce qu'il est né un soir dans la baignoire d'Esther, car sa salle de bains est inondée de soleil en fin de journée. Mais après que les avions se sont écrasés contre les tours, Patsy cesse de l'emmener sur la promenade pendant quelque temps.

Un an s'est écoulé depuis le 11 septembre. Patsy a toujours du mal à contempler l'horizon depuis que les deux tours ont disparu. Il est difficile d'oublier ce jour affreux où la ville était noyée dans la fumée. Jamais elle n'a eu aussi peur qu'en découvrant que le pays où elle s'était réfugiée dans l'espoir de vivre libre était attaqué. Le jour où Fionna est passée à Brooklyn Heights s'assurer qu'elle allait bien, Patsy l'a serrée dans ses bras et s'est mise à pleurer. Plus tard, en discutant de la catastrophe avec des inconnus dans la rue, elle s'est sentie véritablement intégrée dans son nouveau pays. C'était comme si le feu avait détruit toutes les barrières entre eux. C'est du moins l'impression qu'elle a eue pendant un moment. Grâce à ses promenades avec Blue, Patsy apprend peu à peu à vivre sans les tours, exactement comme le reste des New-Yorkais.

Les mots qu'elle n'a jamais été capable de dire à Tru résonnent douloureusement à ses oreilles, lorsqu'elle les adresse à ces enfants qui ne sont pas les siens. Aujourd'hui, Patsy n'a plus aucun mal à exprimer cet amour qu'elle n'avait jamais ressenti auparavant. Le soir, elle prend les deux petits dans ses bras et les berce jusqu'à ce qu'ils s'endorment. Aucune statuette de Jésus n'est là pour la toiser. Aucune odeur d'essence de romarin ne cherche à l'asphyxier. Aucun regard d'enfant ne la juge pour ce qu'elle a fait ou omis de faire.

27

Bien que la présence de Tru fasse maintenant partie du quotidien, sa famille reste cruellement consciente que ses besoins sont aussi imprévisibles que le développement du ventre de Marva, dont la forme occupe à nouveau tous les esprits.

« Cette gamine va nous mettre sur la paille ! » s'écrie-t-elle à chaque fois que Tru laisse de la nourriture dans son assiette, s'ouvre le front en sautant d'un arbre, attrape un mauvais rhume ou rapporte un mot de sa maîtresse au sujet d'un voyage scolaire ou de cours de soutien payants.

Tru ne peut rien faire sans qu'on s'alarme du coût de son existence – chaque chose a un prix. Depuis qu'un nouveau bébé est en route, Marva s'échine à éloigner les mauvais esprits et à se prémunir contre toute malveillance. Dans l'espoir de protéger le bébé du mauvais œil, elle continue à porter une petite bourse remplie d'ail et de charbon écrasés à la taille.

Peu après son dixième anniversaire, un écoulement de sang souille brusquement toute l'existence de Tru. Quelques mois plus tôt, une lueur de méfiance s'est allumée dans le regard de Marva lorsqu'elle a remarqué sa poitrine bourgeonnante : « *T'es une fanm maintenant, plus une petite fi. Regarde comme tu t'arrondis.* » Le développement de ses seins rend également Roy un peu mal à l'aise ; les yeux fixés sur ses outils, il entreprend de construire une chambre à l'arrière de la maison afin d'éloigner Tru de ses frères. Quand elle est seule, Tru appuie sur ses seins jusqu'à ce que la douleur se répande dans son corps. Bien qu'ils ne soient pas plus gros que les petites pommes d'Iris, qu'elle a aperçues quand la jeune femme prenait sa douche dehors, ils lui pèsent autant qu'un malheur profondément injuste. En même temps, ses hanches commencent à s'élargir, des poils rêches apparaissent sous ses bras et sur son bas-ventre. Une ombre se répand peu à peu sur son visage, qui fonce son teint et sculpte ses traits. Et comme ils s'épaississent, Marva décide qu'il est temps de lui lisser les cheveux. Elle les lave et les enduit d'un produit chimique qui sent l'insecticide. Puis elle les démêle tendrement avec un peigne fin et admire leur longueur. Au moment où Tru pense que son crâne est en train de prendre feu, Marva rince le produit chimique avec une infusion de feuilles d'eucalyptus. À présent, son abondante chevelure brille autant que la mer dans la lumière du matin. Mais la vue de tous ces changements physiques l'effraie.

Marva achète plusieurs paquets de serviettes hygiéniques puis montre à Tru comment s'en servir et se sentir à l'aise avec cette épaisse bande de coton entre ses cuisses. Soucieuse de la soulager, elle remplit une bouillotte d'eau chaude pour calmer ses maux de ventre. En fait, Marva se comporte comme si elle s'était préparée toute sa vie à cette étape et assumait son rôle avec bonheur ; elle sait exactement quoi faire. Elle met consciencieusement à tremper les draps tachés de Tru et nettoie même le matelas si nécessaire. Un jour, elle s'assied sur son lit et lui explique sur le ton de la confession : « *Tu ne peux plus sauter des arbres ni faire des acrobaties avec les garçons maintenant. Y faut que tu serres les jambes. Tu peux croiser les chevilles, comme ça. Tâche aussi de marcher comme une dame. Les garçons te respecteront pas si tu agis comme un voyou. Dehors, tu dois te comporter en permanence comme une jeune fi respectable. Tu vas bientôt passer les examens pou entrer au collège, alors ce serait bien que tu commences à apprendre les bonnes manières.* »

Ayant sauté une classe, Tru est déjà en CM2 et s'apprête à passer l'évaluation d'entrée au collège, alors qu'elle n'a même pas commencé à réfléchir à l'établissement qu'elle aimerait fréquenter. « *Y va falloir que tu m'aides davantage à la maison,* poursuit Marva. *T'es plus une petite fi. Tu es en âge d'apprendre à être une fanm.* » Mais Tru ne veut pas en entendre parler. Toutes ces recommandations lui laissent le cœur froid.

Et pourtant, le temps est fini où elle jouait au foot avec ses amis ou grimpait aux arbres. La douleur que provoque en elle ce brusque isolement est aussi vive que celle qui lui vrille le bas-ventre. On dirait que quelqu'un enfonce un couteau dans sa chair comme on évide une noix de coco. La vue de la vieille carte de vœux de sa mère la calme. Ses paillettes sont tombées depuis longtemps et le carton est décoloré, mais Tru la garde près d'elle sur le lit où elle est allongée. Elle regarde fixement le morceau de ciel bleu lumineux qu'elle aperçoit à travers les rideaux se gonflant dans la brise. Le dos pressé contre la surface fraîche du mur, elle raidit ses jambes sous le drap à chaque fois que revient l'épouvantable douleur.

Un jour, peu après les recommandations de Marva, Tru aperçoit un groupe de lycéennes de Wilhampton, alors qu'elle écosse des pois d'angole, assise seule du côté ensoleillé de la varangue. L'école a fermé plus tôt pour le week-end de Pâques et Marva a besoin d'aide pour la préparation du dîner. Tru suit les lycéennes du regard et se demande ce qu'elles font à Rochester, puisque, d'après ce qu'on dit, seules les filles de bonne famille – celles qui habitent sur les collines d'Upper St Andrew – vont à Wilhampton. Les filles de Rochester et du quartier voisin de Pennyfield étudient généralement à Roman Phillips Secondary. Même si elles réussissent l'examen d'entrée des autres lycées de Kingston, il est pour elles plus pratique et plus abordable d'aller à Roman Phillips, un établissement qui sait en outre se protéger des révoltes violentes empêchant parfois les élèves de Pennyfield – tels que les meilleurs amis de Tru, Marlon le boiteux et Ricky l'albinos – d'assister aux cours. Pennyfield est devenu un nom qui fait trembler les directeurs d'école et les employeurs de Kingston. Ceux-ci préfèrent désormais refuser tout candidat habitant dans le quartier. Personne ne veut avoir à pallier les absences prolongées, ni à écouter des histoires à faire pleurer dans les chaumières. Quel principal a envie de regarder dans les yeux un enfant qui a vécu des événements tristes, violents, des événements qu'il vaut mieux apprendre aux informations ? Tru en conclut que les quatre lycéennes de Wilhampton ont pris un raccourci. Deux ouvriers qui font une pause, assis sur les parpaings servant à la construction de la maison voisine, commencent à les siffler. Les filles ne leur accordent pas un regard quand ils mettent en œuvre leur technique de drague réchauffée : « *Psst ! Viens là, chérie. T'as l'air sage comme une image. Tu viendrais pas faire mumuse avec moi ?* » Ces adolescentes magnifiques marchent la tête haute, leurs livres pressés contre la poitrine, l'air de régner sur le monde ; leur détachement feint est aussi fascinant que leur démarche chaloupée. Leurs tuniques bleues qui se glissent entre leurs jambes et claquent dans leur sillage soulèvent une légère brise. Depuis leur apparition, même le soleil semble briller plus fort entre les branches et parer le paysage d'une lumière plus vive. Tru fixe longtemps du regard le coin de la rue où les filles viennent de disparaître et lèche la sueur qui coule sur sa lèvre. Le sang bouillant dans ses veines, ses jeunes seins douloureux, le crâne écrasé par la chaleur comme par le poids des paroles de Marva – « *Tu es en âge d'apprendre à être une fanm* » –, elle prend conscience que son désir le plus intime ne sera pas facile à combler.

Quelques mois plus tard, Tru, âgée seulement de dix ans, passe l'examen national d'entrée au collège et est admise à Wilhampton. Parcourant le *Jamaica Gleaner* qui publie le nom de tous les élèves reçus, Marva tombe sur le sien et s'écrie :

« Wilhampton ! Eh bien, bravo. Et c'est ta mère qui va payer pétèt ? »

Livre IV

Mort anonyme (2008)

28

Patsy compte les saisons plutôt que les années, chose impossible à faire en Jamaïque puisqu'il n'y en a qu'une – seuls les fronts froids de décembre et janvier permettent aux Jamaïcains d'exhiber leurs pulls de marques importées ; ou aux vendeuses de la galerie marchande du centre-ville d'affirmer que l'air frais venu de l'étranger leur donne le teint « climatisé » des touristes, comme aucune crème éclaircissante ne peut le faire. Bien que ce soit son dixième hiver en Amérique, Patsy ne voit toujours pas sa peau pâlir. Mais c'est sans importance puisque, d'après son expérience, les Blancs mettent tous les Noirs dans le même panier aux États-Unis. Au fil des années, elle a également découvert que chaque saison avait sa couleur, le paysage passant d'une teinte ambrée au brun, au gris, puis à un vert vif parsemé de taches roses, jusqu'à ce que commence la floraison des tournesols. Quand elle pense aux saisons, Patsy visualise quatre femmes flânant à travers le ciel. Chacune fait sa ronde, sa jupe gonflée par le vent, un lourd panier sur la tête qui lui sert à verser sur la terre des rayons de soleil, des gouttes de pluie ou des flocons de neige.

Patsy songe qu'elle n'a pas vu passer la dernière décennie, pas plus qu'elle ne s'est aperçue qu'elle devenait chauve. Il a fallu qu'elle trouve de grosses boules de cheveux à ses pieds ou sur son oreiller pour prendre conscience du problème.

Depuis qu'elle a gratté une allumette pour les brûler, l'odeur est restée, rejoignant son nuage noir, le ciel chargé de son quotidien. Patsy se trouve empêtrée dans sa situation irrégulière comme dans un fin filet qui s'est resserré autour d'elle année après année. À la longue, elle a appris ce qu'il fallait éviter. Elle sait, par exemple, qu'il ne faut parler de sa situation illégale à personne – pas même à un prêtre ; qu'il faut seulement louer une chambre à un propriétaire qui accepte les paiements en espèces ; qu'il faut crier à l'aide quand un incident se produit dans une zone fréquentée, pour éviter d'appeler soi-même la police et risquer l'expulsion ; qu'il vaut mieux aller aux urgences en cas de maladie, car consulter un généraliste quand on n'a pas d'assurance maladie coûte beaucoup plus cher. N'ayant pas de compte en banque, Patsy conserve l'argent qu'elle parvient à économiser pour Tru dans une boîte à cookies rangée dans son placard. Il est trop risqué d'en ouvrir un quand on n'a pas les bons papiers. À chaque fois que c'est possible, elle met quelques dollars de côté. C'est mieux que rien.

Un samedi matin, Patsy patiente au milieu des blessés et des malades aux urgences du Wykoff Hospital de Bushwick. Les jambes tremblantes, elle attend d'être examinée par un des internes débordés qu'elle regarde aller et venir dans leurs blouses vertes. Elle n'a pas voulu venir en semaine, car elle pourrait bien y passer la journée, selon la gravité de son cas. Quand l'infirmière de l'accueil lui a demandé la raison de sa venue, Patsy lui a répondu qu'elle souffrait d'un cancer dans l'espoir d'être examinée immédiatement. Mais voilà trois heures qu'elle attend. Elle aurait dû prétendre qu'elle ressentait une douleur dans la poitrine, même si sa première réponse est sans doute plus proche de la vérité. Pourquoi perdrait-elle ses cheveux s'il ne s'agit pas d'un cancer ?

Il est déjà 15 heures 30. Son jour de congé est à moitié entamé. Patsy ne peut aller à des rendez-vous que le samedi, parce qu'elle n'a pas beaucoup de temps libre depuis qu'elle travaille chez les Rhinebeck, dont elle garde le fils de trois ans. Cela fait presque dix ans qu'elle garde des enfants. Dès que le bambin atteint ses cinq ans, Patsy met fin à son contrat, conformément à l'accord passé avec ses parents. Elle s'y prend si bien avec les enfants que la plupart des mères insistent pour qu'elle reste, mais il est trop douloureux pour elle de les voir dépasser l'âge qu'avait Tru quand elle l'a quittée.

Alors qu'elle s'apprête à rassembler ses affaires pour aller interroger les infirmières de l'accueil – qui, quand elles ne sont pas en pause, passent leur temps à bavarder ou répondent mal aux patients –, Patsy entend une voix l'appeler.

Un jeune médecin indien qui paraît à peine plus âgé qu'un lycéen lui fait signe de le suivre. Ses yeux fatigués parcourent son formulaire.

« Mademoiselle Reynolds ?

— Oui ?

— Je lis ici que vous pensez souffrir d'un cancer. Quels sont les symptômes ? »

Patsy lui parle de sa perte de cheveux puis déroule son foulard violet – un rectangle de tissu semblable à celui que manman G a commencé à porter après avoir fait couper ses cheveux permanentés pour son baptême. Bien qu'elle se couvre la tête pour une raison totalement différente, Patsy trouve insupportable de ressembler à sa mère, alors qu'elle n'a que trente-huit ans. Elle montre au jeune médecin le peu de cheveux qui lui reste. L'air de craindre une maladie contagieuse, le jeune homme enfile un gant en latex puis l'examine.

« Il s'agit sans doute d'une simple alopécie.

— D'une quoi ?

— Une alopécie, madame. *Alopecia areata*, le terme médical désignant une pelade. »

Patsy cligne des yeux, plus surprise par la façon dont ce médecin s'adresse à elle que par son étrange diagnostic. *Depuis quand suis-je une madame ?*

« C'est une maladie auto-immune. Votre système immunitaire attaque les follicules de vos cheveux et…

— C'est pas possible. Est-ce que ça peut venir du stress ?

— Je vous suggère de consulter votre médecin généraliste, il vous fera passer quelques examens.

— Je serais pas là si j'en avais un, misyé. »

Le jeune interne se frotte les yeux et bâille. Ses épaules semblent s'affaisser d'épuisement.

« Bon, dans ce cas, je vous propose d'attendre quelques mois pour voir si vos cheveux repoussent.

— Combien de mois exactement ?

— Disons six. »

Patsy contemple sa masse de cheveux sains, la bouche sèche d'envie.

« Mais qu'est-ce que je vais devenir sans mes cheveux ? »

L'interne hausse les épaules d'un air las.

« Vous n'avez qu'à essayer de porter une perruque. »

Stupéfaite de son audace, Patsy se retient d'insulter cet Indien aux beaux cheveux ondulés qui lui suggère de porter ceux de quelqu'un d'autre. Qu'est-ce qu'il dirait s'il apprenait que la chevelure de sa mère, de sa sœur ou de sa nièce a atterri sur la tête des mannequins des salons de beauté de Flatbush Avenue ?

Le jeune homme vérifie l'heure à sa montre.

« D'autres questions, madame ?

— Appelez-moi Patsy.

— Bon, est-ce que vous avez d'autres questions, Patsy ?

— Non… »

Si nécessaire, Patsy se dit que, si nécessaire, elle pourra toujours aller se renseigner à la bibliothèque de son quartier qui propose depuis peu un cours d'informatique gratuit. Il lui suffira de chercher « maladies auto-immunes » et « *alopecia areata* » sur Google.

« Parfait !, dit le médecin. Je vous souhaite une bonne fin de journée. »

Un instant plus tard, il disparaît.

Tandis qu'elle attend le bus devant l'hôpital et que le train de la ligne J quitte bruyamment Broadway Junction au-dessus de sa tête, Patsy conclut que cette maladie était inévitable. Son corps a absorbé la grisaille de la ville. Ainsi que tout le stress et les maux qui l'accompagnent. Elle vit dans un monde sans couleurs. Dans son esprit, Pennyfield a pris la teinte rouille d'une photo sépia – ses arbres fruitiers, ses maisons, ses habitants, son soleil, ses collines fertiles. C'est comme si le temps s'était arrêté le jour où elle s'est lancée à la poursuite de ses rêves ; des rêves qui se sont depuis évanouis.

Patsy est assise dans la chambre qu'elle loue sur son vieux matelas étroit, les pieds à plat sur le linoléum froid, les yeux fixés sur le mur écaillé. Elle entend le roucoulement des pigeons qui font leur nid, le va-et-vient des sirènes sur Albany Avenue. Patsy, qui n'a pas rêvé depuis des années, a brusquement le sentiment que l'Amérique est un cercueil. Sa fenêtre donne sur un terrain vague couvert d'ordures et de mauvaises herbes entouré d'immeubles en grès rouge. Sa chambre sordide appartient à une pension de famille peuplée d'immigrés serrés comme des sardines. L'appartement est situé au-dessus d'un marché aux poissons dont l'odeur puissante colle aux murs et attire de grosses mouches noires qu'elle tue à coups d'insecticide.

Patsy se lève pour aller se doucher dans la salle de bains commune et se débarrasser des relents de maladie qui se dégagent de ses vêtements depuis son passage aux urgences. Si seulement elle pouvait l'atteindre avant que ne commence le défilé des personnages louches avec qui elle cohabite et dont les fesses réchauffent la lunette des toilettes ! Patsy porte toujours ses tongs sous la douche de peur d'entrer en contact avec leur crasse et leurs peaux mortes. Par chance, la salle de bains est libre. Au moment de se sécher, elle évite soigneusement son reflet dans le miroir. La pièce est exigüe et bien éclairée. Consciente que des voisins peuvent entrer à tout moment, Patsy se dépêche d'enfiler le peignoir que Fionna lui a offert. Elles s'appellent quotidiennement depuis que son amie a déménagé dans le Connecticut, parfois même deux fois dans la journée. Patsy peut la contacter grâce au portable Nokia bas de gamme que madame Rhinebeck lui a donné au cas où il y aurait une urgence. Quand elle appelle Fionna, c'est souvent pour se plaindre de son vieux propriétaire jamaïcain, monsieur Fagan, qui ne prend pas la peine d'installer un verrou sur la porte de la salle de bains.

« Ce boug a des oursins dans les poches, râle-t-elle au téléphone, au grand amusement de Fionna qui l'appelle généralement entre deux nettoyages de chambres à l'hôtel Marriott de New Haven. Y répare jamais rien. Et il a le culot de demander trois cents dollars par mois à ses locataires. Tu y crois, toi ? Trois cents dollars pour ce taudis !

— On dirait mon mari. Radin comme tout. J'ai toujours pas vu la couleur des sous qu'y gagne avec son taxi. »

Après l'échec de son premier arrangement avec l'Américain, Fionna s'est trouvé un nouveau faux mari grâce à l'amie d'une amie qui connaissait un ancien avocat dont la spécialité était de former des couples de citoyens et de candidats à la carte verte. « *C'est une sorte de match.com pou les sans-papiers !* » lui expliqua-t-elle un jour dans l'espoir de la convaincre de s'inscrire. Mais Patsy refusa. Fionna a toujours l'intention d'épouser Alrick une fois que son divorce sera prononcé, d'ici un an ou deux. Patsy a cessé de contester les termes, sexuels ou autres, du contrat qu'elle a passé avec son mari. Tout ce qu'elle sait, c'est qu'il est libérien et chauffeur de taxi.

« Quand est-ce que tu viens me voir ?, demande-t-elle souvent à Fionna.

— Bientôt, bientôt », répond toujours celle-ci.

Mais le jour de leurs retrouvailles n'est pas encore arrivé. Elles ne se sont pas vues depuis maintenant trois ans.

« Et quand est-ce que tu viens t'installer dans le Connecticut ?, lui demande Fionna en retour. Les Caribéens sont nombreux ici aussi. Et pis les maisons sont plus grandes, alors beaucoup de familles embauchent des nounous à domicile.

— Non merci, je préfère New York », réplique Patsy, toujours déterminée à se sentir chez elle dans cette ville.

Elle se détourne du miroir piqué fixé au-dessus du lavabo taché de rouille pour éviter de voir la laide cicatrice en forme de branche sous son nombril. Elle n'a pas non plus besoin de jeter un coup d'œil à son visage, car elle l'aperçoit souvent malgré elle dans les vitres sombres des wagons du métro, cruellement défiguré. Que penseraient Tru, manman G et Roy s'ils la voyaient aujourd'hui ? Que dirait Cicely de la courte perruque noire à frange qu'elle a achetée au salon de beauté en rentrant de l'hôpital ? Patsy ne se reconnaît plus. Mais cela fait déjà des années que son corps s'est transformé à cause de la trentaine de kilos qu'elle a pris depuis son arrivée aux États-Unis. Sa corpulence la protège comme une armure imposante dont l'ombre occupe toute la largeur des trottoirs. La seule solution qu'elle a trouvée pour se consoler, c'est de manger. Patsy ne se rappelle même pas le goût de la nourriture après l'avoir avalée. Le gras atténue sa douleur, enrobe son corps jusqu'à le rendre inoffensif, invisible – mais pas au point, hélas, de passer inaperçu dans les rues ou le métro.

« Salut, tigresse », lui murmurent les hommes jamaïcains arrivés depuis peu dans le pays, par-dessus la rumeur incessante de la ville.

Il arrive rarement qu'on la drague, mais à chaque fois que c'est le cas, Patsy devine que les yeux et le sexe de ces hommes sont braqués sur son corps, tandis que leur revient à l'esprit la généreuse poitrine de leur mère qui les a pouponnés jusqu'à l'âge adulte. En Jamaïque, son corps serait l'incarnation du plaisir et de la santé. Mais c'est sans importance. Patsy ne retournera jamais dans son pays.

29

Ses anciens voisins de Pennyfield ont beau se dire frappés par sa ressemblance avec sa mère, Tru se réjouit intérieurement de ce qu'elle a en commun avec son père. Elle ne le voit pas beaucoup ces temps-ci, ses journées sont chargées au commissariat. Le samedi est le seul jour où Tru parvient à le voir avant qu'il parte faire son jogging matinal. Il est cinq heures lorsque Roy pousse la porte d'entrée, vêtu d'un T-shirt blanc et d'un pantalon de jogging noir. Marva dort encore, mais Tru entend du bruit dans la chambre de Kenny. La porte d'entrée se referme doucement.

« Roy, attends-moi ! » crie-t-elle en essayant de le rattraper.

Tru a juste eu le temps d'enfiler un T-shirt et un pantalon de jogging avant de sortir. De loin, les personnes qui sont debout assez tôt pour les voir pourraient facilement les prendre pour un père et son fils, car Tru est maintenant grande et mince, dissimule soigneusement sa poitrine et s'efforce de garder les cheveux aussi courts que ceux de Roy.

« Si tu veux devenir une vraie championne, tu dois être capable de courir vite », répond celui-ci sans ralentir.

Leur relation s'est considérablement améliorée depuis que l'adolescente se révèle plus forte et plus sportive que ses frères. Roy ne prend jamais la peine de l'interroger sur ses devoirs ou ses examens. Il ignore qu'elle passe ses après-midi à jouer au foot après les cours avec Marlon le boiteux, Ricky l'albinos et leurs amis sur le terrain vague qui se trouve derrière le lycée Roman Phillips à Pennyfield. Mais il sait à quel point elle aime ce sport et combien elle est douée.

Tru finit par rattraper son père. Sur le chemin, leurs ombres s'allongent à mesure que les étoiles disparaissent. Les seules autres personnes qui sont levées de si bon matin sont les femmes qui se rendent au marché pour y vendre leurs produits. Dans le ciel d'un splendide bleu marine, ne brille plus que la demi-lune. Tru entend son souffle et son pas léger se régler sur celui de son père sur le trottoir. Par-dessus les palissades, les hibiscus et les bougainvillées humides de rosée se courbent davantage sur leur passage. Ce matin, Roy et Tru courent à travers les ruelles endormies du lotissement de Rochester. Derrière les portails et les grilles, des chiens lèvent la tête et se mettent à aboyer en les entendant fouler le gravier. Roy et Tru prennent la direction de Sackston, un quartier voisin dont les maisons paraissent toutes identiques du haut des collines environnantes, avec leurs toits en zinc, leurs murs beiges, leurs persiennes et leurs portes blanches. Pourtant, à bien y regarder, chacune possède quelques signes distinctifs – des murs rose vif, verts ou violets, un balcon en béton à l'étage, des portes-fenêtres, une porte coulissante, un toit plat en béton, un jardin aux hibiscus rouge sang, ou une grille en fer forgé pour protéger ses habitants des voleurs. Ici, des lions en marbre montent la garde au sommet des piliers d'un portail ; là, ce sont des éléphants. L'imagination des propriétaires, généralement des fonctionnaires bien payés, est sans limites lorsqu'il s'agit de se faire remarquer au milieu du joyeux désordre de la classe ouvrière.

Tru essuie son visage humide de sueur en haletant. Roy, lui, pourrait faire le tour du monde au même rythme sans jamais transpirer.

« Comment tu te sens, championne ? » demande-t-il quand sa fille commence à ralentir.

Celle-ci prend une grande bouffée d'air.

« Ça va.

— Parfait. On fait la course jusqu'au sommet de la colline. »

Lorsque Roy accélère, Tru se sent obligée de relever le défi. C'est le moyen le plus sûr de passer davantage de temps avec lui. Elle court de toutes ses forces et finit par arriver la première au sommet. Quand elle se rend compte qu'elle a gagné, Tru lève les mains et pousse un cri.

« Tu es fière de toi ?, demande Roy une fois qu'il l'a rejointe, à bout de souffle.

— Je t'ai battu !, répond joyeusement Tru.

— D'accord, mais dis-moi un truc. As-tu déjà pu admirer toute la Jamaïque du haut d'une colline et pensé quelques instants que tu étais la reine du monde ? »

Tru regarde son père sans comprendre.

« Non. »

Il la dévisage un moment et lui dit :

« Retourne-toi. »

Tru pivote sur les talons et découvre un océan de lumières scintillantes à ses pieds. Une par une, elles s'éteignent, tandis que le soleil se lève au-dessus du débarcadère de Kingston. Émerveillée, Tru recule de quelques pas, tandis que Roy rit doucement derrière elle.

« Tu penses qu'à gagner. Quand tu arrives au sommet, y te vient pas à l'idée de te retourner pour contempler ce qui t'a porté jusqu'ici. Regarde ça. On apprécie pas assez les choses à leur juste valeur. »

Tru est incapable de détourner les yeux du paysage.

« On est plus près de Dyé », murmure-t-elle en levant le regard vers le ciel qui paraît tout proche.

Puis elle se tourne vers Roy.

« C'est ce qu'elle m'a promis avant de partir. Elle voulait nous faire construire une maison sur cette colline.

— Qui ça ? Ta mère ?

— Oui, répond faiblement Tru.

— Viens par ici. »

L'adolescente se rapproche de son père. Quand il commence à lui masser la nuque, elle l'entend respirer doucement.

« Pourquoi elle appelle pas ?, demande-t-elle.

— Qui sait ? »

Ce n'est pas dans les habitudes de son père de tourner autour du pot. Tru sait ce qu'il ressent pour sa mère. Elle les entend, Marva et lui, se disputer au sujet de Patsy, et au sujet de l'argent. Tru imagine l'Amérique comme une énorme machine que doit habilement alimenter sa mère. Dans ses rêves, elle s'écrie : « *Manman !* » tandis que l'appareil mange encore et encore, prêt à arracher la tête de Patsy. Ces nuits-là, Tru se réveille en pleurs, furieuse contre cet engin incapable de s'apercevoir qu'elle avait besoin de sa mère. Contre cet engin incapable de l'épargner.

« Les gens ont forcément le téléphone en Amérique.

— Ils ont aussi un futur président noir, mais ça veut pas dire que ce sera plus facile pour la communauté. Dans la vie, les apparences sont parfois trompeuses, dit Roy. Tu vois ça ? »

Il pointe du doigt le soleil qui se lève, semblable à un jaune d'œuf tout frais.

« Voilà une certitude. Aussi longtemps que tu vivras, tu pourras être sûre de le voir tous les jours. Mais ne compte sur personne comme sur lui, pasqu'au bout du compte, tu seras forcément déçue. C'est la vie. Rentre-toi bien ça dans le crâne, sinon tu finiras folle et fâchée contre tout le monde. Rien ne te sera offert sur un plateau. T'auras jamais de grande maison, de belle voiture ou de domestiques si tu restes les bras croisés à attendre que les gens aient pitié de toi. Personne te plaindra jamais. Personne te doit rien. Pas même le bonheur. Rien. Jamais. Va falloir que tu t'endurcisses. Que tu deviennes aussi coriace qu'une noix de coco si tu veux survivre dans ce monde. T'es pas une fanm délicate. Alors je veux jamais te voir pleurnicher et attendre que les autres fassent les choses à ta place. Contrairement à d'autres marmailles, t'as une famille. Marva et moi, on est tes parents. On subvient à tes besoins et on t'envoie dans un bon lékol. T'as de la chance. Beaucoup de chance. Mais même si tu es coriace et instruite, tu sais à quoi tu pourras jamais échapper ? La déception. Bienvenue à bord.

— Mais Marva pleure tout le temps, elle, dit doucement Tru.

— Ce que t'entends quand on se dispute, c'est une simple conversation entre adultes… Entre deux personnes qui ont du mal à se supporter. »

Tru lève les yeux juste à temps vers Roy pour voir son regard s'assombrir.

« Tu ne l'aimes plus ?

— Quand tu auras mon âge, tu verras combien les histoires d'amour sont compliquées. Les contes de fées, c'est pas pou les gens comme nous, championne. Ton père est tout sauf un prince. J'ai fait plein d'erreurs. Ce qu'on partageait, Marva et moi, a disparu il y a très très longtemps. Notre histoire a pris fin le jour où j'ai fait passer les besoins de ta mère avant les siens.

— C'est à cause de moi ?

— Non. T'as rien à voir avec ça.

— J'en ai pourtant bien l'impression. »

Roy se tourne vers Tru.

« Nos problèmes ont commencé bien avant ton arrivée. J'ai rencontré ta mère quand elle avait seize ans. Je la trouvais jolie. N'importe quel homme se serait noyé dans ses yeux foncés. »

Il regarde les rayons de soleil se répandre sur la ville.

« Je sentais qu'elle viserait toujours plus haut. Mais je m'en suis jamais inquiété. Quand un jeune homme est amoureux, y réfléchit pas beaucoup. C'était mon premier amour. Et j'ai jamais cessé de l'aimer. »

Tru rougit. Jamais son père ne s'était confié à elle ainsi.

Roy la regarde à nouveau.

« Je sais bien que tu m'as pas suivi jusque là-haut pou m'écouter me lamenter sur mon sort. Qu'est-ce que tu voulais me dire ? T'as un petit ami ? »

L'adolescente, qui sent son visage s'empourprer davantage, baisse les yeux vers le sol. Comme elle aimerait pouvoir se réfugier dans ces petits trous où s'agitent des vers de terre ! Elle songe à Marlon le boiteux, qui ne boite plus. À ce qu'elle a ressenti quand il a posé un bras sur ses épaules comme il le fait avec ses copains, et quand elle a senti son souffle chaud sur sa joue. Tru essaye de ne pas se poser de questions sur leur complicité. Après tout, qu'est-ce que ça peut bien faire ? Quoi qu'il arrive, Marlon le boiteux sera toujours son ami. Tru les entend souvent, Ricky l'albinos et lui, se vanter d'avoir défloré telle ou telle fille avec un orgueil aussi bruyant et puant que le jet d'urine fusant de leurs pénis puissants et charnus, qu'ils sortent à la moindre envie de se soulager. La vue de leurs sexes – l'un foncé, l'autre clair – ne la rend pas curieuse, mais envieuse. Contrairement aux filles du lycée, qui s'interrogent sur la virginité de leurs camarades et demandent timidement aux plus mûres d'entre elles : « *C'est comment ? Ça fait mal ? C'est quoi le mieux… Le faire debout ou couchée ? Tu te sens différente ? C'est vrai que ça donne le ventre plat et que ça grossit les fesses ?* », Tru préfère ignorer ces discussions. Ce qui ne veut pas dire qu'elle ne ressent aucun désir de passer à l'acte, ni qu'elle s'empêche de se demander quel effet ça fait. Elle entend les ébats de Marva et son père la nuit et se rappelle même les avoir surpris en pleine action quand elle était plus jeune. Elle a tenté plus d'une fois d'imaginer ce qu'on ressent au moment où le corps s'enlise comme dans des sables mouvants, quand on éprouve à la fois l'envie et la peur de plonger dans l'abîme avec une autre personne. Dans ses fantasmes, Tru n'est plus une adolescente jamaïcaine. Elle s'imagine dans la peau de David Beckham ou de Ronaldinho, car il lui semble que ce serait mal de se visualiser elle-même. Son esprit s'en tient aux détails pratiques de la scène. Tru ne cherche jamais à aller au-delà de la sensation agréable que provoque le va-et-vient de sa main sur les plis humides de son sexe et qui lui fait pousser de petits cris dans son oreiller. *Ces choses-là sont trop compliquées*, pense-t-elle.

« J'ai pas le temps pou ces histoires », répond-elle à son père.

Roy pousse un soupir de soulagement.

« Tant mieux. »

Mais ensuite sa mâchoire se crispe, et ses épais sourcils forment un arc interrogateur. Avant que la bouche de son père n'articule l'inévitable question, Tru dit :

« Je peux trouver un boulot pou vous aider. Je sais que vous galérez, Marva et toi…

— T'es bien trop jeune pou te préoccuper de ça, répond Roy avec un petit rire. Concentre-toi sur tes études. C'est grâce à ça que tu iras loin. Je fais tout pou qu'on s'en sorte. Ta mère serait très fière de savoir quel lycée tu fréquentes. Elle me disait toujours que tu devais recevoir la meilleure instruction possible. Elle insistait beaucoup là-dessus. Et regarde où tu en es aujourd'hui… »

Il sourit.

« Lycéenne à Wilhampton. Y a pas beaucoup de fi qui ont autant de chance dans ce pays. »

Rongée par la culpabilité, Tru baisse les yeux vers ses pieds. Pour la première fois de sa vie, elle regrette le vœu qui s'est formé dans son cœur il y a des années. Il faut qu'elle s'efforce de réaliser le rêve que ses parents ont fait pour elle. « *Sois une petite fi sage et obéissante* », comme disait sa mère. Mais en son for intérieur, Tru considère qu'elle n'a pas sa place là-bas, dans ce lycée. Ni ailleurs, semble-t-il. Tru sait bien que sa mère rêvait de l'inscrire à Wilhampton. Elle sait bien qu'elle risque de ruiner ses chances de mener une vie plus facile, si elle laisse tomber l'école. « *Sois une petite fi sage et obéissante.* » Quand elle est arrivée au lycée, dans son chemisier blanc et sa tunique bleue longue jusqu'aux genoux, sa démarche était mal assurée, maladroite, comme si elle venait d'apprendre à marcher. Mais elle avait conscience que cet uniforme était un symbole fort aux yeux du reste de la population jamaïcaine. Elle a donc fait de gros efforts pour porter haut ce flambeau. Ses gestes n'étaient pas naturels non plus. Mais Tru est peu à peu devenue la fille dont rêvait sa mère, enfilant son uniforme comme un costume d'actrice, déterminée à exaucer ses désirs. Elle l'a porté si longtemps qu'il lui est devenu presque impossible de l'enlever, jusqu'à ce qu'elle commence à accepter l'idée que sa mère ne l'aime pas. Étrangement, sa peine lui donne l'insouciance d'une ivrogne que les problèmes du quotidien n'atteignent plus. Tru est la seule de sa classe à avoir redoublé après son fiasco au CXC en juin. Elle a passé l'examen dans neuf matières et échoué partout sauf en maths. Roy a supplié la directrice de lui permettre de redoubler afin qu'elle retente sa chance. Autrement, elle devrait quitter le lycée pour apprendre un métier, comme la plupart des élèves recalés. Autrefois, Tru était la plus jeune et la plus brillante de sa classe. À présent, elle a le même âge que ses camarades. Lorsqu'elle traverse le campus, les filles s'écartent pour la laisser passer. Non seulement c'est une redoublante, mais les autres la prennent aussi pour une bête curieuse. Tru n'a rien en commun avec elles – il faut les voir assises en groupe, le dos droit, les jambes croisées, la jupe tirée jusqu'aux mollets, les mains posées sur des manuels scolaires dont elles se contentent de régurgiter le contenu. Sa mère répétait que les lycéennes de Wilhampton étaient de futures grandes dames ; mais Tru sait que ce corps dans lequel elle ne s'est jamais sentie à l'aise est incapable de rentrer dans le moule. Où est sa place, si ce n'est au milieu de ces lycéennes ? Cette question enfle comme une petite ampoule dans son esprit et provoque un léger élancement dans ses tempes.

« Je sais que ce n'est pas facile de rebondir après un échec, mais une vraie championne se relève toujours après avoir pris un coup. Une vraie championne redouble ses efforts, dit son père. Je continuerai à te soutenir même si je dois contracter une nouvelle hypothèque ou faire des heures supplémentaires au commissariat pou payer ton année scolaire et tes examens au CXC. Je suis bien parti pou obtenir une promotion de toute façon. Alors crois-moi, ça va marcher. »

Un long silence s'installe entre Tru et lui. On n'entend plus que le gazouillis des oiseaux. L'adolescente baisse les yeux. Quand elle les lève à nouveau vers Roy, elle s'aperçoit qu'il la regarde. Il ne l'a pas dévisagée aussi longuement depuis le jour où il lui a montré comment taper dans le ballon. Une brise rafraîchissante fait frémir les feuilles d'arbres. Au bout d'un moment, Roy jette un œil à sa montre. Tru rassemble tout son courage pour lui dire qu'elle veut changer de lycée – même s'il s'est donné un mal de fou pour qu'elle reste à Wilhampton ; et même s'il est probablement trop tard pour faire cette démarche, car on est en octobre et les prochains examens du CXC auront lieu en juin. Mais en s'y prenant maintenant, elle pourra peut-être repasser l'examen à Roman Phillips ? À force d'essayer de s'intégrer à Wilhampton, Tru a l'impression de devenir folle. Elle ne tiendra jamais toute une année. Et puis elle a honte de croiser ses anciennes camarades de classe, celles qui ont réussi au CXC et sont devenues surveillantes au lycée. Enfin, à quoi bon continuer à porter l'uniforme de Wilhampton puisque sa mère ne la verra jamais dedans ?

« On fait la course jusqu'à la maison ? » demande Roy.

Tru ne bouge pas.

« Qu'est-ce qu'il y a ?

— Est-ce qu'elle… »

L'adolescente cherche ses mots.

« Est-ce que manman m'a aimée un jour ? »

Roy soupire.

« Oui, bien sûr. Tu peux en être certaine.

— Je voudrais en savoir plus. Sur elle. »

Roy cligne des yeux.

« Qu'est-ce que tu veux savoir ? »

Tru hausse les épaules.

Son père secoue la tête, puis son regard hésitant se pose sur le sommet des montagnes bleues qui se dressent derrière eux.

« Elle était… »

Tru remarque que ses sourcils sont luisants de sueur.

« Aucun mot ne peut décrire ta mère. Elle disait toujours que la mort arrive vite. Bien plus vite qu'on le pense. Elle voulait être libre. Voler… »

Roy laisse échapper un petit rire.

« Je l'appelais Birdie pou plaisanter. Pasqu'elle avait rien à faire dans une cage. »

Tru revoit la jeune femme au sourire triste des photos décolorées de l'album poussiéreux qu'elle a trouvé sur une étagère de manman G. Elle a conservé un de ces portraits. Même sur l'unique photo où elle tient une petite fille dans ses bras – aucun doute qu'il s'agit de Tru –, son sourire est timide, hésitant. Et elle porte l'enfant comme on porte une pile de livres.

« La seule qui connaissait Birdie mieux que quiconque, c'était… »

Roy s'interrompt et fronce les sourcils. On dirait que ce souvenir lui donne la nausée.

« Qui ça ? » demande Tru.

Son père secoue la tête, essuie la sueur au-dessus de sa lèvre puis crache dans la poussière d'un air rageur.

« Personne », répond-il, avant de baisser les yeux vers son poing serré.

Tru trouvait sa main, affreusement balafrée, effrayante quand elle était petite. Cette cicatrice ressemblait à un serpent luisant qui rampait sur le dos de sa main. Enfant, elle demanda un jour à son père s'il avait déjà tué quelqu'un. Roy la regarda, un peu surpris. Puis son visage s'assombrit comme si des images échappées de la chambre forte de sa mémoire s'étaient infiltrées dans son âme. Il répondit finalement à sa question par une autre. « *Sais-tu ce que ça fait de risquer sa vie tous les jours ?* »

« Avant notre rupture, ta mère m'a dit mot pour mot : "*Je peux pas te promettre de t'aimer. Je peux pas te promettre que je serai rien qu'à toi.*" »

Roy baisse la tête et pose la main sur l'épaule de Tru.

« Mais grâce à elle, je t'ai, toi. »

30

Bien qu'il soit assez grand pour marcher, Patsy promène encore Bébé en poussette au parc. Le petit garçon s'appelle Thomas, mais elle préfère continuer à le surnommer ainsi. Bébé adore contempler les arbres qui bordent le chemin, leurs branches tendues au-dessus de sa tête et tordues en direction du ciel. Il aime aussi regarder les taxis jaunes se faufiler entre les voitures le long de Central Park West. Séduit par leur couleur jaune vif, il pousse des cris dans sa poussette.

« Maman ! Maman ! »

Cette couleur doit lui rappeler celle des canards en caoutchouc avec lesquels il joue dans son bain – et que sa mère aligne méticuleusement sur les bords de sa baignoire. Regina aime l'ordre. Dans le dressing des Rhinebeck, les pulls, robes, costumes et chaussures sont tous rangés par couleur. Les plats et les verres en cristal sont soigneusement alignés sur les étagères d'un buffet vitré et, dans la grande bibliothèque du bureau où Regina travaille chaque jour des heures d'affilée, les livres sont classés dans l'ordre alphabétique.

« Maman travaille, rappelle Patsy à Bébé en s'efforçant de parler avec l'accent américain. Elle n'est pas dans une de ces voitures.

— Si !

— D'accord, d'accord, comme tu veux.

— Je peux lui faire coucou ?

— Mais je t'en prie. »

Patsy s'arrête pour permettre au petit garçon roux de faire bonjour aux taxis qui passent.

« Bouge la main, toi aussi ! Comme ça, elle va nous voir ! »

Patsy jette un coup d'œil par-dessus l'épaule avant d'agiter la main droite. Il n'y a aucun risque qu'un taxi s'arrête pour elle, bien entendu. Une fois que Bébé est lassé de son petit jeu, Patsy reprend sa promenade et décide de passer par Columbus Avenue pour changer un peu. Les boutiques chic et les bijouteries en enfilade semblent la dévisager arrogamment avec leurs yeux de verre. Mais elle ne les regarde pas. On dirait que tous ces magasins se sont donné le mot pour qu'elle se sente toujours exclue dans cette ville, telle une vagabonde.

Cela ne l'empêche pas de continuer à se promener dans Upper East Side, aussi à l'aise que si l'enfant dans la poussette était le sien et que si elle était née dans ce quartier où un magasin vend des pâtisseries sans gluten et où un marché ne propose que des fruits et légumes biologiques. Si Cicely la voyait maintenant ! Un jour où Patsy a voulu faire ses courses au marché, elle a lâché le sac de pommes qu'elle tenait en voyant son prix. « *C'est pas vrai ! Les gens sont vraiment prêts à payer dix dollars pour deux petites pommes rabougries ?* » Elle aurait bien aimé que Cicely soit là pour la renseigner. Elle aurait sans doute haussé les épaules avant de lui suggérer d'en goûter une. « *Les Blancs mangent sainement. C'est pou ça qu'y vivent longtemps. Regarde-les s'entasser dans les maisons de retraite.* » Patsy s'est mise à rire toute seule, ce qui lui a valu quelques regards des vendeurs et des clients.

Ces conversations imaginaires avec Cicely lui paraissent plus proches de la réalité que ce qu'elle apprend sur la vie de son amie à la télévision ou dans le journal local. Cicely est aujourd'hui l'épouse du conseiller municipal républicain

Marcus Salters, élu du trente-cinquième district de la ville de New York, qui comprend Fort Greene, Clinton Hill, Prospect Heights, une partie de Bedford-Stuyvesant, le centre de Brooklyn, le Brooklyn Navy Yard et Vinegar Hill – autrement dit, la quasi-totalité du borough de Brooklyn. Après le 11-Septembre, l'affaire de Marcus s'est considérablement développée. On voyait ses annonces immobilières absolument partout. Après s'en être mis plein les poches, il s'est présenté aux élections municipales et il a gagné.

Depuis la crise de 1929, il n'y a jamais eu autant de saisies immobilières dans le borough. Pour Patsy, c'est comme une épidémie de peste : les procédures se répandent tel un nuage noir sur Brooklyn et délogent des familles qui y vivaient depuis des générations. Peu à peu, les maisons se vident, leurs fenêtres et leurs portes disparaissent derrière des planches. Le programme du conseiller municipal Marcus Salters vise à promulguer un ensemble de lois qui aideront les propriétaires à expulser les squatteurs et permettront à ceux qui y ont droit d'obtenir des prêts pour financer saisies et réparations. Le but est d'attirer dans le quartier le bon type de locataires, à savoir les riches, blancs autant que possible. Patsy sait que ses jours sont comptés à Brooklyn. Elle craint que ce projet, que Marcus Salters appelle « le nouveau Brooklyn », ne séduise la majorité des propriétaires, surtout ceux de Crown Heights qui, tel monsieur Fagan, sont immigrés et ont ouvert leurs maisons aux sans-papiers. Bien qu'on n'en soit pas encore là, Patsy déteste penser qu'elle pourrait être un jour obligée de quitter le quartier à cause de la hausse des loyers.

Il est impossible d'ignorer les affiches de Marcus. Patsy traversait une intersection lorsqu'elle a aperçu pour la première fois le mari de Cicely qui la regardait du haut d'un immense panneau fixé sur le côté d'un immeuble de Bedford Avenue. Bienvenue dans le nouveau Brooklyn !

MARCUS SALTERS, VOTRE CONSEILLER MUNICIPAL PRÉFÉRÉ, proclamait l'affiche. Sous le regard omniscient et moqueur de Marcus, Patsy s'est sentie aussi nue que le soir où il était apparu dans le sous-sol. Elle est restée clouée sur place, jusqu'à ce que des conducteurs en colère commencent à klaxonner.

Bravo, Cicely. T'as réussi. J'espère juste que t'es heureuse maintenant.

Patsy traverse la rue avec Bébé en direction du côté moins enneigé. Les passants doivent avoir l'impression de voir un gros sac-poubelle noir flotter au-dessus de la chaussée à cause de sa doudoune dénichée à Goodwill. Malgré la fourrure autour de la capuche et des poignets, elle la porte même quand il fait quinze degrés. Patsy a beau vivre depuis dix ans en Amérique, elle ne supporte toujours pas le temps hivernal.

Il a neigé à New York la semaine passée et à nouveau cette semaine. On n'est pas encore en novembre, mais les branches à peine nues des arbres ploient déjà dangereusement au-dessus des trottoirs. « *C'est à cause du réchauffement climatique* », répète Regina. Selon elle, c'était la seule explication aux caprices de la météo. La semaine passée, la chute d'une branche a tué une passante. Au lieu d'élaguer les arbres, le maire n'a rien trouvé de mieux que de recommander aux New-Yorkais de se montrer prudents. Si Patsy avait eu le droit de vote, ce n'est certainement pas lui qu'elle aurait choisi. Obligée de descendre sur la chaussée pour éviter une branche, elle tchipe. Heureusement qu'il est midi, les trottoirs sont moins encombrés qu'aux heures de pointe où il lui faut sans arrêt se faufiler avec la poussette entre des hommes et des femmes munis de mallettes. Même lorsqu'il neige, les New-Yorkaises ne quittent pas leurs tailleurs sur-mesure et leurs talons hauts aux semelles rouges. Au fond d'elle, Patsy admire ces chaussures à l'air diabolique et leurs propriétaires.

Elle est souvent obligée de s'arrêter ou d'esquiver les piétons bien habillés, sous peine de provoquer un accident avec son énorme poussette. Regina l'a priée d'y faire très attention, car elle a payé presque deux mille dollars cet engin qui ne se plie même pas correctement. Deux mille dollars pour promener un enfant qui sait déjà marcher ! Dommage qu'elle ne soit pas prête à payer le même prix pour ses frais de garde.

Regina vit comme une sorte d'ermite, enfermée dans son bureau toute la journée, et réserve ses soins maternels aux personnes qui peuplent son esprit. Il lui arrive de parler d'elles à Patsy en la suivant de pièce en pièce, tandis qu'elle cuisine, époussette les étagères, balaye le sol, fait la vaisselle ou s'occupe de Bébé. Trier et plier ses chaussettes, ramasser ses livres en carton, gratter les restes de Cheerios sous la semelle de ses chaussures… Patsy s'échine à élever le petit garçon sous le regard absent de sa mère qui divague sur des intrigues compliquées qui n'existent que dans sa tête. « *Alors, qu'en pensez-vous ?* » lui demande-t-elle de temps en temps. Bien qu'elle ne l'écoute qu'à moitié, Patsy répond qu'elle a de bonnes idées. Ses histoires lui ont rapporté plusieurs récompenses que Regina aligne sur les étagères de sa maison. Elles y sont plus nombreuses que les photos de famille. De son côté, monsieur Rhinebeck gagne sa vie en examinant la bouche des gens. Il fait en outre de son mieux pour les convaincre de se faire poser des facettes et des appareils dentaires invisibles qui coûtent une fortune. Patsy se rappelle l'avoir entendu se vanter d'avoir refait la dentition complète d'une dame de quatre-vingt-dix ans. Comment une femme qui s'en était passé toute sa vie pouvait-elle avoir envie de dépenser autant d'argent pour corriger l'aspect de ses dents, alors qu'elle avait un pied dans la tombe ?

Au moment où Patsy tourne dans la rue des Rhinebeck, un coursier à vélo fonce droit sur elle.

« Bouge de là, la grosse ! » hurle l'homme efflanqué aux cheveux gominés.

Il l'évite de justesse et manque de percuter un taxi. Le chauffeur freine brusquement et klaxonne.

« Vous roulez du mauvais côté !, crie Patsy au coursier en lui montrant le panneau de la piste cyclable qui indique qu'il devrait rouler en face. Vous avez failli me tuer ! »

Le coursier lui fait un doigt d'honneur.

« Retourne dans ton pays ! »

Il repart aussi sec, toujours du mauvais côté de la rue. Patsy sent une bouffée de chaleur monter de son cou à son visage. Si Bébé n'avait pas été là, elle aurait dit ses quatre vérités à ce type. Patsy passe le reste de la promenade à se demander ce qu'elle aurait dû lui répondre. *Qui tu traites de grosse, sac d'os ?* C'est l'heure du déjeuner, mais elle a perdu l'appétit. Elle n'a plus aucune envie de faire une pause dans sa pizzeria habituelle. Le pire, c'est que Bébé a assisté à toute l'affaire. Il tend les jambes, signe qu'il aimerait bien marcher, et demande :

« Patsy, pourquoi le monsieur voulait que tu retournes dans ton pays ? »

Patsy préfère ne pas lui répondre. Elle longe deux pâtés de maisons supplémentaires en s'agaçant de sentir ses bas glisser et ses cuisses frotter l'une contre l'autre, puis elle ralentit le pas à l'entrée du terrain de jeux et s'arrête près des bancs et tables en marbre installés face aux balançoires. Qu'il pleuve, qu'il vente ou qu'il neige, les enfants sont toujours prêts à jouer. *Après tout, ça me distraira de les regarder*, pense Patsy.

Les différentes populations du parc ne se mélangent pas : femmes au foyer d'un côté, nourrices de l'autre. Les premières jugent silencieusement le goûter choisi par leurs voisines, ou bien leurs leggings et l'école maternelle de leurs enfants. Les rares fois où elles adressent un signe de tête aux nourrices, elles le font d'un air suffisant puis promènent le regard sur les enfants que leurs mères ont confiés à des inconnues. C'est un peu différent des coups d'œil que les jeunes femmes noires jettent au visage de Patsy dans la rue après avoir vu Bébé dans sa poussette. Elles froncent aussitôt les sourcils, comme si elles s'étaient cogné la tête contre un obstacle.

Les nourrices ne se mélangent pas non plus. Chaque groupe ressemble à une petite délégation des Nations unies. Les femmes s'asseyent en cercle pour échanger des ragots, des recettes, des informations sur les soldes, sur les avocats spécialisés en droit de l'immigration, ainsi que les dernières nouvelles de leurs pays. Il n'est pas rare d'entendre une nounou se lamenter dans sa langue maternelle sur la corruption de son gouvernement tout en poussant un bambin sur sa balançoire ou en l'aidant à glisser sur le toboggan.

Patsy espère qu'elle ne verra pas Beatrice, Judine et Shirley, les membres de son groupe habituel, aujourd'hui. Si elle est seule, elle pourra s'acheter un bretzel au sel chez le vendeur qui installe son chariot à proximité du parc et le manger en paix. Patsy adore les bretzels trempés dans la moutarde – un condiment qu'elle a appris à aimer en Amérique. En Jamaïque, elle n'en mangeait qu'avec des saucisses lors de ses promenades au Hope Zoo.

Patsy aide Bébé à descendre de sa poussette, puis elle se penche vers lui et tire son bonnet sur ses oreilles avant qu'il file vers la cage à écureuil. Il grimpe malhabilement sur les barres, gêné par son épaisse doudoune. Patsy s'achète un bretzel et le mange tout en observant Bébé et les promeneurs du parc. Deux d'entre eux se sont arrêtés derrière la barrière et attendent patiemment que leurs grosses bêtes à poil finissent de se soulager ; les joggeurs du midi, couverts de la tête aux pieds, soufflent des nuages avec la bouche. Patsy aperçoit une femme âgée aux cheveux aussi blancs que la neige qui couvre les trottoirs et à la peau aussi foncée que la chaussée glissante. Beatrice entre dans le parc en poussant sa poussette, le nez en l'air. Quelques instants plus tard, elle la repère et agite la main. Patsy lui sourit sans desserrer les lèvres.

« Comment va, Patsy ? Pourquoi tu fais cette tête ?

— Quelle tête ?

— On dirait que tu portes toute la misère du monde. Et qu'est-ce que c'est que cette horrible perruque ? »

Patsy tchipe puis essuie la moutarde sur ses doigts avec une serviette en papier.

« On peut pas avoir le sourire tous les jours. Tout le monde n'a pas la chance d'être ici en vacances, tu sais, répond-elle en fixant Beatrice du regard.

— Qu'est-ce qui t'arrive ? T'as l'air bien grognon. »

Patsy repense au jour où elle a rencontré Beatrice et les nounous qu'elle fréquente. Leurs yeux foncés et cernés étaient braqués sur elle ; à croire que la peau blanche de l'enfant qu'elles promenaient les autorisait à la regarder de haut. Ces femmes semblaient la dévisager en se demandant s'il valait la peine de lui parler. De son côté, Patsy était soulagée de voir d'autres femmes caribéennes promener des bébés blancs. Seule Beatrice surveillait un enfant à la peau plus foncée sur le terrain de jeux.

« Oh, il est adopté ? » lui demanda-t-elle.

Les autres femmes gardèrent le silence, mais elle crut entendre un grognement monter dans leurs gorges. Patsy eut la brusque impression qu'elle avait fait une gaffe. C'était son premier jour au parc et voilà qu'elle avait déjà vexé quelqu'un.

« Pourquoi vous dites ça ? » demanda Beatrice.

Elle portait un turban qui cachait sa chevelure blanche et faisait ressortir ses hautes pommettes.

« Beaucoup de Blancs aisés adoptent des enfants noirs venus d'Afrique, répondit Patsy. Y savent même pas peigner leurs cheveux. »

La première fois qu'elle a croisé une famille blanche avec un bébé noir, elle s'est demandé si c'était un des enfants de mademoiselle Foster – ceux qu'elle vendait aux mystérieux visiteurs qui garaient leurs belles voitures de location devant son portail à Pennyfield, après la tombée de la nuit. Depuis son arrivée aux États-Unis, Patsy a vu plus de bébés du tiers monde adoptés par des personnes blanches que par des noires. On dirait que les Américains, las de coloniser d'autres pays, ont décidé d'adopter leurs enfants et de leur apprendre à devenir comme eux.

« Je travaille pou personne », dit finalement Beatrice.

Judene et Shirley échangèrent un regard.

« C'est mon petit-fils.

— Oh. »

Les deux autres nounous baissèrent les yeux vers leurs poussettes où s'agitaient les petits poings blancs d'un enfant qui paraissait lui-même agacé par la gaffe de Patsy.

« Je voulais pas vous vexer, dit-elle à Beatrice. C'est juste que je vois rarement des gens comme nous par ici qui… »

Patsy ne termina pas sa phrase, incapable de trouver comment réparer sa maladresse. Mais Beatrice, qui n'était pas du genre à laisser passer l'occasion de se vanter, lui offrit généreusement une explication.

« C'est le bébé de ma fi. Elle est professeure titulaire à Barnard et habite à quatre pâtés de maisons dans cette direction. »

Elle pointa du doigt la rangée de beaux immeubles anciens qui bordait Central Park. Patsy regarda l'enfant aux épais cheveux frisés et aux yeux clairs. Beatrice lui était déjà antipathique, mais elle serait bien obligée de la supporter, car elle avait rarement l'occasion de se faire des amies. Patsy avait beau adorer les enfants, leur compagnie ne lui suffisait plus.

Bien qu'elles viennent du même pays, Beatrice n'appartient pas au même monde qu'elle. Tandis que Patsy et les autres nourrices surveillent leurs enfants comme le lait sur le feu et quittent brusquement le cercle de leur réunion caribéenne quand elles craignent d'avoir passé trop de temps à bavarder, Beatrice, elle, paraît toujours tranquille. Elle part à l'heure qu'elle veut et discute aussi longtemps que ça lui chante. Bien qu'elle travaille gratuitement, c'est la mieux récompensée de toutes, puisqu'elle a la chance de vivre avec sa fille et de s'occuper de son petit-fils, qu'elle verra grandir et qui connaîtra sa grand-mère.

Beatrice, tout comme les enfants dont Patsy s'occupe depuis des années, lui rappelle chaque jour ce qu'elle rate en vivant loin de Tru. « *L'avantage avec les fi, c'est qu'elles restent avec vous toute la vie* », dit souvent la vieille femme. Patsy se contente de l'écouter, incapable de lui avouer qu'elle ne voit pas la sienne grandir. Elle assiste aux premiers pas des enfants qu'elle garde et les entend prononcer leurs premiers mots, mais elle a manqué toutes les premières fois les plus importantes de Tru – ses premières règles, son premier flirt, sa première rentrée au lycée.

Patsy ne l'a jamais recontactée après lui avoir envoyé une carte de vœux, il y a dix ans. Elle a coupé les ponts avec sa fille avec une grande détermination, convaincue qu'il serait plus facile ainsi pour toutes les deux d'avancer. Il est moins douloureux d'avoir une mère absente qu'une mère présente mais distante. Manman G et Roy ont sans doute fini par convaincre Tru qu'elle était venue au monde dans des circonstances anormales, après avoir flotté pendant neuf mois dans un liquide froid, reliée par un cordon à une femme insensible. Dès que Patsy a coupé ce lien vital, il s'est desséché et a disparu sans laisser la moindre trace.

En réalité, on ne peut pas dire qu'elle n'a jamais envisagé de recontacter Tru. Après avoir commencé à travailler comme nourrice, Patsy a fait la queue de nombreuses fois à l'agence de Western Union, déterminée à lui envoyer une petite somme. Mais à quoi bon lui faire parvenir cet argent sans explication ? Sans une longue lettre d'excuses ? Sans lui faire la promesse qu'elle lui rendra bientôt visite, sachant que ce sera impossible tant qu'elle n'aura pas de papiers ? Avec le temps, il lui est devenu de plus en plus difficile de se justifier. Bien que son courage l'ait abandonnée, Patsy a commencé à faire des heures supplémentaires et à mettre un peu d'argent de côté dans la boîte à cookies rouillée qu'elle conserve dans son placard. Le désir d'envoyer un baril de cadeaux à Tru germe à nouveau et l'obsède, davantage que la possibilité d'une réconciliation.

Depuis quelques jours, Patsy se sent encore plus rongée par la culpabilité et le regret que d'habitude. Elle vient de passer près d'une décennie à s'occuper des enfants des autres – des enfants qui ne se souviendront pas d'elle quand ils seront adultes et fonderont leur propre famille. Elle regarde les autres nourrices sourire dès qu'elles entendent la voix de leurs fils et de leurs filles au téléphone, puis de retour dans son studio, elle avale un gâteau entier. Mais Patsy a beau se gaver, elle se sent toujours aussi vide.

Beatrice, qui surveille son petit-fils à côté d'elle, pousse un soupir.

« Mon arthrose me gêne de plus en plus, et ce froid n'arrange rien.

— C'est vraiment ton seul souci ?, demande Patsy en se poussant légèrement afin d'augmenter la distance entre elles.

— Oui, c'est très embêtant.

— Tu prends quelque chose pou calmer la douleur ? Il existe des remèdes pou tout ici. Même contre la tristesse », dit Patsy qui se rappelle avoir vu un couple joyeux et en pleine forme grâce à un médicament appelé Prozac dans une publicité.

Avant que commence son cours d'informatique gratuit à la bibliothèque, elle a cherché ce que c'était sur Google : MÉDICAMENT AMÉLIORANT L'HUMEUR, LE SOMMEIL, L'APPÉTIT ET LA VITALITÉ. PEUT AIDER À RETROUVER UN INTÉRÊT POUR LA VIE QUOTIDIENNE. Elle est ensuite passée en acheter à la pharmacie, mais on lui a répondu qu'elle ne pouvait pas se le procurer sans ordonnance. Patsy a repensé à ce médecin indien qui lui avait nonchalamment suggéré de porter une perruque.

Beatrice tchipe et se masse la jambe.

« Je crois pas à ces affè. Tu sais bien que je suis une fanm de la campagne. »

Patsy trouve agaçant que Beatrice préfère parler patois avec elle. De toute évidence, cette femme vient d'Upper St Andrew. Elle a de l'argent et un certain statut, mais elle ne peut pas s'empêcher de parler patois, histoire de rappeler ses origines paysannes aux nourrices issues, selon elle, d'un milieu modeste.

« T'as essayé l'herbe aux poules ?, lui demande Patsy.

— Où veux-tu que j'en achète ?

— On en trouve sur Flatbush Avenue, juste au coin de Caton. Sur ce marché… »

Patsy s'interrompt en voyant Beatrice froncer le nez.

« Pas question que je mette les pieds dans ce quartier, ma chère.

— Pourquoi ça ? »

Patsy se sent aussi vexée que si elle était née à Brooklyn. Beatrice est incapable d'oublier les critères de classe qui s'appliquent en Jamaïque. Elle aimerait bien lui rabattre le caquet, mais ne trouve rien à dire.

« Je veux jouer, mamie ! » dit le petit garçon frisé en agitant les jambes dans sa poussette.

Beatrice défait les sangles et soulève l'enfant.

« Voilà, chef. Fais attention !, crie-t-elle, tandis qu'il file au galop.

— Qu'est-ce qu'y grandit, Victor !, dit Patsy en admirant malgré elle le petit-fils de sa voisine. En voilà un qui aura du succès auprès des fi.

— Oh oui, ma chère. D'ailleurs, il en a déjà. Ce petit pousse comme de le dire.

— Bébé aussi, dit Patsy qui s'en veut aussitôt de s'émerveiller des progrès d'un enfant qui n'est pas le sien. Bientôt, ces deux-là voudront passer le permis et se raser la moustache. »

Les deux femmes s'esclaffent.

« Je me souviens de Michaela au même âge, dit Beatrice en s'essuyant les yeux. Dyé qu'elle était grande ! Et elle avait la langue bien pendue ! Tous les jours, j'avais un appel de sa maîtresse. C'était avant que… »

Une ombre passe sur son visage. Patsy la regarde fixement, à la fois étonnée de ce brusque changement d'expression et du fait qu'elle parle de sa fille. Beatrice fait peu allusion à sa vie et prononce encore plus rarement son prénom. En vérité, elle n'a d'yeux que pour son petit-fils.

« Avant que quoi ? »

Beatrice lève les yeux vers Patsy, l'air surprise par sa question.

« Rien. »

Puis elle soupire et redresse les épaules. Patsy commence à rassembler ses affaires, ramasse un gobelet abandonné puis fait signe à Bébé de descendre de la cage à écureuil, soulagée d'avoir une bonne excuse pour partir. Elle doit ramener Bébé chez lui avant que sa mère n'émerge de son bureau, tel Jésus ressuscité d'entre les morts.

« Rapporte-moi don de l'herbe aux poules la prochaine fois, dit Beatrice en ouvrant la pochette suspendue à son cou. Voilà dix dollars. Si ça coûte plus cher, je te paierai la différence. »

Patsy prend son argent, bien qu'elle ait très envie de lui répondre qu'elle n'a qu'à bouger ses fesses de bourgeoise et se rendre à Brooklyn elle-même.

« Tu sais que tu peux aller voir un vrai docteur. T'as assez de sous pou ça.

— Y a pas un docteur au monde qui est capable de soulager ma douleur, répond Beatrice. Mais une bonne infusion d'herbe aux poules m'aidera à l'oublier. »

Son humeur mélancolique rappelle à Patsy celle de manman G et de ses amies bien-pensantes de l'église pentecôtiste, des femmes toujours en longue jupe, l'air affligé et fier de souffrir pour Jésus.

« Bon d'accord, à demain. »

Patsy s'estime heureuse de ne pas être à ce point handicapée par sa souffrance. Elle a au moins cet avantage sur Beatrice.

31

Le soleil se couche derrière les arbres de Central Park lorsque Patsy sort de l'immeuble de Regina. Elle souhaite une bonne nuit à Ransel, le portier jamaïcain qui salue tous les habitants du bâtiment en soulevant sa casquette. Fatiguée et encore sur les nerfs, elle descend Central Park West jusqu'à la station de métro sans lever les yeux du trottoir. Patsy ne s'amuse plus à observer les passants comme à son arrivée en Amérique. Cicely et elle pouffaient de rire en se retenant de pointer du doigt telle ou telle personne habillée comme un clown. « *Les Américains sont comme ça*, disait son amie. *Y s'en fichent, de leur look.* » Il est vrai que Patsy a déjà vu des gens en pyjama ou des bigoudis sur la tête faire un saut à l'épicerie du coin ou promener leur chien. Les Américains vont jusqu'à porter des jeans au travail. Regina enfile un poncho et le même jean taille haute délavé tous les jours, avant de s'enfermer dans son bureau.

L'esprit obscurci par la tombée de la nuit, Patsy entre dans la station de métro et manque de trébucher sur un corps. Lorsque la silhouette se matérialise dans son champ de vision, drapée dans une robe turquoise et coiffée d'une couronne, elle croit rêver. À en juger par la hauteur de ses genoux par rapport au banc sur lequel il est assis, cet homme est un peu plus grand que la moyenne. Patsy observe son visage foncé et étroit – on dirait un de ces oncles souriants sur les portraits de famille qui n'ont pas encore atteint l'âge de la barbe et de l'embonpoint. Sa robe turquoise donne à sa peau la couleur du manioc.

« Excusez-moi, dit-il. Je m'étirais les jambes et je vous ai pas vue venir.

— Pas de problème, répond Patsy. J'ai l'habitude.

— Qu'est-ce que vous voulez dire ? »

Il y a quelque chose de si puissant dans le regard de cet inconnu que Patsy s'immobilise. En général, elle ignore ce genre d'homme et continue à marcher le long du quai. Mais cette fois, elle éprouve le besoin de rester près de lui. Ce type doit être un peu fou, sinon il ne se promènerait pas en costume de Liberty Tax – la période de déclarations des impôts ne commence pas avant janvier. Il est peut-être déguisé pour Halloween, après tout. Mais la fête n'a lieu que dans deux semaines. Patsy finit par penser qu'elle a déjà croisé cet homme. Ou bien était-ce quelqu'un d'autre ? Les mascottes de Liberty Tax ont toutes la même allure quand elles arpentent les trottoirs de la ville du lundi au samedi, de janvier à avril. Étant payées au noir, ces personnes se démènent pour augmenter leur commission. À New York, le travail non déclaré est une pratique très répandue. Patsy se demande si elles parviennent vraiment à trouver des clients dans la rue. Les gens qui gagnent leur vie de manière conventionnelle, comme Regina et ses anciens employeurs, préfèrent généralement se débrouiller pour remplir leur déclaration d'impôts, plutôt que d'écouter les conseils d'un immigré au fort accent déguisé en statue de la Liberté.

L'homme lui adresse un sourire en coin.

« Vous avez le visage d'un ange. »

Patsy ne peut s'empêcher de sourire, le cœur soudain plus léger.

« Vous devez avoir des hallucinations. Je suis loin d'en être un.

— Et ces fossettes ! Vous savez ce que disait ma grand-mère ? Les fossettes sont les traces des baisers d'une mère.

— Elle vous a raconté des salades, votre grand-mère, pasque ma mère embrasse rien d'autre que les pieds de Jésus.

— Elle disait aussi que ce sont les baisers des anges.

— C'est tout ce que vous avez trouvé pou me draguer ?

— Qui a dit que je vous draguais ? »

Patsy sent ses joues s'enflammer. Évidemment qu'il n'est pas en train de lui faire du charme. Qu'est-ce qui a bien pu lui faire croire une chose pareille ? Combien d'hommes se sont mis en quatre ces dix dernières années pour coucher avec elle ? Les choses ont changé depuis qu'elle vit en Amérique. Exception faite du plaisir qu'elle éprouve grâce à ses caresses matinales, l'orgasme est devenu un événement rare, une sensation fugace, anonyme et déshumanisante. Il a pour seul avantage de lui donner ce qu'elle cherche – quand elle jouit, Patsy se sent enfin entière, invincible, moins seule dans ce pays, au moins pendant quelques instants. C'est dans cet état d'esprit qu'elle se rend parfois au club de reggae sordide et mal éclairé de Clarendon Road, bien qu'elle se répète qu'elle y va pour la musique. (Patsy ne parvient toujours pas à s'approcher de la boîte lesbienne de Fourth Avenue aux murs couverts de graffitis, dont l'entrée est gardée par une camionneuse blanche aux cheveux violets dressés sur la tête, qui vérifie les papiers d'identité une cigarette au coin de la bouche.) Après avoir vidé un bon nombre de verres, elle lève les yeux et n'a plus qu'à se servir : il y a toujours un type qui lui sourit à l'autre bout du club, ou un autre qui louche sur son postérieur. Quelques instants plus tard, Patsy se retrouve à quatre pattes dans un studio encombré d'Avenue D, mais toujours habillée, ce qui lui épargne un certain embarras. Plus tard, quand son partenaire et elle se désenlacent, chacun se détourne avec un léger dégoût, secrètement soulagé de ne pas être obligé de rappeler l'autre, ni de le revoir.

L'homme triture le petit crucifix en or qui pend à son cou, l'air de penser que sa fierté vient de prendre un nouveau coup. Il rit, mais ses yeux foncés sont las.

« J'imagine qu'un tas de boug vous court déjà après. »

Consciente qu'il le dit par pure gentillesse, Patsy préfère changer de sujet.

« Qu'est-ce que vous faites ici dans ce costume ? »

L'homme hausse les épaules.

« C'est pou un spectacle.

— Vous êtes comédien ?

— En quelque sorte. Dans la vie, on fait que jouer la comédie, pas vrai ? »

La justesse de ses paroles attriste Patsy.

« Le problème, c'est qu'on a tout le temps peur d'être démasqué », dit-elle.

L'homme rit.

« Tu as un accent magnifique. Tu viens de chez moi ?

— Oui.

— Quel coin ?

— Pennyfield. »

Il hausse un sourcil.

« Non !

— Quoi ?

— T'es une fi du ghetto. »

Il prononce ces mots d'un ton si doux que Patsy a l'impression d'entendre le début d'une chanson calypso. Elle remarque qu'un joueur de steel drum est en train d'installer son instrument au milieu du quai.

« Ici, ces mots-là veulent rien dire, grogne-t-elle.

— Mais t'en es une quand même. »

Patsy sourit et rougit comme cela ne lui est arrivé qu'avec Roy.

« Peu importe.

— Non, mais c'est un endroit dangereux, Pennyfield. C'est le territoire des travaillistes.

— Pou les gens de l'extérieur, pétèt.

— Je viens de Tivoli Gardens.

— Alors là, c'est la marmite qui se moque du chaudron.

— Bien vu ! »

Tous deux rient.

« Dommage que je t'aie pas rencontrée plus tôt, dit l'homme après un long silence.

— Pourquoi ? »

Tandis qu'il la dévisage, la peau de Patsy se réchauffe sous la caresse de son regard. Cette façon de l'observer lui rappelle Cicely – quand elle la regardait longuement ainsi, Patsy oubliait tout.

« Dis-moi comment tu t'appelles, lui demande-t-il gentiment.

— Patsy.

— C'est le diminutif de quoi ? Patricia ?

— Exact.

— J'aime bien Patsy. »

L'homme sourit, comme touché, ébloui même, par le charme de la sonorité de son diminutif.

« Et toi ?

— Barrington. Certains me surnomment Barry.

— Je préfère Barrington. »

L'homme laisse échapper un rire.

« Ma mère trouvait que c'était un prénom distingué. Elle devait croire que je deviendrais quelqu'un avec un nom pareil. Pétèt le prochain Premier ministre de la Jamaïque ou quelque chose comme ça. »

Ses épaules semblent se voûter sous le poids de l'échec, puis une ombre voile son visage.

« Elle se retournerait dans sa tombe si elle me voyait maintenant. Son fils unique. Une brute épaisse…

— Dis pas ça.

— Je suis arrivé ici en 1992 et je suis toujours aussi fauché. »

Barrington se tourne vers Patsy, les yeux humides de frustration.

« J'ai pas un sou. Et c'est trop tard maintenant, pasque je peux plus travailler. J'étais dans le bâtiment avant. »

Il raconte à Patsy qu'il a eu un accident dans un immeuble de Madison Avenue, alors que ses collègues et lui démolissaient le bâtiment. Il a fait une chute de quatre mètres cinquante et atterri sur le dos. Sa dernière tâche consistait à décrocher le lustre du vestibule, mais la rampe en marbre a cédé et s'est effondrée.

« Tu imagines un peu ? C'était la première fois de ma vie que je tenais un truc de valeur dans mes mains. »

Barrington secoue la tête.

« J'ai dû régler moi-même tous mes soins médicaux puisque j'avais pas de papiers. J'ai même pas droit à une pension d'invalidité. Mais tu sais ce qui me fait le plus mal ? C'est que je peux pas rentrer au pays. Et j'ai pas un sou à envoyer à mes neuf enfants. Tout le monde me prend pou un raté.

— Je sais ce que tu ressens. Je peux pas rentrer non plus. Ma mère serait trop contente de pouvoir me traiter d'incapable et de prétendre que Dyé me punit pou ma convoitise. Y a que Dyé qui compte pou elle. Si t'es pas dans son camp, t'es forcément du côté de Satan. »

Patsy hausse les épaules.

« Tout ce que je voulais, c'était reprendre ma vie en main et…

— Et quoi ?

— Donner la possibilité à ma fi de devenir une fanm meilleure que moi. Y vaut bien mieux qu'elle soit élevée par son père.

— C'est pas rien de le reconnaître. Je ressens que des ondes positives avec toi. Quelle que soit ton histoire, sois pas trop dure envers toi-même.

— À quoi bon élever un enfant dans un monde auquel je pouvais rien changer ? »

Patsy lâche un petit rire.

« Pétèt que c'est le destin. »

Comme s'il n'attendait que ces mots, le joueur de steel drum commence à interpréter *Amazing Grace*. Les femmes caribéennes qui attendent le métro fredonnent et se balancent sur la musique, les yeux fermés. Leurs corps ronds alignés ressemblent à des oiseaux noirs perchés sur des fils électriques. Elles se rendent probablement à leur deuxième travail, après avoir lavé, cuisiné, repassé, nourri et changé les couches des enfants de leurs patrons. Barrington regarde Patsy d'un air compréhensif. Pas une fois il ne cligne des yeux ni ne se tourne pour se protéger de la brise froide qui souffle sur le quai.

« Je crois pas qu'on puisse parler de destin quand on a encore le contrôle de sa vie, dit-il.

— Comment ça ?

— J'ai l'impression que t'as pas encore baissé les bras. »

Patsy balaye du regard les rails, les ordures, les rats qui couinent, les conduites d'égout. Puis elle lève les yeux vers Barrington et croit voir le visage de Cicely. Cicely qui, malgré sa peau lumineuse, ses yeux bleu-vert et ses longs cheveux, l'a choisie elle, la fillette que tout le monde rejetait. *Tu as toujours été ma seule famille dans ce monde.* Patsy se revoit flotter hors de son corps, hantée par le désir de se glisser dans la peau de son amie. Aussi fou et méprisable que cela puisse paraître, tout ce qu'elle veut aujourd'hui encore, c'est vivre avec Cicely.

Un clignotement vert signale l'arrivée du métro dans la station. L'écho du ferraillement du train qui glisse sur des nerfs d'acier lui agace les dents. Combien en ont-ils laissé passer ? Patsy n'en a aucune idée. Elle prend plaisir à discuter avec Barrington et trouve étrangement facile de se confier à lui. Elle le regarde se soulever péniblement du banc en s'appuyant sur les mains.

« Je veux pas te retenir plus longtemps », dit-il.

Patsy panique – a-t-elle trop parlé ?

« Est-ce que ça va ? J'aurais pas dû te raconter tout ça. » Elle lui tend un bras pour l'aider, mais il le repousse doucement.

« Je vais me débrouiller.

— Ça m'a fait plaisir de discuter avec toi.

— Pareillement. Mais y faut que j'y aille. »

Barrington grimace de douleur en se redressant.

« C'est comme ça depuis l'accident. »

Chaque pincement du nerf qui descend de sa nuque lui rappelle sa chute, explique-t-il. Il fait quelques pas en boitant.

« Je suis plus qu'une épave. Qui pourrait bien vouloir de moi ? »

Barrington fixe sur elle un regard las et suppliant, comme s'il la défiait de répondre à sa question. L'espace d'un instant, Patsy revoit les yeux de tonton Curtis avant qu'elle ne sente le parfum du rhum dans son haleine.

« Tu vas t'en sortir, dit-elle, car ce sont les seuls mots qui lui viennent à l'esprit.

— Non, c'est trop tard. Mais pas pou toi. On fait tous des erreurs. Y faut que tu te pardonnes les tiennes. »

Le joueur de steel drum entame *How Great Thou Art*, une chanson qui semble subjuguer Barrington. Sa tristesse et sa souffrance paraissent si intenses que Patsy se demande s'il va se mettre à pleurer. Hésitant à garder les yeux fixés sur son beau visage plissé de douleur, elle cherche finalement un morceau de papier de son sac à main afin de lui laisser ses coordonnées. Elle déchire le bout d'une enveloppe puis griffonne son numéro. C'est bien la première fois qu'elle se montre aussi audacieuse avec un inconnu qui n'essaie pas de la ramener chez lui. Et même s'il a bel et bien une idée derrière la tête, Barrington n'a pas l'air du genre à l'ignorer après avoir obtenu ce qu'il voulait. Soudain sourde aux klaxons et sirènes incessants, aveugle à la solennité des feuilles mortes annonçant l'arrivée de l'hiver qui gèlera bientôt les parcs et les rivières et transformera tout le paysage en verre, Patsy retrouve espoir en sa ville.

Sur le moment, l'échec ne lui fait plus du tout peur grâce au regard tendre et indulgent de l'homme à la peau couleur manioc qui s'éloigne sur le quai dans sa robe turquoise. De son côté, le musicien continue à jouer. L'arrivée du train disperse un groupe de pigeons, soulève les pans de manteau des femmes qui fredonnent, et emporte le morceau de papier que Patsy tenait entre les doigts. Elle court après son bout d'enveloppe qui s'envole le long du quai, parvient à l'attraper et lève les yeux juste au moment où Barrington saute devant le train, les bras tendus comme les ailes d'un faucon. Son bond est si gracieux. C'est la première fois qu'elle voit quelqu'un voler.

32

Le soir de son anniversaire, Tru sort la carte que sa mère lui a envoyée il y a presque dix ans. Ses paillettes sont tombées depuis longtemps, mais les mots sont toujours là : Avec toute mon affection, ta maman, Patsy. Pour la première fois depuis qu'elle a reçu cette carte, Tru se demande si sa mère a écrit ces mots pour les mémoriser, elle aussi. Elle tente de revoir son visage entre les lignes – les ridules autour de sa bouche, de ses yeux –, mais ne parvient pas à le distinguer. Tru replie soigneusement la carte et la range dans son tiroir à sous-vêtements, puis elle s'assied sur le bord de son lit, le visage enveloppé d'obscurité. Elle entend l'eau jaillir d'un robinet extérieur, le caquetage des blanchisseuses, les pleurs d'un bébé, de jeunes enfants jouer et des chiens errants aboyer à leurs rires. À travers la fenêtre de sa chambre encrassée par la suie, elle aperçoit Marva, à nouveau enceinte, qui pose une marmite sur des braises. Tous ses autres bébés sont mort-nés. Il s'agit de sa troisième grossesse en dix ans – elle attend des jumeaux, cette fois. Au lieu de s'affairer, elle devrait être en train de se reposer sur son lit. Tru devine aussi la silhouette des manguiers appesantis par la tombée de la nuit, ainsi que les collines juste au-dessus, sur lesquelles sa mère a un jour promis de lui faire construire un château tout près du paradis.

L'adolescente contemple les vêtements posés sur son lit – des robes que Marva a fait faire par la couturière qui fabrique tous ses uniformes scolaires. À chaque fois qu'elle la mesure, cette femme s'exclame : « *C'est que t'es une vraie fanm maintenant !* » sans se priver de lui toucher les seins.

Toutes ces robes colorées à volants et aux manches bouffantes seraient plus à leur place dans la garde-robe d'une poupée. Tru doit cependant en enfiler une pour se rendre chez sa grand-mère. « *T'avises pas de venir habillée comme un voyou. C'est ton anniversaire. On va fêter ça dignement* », a-t-elle dit au téléphone, avant d'aller lui préparer un gâteau. Avec un soupir, Tru retire son maillot rouge délavé sur lequel est écrit le nom PELÉ en jaune vif, puis elle enlève son short de foot sans prêter attention aux cicatrices qui quadrillent le haut de sa cuisse droite comme un filet. Tour à tour, elle pose chaque jambe sur le tabouret près de son lit et retire ses protège-tibias, ses chaussettes et ses chaussures de sport. De la main droite, elle défait les deux épingles à nourrice sous son aisselle gauche qui retiennent le bandage couvrant ses seins et le desserre très légèrement, tandis qu'une odeur musquée de sueur lui monte aux narines. Les bruits extérieurs couvrent son soupir de soulagement. Chaque jour, Tru enroule méthodiquement autour de sa poitrine le long bandage que les sportifs utilisent pour soigner leurs claquages. C'est une sorte de rituel semblable à celui que pratiquaient les Égyptiens – d'après les cours d'histoire de mademoiselle Frasier – avant d'enterrer leurs morts, à l'époque de l'Antiquité. Tru a cessé de porter des brassières de sport car elles ne cachaient pas suffisamment la forme et la taille de ses seins. Elle se camoufle, certaine qu'elle ne tiendra pas la journée sans taper dans le ballon avec les garçons après les cours. Elle se voit déjà envoyer la balle de toutes ses forces par-dessus l'épaule d'un gardien médiocre. Sa victoire aura cependant un goût éphémère, car dès le lendemain, elle devra reprendre le chemin de son lycée pour filles et retrouver la mesquinerie des adolescentes, les regards intrigués des professeurs, ainsi que ce sentiment de différence qui la condamne à la solitude.

Tru a adopté une gestuelle et des habitudes que les autres jugent masculines, mais qui lui sont totalement naturelles : poser la cheville sur un genou, écarter les jambes, puisqu'elle porte toujours un short de foot. « *Serrez les cuisses, mademoiselle Beckford. On n'est pas au marché aux poissons ici* », la grondent souvent ses professeurs, ce qui fait ricaner les filles de sa classe. Quelques-unes ont le regard qui s'illumine, comme cela arrive à certaines femmes quand elles parlent avec son père. Tru ne leur prête aucune attention.

Elle considère simplement qu'elle fait partie des garçons. Tru n'a toutefois jamais eu l'impression qu'être une fille était un handicap. Ce sont surtout ses copains qui le pensent – certains ont mis du temps à se rendre compte qu'elle en était une, même après plusieurs matchs. Il faut dire que Tru porte une coupe courte dégradée, ainsi que les chemises de son père et les pantalons de ses frères en dehors des cours. Dans les toilettes publiques, les femmes et les filles s'immobilisent quand elles la voient entrer. Mais Tru ne cherche pas à s'excuser ni à s'expliquer. Elle se contente de dévisager celles qui la regardent – un comportement qui les incite à tchiper bruyamment et à la maudire à voix basse. « *Mais qu'est-ce que c'est que ça ?* » entend-elle souvent. Mais Tru s'en vexe rarement. Cette ambigüité lui plaît, la rend secrètement plus forte.

Les voisins ont beau parler, jamais ils n'oseront lui faire une remarque, car il ne faut pas oublier qu'elle est la fille du sergent Beckford.

En attendant de les laver, Tru plie son maillot rouge et son short, saupoudre sa peau de talc parfumé à la lavande puisqu'elle n'a pas le temps de faire sa toilette, et enfile la robe jaune que sa grand-mère l'a priée de porter. Quand elle se regarde dans le miroir, l'adolescente a l'impression de ne plus être elle-même, les bras emprisonnés dans ces manches en dentelle. Un fin nœud lui serre la taille, tandis que le jupon tourbillonne autour d'elle et bouffe au niveau de son postérieur. *Tu vas y arriver*, se répète-t-elle comme chaque matin avant de partir au lycée, en se voyant dans sa tunique bleue, ses chaussettes blanches et ses chaussures de ville noires.

Tru passe par la cuisine et prend une mandarine. Dans le salon, Kenny est assis sur le carrelage, ses devoirs de dessin technique étalés devant lui. Il lève la tête quand il l'entend approcher.

« Qu'est-ce que tu fais dans cette robe ? » demande-t-il avec un sourire qui donne aussitôt envie à Tru de le gifler.

Âgé de seize ans, Kenny est aujourd'hui un garçon efflanqué. Ses bras sont trop longs, sa tête trop petite et ses traits manquent de cohérence ; on dirait que les différentes parties de son corps appartiennent à quelqu'un d'autre. Il semble toujours sur le point de se recroqueviller, d'esquiver une tape de son père sur la tête. S'il subit souvent les coups et les humiliations de Roy, c'est parce que Kenny n'est pas aussi fort ni rapide que Jermaine, Daval, ni même Tru.

« Je l'ai trouvée dans ton placard, répond-elle. Tu diras à Marva que je serai rentrée pou le dîner. »

Kenny la dévisage, tandis qu'un air méchant déforme ses traits. Si ses iris étaient plus clairs, on y verrait une touche de vert – un vert de la couleur de sa cravate du lycée Calabar.

« Pourquoi tu lui dis pas toi-même ?

— Quoi don ? »

Vêtue d'une robe crème à fleurs qui semble avoir été taillée dans le tissu du canapé du salon, Marva entre dans la pièce, essuie sa lèvre humide de sueur et pose les mains sur ses larges hanches. Elle disparaît presque derrière ce ventre qui ne désenfle plus.

« Je serai rentrée pou le dîner, lui répond Tru. Je vais juste voir manman G. »

L'ombre qu'elle a vue passer sur le visage de Kenny obscurcit maintenant celui de sa mère et le transforme. Le regard de Marva évalue brièvement la coupe de sa robe puis s'éteint à nouveau.

« Je vois. Heureusement qu'elle est là, ta grand-mère. C'est bien la seule capable de te dissuader de t'habiller comme ces garçons débraillés que tu fréquentes.

— Ce sont mes amis.

— Qu'est-ce que ça peut faire ? »

Depuis que Jermaine et Daval ont quitté la maison – le premier a trouvé un travail de réceptionniste dans un des hôtels de la côte nord, tandis que le second est devenu gérant d'un magasin Digicel dans la paroisse de Hanover où vit sa petite amie –, Marva consacre toute son énergie à surveiller les faits et gestes de Tru et de Kenny. Ayant pleinement endossé le rôle de mère de substitution sans songer à lui demander son avis, elle a toujours eu à cœur de protéger Tru. Les choses se sont cependant gâtées entre elles quand l'adolescente a commencé à se rebeller. Du jour au lendemain, Tru a cessé d'obéir aux instructions de Marva – que celle-ci lui demande de faire la vaisselle, d'aider à préparer le dîner, de l'accompagner au marché ou de repasser les chemises de son père. Mais plus elle s'échinait à la convaincre qu'elle perdait son temps à essayer de faire d'elle la fille de ses rêves, plus Marva lui témoignait amour et compassion. À force de contester son autorité, Tru ne sait plus très bien ce qu'elle éprouve pour cette femme, si bien qu'elle s'adresse à elle de plus en plus méchamment. La patience de Marva a cependant des limites. De fil en aiguille, sa gentillesse a cédé la place à un vif sentiment de frustration qui s'infiltre dans toutes leurs interactions.

« Manman G m'attend. Elle m'a préparé quelque chose pou mon anniversaire », murmure Tru.

Marva hausse les sourcils, visiblement surprise. Soit elle avait oublié quel jour on était, soit elle est stupéfaite que manman G ait organisé une petite fête pour elle. Roy ne lui a pas non plus souhaité son anniversaire avant de partir ce matin. En général, cette journée particulière s'écoule comme les autres. Tru n'a jamais fêté son anniversaire depuis que sa mère est partie. Quand manman G l'a appelée pour l'inviter chez elle, l'adolescente s'est brusquement rappelé que c'était un événement digne d'être célébré.

« Eh bien, bon anniversaire, dit Marva d'une voix rauque. T'as bien de la chance de pouvoir le fêter.

— Je vais pas…

— Personne m'offre jamais rien, à moi. Tout le monde se contente de prendre, prendre, prendre ! J'imagine que je suis juste bonne à élever les enfants des autres sans rien recevoir en retour. Mais on est quoi pou elle exactement ? Une famille d'accueil ? Une œuvre de charité ? »

Depuis toutes ces années, Marva n'a jamais appelé la mère de Tru par son prénom. Elle est intimement persuadée que manman G reçoit de l'argent de sa fille, ce qui est absolument faux. Tandis que Marva continue à divaguer, Tru sent que Kenny approuve chacune de ses paroles, bien qu'il paraisse concentré sur son travail. Ou peut-être a-t-il honte des insultes déblatérées par sa mère – lui qui est sans arrêt la cible de celles de son père. Tru la laisse parler, car elle juge préférable que Marva vide son sac en l'absence de Roy.

« … Comme si j'avais pas assez de mal à nourrir les miens. Et en voilà deux autres en route. Eh bien, cette fois, ce sera différent, tu m'entends ? Vous tuerez pas mes bébés ! Je tolérerai pas les messes basses des voisins une fois de plus. Je perdrai pas ces bébés à cause d'une fanm froide et sans cœur qui m'a refilé sa marmaille pou aller se promener ailleurs. Non, madame. Ça continuera pas comme ça. Quand je pense que cette inconsciente appelle même pas pou savoir si sa fi est toujours en vie ! J'avais encore jamais vu ça ! »

Quand Marva commence à critiquer sa mère et les maîtresses de Roy, Tru sait qu'il est temps de partir. Elle quitte la pièce, se dirige vers la porte d'entrée et sort sur la varangue, tandis que le soleil s'apprête à disparaître derrière les collines ondoyantes. Une brume jaune sable enveloppe le quartier.

« Où tu crois aller comme ça ?, s'écrie Marva qui la suit en se dandinant. J'en ai pas fini avec toi ! T'es bien comme ton père, tiens. Vous êtes aussi ingrats l'un que… »

Mais Tru ne s'arrête pas. Inutile de craindre des représailles. Marva ne l'aime pas assez pour la sanctionner. Son attention est pour le moment accaparée par les transformations qui s'opèrent en elle. Elle s'y abandonne tout en éprouvant sans doute une satisfaction perverse à se sacrifier éternellement pour le bien des siens.

Lorsque Marva lui crie : « Non, mais tu te prends pou qui ? », Tru lui répond sèchement : « Je ne suis pas lui ! »

L'adolescente traverse le ravin en direction du quartier dont la plupart des habitants vivent dans des cases entourées de palissades en zinc. Assis sous le gaïac de Walker Lane, Ras Norbert scande un « *Croyez-le ou pas !* » face à ses rangées de balais dont les ombres s'allongent à l'infini.

« Toutes les richesses dont vous rêvez…

— Bonsoir, Ras Norbert ! » lui lance Tru.

Ses yeux rendus bleu pâle par la cataracte la cherchent mais ne devinent que son ombre.

« Bonsoir, âme bienheureuse, répond l'homme, avant de lever le visage vers les épais nuages violets, tandis que les derniers rayons du crépuscule disparaissent. Et bonne route.

— Merci, misyé. »

Appuyée contre son portail, mademoiselle Foster discute avec mademoiselle Maxine. Les deux femmes se taisent en voyant approcher Tru.

« Il a fini par arriver, ce baril ? » lui demande mademoiselle Maxine avec un large sourire.

Cette femme élève les volailles qui participent aux combats organisés chaque samedi. Le soir, une foule se rassemble près du gros arbre sous lequel est assis Ras Norbert. Les coqs, encouragés par des spectateurs assoiffés de sang, commencent par gratter le sol sec avec les pattes puis ouvrent leur bec acéré, prêt à trancher la jugulaire de l'adversaire. Le public rit et applaudit, se frappe les genoux et tape des pieds en hurlant : « *Tue-le ! Tue-le ! Tue-le !* » Derrière ces cris perçants, sous ces paupières lasses, ces vêtements râpés, cette peau noire tendue, ces muscles et ces veines saillants, sous ces langues où s'accumule une salive au goût de victoire, se cachent une souffrance et une frustration alimentées par l'indifférence monumentale des collines environnantes. Tru, qui sort parfois en douce pour assister aux combats, devine le tourment de ces hommes à leurs narines dilatées, à leur moue boudeuse, à la maigreur de leur visage et à leurs yeux éteints, deux trous nets de chaque côté du nez.

Une seule victoire, et ils n'auront plus besoin de demander de l'aide à Pope, qui s'occupe déjà de leurs femmes et de leurs enfants, ni aux politiciens qui passent dans le quartier sans prendre la peine de leur demander leurs noms, encore moins de leur proposer du travail. Une seule victoire, et ils retrouveront leur virilité. Quand ils s'aperçoivent qu'ils ont parié sur le mauvais coq, les spectateurs sortent leurs couteaux et s'affrontent. Qu'il s'agisse d'un père, d'un frère, d'un cousin, d'un voisin ou d'un ami, celui qui mène les autres à la défaite est un homme mort. La dernière fois qu'une telle bagarre a eu lieu, mademoiselle Maxine a grimpé sur la caisse de bouteilles de soda posée sous l'arbre et s'est mise à crier par-dessus le chaos : « *Si je vois une seule goutte de sang humain, je jure sur la tombe de mémé que j'arrête de cuisiner pou vous, bande de vieux nèg affamés ! Allez-y, entretuez-vous si vous me croyez pas !* » Les hommes ont instantanément baissé leurs couteaux et la foule s'est dispersée.

« Qu'est-ce qu'elle t'a envoyé, ta mère, à part cette jolie robe ? » demande mademoiselle Maxine à Tru d'un ton moqueur.

Malgré son agacement, l'adolescente sourit.

« Mais elle ne m'a rien envoyé.

— *Mais elle ne m'a rien envoyé*, l'imite la femme. Tu vois ce que je voulais dire, Foster ? C'est ce bon lékol qui lui donne cet air si convenable. »

Tru baisse la tête. Elle n'a jamais eu l'intention de vexer ses aînées en s'exprimant ainsi. Elle n'y peut rien si la directrice, madame Rosedyl, et les professeurs du lycée l'ont façonnée à leur image. À chaque fois qu'elle parle en patois, une voix retentit : « *Mademoiselle ! Où sont passées vos bonnes manières ?* » Tru déglutit puis se reprend.

« Je veux dire que manman m'envoie jamais rien, m'dame.

— T'es qu'une menteuse, toi aussi, dit mademoiselle Maxine, avant d'esquisser une moue et de lancer un regard à mademoiselle Foster, qui lui donne un coup de coude. Et à moi, elle peut même pas m'envoyer une pauvre robe ? Et dire que j'étais son amie.

— Pétèt la prochaine fois », répond Tru en entrant dans le jardin de manman G.

L'adolescente se promet de ne plus porter de nouvelle tenue quand elle reviendra dans le quartier. Personne n'a jamais dit un mot sur sa mère pendant toutes ces années.

Mais il suffit qu'elle apparaisse dans une robe neuve pour que ces gens pensent que Patsy lui a envoyé un baril. Tru est folle de rage.

« Depuis qu'elle vit en Amérique, Patsy nous traite comme des étrangères. Pas vrai, Foster ? » grogne mademoiselle Maxine en se grattant le bras, comme si la rancœur lui provoquait des démangeaisons.

L'autre femme hoche la tête d'un air boudeur.

« Pareil. Elle fait comme si on se connaissait pas. Elle doit mener la belle vie là-bas. »

Tru meurt d'envie de crier à ces vipères de se taire. Comment osent-elles affirmer toutes ces choses sur sa mère ? Si elle avait leur âge, elle dirait leurs quatre vérités à cette mademoiselle Maxine qui fourre tout le temps son nez affreux dans les affaires des autres, et à cette mademoiselle Foster qui garde tous ces enfants enfermés chez elle comme dans un zoo, en attendant que des étrangers viennent leur examiner la bouche, leur pincer les joues et leur tâter le ventre.

« On est d'accord ?, demande mademoiselle Maxine à sa voisine.

— Tout à fait, ma chère.

— Alors, quand est-ce que tu la rejoins ? » demande-t-elle ensuite à Tru.

L'adolescente hausse les épaules.

Les deux femmes observent un silence éloquent.

« Je vous souhaite une bonne soirée, dit finalement Tru.

— Hm-hm. Pareillement, trésor », répond mademoiselle Maxine.

Tru est soulagée de voir la maison s'éclairer, maintenant que le soleil est couché. Sa grand-mère sort d'un pas traînant dans sa robe d'intérieur puis ouvre la grille de la varangue.

« Perds pas ton temps à parler avec cette Maxine. Elle fait des histoires pou rien. Toujours à se mêler de ce qui la regarde pas. »

Manman G tchipe.

« Je ne lui ai rien dit.

— Tant mieux. »

Elle fait entrer Tru chez elle et referme la porte. L'adolescente est accueillie par les chants religieux qu'elle écoute sur Love FM. Toute la maison sent le romarin et le menthol à cause de la crème que manman G applique sur ses articulations arthritiques. Tru prend conscience pour la première fois de la pagaille qui règne dans son salon, avec toutes ses statuettes de Jésus et ses textes sacrés encadrés sur les murs.

« T'es jolie dans cette robe, dit manman G en la regardant de la tête aux pieds. C'est dommage que tu te laisses pas pousser les cheveux. La Bible dit que c'est une gloire pour la fanm de porter les cheveux longs.

— Grand-mère, je t'ai déjà dit mille fois que j'aime cette coiffure. »

Tru s'éloigne en voyant la main de manman G s'approcher de son dégradé. Le jour où elle a décidé de porter les cheveux courts, elle l'a fait en signe de deuil. Un jour, Tru était allée vérifier sur Facebook si sa mère avait un compte. Les Patricia Reynolds étaient si nombreuses qu'elle a passé la journée entière sur l'ordinateur de la maison à cliquer sur chaque profil, pour finir par se rendre compte que Patsy n'en faisait pas partie. Le lendemain, elle a filé chez Lester, le coiffeur de son père sur King Street, et ne s'est pas laissé démonter par sa brève hésitation. « *T'es sûre que le chef est d'accord ?* » lui a-t-il demandé d'une voix tremblante, comme s'il s'apprêtait à commettre un crime. À son retour, Marva a failli s'évanouir en remarquant la disparition de sa précieuse chevelure – la seule chose qu'elle trouvait jolie chez Tru.

« Toi alors, t'es aussi têtue que ta mère. Assieds-toi », dit manman G en poussant un vieil annuaire et un tas d'enveloppes d'une chaise.

Tru se retient de faire un commentaire sur le désordre qui règne dans sa maison, consciente que sa grand-mère risque de lui demander de l'aide pour tout ranger. Sur la table, le gâteau qu'elle lui a préparé est posé sur une boîte en plastique retournée au milieu d'un saladier rempli d'eau, une astuce pour empêcher les fourmis de grimper dessus. C'est à cette table que sa mère s'asseyait pour lire ses mystérieuses lettres. Tandis que Tru contemple le gâteau, une porte s'ouvre sur une pièce sombre dans son esprit. Puis, peu à peu, l'image s'éclaircit – belle et paisible, sa mère, baignant dans la lueur de la lampe, lit une lettre dont elle suit chaque ligne avec l'index, de la même façon qu'elle caressait jadis les boutons de moustique sur ses petits bras. « *Qu'est-ce qu'il y a dans cette lettre, manman ?* » La voix de Tru la fait sursauter. Patsy la regarde comme lorsqu'elle interrompt sa discussion avec un autre adulte ou écoute les informations. « *Pourquoi t'es pas au lit ? Retourne te coucher !* »

Tru n'a jamais su qui envoyait ces lettres, ni pour quelle raison elles touchaient autant sa mère. Le jour où elle perdit la boule à neige en la prêtant à une fillette qu'elle voulait impressionner, elle ne fut pas vraiment surprise de voir le dos de Patsy se voûter. De plus en plus souvent, sa mère restait couchée dans le noir, la tête sous le drap. « *C'est qu'il est fort, Satan*, lui expliquait manman G en lui serrant l'épaule. *Jamais les humains seront capables de comprendre la guerre entre Dyé et le diable.* »

« Joyeux anniversaire, dit la vieille femme quand Tru s'assied enfin.

— Merci, grand-mère. »

Manman G ne plante aucune bougie sur le gâteau et ne lui propose pas de faire un vœu.

« Grand-mère, qu'est-ce qui n'allait pas chez manman ?

— Comment ça ?

— Quand elle devenait triste après avoir lu ces lettres… »

Manman G paraît affolée. Ses yeux lancent des éclairs.

« C'était pas grand-chose, chérie. Rien que Dyé ne puisse résoudre.

— Qui est-ce qui lui écrivait ?

— Tu manges don pas ta part ?

— Pas tout de suite, grand-mère. Je l'emporterai à la maison et je la garderai pour le dessert.

— Comme tu voudras. »

Tru baisse les yeux vers la table. Elle aimerait bien poser les questions qui la tracassent et que son père évite à sa grand-mère. Comment se fait-il que sa mère ne l'appelle ni ne lui écrive plus, par exemple ? « *Sois une petite fi sage et obéissante.* » Ces mots n'ont plus aucun sens aujourd'hui. Depuis le départ de sa mère, Tru n'a pas cessé de faire des efforts pour bien se comporter dans l'espoir qu'elle revienne. La tristesse qu'elle ressent depuis quelque temps finit par l'accabler. C'est un jour si spécial – celui de son anniversaire ! Quand elle la voit regarder fixement le gâteau, manman G doit sentir son désespoir et deviner qu'il est lié à sa mère, car elle marmonne quelques mots sur le pardon. Puis elle file dans sa chambre se préparer pour la cérémonie revivaliste de ce soir, laissant Tru seule avec les fourmis qui s'alignent autour du saladier.

Dès son retour à la maison, Tru enlève sa robe, la jette sur le sol et marque d'une nouvelle coupure le haut de sa cuisse droite à l'aide du rasoir qu'elle utilise pour se tailler un refuge. Un sanctuaire. Elle regarde ensuite une goutte rouge enfler comme un poumon qui se remplit d'air.

Plus tard ce soir-là, Tru se réveille, la gorge sèche. Elle se lève pour boire un verre d'eau et trouve Roy seul à table. L'adolescente revoit aussitôt sa mère assise sous la lampe au beau milieu de la nuit, lisant les lettres qu'elle gardait sous clé dans une mallette.

Sans son arme ni son uniforme, Roy est un homme ordinaire. À le voir ainsi voûté, on croirait qu'il porte le poids du monde sur ses épaules. Il secoue la tête et tremble légèrement en lisant la feuille de papier que tient sa main scarifiée. Tru l'observe à travers le rideau de perles et songe qu'elle a creusé elle-même chaque ride de ce visage foncé, même si son père affirme le contraire. Depuis que le ventre de Marva s'arrondit à nouveau, des ombres hantent la maison, tels les signes annonciateurs d'une tempête, d'une épidémie de peste, d'une mort. Tru tente d'ignorer son pressentiment, mais il l'assaille à chaque fois qu'elle trouve son père secouant ainsi la tête à table, le dos voûté. Roy doit sentir sa présence, car il lève les yeux et redresse le dos.

« Qu'est-ce que tu fais cachée là, championne ?, demande-t-il d'une voix fatiguée.

— Je venais juste boire un verre d'eau. Qu'est-ce qu'il y a sur ce papier ? »

Roy baisse les yeux vers la feuille puis la froisse.

« Rien. »

Il se lève et sort la bouteille d'alcool foncé qu'il conserve sur l'étagère la plus haute du placard vitré. Tru sait qu'il lui arrive de boire, mais jusqu'à maintenant, il s'en était abstenu devant elle. Cela fait partie des rares choses qu'il préfère lui cacher.

Roy vide son verre d'une traite. Peut-être craint-il que l'effet soit moins rapide s'il le boit à petites gorgées. Tru regarde son visage se plisser. Son père repose le verre puis le regarde fixement en le faisant tourner sur la table.

« Quand je suis devenu policier, je pensais pouvoir faire bouger les choses, dit-il sans lever les yeux. Je me croyais capable d'attraper tous les criminels et de les mettre derrière les barreaux pou qu'on vive tous enfin tranquilles. Maintenant, j'ai qu'une envie, c'est de démissionner. »

Tru attend qu'il s'explique. Elle n'avait encore jamais entendu son père prononcer ce mot effrayant. Refusant de le regarder baisser les bras, elle fixe l'ombre qui s'insinue dans la pièce.

« Y m'ont encore refusé ma promotion, dit Roy. Apparemment, je la mérite pas encore. Mais qu'est-ce que je peux bien faire de plus ? Combien d'années je vais devoir attendre ? Combien de quotas je vais encore devoir remplir ? Ça fait déjà quinze ans que je sue sang et eau pou la police. »

Il serre la boule de papier dans son poing.

« Quinze ans. Mais on me donne toujours pas la seule chose que je souhaite. Qu'est-ce qu'y leur faut de plus ? »

Roy regarde Tru, l'air d'attendre qu'elle lui réponde. À la vue de son visage inquiet, l'adolescente sent son angoisse monter. Brusquement, les rôles semblent inversés.

« Tu leur as demandé pourquoi y te l'ont refusée ? »

Son père secoue la tête.

« À quoi bon ? Je connais déjà la raison. Y savent que je suis pas comme eux. Tu crois que j'ai envie de passer ma vie à tenir ma langue ? Je sais très bien que si j'arrête certains criminels, j'aurai plus d'ennuis que si je les laisse en liberté. Mais je me suis avant tout engagé à faire respecter la loi. C'est pas pasque j'ai grandi avec la moitié de ces pitres qui se font expulser d'Amérique et se prennent pou des caïds que je peux pas les mettre en prison. Faut arrêter de tout confondre. Quand ces sales types me voient arriver, y savent très bien qui commande. Mais la moitié d'entre eux travaillent pou les mêmes escrocs. Ces vautours qui habitent dans les villas sur les collines et qui sont prêts à tout pou nous dépecer. Tu sais pourquoi y sont aussi riches ? C'est pasqu'y nous prennent tout. L'argent du sang. Voilà ce qui coule dans les veines de la haute société. »

Roy se sert un autre verre et le vide. Des gouttes de sueur semblables à des larmes brillantes coulent sur son visage.

« Si je marchais dans le coup, je serais riche depuis longtemps. »

Il plisse les yeux à mesure que des souvenirs lui reviennent.

« Mais j'ai jamais pu me résoudre à accepter des pots-de-vin. Tu sais combien de policiers se laissent acheter autour de moi ? Tout le monde sait que la police est corrompue. C'est l'argent qui gouverne ici. C'est grâce aux dessous-de-table que beaucoup de policiers montent en grade dans ce foutu pays. Mais j'ai toujours fait passer mon travail avant mes intérêts. Les gens pensent que je me fais avoir. Y doivent bien rigoler quand y me voient. *"Tiens, c'est ce crétin de Beckford ! Regardez-le parader avec son bonnet d'âne !"* »

Son sourire en coin s'efface.

« Je dois bien être le seul au monde à croire qu'on a tout intérêt à respecter la loi, dit Roy d'une voix étranglée. Et regarde où ça me mène. Je suis quasiment un pouilleux. Je passe mon temps à attendre des sous d'Amérique qui viendront jamais. »

Il regarde Tru.

« Ça en dit long sur l'homme que je suis. »

33

Patsy se réveille en frissonnant dans l'obscurité. Elle ne parvient toujours pas à croire à ce qu'elle a vu. Était-ce un oiseau, battant de ses ailes argentées dans la lumière aveuglante des phares du métro ? La scène est difficile à se remémorer. Le grincement des roues sur les rails résonneront à jamais dans ses oreilles. Patsy revoit les regards effrayés de la foule hystérique ; l'étincelle dans les yeux de Barrington juste avant qu'il ne disparaisse ; le voile sur son visage semblant indiquer qu'il était déjà mort avant de sauter – un mouvement aussi léger que la fumée, d'une facilité déconcertante après tout ce qu'il avait enduré.

Dans la lumière froide du matin, Patsy ne peut toutefois s'empêcher de chercher son visage et son regard indulgent dans la foule tandis qu'elle se rend au travail, frappée par l'apathie des passagers qui avancent comme du bétail. Elle examine chaque mine renfrognée en espérant le reconnaître. Elle croit parfois entendre Barrington l'appeler dans le rugissement du moteur d'un métro et rire avec douceur, comme si son prénom lui chatouillait la langue. En descendant du train, il lui arrive de s'arrêter net à la vue d'un clochard sur un banc, d'un rat grignotant des ordures sur le bord d'une poubelle ou de l'ombre d'une branche d'arbre nue sur le trottoir quand elle sort dans la rue. Puis l'image de Barrington disparaît à mesure qu'elle cligne des yeux.

Un rapide nettoyage a eu lieu après l'accident. Il ne reste plus rien de lui, pas même une petite tache. La vie suit son cours. C'est ainsi que fonctionne la ville. Après les grands défilés, des individus dévoués se baissent pour ramasser les déchets. Patsy est toujours stupéfaite de trouver les rues aussi propres le lendemain. Tels des charognards, les employés de New York City Transit trient, fourragent, grattent. Puis ils repartent avec des sacs-poubelles remplis de choses mortes, vides, perdues.

Dans la cage de sa chambre, Patsy, hébétée, est assise sur son lit trop étroit, les doigts écartés sur ses genoux. La tête penchée sur le côté, elle laisse son esprit s'envoler par la fenêtre, survoler le terrain vague envahi par les mauvaises herbes puis disparaître au coin d'un bâtiment rougeâtre terni par l'ombre des nuages. Des journalistes ont négligemment publié l'adresse de Barrington dans leurs articles, après avoir abordé ses voisins dans l'espoir de se faire une idée de sa personnalité et de savoir s'ils le croyaient capables d'un tel geste. Pour eux, ce n'était qu'un anonyme. Mais pour elle, c'était Barrington, un homme dont elle a finalement appris qu'il habitait dans un sous-sol près du cimetière, juste à dix rues de chez elle.

Lorsqu'elle sonne à sa porte, le propriétaire – un type enrobé à l'air louche, dont les sourcils se rejoignent et les oreilles laissent échapper des touffes de poils blancs – ne paraît pas surpris. Il est prêt à lui montrer la chambre, mais lui demande tout de même si elle n'est pas encore une de ces journalistes avant de refermer la porte derrière lui. Lorsque Patsy répond par la négative, il lui adresse un sourire en coin.

« C'est deux cent cinquante par mois, dit-il avec un accent trinidadien en reniflant et en frottant son large nez. Vous la voulez ? »

Il n'a même pas pris la peine de jeter les affaires de Barrington avant de commencer les visites. Attristée par le désordre, Patsy balaye la pièce du regard – coincé entre deux murs bleu ciel écaillés, un matelas à une place semblable au sien est installé au milieu de la pièce sur le parquet taché ; un mini-téléviseur équipé d'une antenne est quant à lui posé sur deux caisses ; le tas de vêtements et de chaussures abandonné dans un coin lui évoque une version miniature du dépotoir de Riverton City à Kingston. Il est difficile de dire si l'odeur de moisi qui règne dans la chambre provient de l'absence de fenêtres, des chaussettes qui pendent sur le bord des baskets telles des langues molles ou bien des vêtements imprégnés de sueur et d'odeurs corporelles qui débordent de deux sacs-poubelles. Personne n'est venu récupérer ses affaires. Pas même pour les brûler. Ni famille. Ni amis. Ni petite amie. *Quelle tragédie de mourir seul*, pense Patsy. Elle aperçoit son passeport jamaïcain. Dans ce pays, il ne sert à rien. Les personnes comme Barrington et elle sont invisibles en Amérique. Si elle sautait à son tour devant un train, ça ne ferait qu'une mort anonyme de plus. Patsy sait que sur une page du passeport de Barrington, apparaît le tampon d'un visa touristique depuis longtemps expiré – un visa présumé pour la liberté. Peut-être Barrington est-il plus libre maintenant.

« Alors, qu'est-ce que vous en pensez ? Vous la voulez ?, répète le propriétaire.

— Pourquoi vous avez gardé ses affaires ? »

L'homme hausse les épaules puis recommence à se frotter le nez.

« Pas eu le temps. Vous en faites pas. Tout aura disparu quand vous emménagerez. »

Avant qu'elle n'ait eu le temps de répondre, le portable du propriétaire se met à sonner. Levant un index grassouillet pour lui demander de l'attendre une minute, l'homme sort de la pièce.

« Et il est où mon argent, fils de pute ? » l'entend-elle crier à son interlocuteur.

Patsy réalise qu'elle ferait mieux de partir. Elle n'a rien à faire ici. C'était idiot de venir. Son cœur cogne contre sa cage thoracique, comme pour la punir. Patsy se tourne pour sortir, mais ses battements sont de plus en plus forts, de plus en plus bruyants dans ses oreilles. Ce martèlement qu'elle n'avait pas entendu depuis longtemps lui rappelle que le sang circule toujours dans ses veines. Depuis des années, elle vit sa vie machinalement dans cette ville sans couleurs ni sentiments. Mais brusquement, un liquide brûlant jaillit dans ses veines – un sang sauvage, comme la vie à l'état brut. Patsy attrape au hasard une des chemises à rayures de Barrington et la fourre dans son grand sac en cuir. On aurait dit que ce vêtement lui tendait les bras. L'idée que le propriétaire lui fait suffisamment confiance pour la laisser seule dans cette chambre au milieu des affaires du défunt lui donne terriblement envie d'en prendre plus. Mais son sac est déjà plein. Quand l'homme réapparaît dans l'entrée, Patsy le remercie et s'en va.

Plus tard, dans sa chambre, elle lève les yeux vers la chemise de Barrington qui se balance sur un cintre accroché à la tringle devant la fenêtre. On dirait presque qu'un corps l'emplit ; ses soupirs étouffés et sa forme mouvante lui rendent la nuit plus supportable. Bien qu'il s'agisse d'un modèle banal, cette chemise blanc cassé est magnifique avec ses rayures bleu et vert vifs. Dans le silence de la pièce, Patsy décide finalement de s'endormir avec. Elle la fait glisser de son cintre avec les précautions et la timidité d'une femme déshabillant un nouvel amant. Il y a quelque chose de délicieusement interdit dans cet acte. Il emplit Patsy d'une émotion qu'elle n'a plus ressentie depuis l'époque où tonton Curtis posait son index enrobé de miel sur ses lèvres. C'était leur petit jeu. Elle revoit ses yeux paresseux et son lent sourire. Tous les soirs, il s'endormait dans le salon après avoir vidé une bouteille de rhum. Patsy savait que c'était manman G qui le poussait à boire. À chaque fois qu'ils se disputaient, tonton Curtis finissait par quitter la maison, puis il revenait en boitant et tripotait le bouton de la chaîne hi-fi, ses paupières tombant comme de lourds rideaux sur ses yeux rouges et brillants. Alors âgée de neuf ans, Patsy s'asseyait sur le coussin à côté de lui dans le salon et attendait qu'il se réveille. Quand il la voyait, son visage s'animait et une lueur de reconnaissance, chaude et douce, éclairait son regard. « *Mais qu'est-ce que tu fais debout, dis-moi ?* » Depuis que manman G s'était coupée du monde, les excluant aussi bien l'un que l'autre, Patsy ne croyait plus qu'au sourire sincère de tonton Curtis. « *T'es trop belle pou pas dormir*, disait-il. *Je vais commencer à t'appeler ma petite chauve-souris.* » Puis il lui caressait la joue avec l'index. Patsy aimait bien son visage à l'époque. Grâce aux compliments de tonton Curtis, elle le trouvait même beau.

« *J'ai pas réussi à m'endormir en attendant ton retour* », répondait-elle en espérant qu'il l'inviterait ainsi à grimper sur ses orteils et l'emmènerait danser à travers le salon sur ses chansons tristes. Un sentiment commun d'infériorité les liait déjà. Chaque soir, Patsy mourait d'impatience d'entendre ces mots : « *Viens, on va danser.* » Puis il la prenait dans ses bras et murmurait, ensorcelé par le rhum : « *Tu te souviens de celle-ci, Gloria ? Tu te rappelles comme on était contents quand elle passait ?* »

Patsy fermait les yeux et s'efforçait de se remémorer une époque dont elle ne savait rien. Elle les imaginait, manman G et lui, dansant le two-step dans leurs habits du dimanche sur de vieux tubes de Marvin Gaye, des Temptations ou des Supremes. Par la force de son imagination, Patsy devenait Gloria, une femme qu'elle connaissait à peine. Elle encourageait tonton Curtis à lui raconter d'autres souvenirs, puis elle lui demandait de lui montrer leurs pas de danse. Elle adorait quand il la faisait tournoyer. Sa chemise de nuit voletait autour d'elle comme si ses bords étaient soulevés par des oiseaux. Tonton Curtis la faisait ensuite chavirer si bas qu'elle s'accrochait à lui de toutes ses forces en gloussant.

« *Encore*, disait-elle.

— *On risque de réveiller ta mère.*

— *Une dernière fois.* »

Ce rituel nocturne et secret était né d'un besoin malicieux d'enfreindre tout un tas d'interdictions dans le dos de Dieu – celles d'écouter de la musique profane dans la maison, de danser au lieu d'aller se coucher ou, en ce qui concernait tonton Curtis, de boire du rhum et de fumer des cigarettes. Patsy comprit qu'il valait mieux conserver soigneusement les secrets qui les liaient, bien avant qu'il ne lui offre une gorgée de rhum, quelques mois plus tard. « *T'aimes bien le goût, pas vrai ?* » Son ton était toujours joueur et taquin. Patsy posa sa tête soudain lourde sur sa poitrine et le sentit respirer. Les yeux fermés, elle devina qu'il la dévisageait et essaya de se voir à travers son regard. Lorsqu'elle leva les yeux vers lui, son sang réchauffé par le rhum, il lui dit tendrement au lieu de la gronder : « *Il est temps d'aller te coucher, sinon ta mère risque de s'énerver.* » Patsy savait que si elle avait dormi encore un moment contre sa poitrine, il aurait continué à l'observer à travers ses cils ; à la regarder prendre les traits de la femme qu'il aimait toujours et qui lui manquait. Cette femme qui l'avait quitté pour un homme que ni elle ni lui n'avaient jamais vu. Bien que le souvenir de manman G vînt souvent perturber leurs paisibles soirées, le doux regard de tonton Curtis mettait Patsy à l'aise. Elle percevait sa fébrilité, son désir de poursuivre sa route, mais voulait qu'il reste.

Ce fut dans ces circonstances qu'elle vit un soir sa pomme d'Adam s'agiter au-dessus de son col et sentit se corps se tendre. Tonton Curtis se tourna d'un air méfiant vers la porte fermée à clé qui les séparait de manman G. Une sorte de tristesse voila son regard et il avala une nouvelle gorgée de rhum. Finalement, il vida toute la bouteille sans lui en proposer une goutte. Quand il la regarda à nouveau, Patsy lut quelque chose de différent dans son regard – un sentiment plus fort, plus pressant. Ses yeux semblaient réclamer son attention, essayer de lui avouer que, malgré leur différence d'âge, malgré leurs jeux nocturnes, malgré son envie de partir depuis que l'amour qu'éprouvait manman G pour lui s'était éteint, Patsy et lui seraient toujours liés par le secret. Cette nuit-là, il lui fit signe de s'approcher, tomba à genoux et la serra contre lui. Quand il passa les bras autour d'elle, Patsy ressentit quelque chose de tout nouveau – de l'amour. Un amour sincère, inconditionnel, qui poussait fort contre son pantalon. Lorsqu'elle poussa un cri, tonton Curtis posa un doigt enrobé de miel sur ses lèvres et les embrassa doucement. « *Ça fait seulement mal la première fois. Je te le promets* », dit-il, tandis que ses larmes – ou bien étaient-ce celles de Patsy ? – mouillaient ses joues d'enfant.

Réveillée à huit heures et demie le lendemain matin par la lumière du jour qui ruisselle par la fenêtre sans rideaux, Patsy s'aperçoit que la chemise de Barrington est enroulée autour de son cou. Encore un peu et elle s'étranglait.

34

Il est déjà neuf heures trente lorsque Patsy arrive enfin au travail. Ransel, le portier, lui adresse son faux salut habituel.

« On dirait que le réveil a été dur ce matin ! »

Cela fait trois ans qu'elle travaille pour Regina et elle n'avait encore jamais été en retard.

« Vous l'avez aperçue ce matin ? » lui chuchote-t-elle sans avoir besoin de prononcer le nom de sa patronne, car Ransel connaît chacune des nourrices de l'immeuble.

Patsy se serait pourtant bien passée de faire de lui son complice.

« J'ai oublié de mettre mon réveil.

— C'est pas à moi qu'y faudra dire ça », répond Ransel à voix basse, avant de jeter un coup d'œil par-dessus chacune de ses épaules.

Il adresse ensuite un signe de la main à un homme blanc aux cheveux argentés qui promène un dalmatien aussi gros qu'un poney et lui sourit de toutes ses dents.

« Bonjou, misyé Jacob ! »

Les habitants de l'immeuble – qui sont tous blancs, à part un ou deux qui font comme si Patsy n'existait pas quand elle prend l'ascenseur avec eux – saluent Ransel avec le même sourire crispé, dévoilant une barrière de dents blanches visiblement destinée à le tenir à distance et à décourager tout bavardage. Une fois que l'homme a répondu à son bonjour puis disparu au coin de la rue, Ransel se tourne vers Patsy.

« D'après ce que je sais, son mari est parti hier soir avec une grosse valise », dit-il toujours à voix basse en la poussant vers le dernier des quatre ascenseurs étincelants de l'immeuble rénové.

Le claquement de leurs semelles sur les carreaux de marbre résonne dans le hall.

« Quoi ?, s'écrie Patsy. Vous en êtes sûr ?

— "*Croix de bois, croix de fer, si je mens, je vais en enfer*" », répond Ransel en se signant.

Patsy secoue la tête lorsque lui revient l'image de Barrington sautant devant le train.

« Est-ce que ça va ?, lui demande Ransel, le front plissé d'inquiétude.

— Faut pas dire des choses pareilles. Comme si un mort, ça me suffisait pas…

— C'est juste une façon de parler, vous savez, rit le portier. C'est ce que disaient les personnes âgées quand…

— Peu importe. Je veux plus entendre personne dire ça ! »

Patsy s'empresse d'appuyer sur le bouton du cinquième étage et regarde avec soulagement la porte se refermer sur Ransel et son sourire.

Arrivée au cinquième, elle trotte jusqu'au bout du long couloir. Lorsque Regina ouvre la porte, Patsy devine qu'elle est contrariée.

« Bonjou, madame. »

L'agacement de sa patronne est palpable. Si elle n'était pas aussi polie, elle la couvrirait probablement d'injures. Au début, Patsy ne voyait pas pourquoi cette femme qui passait ses journées à la maison pouvait avoir besoin d'une nourrice. Cela n'avait aucun sens. En Jamaïque, les gens traitaient les personnes comme elle de paresseuses, de bonnes à rien. Mais bien qu'elle se méfie profondément de sa capacité à rester enfermée dans son bureau toute la journée, l'esprit ailleurs, bien protégée par un haut mur de silence, Patsy envie sa liberté. Les seules fois où elle entend Regina se plaindre, c'est lorsqu'elle craint de ne pas terminer son travail dans les temps. En ce moment, elle a du mal à achever son nouveau livre, qui raconte les aventures d'une doula nigériane. C'est compréhensible, puisque Regina est une Californienne blanche. Enfin, peut-être que les Africains ne sont pas capables d'écrire leurs propres histoires – ou du moins pas celles de ces personnes faméliques au ventre gonflé, aux membres décharnés et aux têtes anormalement grosses assaillies par les mouches, que Patsy a vues à la télévision.

« Mais où étiez-vous passée ?, lui demande Regina. Vous auriez dû m'appeler. J'étais inquiète. Et Paul qui vient de… »

Elle secoue sa tête couverte de boucles rousses, les joues roses et ses grands yeux aussi rouges que si elle avait pleuré. Patsy sait qu'il est préférable de ne pas interroger ses employeurs sur leur vie personnelle. Mieux vaut qu'ils la lui racontent de leur plein gré.

« Peu importe, dit Regina. Vous êtes là maintenant. Thomas joue dans le salon. Je lui ai donné ses jouets préférés. »

Elle se précipite ensuite vers la cafetière posée sur l'îlot alors que le liquide goutte encore et se sert une tasse de ce café spécial importé d'Indonésie dont les grains sont avalés puis déféqués par des chats. Les paquets de café aux excréments de félin qui s'empilent dans un placard lui ont été offerts par un de ses amis – probablement l'homme qui part régulièrement écrire de la poésie dans des lieux exotiques ; un Japonais que Patsy croyait homosexuel au début, car il a les cheveux longs et porte des écharpes en soie autour du cou à la manière d'une femme ; un ami pour qui Regina a un soir organisé une fête parce qu'il avait remporté un prestigieux prix de poésie, et qu'elle continue à inviter chez elle quand son mari est en voyage d'affaires. « *Akio me fait rire* », a-t-elle expliqué un jour à Patsy en rentrant l'air joyeux et les joues roses d'une de ses résidences d'écrivains en rase campagne.

Sans laisser le temps à Patsy de se justifier, Regina disparaît dans son bureau au fond du couloir. Commence alors une journée comme les autres – Patsy suspend son manteau dans le placard, enlève ses bottes, se lave les mains dans la salle de bains des invités puis se frotte des paumes jusqu'aux coudes avec un savon antibactérien bio, conformément aux recommandations de Regina qui a une peur panique des microbes. Elle file ensuite à la cuisine afin de préparer le petit déjeuner de Bébé qui prend son premier repas en milieu de matinée. La cuisine ayant été récemment rénovée, Patsy a du mal à mettre la main sur certaines choses – la cuillère spéciale avec laquelle Bébé aime manger ses céréales, par exemple. Patsy le nourrit des mêmes plats que les adultes depuis ses quatorze mois, âge auquel il a abandonné sa chaise haute pour s'installer à table. Si Bébé est aussi en avance, c'est peut-être parce que sa mère n'est plus toute jeune. Regina a attendu d'avoir quarante ans pour faire un enfant – le premier et le seul. En Jamaïque, on considère que c'est un âge beaucoup trop avancé pour procréer. Lorsqu'une femme fait un bébé à quarante ans, il s'agit généralement du dernier d'une longue fratrie.

Regina a également tenu à ce que son fils apprenne très tôt la propreté. Elle lui a ainsi appris à utiliser les toilettes afin de s'épargner la peine de le changer – chose que Patsy n'a pas eu besoin de faire avec Tru. Un jour, elle a vu sa fille se diriger à quatre pattes – ou sur ses deux pieds ? Non, c'est impossible ! – vers les toilettes et s'y installer. Comme si c'était totalement naturel. Tru devait sentir que Patsy avait hâte qu'elle grandisse, car elle a également commencé à se rendre toute seule à l'école dès l'âge de cinq ans. Patsy n'a plus jamais eu besoin de l'aider à traverser la rue, ni de lui rappeler de ne pas répondre aux inconnus. (Mais il est vrai que son école ne se trouvait pas très loin de la maison.) Mademoiselle Gains, son institutrice en maternelle – *Je me demande bien ce qu'est devenue cette fanm* –, s'émerveillait, elle aussi, devant sa débrouillardise et disait souvent que Tru était mûre pour son âge.

Patsy verse des Cheerios aux céréales complètes dans le bol vert de Bébé puis remplit une tasse de lait d'amande. Le petit garçon suce sa lèvre inférieure en l'observant de ses yeux de sage, assis au milieu du salon où les étagères de livres montent jusqu'au plafond. Ses jouets sont éparpillés autour de lui comme si un ouragan avait balayé la pièce. Regina a dû en vider une caisse entière dans l'espoir de l'occuper.

« T'es prêt à manger ? » lui demande Patsy en cherchant ses crayons et son album de coloriage au milieu du désordre.

Bébé adore le coloriage. Patsy aime bien s'asseoir à côté de lui et l'aider à décider quel crayon utiliser. En général, il choisit le violet pour les collines, le jaune pour le ciel, le vert pour le soleil et le rouge pour la mer – des couleurs que Patsy trouvait autrefois discordantes et inappropriées, mais qu'elle a fini par apprécier.

Au lieu de se lever, Bébé reste assis au milieu de la pièce, les yeux baissés vers l'animal en peluche rouge que ses petits doigts triturent.

« Qu'est-ce qui se passe ?, lui demande Patsy en s'accroupissant devant lui. Tu veux rien manger ? »

Bébé hausse les épaules.

« Tu as mal au ventre ? »

Elle pose le dos de sa main brune sur son cou pâle.

Au lieu de répondre, Bébé continue à regarder fixement sa peluche. Patsy se retient de la lui prendre des mains pour attirer son attention. Elle ne l'a jamais vu se comporter ainsi. Lorsque son genou entre en contact avec un jouet au moment où elle tente de s'agenouiller, Patsy pousse un petit cri et tombe à la renverse. Bébé ne rit pas comme il le fait d'habitude quand elle trébuche ou se cogne dans un meuble. L'objet responsable de sa chute est un petit soldat. Patsy le lance sur le tas de jouets qui jonche le sol.

« Combien de fois ta mère devra te répéter de ranger quand tu as fini de jouer ? Allez, parle-moi. Qu'est-ce qui te tracasse ?

— Je veux maman, murmure Bébé d'une petite voix.

— Elle est au travail. »

Patsy pointe du doigt le petit couloir où se trouve le bureau de Regina.

« Elle aime pas qu'on la dérange.

— Elle a dit qu'elle jouerait avec moi si tu ne venais pas. »

Patsy ne répond pas immédiatement.

« Eh bien, je suis là maintenant.

— Tu n'es pas ma maman.

— Je sais. »

Bébé lui prend tout de même la main et laisse Patsy l'aider à grimper sur sa chaise. Il mange ses céréales en silence, l'animal en peluche toujours serré dans sa main libre. Brusquement, Patsy entend la porte du bureau de Regina s'ouvrir puis le bruit de ses pas sur le plancher.

« Maman ! Maman !, crie Bébé qui agite les jambes et manque de renverser son bol de céréales en tapant avec sa cuillère sur la table.

— Oui, chéri. Maman travaille, elle a juste besoin de poser une question à Patsy », dit Regina.

Patsy, qui a déjà deviné quel genre de renseignement sa patronne veut lui demander, se retient de lever les yeux au ciel. Elle tente de rester calme en s'agrippant aux bords de la table.

« J'ai bien réfléchi… Ifeoma fait la connaissance d'une fillette de dix ans qui est enceinte pendant son voyage et l'aide à mettre sa petite fille au monde. La jeune mère ne devrait-elle pas mourir ? Est-ce que mon histoire manque de réalisme si elle survit ?

— Euh… »

Patsy se demande bien quoi lui répondre.

« Oh, et puis zut ! Ce serait horriblement tragique si elle mourait, non ? Je tiens à ce que mon livre fasse du bien aux lecteurs, vous voyez – il faudrait qu'Ifeoma sauve la situation. Mais j'imagine que, dans un endroit comme l'Afrique où il y a tout le temps des viols, des incestes… beaucoup de jeunes filles meurent, n'est-ce pas ? »

Patsy serre plus fort les bords de la table. *Quel luxe pour Regina de pouvoir inventer toutes ces histoires sans jamais sortir de son bureau*, pense-t-elle. Sa patronne la dévisage d'un air impatient.

« Je sais pas comment ça se passe en Afrique », répond-elle.

Regina se ressert un café. Elle en boit une gorgée, repose sa tasse puis commence à faire les cent pas pieds nus sur le parquet que Patsy a nettoyé et ciré il y a deux jours. Bébé suit sa mère du regard, les yeux comme deux petites balles de ping-pong.

« L'Afrique est un endroit magnifique. Tout comme la Jamaïque, n'est-ce pas ? Je n'y suis jamais allée, mais j'ai vu des photos. Ce serait une très mauvaise idée de rendre l'histoire aussi dramatique, alors que le but de ce livre est d'embarquer le lecteur dans un putain de safari – si vous voyez ce que je veux dire ! »

Patsy lance un regard à Bébé en espérant qu'il n'a pas entendu sa mère jurer.

« Dans ce cas, trouvez une autre idée, dit-elle finalement d'un ton calme, prudent, sans regarder Regina. C'est pas réaliste », ajoute Patsy qui a suffisamment de compassion pour sa patronne pour lui épargner la vérité.

Manman G elle-même a été obligée de prétendre que c'était l'œuvre du diable. À quoi bon convaincre qui que ce soit du contraire maintenant ?

« Vous ne trouvez pas réaliste que cela arrive à une fillette ? Ou bien qu'elle survive ?, demande Regina.

— Qu'elle survive… murmure Patsy, avant de tourner le dos à sa patronne perplexe pour faire semblant de ramasser des miettes sur la table.

— J'en étais sûre !, s'exclame Regina d'un ton joyeux. Je savais bien que je faisais totalement fausse route dans cette histoire ! Je ne veux pas de mort dans mon livre. Je vais rendre la fillette plus âgée. »

Elle ébouriffe les cheveux de son fils et l'embrasse sur le front avant de disparaître dans son bureau en claquant la porte. Bébé est au bord des larmes. Patsy attend un instant de voir si la porte s'ouvre à nouveau puis caresse sa main serrée sur la peluche d'un air confus.

« Viens. Allons faire une petite promenade.

— Je veux ma maman », dit Bébé, le nez baissé vers son bol.

Patsy a beau essayer de le calmer, sa voix enfle comme la mer pendant un ouragan redoutable ravageant le fond de l'océan.

Puis, brusquement, lui apparaît le beau visage doré de mademoiselle Mabley. Patsy sent son parfum et se rappelle la douleur qui déchirait son ventre prêt à éclater telle une grenade tombant sur un sol en béton. « *Respire. Ça va aller. Tu verras.* » Patsy jouait avec Cicely dans son jardin, lorsqu'elle sentit de l'eau couler entre ses jambes et son ventre se contracter violemment. Cicely courut chercher de l'aide, puis mademoiselle Mabley surgit de nulle part en combinaison, une paire de mules aux pieds. Dans le taxi qui fonçait vers l'hôpital, elle berça Patsy comme si c'était son bébé. « *La petite a besoin d'aide ! Venez-lui en aide, s'il vous plaît !* » Persuadée qu'elle allait mourir, Patsy hurlait de douleur. « *C'est bientôt la fin* », murmura manman G à l'hôpital d'un ton presque triomphant, car sa prophétie était en train de se réaliser. D'un seul coup, Patsy lâcha prise. Son esprit succomba à l'épuisement. Elle ne pouvait plus résister. C'était mieux ainsi – autant se laisser sombrer dans l'engourdissement, dériver comme une coquille vide capable de flotter sur les mers les plus déchaînées, plutôt que de souffrir le martyre.

À son réveil, tout était terminé. Les médecins n'avaient pas pris la peine de recoudre correctement son ventre puisque Patsy venait de Pennyfield, un quartier dont les habitants étaient considérés comme des animaux – ces gens-là passaient leur temps à se reproduire, à bloquer les routes pour faire entendre leurs réclamations aux politiciens indifférents et s'entretuaient comme des sauvages. La plaie s'infecta. En guérissant, elle dessina une branche rose rougeâtre sur son bas-ventre. Patsy n'avait que douze ans. Comment pouvait-elle imaginer qu'elle était enceinte ? Elle ne vit jamais le corps du bébé. On l'informa qu'elle n'aurait plus jamais d'enfants.

« Je veux ma maman je veux ma maman je veux ma maman ! » continue à crier Bébé en renversant son bol de céréales sur la table.

Du lait coule sur le sol. Patsy regarde distraitement chaque gouttelette tomber, puis le liquide blanc se répandre sur le parquet en acajou. Un bruit de pas lointain, très lointain, résonne. Immobile, Patsy contemple les dégâts.

Arrivée à Brooklyn, elle passe à toute vitesse devant les banques, les salons de beauté, les magasins, les églises et les panneaux Bienvenue dans le nouveau Brooklyn de Flatbush Avenue. À chaque fois qu'elle passe devant une vitrine, Patsy aperçoit le reflet de son visage, une traînée noire qui se fond rapidement dans le néant. Malgré l'ambiance festive, la masse sombre, informe, ne la lâche pas d'une semelle. C'est le soir de l'élection. Les bureaux de vote sont encore ouverts, mais les gens laissent déjà éclater leur joie, certains en chantant, d'autres en priant pour qu'Obama gagne. Patsy repense à l'ambiance qui régnait en Jamaïque pendant la Coupe du monde organisée en France dix ans plus tôt – des Jamaïcains de tous milieux se prenaient par la main, chantaient et acclamaient les Reggae Boyz. Pour la première fois depuis son arrivée en Amérique, Patsy voit la population noire baigner dans l'euphorie. Partout, le visage d'Obama sourit aux habitants du quartier d'un air amical. Calendriers, affiches, tasses, T-shirts – le moindre objet vendu sur Flatbush Avenue porte le slogan Yes we can.

Au coin de sa rue, Patsy tombe sur une femme d'âge mûr emmitouflée dans un manteau foncé, une paire de bottes Timberland aux pieds. En bas, elle ne semble vêtue que d'un caleçon long et ses cheveux se dressent comme des fils de fer sur sa tête.

« Vous auriez un fruit à pain que je pourrais rôtir ce soir, m'dame ?

— Non », répond Patsy.

Elle poursuit son chemin sans prendre la peine de lui rappeler qu'on n'est pas en Jamaïque et qu'on ne rôtit pas un fruit à pain sur les trottoirs de Brooklyn.

« Mes marmailles ont faim ! » lui crie la femme.

Patsy s'arrête. Elle se retourne, observe ses yeux vitreux et se voit à travers le regard dément de cette inconnue. Cette femme n'est pas à Brooklyn, bien qu'elle soit plantée sur Flatbush Avenue, mais au pays. Elle est devenue folle en Amérique. L'angoisse, la solitude et l'effondrement silencieux de son univers ont paralysé son esprit. *La douceur de l'abandon*, pense Patsy. Quel soulagement ce doit être de pouvoir regarder son chagrin en face et de ne plus avoir à faire semblant de tenir le coup.

Elle enfonce la main dans sa poche puis lui donne quelques pièces d'un *cent* et une de dix. C'est tout ce qu'elle a à offrir. La femme la remercie aussi chaleureusement que si elle lui avait remis des pièces d'or. Ensuite, elle s'éloigne en boitant et entonne une chanson populaire jamaïcaine que Patsy connaissait quand elle était jeune, mais dont elle a oublié les paroles.

Arrivée dans sa chambre, elle se laisse tomber sur le sol et presse contre sa poitrine la chemise de l'homme qu'elle n'apprendra jamais à connaître. Le chagrin qu'elle contient depuis des années, serré dans un poing d'acier, explose dans un cri. Sa gorge laisse échapper tout ce que Patsy a refoulé, tous les torts qui lui ont été causés. On frappe à sa porte. La voix d'une femme lui demande si tout va bien. Mais Patsy ne répond pas. Elle pleure enfin. Elle exprime toute la rage d'une femme dépossédée. Son innocence a depuis longtemps disparu au fond de la mer, et Patsy pleure pour la petite fille qui s'est noyée avec. Le corps vrillé par la souffrance qu'elle endure depuis l'enfance, elle reste recroquevillée sur le sol jusqu'à ce que le soleil laisse place à la nuit noire. Épuisée, vidée, enrouée, Patsy se calme peu à peu, mais ensuite, une nouvelle voix émerge. Celle de Barrington. « *Je crois pas qu'on puisse parler de destin quand on a encore le contrôle de sa vie.* »

Livre V

Un plein baril d'amour

35

Au lycée, Tru déjeune seule. Elle observe de loin les élèves qui mangent leur repas à l'autre bout de la pelouse, indifférentes au soleil brûlant, à proximité du grillage séparant le lycée des filles de celui des garçons que fréquentait autrefois Marlon le boiteux. Le son de leurs bavardages s'élève jusqu'aux branches des manguiers puis traverse la cour de récréation en tourbillonnant, emporté par la douce brise. Par comparaison, le lycée pour garçons – protégé par de hautes haies et des clôtures de barbelés – est calme. Tru imagine les élèves en classe, la tête penchée sur leurs cahiers, le front plissé de concentration. Ces garçons – qu'on prépare à devenir les prochains Premiers ministres, ministres de la Justice ou futurs hommes d'affaires – ne déjeunent jamais à la même heure que les filles. Les deux lycées ont été créés par un couple de Britanniques, Joseph et Martha Wilhampton, dont les familles possédaient des plantations sur l'île. Ils sacrifièrent une bonne partie de leur domaine afin d'y construire une école qui apprendrait aux garçons et aux filles les plus brillants à diriger le pays. Il fut finalement décidé qu'on bâtirait deux établissements administrés séparément.

La majeure partie du lycée pour filles est abritée du soleil par des chênes, des noisetiers et des gaïacs. Les élèves de l'établissement – l'un des plus prestigieux du pays – sont reconnaissables à leur uniforme bleu et blanc de style britannique. Les couloirs du bâtiment principal, dont les murs extérieurs sont si blancs qu'ils semblent rayonner, sont décorés des plaques commémorant les prix d'excellence remis au lycée depuis 1845. Sous le tableau de la réussite des anciens élèves, y sont également exposés les portraits de reines de beauté souriantes à la peau claire, une couronne ornée de pierreries sur la tête. Une généreuse partie du budget a été allouée à l'aménagement paysager, l'agrandissement de la bibliothèque et de l'auditorium, ainsi qu'à la rénovation des bâtiments défraîchis construits dans les années 1800. Des agents d'entretien en uniforme beige s'affairent à maintenir l'établissement dans un état impeccable, tandis que des femmes, la tête couverte d'une charlotte, servent silencieusement les repas à la cantine ou frottent les traces de sang menstruel dans les toilettes.

Un groupe de trois filles – Nadine Rodrigues, Jamela Coudron et Saskia Rawlins – s'installe près de Tru sur les bancs en bois fixés autour d'un arbre. Elle les ignore, bien qu'elles parlent fort des tenues qu'elles comptent porter à la fête du lycée en décembre, tout en mordant dans des pommes croquantes qu'elles ont reçues dans des barils envoyés d'Amérique. Toutes trois ont décidé elles-mêmes de se surnommer « *les Stylées* », mais dans leur dos, tout le monde les appelle « *les Barils* » – au risque de recevoir un coup de poing dans la figure de la part des concernées. Il est vrai que ces filles mangent et s'habillent grâce aux barils envoyés par leurs parents expatriés, mais « les Stylées » est un surnom qu'elles sont en droit de revendiquer compte tenu des vêtements de marque qu'elles portent aux fêtes du lycée et aux boums – des tenues que peu d'adolescentes peuvent se payer, à moins d'appartenir aux riches familles des collines.

Ce qui différencie « les Stylées » des filles des collines, c'est que ces dernières sont des adolescentes de couleur issues de familles aisées qui ont été admises à Wilhampton car leurs parents et grands-parents étaient élèves au lycée et continuent à lui faire des dons financiers. Le nombre de filles des collines a diminué à l'époque où l'établissement a commencé à accueillir des élèves noires – plus seulement les métisses libanaises ou indiennes au teint de miel, les adolescentes d'origine chinoise ou celles à la peau café au lait, mais des filles noires sorties du fond du creuset kingstonien. Après avoir disparu des bancs du lycée, les filles des collines ont réapparu quelques semaines plus tard dans les rues de Kingston vêtues de l'uniforme des écoles privées dans lesquelles leurs parents s'étaient dépêchés de les transférer. Certaines fréquentent désormais des établissements plus sûrs et plus sélectifs, tels que le Campion College, tandis que les plus aisées ont été envoyées dans des pensionnats à l'étranger. On raconte que leur départ a mis un terme à la rénovation de la bibliothèque et de l'auditorium du lycée – un imprévu qui a posé un sérieux dilemme à madame Rosedyl, la directrice.

La situation s'est aggravée lorsque des inscriptions ont commencé à barbouiller les murs fraîchement repeints – Wilhampton ressemble à un chenil depuis que cette vieille peau de Rosedyl laisse les chiennes y entrer. Par la suite, le montant des frais de scolarité du lycée a mystérieusement quadruplé. Une broutille pour les parents expatriés des adolescentes comme « les Stylées » qui continuent à fréquenter le lycée. En réalité, ces filles ont beaucoup de choses en commun avec Tru, mais celle-ci n'oserait jamais s'en vanter. Au fond d'elle, Tru les envie. Ces filles grandissent seules, mais elles ont au moins la chance de recevoir des cadeaux de leurs parents. Si sa mère était aussi généreuse, parviendrait-elle à lui pardonner son absence ?

« Franchement, je sais pas », répond Nadine Rodrigues à une de ses amies, la tête posée sur les genoux de Jamela Coudron.

Bien qu'il fasse très chaud, même à l'ombre de l'arbre, elle porte un grand sweat-shirt rose par-dessus son uniforme.

« J'ai pas encore dit à papa ce que je voulais porter à la fête. En tout cas, j'ai intérêt à être cent fois plus stylée que Genevieve Sinclair, parce qu'elle viendra sûrement avec Marlon. Il est trop mignon !

— Tu m'étonnes ! » pépient les filles en chœur.

Tru, qui fait semblant de ne pas les écouter, se retient de secouer la tête.

« Si seulement je pouvais me trouver un copain comme lui, gémit Jamela.

— Ce mec va à tous les concerts qu'il veut sans payer, dit Nadine. Son oncle producteur connaît tous les artistes de dancehall. »

Tru manque de s'étouffer avec un os de poulet. Nadine parle de Sir Charles, le DJ qui anime toutes les soirées dancehall de Pennyfield.

« Vous avez vu l'écart entre les dents de Genevieve ?, demande Nadine, ses yeux de chat plissés de dédain. J'ai du mal à croire qu'une fille des collines n'a pas les moyens de se payer un appareil.

— Cette fille a du style en tout cas », dit Jamela, dont le regard perpétuellement amusé laisse penser que tout est pour elle un émerveillement.

Ses cheveux lissés sont séparés par une raie au milieu du crâne et tressés de chaque côté de sa tête, comme si elle avait encore cinq ans.

« On s'en fiche. Elle a des dents horribles, réplique Nadine qui semble tenir à faire redescendre son amie sur terre.

— Peut-être, mais elle a aussi de beaux cheveux et une peau parfaite, dit Jamela, le regard levé vers les nuages à travers les branches de l'arbre. C'est pour ça que les garçons aiment les filles des collines.

— Dis donc, t'es amoureuse ou quoi ?

— Arrête, c'est dégueulasse ! Mais soyons réalistes : Genevieve est parfaite.

— Mon Dyé, mais n'importe quelle fi peut s'acheter des extensions et se blanchir la peau pou devenir aussi claire », réplique sèchement Nadine en patois – une langue que les élèves parlent en secret car elle est interdite dans l'enceinte du lycée.

Les filles jettent un coup d'œil derrière elles afin de s'assurer qu'aucun professeur n'est assez proche pour les entendre.

« On peut tout s'acheter quand on est riche, mais pas un nouvel ADN, intervient Saskia Rawlins qui était silencieuse depuis le début de la conversation. Moi, j'ai demandé à ma mère de m'envoyer une robe en cuir. Comme c'est l'hiver en Angleterre, elle ne devrait pas avoir trop de mal à en trouver une. »

Tru tourne légèrement la tête vers Saskia. Elle n'avait encore jamais entendu une élève parler de sa mère partie vivre à l'étranger. En général, ce sont les pères qui quittent le pays pour chercher du travail. Tru l'observe à travers ses cils, cherchant un signe de colère sur son visage, un soupçon de rancœur, la preuve d'une forme de souffrance, tout ce qui pourrait soulager la pression qui monte en elle. Elle se remémore la première Fête des mères après le départ de la sienne. La maîtresse avait fait fabriquer des cartes aux élèves après avoir sorti d'innombrables crayons de couleurs, feutres, flacons de paillettes et tubes de colle, puis chacun avait découpé un cœur rouge et écrit Je t'aime, maman dessus. Tru en avait fabriqué une, elle aussi, mais sans savoir où l'envoyer.

Sa voisine de table, une élève nommée Olivia Moore, avait été dispensée de bricolage, car sa mère était morte d'un cancer. En attendant que les autres aient terminé, mademoiselle

Powell l'avait autorisée à lire un roman de Regina Rhinebeck, un des nombreux livres écornés offerts par les Peace Corps américains qui faisaient du bénévolat à l'école. Tru n'avait pu s'empêcher d'éprouver une pointe de jalousie et lui aurait volontiers arraché le livre des mains avant de déchirer une à une ses pages jaunies, juste pour la voir verser les larmes qu'elle-même s'obligeait à retenir. Être orpheline n'avait rien de glorieux, et pourtant on plaignait et dorlotait Olivia, contrairement à Tru, parce qu'elle avait été privée de sa mère.

Dans le cas présent cependant, rien n'indique ce que ressent réellement Saskia Rawlins. Ses hautes pommettes parfaitement inclinées, son petit nez, sa large bouche, ses yeux noirs pétillants et sa peau brun foncé ne trahissent rien de son mystère. Tru s'efforce de tourner la tête lorsque Saskia regarde dans sa direction.

« Du cuir ?, demande Nadine, les sourcils froncés. Par cette chaleur ?

— Tu portes bien un sweatshirt pour protéger ta peau blanchie du soleil ! » réplique Saskia en rejetant ses cheveux défrisés sur ses épaules.

Nadine lève les yeux au ciel.

« Tu vas pas recommencer à me faire la morale !

— Je mettrai la robe bustier violette que je portais à la fête de mes seize ans », dit Jamela en regardant distraitement le drapeau jamaïcain claquer dans la brise au sommet du mât planté sur le rond-point devant le lycée.

Nadine soupire.

« Cette robe est vraiment jolie. Mais tout le monde t'a déjà vue dedans. »

Jamela réfléchit un instant.

« Tu as raison.

— Et toi, Tru ? »

Tru lève les yeux et s'étonne de voir Saskia Rawlins lui sourire.

« Qu'est-ce que tu porteras à la fête ? »

Les autres filles sont silencieuses.

« Mais pourquoi tu lui poses la question ? » marmonne finalement Nadia.

Toutes les élèves de terminale considèrent que Tru est une fille bizarre avec ses cheveux courts et ses manières de garçon manqué. Et pourtant, Saskia Rawlins continue à lui adresser des sourires. Elle le fait parfois en passant, tandis qu'elle traîne quelques pas derrière ses amies. Tru et elle se parlent à peine, en dehors des rares fois où elles se croisent à la prière du matin, lorsque les élèves de chaque classe se rangent à côté des autres dans le grand auditorium, ou dans les vestiaires après le cours d'éducation physique de Tru, moment où l'équipe de netball dont fait partie Saskia entre pour se changer avant l'entraînement.

« Je n'y vais pas », lui répond Tru en se levant de son banc.

Tru préfère attendre que le vestiaire soit désert pour se changer. Elle n'a pas besoin de patienter bien longtemps car, dès qu'elle entre, les filles se couvrent avec leurs serviettes ou tout ce qui leur tombe sous la main sans oser lever les yeux vers elle. Puis elles se rhabillent en un temps record, s'enfuient du vestiaire et laissent échapper un rire à l'extérieur, comme si elles venaient d'échapper à la mort. Lorsqu'elle n'entend plus que l'eau goutter dans les douches, Tru retire rapidement son uniforme et enfile sa tenue de foot. Avant de passer la tête dans son polo blanc, elle s'examine dans le long miroir le temps de s'assurer que sa poitrine est plate. Cependant, elle la voit encore. Tru a beau serrer son bandage, elle ne se sent jamais totalement à l'aise. Pour se rassurer, elle soulève son polo, défait la bande, expire lentement puis entreprend de la resserrer. De fines gouttes de sueur perlent sur son front. Tru retient son souffle, serre les dents et tire malgré la légère douleur qui la saisit. Il fait si chaud qu'elle transpire abondamment. Son souffle faiblit tandis qu'un sanglot lui comprime les poumons puis s'échappe.

« C'est difficile à faire tenir ? »

Tru se fige en entendant ces mots. Puis elle se retourne et découvre Saskia Rawlins derrière elle en tenue de netball – un polo blanc portant le nom du lycée, une courte jupe plissée bleue qui laisse apparaître ses longues jambes et ses rotules noueuses, deux protège-tibias brillants, ainsi qu'une paire de baskets d'un blanc presque lumineux à côté de sa peau brune.

« En fin de compte, tu n'es pas plate, dit-elle en faisant quelques pas vers Tru.

— Pourquoi t'es pas à l'entraînement ? » lui demande Tru qui essaye de reprendre son souffle.

Elle essuie rapidement la sueur et les larmes de frustration qui ont coulé sur ses joues.

« J'étais en retard, alors l'entraîneur m'a envoyée sur le banc de touche. »

Tru sait que Saskia l'a vue resserrer son bandage. Elle attend qu'elle lui pose les questions qui se lisent dans son regard. De près, son visage est aussi lisse qu'un morceau de velours d'un brun chaud. Tru détourne le regard.

« C'est donc vrai ?, dit Saskia. Toutes les filles du lycée en parlent.

— Ça les regarde pas.

— C'est ce que je leur réponds. »

Tru attrape ses affaires.

« Faut que j'y aille.

— T'inquiète pas. Je dirai rien.

— Y a pas grand-chose à dire, de toute façon », réplique Tru en jetant son sac sur son dos.

Saskia hausse les épaules.

« On dirait que c'est douloureux.

— Pas autant que d'avoir de la poitrine.

— Franchement, j'aime bien les seins.

— Je suis ravie de le savoir.

— Je voulais pas dire que…

— C'est bon, j'ai compris. »

Tru ne peut s'empêcher de sourire.

« Dis donc, je m'attendais pas à ça, dit Saskia.

— À quoi ?

— Te voir sourire. Tu es toujours tellement sérieuse.

— J'ai rarement des raisons de me réjouir.

— C'est dommage. »

Dehors retentit la sonnerie de 15 heures 25 – un appel à faire silence dans tout le lycée. Élèves, professeurs et employés doivent cesser leurs activités lorsque commence la minute quotidienne de réflexion, une tradition instaurée par les fondateurs britanniques de l'établissement. Tru se retrouve ainsi coincée avec Saskia tandis qu'un silence s'abat sur le vestiaire désert. Dans cette atmosphère de calme cotonneux, elle lutte contre la timidité inhabituelle qui la paralyse et commence à s'agiter sous l'horloge au tic-tac impitoyable. Saskia l'observe d'un air entendu. Les soixante secondes de silence s'étirent ; jamais Tru n'avait trouvé une minute aussi longue. Quand la sonnerie retentit à nouveau, Saskia est la première à parler.

« Quelqu'un vient te chercher après l'entraînement ?

— Non.

— Ça te dit qu'on marche ensemble jusqu'à l'arrêt de bus de Half-Way Tree ?

— T'as pas peur ?

— De quoi ?

— Les autres risquent de dire que je t'ai contaminée. »

Saskia pose les mains sur ses hanches étroites.

« J'aimerais bien voir ça.

— Une autre fois peut-être », répond Tru avec un sourire.

Saskia hoche la tête puis cherche un stylo dans son sac en se mordant la lèvre.

« Attends… »

Elle prend la main de Tru dans la sienne et griffonne son numéro de téléphone sur sa paume. Les doigts de Tru tremblent un peu, mais Saskia ne semble pas le remarquer. Quand elle a fini, elle lève les yeux vers Tru. Mais avant qu'elle ait le temps de dire quelque chose, ses coéquipières entrent dans le vestiaire et Saskia lâche discrètement la main de Tru. La sensation de ses doigts se répand cependant partout sur sa peau. Les rires et les bavardages des filles emplissent la pièce. Elles saluent Saskia puis l'entourent en jasant sur l'absurdité de la réaction de leur entraîneur. Tru en profite pour se glisser dehors.

Lorsqu'elle arrive au terrain de sport après les cours, Ricky l'albinos et Marlon le boiteux ont déjà entamé un match contre les autres garçons de Pennyfield que Tru connaît depuis l'enfance. Dans la cour de Pennyfield Primary, ses camarades et elle jouaient aux cow-boys et aux Indiens avec de faux pistolets faits de bouts de bois et d'élastiques. Ricky l'albinos s'y connaissait pour incarner les cow-boys, car il avait déjà vu de vraies armes à feu. Tru aussi, mais elle les trouvait terrifiantes. Roy ne cachait jamais ses pistolets. Il en conservait un dans son tiroir à chaussettes, un deuxième sur sa table de nuit à côté de sa bible du roi Jacques, et un troisième, celui qu'il portait au travail, sous son oreiller. « *Un homme peut toujours avoir besoin de son arme* », disait-il. Un jour, Kenny prit le pistolet rangé dans le tiroir à chaussettes de Roy dans l'intention de jouer au policier et au voleur et le pointa sur Ray-Ray, un petit morveux qui habitait dans leur rue. Heureusement, l'arme n'était pas chargée. Ray-Ray courut prévenir sa mère qui alla aussitôt trouver Marva. Ce soir-là, Roy battit Kenny si violemment qu'il boita pendant des jours. *« Je t'ai certainement pas élevé pou que tu deviennes un voleur!* » hurlait-il tout en battant son fils qui essayait de lui dire qu'il jouait le rôle du policier, comme lui. La plupart des armes que Ricky l'albinos porte sur lui aujourd'hui encore sont neuves et non chargées. Elles lui sont confiées par son cousin Bentley, qu'on surnomme ainsi car on le voit souvent aller et venir dans de belles voitures. Bentley est un des hommes de Pope. Ricky l'albinos ne parle jamais de son rôle consistant à cacher les armes de son cousin. Mais Tru et Marlon le boiteux savent qu'il vaut mieux ne pas l'interroger.

Tru observe leur danse gracieuse autour du ballon qui rebondit avec légèreté sur la tête, les genoux et la poitrine de chaque garçon avant qu'il ne frappe dedans. Bien qu'ils soient moins d'une dizaine, ses camarades jouent aussi bien qu'une vraie équipe. Ceux qui sont sur la touche, vêtus de leurs uniformes beiges ou de vêtements ordinaires, les regardent et les acclament. Comme ils ont l'air joyeux sur ce terrain poussiéreux, le visage luisant de sueur, le sourire jusqu'aux oreilles à chaque fois qu'ils marquent un point!

« Buuuuuut! » crient-ils, les mains levées en l'air.

Une explosion de joie retentit autour d'elle et les garçons se tapent dans la main. Une fois encore, elle est exclue de leur danse joyeuse et insouciante.

« Tiens! Regardez qui voilà! Tru Juice! » crie Ricky l'albinos, tandis que le groupe se dispersent.

De leur côté, les membres de l'équipe avalent de grandes gorgées d'eau fraîche et s'essuient le visage avec un bout de chiffon qu'ils posent ensuite sur leur tête. Marlon le boiteux et les autres garçons se retournent tandis que Tru s'approche d'eux. Elle leur tape tour à tour dans la main. Quand elle arrive devant Marlon le boiteux, il attrape adroitement la sienne puis la retient. Tru le laisse faire. Du moins quelques instants. La peau agréablement chauffée par le soleil, elle lui sourit. Le surnom qu'elle lui donne depuis des années ne lui va plus, car son corps jadis sous-alimenté est devenu athlétique, et ses longs membres musclés ne sont plus couverts d'eczéma ni d'abcès que crevaient les pierres que Ricky l'albinos et elle lui lançaient quand ils étaient petits. Depuis que ses plaies d'enfance ont enflé, éclaté puis cicatrisé, la peau de Marlon est d'un brun si lisse qu'elle fait pétiller les yeux de toutes les filles.

« Pope est passé tout à l'heure. Y te cherchait », dit celui-ci.

Tru le regarde sans comprendre.

« Pope ? Pourquoi ?

— Je lui ai dit que tu savais jouer, répond Ricky l'albinos. J'ai pas précisé que t'étais une fi, par contre.

— Mais pourquoi ?

— Qu'est-ce que ça peut faire ? »

Ricky sort une cigarette de sa poche puis la coince entre les lèvres pour l'allumer. Sa peau, comme ses cheveux coupés ras, rougeoie au soleil. Ricky plaît beaucoup aux filles, lui aussi, car on croise peu de personnes à la peau aussi claire dans un quartier comme Pennyfield. Et puis c'est un vrai Casanova avec sa cigarette nonchalamment vissée au coin des lèvres.

« T'es notre meilleure joueuse, et Pope voudrait nous voir représenter Pennyfield, dit-il en recrachant un nuage de fumée. Tu crois que j'allais tout gâcher en lui expliquant que notre attaquant est une fi ? Avec quelques bons joueurs, on pourrait devenir les nouvelles stars de l'est du pays, comme les gars de Harbor View ou de Tivoli. »

Tru secoue la tête. Comment a-t-il pu faire une chose pareille sans sa permission ?

« Mais j'habite plus à Pennyfield.

— T'es quand même des nôtres. »

Il fronce ses sourcils fauves, dont les poils sont aussi fins que la barbe du maïs, et fixe Tru de ses yeux foncés qui semblent lui brûler les cils.

« Pope est convaincu qu'on peut remporter une coupe pour Pennyfield. On est capables d'améliorer la réputation de notre communauté. Et puis on a besoin de sous.

— Pasque c'est payé ? Combien ?

— Vingt-cinq mille en espèces. En dollars américains, pas jamaïcains. »

Tru lance un regard à Marlon qui ne paraît pas perturbé par l'initiative de Ricky.

« Mais ces sous seront pou Pope ou pou nous ?, demande-t-elle.

— Mais nous, bien sûr !, s'écrie Ricky. Les vingt-cinq mille dollars !

— Alors, t'es partante ou pas ? » demande Asafa, le gardien trapu à la voix douce qui les écoutait depuis le début.

Ce garçon n'est pas du genre à parler pour ne rien dire. Aussi, quand il s'exprime, tout le monde l'écoute. Tru ne l'a jamais aimé. Marlon et Ricky l'ont invité à jouer un jour après l'avoir rencontré à Roman Phillips, et il est resté. Tru ne lui parle que lorsqu'elle n'a pas le choix, comme pour lui demander une passe. Elle ne répond pas immédiatement à sa question, consciente que son père la tuera s'il apprend qu'elle joue pour Pope.

La présence du caïd est constante mais discrète à Pennyfield. L'homme est aussi silencieux que dangereux. Bien que les habitants du quartier sachent qu'il est capable du pire, ils lui sont avant tout reconnaissants de les aider et de ne contourner la loi que pour leur bien. Grâce à lui, les enfants vont à l'école et mangent des repas réguliers. Chaque mardi, Pope distribue riz, farine, semoule de maïs et boîtes de conserves aux familles. Personne ne sait vraiment où ni comment il les obtient. Il court de nombreuses rumeurs sur les trois frères et leur façon de gérer leurs affaires. On raconte que Pope possède son propre cargo au port et que Bishop et Cardinal sont d'importants narcotrafiquants en Amérique. Mais rien ne le prouve. Tru est presque certaine que, si cet homme était un escroc sanguinaire, les habitantes de Pennyfield telles que mademoiselle Richardson et mademoiselle Belnavis – les amies paroissiennes de manman G – ne feraient pas la queue devant la modeste maison vert algue de Cherry Lane pour recevoir une miche de pain et quelques denrées de base. Chaque mardi, le gang de Pope cesse brièvement de jouer aux dominos, de fumer de la ganja ou de siffler des verres de rhum au Pete's Bar pour aider à la distribution. De son côté, Pope les regarde travailler derrière une des fenêtres éclairées de sa maison verte, attentif, peut-être même content.

Dans ce cas, qu'est-ce qui pose problème à Roy exactement ?, se demande Tru. C'est la police qui le désigne comme criminel. C'est elle qui affirme qu'il est coupable d'un acte impardonnable. Mais lequel ? D'exporter illégalement de la marijuana, la ressource naturelle la plus lucrative de l'île ? Mais si ce commerce était légal, cela ne permettrait-il pas aux agriculteurs pauvres de s'enrichir ? Cela n'aiderait-il pas à rembourser l'énorme dette du pays ? Le jour où Tru a essayé de lui poser la question, Roy lui a répondu : « *Débrouille-toi pou garder tes distances avec ce boug.* »

« Je savais bien qu'elle allait se dégonfler, assène Asafa, comme elle garde le silence.

— Attends ! Tu me laisses pas le temps de réfléchir. Tu sais bien que mon père…

— Elle est pétèt pas obligée de participer à ce match-là, Ricky, intervient Marlon pour défendre Tru. Je connais le chef. Y sera pas d'accord. C'était pétèt une mauvaise idée…

— Fallait y penser avant, mon gars », dit Ricky l'albinos, la voix tremblante de colère.

Il lâche le mégot de sa cigarette puis l'écrase du pied.

« Pourquoi t'as rien dit quand Pope était là ?

— Yo !, crie Asafa. On trouvera bien quelqu'un d'autre pou la remplacer.

— Mais Tru est notre meilleure attaquante ! Elle joue mieux que nous tous réunis », dit Ricky.

Il se tourne vers elle.

« On a besoin de toi, Tru. Tu veux pas que des gens comme Pope remarquent ton talent ? Tu veux pas de cet argent ? Enfin, c'est vrai qu'on a pas tous une mère qui nous envoie des sous de l'étranger.

— Tu sais très bien que c'est faux, siffle Tru.

— Pétèt que tu nous dis pas la vérité. »

Les autres garçons la toisent en silence. Tru sait qu'ils pensent comme Ricky ; ils n'ont pas besoin de le dire. Elle lance un regard à Marlon qui est incapable de le soutenir.

« Fais-le pou nous, insiste Ricky.

— Jamais vu une dégonflée pareille, murmure Asafa tout en jouant avec une de ses courtes dreadlocks. C'est une sacrée somme d'argent. Vous croyez que je vais la laisser tout gâcher ? Pourquoi on aurait besoin d'elle ? C'est qu'une fi après tout.

— Répète ça et tu vas voir si je suis une dégonflée, dit Tru, les poings serrés.

— Calme-toi, dit Marlon en lui effleurant le bras. C'est pas la peine de dépenser ton énergie pou lui.

— D'accord. »

L'adolescente s'éloigne du groupe, son ami sur les talons.

« Tru...

— Laisse-moi tranquille.

— Attends-moi ! »

Lorsque Marlon la rattrape, Tru accélère en direction de la maison de sa grand-mère au lieu de rentrer chez elle à

Rochester. Elle n'est pas d'humeur à affronter la méchanceté silencieuse de Marva et Kenny.

« Ricky voulait pas te blesser. Tu le sais bien.

— C'est ton meilleur ami, pas le mien. Plus maintenant, en tout cas.

— Tru. »

Marlon l'attrape par la main et l'oblige à ralentir jusqu'à ce qu'elle s'arrête. Sur le visage de l'adolescent se lit un léger agacement, mais dans ses yeux brun clair semblent luire les derniers rayons du soleil.

« Calme-toi. Ça va aller.

— On dirait que tu connais pas mon père.

— Écoute, t'es pas obligée de jouer si t'en as pas envie.

— Mais tu aurais pu leur dire que c'était faux.

— Quoi don ?

— Que ma mère m'envoie des trucs d'Amérique.

— C'était pas à moi de le faire. »

Marlon baisse la tête puis plonge la main dans le sac à dos bleu délavé qui pend à son épaule et en sort une boîte.

« Avant que j'oublie… »

Il glisse le coffret maladroitement enveloppé de papier brun dans la main de Tru.

« C'est quoi ?

— Joyeux anniversaire en retard. »

Ouvrant la boîte, elle découvre le CD d'une compilation de morceaux de dancehall et tente de cacher sa surprise.

« T'étais pas obligé…

— Ça me fait plaisir. »

Marlon se masse la nuque puis regarde par-dessus son épaule.

« Je sais que tu les adores.

— Je sais pas quoi dire.

— J'ai pensé que ce serait original, dit-il en souriant de ses dents blanches.

— Et Genevieve Sinclair, elle craque aussi pou ça ? » lui demande Tru avec un clin d'œil narquois.

Marlon tire sur le lobe de son oreille gauche.

« Contente-toi don de me remercier. »

Marlon et Genevieve ne sont pas vraiment ensemble, mais il aime bien la courtiser en lui offrant des cadeaux. Ils se sont rencontrés à l'époque où il allait encore au lycée Wilhampton – il a ensuite dû laisser tomber l'école quand il n'est plus rien resté de sa bourse ; sa mère, vendeuse à la sauvette, n'avait pas les moyens de payer sa scolarité. Mais Marlon sait parfaitement qu'une fille comme Genevieve Sinclair, qui dispose de son propre chauffeur, est inaccessible pour lui. Il lui faudrait bien plus que l'argent de son déjeuner, qui suffit tout juste à payer un pâté au bœuf et un pain coco chez Tastee, pour la séduire.

« J'aurais pu m'acheter moi-même un CD, plaisante Tru.

— Sérieux, Tru Juice ? Tu sais pas le mal que tonton Charles s'est donné pour le graver.

— Comme c'est touchant. »

Tru le taquine, mais elle est flattée. L'oncle de Marlon est le DJ le plus populaire de Pennyfield. Il se fait appeler Sir Charles et porte un bandeau de pirate sur un œil. Chaque samedi soir, après les combats de coqs de mademoiselle Maxine, il mixe tubes récents et anciens sans jamais lever les yeux de ses platines. D'après Ricky l'albinos, on raconte que ce bandeau est une sorte de déguisement, car Sir Charles aurait un jour tué un homme dans sa ville natale de Montego Bay lors d'une querelle au sujet d'une femme et que, protégé par Pope, il serait toujours en cavale. Tous les jeunes de Pennyfield qui rêvent de se faire un nom dans le milieu du dancehall le supplient de passer leurs maquettes à ses soirées.

Tru baisse les yeux vers sa main et ferme le poing, le numéro de Saskia Rawlins encore chaud sur sa peau.

« Merci », dit-elle à Marlon.

Fébrile, elle range le CD dans son sac à dos usé dont la fermeture est presque cassée.

« Je comprends toujours pas.

— Quoi don ?

— Pourquoi Ricky m'agresse comme ça après toutes ces années à propos de ma mère.

— Qu'est-ce que ça peut faire ? Puisque tu sais que c'est faux, t'en préoccupe pas.

— Tu as sans doute raison. »

Tru pense à son père. Le silence de Patsy le frustre lui aussi, et pourtant, étrangement, il ne peut s'empêcher de la défendre. Même lorsque Marva s'indigne du coût de la scolarité de Tru à Wilhampton, il prend le parti de Patsy, car il sait qu'elle rêvait d'y envoyer leur fille. Une farouche détermination s'empare de Tru. Après tout, c'est à elle de prendre en charge la moitié de ses frais de scolarité. Ces vingt-cinq mille dollars américains ne paraissent plus aussi repoussants à présent. L'optimisme avec lequel elle envisage son plan naissant fait disparaître la peur qui la tenaillait un peu plus tôt.

« Je suis partante, dit-elle.

— Quoi ? »

Marlon la dévisage, les sourcils levés.

« J'ai dit que j'étais partante. »

Un lent sourire étire ses lèvres. Cette expression de soulagement – ou d'incrédulité – est terriblement émouvante.

« Comme c'est touchant, dit Tru.

— Quoi don ?

— Ce sourire. »

Marlon s'éloigne en haussant les épaules. Tru trottine pour le rattraper et lui donne un petit coup de coude.

« Je sais que tu m'as très bien entendue. »

Sans répondre, Marlon pose un bras sur ses épaules, puis tous deux continuent à marcher ainsi en direction de St George Furnace, de l'autre côté du ravin poussiéreux.

Au moment où Tru et Marlon passent devant le Pete's Bar, quelques hommes se taisent et posent leurs verres en croyant voir deux adolescents – deux garçons – marcher bras dessus bras dessous. Des mains calleuses se resserrent autour des bouteilles de rhum, des phalanges craquent, visibles à travers leur peau noircie. Un vent malveillant balaye le silence qui s'est installé entre les clients du bar.

« Qu'est-ce qu'elles foutent là, ces petites pédales ? »

À mesure que les adolescents se rapprochent, les épaules des hommes se redressent. Cependant, elles s'effondrent, tels les murs de Jéricho, dès qu'ils s'aperçoivent qu'un des garçons est en réalité la petite-fille de manman G, tandis que l'autre est le fils aîné de mademoiselle Olive de Garrick's Lane. Les hommes adressent un signe de tête aux adolescents et s'empressent de cacher la lame tranchante de leur colère sous leur langue afin de marmonner quelques civilités. Mais la rumeur de leurs soupçons s'élève à nouveau au sujet de la fille – « *Regardez ses manières, ses vêtements !* » Les hommes frottent leurs braguettes, un goût salé au fond de la gorge. Chacun se tourne pour continuer à l'observer.

Tru et Marlon poursuivent leur route sans s'inquiéter, des éclats de rire dans leur sillage. Ils croisent bientôt Ras Norbert qui contemple en souriant la dernière révérence du soleil couchant. L'épaisse boule de feu rouge orangé descendue au ras du ciel étire chacune de leurs ombres à l'infini.

36

Devant un magasin appelé Little Jamaica, des barils bleus mesurant un peu plus d'un mètre bordent le trottoir de Church Avenue – non loin d'où habite Patsy. C'est une petite boutique toujours remplie de Jamaïcains qui s'apprêtent à envoyer des barils à leurs familles et attendent impatiemment en faisant la queue. L'urgence est moins pour eux d'arriver à temps au travail ou de reprendre leurs activités que de remplir un baril de preuves d'amour, ce qu'ils ne pourront pas refaire avant des mois, voire une année entière. Patsy opte pour le grand format – il est plus utile et économique d'envoyer un nombre important d'articles. Elle revoit les Jamaïcains restés au pays recevoir des barils si abondamment garnis de l'étranger que ces chanceux auraient pu ouvrir leur propre magasin.

Bien que la boutique soit minuscule, mal aérée et qu'elle sente le fromage, Patsy s'y est déjà arrêtée plusieurs fois pour y faire la queue, mais elle a fini par repartir, les pieds gelés. En vérité, rien de ce qu'elle enverra à Tru ne suffira jamais. Toutefois, après avoir entendu la voix de Barrington dans sa tête un matin. Elle s'est levée d'un bond, effrayée à l'idée d'avoir trop attendu. Elle n'allait tout de même pas se lamenter sur son sort toute sa vie et faire payer ses erreurs à Tru.

Si Patsy fait la queue, c'est aussi pour des raisons égoïstes, la première étant qu'il est agréable de côtoyer d'autres Jamaïcains, des personnes qui lui rappellent ses proches restés au pays. Elle se nourrit de cette expérience, y puise une nouvelle vigueur. Il lui arrive d'éviter la boutique pendant des semaines, des mois même, mais ensuite, elle se sent seule, exclue, au milieu des rues bondées entourées de hauts immeubles. Depuis que Fionna a déménagé, Patsy a rarement l'occasion de parler à des gens en dehors du travail. Elle provoque donc activement des rencontres – sur les bancs de parc, avec des femmes promenant des enfants blancs, dans les restaurants Golden Krust où des hommes en gilet orange, bottes Timberland et coiffés de casques se gavent d'igname bouilli, de calalou et de porridge de semoule de maïs avant d'entamer une longue journée de travail à construire des immeubles dans lesquels ils n'auront jamais les moyens d'habiter. Patsy recherche aussi les contacts dans les épiceries chinoises de Flatbush Avenue où elle trouve les aliments de chez elle qui lui manquent ; ou au marché de Caton où elle achète ses crèmes. Ainsi qu'ici, dans la boutique de Little Jamaica où elle fait la queue et tente une fois de plus de trouver la motivation suffisante pour acheter un baril.

« Bonjour », dit-elle à la femme plantureuse qui se tient derrière le comptoir.

Sa peau est couleur bronze foncé et ses dreadlocks brun-rouge lui arrivent aux épaules.

Cela fait plusieurs semaines que Patsy passe régulièrement à la boutique et elle n'était encore jamais arrivée jusque-là.

« C'est pas un peu tard pou me dire bonjour ?, lui demande la femme en posant les mains sur ses larges hanches, une lueur de malice dans ses grands yeux expressifs.

— Oh, bonsoir !, se reprend Patsy, légèrement embarrassée.

— En effet, la nuit est déjà tombée. On dirait que quelqu'un a trop fait la fête hier soir. »

Patsy, qui avait déjà remarqué le caractère jovial de l'employée, soupçonne les clients de passer exprès à Little Jamaica pendant ses heures de travail, car il est toujours agréable de bavarder avec elle. Elle s'adresse en outre à chacun d'eux comme s'il était spécial – les femmes repartent avec l'impression d'avoir retrouvé une vieille amie, tandis que les hommes se sentent brusquement capables de conquérir le monde. L'employée ne leur rappelle jamais de se mettre correctement en rang. Elle ne s'impatiente pas non plus, ni ne rabaisse ses clients, quand il leur manque quelques *cents*. C'est probablement pour toutes ces raisons qu'il y autant de monde devant la boutique quand elle y travaille.

L'employée sourit à Patsy comme si elles se connaissaient déjà. D'après son badge, cette femme s'appelle Claudette. Patsy remarque la canette de Red Bull posée à côté d'elle.

« Vous pouvez parler ! Vous savez combien de caféine contient cette boisson ?

— C'est le seul truc qui m'aide à garder les yeux ouverts, répond Claudette en secouant la tête.

— Je suis sûre que c'est pas votre seul carburant, dit Patsy en souriant, étonnée de se sentir déjà aussi à l'aise avec elle.

— Qu'est-ce qui vous fait croire ça ? » demande l'employée d'un air amusé.

Patsy hausse les épaules.

« Vous m'avez l'air d'une de ces adeptes du naturalisme. Du genre rasta. »

Claudette rit.

« Ne vous fiez pas à mes dreadlocks.

— Elles sont jolies », dit Patsy en admirant ses longues mèches soigneusement crêpées.

Elle se sent soudain vieille et fatiguée à l'idée de porter une horrible perruque à trente-huit ans.

« Merci. Au fait, je faisais que vous taquiner tout à l'heure. »

Lorsque Claudette sourit, Patsy s'aperçoit que ses fossettes sont aussi profondes que les siennes. *C'est notre premier point commun*, songe-t-elle. Patsy repense aux garçons qu'elle autorisait à soulever sa jupe derrière l'église ou le bâtiment de l'école, quand elle était adolescente. Elle trouvait toujours leurs particularités si attachantes – une cicatrice, un grain de beauté, une tache de naissance, un doigt en plus, un bouton d'acné. Aucun d'entre eux, à part un dénommé Paul, n'avait de fossettes. Patsy observe discrètement celles de Claudette se creuser et se demande ce qu'elles ont d'autre en commun.

« Ça arrive tout le temps », dit celle-ci en secouant ses dreadlocks.

Le regard de Patsy se pose sur ses lèvres.

« Les gens disent machinalement toutes sortes de trucs – bonjour, bonsoir, bonne nuit. Certains vont jusqu'à me souhaiter un bon week-end en milieu de semaine ! Dans ces cas-là, je panique. Je me demande quel jour on est. Si je suis ici un mercredi, ça craint parce que je devrais être à mon deuxième foutu boulot à la maison de retraite ! Autant dire que je suis dans la merde. »

Patsy éclate de rire. Elle ne s'était pas autant amusée depuis longtemps.

« Bon, dites-moi, qu'est-ce que je peux faire pou vous ?

— J'aimerais acheter un de ces barils. »

Patsy pointe du doigt l'un des grands fûts en plastique alignés sur le trottoir. Elle se demande comment elle le rapportera chez elle sans prendre un taxi et où elle le casera dans sa petite chambre.

« Y sont à cinquante dollars. »

Patsy hésite.

« Un problème ?, demande Claudette.

— Vous savez quand est-ce qu'il arrivera là-bas ? En Jamaïque, je veux dire… »

La vendeuse hausse les épaules.

« Tout dépend de la vitesse à laquelle vous allez le remplir. Normalement, faut compter environ deux semaines. Mais pendant la période de Noël, c'est plus long. Vous avez déjà acheté des choses ?

— Non. J'économisais.

— Commencez don par faire vos achats. La plupart des gens mettent petit à petit des articles de côté pou remplir le baril et sont souvent prêts à l'envoyer au bout de… »

Claudette réfléchit.

« Un an ?

— Un an !

— Six mois minimum, en tout cas.

— Je… Je ne sais pas…

— Aucun problème. Prenez votre temps. Pas besoin de vous dépêcher », dit Claudette comme si elle lisait dans ses pensées.

Patsy note qu'il y a quelque chose de pur et de doux dans son regard.

« C'est ma première fois… avoue-t-elle.

— Il y en a une à tout. »

Avant que Patsy ait eu le temps de payer le baril – ça fera toujours une chose de moins à acheter –, un livreur de FedEx entre dans la boutique. Claudette lui tend une liasse de billets.

« Quoi de neuf, Dexter ? Sadiq est au fond », dit-elle, avant de crier à son collègue de donner un coup de main au livreur, pendant qu'elle s'occupe de Patsy.

Comme Sadiq ne répond pas, elle jure à voix basse et demande à Patsy de patienter une minute. Lorsqu'elle se penche pour soulever une caisse de colis, Dexter ne bouge pas le petit doigt pour l'aider. Il reste planté là, à gratter son menton mal rasé tout en reluquant ses fesses moulées dans son jean. Lorsque le chemisier de Claudette se soulève de quelques centimètres, Patsy aperçoit plusieurs colliers de perles colorées autour de sa taille.

Dexter lui prend la caisse des mains et lui lance un sourire en coin. Claudette le fusille aussitôt du regard.

« Reste pas planté là, à sourire comme un abruti. T'as du pain sur la planche, il me semble.

— Je prendrais un congé rien que pou toi.

— T'as décroché ce boulot y a à peine six mois. Tu ferais mieux d'essayer de le garder. »

Comme elle le chasse en riant, il lui envoie un baiser.

« Les Jamaïcains sont persuadés qu'ils ont toutes les fanm à leurs pieds », dit Claudette à Patsy.

Elle secoue la tête avec un sourire puis raye quelques lignes dans le carnet qui lui sert à suivre les envois et les livraisons.

« Je préfère encore sortir avec une fanm. Y a rien à attendre de ces boug. »

Avant que Patsy n'ait le temps de réagir, Claudette lui demande :

« Vous avez une voiture pou transporter ce baril ? »

Les yeux fixés sur sa large bouche, Patsy se sent soudain incapable de répondre à ce qui est pourtant une question tout à fait normale.

« Euh… Hum… Non. J'allais prendre un taxi.

— Vous habitez où ?

— Au coin d'Albany et de Church.

— Oh ! C'est pas très loin. Vous allez pas payer huit dollars pou ça. Je vous prête un chariot si vous me promettez de le rapporter. »

Patsy sourit.

« Vous êtes pas obligée de faire ça. Vraiment… »

Sans écouter ses faibles protestations, Claudette fait le tour du comptoir en tirant un grand diable rouge.

« On en a plusieurs autres au fond, c'est pas du tout un problème. »

Elle se montre aussi gentille et attentionnée que si toutes deux se trouvaient seules dans le magasin.

« Merci.

— Pas de souci. »

Patsy se demande comment rappeler poliment à Claudette qu'elle attend toujours sa monnaie sans couper court à ce chaleureux échange.

« Ma parole, je perds la tête, dit la vendeuse en se frappant le front. J'ai oublié de vous rendre la différence. »

Elle rouvre le tiroir de sa caisse enregistreuse.

« Pas de problème », dit Patsy.

Apercevant le bout de la langue de Claudette au moment où elle se lèche le pouce pour compter les billets, elle détourne les yeux, presque gênée, et lâche un rire nerveux. Il est difficile de savoir comment se comporter envers une personne aussi gentille et patiente.

« Vos clients vont me tuer », plaisante-t-elle pour dissimuler son embarras.

Patsy entend l'air siffler entre les dents serrées des Jamaïcains renfrognés qui font la queue derrière elle.

« Ça va durer encore longtemps ? »

Ils tchipent de plus en plus bruyamment.

« Woh ! On a pas que ça à faire ! C'est quoi, le problème ? »

Les mains de Patsy et Claudette se touchent brièvement quand celle-ci lui rend la monnaie. Patsy fourre maladroitement les billets dans son sac à main sans prendre la peine de les recompter. Depuis quand n'est-elle plus obsédée par les chiffres ? Claudette pose le baril vide sur le diable, puis Patsy le pousse vers la sortie en se faufilant entre les clients agacés qui la foudroient du regard, les bras croisés sur la poitrine.

« Bon retour et à bientôt ! » lui crie Claudette.

Et Patsy trouve que ces mots sont délicieux à entendre.

37

Ce soir-là, l'arrivée triomphale de Roy allège l'atmosphère dans la maison, telle la lumière qui se rallume après une longue coupure de courant. Il salue tout le monde d'une voix forte et énergique, chose qui ne lui est pas arrivée depuis longtemps.

« Bonsoir, bonsoir ! »

Surprise par son ton joyeux, Marva le regarde avec méfiance.

« Mais où t'étais passé ? C'est moi qui m'occupe de tes marmailles pendant que tu te balades dans les rues !

— Oh, laisse-moi don respirer. Je viens tout juste d'arriver. Mais si tu tiens tant à le savoir, je vais te dire où j'étais. »

Tru, qui a appris à ne pas se mêler des histoires de Roy et Marva, reste dans sa chambre à écouter de la musique. Mais le ton de la discussion est légèrement différent ce soir. Du rire plein la voix, son père déclare :

« J'ai quelque chose de joli pou toi et les jumeaux. »

Tru entend Marva pousser un petit cri.

« Doux Jésus, Roy ! Mais avec quoi t'as payé tout ça ? »

Perplexe, Tru finit par s'approcher de la porte de sa chambre et tente de voir ce qui se passe à travers le rideau de perles séparant le salon du couloir. Son père, resplendissant dans son uniforme décoré de sergent et coiffé de son képi noir – un homme à l'opposé de celui qui s'affaissait sur la table, un verre d'alcool à la main, une semaine plus tôt –, tient un large couffin qui porte encore l'étiquette voyante du magasin Courts. À ses pieds sont posés deux grands sacs de la marque Little Lees.

« Vas-y, regarde ! » dit-il à Marva.

Aussi excitée qu'une enfant un matin de Noël, celle-ci plonge la main dans un des sacs, en sort un objet qu'elle lâche aussitôt et plaque les mains sur la bouche.

« Qu'est-ce qui t'arrive ?, demande le père de Tru, tout sourire.

— Roy…

— Et c'est qu'un début. Je voulais juste te donner un aperçu de la vie que je pourrai t'offrir quand je serai inspecteur !

— C'est vrai ? T'as enfin eu ta promotion ?

— Pas encore, mais c'est plus qu'une question de jours. Grâce à l'opération Kingfish, les choses vont enfin changer.

— L'opération quoi ?

— Le commissaire vient de nous en parler. Ce sera la plus grande brigade anticriminelle jamais créée.

— Tu travailleras don plus aux stupéfiants ?

— Tu m'écoutes ou pas ? Kingfish sera la plus grande brigade anticriminelle de tout le pays ! Même le FBI et la CIA nous donneront un coup de main. Ça va être énorme. Ces criminels vont enfin arrêter de se croire plus malins que nous. Tu m'entends ? Y se mettront tous à trembler devant l'inspecteur Beckford. »

Roy jubile en prononçant ces mots.

« J'ai bien l'intention de te traiter comme une reine à partir de maintenant. Ouvre don ces cadeaux. »

Cependant, Marva hésite, soudain timide.

« Bon, d'accord. Je vais le faire », dit Roy, avant de sortir les articles les uns après les autres des deux sacs.

Vêtements de bébé, jouets, couches Pampers… Il a fait une véritable razzia dans le magasin. Marva retient brusquement son souffle à la vue de chaque nouveau cadeau.

« Mon Dyé ! Mais qu'est-ce qui tourne pas rond chez cet homme ? » s'écrie-t-elle d'un ton joyeux et plein d'affection.

Roy lui lance un clin d'œil.

« Puisque tu vas avoir des jumeaux, faut bien qu'on se prépare, non ? Tu dis toujours que je fais rien pou toi. »

Lorsqu'il la prend dans ses bras, Marva ne lui résiste pas comme elle le fait d'habitude. Roy la chatouille et la pince pour la taquiner. Le regard voilé, Marva se frotte le ventre d'un air repu. La satisfaction adoucit ses traits. Le couple cesse de se peloter en voyant Tru s'approcher.

Son père esquisse un sourire gêné.

« Quoi de neuf, championne ? Viens, j'ai aussi quelque chose pou toi. »

Il soulève un des sacs et le lui tend.

Tru le prend, regarde à l'intérieur et en sort un maillot orné des drapeaux de tous les pays participant à la Coupe du monde. Au fond du sac se trouve une boîte à chaussures. Tru l'ouvre et découvre une paire de Puma à pointes flambant neuve. À son tour, elle pousse un petit cri et plaque une main sur la bouche.

« T'as que des cadeaux pou elle ? On dirait que c'est ton seul enfant. On a un fils, je te rappelle, qui reçoit jamais un sou de ta part. »

Marva désigne Kenny qui se tient juste quelques pas derrière Tru. Celle-ci repose son sac sur le sol.

« Pourquoi faut toujours que tu gâches tout ?, s'écrie Roy, les sourcils froncés. C'était l'anniversaire de la petite la semaine dernière.

— La petite ?, glousse Marva. Moi, tout ce que je vois, c'est un garçon, un jeune boug, un…

— Marva ! »

Roy lève sa main scarifiée, ce qui fait taire sa femme.

« Tiens, dit Tru à son père, les yeux baissés. Reprends-les. Elle a raison. Je… J'en ai pas besoin. »

En vérité, elle avait repéré ces chaussures dans une vitrine du centre commercial. Elle économisait même pour se les acheter.

« Prends-les, c'est un cadeau, dit son père en lui lançant un clin d'œil. Tu croyais que j'avais oublié ton anniversaire, pas vrai ? »

Tru ne répond pas. Elle sait que cela lui était sorti de la tête et qu'il tente de se racheter. Mais elle est trop embarrassée pour le lui faire remarquer quand elle croise son regard désolé. Marva tchipe bruyamment.

« Et notre fils alors ? Il est où, son cadeau ? C'était le mois dernier, son anniversaire.

— Oh, Jézikri ! »

Roy cherche au fond de sa poche, en sort quelques billets froissés et les lance vers Kenny comme des pierres.

« Tiens, prends ça ! Prends tout ! Y a là cinq cents dollars. Va don t'acheter des tripes avec. »

Roy se tourne vers Martha.

« Voilà, t'es contente, maintenant ? »

Resté dans l'ombre, Kenny ne fait pas un geste pour ramasser les billets. Tru déglutit nerveusement, incapable de le regarder.

« Mais où tu as trouvé tout cet argent, Roy ?, demande Marva.

— T'en fais pas pou ça.

— Dis-moi la vérité. On a jamais vu un sergent gagner autant.

— Eh bien, puisque tu tiens tant à le savoir, j'ai fait un joli coup aujourd'hui.

— Au jeu ? Combien de fois faudra que je te dise de pas jouer de l'argent avec ces escrocs de Johnny et Raymond ?

— Calme-toi, Marva. J'ai aucune dette envers eux. C'était mon jour de chance aujourd'hui.

— Les jeux d'argent, ça finit toujours mal.

— J'ai pas joué aux cartes, Marva.

— T'as parié sur des chevaux alors ? Mais c'est exactement pareil ! Tu vaux pas mieux que ces jeunes des ghettos que tu critiques tout le temps pasqu'y parient sur des combats de coqs en pensant que ça réglera leurs problèmes. »

Roy tchipe.

« Est-ce que je vous ai déjà laissés mourir de faim ?

— C'est pas le problème, Roy.

— Si l'origine de cet argent t'inquiète autant, alors rends-moi tous ces cadeaux. Ce que j'essaie de te dire, c'est que ces sous m'appartiennent pasque je les ai gagnés.

— Combien tu as parié ? »

Au lieu de répondre, il retire son képi et passe une main sur son crâne rasé.

« Roy ?

— Quelques centaines de dollars américains.

— Oh, mon Dyé !

— Quoi ? J'ai gagné, non ? »

Roy se tourne vers Tru.

« Qu'est-ce qui lui prend ? Je lui donne toujours tout ce que je gagne. Le reste passe dans les factures. Qui c'est qui les paye, hein ? »

Marva pose les mains sur sa tête.

« Peu importe que t'aies gagné ce soir, grommelle-t-elle. Tu comprends pas ! Et si jamais tu avais perdu ? T'as failli gaspiller une fortune !

— Tu m'as déjà vu perdre ? Non, mais tu t'entends un peu ? Faut savoir prendre des risques dans la vie. Tu parles comme ces personnes défaitistes qui sont incapables de se réjouir quand il arrive quelque chose de bien. Quoi que je fasse, c'est toujours un drame pou toi.

— Mais c'est un drame, Roy. Si t'arrêtes pas maintenant, tu vas dilapider nos économies, et on aura plus de quoi payer les factures, la scolarité des marmailles et tout le reste… »

Marva secoue la tête, une lueur de méchanceté dans son regard.

« Franchement, quel genre de boug passe ses soirées à parier et à ramasser des sous qui lui appartiennent pas ? Tu devrais avoir honte de te remplir les poches comme un foutu gigolo ! »

Roy recule. Une ombre tombe sur son visage et fige ses traits en un rictus cruel. Elle disparaît tout aussi vite, mais en laissant quelques traces dans ses pupilles sombres.

« J'en ai marre des disputes. Ce qui est fait est fait. Soit tu acceptes ces cadeaux, soit je les rapporte au magasin.

— Rapporte-les. Tous. »

En silence, Roy repose son képi sur sa tête et ramasse les sacs.

« Très bien. »

Tru dévisage Marva et son père tour à tour.

« Je vais offrir tous ces cadeaux à quelqu'un qui les mérite.

— C'est-à-dire ?, demande Marva d'un ton hésitant.

— Tu vois très bien de qui je veux parler. »

Marva s'approche de lui et lève gracieusement son visage vers le sien comme si elle s'apprêtait à l'embrasser. Tru n'a aucun mal à les imaginer dans l'intimité de leur chambre, les mains rêches de Roy caressant son corps, son visage pressé contre ses seins, les gémissements de Marva accompagnant les soubresauts qui agitent sa tête. Celle-ci tend la main vers son visage puis, de sa paume tremblante, lui flanque une gifle qui claque comme un feu d'artifice dans la pièce mal éclairée. Chaque coup de ses poings sur sa poitrine exprime une émotion violente. Marva semble le supplier de réagir comme si cela pouvait calmer la rage qui l'habite. L'ombre d'un remords passe sur le visage de Roy qui l'attire finalement contre lui et l'étreint. Mais Marva le repousse.

« T'as beau parader dans cet uniforme, je sais bien que t'es un salaud ! Un chien ! Comment t'as pu me refaire une chose pareille ? Comment t'as pu en mettre une autre enceinte en même temps que moi ? T'es qu'un monstre ! »

Roy lui tourne le dos puis récupère ses sacs sur le sol. Tru serre ses cadeaux contre elle, de peur qu'il les lui reprenne aussi. Un liquide froid coule dans ses veines tandis qu'elle regarde son père vider le salon de sa lumière. Sans bruit, Kenny se dirige vers sa mère. Son long corps maigre est presque invisible à côté du sien, lourd et haletant.

« C'est ça, va-t'en ! » crie Marva au dos de Roy.

On entend bientôt vrombir le moteur de la voiture.

« Je m'en fiche complètement de cette fanm. Elle peut bien vous garder, toi et toutes vos marmailles affamées, pasque pou moi, c'est terminé !

— C'est bon, manman, arrête », dit Kenny en la tenant dans ses bras, le visage sombre.

Quelque chose de féroce modifie peu à peu son attitude. Kenny fait brusquement beaucoup plus que son âge. Ce n'est plus un petit garçon soumis à la rage de sa mère et au dédain de son père, mais un homme qui soutient Marva.

« Oh, mon Dyé… Comment ? Comment un boug peut-il se montrer aussi insensible ?

— Il ne pensait pas ce qu'il disait », dit doucement Kenny.

Marva se contente de secouer la tête. Puis elle baisse les yeux vers le sol comme si un liquide infect se répandait entre ses pieds sur les carreaux. Elle paraît si vulnérable dans sa robe à fleurs. Ses yeux sans vie balayent la pièce.

« Ce qui fait vivre un homme finit toujours par le tuer. Vous pouvez me croire. »

Kenny l'emmène dans sa chambre où elle continue à murmurer toute seule. Lorsque la porte se referme, des gémissements étouffés se font entendre. Troublée par le silence, Tru balaye le salon du regard. Elle n'a pas bougé depuis la dispute entre son père et Marva. Elle caresse ses chaussures de sport – leurs semelles en caoutchouc, leurs pointes robustes, leurs lacets verts asymétriques –, consciente qu'elles ne lui apporteront jamais le réconfort dont elle a besoin.

38

Le grand baril se dresse maintenant dans un coin de sa chambre, tel un poste de contrôle, une bitte d'amarrage. Sa présence rappelle à Patsy qu'elle a pris, de fait, la décision d'en acheter un. Elle n'entre dans la pièce ni n'en sort jamais sans un regard pour lui. Même quand elle se tient debout, il lui semble toujours qu'il la domine par sa hauteur.

Patsy n'ayant toujours rien à mettre dedans, elle continue à aller et venir entre sa chambre et son travail en essayant d'oublier les visages de la mendiante et de Barrington avant qu'il ne saute sur les rails, ainsi que la masse sombre qui patiente juste au-dessus de son épaule gauche, impassible.

La semaine suivante, Patsy finit par trouver le temps de rapporter le diable à Claudette. Il ne faudrait surtout pas la laisser penser qu'elle le lui a volé. Comme d'habitude, le magasin est bondé. Arrivée juste avant la fermeture, Patsy est la dernière de la file.

« Enfin ! » s'écrie Claudette au moment où elle atteint le comptoir.

Avec un sourire accueillant, la vendeuse la regarde pousser le chariot vers elle.

« Vous avez fait la queue pendant trois quarts d'heure juste pou ça ? »

Patsy rit.

« En effet. »

Elle aimerait dire à Claudette que cette visite est surtout le moyen de rompre la monotonie de sa solitude. Et que sa voix l'apaise autant qu'une cuillerée de mélasse. Depuis le jour où Barrington a posé ses yeux tendres et indulgents sur elle, Patsy n'a plus jamais eu l'impression qu'on la voyait. Qu'on la regardait autrement que comme une employée de maison, une nounou.

« Enfin, ça me pose pas de problème… dit Claudette. J'ai jamais rien contre un peu de compagnie. Le temps passe plus vite ainsi. »

Patsy hoche la tête en silence.

« Est-ce que je peux faire autre chose pou vous ? »

L'ancienne Patsy – celle qui aurait aussitôt pivoté sur les talons de peur d'être engloutie dans un abîme sans fond – a dû rester à la maison. Car celle-ci décide de suivre son instinct et de rester. « *Je crois pas qu'on puisse parler de destin quand on a encore le contrôle de sa vie.* »

« Ça vous dirait de sortir après votre travail ? On pourrait aller manger un morceau ou prendre un verre ? »

Claudette sourit.

« Avec plaisir. Mais faut d'abord que je ferme la boutique, si vous voyez pas d'inconvénient à attendre. »

Patsy retient un soupir de soulagement.

« Pas de problème. »

Une fois que Claudette est prête, toutes deux quittent la boutique et longent plusieurs pâtés de maisons en direction d'Avenue K et d'East Flatbush jusqu'à un restaurant nommé Sammuel's Den. Claudette qui ne jure que par sa cuisine explique à Patsy que l'établissement appartient à un de ses cousins. Cet endroit ressemble littéralement à la tanière d'un animal avec toutes ses peintures de lions assis ou couchés sur les murs. Un portrait souriant du président Barack Obama est accroché au mur près de la porte, tandis qu'un drapeau rastafari jaune, vert et rouge est suspendu à côté du pupitre de l'hôtesse. Il n'y a personne dans le restaurant, à part deux cuisiniers tout en blanc qui boivent un verre d'eau à l'une des tables du fond. Patsy et Claudette traversent la salle et s'asseyent. Un jeune rasta à la barbe fournie et aux dreadlocks soigneusement roulées en chignon sort de la cuisine pour les saluer. Il ressemble comme un frère à Claudette, mais il s'agit de son jeune cousin, Sammuel.

« Je le connais depuis qu'il est haut comme ça », dit-elle en approchant la main du sol.

Patsy a du mal à imaginer cet homme, qui mesure plus d'un mètre quatre-vingts et a la carrure d'un footballeur américain, marchant à quatre pattes.

« Je vais m'assurer qu'on s'occupe bien de vous, dit Sammuel en souriant avant de repartir vers la cuisine.

— C'est un footballeur ?, demande Patsy à Claudette.

— Oui ! Il était secondeur à Hofstra avant de se blesser. Tu aimes le football ?

— Seulement le jamaïcain.

— Ça alors ! Tu faisais don partie du fan-club des Reggae Boyz au pays ?

— Pas vraiment, mais ma… »

Patsy ne parvient pas à terminer sa phrase.

À son grand soulagement, un serveur s'approche de la table, remplit leurs verres d'eau puis leur distribue des menus. Il prend le temps de leur décrire le plat du jour, un ragoût végétarien dans lequel la queue de bœuf est remplacée par un substitut de viande. Patsy se demande pourquoi les végétariens ont besoin de manger de la fausse viande pour se sentir bien. N'est-ce pas paradoxal ? Elle commande tout de même le ragoût de fausse queue de bœuf, car c'est le seul plat à peu près normal de tout le menu. *Impossible de manger une bonne assiette de vrai ragoût dans ce pays*, songe-t-elle amèrement. Claudette commande quant à elle la spécialité vegan de Sammuel, un sauté de nouilles d'edamame aux asperges et aux brocolis rôtis saupoudrés d'amandes torréfiées. Le plat contient également une sorte de légume feuille dont Patsy n'a jamais entendu parler, mais elle ne prend pas la peine de se renseigner.

« J'avais raison à ton sujet, dit-elle avec un sourire, une fois que le serveur est parti.

— Ah oui ?

— Tu es bel et bien végétarienne. »

Claudette éclate de rire.

« Je ne parlerai qu'en présence de mon avocat !

— Hmm.

— Y m'arrive de tricher.

— Vraiment ?

— Chut… Ne le dis à personne. »

Patsy rit.

« T'en fais pas. Ton secret sera bien gardé. »

La conversation dévie naturellement sur la Jamaïque, le mal du pays, leurs employeurs et l'obligation d'envoyer des colis à leurs familles. Patsy apprend ainsi que Claudette n'a pas d'enfant, mais qu'elle aide sa sœur à élever les siens, un garçon et une fille.

« On est une famille soudée, dit-elle en passant un doigt sur le bord de son verre d'eau. Ces deux petits m'aiment beaucoup. Je leur rends visite dans le New Jersey à chaque fois que c'est possible. J'espérais les voir à Thanksgiving la semaine prochaine, mais y seront dans la famille de mon beau-frère, à Atlanta. J'essaie de convaincre ma sœur de venir s'installer à Brooklyn, mais elle préfère le New Jersey. Les écoles publiques y sont meilleures.

— Quel âge ont ses enfants ?

— Mon neveu a onze ans, ma nièce neuf.

— Super.

— Et toi ? Tu as des marmailles ? »

Patsy tapote les coins de sa bouche avec une serviette en papier. Un silence s'installe tandis que Claudette la regarde. Deux hommes vêtus d'épais manteaux noirs entrent dans le restaurant et attendent qu'on les conduise à une table. Patsy fait tourner l'eau dans son verre.

« J'ai une fi, répond-elle finalement.

— De quel âge ?

— Seize ans.

— C'est à elle que tu envoies le baril ? »

Patsy hoche la tête.

« On expédie une moyenne de cent quarante fûts par jour. La plupart sont remplis de cadeaux pou des marmailles restées au pays.

— C'est énorme…

— Je te le fais pas dire !, rit Claudette. On peut pas dire que je chôme.

— Et tes clientes sont souvent des mères ?

— Oui.

— Hmm.

— Tu as commencé à remplir ton baril ?

— Si seulement je savais quoi mettre dedans…

— Comme je te l'ai dit, ça prend du temps. Seize ans, c'est pas un âge facile. C'est l'époque où les hormones te mettent sens dessus dessous. À mon avis, ta fi serait contente de recevoir du maquillage. Elle a pétèt un petit ami. Les adolescents sont marrants. Plus tu les couves, plus ils se rebellent. Ma pauvre manman savait plus quoi faire de nous quand ma sœur et moi avions cet âge-là. Cette fanm avait toutefois autant de force que deux hommes, alors elle a pas tardé à nous mater. »

Patsy n'était pas prête à voir une image de l'adolescence de Tru se graver aussi douloureusement dans son esprit : les débuts intimidants de cette phase inévitable – la porte de l'âge adulte s'ouvrant peu à peu devant elle ; les premiers pas furtifs mais assurés d'une idylle ; la fourberie silencieuse de la nuit ; le déracinement d'une chose latente et précieuse, d'un désir de croquer la vie à pleines dents. Patsy referme cette porte derrière elle puis tourne le verrou.

« Ta mère habite toujours en Jamaïque ?, demande-t-elle à Claudette.

— Non. Elle vit ici maintenant. Elle est chez ma sœur, dans le New Jersey.

— Elle loge aussi chez toi ?

— Non. Je vis seule », répond Claudette avec un haussement d'épaules.

Elle baisse les yeux vers la table.

« De nous deux, c'est ma sœur qui a touché le gros lot. Mariée, deux enfants. Son mari est américain. »

Claudette rit et Patsy l'imite dans l'espoir de soulager sa tristesse.

« Ma mère le traite comme si c'était l'aînée. Elle la respecte davantage pasque c'est une fanm mariée et qu'elle a des enfants. En plus, c'est elle qui l'a fait venir ici. Moi, je reste cette petite fi que ma mère rêve de caser. Et pourtant, j'ai quarante ans. »

À nouveau, Claudette laisse échapper un petit rire – Patsy devine que ce réflexe est une façade. Le regard de Claudette paraît soudain lointain. Mais sa bonne humeur revient avec une rapidité qui fait presque sursauter Patsy.

« Mais c'est que je tiens à ma tranquillité. Et puis je suis rarement chez moi. »

Claudette change de position sur sa chaise.

« Entre la maison de retraite et Little Jamaica, je passe mon temps dehors. Toi, par contre, tu m'as l'air plus casanière.

— Je croyais que tu me prenais pour une fêtarde ?, la taquine Patsy. C'est pas ce que tu as dit la première fois qu'on s'est rencontrées ?

— Je sens que t'es pas près de l'oublier. »

Claudette baisse les yeux vers la table et sourit. Le creusement de ses fossettes réveille le désir de Patsy.

« Tu fais partie de ces personnes que j'ai envie d'apprendre à connaître.

— C'est réciproque », répond Patsy.

Elle regrette immédiatement de devoir aller travailler le lendemain. Regina avait prévu d'aller finir d'écrire son livre dans une cabane au fond des bois, loin de tout réseau téléphonique, mais la grand-mère de Bébé ne pouvant pas venir, son voyage est tombé à l'eau.

« Merci d'avoir accepté de dîner avec moi, dit Patsy.

— Mais c'était un plaisir. »

Claudette ne la regarde toujours pas, comme si elle ne savait pas quoi ajouter.

« En général, je suis libre le samedi soir. Au cas où tu aurais envie de faire quelque chose… Tu peux même passer chez moi. Dyé sait combien j'aime la cuisine de Sammuel, et je viens pétèt d'une famille végétarienne, mais personne ne prépare la queue de bœuf aussi bien que moi. »

39

Elles se retrouvent au coin de la rue après les cours, non loin du portail du lycée. Tru a séché la dernière heure pour avoir le temps de se débarrasser de son uniforme et d'enfiler une tenue plus confortable – ses nouvelles chaussures Puma et son jogging Nike, noir, avec des bandes blanches le long des jambes. Par chance, les surveillantes n'ont rien remarqué. En réalité, Tru n'a pas vraiment peur de ces lycéennes – des filles comme Kimesha Gregory et Althea Phaliso, qui l'ignorent totalement bien qu'elles se connaissent depuis la maternelle. La dernière fois qu'elles l'ont surprise sans son uniforme, elles lui ont donné un blâme. Le jogging qu'elle portait appartenait à son père, mais il avait rétréci quand Marva l'avait passé au sèche-linge, un appareil que Roy a acheté chez Courts à Noël dernier. Marva a cessé de lui demander d'où venait tout son argent et qui il devait rembourser ; elle se contente à présent d'accepter ses cadeaux d'où qu'ils viennent.

« J'aime bien ta tenue, dit Saskia à Tru avec un sourire timide.

— Merci. »

Tru enfonce les mains dans ses poches.

Au début, toutes deux marchent en silence, comme si elles ne savaient pas quoi dire. Saskia plisse les yeux à cause du soleil de fin d'après-midi qui luit à travers les feuilles des palmiers. D'une main, elle tente de lisser les cheveux qui se sont échappés de son chignon et se dressent vers le ciel bleu, semblables aux fines pattes d'Anansi. Tru les regarde fixement, prise d'une étrange envie de tendre la main pour l'aider. Elle n'a encore jamais touché les cheveux d'une autre fille. L'esprit soudain agité, elle triture les bretelles de son sac à dos.

« Tu as vu ce que portait madame Rosedyl à la prière ce matin ? » demande-t-elle à Saskia, même si le look de leur directrice lui importe peu habituellement.

Cela fait aussitôt réagir Saskia qui pouffe de rire dans ses mains.

« C'était hideux ! On aurait dit Big Bird de Sesame Street dans cet ensemble jaune. »

Tru rit, soulagée d'avoir réussi à briser la glace. Elles continuent à discuter d'un ton décontracté de leurs professeurs, de leurs notes, des prochains examens blancs du CXC. Arrivées à Half-Way Tree, toutes deux se rendent compte qu'elles prennent le même bus. Saskia ne vit pas loin de chez Tru, à Sackston, le quartier où Marva lui fait faire ses uniformes. Lorsque le bus atteint son arrêt, Saskia propose à Tru de venir regarder l'émission musicale *106 & Park* chez elle. Bien qu'elle soit toujours entourée d'amies au lycée, elle semble se sentir seule. Pour la convaincre, Saskia l'informe que, grâce à une antenne satellite, sa télévision reçoit plus de cent chaînes américaines.

Quand elles arrivent dans son quartier, un groupe d'adolescents dégingandés en uniforme beige la siffle.

« Psssst. Hé, Wilhampton ! Arrête-toi, qu'on parle un peu. »

Mais Saskia les ignore. L'attitude de ces garçons rappelle à Tru celle de ses amis et elle, lorsqu'ils se promènent en bande dans les rues. Ils rient et jurent bruyamment, rendus insouciants et téméraires par leur camaraderie. Jamais elle ne s'est sentie gênée par la grossièreté de ses copains ou leurs plaisanteries douteuses. Eux aussi s'amusent à siffler les jolies filles et éclatent de rire lorsque celles-ci leur répondent par un doigt d'honneur ou les ignorent totalement, une réaction qui, malgré elle, la touche. Cependant, ces garçons-là n'ont rien à voir avec Marlon le boiteux et Ricky l'albinos. Supportant mal d'être ignorés, ils décident de s'en prendre à Tru.

« C'est qui ça, ton mec ?, lancent-ils à Saskia. J'aimerais bien voir comment il te satisfait avec sa fausse queue. »

Tru sent son visage se réchauffer.

« Je parie que t'en as une grosse, lui dit l'un d'eux. Tu la transportes dans ta besace ?

— Pétèt qu'elle se balade avec, attachée autour de ses hanches, crie un autre.

— Je crois pas. Comment elle pourrait pisser avec une fausse queue ou avoir les mêmes sensations qu'avec une chatte ?

— C'est comme ça qu'elles font dans les films porno. »

Faisant de leur mieux pour ignorer leurs railleries, Tru et Saskia se dépêchent de les dépasser. Mais cela n'encourage les garçons qu'à parler plus fort.

« Y a un truc que je comprends pas avec les lesbiennes... Comment ça se fait qu'elles sont pas satisfaites de ce qu'elles ont. Elles ont la même chatte que les autres.

— Pétèt que la leur est différente.

— Comment ça ?

— Grosse et moche.

— Nan. Elles ont sûrement un trou minuscule puisqu'elles ont jamais été pénétrées.

— À mon avis, Wilhampton, elle a un petit trou bien serré qui demande que ça, s'esclaffe le plus bruyant, avant de faire claquer ses lèvres. Viens là que je te sauve, Wilhampton ! »

Saskia se retourne pour l'insulter, mais Tru la retient.

« Ignore-les. Si tu réagis, y seront encore plus contents. »

Toutes deux s'éloignent, le dos dressé contre les cris des garçons.

Quand elles arrivent chez Saskia – une petite maison jaune vif coiffée d'un toit à bardeaux, dont la grande varangue aérée est fermée par des grilles blanches –, celle-ci présente Tru à sa grand-mère qui la regarde de la tête aux pieds sans un mot. Saskia, qui ne semble pas se soucier de son attitude, emmène Tru dans sa chambre.

« On y sera plus tranquilles. »

Saskia paraît vivre sans la moindre règle. Relégué dans un coin de sa chambre, le baril que sa mère lui a envoyé d'Angleterre n'a pas plus d'importance pour elle qu'un parent éloigné. Marva n'autorise jamais Tru et Kenny à inviter des amis chez eux ; et à l'époque où Jermaine et Daval habitaient avec elle, ils n'en avaient pas le droit non plus. C'est une femme extrêmement méfiante. « *Les amis vous espionnent et racontent des histoires partout.* » Même les clientes qu'elle reçoit sont obligées de rester à l'arrière de la maison, près de la cuisine où elle les coiffe. La grand-mère de Saskia entreprend de faire le ménage à proximité de la chambre, tandis que les filles regardent la télévision. Elle fredonne sans arrêt le même air. Tru la surprend plusieurs fois en train de la regarder par-dessus ses lunettes. Ses yeux accusateurs, aiguisés par le dégoût, expriment une certaine méfiance.

« Tu es sûre que je suis la bienvenue chez vous ?, demande-t-elle à Saskia.

— Ne fais pas attention à elle, chuchote celle-ci en allant fermer la porte. Elle est inoffensive. Au fait, désolée pour tout à l'heure. Je n'avais encore jamais croisé ces garçons.

— Pourquoi tu t'excuses ? J'ai l'habitude.

— C'est pour ça que je t'aime bien. Tu es si courageuse.

— Courageuse ? »

Saskia hausse les épaules.

« Ta façon de t'habiller, de te comporter. Tu n'as jamais peur ?

— Pourquoi j'aurais peur d'être moi-même ? Non, vraiment, j'appellerais pas ça du courage.

— Tu dirais que c'est quoi alors ?

— Ma façon d'exister.

— Tu crois que tu peux exister ici ? »

À son tour, Tru hausse les épaules.

« C'est ce que j'ai fait jusqu'à maintenant. Alors… »

Saskia la dévisage, les bras croisés sur la poitrine.

« J'ai vraiment hâte de quitter cet endroit, dit-elle au bout d'un moment. Je vais rejoindre ma mère à Brixton l'année prochaine, après mon diplôme.

— Tu lui parles souvent ?

— Tous les jours. »

Tru imagine Saskia et sa mère échangeant des anecdotes sur leurs journées, comme deux amies, et les envie. Mais ce sentiment disparaît lorsque Saskia allume la télévision. Elles regardent clip après clip en zappant entre BET et MTV. Au moment où commence la nouvelle chanson de Beyoncé, *Single Ladies*, Saskia monte le volume. Puis elle se lève, se met à chanter et secoue les hanches. Tru la regarde avec ravissement, séduite par ses mouvements.

« Où t'as appris à danser comme ça ?

— Je regarde beaucoup de clips. Comme je suis fille unique, il faut bien que j'arrive à me distraire. Viens, je vais te montrer. »

Saskia attrape Tru par les mains. Celle-ci se balance d'un pied sur l'autre dans la vaste chambre tout en regardant Saskia faire des moulinets avec la main, l'autre posée sur la hanche, à la manière de Beyoncé. Puis elle s'arrête pour faire tourbillonner Tru, comme si elles étaient sur une piste de danse. Mais Tru se prend le pied dans la chaise du bureau et entraîne Saskia dans sa chute en s'accrochant à elle pour ne pas tomber. Les filles s'effondrent sur la moquette et éclatent de rire. Le silence qui s'installe dans la chambre n'a à présent rien de gênant, même si Tru est très consciente de la soudaine proximité de leurs corps. Saskia joue avec une mèche de ses cheveux qui a glissé de son chignon. Cette fois, Tru tend audacieusement la main pour la glisser derrière son oreille. Toutes deux échangent un regard. Tru sent se réveiller la chose qui s'est libérée au fond d'elle à l'instant où Saskia a écrit son numéro sur sa paume. Tel un spasme, elle agite son ventre – et cette sensation est si puissante que Tru s'écarte un peu et s'efforce de regarder ailleurs, de peur de faire un geste stupide. Elle aperçoit un sweatshirt *Hello Kitty* suspendu à la porte de la garde-robe.

« C'est ce que tu comptes enfiler pour la journée du sweat demain ? » demande-t-elle du ton le plus désinvolte possible.

Saskia lève les yeux au ciel.

« Mes copines veulent que tout le lycée nous voient avec le même.

— Et ça te plaît ?

— Quoi ?

— De faire tout ce qu'elles te disent ?

— Non. Mais ce sont les seules amies que j'ai au lycée, alors… »

Saskia baisse les yeux vers l'épaisse moquette beige. Tru fait de même.

« On pourrait se voir plus souvent après les cours », s'entend-elle dire.

Saskia redresse la tête.

« D'accord. Ce serait super. »

Son souffle chaud caresse le visage de Tru. Brusquement, la voix réprobatrice de sa grand-mère passe à travers la porte.

« Il est dix-huit heures. Vous avez terminé ce que vous aviez à faire, les fi ? Qu'est-ce que vous fabriquez là-dedans ? »

Saskia pousse un grognement.

« On peut discuter encore un peu, grand-mère ?

— Il est tard. Dis au revoir à ton amie. »

Lorsque Saskia la raccompagne jusqu'à la varangue, Tru adresse un de ses sourires radieux à la vieille dame perspicace.

« Rentre bien, jeune fi », lui dit celle-ci en appuyant sur le dernier mot.

40

Patsy pense toute la semaine à Claudette. Quand arrive enfin le samedi, elle sonne à l'interphone de son immeuble et attend que la porte s'ouvre. Claudette habite dans un studio d'Ocean Avenue, au quatrième sans ascenseur. Dans le hall d'entrée, Patsy enlève son manteau. Aujourd'hui, elle porte une jupe en daim bordeaux, des leggings et un chemisier noir décolleté, une tenue achetée à Goodwill qu'elle réserve pour les grandes occasions.

« Tu es magnifique », dit Claudette en lui ouvrant la porte.

Une odeur d'épices s'échappe dans le couloir. Patsy reconnaît celles de son enfance.

« Merci, répond-elle avec un sourire en rougissant. Ça sent bon chez toi.

— Mets-toi à l'aise, dit Claudette avant de trotter vers la cuisinière. J'ai décidé de te préparer un repas de Thanksgiving à la jamaïcaine, même si la fête est passée. Tu as fait quelque chose de spécial mardi ? »

Patsy balaye le studio du regard et hausse les épaules.

« J'ai commandé des plats chinois, regardé le défilé à la télé et dormi. »

Claudette s'esclaffe.

« Pareil, sauf que j'ai commandé une pizza. »

Patsy et elle rient en chœur. Puis un silence gêné s'installe.

« Tiens, donne-moi ton manteau », finit par dire Claudette

Dans le studio bien rangé, un rideau de perles sépare l'espace salle à manger de la chambre. Patsy se retient de jeter un coup d'œil au lit posé sur un sommier à ressorts à même le sol et décoré de coussins colorés. Elle est très intriguée par le fait que Claudette ait un studio à elle.

« Le bail est au nom de mon cousin. C'est à lui que je paye le loyer », explique celle-ci en suspendant son manteau.

Derrière l'odeur d'épices, Patsy flaire un parfum semblable à celui des huiles que sa voisine médium originaire du Belize fait brûler chez elle. Elle tente de s'asseoir sur l'énorme pouf posé devant la petite télévision à côté de l'étagère de livres, mais craignant de tomber à la renverse, elle se relève puis se dirige vers la cuisine.

« Je peux t'aider ?

— J'ai presque fini. Assieds-toi, je t'en prie. »

Patsy balaye à nouveau le studio du regard et s'approche de la bibliothèque miniature presque entièrement remplie de livres de poche dont la couverture montre un homme torse nu enlaçant une femme. Patsy s'agenouille et lit leurs titres, mais n'en reconnaît aucun. Ces romans n'ont assurément rien à voir avec ceux que lit Regina. Celle-ci ne choisit que des œuvres susceptibles de l'inspirer – généralement des anthologies. De gros livres reliés signés par l'auteur et remplis de notes. Quand elle fait la queue à la pharmacie ou au supermarché avec Regina – celle-ci déteste faire les courses avec Bébé, car elle ne supporte pas les colères qu'il pique quand elle refuse de lui acheter ce qu'il veut –, Patsy la voit souvent plisser le nez à la vue des romans qui garnissent l'étagère de Claudette.

Entre deux histoires d'amour, elle repère toutefois le dos vert d'un recueil de poésie.

« Emily Dickinson !, s'écrie-t-elle. Tu lis ses poèmes ?

— Tu la connais ?

— J'ai découvert un de ses textes dans le métro il y a des années. Celui qui parle d'espoir.

— C'est une pensionnaire de la maison de retraite qui me l'a offert avant de mourir, l'année dernière », dit Claudette avant de goûter le contenu de la casserole.

Les pages du livre sont cornées, mais il est autrement en bon état. Patsy caresse la reliure du doigt.

« Prends-le », lui dit Claudette.

Pensant qu'elle plaisante, Patsy lève les yeux vers elle.

« Je t'en fais cadeau.

— Merci. »

Patsy serre le livre contre sa poitrine puis se dirige vers les portraits encadrés accrochés au mur. La plupart sont des photos d'enfants, une fille et un garçon, à différents âges. Patsy suppose qu'il s'agit de la nièce et du neveu de Claudette. Au centre du mur, c'est elle qui pose pour un portrait, vêtue d'un justaucorps mettant ses formes en valeur et enveloppée d'un boa rose et violet qui disparaît presque sous une cascade de dreadlocks rouge vif. Les yeux plissés, la tête renversée, Claudette rit, peut-être à cause d'une blague que lui raconte la personne qui la photographie, ou bien d'elle-même en raison de ce déguisement ridicule. Son visage foncé rayonne et sa bouche ouverte laisse apparaître des dents d'un blanc parfait. Sur quelques photos apparaît une Claudette plus jeune et beaucoup plus mince, sur une plage. Coiffée d'un carré lisse, elle sourit jusqu'aux oreilles. Les mots PALM STAR RESORT sont inscrits sur son maillot de bain noir.

« Tu as travaillé au Palm Star ?

— Oui. Y a très longtemps.

— J'ai entendu dire qu'y fallait avoir la peau plutôt claire pou y être embauchée. Comment t'as… »

Patsy s'interrompt, de peur de la vexer.

« C'est bon, dit Claudette. Je comprends que tu te poses la question. »

Elle hausse les épaules sans se tourner vers Patsy.

« Qu'est-ce que je peux dire ? J'ai eu de la chance. »

Patsy rit.

« En effet. »

Les mouvements de Claudette ralentissent.

« J'étais masseuse.

— C'était comment ?

— Je rencontrais plein de gens. Je venais de Westmoreland, la campagne autrement dit, où j'avais grandi dans une communauté soudée de rastafaris. Alors c'était comme un rêve de m'installer à Montego Bay et de vivre parmi tous ces touristes – des personnes de toute sorte. J'avais tellement de nouveaux contacts ! C'est le plus gros avantage quand on travaille dans un hôtel. »

Patsy regarde ses épaules bouger et prend conscience du spasme qui contracte les muscles de son entrejambe, puis de l'humidité qui imprègne sa petite culotte tandis qu'elle imagine Claudette penchée sur un corps, pétrissant consciencieusement sa chair.

« Les gens viennent chercher l'évasion en Jamaïque. Alors je faisais en sorte de leur faciliter les choses.

— Tu… T'étais au courant de cette affaire de prostitution ?

— Je suis partie un an avant que le scandale éclate.

— T'étais don au courant.

— Disons simplement qu'ils ont arrêté les mauvaises personnes. Ces fi étaient jeunes et pauvres. Elles avaient besoin de ce boulot. Et pourtant, ce sont elles qui se sont retrouvées en prison. Qu'est-ce qu'on leur reproche ? D'avoir essayé de survivre ? Quant aux vrais cerveaux de l'affaire, ils dorment toujours sur leurs deux oreilles. Je peux te le garantir. »

Claudette prend un flacon d'épices et saupoudre le ragoût.

« Les choses ont toujours marché comme ça dans ce pays, dit Patsy en se tournant à nouveau vers les photos. Les plus gros escrocs se taillent la part du lion. On racontait que la directrice générale était de mèche, mais qu'elle a fui le pays aussitôt sans laisser de trace. »

À peine a-t-elle terminé sa phrase que Patsy sursaute en entendant le flacon se briser sur le sol ; l'image de l'homme dressé devant Cicely et elle apparaît devant ses yeux et lui coupe les jambes. Partout, du sang et des éclats de verre. Claudette se précipite vers elle et pose une main sur son épaule.

« Est-ce que ça va ? »

Patsy ne s'était pas aperçue qu'elle était tombée à genoux et se bouchait les oreilles. Elle baisse les mains et reprend lentement ses esprits. Claudette lui sourit gentiment.

« Oui, répond-elle, presque à bout de souffle. Ça va maintenant. »

Claudette dresse les assiettes, remplit deux verres de vin et dit les grâces.

« C'est délicieux ! T'as jamais songé à ouvrir ton propre restaurant ?, lui demande Patsy entre deux bouchées de ragoût de queue de bœuf, que Claudette lui a servi accompagné de haricots blancs et de riz. T'as de quoi donner de sérieux complexes au chef du restaurant où je travaillais. Je t'assure que j'ai pas mangé de ragoût aussi bon depuis que j'ai quitté le pays. »

Claudette rit.

« Ravie que ça te plaise. Non, gérer un restaurant, c'est une vraie prise de tête. Mon rêve, c'est plutôt d'ouvrir un institut de massage ou mon propre service de livraison. J'économise en attendant de pouvoir déposer un acompte pou un petit local de Flatbush Avenue. Si je monte une agence, je sais que les clients de Sadiq me suivront.

— Tu es douée pou ça.

— Merci, dit Claudette en rougissant un peu.

— Tu sais ce qu'y te faudrait ?

— Non ?

— Un ordinateur. J'ai remarqué que tu notais tout dans un carnet. »

Claudette tchipe.

« C'est pasque Sadiq est de la vieille école. Mais crois-moi, quand le moment sera venu, je quitterai cet endroit. Et toi ?

— Quoi don ?

— Quels sont tes rêves ?

— Mes rêves ?

— Oui.

— Personne m'a jamais posé la question.

— Alors, je t'écoute.

— J'ai toujours voulu reprendre mes études et apprendre l'informatique. Pas ce qu'on nous enseigne aux cours gratuits à la bibliothèque, mais des trucs plus techniques… comme la programmation.

— Pourquoi tu ne le fais pas ? »

Patsy hausse les épaules.

« J'ai ni le temps ni l'argent.

— Il n'est pas trop tard. »

Patsy baisse sa fourchette.

« Pou certaines choses, si.

— Et ça t'embête de faire une croix dessus ?

— Oui.

— Dans ce cas, tu as la réponse à ma question. Écoute ton cœur. C'est le moins que tu puisses faire. Mais je sais que c'est facile à dire. »

Patsy hoche la tête. Puis elle vide son verre et demande à Claudette de la resservir.

41

« Mais qui est don cette mystérieuse personne ?, demande Fionna à Patsy au téléphone, tandis que celle-ci promène Bébé à Central Park. Ça fait une éternité que j'essaie de te joindre.

— T'exagères, Fionna. »

Un écouteur dans l'oreille, Patsy imagine son amie passant de chambre en chambre, où elle fait les lits, tapote les oreillers et vide les poubelles de l'hôtel. C'est agréable de pouvoir parler de Claudette à quelqu'un.

« Je t'ai appelée la semaine dernière et c'est toi qui as pas répondu. J'ai pensé que t'étais sortie dîner avec ton nouveau boug.

— Ah bon ? Jamais ça lui viendrait à l'esprit ! »

Patsy rit.

« Non, mais honnêtement. Avec qui tu passes tout ton temps ?

— Une personne que j'ai rencontrée en achetant un baril.

— Il a des papiers ?

— Non.

— Comment ça ? À quoi bon draguer un clandestin ? Et dans un magasin de barils en plus ? Tu sais que ta famille va te croire riche quand tu enverras ce truc. Tu ferais mieux de te dépêcher de trouver un boug qui t'obtiendra des papiers.

— Fionna, tu sais bien que ça m'intéresse pas.

— Tu diras pas la même chose quand l'immigration débarquera. Ces gens-là sont pires que les policiers de New York. Rappelle-toi ce qui est arrivé à Abner Louima.

— Qu'est-ce que l'immigration a à voir dans cette affaire ?

— À part finir avec une matraque dans le derrière, tu sais ce qu'y a de pire ? L'expulsion.

— Fionna, arrête avec ces bêtises.

— Non, toi, arrête. Ce boug-là doit être bien spécial pou que t'oublies qu'on est en Amérique et qu'ici, on s'en sort pas sans papiers.

— Eh bien…

— Je le savais ! »

Patsy arrête la poussette dans laquelle dort Bébé et lève les yeux vers les branches nues des arbres. Elle repense au défilé de la communauté homosexuelle qu'elle a croisé il y a des années dans le Village. Aucune de ces personnes à moitié nues qui marchaient d'un air provocant et sûr de soi, enveloppées dans des drapeaux arc-en-ciel, ne lui ressemblait.

« Y me plaît vraiment, dit-elle, rongée par la culpabilité.

— Tant mieux, si ça te rend heureuse.

— Tu dis ça pou me faire plaisir.

— Non, je le pense. T'es plus une enfant, après tout.

— Je te le fais pas dire.

— Patsy… Promets-moi juste une chose. Y faut que tu restes prudente. Pense à ce que je t'ai dit. Ma pause est terminée, je t'appelle plus tard. »

Le bruit d'un baiser claque à l'oreille de Patsy qui embrasse Fionna à son tour puis met fin à l'appel. Elle repense au regard de Claudette au moment où elle lui a demandé : « *Et ça t'embête de faire une croix dessus ?* » Ce n'est pas sa façon de le dire, ni critique ni méprisante, qui l'a troublée, mais la sensation qui lui est aussitôt revenue : celle qu'adolescente, elle a éprouvée le jour où elle a approché la main de la flamme d'une bougie afin de vérifier si elle était bien réelle, en vie ; si la brûlure qu'elle ressentait en elle était aussi intense que celle du feu sur sa peau.

Patsy pénètre dans le parc en poussant la poussette, surprise d'y trouver Judene. Il est 13 heures 15, ce n'est pas dans ses habitudes d'arriver aussi tôt. Au lieu de surveiller le bambin qu'elle garde, elle regarde au loin, au-delà des arbres et du flot de voitures qui s'écoule sur Central Park West et la 86e Rue.

« Y a un problème ?, lui demande Patsy en s'asseyant à côté d'elle.

— Delroy. »

Patsy attend que le bruit d'une sirène s'éloigne pour lui demander :

« Qu'est-ce qui s'est passé ? »

Judene se met à pleurer. Ses épaules tressautent, tandis que son dos se voûte sous le poids du malheur. Dans la poussette, Bébé se réveille. Patsy le détache et lui dit d'aller jouer. Puis elle pose la main sur l'épaule de Judene.

« Delroy est mort, répond celle-ci en reniflant.

— Quoi ? Mais comment ?

— Ils ont cambriolé son magasin et pris tout son argent. Y voulait pas payer les racketteurs. Je lui avais pourtant dit que s'il avait besoin de sous, il avait qu'à me demander. J'avais insisté qu'y devait pas essayer de régler ça tout seul, qu'y devait pas s'opposer à eux. Y m'a pas écoutée. Il était tellement têtu. Cet argent lui aurait sauvé la vie… »

Patsy attire Judene contre elle. Elle sait combien son amie aimait son frère jumeau. Judene envoie de l'argent à sa famille à chaque fois que c'est possible – c'est grâce à elle que son frère a pu ouvrir un magasin de vêtements dans le centre de Kingston. Dieu sait comment elle a réussi à économiser suffisamment pour l'aider à monter son affaire. Mais il ne faut pas oublier qu'elle est nourrice à domicile, elle n'a pas de loyer à payer. L'inconvénient, c'est que ses employeurs s'attendent à ce qu'elle soit disponible vingt-quatre heures sur vingt-quatre, sept jours sur sept. Elle n'a donc aucune indépendance ni vie personnelle.

« La police devrait attraper tous ces bandits et les pendre un à un ! Ils ont tué mon seul frère. Il était tout ce que j'avais… »

Judene sanglote sans bruit, incapable de hurler au milieu de ce parc rempli d'enfants. Beatrice entre à son tour et les aperçoit.

« Qu'est-ce qui se passe ? »

Judene s'essuie le visage.

« Raconte-lui ce qui s'est passé », l'encourage doucement Patsy.

Comme Judene hausse les épaules, elle entreprend de tout expliquer à Beatrice.

« Son frère est décédé. Ses racketteurs ont cambriolé son magasin en ville puis l'ont tué. Il leur devait de l'argent… »

Patsy ne parvient pas à aller plus loin. Elle sait la façon dont les hommes de main de Pope opèrent. Il y a forcément un lien. Il est possible que le chef de ces gangsters appartienne à une autre communauté, mais qu'est-ce que ça peut faire ? Ces hommes sont tous les mêmes.

« Oh, mon Dyé !, s'écrie Beatrice en posant les mains sur la tête. Mais comment c'est possible ? Pourquoi assassiner des gens innocents ? Je suis vraiment navrée de l'apprendre, chérie. »

Judene recommence à pleurer. Patsy lève les yeux vers le terrain de jeux et aperçoit le petit garçon qu'elle garde se promenant à quatre pattes. Il s'arrête, ramasse une poignée de terre et la met dans sa bouche.

« Non, non, non ! »

Patsy s'empresse d'aller le chercher puis l'installe dans sa poussette près de Judene, en espérant qu'aucune mère au foyer n'a vu ce qui s'était passé. Ce n'est pas le moment pour Judene de s'attirer des ennuis avec sa patronne.

« Pourquoi t'es venue travailler aujourd'hui ?, lui demande Beatrice, dès que l'enfant est attaché dans sa poussette et suce la tétine que Patsy a trouvée dans son sac à langer. Tu aurais dû prendre quelques jours pou te recueillir et planifier ton voyage pou l'enterrement.

— Je peux pas. J'ai droit à aucun congé. Et si je pars, je pourrai pas revenir.

— Mais c'est ton frère jumeau ! Y faut que tu y ailles.

— Comment ? J'ai pas de papiers. Mon visa est expiré depuis longtemps. Si je pars, je devrai rester en Jamaïque jusqu'à la fin de ma vie.

— Elle a raison, Beatrice, dit Patsy. Elle peut quand même pas tout abandonner comme ça.

— Même pas pou son propre frère ? J'y crois pas.

— Mais qu'est-ce que tu y connais, toi ? T'as un visa qui te permet d'aller et venir comme tu veux. Tu peux prendre tous les congés que tu as envie pou faire le tour du monde et voyager en France, en Italie quand ça te chante. Judene est loin d'avoir tous tes privilèges, alors de quel droit tu lui dis ce qu'elle devrait faire ? »

Patsy et Beatrice se dévisagent.

« Y faut vraiment être égoïste et cruelle pou dire des choses pareilles, finit par lâcher la vieille dame.

— Je suis pas cruelle, mais pragmatique.

— Bon, d'accord. Je suis pétèt mal placée pou donner des conseils, mais laisse-moi te poser une question, Patsy. Si ta mère mourait demain, tu veux dire que tu irais pas à son enterrement ?

— Ma mère est morte y a longtemps. Le jour où elle a offert sa vie à Jésus, elle a mis fin à la sienne.

— Et tes marmailles alors ? Une fanm comme toi en a forcément toute une ribambelle au pays.

— Qu'est-ce que ça veut dire au juste ?

— C'est pas ça que vous faites, vous autres ? Des tas d'enfants dont vous pouvez pas vous occuper ? »

Patsy garde le silence. Les mots qu'elle voudrait prononcer forment une boule dans son ventre, aussi inerte qu'un fœtus mort.

« Je t'interdis de raconter n'importe quoi sur ma vie, siffle-t-elle.

— Tu vois ? T'es incapable de répondre à ma question, dit Beatrice en rajustant son turban. C'est ça que je comprends pas avec vous autres.

— Nous autres ?

— Oui, vous autres ! Y a un tas de choses à faire au pays.

— Tu peux parler avec tes grands airs, dit Patsy qui fait de son mieux pour empêcher sa voix de trembler. On voit bien que t'as jamais galéré. On voit bien que t'as jamais croulé sous les responsabilités, sans savoir à qui demander de l'aide. Forcément, quand on vit en haut des collines et qu'on a assez d'argent pou envoyer sa fi dans une université comme Columbia ! Certains Blancs ont même pas les moyens d'y envoyer leurs marmailles…

— Michaela bénéficiait d'une bourse d'études.

— D'une bourse ? Cet argent venait pas plutôt de ton compte en banque ? »

Patsy rit amèrement.

« Te fatigue pas à répondre. On sait qu'on est pas du même monde, toi et moi. Maintenant, je vous suggère d'aller vous faire voir ailleurs, tes stupides problèmes de fanm riche et toi. Je suis sûre que la seule chose qui te préoccupe, c'est que ta fi épouse autre chose qu'un homme blanc. T'es vraiment la fanm la plus blanche que j'ai rencontrée en Amérique. »

Un tic agite la bouche de Beatrice. Son corps tremble de la tête aux pieds et ses yeux étincèlent. Shirley entre tranquillement dans le parc avec sa poussette. Ses lunettes de soleil lui donnent l'air d'une touriste.

« Salut tout le monde ! » lance-t-elle avec bonne humeur.

Puis elle s'arrête net en voyant le regard des trois femmes et son sourire disparaît.

« Qu'est-ce qui se passe ? »

Beatrice l'ignore. Elle n'en a pas terminé avec Patsy. Sa colère gronde et explose dans chaque mot.

« Tu veux savoir ce qui y a de pire que la mort de ton propre enfant, ou même de ta mère ?

— Quelqu'un a perdu sa mère ?, s'écrie Shirley en plaquant les mains sur ses joues rondes.

— Non, c'est le frère de Judene qui est décédé, répond Patsy.

— C'est pas vrai ! Delroy est mort ? »

Shirley abandonne sa poussette et se précipite vers Judene.

« Taisez-vous quand je parle !, crie Beatrice.

— J'en ai assez entendu, dit Patsy. C'est Judene qu'on doit soutenir maintenant. C'est elle qui a besoin de nous, pas toi.

— Tu connais rien à la souffrance. Rien ! Tu sais pas ce que ça fait quand ton seul enfant est homosexuel. Chaque jour, je prie pou qu'elle change. Et dire qu'elle raconte déjà à son fils que deux fanm peuvent se marier ! C'est même pas légal ! Vous savez comment le pauvre petit appelle Michaela et cette fanm blanche ? Y les appelle manman toutes les deux. Mon pauvre chéri. Y sait même pas que toutes les marmailles ont un père et une mère. Mais je vais pas continuer à regarder ces deux écervelées souiller son innocence sans rien faire. C'est pou ça que je suis venue. Pou apprendre à mon petit-fils à respecter la morale. Tu vois, aucune de vous sait ce que j'endure ! »

Judene a cessé de renifler, tandis que Shirley l'écoute bouche bée. Embarrassée, Patsy croise et décroise les jambes en se rappelant que Beatrice a un jour prononcé le mot

« partenaire » pour désigner le père de son petit-fils. Ce qui lui a paru étrange, car en Jamaïque, on emploie plutôt des termes comme fanm, boug, fi, copain… À présent, elle comprend mieux pourquoi Beatrice était aussi évasive.

« Si c'est tout ce que t'endures et si c'est ta seule raison d'être ici, alors c'est toi qui ferais mieux de rentrer au pays », dit Patsy.

Beatrice serre les dents. Le petit muscle situé sous sa lèvre tremblante semble tirer sur la peau déjà lâche de son menton. Elle se lève en silence, se dirige vers son petit-fils et le soulève de la balançoire à bascule sans un regard pour son copain – un garçon métis qui lui ressemble et dont la mère prétentieuse fait son possible pour garder ses distances avec les nourrices, craignant peut-être que les femmes blanches la prennent pour l'une d'elles.

Une fois que Beatrice a quitté le parc, Patsy se tourne vers Judene.

« Alors, qu'est-ce que tu vas faire ? »

Judene secoue la tête, tandis que ses deux amies lui caressent les épaules.

« Je vais envoyer de l'argent chez moi pou payer le cercueil et l'enterrement. Puisque je peux pas y aller. »

42

Après leur dîner au restaurant de Sammuel, Patsy et Claudette marchent en silence dans la rue. L'établissement fêtait son troisième anniversaire ce soir : une fête avait été organisée en l'honneur de ses plus fidèles clients – Patsy n'avait jamais vu autant de monde dans le restaurant les trois fois où elle y est allée. La soirée était animée par un DJ et un invité spécial, Floyd, un chanteur de reggae ami avec Sammuel. Patsy a même croisé Serge, le chef du restaurant où elle a travaillé quelque temps. « *Fossette !* » s'est-il écrié en la voyant. Patsy l'a reconnu à cause de son gros rire et de son enthousiasme excessif. Serge s'est même incliné pour lui baiser la main. Contente de le revoir, elle n'a pu se retenir de sourire malgré sa mélancolie. « *J'oublie jamais un joli visage*, a-t-il dit. *Je me suis toujours demandé ce que t'étais devenue !* » Serge a ensuite embrassé Claudette sur les deux joues ; tous deux se connaissent depuis l'époque où Serge était aide-cuisinier au Palm Star Resort. À présent, il est chef dans un restaurant de White Plains, un établissement dirigé par un gars bien de chez eux, s'est-il empressé de préciser. « *Appelle-moi si jamais t'as besoin de quoi que ce soit*, a-t-il dit à Patsy en lui glissant sa carte de visite. *Je suis prêt à faire tout ce que tu veux.* » Alors qu'il lui lançait un clin d'œil, Claudette l'a prise par la main et l'a entraînée un peu plus loin. « *À la prochaine, Serge !* »

Plus tard, au milieu des clients qui buvaient et dansaient, Claudette s'est mise à interpréter *I Will Always Love You* de Whitney Houston au karaoké sans cesser de sourire à Patsy. Embarrassée par son cinéma, celle-ci s'est détournée en sentant une tristesse indicible l'envahir.

Patsy, qui n'avait pas faim, a emporté les restes de son repas dans un sac. Mais son appétit pourrait mettre un certain temps à revenir. Les paroles de Beatrice la hantent depuis la veille. À nouveau, la masse sombre et menaçante l'enveloppe comme les bourrasques de vent froid. New York a perdu tout son lustre. Seul l'écho des sirènes rompt la solitude de la ville. Chaussées de leurs bottes, Patsy et Claudette pataugent dans la neige fondue. Patsy se tourne vers son amie pour lui dire qu'elle n'est pas obligée de la raccompagner et découvre que celle-ci la dévisage avec inquiétude, voire une certaine peine.

« Qu'est-ce qui se passe ?, lui demande Claudette. J'ai été trop directe ce soir ? »

Elle effleure le bras de Patsy, qui tressaille.

« Patsy, parle-moi.

— J'ai juste envie d'être tranquille. »

Le vent souffle plus fort et des flocons leur fouettent le visage. Claudette relève sa capuche à fourrure puis dévisage Patsy d'un air angoissé, les yeux écarquillés comme si elle essayait de déchiffrer quelque chose dans l'obscurité.

« Est-ce que je t'ai vexée ?

— Non.

— Tu n'as pas prononcé un mot depuis qu'on est parties du restaurant.

— J'ai pas aimé le cadre », ment Patsy.

Claudette l'écoute, les yeux plissés.

« Dans d'autres circonstances, j'aurais apprécié cette chanson… » murmure Patsy.

Claudette rit.

« C'est tout ? C'est don ça qui t'embête ? Tu croyais vraiment que je chantais ça pou toi ?

— C'était pas le cas ? »

Le rire grinçant de Claudette s'élève à nouveau et tétanise les épaules de Patsy qui, malgré le froid, sent son visage se réchauffer.

« Je crois qu'on va en rester là pou ce soir, dit-elle en lui lançant un regard dur.

— Et dire que je me vante d'être capable de deviner ce que pense une fanm, dit Claudette, une fois calmée. Mais j'avais encore jamais rencontré quelqu'un comme toi. Tu souffles le chaud et le froid. On dirait le Dr Jekyll et Mr Hyde.

— Tu me connais pas vraiment.

— Mais je crois que ça me suffit.

— Comment ça ? »

Claudette lui prend la main et la serre dans la sienne. Patsy sent une vague de chaleur envahir son corps.

« J'en sais suffisamment sur toi, dit Claudette d'un ton énergique qui laisse entendre que cette sentence est irrévocable. Si tu me laisses entrer dans ta vie, je serai là pou toi. »

Patsy détourne les yeux, étrangement effrayée par l'intensité de son regard.

« Je ferais mieux d'y aller.

— C'est trop facile, ça. T'en as pas marre de fuir ? »

Patsy tourne le dos à Claudette, mais celle-ci s'avance et l'attire vers elle. Son corps est chaud contre le sien. Patsy sent monter en elle une agitation douloureuse, la manifestation d'un désir longtemps refoulé qui transperce sa peau.

« Viens, allons nous mettre au chaud, dit Claudette. On a toute la nuit devant nous. »

Au lieu de faire demi-tour, Patsy regarde Claudette ouvrir la porte de son studio. Elle appuie ensuite sur un interrupteur et une lumière vive inonde la petite pièce dont l'air est imprégné d'une agréable odeur de bougies et d'encens. Patsy s'attarde dans l'entrée, de crainte de ne plus être capable de repartir une fois qu'elle aura passé la porte. Claudette enlève son blouson, le suspend à une patère et l'invite à s'asseoir.

« Je vais nous préparer du thé. Ça te dirait que j'y ajoute un peu de rhum ?

— Non, merci. »

Patsy se glisse dans la pièce puis retire sa veste. Lorsque l'eau bout, Claudette la verse sur deux sachets de thé Tetley dans des tasses en céramique faites main. Patsy en boit aussitôt une gorgée et sa chaleur se répand en elle. Toutes deux sirotent leurs thés dans un silence confortable.

« Tu sais, dit Claudette très doucement, comme si elle craignait de gâcher ce moment. J'ai deviné que tu étais une personne intéressante dès notre première rencontre. »

Ses longs doigts serrés autour de sa tasse, elle esquisse un sourire en coin.

« Tu es tellement secrète. Comment ça se fait ?

— C'est un problème ?

— Je ne te cache rien, moi. »

Patsy prend une profonde inspiration.

« Y a tellement de choses qui vont pas chez moi, j'ai peur de te dégoûter.

— Je t'écoute.

— J'ai pas contacté ma fi depuis que j'ai quitté la Jamaïque y a dix ans. »

Claudette garde le silence. Patsy se demande à quoi elle pense.

« Ma mère m'a toujours dit qu'un enfant, c'est un don de Dyé, poursuit-elle en baissant les yeux. Mais j'ai pas pu me résoudre à lui avouer que j'en ai jamais voulu. Qui m'a demandé mon avis ? Tout le monde se fiche de savoir quels sont mes rêves, à part toi. »

Patsy lève les yeux vers Claudette qui la regarde comme si elle lisait dans son âme.

« En fait, j'ai accepté le cadeau que me faisait Dyé pasque j'étais trop immature pou admettre que j'étais pas prête. Ou pou le refuser sans me justifier. »

Claudette change de position sur sa chaise. Peut-être la juge-t-elle finalement. Mais comment lui en vouloir ? Quel genre de femme abandonne son enfant et ose l'assumer ? Patsy pose le regard sur la tasse nichée au creux de ses mains. Claudette se lève, ouvre le tiroir de la coiffeuse et revient avec un petit portrait encadré.

Patsy découvre la photo en noir et blanc d'une fillette d'environ cinq ans, la tête couverte de courtes dreadlocks. Un grand rasta aux traits burinés et aux dreadlocks longues jusqu'à la taille la porte dans ses bras et regarde l'objectif sans sourire. Les mains noircies qui tiennent la petite fille paraissent calleuses.

« C'est ton père ?

— Oui.

— Pourquoi tu voulais me montrer cette photo ?

— On s'est un peu perdus de vue. »

Claudette hausse les épaules.

« Déjà, y détestait l'idée que je fasse couper mes dreadlocks. Mais le problème, c'était surtout la façon dont y nous traitait. On comptait pas vraiment pou lui. Ce boug avait tellement de fanm qu'y avait pas de place pou nou. Cependant, je lui ai pardonné. Il m'a fallu des années, mais j'y suis parvenue.

— C'est différent pou les pères. On est pas surpris quand y se comportent comme ça. Personne les juge durement. Mais moi, je suis une mère. Et les mères, elles… Elles ont pas droit à ce genre de pardon. »

Claudette se mord la lèvre, tandis que Patsy se redresse sur sa chaise.

« Je ferais mieux d'y aller. Je travaille demain matin. »

Elle remercie Claudette pour le thé puis se lève en espérant réussir à attraper son blouson avec que son amie ne la touche à nouveau et ne réchauffe son sang. Quand elle atteint la porte, Claudette est toujours assise à table.

« Patsy, tu parviendras pas à obtenir le pardon de ta fi en te conformant aux désirs des autres. Fais ce qui te semble juste. Elle te respectera davantage si tu es honnête.

— Bonne nuit.

— Toi aussi. Même endroit, même heure, la semaine prochaine ? »

Patsy hoche la tête et s'efforce de lui sourire, puis elle referme la porte derrière elle. Dans le couloir, elle s'immobilise un instant et se sent terriblement seule. Elle fait quelques pas vers l'ascenseur. Une ampoule s'allume au-dessus de sa tête, tandis que le silence s'abat sur elle.

Finalement, Patsy fait demi-tour et frappe à la porte de Claudette. À peine son amie l'a-t-elle ouverte que Patsy plaque sa bouche sur la sienne. Claudette entrouvre les lèvres et lui rend son baiser. Maladroitement, Patsy passe les bras autour de son corps puis l'attire contre elle. Elle hésite un instant à s'excuser, à reculer – à se réfugier dans la solitude.

« Tout va bien, lui murmure Claudette à l'oreille. J'espérais que tu reviendrais. Je voulais pas comparer ta situation à celle de mon père. Excuse-moi… »

Elle prend Patsy par la main puis l'emmène vers son lit en écartant le rideau de perles. Quand Claudette pose les lèvres sur son cou, Patsy frissonne. Mais elle se laisse déshabiller, dépouiller de son enveloppe. Enfin, tombe le mince corset qui retenait son excès de chair. Cependant, ses bourrelets ne paraissent pas si répugnants sous le regard de Claudette. La balafre de son bas-ventre non plus. Claudette la caresse du bout du doigt comme on suit les lignes d'une main. Elle lève ensuite les yeux vers elle, le regard plein de questions.

Patsy sent sa peau fondre, devenir aussi belle et lisse que les perles colorées qui brillent autour de sa taille sur son ventre brun foncé.

« J'aimerais bien en porter aussi, murmure Patsy en jouant avec ses colliers.

— Je t'en fabriquerai », dit Claudette, les lèvres sur sa joue.

Puis elle plaque la bouche sur celle de Patsy, l'aide à s'allonger et se soulève au-dessus d'elle, telles les vagues de la mer. Lorsque Claudette s'installe à califourchon sur elle, Patsy lui embrasse les seins et hume le doux parfum musqué de sa peau. Elle lève ensuite le visage vers Claudette et admire sa nudité – sa beauté fièrement plantureuse. Un adorable frémissement parcourt sa peau brune et ses muscles. Patsy meurt d'envie d'enlacer ce corps sublime et puissant. Claudette l'embrasse à nouveau ; avec la candeur d'une enfant et la passion d'une femme, Patsy accueille sa langue comme l'hostie de sa première communion.

Au moment où leurs deux corps fusionnent – les longs doigts qui serraient la tasse en céramique pénètrent Patsy, la faisant fondre comme du beurre –, le monde disparaît, le temps s'arrête. *Pou moi, c'est ça, la dévotion*, pense-t-elle – pénétrer une femme et se laisser pénétrer comme on pénètre dans un temple sacré. Elle s'affranchit des mises en garde de manman G contre le péché – « *Une enfant de Dyé doit protéger son temple et empêcher toute intrusion maléfique du diable.* » Et enfin s'estompent les images auxquelles elle se raccrochait depuis si longtemps – Cicely assise sur ses genoux, son beau visage apparaissant derrière le rideau de ses cheveux foncés et soyeux ; le secret enrobé de miel de tonton Curtis et l'ivresse légère de ses nuits d'enfance ; le murmure prometteur de Roy, « *Birdie, je crois que je suis amoureux* ».

43

Lorsque Tru arrive à l'entraînement, elle est surprise de trouver Pope assis sur un tabouret sous l'*akée* du terrain. Des tongs aux pieds, il porte juste un pantalon de treillis. Son torse et ses bras très musclés ont la couleur et la texture du bois ancien. Des lunettes de soleil masquent ses yeux. Une main caressant son bouc, l'autre tenant un joint, il regarde jouer les coéquipiers de Tru. Entouré de son gang, il ne prononce pas un mot de tout le match, même si Marlon le boiteux enchaîne les buts. Le match habituel de l'après-midi s'est transformé en spectacle. Il y a des hommes partout autour du terrain – assis ou debout, ils discutent, rient et boivent. D'habitude, Tru et ses amis profitent de ces quelques heures de sport pour resserrer leurs liens et se confier leurs angoisses existentielles. Mais aujourd'hui, les garçons carburent à l'adrénaline et la testostérone. Ce n'est plus du foot d'écoliers. Tru perçoit le sentiment de rivalité qui oppose ses amis aux nouveaux joueurs, chacun cherchant l'approbation de Pope. Ses coéquipiers driblent avec une habileté qui semble surprendre leurs adversaires et les hommes au bandana violet autour du cou, qui croisent les bras sur la poitrine et écartent les jambes comme des cowboys.

« Puuutain ! Trop fort ! » crient-ils en se tapant dans la main.

Folle de joie, Tru sourit. Pope voudra sûrement ses copains dans son équipe quand il verra à quel point ils sont doués. Mais son bonheur est de courte durée. Un des nouveaux garçons – un grand gaillard à la peau foncée et aux dents de travers venu de Fagan Lane – vient de bousculer violemment Marlon.

« Tu crois que t'es le seul à savoir jouer, pédale ? »

Tombé à plat sur le dos, Marlon grimace de douleur, tandis que les autres s'éloignent avec le ballon. Pas du genre à se laisser faire, il poursuit le joueur et lui envoie son poing dans la figure. L'autre réplique en essayant de lui balancer un crochet, mais il le rate. Trois de ses copains qui étaient perchés sur des chaises d'école rouillées sous le manguier les rejoignent et entourent Marlon. Le plus grand passe aussitôt un bras autour de son cou et l'immobilise. À ce moment-là, Ricky l'albinos, que personne n'avait vu s'approcher, sort un pistolet puis le tient contre la tempe du garçon. Marlon écarquille les yeux.

« Mais qu'est-ce que tu fous, Ricky ?

— Écoute-moi bien, enculé, dit calmement celui-ci. Si tu le lâches pas tout de suite, je te descends. »

Sidéré, Marlon serre les poings. Sa poitrine se soulève et s'abaisse aussi rapidement que s'il soufflait dans un sac en papier. Les garçons reculent d'un air effrayé.

C'est alors que retentit une voix puissante.

« Ça suffit ! »

Tous se tournent dans sa direction.

« Écoutez-moi. »

Pope – qui n'est pas plus grand que les adolescents, y compris Tru – enlève ses lunettes de soleil afin que les garçons voient bien son regard.

« Dans mon équipe, chaque joueur est égal aux autres, compris ? Bagarrez-vous encore une fois comme ça et c'est moi qui vous descends. Tous pou un, un pou tous, ce sera ça, notre devise. »

Tru se retient de lever les yeux au ciel. Le crâne chauve de Pope brille au soleil. Quand il se tient ainsi, les mains jointes dans le dos, on dirait un prêtre. Des bagues en argent maintiennent en place ses dents nacrées. Tru se demande comment un homme de son âge peut avoir besoin d'un appareil dentaire.

« Si tu me refais un coup pareil, je t'exclus de mon équipe », dit Pope au garçon qui a bousculé Marlon.

Celui-ci hoche la tête d'un air penaud puis essuie la sueur qui coule sur son visage brun argile avec son T-shirt.

« Quant à toi ! »

Pope se tourne vers Ricky l'albinos.

« Range-moi tout de suite ce flingue. Que je te revoie plus jamais avec sur le terrain. Compris ?

— Oui, misyé, répond Ricky en glissant le pistolet dans sa ceinture.

— Serrez-vous la main maintenant ! »

À contrecœur, le garçon et Marlon obéissent sans se regarder.

« Bon. Dans cette équipe, vous allez vous entraîner comme des hommes, pas des gamins. Je veux pas faire seulement de vous des joueurs, mais des guerriers. Observez et apprenez. Grâce à cette équipe, plus personne pourra dire que Pennyfield est un quartier de bons à rien. On va montrer qui on est à toute la Jamaïque. Je veux tout le monde sur le terrain à seize heures précises. Pas d'excuse. Ceci est une période d'essai. Si vous êtes en retard, vous pouvez rentrer chez vous. Pasque ces vingt-cinq mille dollars, y va falloir les mériter. Compris ? »

Tous les garçons acquiescent d'un signe de tête. Tru sait que ses amis rêvent déjà d'orgies, de beaux vêtements, grisés par le parfum de ces vingt-cinq mille dollars – une odeur qu'elle imagine proche de celle, épicée et douce, de l'écorce du cèdre.

Pope leur sourit de toutes ses dents baguées.

« Parfait. »

Tandis que les garçons se dispersent, Tru s'approche de l'homme qui discute avec quelques membres de son gang.

« Désolée pou le retard, Pope. »

Du coin de l'œil, elle voit Marlon et Ricky s'arrêter pour les écouter.

« T'étais où ?

— Mes cours de soutien ont fini plus tard que prévu. Je repasse le CXC en juin.

— Hmm. Je croyais que t'allais m'annoncer que t'arrives de l'étranger. Comment ça se fait que tu t'exprimes aussi bien ? Tu vas au lycée à Kingston, pas vrai ?

— En effet.

— Un lycée plein de fric, je suppose. »

Tru se demande où il veut en venir.

« Comment tu t'appelles ?

— Tru. »

Pope plisse les yeux tandis qu'il essaye de faire le rapprochement entre sa voix et son physique. Comme tous les hommes qu'elle croise, il prend un air confus avant d'afficher une expression indéchiffrable – mélange d'amusement et de perplexité totale.

« C'est toi, Tru ?

— Oui, monsieur.

— Ricky m'a jamais dit que t'étais une fi.

— Je n'en suis pas une. »

Pope rit tout bas puis se tourne vers les trois hommes derrière lui.

« T'as vu qui Ricky nous recommande comme attaquant, Crowbar ? Une fi ! T'as déjà vu un truc pareil ? »

Tru sent son visage s'empourprer lorsque les hommes éclatent de rire. Chacun baisse sa cigarette.

Crowbar promène son regard de reptile partout sur son corps.

« Pas de doute, t'es bien une fi.

— Je suis footballeuse. C'est tout ce qui compte. »

Tru se sent nue. Comme si elle venait de monter sur scène, tous les regards sont posés sur elle. La posture des hommes change peu à peu.

« Minute, minute », dit Crowbar.

Les bras croisés sur la poitrine, il se plante face à elle. Son visage étroit est aussi foncé que la nuit et ses yeux forment deux fentes jaunâtres. Tru le déteste instantanément.

« Les fanm sont bonnes qu'à une chose. Et c'est pas à taper dans le ballon, si tu vois ce que je veux dire. »

Le reste du gang hurle de rire. Tru sent les regards de ses coéquipiers posés sur elle. Une bouffée de chaleur monte de son cou à ses joues. Elle évite le regard de Pope qui se promène comme une lente caresse sur son visage, comme s'il observait sa réaction. Tru s'en veut d'avoir parlé. Elle aimerait brusquement être invisible. Pope lit sans doute cet aveu dans son regard, car il sourit.

« Qu'est-ce qu'elle dirait, ta mère, si elle savait que tu joues avec des garçons, Tru ?

— Elle est pas là, alors elle a rien à dire.

— Je sais que Patsy apprécierait pas du tout que tu me fréquentes.

— Tu connais ma mère ?

— Si je la connais ? »

Pope rit.

« On a quasiment été élevés ensemble. Ta mère venait manger chez nous quand manman G avait plus de quoi la nourrir…

— Quoi ?

— C'était y a longtemps. Y paraît qu'elle est partie vers de plus verts pâturages. C'était une jolie fi comme toi. Dommage que tu gâches toute cette beauté. Tu devrais pétèt chercher une équipe de petites fi avec qui jouer.

— Apparemment, elle joue déjà dans celle-ci, dit Crowbar avec un clin d'œil. Mais on peut régler le problème sans tarder. »

Il s'empoigne l'entrejambe.

« Ta gueule, Crowbar !, aboie Pope. Un mot de plus et t'es un homme mort. Tu sais qui est son père ? Le sergent Beckford. T'es vraiment pressé de mourir ? »

Les yeux jaunes de Crowbar se plissent.

« Non, boss. »

Il adresse un léger signe de tête à Tru puis s'éloigne avec sa bande, toujours méfiant. On dirait une bande de chats sauvages dont les yeux luisent dans l'ombre. Pope fait signe à Tru de le suivre afin de lui parler en privé.

Marlon, Asafa et Ricky la regardent d'un air impuissant. Pope se penche vers elle, les mains sur les hanches.

« T'as l'air très futée, Tru. Mais laisse-moi te poser une question : il en pense quoi, ton père, du fait que tu joues dans mon équipe ? »

Tru essaye de cacher sa surprise et sa déception.

« Il… Il est pas au courant. »

Pope rit doucement.

« Je vais te donner un bon conseil : laisse tomber. Je te promets que c'est la meilleure décision que tu puisses prendre. Pas vrai, Ricky ? »

L'adolescent regarde Pope et Tru tour à tour et lâche un rire nerveux. Tru remarque sa brève hésitation puis, stupéfaite, le voit hocher la tête. Refusant que ces garçons, ces hommes, la voient pleurer, elle cligne des yeux pour retenir ses larmes. Pas question de passer pour une vraie fille. Tandis qu'elle s'éloigne avec sa bande, Marlon pose la main sur son épaule, mais Tru se dégage et part devant. Elle sent encore le regard de Pope sur elle. Rien n'échappe à un homme comme lui.

44

Patsy est assise nue sur le bord de la baignoire de Claudette. Également dévêtue, celle-ci se place entre ses jambes et pose une main sur sa tête penchée en avant comme pour la bénir. L'autre tient un rasoir. Toutes deux viennent de prendre leur douche ensemble après une matinée entière à faire l'amour. Ici, dans cette salle de bains, nimbées de lumière naturelle, les deux femmes accomplissent un rituel de purification, indifférentes aux bruits de la ville. Patsy laisse Claudette raser le peu de cheveux qui lui reste – chose qui lui paraissait totalement inenvisageable il y a quelques années. Elle en a assez de sa perruque. Assez de se sentir vieille quand elle la porte.

Un courant d'air lui effleure la nuque et cette caresse lui procure une ivresse qu'elle n'a éprouvée qu'une seule fois dans sa vie, le jour où l'agent de l'ambassade américaine à Kingston a tamponné son passeport. Lentement, Claudette passe les doigts sur sa tête presque chauve. Cette sensation est magique sur son cuir chevelu. Le beau crâne rasé de Patsy ressemble à celui d'un homme, mais il s'avère que ce look est à la mode chez les femmes ces temps-ci. Très doucement, Claudette pose la main sur son épaule quand elle a fini. Patsy se regarde dans le miroir et voit s'ouvrir devant elle une fenêtre sur le monde.

45

Tru se rend à la maison verte après les cours le lundi suivant – seul jour où Pope ne surveille pas l'entraînement de foot. Le bâtiment est imposant – on dirait une forteresse protégeant la ville. Une antenne satellite installée au faîte de son toit de bardeaux transperce la chape de nuages gris tombée sur Pennyfield. Les notes d'un morceau de dancehall s'échappent de la maison et flottent dans la rue, tel le doux parfum de la terre humide.

Dans le jardin, où on pourrait facilement organiser une fête d'une cinquantaine de personnes, une partie de dominos est en cours. Des voix masculines poussent des cris sous le manguier au moment où quelqu'un fait claquer une tuile.

« Et voilà ! Fin de la partie ! »

Personne ne lève les yeux vers Tru, ni ne lui demande ce qu'elle fait ici. Elle avance, sûre d'elle, et enjambe les chiens errants couchés sur le flanc. Tru imagine très bien ce qu'ont ressenti Hansel et Gretel en découvrant la maison de la sorcière. La faim dépassait sûrement leur peur. Elle frappe à la porte.

Pope vient lui ouvrir la grille, surpris de la trouver là.

« Que me vaut l'honneur de ta visite ?, demande-t-il avec un faux accent shakespearien.

— Il faut que je te parle. »

Pope porte un débardeur en filet blanc, un jean et les mêmes mules que Marva. Il la laisse entrer puis l'emmène dans un spacieux salon somptueusement meublé. Tru n'avait encore jamais vu de télévision à écran plat aussi immense. La table basse est en verre et le grand canapé couvert de plastique est garni de coussins en imprimé léopard. Pope lui fait signe de s'asseoir.

« Diane !, crie-t-il par-dessus l'épaule. Apporte un verre de limonade à notre invitée, s'il te plaît. »

Il s'assied en face de Tru puis allume la cigarette glissée dans le coin de sa bouche, qui pend comme un cure-dents oublié. Tru aperçoit la crosse d'un pistolet glissé dans sa ceinture contre son flanc. Une jolie fille menue à la peau brune qui doit avoir à peu près le même âge qu'elle entre dans la pièce et leur sert deux verres de limonade glacée. Elle porte les cheveux courts et effilés, des anneaux en or aux oreilles et un autre dans le nez qu'elle est sûrement obligée d'enlever pour aller au lycée (si tant est qu'elle y aille). Elle est vêtue d'un haut court et d'un mini-short qui laisse voir une grande rose rouge tatouée sur sa cuisse.

« Je te présente Diane », dit Pope, tandis que la fille rougit et sourit timidement.

Il lui caresse le creux du dos.

« Ma dulcinée. »

Lorsqu'il tente de l'attirer sur ses genoux, Diane le frappe malicieusement. Comme elle se libère en riant, Pope la remercie et pince une de ses fesses presque nues. Tru détourne les yeux. Une fois que la fille a quitté la pièce, sans cesser de balancer ses hanches étroites, Pope se penche en avant et pose son pistolet sur la table basse. Le métal tinte bruyamment au moment où il touche la surface.

« Je suis tout ouïe », dit-il.

Tru ne parvient pas à détacher le regard de son arme, tandis que l'avertissement de son père résonne dans sa tête.

« *Garde tes distances avec cet homme !* » Pope, qui doit sentir son hésitation, sourit.

« Attends, attends !, dit-il en bondissant sur ses pieds. Mais où sont passées mes bonnes manières ? J'ai des sous-verres. Faudrait pas abîmer les meubles. C'est de la bonne qualité. »

Il disparaît dans la cuisine puis revient avec deux sous-verres qu'il pose sur la table.

« Je t'en prie. Je t'écoute, dit-il, une fois rassis.

— Y faut que tu me laisses jouer. Le foot, c'est toute ma vie.

— D'accord, mais dans une équipe de fi, répond-il en s'enfonçant dans son fauteuil, les jambes croisées.

— Mais je joue avec ces garçons depuis des années. »

Pope rit.

« Les règles sont les règles, Tru. À moins que t'aies les moyens de t'acheter une paire de couilles et une pomme d'Adam, je peux rien pou toi. »

Tru garde le silence.

« Tu sais que j'ai raison. Y faut jamais gâcher la beauté. Ça devrait être le onzième commandement.

— Pasque tu respectes l'Ancien Testament maintenant ? Dans ce cas, pourquoi tu tues et tu voles les gens ? »

Pope s'esclaffe.

« Qui t'a fait gober des bêtises pareilles ? Ton flic de père ? »

Il souffle la fumée de sa cigarette par les narines.

« T'as un pistolet mais t'es pas policier, que je sache. »

Tru enfonce les doigts dans les coussins sous ses cuisses et déchire presque le plastique avec ses ongles.

« J'ai jamais buté un être humain de ma vie. Les gens s'entretuent, c'est tout… dit Pope avec un sourire méprisant. C'est pas moi, l'escroc que tu dois craindre. Je suis rien d'autre qu'un pauvre livreur. Ça fait vraiment de moi une mauvaise personne ? Tu vois le prédicateur dans sa chaire ? Je suis pas différent de lui. Ces politiciens avec leurs airs supérieurs ? Je suis exactement comme eux aussi. Tu sais pourquoi, Tru ? Pasque les gens attendent quelque chose de nous. Et on le leur donne. Pasque ce qu'on offre aux malheureux, c'est des trucs qui les anesthésient – que ce soit le gospel ou des fausses promesses de changement. Ou un petit quelque chose pou calmer leurs nerfs ou la migraine qu'ils chopent à force de vivre sur un plateau de Monopoly. Ton père a raison de pas m'aimer. La police – son gang à lui – fait la loi en exploitant la peur et la corruption. Le mien, en revanche, il aide les gens. Je vends de la confiance. Je facilite les choses. J'attends pas que les gens craquent pou les tabasser avec une matraque ou leur remonter le moral avec des textes bibliques qui mentent autant qu'un livre de contes. »

Pope esquisse un sourire en coin.

« Tu vas vite découvrir que dans ce monde, personne est égal, Tru. Pourtant, chacun de nous mérite le meilleur, c'est pou ça que je tiens tant à recruter tes amis. La seule chance de prouver ce qu'y valent dans la vie, c'est moi qui vais la leur donner.

— Et moi alors ?

— C'est différent.

— Comment ça ? Tu te contredis. »

Pope allume une nouvelle cigarette puis tire longuement dessus. Recrachant la fumée, il se penche en avant et pose les coudes sur les genoux.

« J'aimerais te poser une question. Tu m'as accusé de commettre des crimes tout à l'heure. Et pourtant, tu continues à me supplier de te prendre dans mon équipe. Pasqu'il est énorme, mon pouvoir. Alors, qui est-ce qui se contredit au juste ? »

Tru ne sait plus quoi dire.

« Écoute-moi bien. Je connais ta mère. Je sais quel genre de personne c'est – une fanm intègre. Y a des années, je lui ai proposé de l'aide pou te nourrir et payer ton lékol. Sa situation était difficile à l'époque, elle trouvait pas de travail – ce qui était difficile à croire, car Patsy était toujours première de la classe. Enfin bref, en tant que vieil ami, j'ai veillé sur ta mère. J'ai fait en sorte que personne l'embête dans la rue. Je savais pas où était passé ton père, et je m'en fichais. Ma priorité, c'est les gens de notre communauté. Notre famille. Mais ta mère a toujours refusé mon aide. Elle savait comment je gagnais mon argent et voulait pas en entendre parler. Je le lui ai jamais reproché. Je me suis même pas fâché quand elle m'a dit que je pouvais me foutre cet argent où je pense. »

Pope rit tout seul et secoue la tête.

« Ta mère était une fanm fière. J'ai jamais cessé de la respecter et de l'admirer pou ça.

— Et qu'est-ce que cette histoire a à voir avec moi ?

— C'est pas ton destin, Tru.

— Comment ça ?

— Ça veut dire que tu dois fuir. T'éloigner le plus possible de moi. Contrairement à tes copains, tu as le choix.

— Je t'en prie. Le foot, c'est toute ma vie.

— Je suis un homme d'affaires, Tru. Je fais des compromis seulement quand ça me rapporte quelque chose. C'est pas moi qui ai écrit les règles. Et même si je les enfreins souvent, je peux pas le faire pou toi. Je respecte trop ta mère pou ça.

— S'il te plaît…

— Cette conversation est terminée. Diane !, crie-t-il par-dessus son épaule. Raccompagne cette jeune demoiselle.

— Je trouverai la sortie toute seule. »

Tru se lève et s'en va, bouillante de colère. La pression monte en elle comme dans une cocotte-minute. Si elle enfonçait les ongles dans la chair de ses paumes, un lent sifflement s'échapperait sans doute par les pores de sa peau.

46

La ville s'épanouit, comme le désir. Les pierres arrondies évoquent à Patsy une chair moelleuse, délicate sous la chaude lumière du soleil. Elle se sent redevenue elle-même, ou plutôt plus ressemblante aux femmes qu'elle voit à la télévision ou sur la Cinquième Avenue, qui se promènent en balançant leur sac à main. Patsy n'aperçoit plus la masse sombre dans son champ de vision, tout est lumineux – les écharpes, les chapeaux, les bijoux et les T-shirts I LOVE NEW YORK suspendus aux portants bordant les trottoirs. Même son odorat est plus sensible. Elle hume les effluves de cidre chaud qui flottent autour d'un stand, le parfum semblable à celui des rochers à la noix de coco qui s'échappe par la porte d'un café. Claudette et elle sont un jour allées se promener à Staten Island en ferry. Bien au chaud dans la salle du pont inférieur, elles ont admiré la statue de la Liberté, le nez pressé contre la vitre. Claudette lui tenait discrètement la main en souriant, soulagée que toutes deux puissent se fondre dans l'anonymat de la foule de touristes européens et jouir d'une telle liberté en Amérique. Ici, Patsy n'a pas d'identité, ni de point faible. Il n'y a aucun voisin de Pennyfield pour la reconnaître. Aucune de ses connaissances n'est là pour l'épier. Elle peut se permettre d'agir avec insouciance. De repousser une dreadlock du visage de Claudette, de rattacher ce crochet qui se défait sans arrêt sur le col de son manteau, d'essuyer avec le pouce la trace de rouge à lèvres mûre sauvage au coin de sa bouche qu'elle admire depuis un moment dans la lumière du soleil. Ici, dans ce lieu où elle est étrangère, invisible, Patsy peut se permettre cette familiarité sans la moindre peur. Il est si facile de tomber amoureuse dans cette ville devenue sa complice.

De tous les endroits de New York, c'est Union Square qu'elle préfère. Quand elle se promène dans le quartier, Patsy a l'impression d'être un personnage de la grande tapisserie de la ville, Claudette et elle se mêlant aux silhouettes brodées. Elle aime regarder les adolescents faire des flips avec leurs skateboards sur les marches et les rampes de l'entrée du parc. Elle s'arrête pour regarder des hommes et des femmes défiler avec des pancartes en chantant. À chaque fois qu'elle vient à Union Square, une manifestation différente est en cours. Les manifestants tournent en rond comme sur un manège, tandis que le reste des New-Yorkais, habitués, passent à côté d'eux sans les regarder. Certains, comme Patsy, font une pause, le temps d'admirer le moonwalk d'un sosie de Michael Jackson sur la musique de *Billie Jean*. Parfois, Claudette et elle observent les chiens jouant dans le parc qui leur est réservé ou ces rongeurs qui filent, aussi rapides que des mangoustes, à travers les buissons.

« Ces rats mangent mieux que nous, dit Claudette. Ce sont eux qui gèrent vraiment cette ville. »

Patsy et elle contournent le labyrinthe bondé du marché de Noël de Union Square, puis s'installent sur un banc et discutent en regardant la foule. Quelques heures plus tard, elles se rendent au supermarché Whole Foods. Car leur jeune couple aime aussi faire les courses ensemble. Le magasin préféré de Claudette est celui qui se trouve en face du parc. Là, elles flânent dans les rayons en poussant leur chariot. Claudette tient souvent à acheter des noix et des fruits frais pour les milkshakes de son petit déjeuner, mais Patsy tente de la convaincre de se fournir au marché fermier, où les produits coûtent moins cher. Sa compagne, comme elle l'a découvert, fait très attention à ce qu'elle mange. Patsy n'aurait jamais cru qu'on puisse être aussi vigilant avec la nourriture. Claudette ne consomme que les œufs de poules élevées en plein air, boit du lait d'amande à la place du lait de vache, n'achète que des jus de fruits sans sucre ni sirop et lit la liste de tous les ingrédients sur chaque emballage avant de se décider.

« C'est juste de la nourriture, lui dit Patsy. Je connais des gens qui ont toujours mangé de tout et qui ont vécu cent ans.

— Oui, mais c'est quand même rassurant de savoir ce que nous consommons. Les produits américains sont bourrés d'hormones et de sucre. Tout est transformé.

— Comment tu sais que des aliments sont vraiment biologiques ? Pétèt que les producteurs collent juste une étiquette dessus, puisqu'y savent que des gens comme toi vont mordre à l'hameçon. »

Claudette rit.

« Je sais faire la différence entre un produit bio et un qui ne l'est pas.

— Comment ça ?

— On se sent mieux après avoir consommé certains aliments.

— N'importe quoi. C'est tout ce marketing qui te lave le cerveau.

— D'accord, madame *Je-sais-tout*. »

Constatant que le rayon est désert, Patsy lui chatouille les côtes. Les deux femmes commencent à faire les folles en pouffant de rire, échangent des papouilles, se pincent et frappent au passage une main baladeuse. Alors qu'elles s'apprêtent à s'embrasser, Patsy se fige et cesse de rire. Un visage familier les regarde avec curiosité. Là, tout au bout du rayon, accroupi devant une mare d'œufs cassés, se trouve Ducky, le fils de mademoiselle Henrietta. Patsy reconnaît son visage noir comme la nuit, éclairé par le rose de sa bouche bée et le blanc de ses yeux écarquillés, fixés sur elle.

« Patsy ? C'est bien toi ? »

Le sang se glace dans ses veines. Elle retire lentement la main des fesses de Claudette.

« Ducky ? Tu travailles ici ? »

En silence, Claudette les regarde tour à tour. Patsy sent qu'elles sont aussi mal à l'aise l'une que l'autre.

Ducky, dont le vrai nom est Percival Antonio Bedford, fréquentait le même groupe de catéchisme que Patsy à Pennyfield. Bien qu'elle ne sache pas chanter, c'était sa mère, mademoiselle Henrietta, qu'on entendait le plus dans la chorale. Ducky était né un vendredi saint et avait été baptisé un lundi de Pâques. Mademoiselle Henrietta, à la fois croyante et superstitieuse, était par conséquent convaincue que son fils était un guérisseur-né, comme Jésus-Christ de Nazareth. Toute l'église et toute la communauté le croyaient aussi. Qui aurait imaginé que cet homme, promis depuis sa naissance à l'excellence malgré sa peau noire comme la suie, deviendrait homme de ménage chez Whole Foods ? Pendant des années, mademoiselle Henrietta avait raconté à tous les habitants de Pennyfield que son fils occupait un poste haut placé dans une des grandes banques d'Amérique.

Patsy rompt le silence.

« Y… Y faut que j'y aille. On m'attend quelque part. Ravie de t'avoir revu. »

Ducky hoche la tête.

« Oui… Oui. Je dois filer aussi. Tu sais bien. J'ai beaucoup de travail à la banque. Je faisais mes courses quand cette boîte d'œufs… Enfin, tu vois.

— Bien sûr. »

Le regard de Ducky se pose sur Claudette. Quel que soit son statut en Amérique, cet homme a encore beaucoup de pouvoir – la possibilité, par exemple, de raconter à leurs proches restés au pays qu'il a vu Patsy pincer les fesses d'une femme, un geste beaucoup trop intime. Elle a commis un péché avec les mains – chose difficile à pardonner. La boule au ventre, Patsy revoit la rage enflammer le regard de l'homme qui l'a surprise avec Cicely dans la maison de Jackson Lane. Mais les mains ridées de Ducky restent mollement serrées autour de la serpillère. Ce ne sont pas ces doigts-là qui parviendront à la tuer.

Patsy détourne le regard, plus par embarras que par peur. Lorsqu'elle trouve le courage de le regarder à nouveau, elle remarque que les yeux foncés de Ducky se sont creusés avec le temps et que sa peau a pris la teinte terne du charbon froid. Son visage affiche désormais un air lugubre et résigné. Disparu le garçon brillant et motivé de Hagley Lane.

L'air honteux de Ducky décrispe ses nerfs ; elle a du pouvoir maintenant, elle aussi.

« Je sais ce que c'est. Parfois la liste de courses est trop longue », dit-elle en baissant les yeux sur la serpillère humide et le seau posé à côté de lui.

C'est ainsi qu'au-dessus une mare d'œufs cassés dans un rayon de Whole Foods, éclot une nouvelle alliance forgée par le secret.

47

À présent, quand Tru s'endort le soir, elle rêve de plumes – des rouges, des noires, des vertes, des blanches. Elles se glissent dans ses rêves et exécutent la danse macabre des coqs acclamés au combat par des spectateurs déchaînés. Chacun bat des ailes ou des coudes, même si ni homme ni coq ne sauront jamais voler.

Tru se réveille au milieu de la nuit, la tête posée sur un oreiller trempé.

Depuis qu'ils ont commencé à jouer pour Pope, quelque chose a changé dans l'attitude de Marlon, Ricky et Asafa. Dès qu'ils pensent qu'elle a le dos tourné, ils se mettent à comploter, tels trois brigands. Tru constate une fois de plus qu'elle est exclue, surtout quand ils partent devant elle au lieu de l'attendre. Elle est obligée de courir pour les rattraper, et quand elle s'approche, ils se taisent. À croire qu'ils ont à nouveau six ans et s'aperçoivent pour la première fois que rien ne pendouille entre ses jambes. Lasse d'être exclue de leurs messes basses, Tru décide de leur parler.

« Mais pourquoi vous m'ignorez ?

— Comment ça ?, demande Marlon. L'entraînement a été long, c'est tout.

— Quand je m'approche de Ricky et toi, vous vous taisez. »

Ricky se gratte la tête et regarde ailleurs. Marlon hausse les épaules.

« Mais qu'est-ce qui se passe ?, s'écrie Tru.

— Rien, répond Ricky en allumant la cigarette qu'il avait glissée derrière son oreille.

— Arrête, vous faites tout le temps comme si j'étais pas là.

— Laisse tomber, Tru, dit Asafa.

— Ferme-la. C'est pas à toi que je parle.

— Y a rien qui cloche, Tru, dit Marlon. Fais-moi confiance.

— Comment tu peux dire ça en me regardant dans les yeux ? »

Tru n'attend pas sa réponse. Étrangement, la colère qu'elle éprouve est presque apaisante. Elle sait bien que ses amis la trouvent gênante. Ils n'osent plus se confier à elle à cause de son père policier. Ils la considèrent comme une menace. Comme quelqu'un qui n'a rien à faire avec eux. Pope a réussi à lever le voile qui couvrait les yeux de ses amis. Tru baisse le regard vers le sol, consciente de la distance qui désormais la sépare d'eux. Elle leur dit au revoir puis les regarde s'éloigner – leurs silhouettes élancées ne tardent pas à ne former qu'une seule ombre.

« Buuuuuuuuuuuut ! » s'écrie Ras Norbert au loin avec une passion nostalgique.

Les yeux fermés, son visage foncé levé vers la lumière ruisselante du soleil, il implore les dieux d'accorder leur miséricorde à ses semblables.

48

Patsy incline le visage vers le ciel, tandis que sur Flatbush Avenue la foule des passants fait ses courses de Noël dans une ambiance très festive, et remarque qu'il pourrait bien se mettre à pleuvoir. Avant, elle passait son samedi à remplir le frigo et régler ses factures, mais maintenant, avec Claudette, c'est l'aventure. Toutes deux examinent les vêtements soldés alignés sur les portants et fouillent les bacs d'articles en promotion des magasins discount afin de remplir le baril de Tru – Patsy, en songeant à sa petite fille rayonnante, Claudette, en sélectionnant ce qui, d'après elle, plairait à cette adolescente de seize ans : sacs à main, brillants à lèvres, parfums aux senteurs fruitées. Patsy a déjà dépensé presque toutes ses économies.

« Y va sans doute falloir qu'on y aille. On dirait qu'il va tomber des cordes », dit-elle.

Levant les yeux à son tour, Claudette contemple les nuages gris. Toutes deux décident de héler un minibus pour rentrer chez Patsy. À leur arrivée, c'est le déluge. Chargées de leurs sacs de courses, les deux jeunes femmes s'engouffrent en riant dans le hall de l'immeuble, puis, trempées jusqu'aux os, elles montent l'escalier jusqu'à la chambre de Patsy et referment la porte derrière elles. Claudette sourit en voyant le baril. Elle balaye ensuite la pièce du regard d'un air mélancolique.

« Cet endroit a toujours l'air aussi confortable, plaisante-t-elle en laissant tomber les sacs sur le sol.

— Ravie que tu le penses. »

Frigorifiée, Patsy lui tend une serviette pour se sécher.

« Tu as l'air crevée, dit Claudette. Il était temps qu'on parte, sinon tu aurais acheté tout le magasin.

— J'ai l'impression que c'est toujours pas suffisant », dit Patsy, penchée au-dessus de la bouche béante du baril, les sacs de courses alignés à ses pieds.

Claudette s'approche d'elle en riant, puis lève son visage vers le sien.

« Tu y as mis tout ton cœur. C'est ça qui compte. »

Elle embrasse Patsy, qui ferme les yeux pour mieux sentir la chaleur de ses lèvres. Les deux femmes s'embrassent langoureusement et s'arrêtent juste le temps que Patsy tire le pull de Claudette par-dessus sa tête. Elle continue ensuite à la déshabiller. Puis elle s'assied sur le lit et plaque les mains, doigts écartés, sur le corps de Claudette. Patsy caresse la peau douce de ses seins et pétrit la chair de son ventre au-dessus de ses colliers de perles. Mais dans son champ de vision, elle aperçoit le baril qui les observe, en retrait, à la manière d'un voyeur. Rongée par le remords, elle ferme les yeux et plaque le visage contre le ventre souple de Claudette. Puis ses lèvres s'aventurent un peu plus bas et l'implorent de lui donner cet amour qui est le seul capable de dissiper l'ombre impitoyable rôdant dans un coin.

49

Des enfants à moitié nus jouent dans Garrick's Lane ; ils courent partout, le pouce dans la bouche, tout en tirant sur une mèche de leur chevelure touffue. Tru traverse le quartier de St George Furnace, dont les habitants vendaient du poulet mariné et fumé, des cacahuètes grillées et des crevettes pimentées avant la récession. Elle longe l'étroit chemin bordé de palissades en zinc de Cooper Lane jusqu'au bidonville où des blanchisseuses retirent draps et vêtements des fils à linge, avant de les empiler dans des seaux. Quelques mères, assises sur les marches de leurs cases, peignent ou tressent les cheveux de leurs filles installées entre leurs cuisses charnues. Le visage de ces femmes, frotté au savon et couvert de crèmes éclaircissantes, paraît presque blanc. Des adolescentes de l'âge de Tru vont et viennent, un bambin sur la hanche, entre des maisons bleues, roses, vertes et jaune vif aux fenêtres condamnées. Une petite épicerie, dont les ouvertures sont protégées par des barreaux, vend des boissons sans alcool, des chips de banane, des biscuits Shirley ainsi qu'un assortiment de spiritueux. Les hommes, assis sur des caisses, des tabourets et des chaises, le menton dans le creux de la main, ressemblent aux gargouilles que les riches perchent de chaque côté de leur portail. L'œil vif mais l'esprit résigné, ils balancent une bouteille de rhum entre leurs doigts râpeux. Longtemps après, Tru sent leurs regards la suivre et lécher, longtemps après, les talons de ses nouvelles chaussures Puma.

Elle marche jusqu'à la case bleu clair située non loin d'une fontaine, où trois chiens faméliques lapent les gouttes tombées sur la dalle de béton. La brise transporte une odeur d'égout. Dans cette zone, beaucoup d'enfants sont couverts de furoncles et de plaques rouges. Personne ne parvient à expliquer leur état, mais on estime que l'eau consommée par les habitants du pied de la colline est sans doute contaminée par les ordures. C'est aussi pour cette raison que les arbres du quartier dépérissent. Mais à quoi bon déconseiller aux gens de boire cette eau gratuite ?

Dans la maison bleu clair, un bébé pleure et de jeunes enfants poussent des cris perçants.

« Ça suffit !, hurle une femme. Marlon, viens don calmer tes frères et sœurs ! »

Mademoiselle Olive, la mère de Marlon, est vendeuse à la sauvette sous les arcades du centre-ville. Autrefois, Tru la croisait aux fêtes de Pennyfield Primary. Elle portait toujours une perruque colorée et une jolie tenue qui soulignait ses formes.

Tru cogne à la porte.

« Marlon, va voir qui frappe ! Si c'est Foster, dis-lui que je suis pas là ! »

Marlon ouvre la porte. Il porte un débardeur en filet et un jean coupé aux genoux. En voyant Tru, il fronce les sourcils.

« Qu'est-ce que tu fais là ?

— C'est qui, Marlon ?, demande sa mère.

— Juste Tru, manman !, crie-t-il par-dessus l'épaule.

— Bonsoir, mam'zelle Olive !, lance Tru, avant de se mordre la lèvre et d'enfoncer les mains dans les poches de son pantalon de jogging.

— Tru ! »

Mademoiselle Olive apparaît derrière son fils. À en juger par la pâleur de son visage – qui a la couleur de la chair d'une goyave pas encore mûre –, elle utilise elle aussi les crèmes ou le savon que tout le monde s'arrache ces temps-ci. Cela ternit pourtant sa beauté autrefois frappante. Sa tête est couverte de bigoudis, mais sur cette femme, rien ne semble jamais ridicule.

« Tru ! Ça fait longtemps. Où sont passés tes beaux cheveux longs ? »

Elle passe la main sur la tête de l'adolescente.

« Tourne-toi que je voie ça. »

Tru obéit et pivote sur elle-même.

« Te voilà grande et maigre ! »

Le regard de mademoiselle Olive se pose sur sa poitrine aplatie et Tru entend presque grincer les rouages de son cerveau. L'inévitable question s'arrête sur le bout de sa langue. Tru croise les bras sur la poitrine.

« Qu'est-ce que tu ressembles à Patsy ! J'espère que tu fais pas de bêtises. »

Tru se force à sourire.

« Non, mam'zelle Olive. »

La femme lui effleure le bras.

« Y faut que t'engraisses un peu, ma fi. Sinon tu vas bientôt passer pou la jumelle de Marlon. Une jeune fi aussi jolie que toi devrait mieux s'habiller pou plaire aux garçons. Je crois pas que Patsy apprécierait ton style. C'est qu'elle savait s'habiller, cette fanm ! »

Mademoiselle Olive continue à lui caresser le bras. Ce contact léger, intime, met l'adolescente mal à l'aise.

« Je pensais qu'elle t'envoyait plein de nourriture d'Amérique pour t'engraisser !

— Manman… » grogne Marlon.

Le visage de Tru s'empourpre.

Mademoiselle Olive hausse les épaules, puis adresse un regard appuyé à Tru et disparaît à l'intérieur de la case bruyante. Navré, Marlon courbe les épaules et referme la porte derrière lui. Mais avant qu'elle ne claque, un petit garçon nu aux bras et aux jambes couverts de boutons se précipite vers Marlon et s'accroche à lui. Mademoiselle Olive le rappelle aussitôt.

« Barry ! Viens te laver !

— Retourne à l'intérieur, dit Marlon au petit garçon en pleurs. Je suis pas loin. J'arrive tout de suite. »

L'enfant regarde Tru qui lui sourit et lui fait au revoir. Des plaques lui couvrent également le cou, au point de ressembler à une seconde peau, rêche et foncée. Barry cesse de sangloter et la dévisage avec curiosité, le pouce dans la bouche. Peut-être essaye-t-il lui aussi de comprendre qui elle est.

« Allez, vas-y ! » lui dit Marlon.

Le petit garçon rentre en courant.

« Je voulais te parler, dit Tru.

— De quoi ?

— Du fait que tu m'ignores.

— Tru, j'ai pas le temps pou ça…

— Tu avais du temps pou moi, avant.

— Tru…

— Pourquoi tu me rejettes ? »

Marlon rit.

« C'est pas ça. Je suis juste occupé… comme tu peux le voir. Pourquoi t'es venue jusqu'ici ? Faut que tu files avant que la nuit tombe. Je voudrais pas qu'y t'arrive quelque chose. Ton père me le pardonnerait jamais. Comme la fois où…

— Comment tu peux me dire des choses pareilles ? »

Marlon hausse les épaules.

« C'est pas vrai, pétèt ?

— On joue ensemble depuis qu'on est tout petits. On a pas de secrets l'un pou l'autre. Pourquoi tu laisses Pope se mettre entre nous ?

— Qu'est-ce que tu sais de moi, Tru ?
— Mais qu'est-ce qui t'arrive ? »
Marlon secoue la tête.
« Laisse tomber.
— Pas question.
— Faut que j'y aille, Tru. Je dois aider ma mère.
— Dis-moi au moins pourquoi.
— Pétèt que la personne que tu devrais interroger, c'est toi-même. Tu sais combien je paierais pou être à ta place ? Toi au moins, t'as toujours les moyens d'étudier à Wilhampton. Pasque ton père est policier. Tu vois tout ça ? »
D'un geste de la main, il désigne son quartier.
« T'es pas obligée de venir ici. T'as jamais été obligée. Et t'as pas non plus besoin de jouer pou Pope. Quand on s'entraîne nuit et jour sur le terrain pou gagner cet argent, on pense pas à tes problèmes, Tru. On pense aux nôtres. »

Tru rentre chez elle, hantée par les paroles de Marlon. Les hommes imbibés d'alcool ont abandonné leurs tabourets. Les corniauds, les blanchisseuses, les jeunes filles et leurs bébés en pleurs ont tous disparu à cause du couvre-feu. Des soldats armés de longs fusils et des policiers antiémeutes patrouillent dans les ruelles de St George Furnace.
« Hé ! hé ! Qu'est-ce que tu fais dehors ? » rugit l'un d'eux.
Une foule de policiers armés a envahi le quartier. Leurs boucliers reflètent la lumière des lampadaires et des phares des camions.
Tru plisse les yeux.
« Je rentrais… »
Le policier avance dans sa direction, son arme braquée sur elle. Il se fige brusquement.
« Tru ? »

L'adolescente reconnaît la voix de son père. Lorsqu'il s'aperçoit qu'elle est terrifiée, Roy baisse son arme. Quand ils étaient enfants, Roy répétait à Tru et à ses frères qu'ils ne devaient jamais s'amuser à le surprendre, sinon il risquait de dégainer son arme et d'appuyer sur la détente. Cet homme déteste l'idée de tomber dans une embuscade. Tru et ses frères en riaient autrefois, persuadés que leur père plaisantait. Jamais il ne tirerait jamais sur ses enfants !

« Mais qu'est-ce que tu fais dans ce quartier, Tru ? C'est dangereux.

— Je… J'étais… J'étais juste… Je rendais visite à un ami.

— Non, mais je rêve ! »

Roy se rapproche d'elle.

« T'as rien à faire dans cet endroit pendant le couvre-feu. »

Un autre policier, l'inspecteur Phillips, les rejoint.

« Tru, c'est don toi ? Je t'aurais jamais reconnue dans cette tenue ! Je t'ai prise pou un gamin d'ici ! »

L'homme rit. Roy semble furieux.

« Reste en dehors de ça, Joseph. Quant à toi, rentre tout de suite à la maison ! » crie-t-il à Tru.

L'adolescente repense au soir où elle les a surpris, Marva et lui, en train de faire l'amour ; la même haine enrouait sa voix : « *Fous-moi le camp d'ici !* » Roy fait signe à ses collègues de la laisser passer. Instantanément, la rangée de boucliers s'ouvre comme un portail devant elle.

Arrivée à la maison, Tru prend une douche puis s'enferme dans sa chambre. Nue, elle s'assied sur le bord de son lit et se regarde dans le long miroir de sa garde-robe. Elle ne s'est jamais sentie aussi seule. Plus elle s'observe, moins elle se reconnaît. Dans son entourage, il n'y a aucune femme à qui elle aimerait ressembler. Toutes sont unies, semble-t-il, soudées par un lien sanguin dont elle est exclue. Sa mère, Marva, manman G, les professeures, les filles du lycée… Tru sait à présent qu'il lui faudra supporter jusqu'à la fin de ses jours les regards et les contacts indésirables, la cruauté des gens, leur pitié, leur perversion déguisée en avertissements amicaux.

Saisie d'un accès de rage, l'adolescente enfonce son maillot de Pelé préféré dans sa bouche afin d'étouffer ses gémissements puis appuie de toutes ses forces sur ses mamelons jusqu'à ce que la douleur physique lui fasse oublier cette souffrance intérieure, moins palpable.

Mais rien n'y fait. Au bout d'un moment, Tru sort en titubant de sa chambre. Dans le salon, Marva s'évente avec un journal et se frotte le ventre, les jambes posées sur un coussin.

« Y t'a dit, ton père ?, geint-elle en voyant Tru s'approcher.

— Quoi don ?

— Cette fanm qui était enceinte de lui, elle a accouché. C'est une fi. Voilà ce qu'elle lui a donné. Une belle petite fi de trois kilos et demi. Et devine qui est la mère ! »

Marva rit toute seule.

« Iris. Tu y crois, toi ? La fi que j'ai accueillie sous mon toit, nourrie et envoyée dans ce lékol de coiffure… Cette fi-là. »

Iris a déménagé il y a quelques années. Elle est partie vivre à Portmore à l'époque où Tru terminait le collège. Toutes deux sont restées en contact et se croisent parfois à l'arrêt de bus de Half-Way Tree. Iris est toujours cette jeune femme mince et calme au sourire timide. Tru se remémore son arrivée chez eux, à l'époque où Marva et Roy passaient leur temps à se disputer. Où, obéissant aux trois sorcières, Marva portait sans arrêt sa petite bourse pleine de charbon et d'ail écrasé. L'époque où elle ne tenait pas en place et cuisinait sans arrêt en broyant du noir. Plus tard, Iris tomba malade et dut repartir à la campagne quelque temps ; Marva ne parla plus jamais d'elle, et Roy évita de prononcer son nom.

« Regarde tout ce que je fais pou lui, poursuit Marva. Je sue sang et eau pou que cet homme mange à sa faim, dorme dans des draps propres, porte des vêtements repassés…

— Je suis désolée, Marva.

— Pou qui y se prend, hein ? Tu penses que Dyé m'a donné la vie pou que je reste dans l'ombre d'un homme ? Tu crois que je vais passer le reste de mes jours à embrasser le sol que foulent ses pieds ?

— Marva, je…

— Il en est pas question ! »

Dans l'obscurité, la femme se tourne enfin vers Tru, dont le visage est éclairé par la télévision.

« Un jour, tu comprendras. Crois-moi. Un jour, tu sauras ce que ça fait d'être prise pour une bourrique. Et tu souffriras. Tu sais pourquoi ? Pasque ton père est un pécheur. Les boug comme lui se fichent bien de leurs fi. De ces petites qui voient tout, qui retiennent et pensent que c'est comme ça qu'un homme est censé les traiter. Tu sais tout ce que j'ai abandonné pou vivre avec lui ? »

Tru écoute Marva sans un mot.

« Et ce boug qu'a le culot de me traiter d'égoïste ! »

Marva rit à nouveau toute seule.

« Tout ça pasque que je lui ai dit que je supportais plus cette vie. Faut croire qu'y me prend pou Wonderwoman. Jamais j'ai le droit de me plaindre ni de lui demander de l'aide. Tu sais, quand y t'a amenée ici, y m'a rien demandé. Y m'a seulement annoncé que sa fi de cinq ans allait venir vivre chez nous pasqu'elle avait nulle part où aller. Un point c'est tout. Y m'a pas laissé le choix. Si j'ai accepté sans rien dire, c'est pasque je pensais que j'aurais ainsi la fi dont j'avais toujours rêvé. »

Marva regarde Tru comme si elle se rappelait soudain sa présence. Ses yeux se mouillent de larmes.

« C'est quoi ton problème ?, dit-elle d'une voix grave. Pourquoi tu me méprises autant ? Réponds-moi ! Tu pourrais pas te comporter comme une fi pou une fois ? T'en as toujours pas fini avec cette phase ? »

Une plainte étranglée monte de sa gorge.

« Dyé m'a déjà donné trois fils. Y en a deux autres en route. La seule fois où j'ai cru qu'il avait entendu mes prières, y m'a joué un tour cruel en t'amenant ici. J'arrive vraiment pas à te comprendre. »

Marva se rallonge sur le canapé en secouant la tête.

« Non, mais quelles bêtises… »

Elle change de chaîne alors que Tru se retire dans sa chambre, verrouille la porte et sort le rasoir qu'elle cache dans sa boîte à trésor, accablée par ce chagrin qui la mine depuis l'enfance. Sur sa cuisse droite scarifiée, la lame trace trois lignes supplémentaires d'un rouge criard sur le brun lisse de sa peau. L'obscurité s'épaissit. Tru essuie le voile humide tombé sur ses yeux, consciente que l'arrivée de la nuit n'a rien à voir avec la tristesse qui l'oppresse, et que le matin ne la délivrera pas.

Le lundi suivant, Saskia l'aborde après les cours.

« Est-ce que ça va ? »

Inquiète, elle passe devant Tru afin de l'obliger à s'arrêter. Mais celle-ci la contourne.

« Hé, attends ! Je croyais que tu voulais qu'on marche ensemble jusqu'à Half-Way Tree.

— J'ai changé d'avis.

— Tru, on peut se parler…

— J'ai envie d'être seule.

— Tu risques pas de te sentir mieux si tu gardes ce que tu as sur le cœur… »

Tru tressaille lorsque Saskia la touche.

« Mais qu'est-ce que tu veux ? Pourquoi tu veux qu'on soit amies tout à coup ?

— Parce que je t'aime bien. Beaucoup. Tu m'as toujours plu.

— Je ne suis pas quelqu'un de bien.

— Mais si. Je m'étais encore jamais sentie aussi proche de quelqu'un… »

Saskia serre ses manuels de biologie et de chimie contre elle et se balance d'un pied sur l'autre, à peine capable de regarder Tru dans les yeux. Celle-ci prend peu à peu conscience du sens de ses paroles. Elle secoue la tête. *T'es sérieuse ?* aimerait-elle lui demander. Pour la première fois, Tru est terrifiée par ce que cachent le sourire timide de Saskia, ses regards furtifs, ses bonjours enthousiastes qui se moquent de sa réticence et du mépris de leurs camarades de classe.

« Je… Je suis… Je suis désolée, mais pas maintenant. Je vais rater mon bus. »

Saskia hoche la tête et détourne rapidement les yeux.

« Bien sûr. Je voulais pas te retenir. Je me disais juste… »

Tru perçoit sa déception.

« Enfin bref, peu importe. »

Saskia fait un pas de côté pour la laisser passer.

Tru s'empresse de franchir le portail du lycée et de s'enfoncer dans la foule, en songeant qu'elle préfère encore supporter les réactions brutales, le dégoût, la déception et les crachats des gens que d'aller jusqu'au bout avec Saskia.

Dans le bus, elle regarde la ville défiler à travers la vitre et reconnaît intérieurement qu'elle s'est montrée lâche. À une époque, elle faisait tout pour qu'on l'aime. Pour se comporter comme une fille sage. Elle allait même jusqu'à mentir. Elle volait les tartelettes à la noix de coco que préparait sa mère quand elle ne souffrait pas d'une de ses crises. Patsy avait toujours aimé les nombres, les calculs ; aussi, s'il en manquait une, elle s'en rendait compte immédiatement. Tru aimait regarder sa mère râper la noix de coco, la saupoudrer de sucre de canne, plonger les doigts dans la pâte et confectionner méticuleusement les petites tartes. Si Tru en volait, c'était surtout le moyen pour elle de saisir l'instant, de le mémoriser, car une telle occasion était rare. Elle conservait ses tartelettes dans un torchon qu'elle cachait entre le mur et le lit qu'elles partageaient. Sa mère découvrit son larcin lorsque des fourmis commencèrent à se promener sous les draps et à les mordre, Tru et elle, pendant leur sommeil. Ce vol et ses mensonges n'étaient tout compte fait que des crimes mineurs, mais Tru l'ignorait à l'époque. Ce jour-là, elle eut très peur de perdre l'amour de sa mère.

50

Comme chaque samedi soir, Claudette et Patsy regardent la télévision au lit dans le studio de Claudette, lorsque Cicely apparaît soudain à l'écran. Patsy se fige et manque de lâcher la télécommande. Le visage de Cicely paraît pâle, épuisé. Ses formes gracieuses sous son tailleur à veston croisé sont moins arrondies que dans ses souvenirs ; ses traits, encadrés de longs cheveux décolorés, sont toujours d'une beauté frappante, mais leur expression est sombre. La cicatrice sur son front est dissimulée sous sa frange – mais Patsy, elle, sait qu'elle est là, aussi immuable qu'une tache de naissance. À côté de Cicely, Marcus discute de sa campagne en faveur d'un nouveau Brooklyn avec un journaliste d'une chaîne locale.

« Quel abruti, marmonne Claudette en remontant la couette sur ses seins nus. Il a pas l'impression de se tirer une balle dans le pied en se retournant comme ça contre les siens ?

— Chut… » dit Patsy en montant le son.

Rasé de près, Marcus porte un costume sur mesure et un nœud papillon. Planté à côté de sa femme, dont la main droite tient mollement la sienne, il prend la défense des policiers accusés de contrôler et fouiller les citoyens au faciès. Le journaliste insiste sur la présence accrue des forces de l'ordre et sur l'escalade de violence dans sa circonscription en lui rappelant le meurtre récent d'un livreur non armé pris pour un trafiquant de drogue dans un quartier rénové. Marcus élude la question.

« Qu'en pensez-vous, madame Salters ? »

Le journaliste est un homme noir corpulent, plus âgé que Cicely. Lorsque la caméra zoome sur son visage, Patsy s'avance vers l'écran et l'observe sans bouger.

« Mais qu'est-ce que tu fais ? Tu tires toute la couette ! » gémit Claudette en riant.

Mais Patsy l'ignore. Elle n'a d'yeux que pour le visage de Cicely. Celle-ci regarde la caméra sans la voir avec la mélancolie d'une jeune fille. Dans ses yeux bleu-vert, se reflète pendant ces quelques secondes un profond sentiment de perte. Patsy connaît ce regard. Elle l'a remarqué plus d'une fois les jours et les mois qui ont suivi la mort de mademoiselle Mabley. Au moment où Cicely se racle la gorge, Patsy ressent un léger pincement au cœur.

« Dis quelque chose… chuchote-t-elle. Tu sais que ce qu'il fait est mal. Je suis certaine que tu le sais…

— Tu la connais ? » lui demande Claudette.

Patsy avait presque oublié qu'elle était là. Elle ne répond pas. Que dire ? Elle mentirait si elle déclarait qu'elle connaît en effet la femme à l'écran – cette personne qui se tient à côté de Marcus Salters.

« Elle est magnifique, dit Claudette. Mais évidemment, jamais un homme comme lui ne se choisirait une fanm noire – y a bien que Barack Obama pou faire une chose pareille. Dyé le bénisse. Les hommes de pouvoir préfèrent généralement les jolies poupées fragiles comme elle. »

Patsy rejette la couette et se lève nue du lit. Pour la première fois depuis leur rencontre, elle est en colère contre Claudette.

« Mais qu'est-ce qui t'arrive ? » demande celle-ci, stupéfaite.

Sans un mot, Patsy se dirige vers la salle de bains et referme la porte. Elle entend le bruit de la circulation, la musique qu'écoute le voisin et différentes voix. Ces sons comblent rapidement la brèche percée par les paroles de Claudette. Patsy est consciente que ce qu'elle fuyait l'a finalement rattrapée. Elle sent cette chose souffler sur sa nuque, ses anciens sentiments creuser en elle de toutes leurs griffes. Son cœur cogne contre la paroi de ses côtes comme s'il cherchait désespérément à s'échapper. Car il sait que Patsy est presque prête à se rendre, avec une satisfaction perverse, au gigantesque mal capable de la réduire en charpie.

Quelques jours plus tard, l'avant-veille de Noël, Patsy et Claudette terminent leurs achats pour Tru sur Church Avenue. Elles passent d'un magasin de bonnes affaires à l'autre en se faufilant entre les nombreux piétons sortis faire leurs courses ce samedi après-midi. La date choisie par Patsy pour expédier son baril approche et son angoisse commence à monter. Elle passe un long moment dans chaque magasin à sélectionner soigneusement chacun de ses achats. Si Claudette n'était pas là pour lui rappeler que l'envoi de ce baril est un premier pas vers le renouement avec sa fille, Patsy craquerait probablement sous la pression.

En chemin, elle énumère les magasins restants sur sa liste à Claudette qui l'accompagne pendant sa pause déjeuner. Bien qu'elles ne se touchent pas, leurs gestes trahissent une certaine intimité.

Un crissement de pneus interrompt leur bavardage et fait sursauter les passants de Church Avenue. Quelques conducteurs adressent de furieux coups de klaxon au chauffeur de la Lexus dorée aux vitres teintées qui a manifestement appuyé trop fort sur le frein. Patsy retient un cri quand la voiture quitte la chaussée et manque de percuter une bouche d'incendie en montant sur le trottoir. La portière côté conducteur s'ouvre et une voix féminine crie : « Patsy ! »

Patsy plisse les yeux. Non, c'est impossible. Cicely, telle qu'elle l'a vue quelques jours plus tôt aux informations, se précipite vers elle en hurlant son nom dans la rue.

« Patsy ! »

Intérieurement, elle se tend. Cicely doit remarquer son appréhension, car elle ralentit et avance à pas prudents vers elle.

« Salut… »

Cicely paraît plus nerveuse à mesure qu'elle s'approche. Patsy change son sac à main d'épaule.

« Cicely… »

Son nom s'échappe de sa bouche comme une bouffée d'air restée longtemps bloquée dans ses poumons.

Les deux femmes ne s'étreignent pas. Patsy n'a jamais pensé à s'entraîner à la saluer au cas où elles se croiseraient par hasard. Une multitude d'émotions se bousculent en elle, si bien qu'elle ne sait pas très bien quelle expression afficher. Se sent-elle folle de joie ? Nostalgique ? Partagée ? Elle tente de dissimuler le bouillonnement en cours dans son esprit, rendue méfiante par ces – trop – nombreuses années passées sans le moindre contact. Cicely reste elle aussi les bras ballants, la distance entre elles étant trop importante pour lui tendre la main. Son air timide et curieux rappelle à Patsy l'époque où elle appliquait du gel d'aloe vera sur sa peau après les maltraitances qui lui infligeait tante Zelma. Il est difficile de deviner à quoi pense Cicely en ce moment. Elle paraît plus à son avantage qu'à la télévision, bien que la cicatrice sur son front soit visible sous sa frange dégagée. À en juger par sa tenue décontractée, elle se rendait à la salle de sport ou rentrait de sa séance avant de s'arrêter.

« Tu as l'air en forme, dit Cicely.

— Toi aussi.

— Ça fait si longtemps…
— Trop longtemps. »
Lorsque Cicely se penche pour la serrer dans ses bras, Patsy se raidit un peu puis se détend.
« Je t'ai cherchée partout », lui chuchote Cicely à l'oreille.
Toutes deux s'étreignent avec la même force que si elles étaient à nouveau adolescentes, couchées au milieu des fleurs sauvages, seules au monde, mais ensemble. Cependant, la réalité rattrape rapidement Patsy lorsqu'elle rouvre les yeux et aperçoit Claudette par-dessus l'épaule de Cicely, plantée sur le trottoir, les bras croisés sur la poitrine.
Patsy se dégage des bras de son amie et tend une main vers Claudette.
« Cicely, je te présente ma… Je te présente Claudette. Claudette, voici Cicely, une vielle amie… »
Cicely pâlit autant que si ces mots resserraient un fil enroulé autour de sa gorge.
Elle serre la main de Claudette avec un faible sourire. Celle-ci tente péniblement de cacher son agacement.
« Enchantée, Claudette.
— Pareillement.
— Je vais vous laisser… dit Cicely sans conviction, les yeux fixés sur ceux de Patsy.
— Je suis contente de savoir que tu vas bien. Je t'ai vue à la télé. Tu as finalement obtenu ce que tu as toujours voulu. »
Patsy baisse les yeux car elle sait que le regard de Cicely est capable de percer son âme à jour.
« En effet. »
De sa fine main parée de bijoux, Cicely lisse distraitement ses mèches éclaircies.
« C'était sympa de te croiser, Cicely. Mais je… Je dois y aller.
— Oui, oui, bien sûr. Je ne veux pas vous retarder. On reste en contact. »

Tandis qu'elle s'éloigne avec Claudette, Patsy sent que Cicely les observe jusqu'à ce qu'elles disparaissent dans la foule. Dans sa poitrine, crépite un feu dévorant. Cependant, elle ne se retourne pas une seule seconde, car elle sait que la douce lueur du souvenir qui brille dans les iris turquoise de Cicely risque de la rendre aveugle.

51

Le lendemain matin, à la laverie, Patsy aide Claudette à plier serviettes, sous-vêtements et pyjamas en réprimant ses bâillements. Chacune empile soigneusement le linge propre sur la machine désormais vide. Les vêtements sont encore chauds, comme le pain sorti du four. Patsy essaye de ne pas se laisser distraire par ses pensées, mais elle est préoccupée depuis sa rencontre avec Cicely. Lovée contre le corps chaud de Claudette sur son lit bas entouré de perles, elle a eu du mal à trouver le sommeil la nuit dernière. Sous l'œil vigilant de la lune qu'elle voyait à travers la fenêtre, elle s'est demandé si Cicely parvenait à dormir de son côté. Patsy ne sait pas très bien à quel moment elle a fini par s'assoupir, mais à son réveil, Claudette, nue comme l'enfant qui vient de naître, était occupée à remplir des sacs de linge sale avant de descendre à la laverie. Au lieu d'embrasser Patsy sur les lèvres et de lui dire qu'elle pouvait se rendormir, comme elle le fait quand elle se lève tôt, Claudette a déclaré qu'elle filait à la laverie avant qu'il ne reste plus une machine. Patsy, ne voulant pas rester seule avec ses pensées confuses, s'est dépêchée de s'habiller pour l'accompagner.

« Tu penses encore à elle. Je le sens », dit Claudette, tandis que toutes deux rentrent à son studio.

Elle descend le chariot qui transporte ses sacs de linge pleins à craquer du trottoir accidenté de Parkside Avenue et traverse la rue au niveau de la station de métro. Bien qu'on soit dimanche, la chaussée est encombrée de voitures et de bus. En Amérique, la vie ne s'arrête jamais vraiment. Encore moins la veille de Noël.

« Quand je te regarde, il y a quelque chose dans tes yeux. Tu n'es pas là.

— Mais si, je suis ici, avec toi », dit Patsy en laissant échapper un nuage blanc.

Les deux femmes passent devant une cordonnerie, une pharmacie, un salon de coiffure, une épicerie et un restaurant jamaïcain dont les odeurs rappellent à Patsy son pays.

« T'es pas obligée de me cacher la vérité. Je suis plus une gamine, je peux encaisser. Tu m'as menti quand je t'ai demandé si tu la connaissais.

— Je t'ai pas répondu, c'était pas un mensonge.

— Cette fanm était qui pou toi ?

— Ma meilleure amie.

— Vu votre façon de vous dire bonjour, elle était plus que ça. »

Patsy fronce les sourcils.

« Cicely et moi, on était amies à l'école primaire. Je te l'ai déjà dit.

— Et maintenant ?

— Maintenant, on est…

— Je peux tout entendre.

— Maintenant… On s'était pas parlé depuis dix ans.

— Mais elle te fait encore de l'effet apparemment. Ne me mens pas, s'il te plaît. »

Patsy soupire.

« J'en ai jamais parlé à personne. Je suis pas sûre de pouvoir dire ce qu'y avait – de trouver les bons mots.

— Tu peux me le dire, à moi.

— La raison pou laquelle je suis ici… La vraie raison de ma venue en Amérique… c'était elle. J'ai tout abandonné dans l'espoir de vivre avec elle. J'étais pas heureuse en Jamaïque, de toute façon.

— Et ta fi ? C'est pou ça que tu l'as quittée ?

— J'ai essayé. J'ai essayé d'aimer mon bébé, mais j'en étais incapable. Elle ne me suffisait pas, pasque j'étais pas assez… »

Patsy ravale la boule de culpabilité coincée dans sa gorge. « Je suis venue ici en espérant que Cicely arrangerait tout. Mais ça s'est pas passé comme prévu.

— Tu l'aimes encore ? Réponds-moi franchement.

— Je… J'en sais rien. »

Patsy regrette immédiatement sa réponse. Séparées par le lourd chariot, toutes deux marchent en silence vers la large intersection de Parkside et d'Ocean Avenue près du grand McDonald's. Devant elles, Prospect Park bâille et étire ses branches nues, tandis que les joggeurs, les personnes sortant leurs chiens et les promeneurs matinaux franchissent ses portes, un café à la main.

« Allez, file.

— Quoi ?

— Je vais pas passer mon temps à me demander si tu auras un jour une aventure avec elle. J'ai été la fanm numéro deux assez souvent pour reconnaître une personne qui n'est pas heureuse dans son couple ou qui cherche des réponses entre mes cuisses. »

Le cœur de Patsy se serre. Le feu passe au rouge, mais elle ne bouge pas.

« Qu'est-ce que tu racontes ?

— Je te recommande simplement de faire ce que ton cœur te demande, Patsy. Tu viens de me dire que tu étais venue en Amérique pou cette fanm. Y a un seul moyen de mettre fin à tes doutes, de calmer ce qui te remue les tripes. Seule la personne qui te met dans cet état peut t'en sortir.

— Tu me suggères de te tromper avec Cicely ?

— Non. Je te rends ta liberté.

— Mais c'est toi que j'aime.

— Je veux pas entendre ces mots. Pas avant que t'en sois sûre. Pas avant que t'aies suffisamment mûri pour penser ce que tu dis. »

Patsy réfléchit à ses paroles en silence.

« T'es pas sérieuse ? » dit-elle d'une voix étranglée.

L'idée que Claudette est prête à lui rendre sa liberté lui fait l'effet d'une vraie douche froide. Roy s'accrochait tellement à elle ! Lui au moins se battait. Mais il l'a finalement laissée rejoindre Cicely en Amérique. Très doucement, Claudette pose la main sur celle de Patsy qui tient le chariot. Dans son regard se lit une immense affection, un désir encore plus ardent que le sien. Claudette semble prête à tout pour la récupérer, prête à lui avouer que quoi qu'elle décide de faire, quoi qu'il arrive, elles sont liées à jamais. Au bout d'un moment, elle cesse de la dévisager et baisse les yeux vers le trottoir.

« Ça va aller, Patsy. La vérité est dans ton cœur », dit-elle d'une voix évasive et enjouée.

Claudette s'apprête à ajouter quelque chose, mais elle change d'avis et traverse la rue sans l'attendre.

52

Depuis qu'elle vit en Amérique, Noël est un jour comme les autres pour Patsy. Elle reste assise seule dans sa chambre à boire du lait de poule au rhum et à retourner les paroles de Claudette ainsi que ses pensées au sujet de Cicely dans son esprit. Les fêtes passées, elle se réjouit de repartir au travail.

Ce matin, Patsy donne une cuillerée de Cheerios à Bébé et sourit en le regardant mâcher. Lorsqu'elle fait tourner la cuillère au-dessus de sa tête comme un hélicoptère et imite le bruit des pales, il renverse la tête puis ouvre grand la bouche. Tous deux éclatent de rire au moment où la cuillère s'approche de sa langue. Patsy accueille avec joie cette distraction. Les derniers mots de Claudette ne cessent de la hanter. Elle a prévu d'appeler Cicely plus tard sous prétexte de s'excuser. Toutes deux pourraient se revoir et rattraper le temps passé. Patsy entend Regina hausser le ton au téléphone dans la pièce voisine.

« Tu pourrais au moins venir le voir. Oui. Mais il te réclame. Il faut que tu lui dises… Non, c'est à toi de lui dire ! »

Patsy laisse Bébé dans sa chaise haute le temps qu'il finisse ses céréales et commence à faire la vaisselle. L'eau qui remplit bruyamment l'évier noie les paroles furieuses de Regina. Quand elle a terminé, Patsy essuie la vaisselle en admirant Bébé qui mange ses céréales en silence, indifférent aux cris perçants que pousse sa mère dans la pièce voisine. La porte de la chambre claque, puis l'appartement redevient silencieux. Patsy aide Bébé à descendre de sa chaise haute et lui ébouriffe les cheveux, le regard fixé sur la porte close dans le couloir.

« Allons nous balader, dit-elle doucement. Il fait trop beau pour rester enfermé. »

Après le bain, Patsy l'habille et l'emmène se promener en choisissant d'éviter le parc. Le soleil brille à travers les branches d'arbres nues. Malgré le froid, Patsy s'assied sur un banc face à la rue, puis laisse Bébé compter les taxis jaunes et leur fait bonjour avec lui. Elle le conduit ensuite dans un petit parc où elle l'aide à monter sur une balançoire. Bébé pousse des cris ravis à la vue de ses jambes qui s'élèvent dans les airs. À leur retour à l'appartement, Patsy trouve un mot de Regina l'informant qu'elle est sortie et rentrera tard.

Bébé tire sur sa jupe.

« Elle est partie où, maman ?

— Elle ne le précise pas. »

Patsy sent son exaspération monter.

« Elle est en train d'écrire quelque part… Ou elle a rendez-vous avec quelqu'un… Parce qu'elle a toujours mieux à faire que de… »

Elle s'interrompt. Ce coup de colère, semble-t-il, n'est pas uniquement dû à l'attitude de cette femme et à sa manie de rallonger ses dures journées de travail. Ces temps-ci, Patsy sent souvent jaillir les douleurs de son passé, des douleurs que doit aussi ressentir sa fille. Bébé lève son visage angélique vers elle, suspendu à ses lèvres, comme s'il attendait la fin de sa phrase. Les mots s'agglutinent dans la gorge de Patsy. Peu à peu, sa colère retombe.

« Bon. Tu vas pouvoir profiter de moi plus longtemps aujourd'hui. Et tu sais ce que ça veut dire ?

— Le soldat Ronald !, s'écrie Bébé en frappant dans ses mains.

— Exactement ! Bon, aide-moi à ranger tes autres jouets. Le soldat Ronald a besoin d'espace pour faire sa ronde et chercher ses ennemis. »

Après leurs jeux, Bébé fait une sieste d'une heure. Patsy regarde l'émission d'Oprah tout en passant la serpillière sur le sol puis l'aspirateur sur les rideaux. Oprah interviewe une ancienne star du porno puis discute avec une sorte d'experte de l'intérêt croissant des femmes pour la pornographie et l'érotisme. Patsy éteint la télévision au bout d'une heure puis entreprend de ranger les jouets de Bébé et file préparer le dîner.

Lorsque le soleil achève sa traversée du ciel, elle fait manger Bébé et lui lit une histoire avant de le coucher.

« Encore une !, dit-il quand elle referme le livre.

— Bon, d'accord. »

À la fin de cette histoire supplémentaire, Bébé lui en redemande une, et encore une autre. Il est presque vingt heures. Patsy s'arrête lorsque le petit garçon commence à somnoler dans ses bras. Le jouet qu'il tenait tombe de sa main molle. Patsy se lève et se dirige vers son lit, où elle le dépose avant de tirer sa couverture sur lui. Bientôt, on n'entend plus que ses légers ronflements dans la pièce.

Brusquement, la porte d'entrée s'ouvre ; les talons de Regina claquent sur le plancher. Patsy l'écoute s'arrêter pour les enlever.

« Est-ce qu'il dort ?, demande sa patronne lorsqu'elle sort de la chambre de Bébé et referme la porte derrière elle.

— Comme une souche. »

Regina paraît soulagée.

« Je vous remercie infiniment de m'avoir dépannée.

— C'est bon. Pas de problème. »

Fatiguée, Patsy pousse la porte de sa chambre. Sa journée de travail a commencé à six heures, et la voilà enfin chez elle à vingt et une heures. Elle boitille jusqu'au lit, les jambes endolories après être restée accroupie une bonne partie de l'après-midi pour jouer avec Bébé.

Patsy cherche le numéro de Cicely dans un vieux répertoire. Sur sa couverture, les lettres blanches des mots *National Commercial Bank* ont presque disparu avec le temps. Le carnet se trouvait tout au fond de sa valise en cuir – celle qu'elle conserve depuis son arrivée en Amérique, bien qu'elle soit toute abîmée. Entre les pages jaunies du répertoire, Patsy retrouvent quelques souvenirs : des textes sacrés offerts par manman G, les numéros et adresses d'anciennes connaissances, telles que Ramona, Vincent et Roy, et les lettres que Cicely lui a écrites il y a des années, soigneusement pliées dans leurs vieilles enveloppes.

Patsy attend longuement que Cicely décroche en se demandant si elle a composé un faux numéro. Elle jette un coup d'œil au réveil près de son lit. Il est 21 heures 30. Elle l'aurait appelée plus tôt si elle n'avait pas fait toutes ces heures supplémentaires. Peut-être que Cicely dort ou qu'elle est occupée. Après tout, c'est une femme mariée. Le cœur battant, elle s'apprête à mettre fin à l'appel, lorsqu'elle entend enfin la voix de son amie.

« Allô ? »

Patsy retient son souffle.

« Allô ? répète Cicely.

— Salut, Cicely. C'est moi. »

Au moment où elle entre chez Patsy, Cicely sourit et déclare qu'elle adore son logement.

« C'est pas vraiment le rêve américain, réplique Patsy avec une pointe de sarcasme.

— Mais c'est ton chez-toi. »

Cicely, qui porte un coûteux parfum fleuri, resplendit dans son long manteau violet serré à la taille par une ceinture, un foulard de soie coloré autour du cou. Comme toujours, un sac à main Chanel est suspendu à son coude.

Patsy se doute qu'elle ne l'a pas acheté dans un des bazars de Chinatown que Claudette et elle ont écumés il y a deux semaines afin de dénicher des T-shirts et des accessoires bon marché pour Tru. Tandis que Cicely inspecte la petite pièce, Patsy lui propose d'enlever son manteau. Comme elle s'excuse de ne pas avoir de portemanteau, Cicely lui répond qu'elle n'a qu'à le poser sur la chaise.

« T'es sûre ?

— Mais oui. »

Patsy caresse la laine des doigts.

« T'as de la chance de porter de beaux vêtements.

— Pétèt, mais ce n'est pas aussi chouette que d'avoir son propre appartement. Ça doit être tellement agréable de vivre dans un endroit à soi.

— Ma foi, si ton mari arrive à ses fins, je me retrouverai sans-abri en un rien de temps. »

Cicely pose délicatement la main sur la base de son cou et se racle la gorge.

« Euh, est-ce que je pourrais avoir un verre d'eau ? »

Patsy apprécie le fait qu'elle ait conservé la légèreté de ses « *R* ». Elle craignait qu'elle ait totalement intériorisé leur langue maternelle avec le temps. Elle sort une timbale en plastique et la bouteille d'eau rangée dans le réfrigérateur.

Pendant ce temps-là, Cicely examine le contenu du baril, les mains posées sur le bord.

« C'est pou Tru ?, demande-t-elle en prenant la timbale.

— Oui. »

Cicely boit quelques gorgées d'eau.

« Tu en veux encore ?

— Non, merci », répond-elle avec un sourire.

Cicely pose la timbale sur la coiffeuse puis elle se dirige vers la fenêtre, dans un coin de laquelle des pigeons ont fait leur nid. La lumière du soleil qui traverse faiblement le rideau fait briller la poussière comme de l'or dans les recoins de la chambre. Elle contemple le terrain vague et les arbres nus qui forment une galerie jusqu'au cimetière. Patsy observe son amie en silence : on commence à voir ses racines noires, ainsi que quelques cheveux gris sur ses tempes. Cicely est encore plus mince qu'à la télévision, ce qui rend sa poitrine d'autant plus généreuse.

« Comment va Shamar ? »

Cicely croise les bras sans quitter le terrain vague des yeux.

« Bien. »

Elle hausse les épaules, l'air soudain fatigué.

« Il a laissé tomber ses études après sa première année à Cornell. À présent, il est à la maison et cherche soi-disant du travail. Lui qui était toujours premier de la classe à Stuyvesant High passe maintenant ses journées à fumer de l'herbe. »

Cicely lâche un petit rire pour masquer son embarras.

« On pourra pas dire que je me suis jamais occupée de son éducation. »

Quand elle regarde Patsy, elle a les larmes aux yeux.

« Je suis vraiment désolée, Cicely.

— Oh, on l'a bien cherché, Marcus et moi. On lui a mis beaucoup trop de pression. Surtout son père. Mon fils me déteste.

— Tu peux pas en être sûre.

— Si. Mon propre fils me hait. J'ai pas su le protéger de son père.

— T'as fait de ton mieux, Cicely », dit Patsy, rongée par sa propre culpabilité.

Elle pose une main sur l'épaule de son amie qui sourit à travers ses larmes.

« Je suis pas venue ici pou pleurer sur mes échecs. »

Patsy lui serre l'épaule.

« Ça va, ça va. »

Avec des gestes lents, Cicely fouille son sac à main et en sort un petit boîtier.

« J'ai quelque chose pou toi. »

Elle le donne à Patsy.

« Ouvre-le. »

Patsy soulève le couvercle du coffret et y découvre son pendentif en œil de tigre suspendu à une chaîne en argent flambant neuve. Elle sourit.

« Tu l'as gardé.

— J'ai acheté cette chaîne chez Tiffany's quand l'ancienne a rouillé.

— Tiffany's ? T'étais vraiment pas obligée, Cicely.

— Ça me faisait plaisir. »

Peu à peu, le souvenir de sa souffrance, de sa déception, ressurgit. Elle tend le coffret à Cicely.

« Je peux pas accepter.

— Je suis vraiment désolée.

— C'est pas grave.

— Bien sûr que si.

— De l'eau a coulé sous les ponts.

— Je me mentais à moi-même, déclare Cicely en reposant le coffret. Je t'ai toujours aimée. »

Elle se trouve maintenant si près de Patsy que celle-ci sent son haleine mentholée.

« T'imagines pas le mal que je me suis donné pou te retrouver au fil des années. Tous les samedis, je parcourais les rues en voiture dans l'espoir de t'apercevoir. J'avais tellement besoin de voir ton visage, tes fossettes, tes yeux. »

Cicely prend son visage entre ses mains – dans son regard, l'énorme vague d'un océan bleu foncé enfle, puis roule sur Patsy avec la tendresse d'une caresse.

« Et maintenant, tu es là. »

Patsy ferme les yeux et sa prudence s'évanouit. Elle se laisse porter par cette vague, aussi légère et délicate qu'un bout de tissu flottant sur l'eau, et sombre dans l'étreinte de Cicely. Patsy imagine son amie traversant lentement Brooklyn au volant de sa Lexus. Cicely a dû parcourir les différentes rues de Crown Heights, emprunter Utica Avenue jusqu'à Kings Highway puis revenir par Linden Boulevard en direction du quartier caribéen d'East Flatbush pour terminer par les rues blanches et aisées de Park Slope. Ou peut-être est-elle passée par le pont routier d'Atlantic Avenue pour pénétrer dans Bed-Stuy et traverser les quartiers chauds de Bushwick et d'East New York, où les femmes aux décolletés plongeants et aux gros derrières l'ont sans doute regardée avec insistance en se demandant si c'était un client prêt à les prendre sur sa banquette arrière ; quant aux garçons noirs et latino-américains, ils se sont probablement retournés sur le passage de sa Lexus en pensant que c'était leur dealer à cause de ses vitres teintées.

« Je n'arrêtais pas de penser à ce qui se serait passé si… Je suis restée assise des heures dans ma voiture en repensant à tes doigts dans mes cheveux. Comme si c'était tout ce qui me manquait chez toi ! Je réalise que mes sentiments pou toi ont jamais disparu. Je voulais te demander pardon d'avoir été aussi lâche. Je… J'avais tellement peur, Patsy. »

Cicely enfouit le visage dans son cou. La sensation de son corps pressé contre le sien, de ses mains qui lui caressent le dos et de ses lèvres qui murmurent contre sa peau excite aussitôt Patsy. Si Claudette n'était pas apparue dans sa vie, elle laisserait son instinct primaire prendre le dessus, comme dans ses anciens fantasmes ; mais au fond d'elle, le souvenir de l'union de leurs corps ne réveille que souffrance et angoisse.

« Cicely… »

Patsy se dégage doucement de son étreinte et glisse les doigts entre les siens.

« Je me suis laissé dominer par ma peur, dit son amie.

— C'est pas grave.

— J'espérais qu'on…

— Cicely, je…

— On pourrait tout recommencer à zéro. Il n'y aurait rien que toi et moi.

— Cicely, j'ai tourné la page. Je suis amoureuse de quelqu'un d'autre. »

Cet aveu les surprend autant l'une que l'autre. Les mains de Cicely lâchent celles de Patsy, qui prend instantanément conscience que, bien qu'elle éprouve encore des sentiments très forts pour Cicely, ceux-ci ne suffisent pas. C'est ce qui lui a permis de tenir toutes ces années, mais elle a trouvé mieux.

Un silence tombe sur la pièce. Cicely regarde à nouveau les arbres nus par la fenêtre.

« C'est cette fanm qui était avec toi l'autre jour ?

— Oui. »

Cicely pose une main sur sa bouche comme pour retenir un sanglot. Puis elle prend une profonde inspiration et se frotte les bras.

« C'est de ma faute. J'ai trop attendu. Mais j'avais fait tellement de sacrifices que je voulais pas prendre le risque de tout perdre. J'avais besoin de cette sécurité.

— Qu'est-ce que tu as sacrifié au juste, Cicely ?

— Mon âme.

— Comment ça ?

— Y a vingt ans, j'ai aidé Pope.

— Quoi ? Mais de quelle façon ?

— Je… J'ai vendu de la drogue pou lui. Y se servait de moi pou dealer sa came dans les hôtels dans lesquels y pouvait pas entrer lui-même. J'avais dix-huit ans… Je savais pas ce que je faisais, et une fois que j'ai commencé, j'ai pas su comment m'en sortir. Alors après une livraison, au lieu de rapporter l'argent à Pope, je l'ai gardé et je me suis enfuie. Je me suis servie de ces sous pou partir en Amérique. C'est comme ça que j'ai pu venir dans ce pays. C'est pou cette raison que j'ai disparu aussi longtemps sans t'écrire. J'avais peur qu'on sache où j'étais. Si je perdais tout, j'étais une fanm morte. »

Comment ne pas l'avoir compris plus tôt ? Patsy savait que son amie était sortie avec Pope, mais jamais elle n'aurait cru qu'elle était allée jusqu'à dealer pour lui. Patsy revoit l'enveloppe renfermant ses rêves qu'elle tenait serrée contre elle à l'ambassade. Sans la moindre honte, un goût sucré sur les lèvres, elle est ensuite montée dans l'avion en espérant trouver la liberté dont elle avait toujours rêvé auprès de cette femme venue la voir aujourd'hui – une inconnue. Comme elle rêvait d'embrasser cette cicatrice sur son front et de couvrir Cicely de cet amour immense qui dévorait tout le reste, y compris les sentiments qu'elle éprouvait pour son propre enfant, et pour elle-même ! Un amour incommensurable qui lui coupait le souffle et la clouait au lit pendant des jours. Tandis que son bébé pleurait, il planait comme une menace au-dessus du berceau, épais et sombre. « *Tu as toujours été ma seule famille dans ce monde.* » Grâce à cette promesse implicite, Patsy a finalement été capable de s'occuper de Tru avec le dévouement d'une femme prête à prendre son envol.

À présent, elle dévisage l'inconnue devant elle, un goût aigre dans la bouche.

« Y faut que tu y ailles, dit-elle finalement. Ton mari risque de t'attendre. »

Patsy regarde Cicely boutonner son manteau et enrouler son foulard autour de son cou. Avant de partir, elle se tourne vers elle.

« Est-ce qu'on peut rester amies ?

— Je sais pas. »

Patsy attend que la porte se referme pour se laisser tomber sur son lit, le regard fixé sur le baril posé dans un coin.

53

Au début de l'année, le vent du nord apporte un front froid qui balaye la majeure partie de l'île. C'est l'époque où les oiseaux migrateurs viennent se réchauffer sur ses terres et où les vagues s'abattent violemment sur le rivage, creusent le sable blanc puis refluent sombrement en laissant derrière elles algues et détritus arrachés au fond de l'océan. Les pêcheurs s'abstiennent de s'éloigner du rivage, car ils risqueraient d'être emportés vers le large ou pire, de tomber sur des requins migrant vers la mer des Caraïbes. Récemment, la mer a déposé quelque chose de plus inhabituel au débarcadère de Kingston. Un baril. Accompagné d'un télégramme, il était adressé à Tru. Un employé du port vient d'appeler Roy pour qu'il vienne le chercher.

Quelques heures plus tard, Tru rentre du lycée et découvre le baril qui l'attend dans le salon. Comme tous les soirs, Kenny fait ses devoirs à la table, tandis que Roy et Marva, qui allaite ses jumeaux, sont installés sur le canapé. Curieusement, les membres de sa famille paraissent tout petits à côté de l'imposant baril. Tru l'observe avec fascination sans trop savoir quoi penser de ce geste d'excuse qu'elle a attendu pendant dix longues années. Les bras ballants, elle cherche désespérément une réponse sur les visages familiers qui l'entourent. Son regard croise ceux de Marva et de Roy, tandis qu'ils lèvent les mains avec incertitude. Puis chacun détourne les yeux, l'air de penser que la décision d'agir ou de réagir n'appartient qu'à elle seule. Comme si elle se rendait à un premier rendez-vous, Tru tire sur la tunique de son uniforme et la lisse de ses paumes moites. Elle passe ensuite une main sur ses cheveux courts. Kenny, qui a cessé de faire ses devoirs, Marva et Roy la regardent s'approcher du baril. Quelques instants plus tard, Tru soulève le couvercle. Là, au sommet de la pile, apparaît un sac rempli d'accessoires féminins : des limes à ongles pailletées, une pochette rose, de gros nœuds pour cheveux, des boucles d'oreilles à clip, des barrettes à fleurs, ainsi qu'un carnet sur lequel est écrit Les filles heureuses sont les plus jolies. Comme si ça ne suffisait pas, Tru découvre également un sac à dos JanSport blanc à fleurs roses et des tonnes de crayons et de papiers à lettre *Hello Kitty*.

Elle lève les yeux vers Roy et Marva.

« C'est… Ce n'est pas… »

Ni l'un ni l'autre ne parviennent à la regarder en face. Seul Kenny soutient son regard interrogateur. Une expression de pitié – ou bien est-ce de la tristesse ? – se peint sur son visage. Depuis l'autre côté de la pièce, son frère confirme en silence que, malgré leurs différends, Tru et lui sont maintenant liés par quelque chose de fort. C'est la toute première fois que l'adolescente subit le rejet auquel Kenny se heurte depuis l'enfance – Kenny, ce fils invisible aux yeux de son père.

Tru pivote sur les talons et s'enfuit de la pièce. Lorsqu'elle claque la porte, Roy ne bouge pas.

54

Alertée par le bruit, Patsy se réveille en sursaut. Au début, elle pense que ce sont quelques pigeons qui battent des ailes dans le puits sans lumière sur lequel donne la fenêtre. Mais à vingt-deux heures, les oiseaux sont généralement silencieux. Trop épuisée pour se lever et écarter le rideau de perles, Patsy est tentée de se rendormir. Mais par la fenêtre entrouverte, elle entend une pluie de minuscules cailloux tomber du ciel, accompagnée d'éclairs et de coups de tonnerre. Une averse de grêle. Elle n'avait jamais rien vu de pareil. L'impact des grêlons est si violent que c'est un miracle que la vitre ne vole pas en éclats. Si elle a été réveillée ainsi, c'est une sorte de signe, de prémonition, pense-t-elle. À côté d'elle, Claudette dort à poings fermés. Patsy ferme la fenêtre puis se blottit contre son corps chaud, soulagée qu'elle lui ait tout pardonné.

Le lendemain soir, un numéro inconnu s'affiche sur l'écran de son téléphone. D'habitude, elle ne se trouve pas chez elle aussi tôt. Apercevant l'indicatif 876, elle s'empresse de décrocher. Elle a si longtemps attendu cet appel. Patsy hésite à s'asseoir. Mais qu'est-ce que ça peut faire ? Sans réfléchir, elle murmure dans un souffle :

« Allô, Tru ? »

Mais c'est une voix de baryton très reconnaissable qui lui répond. Patsy ne l'a pas entendue depuis dix ans. Ce son familier fait resurgir quantité de souvenirs.

« Roy, dit-elle en s'efforçant de maîtriser son émotion.

— Birdie, je vais être bref. »

Il paraît tendu, comme si quelque chose pesait sur sa voix au fond de sa gorge.

« Y s'agit de Tru. »

Quand elle entend le prénom de sa fille, Patsy expulse l'air qu'elle retenait dans ses poumons, tandis qu'une douleur sourde se réveille au-dessus de ses yeux.

« Qu'est-ce qui lui est arrivé ?

— Ce baril que tu lui as envoyé… »

La voix de Roy se brise.

« Le baril ?

— Tu pouvais pas nous appeler, histoire de savoir ce que ta fille aime ou déteste ? C'était encore trop te demander ? Mais quelle mère… »

Il s'interrompt.

« Vas-y, dis-le. Termine ta phrase, qu'on en finisse. Démolis-moi tout de suite, Roy !

— Dix ans, Birdie. Dix ans ! Pendant tout ce temps, t'as jamais songé à prendre ton téléphone ou un stylo pou écrire à ta fi. Tu croyais vraiment qu'un baril allait tout arranger ?

— J'ai essayé…

— Ça n'a pas suffi.

— J'étais pas prête.

— T'avais pas le choix, Birdie. Je connais plein de fanm qui élèvent des marmailles dont elles voulaient pas. Comment t'as pu croire que t'avais le droit de fuir tes responsabilités ?

— On va pas recommencer…

— T'as jamais fait le moindre effort. Tu sais pas une seule chose sur Tru, Birdie. Ce baril en est la preuve…

— Depuis quand tu sais ce qu'aiment les fi, toi ?

— Depuis que tu m'en as confié une. Mais c'est pas le problème. Ça l'a brisée, Birdie. Tu lui avais promis que tu reviendrais. Mais t'as jamais eu l'intention de le faire. T'aurais pas dû envoyer ce truc.

— Mais bon sang, Roy, c'était rien qu'un stupide baril ! »

Un silence pesant s'installe au bout du fil.

« Rien qu'un stupide baril, hein ?, dit finalement Roy, avant de lâcher un petit rire amer qui agace Patsy. Ce sont tes propres mots : *un stupide baril*. Voilà tout ce que c'était pou toi. Une façon égoïste de te déculpabiliser. Un petit pansement à coller sur la blessure profonde que tu as causée.

— Les mots sont sortis trop vite de ma bouche.

— Ce qui est dit est dit. Et tu sais quoi, Birdie ? Ce baril a provoqué exactement l'inverse de ce que tu voulais. T'aurais dû continuer à ignorer Tru. Les choses allaient beaucoup mieux sans toi. Si t'avais pas envoyé ce baril, notre fi serait pas en train de se battre pour sa survie maintenant.

— Oh, mon Dyé… »

Patsy plaque une main sur sa bouche.

« Qu'est-ce qui lui est arrivé, Roy ? »

Celui-ci ne répond pas immédiatement.

« Roy !

— Elle est à l'hôpital. Elle a perdu beaucoup de sang. Elle a fait un choc hypovolémique. Elle a besoin d'une transfusion. »

Patsy l'écoute lui expliquer la situation en détail, mais ne l'entend qu'à moitié à cause des questions qui se bousculent dans sa tête. Roy a trouvé leur fille en sang.

« Attends ! Attends !, s'écrie-t-elle. Qui lui a fait ça ? Tu l'as retrouvé ? Qui lui a fait ça ?

— Elle s'est fait du mal toute seule, Birdie.

— Et c'est arrivé quand ?, murmure Patsy, le souffle court.

— On l'a trouvée hier soir… »

Hier soir. Pendant qu'elle s'occupait de Bébé, sa propre fille se vidait de son sang.

« Mon plus grand regret, c'est que je comprenais pas ce qui lui arrivait – Tru est la personne qui compte le plus au monde pou moi… » sanglote Roy.

Patsy le revoit surgir de la pénombre dans la maison de Jackson Lane – la chute fracassante du miroir piqué résonne dans ses oreilles, comme si elle se trouvait à nouveau là-bas. Car ce fut Roy qui se battit avec leur agresseur à mains nues pour les protéger, Cicely et elle ; ce fut son sang qui gicla quand l'homme lacéra son poing avec un éclat de verre. Son sang qui forma bientôt une flaque, une rivière, aussi profonde que leur secret. Sa main eut besoin de vingt-neuf points de suture. Un de ses nerfs étant endommagé, Roy faillit ne pas être admis à l'école de police. Par conséquent, Patsy se sentit obligée de l'aimer. Jamais elle ne lui demanda ce qu'il faisait à proximité de la maison de Jackson Lane, trop honteuse pour aborder le sujet. Elle ferme à présent les yeux afin de retenir ses larmes et écoute Roy lui expliquer que leur fille, leur bébé, le fruit de leur union éphémère, a brisé d'un coup de poing le miroir de sa chambre et enfoncé un morceau de verre dans sa propre chair – sa propre chair ! Comment est-ce possible ? Comment celui qui l'a sauvée des mains d'un homme rempli de haine peut-il lui annoncer qu'il n'a pas été capable de secourir leur fille à son tour ?

Patsy regarde par la fenêtre. Un soleil bas et blême s'enfonce dans les plis des nuages. La peur la plus ancienne qu'elle ait jamais ressentie lui tord le ventre.

« Tu as raison. C'est de ma faute, dit-elle. J'aurais jamais dû lui faire cette promesse. Et j'aurais jamais dû penser que je pouvais lui envoyer des trucs sans… »

Patsy balaye la pièce du regard puis se tourne vers la fenêtre. Dehors, le ciel du soir se teinte de rouge orangé. Elle imagine Tru un tesson de verre à la main et revoit sa mère lever les yeux vers le ciel quand elle était enfant.

Lorsque manman G refusait ainsi de la regarder, Patsy éprouvait un profond sentiment de perte. Autour d'elles, la maison était en désordre et les placards restaient désespérément vides, mais sa mère continuait à encombrer les étagères de statuettes de Jésus. Patsy faisait partie de toutes ces choses que sa mère avait laissées. Cela explique peut-être pourquoi ses larmes ne cessent de couler maintenant ; à croire que leur source cachée est intarissable. « *La Bible dit que nos marmailles sont un héritage du Seigneur. Le fruit de nos entrailles. Tru est ta récompense !*, entend-elle sa mère lui dire. *J'espère que t'as pas l'intention d'abandonner l'enfant que le Seigneur t'a offert.* » Patsy baisse la tête. Elle se demande si celle-ci tentait alors de s'excuser, d'admettre que la vie de sa fille avait plus de valeur que ces fichues statuettes et son dieu. Elle fouille dans sa mémoire, prête à tout pour entrevoir l'ombre d'un remords dans les yeux de sa mère. Sa mère, qui s'est tenue à l'écart pendant toute sa jeunesse, assistant passivement à ce qui lui arrivait, le dos toujours tourné, comme si elle autorisait la nuit à engloutir Patsy, à la prendre dans ses mains rêches.

Les souvenirs lui reviennent dans une gamme infinie de couleurs. Avant, ils n'existaient qu'en noir et blanc. Ils fusionnent maintenant dans une explosion de clarté – une lumière qui révèle les ombres du passé. Patsy a toujours cru qu'elles lui appartenaient, mais en repensant au frêle espoir qui s'éteignit un jour dans les yeux de manman G et vida la maison tout entière de sa présence, elle prend conscience que ces ombres étaient aussi celles de sa mère. Patsy, dans son inconscience, a donné à Tru toutes les raisons de croire que sa vie n'avait pas non plus la moindre valeur. « *Sois une petite fi sage et obéissante, et je te jure que je reviendrai.* » C'était un mensonge. Un piège. Tout compte fait, qu'est-ce qui la différencie de sa propre mère ?

« Oh, Tru… » dit-elle d'une voix étranglée.

Lentement, elle lève la tête vers le ciel où se mêlent à présent un violet éclatant et un bleu argenté.

« Oh, Tru, pardonne-moi. Je savais pas comment être une manman pou toi… » gémit-elle.

Comme elle se sent impuissante tout à coup.

« Oh, Tru, pardonne-moi ! J'étais pas là pou toi.

— On l'a laissée tomber tous les deux, Birdie. T'es pas la seule responsable », dit Roy d'un ton doux.

Ça lui ressemble pas de m'absoudre de mes crimes, songe Patsy.

Il lui vient également à l'esprit que Roy appelle maintenant leur fille Tru. Les choses ont évolué avec le temps. Ce surnom a pris un nouveau sens, trouvé une raison d'exister.

La clé tourne dans la serrure. Claudette entre, chargée d'un sac de courses et d'un bouquet de fleurs. Leurs regards se croisent. *Cette femme est le soleil incarné*, pense Patsy, tandis qu'au loin, un gros nuage noir d'incertitude menace de crever. Pas le moindre arc-en-ciel en vue.

« Est-ce qu'il est trop tard ? » demande-t-elle à Roy.

Sa question déchirante reste en suspens dans l'air, sans réponse.

55

Depuis sa tentative de suicide, Tru flotte en dehors du monde. Elle a l'impression de se regarder de haut bouger comme une marionnette au bout d'un fil et accomplir des gestes machinaux, assommée par les antidépresseurs que lui ont prescrits les médecins. Tru avale plusieurs comprimés par jour. Parfois, elle se sent pareille à un poisson exotique dans son aquarium, sous surveillance permanente au lycée comme à la maison. Tout le monde – Marva, Roy, Kenny, manman G, ses professeurs et ses camarades de classe – observe chacun de ses gestes en retenant sa respiration.

Ses rendez-vous obligatoires avec la conseillère pédagogique, mademoiselle Fairweather, sont une perte de temps. Tru gribouille tandis que la voix de la femme lui parvient vaguement à travers le bruit de ses pensées. Elle ne se sent nullement obligée de combler ses silences. Moitié noire, moitié asiatique, cette jeune conseillère branchée, avec son épaisse afro, ses robes à fleurs en lin, ses boucles d'oreilles en coquillage et ses diplômes de psychologie étrangers, la considère probablement comme une cause perdue. La psychiatre du Bellevue Hospital a sans doute conclu la même chose après lui avoir demandé comment elle se sentait et que Tru s'est seulement plainte qu'elle ne pouvait plus se masturber. C'est peut-être la raison pour laquelle l'hôpital a décidé de la confier aux soins de son père, en lui remettant un plein sac de ces médicaments abrutissants. Bien qu'elle se sente encore plus seule qu'avant, Tru évite Saskia et ne répond pas aux messages de Marlon et de Ricky. Sa mère a essayé de l'appeler, mais elle refuse de lui parler. Mieux vaut en rire. Après toutes ces années en Amérique, sa mère a enfin découvert l'existence du téléphone. Patsy lui a également écrit une lettre, mais Tru se garde bien de l'ouvrir. L'enveloppe blanche sur laquelle sont collés plusieurs timbres à l'effigie de la statue de la Liberté est toujours posée sur sa table de chevet, à l'endroit exact où Roy l'a laissée la semaine passée.

Ce soir, la maison est silencieuse. Tru termine ses devoirs puis fait semblant de lire la bible que lui a offerte manman G. « *Pou te réconforter* », a-t-elle dit en la posant à côté d'elle. Depuis, elle lui recommande sans cesse d'en lire quelques chapitres chaque soir. Lorsqu'elle l'a vue avaler les comprimés prescrits par la psychiatre, manman G lui a arraché le flacon des mains et lui a tendu la bible. « *Y a rien de plus puissant que la prière et la bonne parole pou soigner ce qui tourne soi-disant pas rond chez toi.* » Tru ne supporte plus cette attention excessive. Sa grand-mère s'est installée chez Roy et Marva après sa sortie de l'hôpital – un arrangement conclu afin qu'elle ne soit jamais seule. On a même démonté la porte de sa chambre, si bien qu'elle n'a plus aucune intimité.

« Ne fatigue don pas trop tes yeux », lui dit manman G de cette voix douce qu'elle prend pour lui parler depuis qu'elle est rentrée de l'hôpital.

Assise à la table de la salle à manger, Tru regarde la vieille femme se traîner en boitant jusqu'à la cuisine pour lui préparer du thé.

« J'en veux pas, grand-mère.

— Mais tu n'as rien mangé. Ton estomac va se ballonner si tu bois pas quelque chose de chaud. »

Tru est trop fatiguée pour protester. Un rien l'épuise, en réalité. Elle n'aime pas regarder ses poignets bandés. Ces pansements ne font que lui rappeler sa tentative ratée et donnent envie aux autres de s'apitoyer sur son sort.

Marva aussi la traite comme un bébé. C'est elle qui la réveille le matin, la tire du lit et l'accompagne à la salle de bains. Puis elle se tient près de la porte en attendant que Tru ait fini sa toilette. Marva la laverait sûrement elle-même si elle la laissait faire. Tru la revoit lui frotter délicatement le dos, la tête et le visage le jour de son arrivée chez son père, puis se tourner le temps qu'elle se lave entre les jambes. On entendait juste le son de l'eau qui clapotait dans la baignoire. Tru repense avec nostalgie à la tendresse de ses gestes. On aurait dit que Marva manipulait un objet de grande valeur, une chose qu'elle considérait comme la sienne.

Le bouillonnement de l'eau qui chauffe sur la cuisinière couvre le chant des criquets. Une odeur de feuilles de menthe poivrée flotte jusqu'à la salle à manger, brassée par le ventilateur électrique du plafond. Bientôt, Tru entend tinter une cuillère lorsque manman G mélange un peu de lait concentré à son thé. Elle pose la tasse fumante sur la table, puis lui tapote l'épaule de sa main osseuse.

« N'oublie pas d'éteindre la lumière quand tu auras fini.

— Tu oublies que je ne suis pas censée rester seule », dit Tru avec une pointe de sarcasme.

Cette règle est si stupide ! Si elle voulait à nouveau essayer de se supprimer, il lui suffirait d'attendre que tout le monde dorme pour passer à l'acte.

« Dans ce cas, finis don de lire pou que j'aille me coucher », répond manman G.

La vieille femme prend tout son temps pour remplir le verre d'eau qu'elle posera ensuite sur sa table de nuit, au cas où une nouvelle quinte de toux la réveillerait pendant la nuit. Manman G dort dans l'ancienne cabane d'Iris.

Elle fredonne en allant reposer le pichet dans le réfrigérateur. Sa robe d'intérieur balaye le sol. Sans lever la tête, Tru écoute sa grand-mère s'affairer en chantonnant. Les criquets rompent bruyamment le silence bienveillant – mais légèrement déplaisant – qui s'est installé entre elles. Tru referme la bible.

« Je peux te demander quelque chose, grand-mère ?

— Je t'écoute, ma chérie. »

Manman G tire une chaise vers elle et s'assied, visiblement soulagée qu'elle sorte de son mutisme. *M'aimerais-tu autant si je n'avais pas échappé de peu à la mort ?* Ces mots brûlent les lèvres de Tru. Mais sa grand-mère l'observe avec une telle attention que l'adolescente referme la bouche et que sa question retourne se nicher dans son ventre.

« À quel âge as-tu été sauvée ? » finit-elle par lui demander.

Manman G pousse un gros soupir et redresse le dos.

« Ça fait trente-trois ans que Dyé m'a délivrée.

— De quoi ? »

La vieille femme esquisse une grimace.

« Comment ça, de quoi ? Du diable en personne. J'étais une demoiselle très malavisée. »

Tru ne parvient pas à imaginer sa grand-mère jeune. Jamais elle ne l'avait entendue faire allusion à son passé.

« Qu'est-ce qui t'est arrivé ? » demande-t-elle en essayant d'apercevoir la jeune manman G derrière son masque renfrogné.

La vieille femme la regarde, mais Tru devine au voile qui couvre ses yeux que son esprit est ailleurs. Il flotte à présent très loin de la salle à manger.

« C'était dur d'élever ta mère toute seule avec mon maigre salaire de domestique. Son père m'avait quittée pou une bonne fanm de Stony Hill chez qui y tondait la pelouse. Cet abruti croyait que cette mégère de la haute espérait davantage qu'une petite partie de plais… »

Manman G se racle la gorge.

« Le mari de cette fanm a découvert leur liaison et l'a abattu deux mois avant la naissance de ta mère. Je disais souvent que c'était bien fait pou lui. Mais c'était avant que je sois sauvée. Grâce à Dyé, j'ai réussi élever mon enfant seule sans tomber folle. La seule autre fois où je me suis sentie aussi faible et impuissante, c'est quand mon père, papa Joe, est mort. »

Elle marque une pause et secoue la tête, le visage assombri par ce souvenir.

« Il a fallu que je me donne tout entière à Dyé pou trouver la paix. Une fois que j'ai su que je pouvais compter sur le ciel, tout est devenu facile. Rien d'autre n'a d'importance depuis que je sais que le bon Dyé vient la nuit comme un voleur et emmène les plus méritants d'entre nous au paradis. C'est pou ça qu'y faut se préparer pou le jour du salut. Une fois que j'ai été sauvée, le diable s'est mis à me narguer encore plus. Y me disait toutes sortes de choses pou me décourager. Y m'a même soumise à la tentation plusieurs fois. Mais j'étais prête à l'affronter. Je priais et je jeûnais. Une fois, ça a été si dur que j'ai dû faire maigre pendant quarante jours et quarante nuits, comme Jésus dans le désert. Ta mère était petite, mais elle savait qu'on devait tout faire pou éloigner le diable. Je sais que mon Dyé tout-puissant sera là pou me féliciter à ma mort. »

Tru fronce les sourcils.

« On dirait que tu as hâte de mourir, grand-mère.

— Le bon Dyé nous dit de l'attendre fidèlement. Tout se termine un jour ou l'autre. Il existe un endroit où on est bien mieux qu'ici, mon enfant, dit manman G, le regard toujours perdu au loin.

— Et si cet endroit n'existait pas ?

— Comment ça ? Bien sûr qu'il y a un lieu pou les gens comme nous. Et y se trouve certainement pas sur terre.

Ce monde est réservé aux pécheurs – ceux qui s'enrichissent par des moyens que le Seigneur condamne. T'étais don pas au courant ? Écoute-moi bien : on est pétèt très pauvres, mais Dyé nous a promis qu'on irait au paradis, bien plus haut dans le ciel que ces collines où vivent les riches. Y se croient supérieurs, mais c'est nous, les élus – ceux que Dyé a chargés de porter le poids de l'humanité pasqu'on est noirs et forts. Notre récompense, c'est le paradis. Si Dyé a choisi les pauvres comme héritiers de son royaume, c'est pasque leur foi est riche.

— Tu ne crois pas qu'on mérite aussi d'être récompensés dans cette vie ?, demande Tru en se remémorant sa conversation avec Pope. Pétèt – pétèt que, pendant qu'on est occupés à attendre le salut, des gens en profitent pou nous voler ?

— Qu'est-ce qu'on a don à voler ?, demande manman G, les yeux fixés sur les siens. Je t'écoute. »

Tru hausse les épaules.

« D'après Ras Norbert, on est assis sur une mine d'or.

— Qu'il aille se faire voir, ce vieux fou. Qu'est-ce qu'il y connaît, lui ? Depuis que sa fanm l'a quitté, tout ce qu'y fait, c'est fumer de la ganja toute la journée. De l'or ? Où ça ? Si on en avait, on serait un peuple riche depuis longtemps. Les Noirs ont jamais d'or, à moins qu'y vendent leurs organes. Comme je le dis toujours, nos richesses se trouvent au ciel. Pas sur cette terre. Tu dois jamais douter de Dyé. En fait, tu devrais même lui être reconnaissante de t'avoir sauvé la vie. Je suis contente que t'aies survécu, pasque tu serais pas allée au paradis en t'ouvrant les veines. C'était le chemin direct pou l'enfer. Tu peux vraiment remercier Dyé. »

Le souvenir du sang noir qui a jailli dans les veines de Tru quelques instants avant qu'elle ne détruise le miroir à mains nues et enfonce le verre dans sa chair resurgit. Elle est depuis pleinement consciente que ce mal l'accompagne partout ; il est tapi dans les recoins de sa chambre ; s'attarde bien après que la pluie s'est arrêtée, les jours nuageux ; subsiste dans le silence, quand elle n'écoute pas de la musique à fond dans ses écouteurs afin de l'oublier. Tru regrette d'avoir survécu. Son cœur bat violemment dans sa gorge, tandis qu'assise à table, elle écoute sa grand-mère élucubrer des théories. Les poings serrés, elle tente péniblement de ravaler sa colère. Manman G se moque bien de ce qui lui est arrivé. Il est maintenant clair que tout ce qui préoccupe sa grand-mère, c'est d'obtenir une place dans un endroit qui n'existe probablement pas.

« Et manman, elle a été sauvée aussi ? » demande-t-elle.

Tru ne sait pas pourquoi cette question lui est venue à l'esprit. C'est peut-être parce qu'elle n'arrive pas à s'imaginer à la place de sa mère, jeune fille obligée de jeûner pendant quarante jours et quarante nuits pour rassurer manman G. Disait-elle aussi à Patsy qu'elle irait en enfer ?

La vieille femme secoue la tête d'un air peiné, comme si sa question ne lui plaisait pas. Dans le silence incertain de la pièce, Tru entend sa grand-mère prendre une inspiration, mais elle continue finalement à se taire. Tru attend patiemment sa réponse. Au bout d'un moment, la voix de manman G s'élève, calme et lointaine.

« Certaines personnes peuvent pas être sauvées. Et pourtant, j'ai tout essayé. Y faut pas essayer de comprendre ce qui oppose Dyé et le diable. »

Dans l'épaisse obscurité tombée comme une large cape sur Rochester, les lumières de la maison luisent, tandis que Tru décachette la lettre de sa mère arrivée une semaine plus tôt. « *C'est tout de même ta manman.* » Peut-être Roy pensait-il que sa colère finirait par retomber. Il avait raison. Après avoir discuté avec manman G, elle a réalisé qu'en partant en Amérique, sa mère fuyait sans doute davantage sa douleur que sa propre fille.

Chère Tru,

J'espère que tu vas mieux. Je sais que j'ai laissé passer beaucoup d'anniversaires et de Noëls. Il y a tant de choses à dire… Tant de mots que je ne me sens pas capable de formuler. Ce n'est pas trop mon truc, l'écriture, j'ai toujours préféré les chiffres. Mais j'ai décidé de t'écrire, en espérant que je réussirai à me faire comprendre. Je ne peux pas quitter l'Amérique pour venir te voir, car mes papiers ne sont pas en règle ici. Mais Tru, si je pouvais voyager, je serais auprès de toi en un clin d'œil. Je suppose que tu te demandes pourquoi il m'a fallu autant de temps, toutes ces années, pour te contacter. Si je t'écris maintenant, c'est parce que j'ai beaucoup trop attendu. Pour être honnête, je ne sais pas de quoi j'aurais été capable si tu étais morte. Je n'ai certainement pas pris la meilleure décision en t'abandonnant quand tu étais petite, mais si tu n'avais pas survécu, je ne me le serais jamais pardonné. Je n'étais pas encore une adulte quand tu es née. Malgré mes vingt ans, je n'étais qu'une jeune fille et j'attendais beaucoup de la vie. J'étais terrifiée à l'idée d'élever un autre être humain. Ton destin était entre mes mains. Tout le monde n'est pas capable d'assumer une telle responsabilité à vingt ans. Pour moi, c'était impossible. Je trouvais également injuste de te rendre responsable de mes échecs et de mes désillusions. J'ai vu beaucoup trop d'enfants souffrir du désenchantement de leurs parents. Quand tu étais petite, je n'étais pas capable de te dire combien j'étais triste. C'est un sentiment que je n'ai jamais su expliquer – cette tristesse me donnait l'impression d'être enterrée vivante. Je me sentais coincée, j'étais persuadée qu'une fille noire et pauvre comme moi n'accomplirait jamais rien.

Et puis tu es arrivée. Tu étais un magnifique bébé, mais j'étais incapable de voir ta beauté parce que tu me ressemblais trait pour trait. J'avais peur de te regarder en face, car je savais que je n'avais pas les moyens de te sauver. Mon plus grand regret, c'est que je n'ai pas compris plus tôt comment t'aimer. Je ne m'aimais pas moi-même. Je me sentais coupable de t'avoir fait naître dans un monde auquel je ne pouvais rien changer – un monde qui risquait de te briser aussi. Je ne parvenais pas non plus à faire semblant de m'épanouir dans la maternité.

Une femme très sage m'a dit que tu me respecterais davantage si j'étais honnête. C'est la raison pour laquelle je mets aujourd'hui mon âme à nu. Ta naissance était un vrai miracle car les médecins m'avaient prévenue que je ne serais plus jamais enceinte après une fausse couche. Ta vie était un miracle, et j'ai eu l'imprudence de penser que rien ne pouvait t'arriver. Tu étais un miracle, mais j'étais trop brisée pour m'en réjouir. Tu n'es pas en vie pour rien, Tru. Si tu existes, c'est pour prouver aux gens, moi comprise, qu'ils se trompent. C'est peut-être toi qui feras bouger les choses. Je sais que mon absence t'a fait beaucoup de mal. Et j'en suis sincèrement désolée. Cependant, les cicatrices de nos vies font de nous des guerrières. Car tu es une guerrière, Tru. Et c'est grâce à ton père, la meilleure personne à qui je pouvais te confier. C'est un homme bien. Et Marva est une femme plus méritante que moi.

Je sais que je n'ai plus vraiment le droit de me considérer comme ta mère désormais, ni même de prétendre que je sais ce qu'il y a de mieux pour toi. J'espère simplement qu'un jour, tu parviendras à me pardonner. Je ne suis sans doute pas non plus très douée pour choisir les cadeaux, mais je t'offre ces mots que j'aurais aimé entendre à ton âge : ne laisse jamais personne te dire qui tu es. N'oublie jamais que ta vie compte. Que tes pensées, tes sentiments et tes désirs comptent. Que ton bonheur compte. J'ai encore beaucoup à apprendre pour devenir une bonne mère, mais le moins que je puisse faire en attendant est de te libérer.

Je serai toujours là si tu as besoin de moi.

Avec tout mon amour,
Patsy

Livre IV

Qui est Tru

56

Tru traverse le parking du National Stadium en humant l'air imprégné de l'odeur des mangues mûres. Au même moment, ses coéquipières en tenue sortent du bus scolaire. Tru repère Saskia à proximité d'un bosquet de palmiers et ralentit. Les yeux plissés à cause du soleil matinal, celle-ci sourit lorsqu'elle la voit approcher.

« La classe ! » dit Saskia en admirant le maillot de Wilhampton frappé d'un éléphant bleu et blanc que porte Tru.

Ses cheveux détachés, soigneusement bouclés, brillent au soleil. Comme une mèche tombe devant son visage, Tru tend la main, glisse la boucle derrière son oreille et en profite pour la caresser. Toutes deux se dévisagent, intimidées par ce contact intime.

« Tu attends qui au fait ? » lui demande Tru avec un sourire en coin.

Saskia hausse les épaules.

« Hmm. Une personne cool aux cheveux courts et aux grands yeux marron. C'est l'attaquante de l'équipe du lycée dont tout le monde parle. Tu la connais ?

— Elle est mignonne ? »

Saskia rougit.

« J'en sais rien. Peut-être.

— C'est une footballeuse, alors. Et c'est la meilleure ?

— Aujourd'hui, le public va découvrir que c'est la plus forte de toute la Jamaïque et que son équipe est capable de vaincre toutes les autres. Ces élèves du lycée St Andrew ont l'air de géantes, mais je parie qu'elle peut les battre.

— Tu en es sûre ?

— Absolument.

— Hmm. J'ai l'impression que tu l'aimes beaucoup.

— Possible.

— Possible ? »

Saskia hoche la tête et sourit timidement.

« C'est vrai, je l'aime beaucoup.

— Je suis sûre qu'elle t'aime beaucoup aussi. »

Saskia et Tru baissent en même temps les yeux.

« On fait quelque chose après le match ? Et si on allait manger une glace à Devon House ?

— Tu comptes encore attaquer la mienne pendant que je regarde ailleurs ?, plaisante Saskia.

— Quand on aime, on partage. »

Alors qu'elle se dirige vers la zone VIP des tribunes en compagnie d'un homme noir habillé tout en blanc, madame Rosedyl s'arrête pour saluer Tru. Le visage encore plus bronzé que d'habitude, la principale sourit. Elle porte une visière, un polo blanc boutonné jusqu'au cou et une jupe plissée couleur saumon, à croire qu'elle s'apprête à jouer au badminton ou au tennis avec la famille royale.

« Prête pour le match, Tru ?, demande-t-elle.

— Toujours prête, madame Rosedyl.

— J'aimerais te présenter monsieur Andre Porter, le recruteur de l'université de Cambridge. »

L'homme sourit de toutes ses dents parfaitement alignées – Tru en a rarement vu d'aussi droites. Il lui serre la main.

« Vous avez de la poigne, lui dit-il avec un accent britannique qui la surprend, car Tru n'a encore jamais rencontré un étranger qui n'était pas blanc. Je ne vous ai pas encore vue jouer, mais vous me plaisez déjà. »

Il se tourne vers madame Rosedyl.

« Cette jeune femme a une vraie poigne d'homme ! »

La principale lâche un rire forcé.

« Euh… Hum… Quant à Saskia, c'est la capitaine de notre équipe de net-ball. Une joueuse tout aussi exceptionnelle !

— Bonjour, mademoiselle. »

Andre prend la main de Saskia avec douceur et s'incline légèrement. Mais celle-ci la lui serre vigoureusement.

« Vos élèves n'ont pas l'air du genre à se laisser marcher sur les pieds, dit monsieur Porter, qui semble pris de court, à madame Rosedyl. Je suis impressionné ! »

Tru croit voir les joues de la principale rosir. Sous le col de son polo, palpite sûrement cette veine sinueuse qui se gonfle lorsqu'elle est contrariée.

« Ce sont toutes des jeunes filles extraordinairement douées, monsieur Porter. »

Il y a quelques mois, Tru est allée trouver madame Rosedyl afin de lui demander l'autorisation de créer une équipe de foot au lycée, affirmant que les filles avaient tout ce qu'il fallait pour égaler les garçons. Si le lycée avait le budget nécessaire, pourquoi ne pas en faire immédiatement usage ? Madame Rosedyl n'a pas paru très enthousiaste sur le coup. « *Je vais y réfléchir* », a-t-elle répondu vaguement. Quelques jours plus tard, la principale a fait savoir par haut-parleur à tout le lycée que Tru était convoquée dans son bureau. Au milieu des ricanements de ses camarades de classe, l'adolescente a aussitôt rassemblé ses affaires et pris la direction du bureau de la principale, où mademoiselle Thelwell, la professeure d'éducation physique, et mademoiselle Fairweather, la conseillère pédagogique, l'attendaient en souriant. « *Tru, mademoiselle Fairweather m'a informée que la création de cette équipe comptait énormément pour toi. J'ai donc parlé de ta proposition à mademoiselle Thelwell. Il se trouve que son père, Ronnie, était entraîneur de l'équipe de football au St George College. Et il serait ravi de s'occuper à présent de la nôtre. Mais il y a un petit souci…* » Madame Rosedyl serra les lèvres. « *Il aurait besoin de ton aide pour recruter des joueuses.* »

Tru accepta cette mission avec joie. Avec l'aide de Kenny, elle dessina des prospectus et les distribua à tout le lycée. Elle prit même la parole sur l'estrade avant la prière du matin et encouragea toutes les élèves motivées à tenter leur chance. À sa grande surprise, des filles de tous âges et de toutes catégories sociales s'inscrivirent aux sélections. Elle n'aurait jamais cru qu'autant d'entre elles s'intéressaient au foot.

Tandis que madame Rosedyl et monsieur Porter s'éloignent, Tru et Saskia échangent un regard et rient doucement.

« Quelle jupe hideuse !, dit Saskia.

— Et la mode des visières est passée depuis au moins dix ans !, rigole Tru en secouant la tête.

— Et cet homme qui croyait avoir affaire à des fillettes !

— Vu sa coiffure, monsieur Porter est de la vieille école. »

Saskia rit.

« Je lui en ai mis plein la vue avec ma poignée de main !

— Ça, tu l'as dit.

— Une bourse pour l'université de Cambridge, c'est énorme ! »

Tru sourit.

« Si je la décroche, tu pourras me rendre visite puisque ta mère vit en Angleterre. Ce serait chouette.

— Comment ça, *"si je la décroche"* ? Cette bourse est pour toi, je n'en doute pas une seconde », déclare Saskia, tandis que Tru repense à ce que Patsy lui a dit au téléphone ce matin : « *Montre-leur de quoi tu es capable. Je suis si fière de toi !* »

Toutes deux se parlent beaucoup ces temps-ci, au moins une fois par semaine. Il a fallu presque une année entière à Tru pour commencer à pardonner ses erreurs à sa mère. Elle n'est pas encore sûre de parvenir à tout oublier un jour. Pendant ses moments de solitude, une douleur inexplicable finit toujours pas se réveiller, comme le nerf fantôme d'un membre amputé. Tru est secrètement soulagée que sa mère ne lui ait pas reproposé de venir vivre avec sa petite amie Claudette et elle en Amérique, même si Roy a commencé à remplir sa demande de visa afin qu'elle lui rende visite. « *Comme ça, tu auras le choix de rester. Et je pourrai te présenter Claudette* », lui a dit sa mère. L'adolescente s'est contentée de lui répondre par un silence.

« Ta mère a une petite amie ? C'est trop cool ! » s'est exclamée Saskia lorsque Tru s'est confiée à elle.

Patsy n'ayant jamais prononcé ces mots, elle s'est aussitôt sentie coupable. Elle avait simplement supposé que cette femme qui vivait avec sa mère était plus qu'une colocataire. « *Claudette t'embrasse aussi* », « *Claudette et moi, on sera pas là dimanche, on va faire une promenade en bateau* », « *Claudette et moi, on a vu un bon film l'autre jour* », « *Claudette a préparé du poisson frit aujourd'hui, ça m'a rappelé Port Royal. On trouve toujours du délicieux poisson frit avec des galettes de manioc là-bas ?* »

À l'époque où Patsy a commencé à lui parler de Claudette, Tru et Saskia sortaient ensemble depuis deux ou trois mois. Tru avait enfin cessé de lutter contre le sentiment d'être à la fois fille et garçon, douce et forte, vulnérable et puissante, ce qui leur avait permis de sauter le pas. Tru aime voir les muscles de Saskia se contracter sous sa peau moite, tandis que sa poitrine halète contre la sienne comme si elle respirait pour deux, comme si son cœur battait pour deux. Patsy ne sait pas qu'elles sortent ensemble, car Tru n'aime pas l'idée de figer les choses, de les définir. Elle préfère cultiver cette ambigüité qui lui permet d'aimer qui elle veut. De toute façon, mieux vaut y aller doucement. Elle ne se sent pas encore suffisamment à l'aise avec sa mère pour lui raconter sa vie privée et lui parler de ses désirs. Mais elle lui révélera bientôt que, si tout se passe comme prévu, elle pourrait bien s'inscrire à l'université de Cambridge afin d'y étudier la psychologie.

Avant de rejoindre ses coéquipières dans les vestiaires, Tru balaye les environs d'un regard, puis elle attire Saskia vers elle et dépose un baiser sur ses lèvres. Pendant quelques secondes, son cœur cesse de battre et Tru songe que tout ce qu'elle a envie de faire après le match, c'est de filer dans la chambre fraîche de Saskia et de s'allonger avec elle sur son lit pour écouter de la musique. Mais cela ne dure qu'un instant. Saskia s'écarte d'elle en rougissant. Le monde s'est à nouveau interposé entre elles. Saskia serre la main de Tru d'un air prudent, puis elle s'éloigne vers les tribunes. Son T-shirt blanc frappé du logo du lycée Wilhampton disparaît rapidement dans la foule.

« Comment ça se fait que t'es encore ici ? » chuchote Marlon, arrivé derrière elle sans bruit.

Tru sursaute et pose une main sur sa poitrine.

« J'ai failli avoir une crise cardiaque !

— Je voulais juste te rappeler qu'il y a un match qui t'attend.

— Et alors ? Pétèt que j'étais en train de méditer ?

— Méditer ? Mon œil. Moi, j'appelle plutôt ça lambiner. Regarde don dans le dico si tu sais pas ce que ça veut dire. »

Marlon lui lance un clin d'œil.

Tru le fusille du regard.

« Je lambinais pas, je me préparais mentalement pou le match.

— Au fait, c'était qui, ce canon ?

— Ça te regarde pas.

— T'as l'air un peu triste. Tout va bien ? C'est qui cette fi pou toi ?

— Mêle-toi don de tes affaires, Marlon, répond Tru en riant.

— Yo, Ricky !, crie Marlon à travers le parking. Mate un peu la meuf de Tru Juice. »

Les yeux de Ricky s'agrandissent comme des soucoupes tandis qu'ils suivent l'index tordu de Marlon pointé vers Saskia qui est maintenant assise en tailleur dans les tribunes. L'adolescent jette sa cigarette et rigole.

Asafa se rapproche à son tour pour la regarder, puis les trois garçons se tournent vers Tru, bouche bée.

« Je peux avoir son numéro ?, demande Ricky.

— Arrêtez de fantasmer, réplique Tru. C'est juste une camarade de classe.

— Juste une camarade de classe ?, ricane Marlon à voix basse.

— Arrête !, dit Tru.

— Qu'est-ce que j'ai fait ?, demande Marlon d'un air faussement innocent. Toutes mes félicitations, Tru Juice. Je savais pas que tu pouvais avoir autant de succès…

— Comment ça ?, s'exclame Tru, secrètement ravie. J'en ai toujours eu plus que toi, Marlon.

— Ouuuuuuh ! » font les autres garçons, la main sur la bouche.

Marlon regarde Tru d'un air intrigué.

« Ah ouais ? »

Puis il approche le visage du sien comme s'il voulait l'embrasser.

« C'est ce qu'on va voir, Tru Juice. »

L'adolescente soutient audacieusement son regard. Est-ce le léger tic au-dessus de ses épais sourcils, ou bien l'image qu'elle aperçoit d'elle dans la pupille de ses yeux clairs qui la stimule ?

« Laisse tomber, je sais faire un tas de trucs dont tu soupçonnes même pas l'existence », réplique-t-elle, avant d'exécuter un mouvement gracieux de la tête et de redresser les épaules.

Le rire stupéfait de Marlon se joint au sien.

Tandis que les autres garçons hilares se dirigent vers les tribunes, Marlon s'approche de Tru et lui prend la main.

« Le public va enfin découvrir que t'es une sacrée championne. Et ça, je l'ai toujours su. »

Son sourire espiègle réapparaît et de petites taches dorées scintillent de malice dans ses yeux ambrés, tandis qu'il recule pour mieux la regarder.

« Mais bon… tu seras jamais la meilleure. »

En riant, Marlon lève les poings vers le ciel bleu, tel Rocky sur le ring.

« Pasque c'est moi le vrai champion. »

Tru éclate de rire.

« C'est d'un ringard…

— Répète un peu !

— Frimeur, va ! »

Marlon effleure sa joue avec les lèvres.

« Je suis très déçu, Tru Juice, je pensais que t'avais plus de couilles que ça. Comment tu veux gagner si tu te dégonfles aussi vite ? »

Sans attendre sa réponse, l'adolescent traverse nonchalamment le parking en direction des tribunes. Tru sourit en secouant la tête.

« Sale prétentieux ! » crie-t-elle.

Marlon lui fait signe de se taire et Tru continue à le regarder s'éloigner, la main posée sur la joue qu'il vient d'effleurer.

Dans le vestiaire, Tru sort le collier que sa mère lui a envoyé de la part de sa marraine Cicely – un pendentif en œil de tigre censé lui porter bonheur. « *Je te l'offre avec la bénédiction de ta marraine, pasque tu en as plus besoin que moi* », lui a dit Patsy au téléphone. Tru embrasse la petite pierre, attache le fermoir en argent sur sa nuque puis glisse le pendentif sous son maillot afin qu'il reste en contact avec sa peau.

Depuis le terrain de foot, elle aperçoit ses amis assis dans les tribunes tout près de Roy qui rayonne de fierté. À côté de lui, Marva serre les lèvres comme si elle essayait de retenir ses larmes, un bébé tétant son sein, tandis que l'autre somnole dans sa poussette. Tru lit dans son regard le même espoir que dans celui de Kenny, de mademoiselle Maxine, de mademoiselle Foster, de mademoiselle Belnavis, de monsieur Pete, de Sir Charles et de tous ses anciens voisins de Pennyfield. Seule manman G a refusé de venir, sous prétexte que l'église lui interdit de mettre les pieds au cinéma et au stade.

Roy a pris l'initiative d'inviter presque tout Pennyfield à ce match. Il y a quelques mois, il s'est donné pour mission de créer un programme de stages de foot pour filles et garçons parrainé par la police nationale. Ce programme offre également des bourses aux lycéens grâce aux dons financiers d'entreprises locales et de plusieurs grandes firmes. Marlon, Ricky, Asafa et de nombreux joueurs de l'équipe de Pope y sont inscrits. « *On réduit le taux de criminalité en donnant une occupation à ces garçons et ces fi. Un but à atteindre. Quelque chose qui leur donne confiance en eux et leur prouve qu'ils ont un avenir* », a expliqué Roy à un journaliste lors d'une interview téléphonique. L'article a ensuite été publié dans le *Jamaica Observer*: Grâce au football, l'inspecteur de police Roy Beckford offre une nouvelle chance à une communauté en difficulté. Le jour où Tru lui a parlé du projet ambitieux de Pope, Roy s'est montré intéressé. Le chef de gang a alors décidé de lui confier son équipe, certain que ses joueurs iraient beaucoup plus loin avec Roy, en raison de sa réputation et de sa facilité à trouver des sponsors. Aujourd'hui, Pope est lui aussi présent dans les gradins. Il adresse un discret signe de tête à Roy qui lui répond, puis sourit à Tru. Ses dents baguées scintillant au soleil, il pointe un index sur elle et articule :

« Fume-les. »

Tru marque deux buts pour son lycée. C'est l'aboutissement d'un long processus qui s'achève. Elle repense au jour où son père lui a appris à frapper dans le ballon en carton de toutes ses forces, aux nombreux matchs disputés avec ses amis au crépuscule sur le terrain vague derrière le lycée Roman Phillips, à la fois où Marlon a envoyé le ballon à Ricky, qui l'a fait rebondir sur ses genoux avant de le passer à Asafa, qui l'a dirigé d'un coup de tête vers Tru qui, grâce à un puissant tir horizontal, l'a envoyé droit dans le filet. C'est exactement la frappe qu'elle vient d'exécuter, au milieu des cris et des acclamations. Mademoiselle Maxine et mademoiselle Foster frappent sur leurs marmites avec des cuillères en métal. Roy serre Kenny dans ses bras en le soulevant quasiment de son siège, puis il se retourne et plante un baiser sur la bouche de Marva.

« Et c'est la victoire pou Pennyfiiiiield ! » crie Ricky, le sourire jusqu'aux oreilles.

Remerciements

Tout mon amour et mes remerciements les plus sincères à :

Ma femme, Emma Benn, dont les encouragements m'ont aidée à achever ce roman ; mon agente, Julie Barer, qui soutient ce projet depuis le début ; ma correctrice, Katie Henderson Adams, ainsi que Cordelia Calvert, Michael Taeckens et l'équipe de Liveright, qui sont tombés amoureux de Patsy et lui ont permis de venir au monde.

Ma plus grande reconnaissance à celles qui m'ont accompagnée tout au long du processus d'écriture – ma mère, ma grand-mère, ma sœur et ma chère amie Janae Gaylyn, qui a lu chaque nouvelle version du livre. Je remercie également mes neveux, Logan et Jayden, pour leur inestimable soutien ; ma meilleure amie, Tina Whyte, de m'avoir écoutée et considérablement aidée ; Alistair Scott, d'avoir partagé avec moi ses immenses connaissances ; Latoya Blackwood, pour sa motivation et son soutien ; Tracy-Ann Ferguson, pour ses conseils avisés et ses éclairages ; et miss Claudette, pour son merveilleux enthousiasme. Ma sincère gratitude à Sharon Tucker-Gordon, Wayne Gordon, Tameka et Lionel Taylor, Juliet Leter, Louie Benn, Benny Benn, Lavern et Linda Adger, tante Lillian, David Watkins, Cheryl Benn, Carolyn Horton, Nancy Kirby, Iris Bonner, Eugenia Benn, Charlie Benn, Sheldon Shaw, Craig Wooten, Sharon Gordon, Marcia Wilson, Anna Masilela, Richa Deshpande,

Chengcheng Tu, Shayaa Muhammad, Krystal Brown et Debbie Hardie ; vous êtes des anges. Je tiens à remercier tout particulièrement Lamont et Alicia Adger de s'être mis en quatre pour nourrir mon âme quand elle en avait le plus besoin, ainsi que Rowena Hunter pour ses prières.

Tous mes remerciements à Hedgebrook et Sewanee, et plus particulièrement à Richard Bausch ; à la New York Foundation for the Arts, la MacDowell Colony, Lambda Literary ; aux revues littéraires Kweli, Mosaic, à Kimbilio et à la fondation Hurston/Wright pour leur soutien constant aux écrivains noirs.

J'aurai à jamais une dette envers les femmes qui m'ont ouvert la voie, à commencer par mon arrière-grand-mère Addy, Zora Neale Hurston, Toni Morrison, Edwige Danticat, Audre Lorde et Paule Marshall.

Je souhaite également remercier Marva et Danville de m'avoir inspirée. Ainsi que toutes les mères qui m'ont aidée au cours de la gestation de ce livre. Je n'aurais pas pu l'écrire sans vos idées et vos encouragements. Vous vous reconnaîtrez ! Ce livre vous est dédié.

Enfin et surtout, merci à la Jamaïque, ma terre natale, mon pays adoré, d'avoir autant d'histoires foisonnantes et méconnues à offrir ; et à mon second chez-moi, Brooklyn, de m'avoir donné l'occasion de les raconter.

Chez le même éditeur
(extrait)

Ghada Abdel Aal, *Cherche mari désespérément*
Renata Ada-Ruata, *Battista revenait au printemps*
Elisabeth Alexandrova-Zorina, *Un homme de peu*
Elisabeth Alexandrova-Zorina, *La poupée cassée*
Karim Amellal, *Bleu Blanc Noir*
Karim Amellal, *Dernières heures avant l'aurore*
Omar Benlaala, *L'Effraction*
Maïssa Bey, *Au commencement était la mer*
Maïssa Bey, *Nouvelles d'Algérie*
Maïssa Bey, *Cette fille-là*
Maïssa Bey, *Entendez-vous dans les montagnes…*
Maïssa Bey, *Sous le jasmin la nuit*
Maïssa Bey, *Surtout ne te retourne pas*
Maïssa Bey, *Bleu blanc vert*
Maïssa Bey, *Pierre Sang Papier ou Cendre*
Maïssa Bey, *Puisque mon cœur est mort*
Maïssa Bey, *Hizya*
Maïssa Bey, *Nulle autre voix*
Bui Ngoc Tan, *La mer et le martin-pêcheur*
Bui Ngoc Tan, *Conte pour les siècles à venir*
Philippe Carrese, *Virtuoso ostinato*

Philippe Carrese, *Retour à San Catello*
Philippe Carrese, *La légende Belonore*
Philippe Carrese, *Tango à la romaine*
Philippe Carrese, *Une histoire de l'humanité (tome 1 et fin)*
Philippe Carrese, *La famille Belonore. Une saga italienne*
Bernard Dan, *Le livre de Joseph*
Nicole Dennis-Benn, *Rends-moi fière*
Samira El Ayachi, *Quarante jours après ma mort*
Samira El Ayachi, *Les femmes sont occupées*
Samira El Ayachi, *Le ventre des hommes*
Ilo de Franceschi, *Écrivez-moi Madeleine*
Andréa del Fuego, *Les Malaquias*
Andréa del Fuego, *Les miniatures*
Dong Xi, *Une vie de silence*
Dong Xi, *Sauver une vie*
Suzanne El Kenz, *La maison du Néguev*
Ali Erfan, *Sans ombre*
Helga Flatland, *Une famille moderne*
René Frégni, *Le chat qui tombe et autres histoires noires*
Marion Guénard, *Au printemps on coupe les ailes des oiseaux*
Malu Halasa, *La mère de tous les cochons*
Karen Jennings, *Les oubliés du Cap*
Nìkos Kokàntzis, *Gioconda*
Denis Langlois, *Le déplacé*
Anne Larivière, *L'expérience du vide*
Juliana Leite, *Entre les mains*
Nikolaï Leskov, *Le Paon*
Vadim Levental, *Le destin de Macha Regina*
Jacques Lindecker, *On a aimé des poisons*
David Machado, *Laissez parler les pierres*
David Machado, *Indice de bonheur moyen*

David Machado, *Des abeilles sous la peau*
Grégory Matthys, *Lettres muettes pour fille non-affranchie*
Ali-Reza Mahmoudi Iranmehr, *Nuage rose*
Anna Moï, *Nostalgie de la rizière*
Anna Moï, *Le pays sans nom*
Naïri Nahapétian, *L'amour selon Marina M.*
Enzo Gianmaria Napolillo, *Les tortues reviennent toujours*
Mohamed Nedali, *Le bonheur des moineaux*
Mohamed Nedali, *La maison de Cicine*
Mohamed Nedali, *Triste jeunesse*
Mohamed Nedali, *Le Jardin des pleurs*
Mohamed Nedali, *Évelyne ou le djihad*
Mohamed Nedali, *La bouteille au cafard*
Mohamed Nedali, *Le poète de Safi*
Nguyên Ngoc Tu, *Immense comme la mer*
Diekoye Oyeyinka, *La douleur du géant*
Victor Paskov, *Ballade pour Georg Henig*
Aurore Py, *La nuit, quand elle vient*
Daniel Quirós, *La disparue de Mazunte*
Anna Roman, *Le val d'absinthe*
Igor Saveliev, *Les Russes à la conquête de Mars*
Pierre Sérisier, *L'intraitable chagrin de la bourgeoisie*
Pierre Sérisier, *On ne va pas se mentir*
Alexandre Seline, *Je ne te mens jamais*
Alexandre Sneguiriev, *Je ris parce que je t'aime*
Alexandre Sneguiriev, *Véra parmi les hommes*
Mathanghi Subramanian, *Les toits du paradis*
Natalia Sylvester, *C'était le jour des morts*
Sun Huifen, *Cousine Perle*
Olivier Szulzynger, *La maison Bataille*
Ahmed Tiab, *Vingt stations*

Victoria Tchikarnieeva, *Bye-bye Vichniovka!*
Gérald Tenenbaum, *Les Harmoniques*
Nguyên Huy Thiêp, *Mon oncle Hoat*
Nguyên Huy Thiêp, *Mademoiselle Sinh*
Nguyên Huy Thiêp, *Conte d'amour un soir de pluie*
Nguyên Huy Thiêp, *Crimes, amour et châtiment*
Samuel Zaoui, *Humaine machine*
Chabname Zariâb, *Le pianiste afghan*
Spôjmaï Zariâb, *Les demeures sans nom*

Pour limiter l'empreinte environnementale de leurs livres,
les éditions de l'Aube font le choix de papiers
issus de forêts durablement gérées et de sources contrôlées.

Achevé d'imprimer en mai 2022
sur les presses de l'imprimerie Firmin-Didot
pour le compte des éditions de l'Aube
331, rue Amédée-Giniès, F-84240 La Tour d'Aigues

Numéro d'édition : 4680
Dépôt légal : septembre 2022
Numéro d'impression : 170351

Imprimé en France